# Voor altijd

Anna Todd bij Boekerij:

AFTER

*Hier begint alles* (*After* #1)

*Je kan niet leven zonder hem* (*After We Collided* #2)

*Hij hoort bij jou* (*After We Fell* #3)

*Voor altijd*

*Before*

*Niets meer*

*Niets minder*

*Verliefd*

*Verbonden*

**Anna Todd**

# After

## #4 Voor altijd

BOEKERIJ

Eerste druk september 2015
Veertiende druk januari 2022

ISBN 978-90-225-7383-9
ISBN 978-94-023-0381-0 (e-book)
NUR 302

Oorspronkelijke titel: *After Ever Happy*
Vertaling: Jeannet Dekker en Maren Mostert
Ontwerp oorspronkelijk omslag: Editorial Grupo Planet
Nederlandse adaptatie: Baqup
Omslagbeeld: Shutterstock
Zetwerk: CeevanWee, Amsterdam

Voor al diegenen die ooit hebben gevochten voor iets waarvoor
of iemand in wie ze geloofden.

# Proloog

∞

## Hardin

Ik heb me in mijn leven zo vaak ongewenst gevoeld, alsof ik er helemaal niet bij hoorde. Mijn moeder deed haar best, echt waar, maar het was gewoon niet genoeg. Ze werkte veel te veel en sliep overdag omdat ze de hele nacht in touw was. Trish deed haar best, maar een jongen, en zeker een jongen die de weg kwijt is, heeft een vader nodig.

Ik wist dat Ken Scott een man met problemen was, een grove, omhooggevallen vent die nooit tevreden over me was en al helemaal niet onder de indruk van wat ik deed. Als die kleine Hardin van toen, die zo ontzettend zijn best deed om indruk te maken op die lange vent die met zijn geschreeuw en gestommel het veel te krappe huisje vulde, zou kunnen horen dat die man niet zijn vader was, zou hij een gat in de lucht springen. Hij zou met een zucht zijn boek van tafel pakken en aan zijn moeder vragen of Christian, die aardige man die hem aan het lachen maakte met citaten uit oude boeken, weer eens langskwam.

Maar de volwassen Hardin Scott, die worstelt met woede en verslaving omdat dat het enige is wat dat armzalige excuus van een vader op hem heeft overgedragen, is verdomme witheet van woede. Ik voel me verraden, ik ben ontzettend in de war en ik ben godvergeten kwaad. Dit slaat nergens op. Dat uitgekauwde cliché uit slechte sitcoms – dat iemand opeens ontdekt dat zijn vader zijn vader niet is – kan niet mijn leven zijn. Maar dan komen de herinneringen boven die ik diep had weggestopt.

Mijn moeder die op een ochtend, nadat een opstel van mij in de plaatselijke krant is geplaatst, aan de telefoon zit. 'Ik dacht dat je wel wilde weten dat Hardin een genie is. Net als zijn vader,' prees ze me op zachte toon.

Ik keek om me heen, naar de kleine woonkamer. De man met het donkere haar, die met een fles bruine drank aan zijn voeten laveloos in zijn stoel lag, was geen genie. Hij is een slappe lul, dacht ik toen hij zich in zijn stoel bewoog en mijn moeder snel ophing. En zo waren er nog tientallen keren, te veel om op te noemen, dat ik te stom en te jong was om te begrijpen waarom Ken Scott zo afstandelijk tegen me deed, waarom hij me nooit omhelsde zoals de vaders van vriendjes met hun zonen deden. Hij speelde nooit een potje voetbal met me en leerde me helemaal niets, behalve hoe je moet zuipen.

Was dat allemaal voor niets? Is Christian Vance echt mijn vader?

Het café draait om me heen. Ik staar hem aan, die man die me blijkbaar heeft verwekt, en ik zie iets bekends in zijn groene ogen, in zijn kaaklijn. Met trillende handen strijkt hij zijn haar van zijn voorhoofd, en ik verstijf omdat ik besef dat ik precies hetzelfde doe.

# 1

∞

## Tessa

'Dat kan niet.'

Ik sta op, maar ga snel weer zitten omdat ik het gras onder mijn voeten voel deinen. Het park stroomt langzaam vol. Gezinnen met kleine kinderen die ondanks het koude weer ballonnen en cadeautjes in hun handen houden.

'Het is waar. Hardin is Christians zoon,' zegt Kimberly met een geconcentreerde, heldere blik in haar blauwe ogen.

'Maar Ken... Hardin lijkt zo veel op hem.' Ik weet nog dat ik Ken voor het eerst zag, in die zaak waar ze yoghurtijs verkochten. Ik wist meteen dat hij Hardins vader was, dat zag ik aan zijn donkere haar en aan zijn lengte.

'Vind je? Ik zie het niet, behalve misschien de kleur van hun haar. Hardin heeft net zulke ogen als Christian, en de vorm van hun gezicht is hetzelfde.'

Is dat zo? Ik moet mijn best doen om alle drie hun gezichten voor me te zien. Christian heeft net zulke kuiltjes in zijn wangen als Hardin, en net zulke ogen... maar het slaat gewoon nergens op. Ken Scott is Hardins vader. Dat kan niet anders. Christian lijkt zo jong in vergelijking met Ken. Ik weet dat ze even oud zijn, maar Kens alcoholverslaving heeft zijn sporen nagelaten. Hij is nog steeds een knappe man, maar de drank heeft hem ouder gemaakt.

'Dit is...' Ik zoek naar woorden en naar lucht.

Kimberly kijkt me verontschuldigend aan. 'Ik weet het. Ik wilde het je zo graag vertellen. Ik vond het vreselijk dat ik dit geheim moest houden, maar die keuze was niet aan mij.' Ze legt haar hand op die van mij en geeft er even een kneepje in. 'Christian verzekerde me dat hij het aan Hardin zou vertellen zodra Trish hem toestemming zou geven.'

'Ik heb gewoon...' Ik haal diep adem. 'Is Christian dat nu aan het doen? Is hij het nu aan Hardin aan het vertellen?' Ik sta weer op en Kimberly trekt haar hand terug. 'Ik moet naar hem toe. Hij zal...' Ik kan me niet eens voorstellen hoe Hardin op dit nieuws zal reageren, zeker niet nadat hij Trish en Christian gisteravond samen heeft betrapt. Dit zal te veel voor hem zijn.

'Ja.' Kim slaakt een zucht. 'Trish wilde het liever niet, maar Christian wist haar over te halen.'

Ik pak mijn mobieltje, niet in staat om te geloven dat Trish dit voor Hardin geheim heeft gehouden. Ik had haar hoger ingeschat, zeker als moeder, en nu heb ik het gevoel dat ik haar helemaal niet ken.

Het toestel aan mijn oor gaat al over wanneer Kimberly zegt: 'Ik heb tegen Christian gezegd dat hij het beter aan Hardin kon vertellen met jou erbij, maar volgens Trish kon hij dat beter onder vier ogen doen...' Ze perst haar lippen opeen en kijkt naar het park om haar heen en dan naar de hemel.

Ik hoor de doffe tonen van Hardins voicemail. Met Kimberly zwijgend naast me kies ik nogmaals het nummer, maar ik krijg opnieuw de voicemail. Ik berg mijn telefoon weer op en wrijf in mijn handen. 'Kun je me naar hem toe brengen, Kimberly? Alsjeblieft?'

'Ja, natuurlijk.' Ze staat meteen op en roept Smith.

Ik zie het kind naar ons toe lopen op een manier die me nog het meest aan een komische tekenfilm doet denken en besef dan dat Smith, de zoon van Christian, Hardins broertje is. Hardin heeft een broertje. Dan denk ik aan Landon... Wat betekent dit voor Landon en Hardin? Wil Hardin straks nog wel iets met hem te maken hebben, nu er helemaal niets meer is wat hen bindt? En Karen? Hoe moet het nu met die lieve Karen en al haar taarten en koekjes? En met Ken, de man die zo zijn best doet om de vreselijke jeugd goed te maken van een jongen die niet eens zijn zoon is? Weet Ken het eigenlijk wel? Mijn hoofd tolt. Ik moet Hardin spreken. Hij moet weten dat ik er voor hem ben en dat we hier samen uit zullen komen. Ik kan me niet goed voorstellen hoe hij zich nu voelt. Hij is vast overweldigd.

'Weet Smith het?' vraag ik.

Na een korte stilte zegt Kimberly: 'We dachten eerst van wel, vanwege de manier waarop hij met Hardin omgaat, maar dat kan gewoon niet.'

Ik heb zo met Kimberly te doen. Ze heeft eerst de ontrouw van haar verloofde moeten verwerken, en nu komt dit er ook nog bij. Smith loopt naar ons toe, blijft vlak voor ons staan en kijkt ons met een ondoorgrondelijke blik aan, alsof hij precies weet waarover we het hebben. Dat kan natuurlijk niet, maar de manier waarop hij voor ons uit naar de auto loopt, zonder een woord te zeggen, roept de nodige vragen bij me op.

Tijdens de rit door Hampstead, op zoek naar Hardin en zijn vader, welt er telkens paniek in me op die daarna weer wegzakt, keer op keer.

# 2

∞

## Hardin

Het geluid van krakend hout schalt door het café.

'Hardin, hou op!' hoor ik Vance ergens naast me zeggen.

Nog meer gekraak, gevolgd door het geluid van brekend glas. Dat geluid bevalt me wel, dat versterkt mijn verlangen naar geweld. Ik moet iets kapotmaken, ik moet iets pijn doen, ook al is het een voorwerp.

En dat doe ik dan ook.

Dan klinkt er een kreet die me wakker schudt uit mijn trance. Ik kijk naar mijn handen en zie dat ik de versplinterde poot van een duur stoeltje vasthoud. Ik kijk naar de nietszeggende gezichten van de geschrokken vreemden, zoekend naar dat ene gezicht: dat van Tessa. Maar ze is er niet, en ik ben zo kwaad dat ik niet kan bepalen of dat goed is of juist niet. Ze zou bang zijn, ze zou zich zorgen om me maken, ze zou in paniek raken en mijn naam roepen en zo het geschreeuw en het happen naar adem overstemmen dat mijn oren vult.

Ik laat het stuk hout vallen alsof ik mijn handen heb gebrand. Dan voel ik een stel armen rond mijn schouders.

'Haal hem hier weg, voordat ze de politie bellen,' zegt Mike. Zo luid heb ik hem nog nooit horen praten.

'Laat me los, verdomme!' Ik schud Vance van me af en kijk hem door een rood waas kwaad aan.

'Heb je soms zin om de bak in te draaien?' roept hij, met zijn gezicht vlak voor het mijne.

Ik wil hem tegen de grond duwen, mijn handen rond zijn nek leggen...

Dan beginnen er nog een paar vrouwen te schreeuwen, die daarmee voorkomen dat ik opnieuw in dat zwarte gat afdaal. Ik kijk om me heen, naar het dure café, en zie de gebroken whiskyglazen op de vloer, de kapotte stoel, de ontzette gezichten van de stamgasten die zo'n chaos niet gewend zijn. Het kan niet lang duren voordat hun schrik omslaat in woede omdat ik hun duurbetaalde rust heb verstoord.

Christian verschijnt opnieuw aan mijn zijde wanneer ik langs het personeel naar buiten storm. 'Ga in mijn auto zitten, dan leg ik je alles uit,' zegt hij geërgerd.

Ik doe wat hij zegt, bang dat de politie inderdaad elk moment kan komen opdagen, maar ik weet niet goed wat ik moet denken of zeggen. Ondanks zijn bekentenis kan ik het nog altijd niet bevatten. Het kan gewoon niet. Het is bespottelijk.

Ik ga op de passagiersstoel zitten, hij achter het stuur. 'Je kunt mijn vader niet zijn. Dat kan gewoon niet. Dat slaat nergens op.' Ik kijk naar de dure huurauto en vraag me af of Tessa nu gestrand is in dat achterlijke park waar ik haar heb afgezet. 'Kimberly heeft ook een auto, hè?'

Vance kijkt me niet-begrijpend aan. 'Ja, natuurlijk.' Het lage gezoem van de motor wordt luider nu hij zich tussen het verkeer voegt. 'Het spijt me dat je er op deze manier achter moest komen. Het leek een tijdlang goed te gaan, maar toen liep alles mis.' Hij slaakt een zucht.

Ik zeg niets omdat ik weet dat ik helemaal over de rooie zal gaan als ik nu mijn mond opendoe. Mijn vingers dringen in mijn benen, maar die lichte pijn weet me te kalmeren.

'Ik ga het je uitleggen, maar je moet er wel voor openstaan, snap je?' Hij werpt me een snelle blik toe.

Ik zie het medeleven in zijn ogen, maar ik hoef geen medeleven. 'Praat godverdomme niet tegen me alsof ik een of ander achterlijk kind ben,' snauw ik.

Vance kijkt naar mij en dan weer naar de straat voor hem. 'Je weet dat je vader, Ken, en ik samen zijn opgegroeid. We zijn al zo lang als ik me kan herinneren met elkaar bevriend.'

'Nee, om eerlijk te zijn wist ik dat niet.' Ik kijk hem kwaad aan en richt mijn aandacht dan weer op het landschap dat langs schiet. 'Ik weet blijkbaar helemaal niks.'

'Nou, het is zo. We waren als broers.'

'Totdat je met zijn vrouw neukte?' onderbreek ik zijn verhaaltje.

'Hoor eens.' Hij gromt bijna. Zijn knokkels worden wit omdat hij zo stevig het stuur vastgrijpt. 'Ik probeer het je uit te leggen, dus laat me even uitpraten.' Hij haalt diep adem om te kalmeren. 'Om je vraag te beantwoorden: nee, zo ging het niet. Je moeder kwam in Hampstead wonen toen je vader en ik op de middelbare school zaten. Ik had nog nooit zo'n mooi meisje gezien.'

Mijn maag draait zich om nu ik terugdenk aan de mond van Vance op die van haar.

'Maar Ken wist haar meteen te veroveren en kreeg verkering met haar. Ze brachten elk vrij moment samen door, net als Max en Denise. Je zou kunnen zeggen dat we met ons vijven een kliekje vormden.' Hij slaakt een zucht, verdiept in die belachelijke herinnering, en vervolgt op afstandelijke toon: 'Ze was grappig en slim en stapelverliefd op je vader... Verdomme, ik ben bang dat ik hem "je vader" zal blijven noemen.' Hij kermt. Zijn vingers tikken op het stuur, als een soort aanmoediging.

'Ken was slim, heel erg slim, en toen hij met een volledige studiebeurs vervroegd op de universiteit werd toegelaten, kreeg hij het erg druk. Hij zat urenlang te studeren en had geen tijd meer voor haar. Al snel bestond ons groepje uit ons vieren, en tussen je moeder en mij... Nou, mijn gevoelens werden alleen maar sterker. Bij haar begon er ook iets te groeien.'

Vance zwijgt even, wisselt van rijbaan en draait de ventilator open. De lucht voelt nog altijd dik en zwaar aan, en mijn gedachten zijn verdomme een chaos wanneer hij opnieuw het woord neemt.

'Ik heb altijd al van haar gehouden. Dat wist ze ook, maar ze hield van hem en hij was mijn beste vriend.' Vance slikt. 'En in de loop der tijd werd het allemaal steeds... inniger. Het was nog niets seksueels, maar we gaven allebei toe aan onze gevoelens.'

'Bespaar me verdomme de ranzige details.' Ik bal mijn vuisten op mijn schoot en probeer mijn mond te houden, zodat hij zijn verhaal kan afmaken.

'Goed. Ja, goed.' Hij staart door de voorruit naar buiten. 'Nou, van het een kwam het ander. Het werd een echte verhouding. Ken had geen flauw idee. Max en Denise hadden wel hun vermoedens, maar ze zeiden er niets over. Ik vroeg je moeder of ze hem wilde verlaten en zei dat hij haar verwaarloosde. Dat is belachelijk, ik weet het, maar ik hield van haar.'

Hij fronst zijn wenkbrauwen. 'Ik was bezig mezelf kapot te maken, en alleen zij kon me redden. Ken was mijn vriend, maar mijn liefde voor haar verblindde me. Dat is altijd al zo geweest.' Hij ademt hoorbaar uit.

'En?' dring ik na een paar tellen stilte aan.

'Ja... Nou, toen ze me vertelde dat ze zwanger was, dacht ik dat we er samen vandoor zouden gaan en dat ze met mij zou trouwen. Ik beloofde haar dat ik, als ze voor mij zou kiezen, serieus zou worden en er voor haar zou zijn... en voor jou.'

Ik voel dat hij naar me kijkt, maar ik weiger hem aan te kijken.

'Maar je moeder had het gevoel dat ik haar niet genoeg zekerheid kon bieden. Ik kon niet anders doen dan machteloos toezien en op mijn tong bijten toen zij en je... toen zij en Ken aankondigden dat ze een kindje verwachtten en diezelfde week nog zouden gaan trouwen.'

*Wát*? Ik kijk hem even aan, maar hij staart voor zich uit, duidelijk met zijn gedachten bij het verleden.

'Ik wilde het beste voor haar. Ik wilde haar goede naam niet door het slijk halen en kon Ken, of wie dan ook, dus niet vertellen wat er echt was gebeurd. Ik bleef mezelf maar wijsmaken dat hij wel wist dat het niet zijn kind was. Volgens je moeder had hij haar al maanden niet meer aangeraakt.' Zijn schouders beven lichtjes als er een rilling door hem heen gaat. 'Ik was getuige bij hun bescheiden bruiloft, in mijn nette pak. Ik wist dat hij haar meer kon geven dan ik. Ik was niet eens van plan om te gaan studeren. Het enige wat ik deed, was verlangen naar een getrouwde vrouw en me verliezen in oude romans die zo anders waren dan mijn leven. Ik had geen plannen en geen geld, en dat waren nu juist de dingen die zij nodig had.' Hij slaakt een zucht in een poging de herinnering te verdrijven.

Ik kijk hem aan, verbaasd over de gedachte die in me opkomt en die ik per se lijk te willen uitspreken. Ik bal mijn vuist en ontspan hem dan weer, in de hoop dat ik daardoor kan kalmeren.

Dan bal ik opnieuw mijn vuist en vraag met een stem die ik zelf niet herken: 'Dus mijn moeder gebruikte je gewoon om aan haar trekken te komen en dumpte je daarna omdat je geen geld had?'

Vance slaakt een diepe zucht. 'Nee. Ze heeft me niet gebruikt.' Hij werpt me een snelle blik toe. 'Ik weet dat het zo lijkt, en het was ook een idiote situatie, maar ze moest aan jou denken, en aan jouw toekomst. Aan mij had ze gewoon helemaal niks, ik was een complete loser. En er was niets wat voor me pleitte.'

'En nu zwem je in het geld,' merk ik bitter op. Hoe kan hij mijn moeder nu nog verdedigen? Wat mankeert hem? Maar dan denk ik aan mijn moeder, die twee mannen is kwijtgeraakt van wie er eentje later steenrijk is geworden terwijl zij zich uit de naad moest werken en in een krot woonde.

Vance knikt. 'Ja, maar dat kon ik toen natuurlijk nog niet weten. Ken had de zaken goed voor elkaar, ik niet. Punt uit.'

'Totdat hij zich elke avond klem begon te zuipen.' Mijn woede welt opnieuw op. Ik heb het gevoel dat ik nooit aan deze woede zal kunnen ontsnappen, zo verraden voel ik me. Ik heb verdomme mijn jeugd met een zatlap moeten doorbrengen terwijl Vance van het goede leven proefde.

'Dat heb ik dus ook verkloot,' zegt de man van wie ik zo lang heb gedacht dat ik hem kende, dat ik hem écht kende. 'Na jouw geboorte maakte ik een moeilijke tijd door, maar ik schreef me in aan de universiteit en hield van een afstand van je moeder...'

'Totdat?'

'Totdat je een jaar of vijf was. Je was jarig, we waren allemaal bij elkaar gekomen om dat te vieren. Je kwam de keuken uit gerend en riep om je vader...' Vance' stem breekt en ik bal mijn vuist nog steviger. 'Je hield een boek tegen je aan, en heel even vergat ik dat je het niet tegen mij had.'

Ik sla met mijn vuist op het dashboard. 'Laat me eruit,' beveel ik. Ik kan dit niet langer aanhoren. Wat een klerezooi. Het is te veel om in één keer te bevatten.

Vance negeert mijn uitbarsting en blijft door de woonwijk rijden. 'Die dag ging ik helemaal door het lint. Ik zei tegen je moeder dat ze Ken de waarheid moest vertellen. Ik had er genoeg van om je zo te zien opgroeien, en inmiddels had ik al vastomlijnde plannen om naar Amerika te vertrekken. Ik smeekte haar om met me mee te gaan, en om jou, mijn zoon, ook mee te nemen.'

*Mijn zoon.*

Mijn maag draait zich om. Ik zou nu gewoon uit de rijdende auto moeten springen. Ik kijk naar de fraaie huizen die we passeren en besluit dat ik duizend keer liever lichamelijke pijn voel dan dit.

'Maar ze zei nee en vertelde dat ze een test had laten doen, en... en dat je helemaal niet van mij was.'

'Wat?' Ik wrijf over mijn slapen. Ik zou met mijn hoofd tegen het dashboard beuken als ik dacht dat dat zou helpen.

Ik kijk naar hem en zie dat hij snel van links naar rechts kijkt. Dan valt het me op hoe hard hij rijdt en dat hij bij elk verkeerslicht en elk stopbord doorrijdt om te voorkomen dat ik uit de auto spring. 'Ik denk dat ze in paniek raakte, ik weet het ook niet.' Hij kijkt me aan. 'Ik wist wel dat ze loog, en jaren later gaf ze ook toe dat ze nooit een test had laten doen. Maar op dat moment hield ze voet bij stuk. Ze zei dat ik er niets meer over moest zeggen en bood haar excuses aan omdat ze de indruk had gewekt dat je wel van mij was.'

Ik richt mijn aandacht op mijn vuist. Spannen, ontspannen. Spannen, ontspannen...

'We hadden een jaar lang geen contact, maar daarna praatten we weer met elkaar...' begint hij, maar zijn stem klinkt vreemd.

'Neukten jullie weer met elkaar, bedoel je.'

Een luide zucht ontsnapt aan zijn mond. 'Ja... Elke keer wanneer we bij elkaar in de buurt kwamen, maakten we diezelfde fout. Ken maakte lange dagen omdat hij zijn mastertitel wilde halen, en zij zat thuis met jou. Jij leek zo veel op me: ik zag je altijd met je neus in een boek zitten. Misschien weet je het niet meer, maar ik bracht altijd leesvoer voor je mee. Ik gaf je mijn exemplaar van *The Great Gatsby...*'

'Hou op.' Ik kan niet tegen dat bewonderende gedweep terwijl bij mij verwrongen herinneringen naar boven komen.

'Zo zijn we jarenlang doorgegaan, in de veronderstelling dat niemand iets in de gaten had. Het was mijn schuld, ik bleef van haar houden. Het maakte niet uit wat ik deed, ze was altijd in mijn gedachten. Ik verhuisde naar de overkant van de straat om dichter in de buurt te kunnen zijn. Je vader wist het. Ik weet niet hoe hij erachter was gekomen, maar het was duidelijk dat hij het wist.' Na een korte stilte en een blik om zich heen voegt Vance eraan toe: 'In die tijd begon hij te drinken.'

Ik ga rechtop zitten en sla met mijn vlakke handen op het dashboard. Hij krimpt niet eens in elkaar. 'Dus je hebt me laten zitten met een vader die zoop? Die alleen maar zoop vanwege jou en mijn moeder?' Mijn woede vult de auto, maar ik krijg amper lucht.

'Ik probeerde haar over te halen, Hardin. Ik wil niet dat je haar de schuld geeft, maar ik probeerde haar over te halen om jou bij mij te laten wonen, maar dat wilde ze niet.' Hij haalt zijn handen door zijn haar en trekt eraan, bij de wortels. 'Hij ging steeds meer en vaker drinken, maar ze wilde nog altijd niet toegeven dat je van mij was, zelfs niet tegenover mij. En dus had ik geen andere keuze dan te vertrekken.'

Hij valt stil, en wanneer ik naar hem kijk, zie ik dat hij snel met zijn ogen knippert. Ik tast naar de deurgreep, maar hij geeft gas en drukt een paar keer achter elkaar het knopje van het slot in. Het klik-klik-klik echoot door de auto.

Vance neemt opnieuw het woord, met een stem die hol klinkt. 'Ik verhuisde naar Amerika en hoorde pas weer iets van je moeder nadat Ken haar had verlaten. Ze had geen geld en moest keihard werken om rond te komen. Ik verdiende toen al vrij aardig; niet zo veel als nu, maar ik kon het me permitteren om haar iets toe te stoppen. Ik kwam terug naar Engeland en kocht een huis voor ons alle drie. Ik zorgde voor haar, maar er was een afstand tussen ons. God mag weten waar Ken uithing, maar hij stuurde haar het bericht dat hij wilde scheiden. Toch wilde ze nog steeds geen vaste relatie met mij.' Vance fronst. 'Na alles wat ik had gedaan was het nog altijd niet genoeg.'

Ik weet nog dat we na het vertrek van mijn vader een tijdje bij hem hebben gewoond, maar ik heb er nooit veel achter gezocht. Ik had geen flauw idee dat zijn verleden met mijn moeder de reden was, of dat ik zijn zoon was. Mijn toch al aangetaste beeld van mijn moeder is nu helemaal in duigen gevallen. Ik heb geen greintje respect meer voor haar.

'Na mijn terugkeer naar Amerika bleef ik jullie financieel ondersteunen. Je moeder stuurde mijn cheque elke maand retour en beantwoordde mijn telefoontjes niet langer. Ik nam aan dat ze een ander had.'

'Dat had ze niet. Ze had het te druk met dag en nacht werken.' Mijn tienertijd was erg eenzaam, daarom kreeg ik zulke foute vrienden.

'Ik denk dat ze wachtte totdat hij terug zou komen,' zegt Vance snel. Dan valt hij even stil. 'Maar dat gebeurde niet. Hij bleef jarenlang zuipen, totdat er iets gebeurde waardoor hij besloot te stoppen. Hij nam weer contact met me op toen hij naar de Verenigde Staten verhuisde. Hij was nuchter en ik had net Rose verloren. Rose was de eerste vrouw sinds je moeder die ik kon aankijken zonder Trish voor me te zien. Ze was zo lief en maakte me erg gelukkig. Ik wist dat ik nooit meer met zo veel passie van iemand zou houden als ik van je moeder had gehouden, maar ik was tevreden met Rose. We waren gelukkig, we bouwden samen iets op, maar het geluk keerde zich tegen ons... en ze werd ziek. Ze beviel van Smith, en ik verloor haar...'

Mijn mond valt open. 'Smith.' Ik zat zo ingespannen naar zijn bezopen verhaal te luisteren dat ik dat joch helemaal was vergeten. Wat heeft dit te betekenen? *Jezus.*

'Dat wonderkind bood me een tweede kans om een vader te zijn. Na de dood van zijn moeder maakte hij me weer beter. Ik moest altijd aan jou als kind denken. Hij ziet er net zo uit als jij op die leeftijd, maar dan met lichter haar en lichtere ogen.'

Ik weet nog dat Tessa iets dergelijks beweerde toen we dat joch voor het eerst zagen, maar zelf zie ik het niet. 'Dit is... gewoon gestoord,' is alles wat ik kan uitbrengen. Mijn telefoon trilt in mijn zak, maar ik kijk alleen maar naar mijn been, alsof het een soort fantoomgevoel is. Het lukt me niet om op te nemen.

'Dat weet ik, en het spijt me. Na jouw verhuizing naar Amerika hoopte ik op een betere band tussen ons, zonder meteen een vaderfiguur te worden. Ik hield contact met je moeder, bood je een baan bij Vance aan en probeerde je zo goed mogelijk te leren kennen. Dat wil zeggen, voor zover je dat toestond. Ik herstelde mijn vriendschap met Ken, al zal het laatste restje vijandigheid nooit helemaal verdwijnen. Ik denk dat hij medelijden met me kreeg toen ik weduwnaar werd, en in die tijd was hij al veel veranderd. Ik wilde jou gewoon beter leren kennen en nam genoegen met wat ik kon krijgen. Ik weet dat je nu een hekel aan me hebt, maar ik wil graag geloven dat ik je in elk geval beter ken.'

'Je hebt mijn hele leven lang tegen me gelogen.'

'Dat weet ik.'

'En mijn moeder ook, en mijn... En Ken.'

'Je moeder ontkent het nog altijd,' zegt Vance, waarmee hij opnieuw een excuus voor haar verzint. 'Zelfs nu wil ze het nog altijd niet echt toegeven. En wat Ken betreft, die had altijd al zijn vermoedens, maar je moeder wilde die nooit bevestigen. Ik denk dat hij zich nog altijd vastklampt aan de kleine kans dat je inderdaad zijn zoon bent.'

Ik rol met mijn ogen nu ik die absurde uitspraak hoor. 'Je wilt beweren dat Ken Scott achterlijk genoeg is om te denken dat ik toch zijn zoon ben, hoewel jullie jarenlang achter zijn rug om met elkaar hebben geneukt?'

'Nee.' Hij zet de auto stil langs de kant van de weg en kijkt me serieus en indringend aan. 'Ken is beslist niet achterlijk. Hij is hoopvol. Hij hield van je, hij houdt nog steeds van je, en jij bent de reden dat hij de drank heeft laten staan en zijn studie heeft voltooid. Dat heeft hij allemaal voor jou gedaan, hoewel hij wist hoe het zat. Hij heeft er spijt van dat hij je zo veel heeft aangedaan en dat je moeder zo veel ellende heeft meegemaakt.'

Ik krimp ineen bij de gedachte aan mijn nachtmerries, aan wat die dronken soldaten haar al die jaren geleden hebben aangedaan.

'Dus er is niet eens een test gedaan? Hoe weet je dan dat je mijn vader bent?' Ik kan niet geloven dat ik dat echt vraag.

'Ik weet het. Jij weet het ook. Iedereen zei altijd dat je zo veel op Ken leek, maar ik weet dat mijn bloed door je aderen stroomt. Hij kan je vader niet zijn, dat klopt niet qua tijd. Ze kan met geen mogelijkheid zwanger van hem zijn geweest.'

Ik richt mijn blik op de bomen buiten en voel dat mijn telefoon weer begint te trillen. 'Waarom nu? Waarom vertel je me dit nu?' vraag ik. Mijn stem wordt luider en mijn kleine beetje geduld raakt snel op.

'Omdat je moeder paranoïde begint te worden. Ken heeft een week of twee geleden tegen me gezegd dat hij je wilde vragen om een DNA-test te laten doen om Karen te helpen, en toen ik dat tegen je moeder zei...'

'Een DNA-test? Waarom? En wat heeft Karen hiermee te maken?'

Vance kijkt even naar mijn been en dan naar zijn eigen mobieltje, dat op de middenconsole ligt. 'Neem maar op. Kimberly probeert mij ook te bereiken.'

Maar ik schud mijn hoofd. Ik bel Tessa wel zodra ik uit deze auto ben gestapt.

'Het spijt me allemaal heel erg. Ik snap niet wat me bezielde toen ik gisteravond naar haar toe ging. Ze belde me, en ik... Ik weet het gewoon niet. Ik wil met Kimberly trouwen. Ik hou meer van haar dan van wie dan ook, zelfs meer dan van je moeder. Het is een ander soort liefde, een liefde die wordt beantwoord, en ze is alles voor me. Mijn weerzien met je moeder was een grote fout waarvoor ik de rest van mijn leven zal moeten boeten. Het zou me niks verbazen als Kim me verlaat.'

*O, ga nu niet zielig zitten doen.* 'Wat denk je zelf dat er gebeurt als je mijn moeder op haar eigen aanrecht pakt?'

Hij kijkt me kwaad aan. 'Ze klonk in paniek en zei dat ze er voordat ze nogmaals ging trouwen zeker van wilde zijn dat haar verleden echt het verleden was. En ik ben het schoolvoorbeeld van iemand die slechte beslissingen neemt.' Hij tikt met zijn vingers op het stuur en klinkt duidelijk beschaamd.

'Ik anders ook,' mompel ik in mezelf. Ik reik naar de deurgreep.

Hij pakt me bij mijn arm. 'Hardin.'

'Niet doen.' Ik ruk mijn arm los en stap uit. Ik heb tijd nodig om dit allemaal te verwerken. Ik ben net bedolven onder antwoorden op vragen waarvan ik nooit heb geweten dat ik ze kon stellen. Ik moet kunnen ademen, ik moet tot rust komen, weg van hem. Ik wil mijn meisje, mijn redding.

'Je moet uit mijn buurt blijven. Dat weten we allebei,' zeg ik tegen hem wanneer hij niet meteen wegrijdt. Hij kijkt me even aan en knikt dan. Dan geeft hij gas en blijf ik alleen op straat achter.

Ik kijk om me heen en herken een gevel verderop in de straat. Dat betekent dat ik niet ver van mijn moeders huis ben. Het bloed klopt in mijn oren wanneer ik mijn telefoon pak om Tess te bellen. Ik moet haar stem horen, ze moet me terugvoeren naar de werkelijkheid.

Ik kijk naar het pand verderop, wachtend totdat ze op zal nemen, en voel de demonen in me strijden. Ze trekken me mee naar die vertrouwde duisternis. Elke keer dat het toestel overgaat, wordt de aantrekkingskracht van het donker sterker. Het duurt niet lang voordat mijn voeten me naar de overkant van de straat voeren.

Ik stop de telefoon terug in mijn zak, duw de deur open en loop mijn vertrouwde verleden binnen.

# 3

∞

## Tessa

Ik verplaats mijn gewicht van de ene op de andere voet en hoor de glasscherven knarsen onder mijn schoenen. Ik sta geduldig te wachten, of in elk geval zo geduldig als ik kan.

Mike rondt eindelijk zijn gesprek met de politie af en ik loop naar hem toe. ‘Waar zit hij?’ vraag ik, niet bepaald vriendelijk.

‘Hij is samen met Christian Vance vertrokken.’ Mikes blik verraadt geen enkele emotie. Daardoor kalmeer ik een beetje en zie ik in dat het niet zijn schuld is. Dit is nota bene zijn trouwdag, en die is nu verpest.

Ik kijk naar de kapotte meubels om me heen en negeer het gefluister van de nieuwsgierige toeschouwers. Ik voel me misselijk en moet mijn best doen om mezelf in de hand te houden. ‘Waar zijn ze naartoe?’

‘Dat weet ik niet.’ Hij slaat zijn handen voor zijn gezicht.

Kimberly tikt op mijn schouder. ‘Hoor eens, als we hier blijven hangen, wil de politie misschien ook nog met jou praten zodra ze met die jongens klaar zijn.’

Ik kijk even van de deur naar Mike, knik dan en loop met Kimberly mee naar buiten om te voorkomen dat ik de aandacht van de agenten trek.

‘Wil je Christian nog eens bellen? Ik móét Hardin gewoon spreken.’ De frisse lucht doet me huiveren.

‘Ik probeer het nog eens,’ belooft ze. We lopen over de parkeerplaats naar haar huurauto.

Een mismoedig gevoel neemt bezit van me wanneer ik weer een agent het chique café binnen zie lopen. Ik maak me zo’n zorgen over Hardin; niet vanwege de politie, maar vanwege zijn mogelijke reactie nu hij alleen met Christian is.

Smith zit heel bedaard op de achterbank. Ik plant mijn ellebogen op de kofferbak en doe even mijn ogen dicht.

'Hoe bedoel je, dat weet je niet?' Kimberly's luide stem doet me opschrikken uit mijn gedachten. 'Dan zoeken wij hem wel!' snauwt ze. Ze hangt op.

'Wat is er?' Mijn hart bonst zo luid dat ik bang ben dat ik haar antwoord niet zal verstaan.

'Hardin is uit de auto gestapt en Christian weet niet waar hij is gebleven.' Ze bindt haar haar in een paardenstaart. 'Het is bijna tijd voor die verrekte bruiloft,' zegt ze met een blik op de deuropening van het café. Daar staat Mike, in zijn eentje.

'Wat een ramp,' mompel ik, hevig hopend dat Hardin op weg hiernaartoe is.

Ik kijk opnieuw naar mijn telefoon en voel de paniek opwellen wanneer ik zijn naam op de lijst met gemiste oproepen zie staan. Met trillende handen kies ik zijn nummer en wacht. En wacht. Er wordt niet opgenomen. Ik blijf het proberen, maar ik krijg telkens weer zijn voicemail.

# 4

∞

## Hardin

'Whisky-cola,' zeg ik bars.

De kale barkeeper kijkt me chagrijnig aan, maar haalt wel een leeg glas uit het rek en vult het met ijsblokjes. Jammer genoeg heb ik er niet aan gedacht om Vance uit te nodigen. We hadden als vader en zoon een borrel kunnen pakken.

Jezus, wat een klerezooi. 'Maak er maar een dubbele van,' voeg ik eraan toe.

'Begrepen,' antwoordt de grote vent sarcastisch. Mijn blik dwaalt af naar de oude tv aan de muur en naar de tekst onder aan het scherm. Er is een reclamespotje van een verzekeringsmaatschappij te zien die haar waren blijkbaar aanprijst met een kirrende baby. Ik snap niet waarom ze verdomme in elke reclame een baby moeten gebruiken.

De barkeeper schuift zonder iets te zeggen het drankje over de houten bar naar me toe. Op hetzelfde moment maakt de baby een geluidje dat blijkbaar als nog schattiger dan kirren moet gelden. Ik breng het glas naar mijn lippen en sta mijn gedachten toe om me ver hiervandaan te voeren.

'Waarom heb je babyproducten gekocht?' vroeg ik.

Ze ging op de rand van de badkuip zitten en bond haar haar in een paardenstaart. Ik begon me bezorgd af te vragen of ze misschien overdreven vaak aan kinderen dacht. Daar zag het inmiddels wel naar uit.

'Het is geen babyproduct,' antwoordde Tessa lachend. 'Er staan toevallig een baby en een vader op de verpakking.'

'Ik snap echt niet wat daar zo aantrekkelijk aan is.' Ik pakte de doos met scheerspullen op die Tessa voor me had gekocht en bekeek de mollige wangen van de baby, me afvragend wat een baby in vredesnaam met scheren te maken had.

Ze haalde haar schouders op. 'Ik ook niet, maar blijkbaar verkoopt dit beter.'

'Misschien aan vrouwen die dit soort zooi voor hun vriendje of man kopen,' merkte ik op. Geen enkele weldenkende vent zou dit eigenhandig uit het schap pakken.

'Nee hoor, ik ben er zeker van dat vaders het ook kopen.'

'Ja, vast.' Ik rukte de doos open en legde de inhoud voor me neer. Toen keek ik haar in de spiegel aan. 'Een kommetje?'

'Ja, voor de scheerzeep. Het gaat beter als je de scheerkwast gebruikt.'

'Hoe weet jij dat nou?' Ik trok een wenkbrauw op, hopend dat ze geen ervaring met Noah had opgedaan.

Ze lachte breeduit. 'Omdat ik dat heb opgezocht!'

'Ja, natuurlijk heb je dat.' Mijn jaloezie verdween, en ze schopte speels naar me. 'En als je toch zo veel van scheren weet, mag je me wel komen helpen.'

Ik had tot dan toe altijd een simpel mesje en scheerschuim gebruikt, maar omdat ze hier duidelijk over had nagedacht, wilde ik haar haar zin geven. En eerlijk gezegd was het idee dat zij me zou scheren ongelooflijk opwindend. Tessa stond glimlachend op en kwam naast me bij de wastafel staan. Ze pakte de tube, vulde het kommetje en draaide toen met de kwast in het rond om de zeep te laten schuimen.

'Hier.' Ze gaf me glimlachend de kwast aan.

'Nee, doe jij het maar.' Ik stopte de kwast terug in haar hand en pakte haar bij haar middel. 'Daar ga je.' Ik tilde haar op en zette haar op de rand van de wastafel. Daarna duwde ik haar dijen uiteen en ging ertussenin staan.

Ze keek me behoedzaam maar geconcentreerd aan toen ze de kwast in de schuimende zeep doopte en ermee over mijn kaak streek.

'Ik wil vanavond helemaal niet de deur uit,' zei ik tegen haar. 'Ik heb nog zo veel werk liggen. En je leidt me af.' Ik pakte een van haar tieten vast en kneep er zachtjes in.

Ze trok met een ruk haar hand terug, waardoor er wat dotten zeep in mijn nek belandden.

'Gelukkig had je geen scheermes in je handen,' grapte ik.

'Gelukkig maar,' zei ze op spottende toon, en toen pakte ze het gloednieuwe scheermesje op. Ze beet even op haar volle lippen en vroeg: 'Weet je zeker dat je me dit wilt laten doen? Ik ben bang dat ik je per ongeluk zal bezeren.'

'Maak je geen zorgen.' Ik lachte tevreden. 'Ik weet zeker dat je dit ook eerst op internet hebt opgezocht.'

Ze stak op een kinderlijke manier haar tong uit, en ik boog me voorover zodat ik haar een kus kon geven voordat ze begon. Ze zei niets, want ik had natuurlijk gelijk.

'Maar als je me wel pijn doet, kun je er maar beter vandoor gaan.' Ik lachte.

Ze fronste opnieuw. 'Zit alsjeblieft stil.' Haar hand beefde een beetje, maar haar greep werd steeds vaster toen ze het scheermes langs mijn kaak haalde.

'Misschien moet je maar zonder mij gaan.' Ik deed mijn ogen dicht. Het was op een bepaalde manier troostend en opvallend rustgevend om door Tessa te worden geschoren. Ik had nog steeds geen zin om die avond bij mijn vader te gaan eten, maar Tessa werd tussen de vier muren van onze woning helemaal gek en had meteen ja gezegd toen Karen ons had uitgenodigd.

'Als we vanavond thuis willen blijven, maak ik een nieuwe afspraak voor het weekend. Ben je tegen die tijd klaar met je werk?'

'Dat hoop ik wel...' zei ik klaaglijk.

'Dan moet jij maar bellen. Ik begin hierna aan het eten, dan kun jij werken.' Ze tikte met haar vinger tegen mijn bovenlip om aan te geven dat ik mijn lippen moest intrekken en schoor daarna zorgvuldig de haartjes rond mijn mond weg.

Toen ze klaar was, zei ik: 'Je moet de rest van die wijn in de koelkast maar opdrinken. Die staat er al dagen zonder kurk en wordt straks nog azijn.'

'Ik... ik weet het niet.' Ze aarzelde. Ik wist waarom. Ik deed mijn ogen open en zag dat ze achter haar rug reikte om de kraan open te draaien en een handdoek nat te maken.

'Tess.' Ik legde mijn vingers onder haar kin. 'Je kunt rustig drinken waar ik bij ben. Ik ben niet een of andere verslaafde die daar niet tegen kan.'

'Dat weet ik, maar ik wil je geen ongemakkelijk gevoel geven. Ik zou sowieso niet al te veel wijn moeten drinken. Als jij niet drinkt, hoef ik het ook niet te doen.'

'Mijn probleem is niet het drinken. Het probleem is dat ik drink als ik kwaad ben over iets.'

'Dat weet ik.' Ze hapte naar adem.

Dat wist ze inderdaad.

Ze haalde de warme handdoek over mijn gezicht en veegde de overtollige scheerzeep weg.

'Ik gedraag me alleen als een lul wanneer ik mijn ellende probeer weg te drinken, en aangezien er de laatste tijd niets aan de hand is, hoef ik dat niet te doen.' Al wist ik dat dat ook geen ijzersterke garantie was. 'Ik heb geen zin om net zo'n type te worden als mijn vader en me half bewusteloos te drinken, zonder rekening te houden met de mensen om me heen. En omdat jij degene bent om wie ik het meeste geef, wil ik niet langer drinken waar jij bij bent.'

'Ik hou van je,' zei ze eenvoudigweg.

'En ik van jou.'

Om dat o zo serieuze moment wat luchtiger te maken, en omdat ik geen zin had er nog langer over te praten, keek ik naar haar lijf, zoals ze daar op de wastafel zat. Ze droeg een van mijn witte T-shirts, met alleen een zwart slipje eronder.

'Nu blijkt dat je me ook nog kunt scheren, moet ik je maar houden. Je kookt, je maakt schoon...'

Ze deelde een speelse tik uit en rolde met haar ogen. 'En wat houd ik eraan over? Je bent zo'n sloddervos, je helpt maar één keer in de week met koken, als je dat al doet. Je hebt een ochtendhumeur...'

Ik voorkwam dat ze nog meer zei door mijn hand tussen haar benen te leggen en haar slipje opzij te trekken.

'Er is wel iets waar je goed in bent.' Ze grinnikte toen ik een vinger in haar liet glijden.

'Eén ding maar?' Ik voegde er nog een vinger aan toe, en ze legde kreunend haar hoofd in haar nek.

De barkeeper laat zijn hand met kracht neerkomen op de toog voor me. 'Ik vroeg of je nog iets wilt drinken.'

Ik knipper een paar keer, kijk om me heen en dan op naar hem.

'Ja.' Ik geef hem het glas aan en merk dat de herinnering vervaagt nu ik op mijn tweede borrel wacht. 'Nog een dubbele.'

Die oude kale zak verdwijnt achter de bar en ik hoor een vrouwenstem verbaasd vragen: 'Hardin? Hardin Scott?'

Ik draai me om en kijk in het gezicht van Judy Welch, een oude vriendin van mijn moeder. Nou ja, dat was ze vroeger. 'Ja.' Ik knik. De tijd is niet bepaald vriendelijk voor haar geweest.

'Mijn god, hoe lang is het geleden... Zes jaar? Zeven? Ben je alleen?' Ze legt een hand op mijn schouder en hijst zich op de barkruk naast de mijne.

'Ja, zo'n beetje, en ja, ik ben in mijn eentje. Mijn moeder zie je hier niet.'

Judy heeft het ongelukkige gezicht van een vrouw die in haar leven al veel te veel heeft gedronken. Haar haar is net zo witblond als het was toen ik nog een tiener was, en haar nepborsten lijken te groot voor haar tengere lijf. Ik weet nog dat ze me de eerste keer aanraakte. Ik voelde me een echte man omdat ik ging neuken met een vriendin van mijn moeder. Maar nu ik haar zo zie, wil ik haar met geen vinger aanraken, en zeker niet met een ander lichaamsdeel.

Ze knipoogt naar me. 'Je bent ook een grote jongen geworden.'

Mijn glas wordt voor me neergezet. Ik sla het binnen een paar tellen achterover.

'Net zo'n spraakwaterval als vroeger.' Ze geeft me nogmaals een klopje op mijn schouder en roept naar de barkeeper dat ze wil bestellen. Dan kijkt ze mij weer aan. 'Kom je je verdriet verdrinken? Een gebroken hart lijmen?'

'Nee, geen van beide.' Ik laat het glas tussen mijn vingers heen en weer rollen en luister naar de ijsblokjes die tegen het glas tikken.

'Nou, ik kom allebei doen. Dus laten we samen een borrel pakken,' zegt Judy met een glimlach die ik me uit het verre verleden herinner, en ze bestelt voor ons beiden een rondje goedkope whisky.

# 5

∞

## Tessa

Kimberly heeft Christian aan de telefoon zo de huid vol gescholden dat ze na het gesprek even op adem moet komen. Ze steekt haar hand uit en pakt mijn schouder vast. 'Ik hoop dat Hardin even een ommetje maakt om over alles na te denken. Christian zei dat hij hem ruimte wilde geven.' Ze maakt een afkeurend geluidje.

Maar ik ken Hardin, en ik weet dat hij niet zomaar ommetjes maakt om na te denken. Ik probeer hem opnieuw te bellen, maar ik krijg meteen de voicemail. Hij heeft zijn telefoon uitgezet.

'Wat denk je, komt hij nog naar de bruiloft?' Kim kijkt me aan. 'Zal hij herrie gaan trappen?'

Ik wil antwoorden dat hij dat nooit zou doen, maar dat kan ik niet met zekerheid zeggen, niet na wat er allemaal is gebeurd.

'Ik kan gewoon niet geloven dat ik dit echt ga voorstellen,' zegt Kimberly voorzichtig, 'maar misschien moet je toch meegaan naar de bruiloft. In elk geval om ervoor te zorgen dat hij de boel niet op stelten zet. Bovendien is hij waarschijnlijk naar je op zoek, en als jullie elkaar niet kunnen bereiken, is dat waarschijnlijk de eerste plek waar hij gaat zoeken.'

Ik word misselijk bij de gedachte dat Hardin in de kerk opduikt om daar herrie te schoppen, maar ik ben ook egoïstisch genoeg om te hopen dat hij daarnaartoe zal komen. Ik heb anders namelijk geen schijn van kans om hem te vinden. En ik vraag me af of hij wel gevonden wil worden. Hij heeft immers zijn telefoon uitgezet.

'Ja, dat zou kunnen. Misschien moet ik meegaan en buiten blijven wachten?' stel ik voor.

Kimberly knikt instemmend, maar haar gezicht betrekt wanneer er een gestroomlijnde zwarte auto aan komt rijden die naast haar huurauto blijft staan.

Christian stapt uit. Hij heeft zijn nette pak aan. 'Hebben jullie al iets gehoord?' vraagt hij. Hij loopt naar ons toe en wil Kimberly een zoen op haar wang geven – uit gewoonte, neem ik aan – maar ze deinst terug voordat zijn lippen haar wang raken.

'Het spijt me,' hoor ik hem tegen haar fluisteren.

Ze schudt haar hoofd en richt haar aandacht op mij. Ik heb zo met haar te doen. Een dergelijk bedrog heeft ze niet verdiend, maar niemand verdient een partner die vreemdgaat. Bedrog kent geen vooroordelen en kiest altijd een prooi uit die het niet heeft verdiend en het niet zag aankomen.

'Tessa gaat mee om tijdens de bruiloft een oogje in het zeil te houden, voor het geval Hardin opduikt,' legt ze uit. Dan kijkt ze Christian recht aan. 'Dus wanneer wij binnen zitten, zorgt zij ervoor dat niets deze bijzondere dag kan verstoren.' Het venijn in haar stem is overduidelijk, maar ze blijft kalm.

Christian schudt zijn hoofd. 'We gaan niet naar die bruiloft. Niet na al dat gedoe.'

'Waarom niet?' vraagt Kimberly. Ze heeft een doffe blik in haar ogen.

'Vanwege dit.' Vance gebaart van haar naar mij. 'En omdat mijn zonen allebei belangrijker zijn dan een bruiloft, zeker deze. Ik kan niet van je verlangen dat je glimlachend in dezelfde ruimte gaat zitten als zij.'

Kimberly lijkt verbaasd, maar ook deels gerustgesteld door zijn woorden. Ik kijk zwijgend toe en voel me niet op mijn gemak omdat Christian het voor het eerst over zijn 'zonen' heeft. Er is zo veel wat ik tegen hem zou kunnen zeggen – er zijn zo veel lelijke woorden die ik hem dolgraag naar zijn hoofd wil slingeren – maar ik weet dat ik dat niet moet doen. Het zou ons niet veel verder helpen en ik moet me nu op Hardin concentreren, op waar hij zou kunnen uithangen en hoe hij dit verwerkt.

'De mensen gaan natuurlijk kletsen. Zeker Sasha.' Kimberly fronst.

'Sasha kan me geen zak schelen, en Max ook niet. Niemand kan me iets schelen. Laat die lui maar kletsen. Wij wonen in Seattle, niet in Hampstead.' Hij pakt haar handen vast en zij staat dat toe. 'Ik wil nu maar één ding doen, en dat is mijn fouten rechtzetten,' zegt hij met trillende stem. Ik voel dat mijn kille woede jegens hem langzaam begint weg te smelten. Heel, heel langzaam.

'Je had Hardin nooit moeten laten uitstappen,' zegt Kimberly. Ze trekt haar handen niet terug.

'Ik kon hem niet tegenhouden. Je kent Hardin. En bovendien kreeg ik mijn gordel niet op tijd los, en ik had geen idee waar hij naartoe... Verdomme!' zegt hij, en Kimberly knikt instemmend.

Ik weet dat ik niet eeuwig mijn mond kan houden. 'Waar denk je dat hij naartoe is gegaan? Waar moet ik hem zoeken als hij niet op tijd terug is voor de bruiloft?'

'Nou, ik heb al in de twee kroegen gekeken die rond deze tijd open zijn,' zegt Vance fronsend. 'Voor de zekerheid.' Zijn uitdrukking verzacht nu hij zijn blik op mij richt. 'Ik had het aan jullie samen moeten vertellen. Het was een vergissing om dat niet te doen, en ik weet dat hij je nu hard nodig heeft.'

Ik knik alleen maar, niet in staat om een antwoord te bedenken dat ook maar in de buurt van iets beleefds komt, en pak opnieuw mijn mobieltje om Hardin te bellen. Ik weet dat zijn toestel uit staat, maar ik moet het proberen.

Ondertussen kijken Kimberly en Christian elkaar zwijgend aan, hun handen verstrengeld, zoekend naar een teken in de ogen van de ander. Wanneer ik ophang, kijkt Christian me aan en zegt: 'Over twintig minuten begint de bruiloft. Als je wilt, kun je meerijden.'

Kimberly steekt een hand op. 'Ik breng haar wel. Breng jij Smith maar naar het hotel.'

'Maar...' begint hij, maar na een blik op haar gezicht besluit hij zijn zin niet af te maken. 'Je komt toch wel terug naar het hotel, hè?' Hij kijkt angstig.

'Ja.' Ze slaakt een zucht. 'Ik stap echt niet op het vliegtuig terug naar huis.'

Christians paniek maakt plaats voor opluchting, en hij laat Kimberly's handen los. 'Wees voorzichtig en bel me als je iets nodig hebt. Je weet waar de kerk is, hè?'

'Ja. Geef me je sleutels.' Ze steekt een hand uit. 'Smith is in slaap gevallen en ik wil hem niet wakker maken.'

Inwendig juich ik haar krachtdadige houding toe. Als ik haar was, zou ik nu compleet van de kaart zijn. Dat ben ik ook, diep vanbinnen.

Nog geen tien minuten later zet Kimberly me af voor een kleine kerk. De meeste gasten zijn al binnen, en buiten op de trap hangen slechts een paar laatkomers rond. Ik ga op een bankje zitten en kijk of ik Hardin ergens verderop in de straat zie.

Vanaf mijn plek op het bankje hoor ik dat 'Daar komt de bruid' wordt ingezet. Ik stel me Trish voor die in haar bruidsjapon door het middenpad naar haar aanstaande loopt. Ze glimlacht stralend en ziet er zo mooi uit.

Maar de Trish in mijn verbeelding is niet dezelfde als de moeder die liegt over de vader van haar enige zoon.

De laatste gasten op de trap lopen naar binnen om getuige te zijn van de huwelijksvoltrekking van Trish en Mike. De minuten verstrijken. Ik hoor vrijwel alles wat er binnen in de kerk gebeurt. Een half uurtje later juichen de aanwezigen omdat de bruid en bruidegom nu echt man en vrouw zijn en ik beschouw dat als een teken om te vertrekken. Ik weet niet waar ik naartoe moet, maar ik kan hier niet blijven zitten wachten. Straks komt Trish naar buiten, en het laatste wat ik wil, is een ongemakkelijke ontmoeting met de kersverse echtgenote.

Ik loop via dezelfde weg terug, of dat denk ik althans. Het maakt niet uit, ik hoef toch nergens naartoe. Ik pak opnieuw mijn telefoon en kies nogmaals Hardins nummer, maar zijn toestel staat nog altijd uit. Mijn accu is nog maar halfvol, maar ik wil mijn mobieltje niet uitzetten omdat ik een eventueel telefoontje van Hardin niet wil missen.

Terwijl ik doelloos door de buurt zwerf en hier en daar bij cafés en restaurants naar binnen kijk, gaat de zon langzaam onder. Ik had Kimberly moeten vragen of ze me een van hun huurauto's wilde lenen, maar op dat moment dacht ik er niet aan en had zij wel iets anders aan haar hoofd. Hardins huurauto staat nog altijd bij het café, maar ik heb geen reservesleutel.

Bij elke stap die ik zet, wordt Hampstead minder mooi en minder chic. Mijn voeten beginnen pijn te doen en het wordt steeds frisser nu de zon achter de horizon verdwijnt. Ik had een andere jurk moeten aantrekken, en andere schoenen. Als ik had geweten hoe het vandaag zou gaan, had ik sportkleren en gympen aangedaan, zodat ik Hardin achterna had kunnen rennen. Als ik ooit nog eens met hem op reis ga, wordt dat mijn vaste outfit.

Na een tijdje weet ik niet meer of ik het me verbeeld of dat de straat waar ik ben me echt bekend voorkomt. Er staan rijen kleine huisjes die me aan het huisje van Trish doen denken, maar toen Hardin ons daar voor het eerst naartoe reed, zat ik voortdurend te knikkebollen, dus nu weet ik het niet zeker. Ik ben blij dat er bijna geen hond op straat is. Als de cafés nu waren leeggestroomd had ik me zeker niet op mijn gemak gevoeld. Ik barst bijna in tranen uit wanneer ik even verderop het huisje van Trish meen te zien. Het is al donker, maar de straatlantaarns branden inmiddels en nu ik dichterbij kom, weet ik zeker dat het haar huis is. Ik weet niet of Hardin binnen is, maar ik hoop maar dat de deur niet op slot zit. Dan kan ik in elk geval een glas water pakken en even uitrusten. Ik loop nu al uren rond en mag me gelukkig prijzen dat ik een straat heb gevonden waar ik eerder ben geweest.

Vlak bij het huis van Trish wordt mijn aandacht getrokken door een oud, verlicht uithangbord in de vorm van een glas bier. Het is een kleine kroeg, ingeklemd tussen een huis en een steeg. Er loopt een rilling over mijn rug. Het moet voor Trish erg zwaar zijn geweest om zo dicht bij de kroeg te wonen waar de mannen die haar hebben aangevallen eerder zaten te drinken. Hardin heeft een keer gezegd dat ze een verhuizing niet kon betalen. Het verbaasde me dat hij er zo achteloos over sprak, maar geld is zo vaak een bron van ellende.

Ik weet gewoon dat hij daar zit.

Ik loop naar de kroeg toe en duw de metalen deur open. Ik voel me heel erg opgelaten in mijn jurk en op blote voeten. Ik zet mijn schoenen neer, die ik een uur geleden al heb uitgetrokken, en trek ze weer aan. De bandjes schuren langs de blaren op mijn enkels, waardoor ik in elkaar krimp van de pijn.

Binnen is het niet druk, zodat ik Hardin meteen aan de bar zie zitten, met een glas aan zijn mond. De moed zinkt me in de schoenen. Ik wist wel dat ik hem zo zou aantreffen, maar mijn vertrouwen in hem krijgt nu wel een erg grote deuk. Ik had met heel mijn hart gehoopt dat hij zijn verdriet niet zou wegdrinken. Ik haal diep adem en loop naar hem toe.

'Hardin.' Ik tik op zijn schouder.

Hij draait zich om op zijn kruk en kijkt me aan. Ik voel dat mijn maag zich omdraait. Zijn ogen zijn zo bloeddoorlopen dat het wit bijna onzichtbaar is. Zijn wangen zijn rood en zijn adem ruikt zo sterk naar drank dat ik het bijna kan proeven. Het zweet staat meteen in mijn handen en mijn mond wordt droog.

‘Kijk eens wie we daar hebben,’ zegt hij met dubbele tong. Het glas in zijn hand is bijna leeg, en ik krimp ineen wanneer ik de drie lege glazen voor hem op de bar zie. ‘Hoe heb je me gevonden?’ Hij legt zijn hoofd in zijn nek, drinkt het laatste restje bruine drank uit zijn glas en roept dan ‘Nog een!’ naar de man achter de bar.

Ik houd mijn gezicht vlak voor dat van Hardin, zodat hij niet weg kan kijken. ‘Liefje, gaat het?’ Ik weet dat het antwoord op die vraag ‘Nee’ luidt, maar ik weet pas hoe ik hem moet behandelen als ik zijn stemming heb kunnen peilen. En wanneer ik weet hoeveel hij al heeft gedronken.

‘Liefje,’ zegt hij op vage toon, alsof hij aan iemand anders denkt. Maar dan keert zijn concentratie terug en schenkt hij me een overrompelende glimlach. ‘Ja, ja, het gaat wel. Ga zitten. Wil je wat drinken? Je moet wat drinken. Barkeeper, nog eentje!’

De barkeeper kijkt me aan en ik schud van nee. Dat ontgaat Hardin, die de kruk naast hem naar zich toe trekt en een klopje op de zitting geeft. Ik kijk even om me heen en ga dan op de kruk zitten.

‘Hoe heb je me gevonden?’ vraagt hij weer.

Zijn gedrag brengt me van mijn stuk en zet me op scherp. Hij is duidelijk dronken, maar dat is niet wat me dwarszit: het is de akelige kalmte in zijn stem. Die heb ik eerder gehoord, en het is nooit een voorbode van iets goeds.

‘Ik heb urenlang rondgelopen, totdat ik het huis van je moeder aan de overkant van de straat zag en ik wist... Nou ja, toen wist ik dat ik je hier moest zoeken.’ Ik huiver bij de gedachte aan de verhalen die Hardin me heeft verteld, over Ken die hier elke avond zat te drinken.

‘Mijn kleine speurneus,’ zegt Hardin zacht. Hij steekt een hand uit en strijkt mijn haar achter mijn oor. Ik krimp niet ineen en deins niet terug, hoewel het onrustige gevoel in me steeds sterker wordt.

‘Ga je mee? Ik wil dat we vannacht in het hotel slapen, dan kunnen we morgenochtend vertrekken.’

Op dat moment zet de barkeeper zijn glas voor hem neer. Hardin kijkt er onderzoekend naar. ‘Nog niet.’

‘Toe nou, Hardin.’ Ik kijk hem recht in zijn bloeddoorlopen ogen. ‘Ik ben moe en ik weet dat jij dat ook bent.’ Omdat ik Christian en Ken niet wil noemen, gooi ik het op mijn eigen zwakheid. Ik leun dichter naar hem toe. ‘Ik heb zulke zere voeten en ik heb je heel erg gemist. Christian heeft je al gezocht, maar hij kon je niet vinden. Ik sjok al de hele middag in het rond en wil nu graag terug naar het hotel. Samen met jou.'

Ik ken hem goed genoeg om te weten dat ik niet al te serieus moet doen, want dan wordt hij kwaad en is het gedaan met die kalmte.

'Dan heeft hij ook niet goed gezocht. Hij heeft me aan de overkant afgezet...' Hardin houdt zijn glas omhoog. 'Tegenover de kroeg.'

Ik buig me naar hem toe, maar voordat ik kan bedenken wat ik wil zeggen, gaat hij verder: 'Pak een borrel. Mijn vriendin is er ook, die trakteert je wel.' Hij gebaart naar de glazen op de bar. 'We kwamen elkaar in dat andere voortreffelijke drinklokaal tegen, maar ik heb haar hiernaartoe meegenomen. Vanwege de goede oude tijd.'

De moed zakt me in de schoenen. 'Vriendin?'

'Een oude vriendin van de familie.' Hij knikt naar een vrouw die net het toilet uit komt. Ze is eind dertig, begin veertig, met blond haar dat uit een flesje komt. Ik ben blij dat het geen jonge vrouw is, want het ziet ernaar uit dat Hardin al een tijdje met haar zit te drinken.

'Ik vind echt dat we moeten gaan,' dring ik aan. Ik probeer zijn hand te pakken.

Hij deinst terug. 'Judith, dit is Theresa.'

'Judy,' zegt ze, op hetzelfde moment dat ik 'Tessa' zeg.

'Leuk je te leren kennen.' Ik dwing mezelf te glimlachen en wend me weer tot Hardin. 'Toe nou,' zeg ik.

'Judy wist dat mijn moeder een hoer was,' zegt Hardin. De stank van de whisky zet opnieuw de aanval op mijn reukzin in.

'Dat zei ik niet.' De vrouw schiet in de lach. Ze is te jeugdig gekleed voor haar leeftijd. Haar topje is te laag uitgesneden en haar wijd uitlopende jeans is te strak.

'Dat zei ze wel. Mijn moeder heeft de schurft aan Judy!' Hardin glimlacht.

De onbekende vrouw beantwoordt zijn glimlach. 'Waarom zou dat nou zijn?'

Ik krijg het gevoel dat ik getuige ben van een of andere grap die alleen zij begrijpen. 'Waarom dan?' vraag ik zonder nadenken.

Hardin kijkt haar waarschuwend aan en maakt een afwijzend gebaar met zijn hand. Ik moet me tot het uiterste beheersen om hem niet van zijn barkruk te duwen. Als ik niet had geweten dat hij zich zo gedraagt om zijn pijn te vergeten had ik dat gedaan ook.

'Lang verhaal, mop.' De vrouw wenkt de barkeeper. 'Maar goed, je ziet eruit alsof je wel een tequila kunt gebruiken.'

'Nee, ik hoef niets.' Het laatste wat ik wil, is een drankje.

'Doe eens relaxed, schatje.' Hardin leunt naar me toe. 'Jij bent niet degene die net heeft ontdekt dat het hele leven tot nu toe een grote leugen is geweest, dus doe relaxed en drink iets met me.'

Ik heb heel erg met hem te doen, maar drinken is niet de oplossing. Ik moet hem hier weg zien te krijgen. Nu.

'Wil je een frozen margarita, of eentje zonder ijs? Veel keuze heb je niet in een tent als deze,' zegt Judy tegen me.

'Ik zei verdomme toch dat ik niets wil drinken,' snauw ik.

Ze spert haar ogen open, maar herstelt zich snel. Ik ben al net zo verbaasd over mijn uitbarsting als zij. Ik hoor Hardin naast me grinniken, maar ik houd mijn blik gericht op deze vrouw, die duidelijk van haar geheimen geniet.

'Ook goed. Rustig aan, zeg.' Ze graaft in haar veel te grote handtas naar een pakje sigaretten en een aansteker. Ze steekt er een op en vraagt 'Ook eentje?' aan Hardin.

Ik kijk naar hem, en tot mijn verbazing knikt hij. Judy reikt achter me langs om hem de sigaret aan te geven die ze net nog in haar mond hield. Wat is dit voor vreselijk mens?

Hardin klemt dat walgelijke ding tussen zijn lippen en neemt een trekje. De rook kringelt tussen ons in omhoog.

Ik sla mijn hand voor mijn mond en neus en kijk hem kwaad aan. 'Sinds wanneer rook jij?'

'Dat heb ik altijd al gedaan. Alleen niet meer sinds ik aan WCU begon.' Hij neemt nog een trekje. Het gloeiende rode puntje van de sigaret daagt me zo uit dat ik mijn hand uitsteek, de sigaret tussen Hardins lippen vandaan gris en die in zijn halfvolle glas laat vallen.

'Jezus, mens!' schreeuwt hij bijna, met zijn blik gericht op zijn verpeste drankje.

'We gaan weg. Nu.' Ik laat me van de kruk glijden, pak Hardins mouw vast en begin eraan te trekken.

'Nee, dat gaan we niet.' Hij rukt zich los uit mijn greep en probeert de aandacht van de barkeeper te trekken.

'Hij wil hier blijven,' bemoeit Judy zich ermee.

Ik kook inmiddels van woede. Dit mens werkt me ongelooflijk op de zenuwen. Ik kijk haar diep in haar ogen, waarin een spottende blik staat, al is die moeilijk te onderscheiden vanwege de dikke lagen mascara. 'Ik geloof niet dat ik jou iets heb gevraagd. Bemoei je met je eigen zaken en zoek maar een nieuw drinkmaatje, want wij gáán!' roep ik.

Ze kijkt even naar Hardin, duidelijk in de verwachting dat hij het voor haar zal opnemen, en dan besef ik hoe het zit tussen die twee. Dit is niet de manier waarop een 'oude vriendin van de familie' zich zou gedragen tegenover de zoon des huizes die half zo oud is als zij.

'Ik zei dat ik hier wil blijven,' zegt Hardin nadrukkelijk.

Ik heb mijn best gedaan, maar hij luistert niet. Het laatste wat ik kan doen, is proberen hem jaloers te maken. Dat is erg gemeen van me, zeker nu hij er zo aan toe is, maar hij laat me geen andere keuze.

'Nou,' begin ik, terwijl ik overdreven om me heen kijk, 'als jij me niet wilt terugbrengen naar het hotel zoek ik wel iemand anders die dat wil doen.' Mijn blik blijft rusten op de jongste man in de kroeg, die met zijn vrienden aan een tafeltje zit. Ik geef Hardin even de tijd om te reageren, maar wanneer hij dat niet doet, loop ik naar het groepje toe.

Binnen een paar tellen grijpt Hardin me bij mijn arm. 'O nee, dacht het niet.'

Ik draai me met een ruk om en zie dat hij in zijn haast zijn barkruk heeft omgegooid. Judy doet een onhandige poging om het ding overeind te zetten.

'Breng me dan naar het hotel.' Ik hef uitdagend mijn kin op.

'Ik ben dronken,' zegt hij, alsof dat alles verklaart.

'Dat weet ik. We nemen wel een taxi naar Gabriel's, en dan rijd ik de huurauto naar het hotel.' Diep in mijn hart hoop ik maar dat dit plan zal werken.

Hardin kijkt me even met samengeknepen ogen aan. 'Je hebt het allemaal al uitgedacht, hè?' mompelt hij op sarcastische toon.

'Nee, maar hier blijven zal ons ook niet verder helpen. Of je betaalt voor je drank en gaat met me mee, of ik ga met een ander weg.'

Hij laat zijn greep verslappen en doet een stap in mijn richting. 'Nu moet je niet gaan dreigen. Ik kan net zo goed met iemand anders meegaan,' zegt hij, met zijn gezicht op een paar centimeter van dat van mij.

Ik negeer de pijnlijke steek van jaloezie die door me heen gaat. 'Toe dan. Ga maar met Judy mee. Ik weet dat je vroeger met haar naar bed bent geweest. Dat zie ik gewoon,' zeg ik op vlakke, maar uitdagende toon. Ik houd mijn rug recht.

Hij kijkt naar mij, dan naar haar en glimlacht zwakjes. Ik krimp ineen en hij fronst. 'Dat stelde niet veel voor. Ik kan me er amper iets van herinneren.' Hij probeert me een beter gevoel te geven, maar zijn woorden hebben het tegenovergestelde effect.

'Nou? Wat wordt het?' Ik trek mijn wenkbrauwen op.

'Verdomme,' zegt hij grommend, maar hij stommelt onvast naar de bar om de rekening te betalen. Hij keert de inhoud van zijn zakken om boven de toog, en nadat de barkeeper wat geld heeft gepakt, schuift hij de rest naar Judy toe. Ze kijkt naar hem en dan naar mij en lijkt een beetje in elkaar te zakken, als een ballon die langzaam leegloopt.

Op weg naar buiten zegt Hardin 'De groeten van Judy,' en dat maakt me nog kwader.

'Hou je mond over dat mens,' snauw ik.

'Jaloers, Theresa?' zegt hij met dubbele tong. Hij slaat een arm om me heen. 'Kut, ik heb zo de schurft aan deze buurt, aan die kroeg, aan dat huis.' Hij wijst naar het huisje aan de overkant van de straat. 'Hé, zal ik je eens iets grappigs vertellen? Vance heeft daar gewoond.' Hardin wijst naar een bakstenen huis recht tegenover de kroeg. Op de bovenste verdieping brandt een zwakke lamp en op de oprit staat een auto geparkeerd. 'Ik vraag me af wat hij aan het doen was toen die kerels naar ons huis kwamen.' Hardin laat zijn blik over de grond dwalen en bukt zich dan. Voordat ik besef wat er gebeurt, heeft hij zijn arm achter zijn hoofd gebogen, een baksteen in zijn hand.

'Hardin, nee!' schreeuw ik. Ik grijp hem bij zijn arm. De baksteen valt uit zijn hand en rolt weg over het plaveisel.

'Kut.' Hij wil hem opnieuw oprapen, maar ik ga voor hem staan. 'Het is allemaal kut! Deze straat is kut! Die kroeg is kut, en dat huis is ook kut! En iedereen kan de tering krijgen!'

Hij strompelt de straat op. 'Als ik van jou dat huis niet kapot mag maken...' Zijn stem sterft weg. Ik trek mijn schoenen uit en loop achter hem aan naar de overkant van de straat, de voortuin van zijn ouderlijk huis in.

# 6

∞

## Tessa

In mijn haast om Hardin te volgen naar de voortuin van het huis waar hij zijn moeilijke jeugd heeft doorgebracht struikel ik over mijn eigen blote voeten. Ik val op mijn knie op het gras, maar kruip snel weer overeind. Ik hoor Hardin aan de deurknop morrelen en vervolgens geërgerd met zijn vuist tegen de houten deur slaan.

'Hardin, kom nu mee naar het hotel.' Ik loop naar hem toe.

Hij negeert me en bukt zich om iets op te pakken wat naast de voordeur op de grond ligt. Ik vermoed dat het een reservesleutel is, maar al snel zie ik dat ik het mis heb. Het is een steen, zo groot als zijn vuist, waarmee hij het ruitje midden in de voordeur inslaat. Hij steekt zijn arm door het ruitje, waarbij hij zich gelukkig niet snijdt aan het gebroken glas, en maakt van binnenuit de deur open.

Ik kijk om me heen, maar de stille straat is verlaten. Er komt niemand naar buiten, niemand is gealarmeerd door het lawaai van brekend glas en er springt nergens licht aan. Ik hoop maar dat Trish en Mike vanavond de nacht ergens in een duur hotel doorbrengen en niet bij Mike thuis slapen. Ze zijn geen van beiden rijk genoeg voor een huwelijksreis met alles erop en eraan.

'Hardin.' Ik heb het gevoel dat ik elk moment kopje-onder kan gaan en doe mijn best om boven water te blijven, maar ik weet dat we door één kleine vergissing allebei kunnen verdrinken.

'Dit kuthuis heeft me nooit iets goeds gebracht,' bromt hij, struikelend over zijn eigen voeten. Hij weet de leuning van een bankje vast te grijpen voordat hij valt. Ik kijk de woonkamer rond en zie tot mijn opluchting dat bijna alles al in dozen is ingepakt of is weggehaald, als voorbereiding op de sloop die na de verhuizing van Trish zal beginnen.

Hij knijpt zijn ogen tot spleetjes en kijkt naar de bank. 'Deze bank...' Hij drukt even met zijn vingers tegen zijn voorhoofd voordat hij vergaat. 'Hier is het gebeurd, wist je dat? Op deze kutbank.'

Nu ik hem dat hoor zeggen, weet ik zeker dat hij niet langer zichzelf is. Ik heb hem maanden geleden immers horen opscheppen dat hij die bank kapot had gemaakt. 'Dat kloteding was zo gemakkelijk aan stukken te snijden,' zei hij toen.

Ik kijk naar de bank voor ons. Uit de stevige kussens en de schone bekleding blijkt duidelijk dat dit een nieuw exemplaar is. Mijn maag draait zich om, niet alleen vanwege de herinnering, maar ook omdat ik weet waar Hardins stemming toe zal leiden.

Hij doet heel even zijn ogen dicht. 'Misschien had een van die lamzakken van vaders van me een nieuwe kunnen kopen.'

'Ik weet dat dit je allemaal te veel wordt en dat vind ik zo erg voor je.' Ik wil hem troosten, maar hij blijft me negeren.

Hij doet zijn ogen open en loopt naar de keuken. Ik volg op een meter afstand. 'Waar ligt het...' mompelt hij. Hij laat zich op zijn knieën voor het gootsteenkastje zakken. 'Hebbes.' Hij haalt een fles gevuld met een doorzichtig drankje tevoorschijn. Ik wil niet vragen van wie de fles was, of is, en hoe die daar is beland. Aan het laagje stof te zien dat op Hardins zwarte T-shirt achterblijft wanneer hij er met de fles overheen wrijft, staat het ding er al minstens een paar maanden.

Hij loopt terug naar de woonkamer. Ik loop weer achter hem aan en heb geen idee wat hij van plan is.

'Ik weet dat je van streek bent. En je hebt het volste recht om overstuur te zijn.' In een wanhopige poging om zijn aandacht te trekken ga ik voor hem staan, maar hij wil me niet eens aankijken. 'Maar kunnen we nu alsjeblieft teruggaan naar het hotel?' Ik wil zijn hand pakken, maar hij trekt hem weg. 'Dan kunnen we praten en kun jij weer nuchter worden. Of je kunt gaan slapen. Het maakt niet uit wat je wilt, maar ga met me mee.'

Hardin loopt om me heen naar de bank. 'Daar lag ze.' Hij wijst met de fles drank naar het meubelstuk. 'En er was verdomme niemand die iets deed. Geen van die klootzakken deed iets.' Hij spuugt en draait de dop van de fles. Dan zet hij die aan zijn lippen, legt zijn hoofd in zijn nek en klokt de drank weg.

'Zo is het wel genoeg!' roep ik. Ik loop naar hem toe, bereid om die fles uit zijn handen te rukken en kapot te smijten op de tegels in de keuken. Ik wil alles doen wat nodig is om te voorkomen dat hij nog meer drinkt. Ik weet niet hoeveel alcohol zijn lichaam nog kan verdragen voordat hij buiten westen raakt.

Hardin neemt nog een slok en houdt dan op. Met de rug van zijn hand veegt hij de gemorste druppels van zijn mond en kin. Dan kijkt hij me voor het eerst sinds we hier naar binnen zijn gelopen aan en begint te grijnzen. 'Wat? Wil je ook wat?'

'Nee. Of ja, dat wil ik wel,' lieg ik.

'Jammer, Tessie, er is niet genoeg voor twee,' zegt hij met dubbele tong. Hij houdt de grote fles omhoog. Ik krimp ineen nu ik hem de bijnaam hoor gebruiken waaraan mijn vader de voorkeur geeft. Er zit zeker nog een liter in die fles; het etiket is gescheurd en slecht leesbaar. Ik vraag me af hoe lang hij die drank daar heeft verstopt. Heeft hij dat soms tijdens de elf ergste dagen van mijn leven gedaan? 'Je vindt dit vast geweldig.'

Ik doe een stap naar achteren en probeer te bedenken wat ik moet doen. Veel kan ik niet uitrichten, en ik begin een beetje bang te worden. Ik weet dat hij me nooit lichamelijk pijn zal doen, maar zichzelf misschien wel, en ik wil niet dat hij tegen me gaat staan schreeuwen. Misschien ben ik iets te veel gewend geraakt aan de beheerste Hardin van de laatste tijd, die weliswaar sarcastisch en humeurig kan zijn, maar niet hatelijk is. De glans die ik nu in zijn bloeddoorlopen ogen zie, komt me maar al te bekend voor. In die blik glanst iets kwaadaardigs.

'Waarom zou ik dat vinden? Ik vind het vreselijk om je zo te zien. Ik wil niet dat je pijn hebt, Hardin.'

Hij glimlacht en grinnikt zachtjes voordat hij de fles omhooghoudt en de drank uitschenkt over de kussens van de bank. 'Wist je dat rum een van de meest ontvlambare dranken is?' zegt hij op dreigende toon.

Het bloed stolt in mijn aderen. 'Hardin, ik...'

'Dit is een van de sterkste varianten die er zijn.' Zijn stem klinkt onduidelijk, traag en angstaanjagend. Hij blijft de drank over de bank uitgieten.

'Hardin!' roep ik op luidere toon uit. 'Wat ben je van plan? Wil je het huis in de fik steken? Dat lost niets op.'

Hij maakt een afwijzend gebaar en merkt snerend op: 'Ga weg. Kinderen niet toegestaan.'

'Sla niet zo'n toon tegen me aan!' Dapper, maar ook een tikje bang, steek ik mijn hand uit naar de fles en grijp de hals vast.

Met trillende neusvleugels probeert Hardin de fles uit mijn hand te trekken. 'Laat los. Nu,' zegt hij knarsetandend.

'Nee.'

'Tessa, ga nu niet te ver.'

'Wat wil je nu, Hardin? Ruzie met me maken vanwege een fles drank?'

Hij spert zijn ogen open en kijkt naar onze handen die om de fles vechten. Zijn mond valt verbaasd open.

'Geef me die fles,' eis ik. Ik grijp de hals steviger vast. De fles is zwaar en Hardin werkt beslist niet mee, maar ik word gesterkt door de adrenaline die door mijn lijf giert. Hij trekt binnensmonds vloekend zijn hand terug. Ik had niet gedacht dat hij zo snel zou toegeven. Door het plotselinge ontbreken van een tegenkracht valt de fles uit mijn hand voor ons op de vloer. Een deel van de inhoud stroomt weg over de oude planken.

Ik reik naar de fles, maar hoor mezelf het tegenovergestelde zeggen: 'Laat liggen.'

'Ik zie het probleem niet.' Hij krijgt de fles eerder te pakken dan ik en giet nog meer drank over de bank. Daarna loopt hij in een kringetje door de kamer, een spoor van brandbare rum achterlatend. 'Dit krot wordt toch afgebroken. Ik bewijs de nieuwe eigenaren een dienst.' Hij kijkt me aan en haalt met een speels gebaar zijn schouders op. 'Dit is waarschijnlijk nog goedkoper ook.'

Ik draai me langzaam om en haal mijn mobieltje uit mijn handtas. Een knipperend icoontje waarschuwt me dat de accu bijna leeg is, maar ik kies toch het nummer van de enige die ons nu kan helpen. Met het toestel in mijn hand draai ik me om naar Hardin. 'Als je dit met het huis van je moeder doet, komt de politie. Dan word je gearresteerd, Hardin.' Ik hoop maar dat degene aan de andere kant van de lijn me kan verstaan.

'Kan me geen zak schelen,' mompelt hij. Hij klemt zijn kaken op elkaar en kijkt naar de bank, maar zijn priemende ogen zien het verleden, niet het hier en nu. 'Ik kan haar nog altijd horen schreeuwen. Alsof je een of ander gewond dier hoort. Weet je hoe dat klinkt als je een klein jongetje bent?'

Ik heb zo met Hardin te doen, met beide versies van hem: met het onschuldige kleine jongetje dat moest toezien hoe zijn moeder werd mishandeld en verkracht, en met de kwade, gekwetste man die denkt dat het huis in brand steken de enige manier is om die herinnering te verdrijven.

'Wil je soms in de gevangenis belanden? Wat moet ik dan? Dan kan ik nergens naartoe.' Dat kan me op dit moment echt niets schelen, maar misschien kan het hem van gedachten doen veranderen.

Mijn prachtige duistere prins staart me even aan, zo te zien van zijn stuk gebracht door mijn woorden. 'Bel een taxi. Loop naar de hoek van de straat. Ik doe het pas als jij weg bent.' Zijn stem klinkt veel duidelijker dan ik gezien de hoeveelheid alcohol in zijn bloed had verwacht. Maar ik hoor alleen een man die opgeeft.

'Ik kan geen taxi betalen.' Ik laat hem overdreven duidelijk het Amerikaanse geld in mijn portemonnee zien.

Hij knijpt even zijn ogen dicht en ramt met de fles tegen de muur. De fles spat in scherven uiteen, maar ik geef amper een krimp. In de afgelopen zeven maanden heb ik dit soort dingen al te vaak meegemaakt om nog onder de indruk te zijn.

'Pak dan mijn geld en sodemieter op. Nu, verdomme!' Met een snelle beweging haalt hij zijn portemonnee uit zijn achterzak en gooit die voor me op de vloer.

Ik raap de portemonnee op en stop hem in mijn handtas. 'Nee. Ik vertrek niet zonder jou,' zeg ik zacht.

'Je bent zo perfect... Dat weet je toch, hè?' Hij zet een stap in mijn richting en legt een hand op mijn wang. Ik krimp even ineen door het contact en er verschijnt een diepe frons op zijn prachtige, gekwelde gezicht. 'Weet je dat niet? Dat je perfect bent.' Zijn hand voelt warm aan op mijn wang en zijn duim strijkt over mijn huid.

Ik voel dat mijn lippen beginnen te trillen, maar ik houd mijn gezicht in de plooi. 'Nee. Ik ben niet perfect, Hardin. Dat is niemand,' antwoord ik zacht. Ik kijk hem recht aan.

'Jij wel. Je bent perfect voor mij.'

Ik heb zin om in huilen uit te barsten. Gaan we het daar opnieuw over hebben? 'Ik sta niet toe dat je me wegjaagt. Ik weet wat je aan het doen bent: je bent dronken en je probeert dit goed te praten door jezelf met mij te vergelijken. Maar ik ben net zo gestoord als jij.'

'Dat mag je niet zeggen.' Hij fronst opnieuw. Zijn andere hand sluit zich rond mijn kaak en glijdt omhoog naar mijn haar. 'Dat klinkt niet juist uit zo'n mooie mond.' Hij strijkt met zijn duim over mijn onderlip. Het ontgaat me niet, het contrast tussen de duistere pijn en woede in zijn fonkelende ogen en zijn lichte, zachte aanraking.

'Ik hou van je en ik ga nergens naartoe,' zeg ik, hevig hopend dat ik door zijn waas van dronkenschap heen kan breken. Ik kijk hem diep in zijn ogen en zoek naar een spoor van míjn Hardin.

'Als twee mensen van elkaar houden, kan dat niet goed aflopen,' zegt hij zacht.

Ik herken de woorden meteen en ruk mijn blik los van de zijne. 'Ga nu niet Hemingway citeren,' bijt ik hem toe. Dacht hij nu echt dat ik dat citaat niet zou herkennen? Dat ik niet weet wat hij probeert te doen?

'Dat is wel zo. Het kan niet goed aflopen. Voor mij in elk geval niet. Ik ben te gestoord.' Hij laat zijn handen zakken en wendt zich van me af.

'Nee, dat ben je niet! Je...'

'Waarom doe je dat?' vraagt hij met dubbele tong. Zijn lichaam zwaait heen en weer. 'Waarom probeer je altijd iets goeds in me te ontdekken? Word eens wakker, Tessa! Er zit niks goeds in me!' roept hij. Hij roffelt met zijn vuisten op zijn borstkas. 'Ik ben niets! Ik ben een gestoorde klootzak met gestoorde ouders en een gestoord karakter! Ik heb geprobeerd je te waarschuwen, ik heb geprobeerd je weg te sturen voordat ik je kapot kon maken...' Hij laat zijn stem dalen en steekt een hand in zijn zak. Ik herken de paarse aansteker die Judy in de kroeg uit haar tas heeft gehaald.

Hardin knipt zonder me aan te kijken de aansteker aan.

'Mijn ouders zijn ook gestoord! Mijn vader is nota bene aan het afkicken!' roep ik terug.

Ik wist wel dat dit zou gebeuren. Ik wist dat de bekentenis van Christian voor Hardin een breekpunt zou zijn. Een mens kan niet alles hebben, en Hardin was al zo kwetsbaar.

'Dit is je laatste kans om te vertrekken voordat ik de boel in de fik steek,' zegt hij zonder me aan te kijken.

'Want anders steek je het huis in de fik met mij erin?' weet ik uit te brengen. Ik sta nu te huilen, al kan ik me niet herinneren dat ik in tranen ben uitgebarsten.

'Nee.' Zijn schoenen maken het nodige lawaai wanneer hij door de kamer stommelt. Mijn hoofd tolt, mijn hart doet zeer en ik ben bang dat ik niet weet wat echt is en wat niet. 'Kom hier.' Hij steekt een hand naar me uit en nodigt me uit die vast te pakken.

'Geef me die aansteker.'

'Kom hier.' Hij steekt beide armen naar me uit. Ik sta nu echt te snikken. 'Alsjeblieft.'

Ik dwing mezelf om zijn vertrouwde gebaar te negeren, al doet dat nog zo'n pijn. Ik wil me in zijn armen storten en hem hiervandaan halen, maar dit is geen roman van Jane Austen vol goede bedoelingen en een gelukkige afloop. Dit is in het beste geval een boek van Hemingway, en ik kijk recht door dat gebaar heen. 'Geef me die aansteker, dan kunnen we gaan.'

'Je liet me bijna geloven dat ik normaal kon zijn.' De aansteker rust nog altijd gevaarlijk in zijn hand.

'Niemand is normaal!' roep ik uit. 'Niemand, en ik wil ook niet dat jij normaal bent. Ik hou van je zoals je bent, ik hou van je met alles erop en eraan!' Ik kijk om me heen en dan weer naar Hardin.

'Dat kun je niet. Dat kan niemand, dat heeft niemand ooit gekund. Zelfs mijn moeder niet.'

De woorden zijn nog maar net van zijn lippen gerold, of ik schrik op van het geluid van een deur die ergens in het huis tegen een muur slaat. Een enorme opluchting welt in me op wanneer ik Christian buiten adem de woonkamer binnen zie rennen. De aanblik van de kamer, met overal drank, doet hem zichtbaar schrikken.

'Wat...' Christian knijpt zijn ogen tot spleetjes wanneer hij de aansteker in Hardins hand ziet. 'Op weg hiernaartoe hoorde ik sirenes. We moeten hier weg, nu!' roept hij.

'Hoe weet je...' begint Hardin, maar dan kijkt hij van Christian naar mij. 'Heb jij hem gebeld?'

'Ja, natuurlijk! Wat moest ze anders? Jou het huis in de fik laten steken en je in de bak laten eindigen?' roept Christian.

Hardin steekt zijn handen omhoog, maar laat de aansteker niet vallen. 'Sodemieter op! Jullie allebei!'

Christian wendt zich tot mij. 'Tessa, ga naar buiten.'

Ik blijf echter staan. 'Nee, ik laat hem hier niet achter.' Heeft Christian dan nog niet door dat je Hardin en mij niet uit elkaar moet halen?

'Ga,' zegt Hardin. Hij zet een stap in mijn richting. Dan strijkt hij met zijn duim langs de aansteker en verschijnt er een vlammetje. 'Neem haar mee naar buiten,' zegt hij met dubbele tong.

'Mijn auto staat aan de overkant van de straat. Blijf daar op ons wachten,' draagt Christian me op. Ik kijk weer naar Hardin en zie zijn ogen glanzen in het licht van de vlam. Inmiddels ken ik hem goed genoeg om te weten dat hij dit gaat doen, of ik nu wegloop of niet. Hij is zo dronken en zo van streek dat er geen weg terug is.

Er wordt een koude sleutelbos in mijn hand gedrukt. Christian buigt zich naar me toe. 'Ik zorg ervoor dat hem niets overkomt.'

Na een korte innerlijke strijd pak ik de sleutels vast en loop ik zonder om te kijken naar de voordeur. Ik ren naar de overkant van de straat en hoop met heel mijn hart dat de sirenes die ik in de verte hoor op weg zijn naar een ander adres.

# 7

∞

## Hardin

Zodra Tessa door de voordeur naar buiten is gerend begint Vance met zijn armen te zwaaien en schreeuwt hij: 'Doe het dan! Doe het dan! Doe het dan!'

Waar heeft hij het verdomme over? En wat moet hij hier in vredesnaam? Ik kan Tessa wel iets aandoen omdat ze hem heeft gebeld. Of nee, natuurlijk zou ik haar nooit iets aandoen, maar jezus, wat ben ik nu kwaad op haar.

'Niemand hier zit op je te wachten,' zeg ik tegen die vent. Mijn mond voelt als verdoofd en mijn ogen prikken. Waar is Tessa? Is ze weg? Ik dacht van wel, maar nu weet ik het niet meer. Hoe lang was ze hier al? Was ze eigenlijk wel hier? Ik weet het niet.

'Steek het aan.'

'Hoezo? Wil je dat ik samen met dit huis verbrand?' vraag ik. Ik denk aan de jongere versie van hem die in dit huis tegen de schoorsteenmantel geleund stond. Hij las me voor. 'Waarom las hij me voor?'

Zei ik dat echt hardop? Ik zou het verdomme niet weten. De Vance van nu staart me afwachtend aan.

'Als ik er niet meer zou zijn, waren jouw fouten er ook niet.' Het metaal van de aansteker brandt tegen de ruwe huid op mijn duim, maar ik blijf hem aan- en uitknippen.

'Nee, ik wil dat je het huis in brand steekt. Misschien vind je dan eindelijk rust.'

Volgens mij staat hij tegen me te schreeuwen, maar ik kan amper recht uit mijn ogen kijken, laat staan dat ik weet hoe luid hij praat. Geeft hij me nu echt toestemming om dit krot in de fik te steken?

Heb ik wel toestemming nodig?

'Wie ben jij om mij toestemming te geven? Ik heb je verdomme niks gevraagd!' Ik laat de aansteker zakken, houd hem bij de leuning van de bank en wacht totdat de stof vlam zal vatten. Ik wacht tot een verzengend vuur dit hele huis met de grond gelijk zal maken.

Er gebeurt niets.

'Wat een lul ben ik ook, hè?' zeg ik tegen de man die beweert mijn vader te zijn.

'Dat gaat niet werken,' zegt hij. Of misschien zeg ik dat wel. Jezus, ik weet het ook niet meer.

Ik pak een oud tijdschrift dat boven op een van de dozen ligt en houd het vlammetje bij de hoek van de pagina's. Die vatten meteen vlam. Ik zie dat het vuur zich door het papier vreet en smijt het brandende tijdschrift op de bank. Het is indrukwekkend, zo snel als het vuur de bank opslokt, en ik kan gewoon zweren dat ik voel dat de herinneringen samen met dat kutding verbranden.

Daarna volgt het spoor van rum, dat als een kronkelende lijn vlam vat. Mijn ogen kunnen het vuur dat over de planken vloer danst amper bijhouden. Het knettert en knispert, en dat geluid is zo troostend. De kleuren zijn fel, gewoon waanzinnig, en ze vallen woedend de rest van de kamer aan.

Boven het geluid van de vlammen uit schreeuwt Vance: 'Nou tevreden?'

Dat weet ik niet.

Tessa zou dat niet zijn. Die zou het jammer vinden dat ik het huis verniel.

'Waar is ze?' Onderzoekend kijk ik om me heen, maar de kamer is gevuld met rook.

Als ze hier is en er is haar iets overkomen...

'Ze is buiten. Er kan haar niets gebeuren,' verzekert Vance me.

Vertrouw ik hem? Ik heb verdomme de pest aan hem. Dit is allemaal zijn schuld. Is Tessa hier nog? Liegt hij soms?

Maar dan bedenk ik dat Tessa daar te slim voor is. Ze is al weg, dat kan niet anders. Ze is ver weg van hier. Weg van mijn destructieve gedrag. En als deze man me had opgevoed, was ik nooit zo destructief geworden. Dan had ik nooit zo veel mensen pijn gedaan, en zeker Tessa niet. Ik heb haar nooit pijn willen doen, maar ik doe het wel altijd.

'Waar zat jij?' vraag ik hem. Ik wou dat de vlammen groter waren.

Ze zijn zo klein dat het huis nooit volledig zal afbranden. Misschien heb ik nog ergens een fles verstopt. Dat kan ik me niet goed herinneren. Het vuur is niet groot genoeg. De vlammen zijn te klein voor mijn godverdomde woede. Ik moet er meer hebben.

'Bij Kimberly in het hotel. Laten we nu weggaan, voordat de brandweer komt of voordat jij je bezeert.'

'Nee, waar zat je op die avond?' De kamer begint om me heen te draaien en de hitte dreigt me te verstikken.

Vance lijkt oprecht geschrokken en blijft met kaarsrechte rug staan. 'Wát? Hardin, ik was niet eens in het land. Ik zat in Amerika. Ik zou nooit toestaan dat je moeder iets overkwam! Hardin, we moeten nu gaan!' roept hij.

Waarom? Ik wil zien dat dit krot afbrandt.

'Nou, het is toch gebeurd,' zeg ik. Mijn lichaam voelt steeds zwaarder aan. Waarschijnlijk kan ik beter even gaan zitten. Als ik telkens moet denken aan wat er is gebeurd, dan moet voor hem toch hetzelfde gelden? 'Ze is godverdomme helemaal aan gort geslagen. Ze hebben haar allemaal gepakt, een voor een en keer op keer...' Mijn borstkas doet zo zeer dat ik wou dat ik mijn hand naar binnen kon steken en alles eruit kon trekken. Voordat ik Tessa leerde kennen, was alles veel eenvoudiger. Toen deden de dingen lang niet zo'n pijn. Zelfs dit soort dingen deden me niks. Dat kon ik allemaal onderdrukken, maar zij heeft me... Zij heeft ervoor gezorgd dat ik van alles voel wat ik vroeger nooit voelde, en nu lijk ik dat gevoel niet meer te kunnen uitschakelen.

'Ik vind het zo erg! Ik vind het zo erg dat dat allemaal is gebeurd! Ik had ze tegengehouden!'

Ik kijk op en zie dat hij huilt. Hoe durft hij verdomme te huilen, hij heeft het niet eens hoeven zien... Hij zag het niet voor zich, elke keer wanneer hij wilde gaan slapen en zijn ogen dichtdeed. Jaar in, jaar uit.

Buiten voor het raam flitst een blauw licht. Het danst door de woonkamer en verstoort mijn vreugdevuur. Wat zijn die sirenes luid, godverdomme wat is dat geluid hard.

'Ga weg!' roept Vance. 'Nu, door de achterdeur! Wacht in mijn auto! Nu!' roept hij gejaagd.

Wat een aansteller.

'Krijg de tyfus.' Ik sta te wankelen op mijn benen. De kamer draait nu veel sneller rond en de sirenes doen pijn aan mijn oren.

Voordat ik hem kan tegenhouden, heeft hij me vastgepakt en duwt hij mijn dronken lijf door de woonkamer naar de keuken en dan door de achterdeur naar buiten. Ik probeer terug te duwen, maar mijn spieren werken niet mee. De koude lucht slaat me in het gezicht en maakt me duizelig, en dan val ik op mijn reet op de stenen.

'Ga naar die steeg en wacht in mijn auto,' zegt hij volgens mij voordat hij verdwijnt.

Ik probeer overeind te komen, maar ik val een paar keer om. Ik probeer de keukendeur open te doen, maar die lul heeft hem op slot gedaan. Binnen hoor ik allerlei schreeuwende stemmen en een of ander zoemend geluid. Jezus, wat is dat nou weer?

Ik haal mijn mobieltje uit mijn zak en zie Tessa's naam over het scherm flitsen. Ik kan naar zijn auto in die steeg lopen en haar onder ogen komen, of ik kan terug naar binnen gaan en gearresteerd worden. Ik kijk naar haar wazige gezicht op mijn schermpje, en de beslissing wordt voor me genomen.

Ik heb geen flauw idee hoe ik de straat moet oversteken zonder dat die wouten me zien. Het schermpje op mijn telefoon danst de hele tijd op en neer, maar ik slaag er toch in Tessa's nummer te kiezen.

'Hardin! Is alles in orde?' klinkt haar stem door de speaker.

'Pik me op de hoek van de straat op, bij de begraafplaats.' Ik til de klink van het tuinhekje van de buren op en verbreek de verbinding. Gelukkig hoef ik niet door Mikes tuin te lopen.

Is hij vandaag met mijn moeder getrouwd? Voor hem hoop ik maar van niet.

'Je wilt toch niet dat ze altijd alleen blijft? Ik weet dat je van haar houdt, ze is nog altijd je moeder,' hoor ik Tessa ergens in mijn hoofd zeggen. Geweldig, nu hoor ik ook al stemmen.

'Ik ben niet perfect. Dat is niemand,' brengt haar lieve stem me in herinnering. Maar ze heeft het mis, heel erg mis. Ze is naïef en perfect.

Ik weet de hoek van mijn moeders straat te bereiken. De begraafplaats achter me is in het donker gehuld; het enige licht dat te zien is, zijn blauwe flitsen in de verte. Een paar tellen later komt de zwarte BMW aangereden en houdt Tessa voor me halt. Ik stap zonder iets te zeggen in en kan amper het portier sluiten voordat ze het gaspedaal diep intrapt.

'Waar moet ik naartoe?' vraagt ze met schorre stem. Ze probeert een snik te onderdrukken, maar dat lukt haar niet echt.

'Dat weet ik niet... Er zijn niet veel...' Mijn oogleden zijn zo zwaar. 'Er is niet veel, het is al laat... er is niets open...'

Ik doe mijn ogen dicht en alles wordt zwart.

Ik schrik met een schok wakker van het harde geluid van sirenes en stoot daardoor mijn hoofd tegen het dak van de auto.

Auto? Wat moet ik in een auto?

Ik kijk opzij en zie Tessa achter het stuur zitten. Ze zit met haar ogen dicht en haar knieën opgetrokken, waardoor ik meteen aan een slapende kitten moet denken. Ik barst godverdomme van de koppijn. Ik heb veel te veel gezopen.

Het is dag, maar de zon verbergt zich achter de wolken en de hemel is grauw en somber. Het dashboardklokje vertelt me dat het tien voor zeven is. Ik herken deze parkeerplaats niet en probeer me te herinneren hoe ik in deze auto ben beland.

Nu zijn er geen politieauto's of sirenes meer... Dat heb ik zeker gedroomd. Mijn hoofd bonkt, en wanneer ik mijn gezicht met mijn shirt wil afvegen, dringt de zware stank van rook in mijn neusgaten.

Flarden van een brandende bank en een huilende Tessa schieten door mijn hoofd. Ik probeer een verband te ontdekken, maar ik ben nog steeds half bezopen.

Naast me begint Tessa te bewegen. Haar oogleden gaan trillend open. Ik weet niet wat ze gisteravond heeft gezien. Ik weet niet wat ik heb gezegd of gedaan, maar de manier waarop ze nu naar me kijkt, doet me wensen dat ik in vlammen was opgegaan... samen met dat huis. Beelden van mijn moeders brandende huis komen in me op.

'Tessa, ik...' Ik weet niet wat ik moet zeggen. Mijn gedachten werken niet mee, en mijn klotemond ook niet.

Een paar gaten in mijn geheugen worden gevuld door Judy's geblondeerde haar en Christian die me door de achterdeur naar buiten duwt.

'Gaat het?' Tessa's stem klinkt tegelijkertijd zacht en schor. Ik kan horen dat ze bijna haar stem kwijt was.

Ze vraagt aan mij of het gaat?

Ik kijk haar onderzoekend aan, verbaasd over haar vraag. 'Eh, ja? En met jou?' Ik kan me niet veel van gisteravond herinneren... Van de dag ervoor ook niet, maar ik weet wel dat ze boos op me zou moeten zijn.

Ze knikt langzaam. Haar ogen kijken me even onderzoekend aan.

'Ik probeer me te herinneren... De politie...' Ik neem een voor een de opkomende herinneringen door. 'Het huis stond in brand... Waar zijn we?' Ik kijk naar buiten, in de hoop dat ik iets herken.

'We zijn... Nou, dat weet ik eigenlijk niet.' Ze schraapt haar keel en kijkt recht door de voorruit naar buiten. Ze moet heel veel hebben geschreeuwd. Of gehuild, of allebei, want ze kan bijna niet praten. 'Ik wist niet waar ik naartoe moest en jij was in slaap gevallen. Ik heb wat in het rond gereden, maar ik was zo moe. Ten slotte moest ik wel ergens parkeren.' Onder haar opgezwollen, bloeddoorlopen ogen zitten zwarte vegen uitgelopen make-up. Haar lippen zijn droog en gebarsten. Ze is bijna niet te herkennen. Ze is nog steeds heel mooi, maar ik heb haar uitgeput.

Nu ik haar zo zie, valt het me op dat de warmte uit haar wangen is verdwenen, dat er geen hoop meer glanst in haar blik en dat haar volle lippen niet langer geluk uitstralen. Ik heb een prachtig meisje dat zo veel voor anderen over heeft, een meisje dat altijd het goede in alles ziet, veranderd in een lege huls die me met een even lege blik aankijkt.

'Ik moet kotsen,' weet ik uit te brengen voordat ik het portier openruk. Al die whisky, al die rum en al mijn fouten komen spetterend op het plaveisel neer. Ik blijf kokhalzen totdat ik niets meer overheb, behalve mijn schuldgevoel.

# 8

∞

## Hardin

Tussen mijn moeizame gehijg door hoor ik Tessa op zachte, raspende toon 'Waar moet ik naartoe?' vragen.

'Dat weet ik niet.' Aan de ene kant wil ik haar opdragen om in haar eentje het eerste het beste vliegtuig vanuit Londen te nemen. Maar aan de andere kant ben ik ook egoïstisch genoeg om haar hier te willen houden omdat ik weet dat ik me zonder haar opnieuw klem zou zuipen. En die kant van me is sterker. Mijn mond smaakt naar braaksel en mijn keel doet zeer omdat mijn lijf met zo veel kracht al die drank naar buiten heeft gewerkt.

Tessa doet een klepje in de middenconsole open en haalt een servetje van ruw papier tevoorschijn waarmee ze mijn mondhoeken afveegt. Haar vingers raken mijn huid amper aan, maar ik krimp ineen omdat ze zo ijskoud zijn.

'Je hebt het steenkoud. Zet de motor aan.' Ik wacht niet eens totdat ze dat doet, maar leun zelf naar voren om de sleutel om te draaien, zodat de lucht door de sleuven wordt geblazen. Aanvankelijk is ook die lucht koud, maar omdat dit zo'n godvergeten dure bak is, wordt het al snel warm.

'We moeten tanken. Ik weet niet hoe lang ik heb rondgereden, maar het lampje brandt, en op dit schermpje staat het ook.' Ze wijst naar het uitgebreide navigatiesysteem dat in het dashboard is ingebouwd.

Het geluid van haar stem maakt me helemaal kapot. 'Je hebt geen stem meer over,' zeg ik, hoewel dat overduidelijk is. Ze knikt en wendt haar gezicht af. Ik pak haar kin vast en draai haar gezicht naar me toe. 'Als je nu weg wilt, zal ik je het niet kwalijk nemen. Dan breng ik je nu naar het vliegveld.'

Ze kijkt me verwonderd aan en zegt dan: 'Jij blijft hier? In Londen? Onze vlucht vertrekt vanavond, ik dacht dat...' Nadat die laatste woorden piepend haar mond hebben verlaten barst ze los in een hoestbui.

Ik kijk of er een blikje fris in de bekerhouders staat, maar die zijn leeg.

Ik wrijf haar over haar rug totdat ze ophoudt met hoesten en verander dan van onderwerp. 'We gaan van plaats ruilen, dan rijd ik daar wel naartoe.' Ik knik naar het benzinestation aan de overkant van de straat. 'Je moet wat water drinken, en je hebt iets nodig voor je keel.'

Ik wacht totdat ze uitstapt, maar ze laat haar blik over me heen gaan en rijdt dan de parkeerplaats af.

'Jouw promillage is nog te hoog,' fluistert ze ten slotte. Ze doet haar best om haar stem niet te veel te belasten.

Daar kan ik niets tegen inbrengen. Een paar uur dommelen in deze auto heeft me echt niet ontnuchterd. Ik heb zo veel gedronken dat ik het grootste deel van de nacht buiten westen ben geweest, en nu barst ik van de koppijn. Het zou me niks verbazen als ik de rest van de dag, of in elk geval het grootste deel ervan, dronken blijf. Ik weet het niet. Ik weet niet eens hoeveel ik heb gedronken...

Ik probeer na te gaan hoeveel het was, maar houd ermee op wanneer Tessa voor een van de pompen parkeert en het portier wil openen.

'Ik ga wel.' Ik stap uit voordat ze er iets tegen in kan brengen.

Het is nog zo vroeg dat de enige klanten een paar mannen zijn, zo te zien forensen. Ik sta al met mijn handen vol aspirine, flesjes water en zakjes snacks wanneer Tessa het winkeltje in loopt.

Ik zie dat iedereen zich omdraait naar deze schoonheid in haar vieze witte jurk. Door de blikken van die mannen word ik nog misselijker.

'Waarom ben je niet in de auto blijven zitten?' vraag ik wanneer ze naar me toe loopt.

Ze zwaait een zwart leren voorwerp voor mijn neus heen en weer. 'Je portemonnee.'

'O.'

Ze geeft me het ding aan en draait zich om, maar ze duikt weer naast me op wanneer ik aan de beurt ben om af te rekenen. Ze heeft twee bekers dampende koffie in haar handen.

Ik leg alles op de toonbank. 'Kun je even op je telefoon kijken waar we zijn?' Ik neem een van de grote bekers van haar over.

'Wat?'

'Kijk even op je telefoon waar we zijn.'

De gezette man achter de kassa pakt het doosje aspirine en schudt er even mee voordat hij het langs de scanner haalt. 'Allhallows. Daar zitten jullie.' Hij knikt naar Tessa, die beleefd glimlacht.

'Dank u.' Haar lach wordt breder, en die zak begint te blozen.

Ja, ik weet dat ze een lekker ding is, maar kijk nu maar de andere kant op, anders sla ik je een stel blauwe ogen, wil ik tegen hem zeggen. En als je nog eens zo'n vreselijk geluid maakt als ik een kater heb, bijvoorbeeld door zo met dat doosje te schudden, dan kun je het niet navertellen. Na gisteravond kan ik wel een uitlaatklep gebruiken, en ik zit er niet op te wachten dat zo'n lul als hij om zeven uur 's morgens verlekkerd naar de borsten van mijn meisje staat te loeren.

Het is dat ik aan haar ogen zie hoe emotioneel ze is, want anders had ik hem over die toonbank getrokken. Haar neppe glimlach, zwart omrande ogen en met vlekken besmeurde jurk houden me echter tegen en verdrijven mijn gewelddadige gedachten. Ze ziet er zo verloren uit, zo verdrietig, zo godverdomde verloren.

Wat heb ik je aangedaan? vraag ik in gedachten.

Haar blik gaat naar de deur. Er komt een jonge vrouw met een kind aan de hand binnen. Ik zie dat ze naar hen blijft kijken en hun bewegingen naar mijn smaak iets te nauwlettend in de gaten houdt; het is bijna griezelig. Het kleine meisje kijkt op naar haar moeder en Tessa's onderlip begint te trillen.

Jezus, wat is dat nu weer? Omdat ik vanwege de jongste onthulling over mijn familie niet goed werd?

De man achter de kassa heeft alles in een tasje gepropt en houdt dat tamelijk onbeleefd vlak voor mijn gezicht om mijn aandacht te trekken. Het lijkt wel of hij, zodra Tessa haar blik afwendde, besloot onbeleefd tegen me te doen.

Ik gris het plastic tasje uit zijn hand en kijk naar Tessa. 'Klaar?' Ik geef haar een por met mijn elleboog.

'Ja, sorry,' mompelt ze, en ze pakt de beker koffie van de toonbank.

Ik vraag me de hele tijd af wat er zou gebeuren als ik Vance zijn huurauto de zee in zou rijden. Als we in Allhallows zitten, zitten we vlak aan zee. Zo moeilijk zou het niet zijn.

'Hoe ver zijn we van Gabriel's?' vraagt Tessa wanneer ik naast haar in de auto stap. 'Daar staat de auto.'

'Dat is ongeveer anderhalf uur rijden, afhankelijk van hoe druk het onderweg is.' Het zou Vance een flinke smak geld kosten als ik zijn huurauto in de golven laat verdwijnen, maar wij kunnen voor een paar honderd pond een taxi terug naar Gabriel's nemen. Dat lijkt me een goede deal.

Tessa maakt het doosje aspirine open en schudt drie pilletjes op mijn hand, maar dan kijkt ze fronsend naar het schermpje van haar telefoon dat begint te flikkeren. 'Ik krijg net een berichtje van Kimberly binnen. Vast vanwege gisteravond.'

Haar woorden verdrijven de wazige beelden en de stemmen van gisteravond worden steeds duidelijker hoorbaar... Vance die me naar buiten duwt, de deur op slot doet en terug het brandende huis in loopt... Nu ik Tessa naar haar telefoon zie staren, begin ik me opeens zorgen te maken.

'Hij is toch niet...' Ik weet niet hoe ik het moet vragen. De brok in mijn keel is te groot.

Tessa kijkt me aan, met ogen die zich met tranen vullen. 'Hij leeft natuurlijk nog, maar...'

'Wat? Wat is er?'

'Ze zegt dat hij brandwonden heeft opgelopen.'

Een aarzelende, onwelkome pijn sijpelt door de scheuren in mijn verdediging. Scheuren die zij heeft veroorzaakt.

Ze veegt met de rug van haar hand over haar ogen. 'Aan één been, meer niet. Dat zei Kim. En ze gaan hem arresteren zodra hij uit het ziekenhuis wordt ontslagen. Dat zal niet lang meer duren.'

'Arresteren? Waarom?' Ik weet het antwoord al voordat ze het geeft.

'Hij heeft tegen de politie gezegd dat hij de brand heeft aangestoken.' Tessa houdt die waardeloze telefoon van haar vlak voor mijn gezicht, zodat ik het lange bericht van Kimberly zelf kan lezen.

Ik lees elk woord, en hoewel er niets nieuws staat, krijg ik wel een goede indruk van Kimberly's paniek. Ik zeg niets. Ik weet niets te zeggen.

'Nou?' zegt Tessa zacht.

'Nou wat?'

'Maak je je zelfs niet een heel klein beetje zorgen over je vader?' Bij het zien van mijn moordzuchtige blik voegt ze eraan toe: 'Over Christian, bedoel ik.'

Hij is gewond. Dat is mijn schuld. 'Hij had daar niet eens naartoe moeten komen.'

Tessa kijkt ontzet omdat ik zo onaangedaan reageer. 'Hardin. Hij kwam me helpen, hij kwam jóú helpen.'

Ik onderbreek haar omdat ik weet dat ze anders een hele tijd aan het woord zal blijven. 'Tessa, dat weet ik...'

Maar ze verbaast me door haar hand op te steken en zo aan te geven dat ik mijn mond moet houden. 'Ik was nog niet klaar. Hij kwam je niet alleen helpen, hij nam ook nog eens de schuld op zich voor een brand die jij hebt aangestoken en waardoor hij gewond is geraakt. Ik hou van je en ik snap best dat je nu de pest aan hem hebt, maar ik ken je, ik weet hoe je echt bent, dus je hoeft niet te doen alsof het je allemaal geen zak kan schelen. Ik weet dat dat wel zo is.' Ze is gedwongen haar boze preek te onderbreken vanwege een hevige hoestbui. Ik houd het flesje water onder haar mond.

Terwijl zij zit te hoesten, denk ik even over haar woorden na. Ze heeft gelijk – natuurlijk heeft ze gelijk – maar ik kan al die dingen die ze net heeft verteld op dit moment nog niet aan. Ik kan godverdomme nog niet toegeven dat hij iets voor me heeft gedaan, niet na al die jaren. Ik kan het hele idee dat hij nu opeens een vader voor me is gewoon niet aan. Jezus, nee. Ik wil niet dat iemand, en zeker hij niet, denkt dat de schuld hierdoor op een of andere manier is vereffend en dat ik het nu allemaal kan vergeten: al die dingen die hij heeft gemist, al die avonden dat ik mijn ouders tegen elkaar heb horen schreeuwen, al die keren dat ik snel naar boven rende wanneer ik aan de stem van mijn vader hoorde dat hij dronken was. Hij wíst het, maar hij heeft al die tijd zijn mond gehouden.

Nee, echt niet. Dat kan hij niet zomaar goedmaken, dat lukt hem verdomme van zijn leven niet. 'Denk je dat ik het hem nu opeens ga vergeven, omdat hij toevallig zijn poot heeft verbrand en de schuld op zich wil nemen?' Ik haal mijn handen door mijn haar. 'Moet ik die gore lul nu opeens vergeven dat hij eenentwintig jaar lang tegen me heeft gelogen?' vraag ik, veel luider dan mijn bedoeling was.

'Nee, natuurlijk niet!' zegt ze op even luide toon. Ik ben bang dat ze haar stembanden beschadigt, maar ze gaat gewoon verder. 'Maar ik sta niet toe dat je er zo achteloos over doet. Hij gaat misschien in jouw plaats de cel in, en jij vraagt niet eens hoe het met hem is. Of hij er nu voor je was of niet, of hij nu loog of niet, hij is wel je vader, en hij heeft gisteravond zijn nek voor je uitgestoken.'

Wat een gelul. 'Aan wiens kant sta jij eigenlijk?'

'Er zijn geen kanten!' roept ze. Haar stem schalt door de kleine ruimte en doet mijn knallende koppijn geen goed. 'Iedereen staat verdomme aan jouw kant, Hardin. Ik weet dat je denkt dat de hele wereld tegen je is, maar kijk nu eens goed om je heen. Je hebt mij, je vader – allebei je vaders –, Karen die van je houdt alsof je haar eigen vlees en bloed bent, en Landon, die meer van je houdt dan jullie allebei willen toegeven.' Tessa glimlacht aarzelend nu ze de naam van haar beste vriend noemt, maar ze onderbreekt haar preek niet. 'Kimberly maakt het je misschien wel moeilijk, maar ze mag je ook graag. En wat Smith betreft, je bent de enige die dat kereltje echt aardig vindt.' Ze pakt met haar trillende handen mijn handen vast en wrijft zachtjes strelend met haar duimen over mijn handpalmen.

'Het is best wel ironisch. De hele wereld houdt van de man die diezelfde wereld zo haat,' fluistert ze. Haar ogen glanzen van de tranen, en dat komt door mij. Al die tranen zijn allemaal mijn schuld.

'Schatje.' Ik trek haar naar me toe en ze gaat schrijlings op mijn schoot zitten, met haar armen rond mijn nek. 'Je denkt ook altijd aan anderen.' Ik begraaf mijn gezicht in haar hals en probeer me bijna te verbergen in haar slordige haar.

'Laat mensen toch eens toe, Hardin. Dan is het leven veel gemakkelijker.' Ze wrijft haar hoofd tegen me aan, alsof ze een of ander huisdier is... maar ik vind het heerlijk.

Ik druk mijn gezicht verder in haar hals. 'Zo simpel is het niet.' Mijn keel voelt branderig aan, en ik heb het gevoel dat ik alleen adem kan halen wanneer ik haar geur inadem. Die heeft zich vermengd met de zwakke lucht van rook en vuur waarin ik de hele auto lijk te hebben gedompeld, maar is nog steeds even geruststellend.

'Dat weet ik.' Ze haalt nog altijd haar handen door mijn haar. Ik wil haar zo graag geloven.

Waarom toont ze altijd zo veel begrip, ook wanneer ik dat niet verdien?

Het geluid van een claxon herinnert me eraan dat we naast een benzinepomp staan. Ik kijk op. Blijkbaar vindt de automobilist achter ons het niet prettig dat hij moet wachten. Tessa klimt van mijn schoot, gaat op de passagiersstoel zitten en doet haar gordel om.

Ik heb zin om de auto te laten staan, gewoon om die vent achter ons te kloten, maar ik verander van gedachten wanneer ik Tessa's maag hoor rammelen. Wanneer heeft ze voor het laatst iets gegeten? Als ik me dat niet eens kan herinneren, is het al te lang geleden.

Ik geef gas en rijd terug naar de parkeerplaats aan de overkant van de straat, waar we de afgelopen nacht hebben doorgebracht. 'Je moet iets eten.' Ik stop een energiereep in haar hand. Ik zet de auto helemaal achteraan op de parkeerplaats, naast een groepje bomen, en draai de verwarming op. Het is nu voorjaar, maar de ochtendlucht is nog altijd fris en Tessa zit te rillen. Ik sla een arm om haar heen en maak een gebaar alsof ik haar de hele wereld aanbied. 'We kunnen naar Haworth gaan, waar de zusjes Brontë hebben gewoond. Dan laat ik je de ruige natuur daar zien.'

Ze verbaast me door te lachen.

'Wat?' Ik trek mijn wenkbrauwen op en bijt in een bananenmuffin.

'Na de nacht die jij achter de rug hebt...' Ze schraapt haar keel. 'Wil je echt helemaal naar Haworth rijden?'

Ik haal mijn schouders op en kauw bedachtzaam. 'Ik weet het niet...'

'Hoe ver is het rijden?' vraagt ze, minder enthousiast dan ik had verwacht. Oké, ze was een stuk enthousiaster geweest als ik niet zo'n puinzooi van dit weekend had gemaakt. Ik heb ook beloofd haar mee te nemen naar Chawton, maar het ruige noorden lijkt beter bij mijn huidige stemming te passen.

'Naar Haworth? Een uur of vier.'

'Dat is wel erg ver,' zegt ze bedachtzaam, nippend van haar koffie.

'Ik dacht dat je het leuk zou vinden.' Mijn toon is bars.

'Jawel...'

Ik kan duidelijk merken dat mijn voorstel haar niet echt kan bekoren. Kan ik dan nooit een keer iets zeggen wat haar niet verontrust?

'Waarom klaag je dan over afstand?' Ik heb mijn muffin op en pak een volgende.

Ze kijkt een beetje beledigd, maar haar stem klinkt nog altijd zacht en schor. 'Ik vraag me gewoon af waarom je helemaal naar Haworth wilt rijden.' Ze strijkt een lok haar achter haar oor en haalt diep adem. 'Hardin, ik ken je goed genoeg om te weten wanneer je zit te piekeren en je voor mij afsluit.' Ze maakt haar gordel los en draait zich naar me om. 'Het feit dat je me mee wilt nemen naar de plek die de inspiratie vormde voor *Wuthering Heights* in plaats van naar een of andere locatie uit een roman van Austen maakt me nog zenuwachtiger dan ik al was.'

Ze weet altijd meteen hoe de vork in de steel zit. Hoe doet ze dat toch?

'Nee,' lieg ik. 'Ik dacht gewoon dat je graag wilde zien waar de zusjes Brontë hebben gewoond. Zo erg is dat toch niet?' Ik rol met mijn ogen, zodat ik de hare niet hoef te zien. Ik wil niet toegeven dat ze gelijk heeft.

Haar vingers spelen met de wikkel van de reep. 'Nou, ik wil eigenlijk het liefst gewoon naar huis.'

Ik haal diep adem en pak de reep tussen haar vingers vandaan, zodat ik de wikkel kan openscheuren. 'Je moet echt iets eten. Je ziet eruit alsof je elk moment van je stokje kan gaan.'

'Zo voel ik me ook,' zegt ze zacht, meer tegen zichzelf dan tegen mij, zo lijkt het.

Ik vraag me net af of ik die klotereep in haar mond moet proppen wanneer ze hem uit mijn hand pakt en een hapje neemt.

'Dus je wilt naar huis?' vraag ik ten slotte aan haar. Ik wil niet vragen wat ze precies met die term bedoelt.

Ze trekt een gezicht. 'Ja, je vader had gelijk. Londen is heel anders dan ik had gedacht.'

'Omdat ik het voor je heb verpest.'

Dat ontkent ze niet, maar ze bevestigt het evenmin. Haar zwijgen en de manier waarop ze met een nietsziende blik naar de bomen zit te staren, dwingen me om te zeggen wat ik moet zeggen. Het is nu of nooit.

'Ik denk dat ik beter een tijdje hier kan blijven...' zeg ik in de open ruimte tussen ons in.

Tessa houdt op met kauwen en kijkt me met toegeknepen ogen aan. 'Waarom?'

'Omdat teruggaan nergens op slaat.'

'Nee, hier blijven slaat nergens op. Waarom overweeg je dat?'

Ze is gekwetst, zoals ik al had verwacht... maar heb ik een andere keuze?

'Omdat mijn vader niet mijn echte vader is, omdat mijn moeder een oneerlijke...' Ik zeg niet wat ik echt van haar vind. 'Omdat mijn echte vader waarschijnlijk de cel in moet omdat ik haar huis in de fik heb gestoken. Dat is op zich al een soap.' Om haar een reactie te ontlokken voeg ik eraan toe: 'Het enige wat we nog nodig hebben, is een cast van jonge, iets te zwaar opgemaakte meiden in onpraktische kleren, en we hebben een succes in handen.'

Ze kijkt me droevig aan. 'Ik zie niet in waarom dat redenen zijn om hier te blijven. Als je hier bent, ben je niet bij mij... En dat wil je, hè?

Je wilt niet langer bij mij zijn.' Haar toon geeft aan dat ze dat echt denkt.

'Dat is het niet...' begin ik, maar ik aarzel. Ik weet niet hoe ik mijn gedachten moet verwoorden, dat is verdomme altijd al mijn probleem geweest. 'Ik denk gewoon dat je beter zou begrijpen wat ik je aandoe als we een tijdje niet bij elkaar zijn. Kijk toch eens naar jezelf.' Ze krimpt in elkaar, maar ik dwing mezelf verder te gaan. 'Je wordt met problemen geconfronteerd die je nooit zou hebben gehad als ik er niet was geweest.'

'Zeg nu niet dat je dit allemaal voor mij doet,' bijt ze me op ijzige toon toe. 'Je wilt gewoon niets liever dan jezelf kapotmaken. Dat is je enige reden om dit te doen.'

Dat is waar. Ik weet hoe ik ben. Dat soort dingen doe ik, ik kwets anderen en daarna mezelf, voordat ze mij pijn kunnen doen. Ik ben gewoon gestoord, dat is het.

'En weet je,' zegt ze, nadat ze tevergeefs op mijn antwoord heeft zitten wachten. 'Ik vind het best. Doe ons dan maar allebei pijn, als je niet anders kunt...'

Mijn handen sluiten zich rond haar heupen, en nog voordat ze haar zin kan afmaken, is ze terug op mijn schoot. Ze probeert van me af te klimmen en begint aan mijn armen te krabben omdat ik haar niet laat gaan.

'Laat me los, als je toch niet bij me wilt zijn,' zegt ze woedend. Geen tranen, alleen woede. Haar woede kan ik wel aan: het zijn de tranen waar ik niet tegen kan. De woede droogt ze.

'Hou eens op je te verzetten.' Ik pak met één hand haar beide polsen achter haar rug vast. Ze kijkt me woedend en waarschuwend aan.

'Je kunt niet elke keer dat je je rot voelt dit soort dingen doen. Het is niet aan jou om te beslissen dat ik te goed voor je ben!' roept ze recht in mijn gezicht.

Ik negeer haar en druk mijn mond in haar hals. Er trekt opnieuw een schok door haar lijf, maar deze keer van genot, niet van woede.

'Hou op...' zegt ze, maar ze klinkt helemaal niet overtuigend. Ze probeert nee te zeggen omdat ze denkt dat ze nee moet zeggen, maar we weten allebei dat we dit nodig hebben. We hebben behoefte aan dat lichamelijke contact dat ons ook emotioneel dichter bij elkaar brengt, op een manier die we niet kunnen verklaren of ontkennen.

'Ik hou van je, dat weet je.' Ik zuig op de gevoelige huid onder aan haar hals en zie tot mijn genoegen dat die daardoor roze kleurt. Ik blijf aan haar huid knabbelen, stevig genoeg om mijn stempel op haar te drukken, maar tegelijkertijd ook zo zacht dat die merktekens na een paar tellen weer verdwijnen.

'Zo gedraag je je anders niet.' Haar stem klinkt verstikt en haar blik volgt de bewegingen van mijn vrije hand, die over haar ontblote dij glijdt. Haar jurk is rond haar middel omhoog gekropen, en dat maakt me helemaal gek.

'Alles wat ik doe, doe ik omdat ik van je hou. Zelfs de achterlijke dingen.' Ik raak het kant van haar slipje aan en ze hapt naar adem wanneer ik een vinger door het vocht haal dat zich nu al tussen haar dijen heeft verzameld. 'Je wordt altijd zo nat van me, zelfs nu.'

Ik schuif haar slipje opzij en laat twee vingers tussen haar vochtige vlees verdwijnen. Ze maakt een kreunend geluidje en kromt haar rug, en ik voel dat haar lichaam zich ontspant. Ik schuif de stoel verder naar achteren om meer ruimte voor haar te maken.

'Je kunt me echt niet afleiden door...'

Ik trek mijn vingers terug en laat ze dan opnieuw met kracht in haar verdwijnen, waardoor ze haar zin niet meer kan afmaken.

'O ja, schatje, dat kan ik wel.' Ik breng mijn lippen naar haar oor. 'Als ik nu je handen loslaat, houd je dan op je te verzetten?'

Ze knikt. Zodra ik haar polsen loslaat, verdwijnen haar handen in mijn haar. Ze begraaft haar vingers in de dikke bos en ik trek met één hand het voorpand van haar jurk naar beneden.

Haar witte kanten beha is ondanks de preutse kleur heel erg opwindend. Tessa vormt met haar blonde haar en witte kleding zo'n extreem contrast met mijn donkere haar en donkere kleren. En die tegenstelling heeft iets heel erotisch: de inkt op mijn pols wanneer mijn vingers opnieuw in haar verdwijnen; de schone, smetteloze huid van haar dijen; haar zachte gekreun en gekerm dat de auto vult terwijl ik mijn blik schaamteloos van haar strakke buik naar haar borsten laat gaan.

Ik ruk mijn blik net lang genoeg los van haar volmaakte tieten om naar de parkeerplaats om ons heen te kijken. We zitten hier achter getinte ruiten, maar ik wil er zeker van zijn dat we alleen zijn. Met mijn ene hand maak ik haar beha los, maar ik vertraag de bewegingen van mijn andere hand. Ze jammert even bij wijze van protest, maar ik doe geen moeite om mijn glimlach te onderdrukken.

'Alsjeblieft.' Ze smeekt me om verder te gaan.

'Alsjeblieft wat? Zeg eens wat je wilt,' zeg ik vleiend, zoals ik al sinds het begin van onze relatie doe. Zoals altijd heb ik het gevoel dat het pas echt is als ze het hardop zegt. Ze kan niet echt zo veel naar me verlangen als ik naar haar.

Ze steekt haar hand uit en stopt de mijne terug tussen haar dijen. 'Raak me aan.'

Ze is opgezwollen en afwachtend en zo ontzettend nat; ze wil me, ze heeft me nodig, en ik hou meer van haar dan ze ooit zal kunnen bevatten. Ik heb dit nodig, ik heb de afleiding nodig die zij me kan bieden, zodat ik aan al dit gezeik kan ontsnappen. Al is het maar voor even.

Ik geef haar wat ze wil. Ze kreunt goedkeurend mijn naam en bijt op haar onderlip. Haar hand beweegt onder de mijne, zodat ze me door mijn jeans heen kan vastpakken. Ik heb zo'n stijve dat het gewoon pijn doet, en het helpt niet echt dat Tessa begint te knijpen en te strelen.

'Ik wil met je neuken. Nu. Het moet.' Ik strijk met mijn tong over een van haar borsten. Ze knikt, haar ogen draaien weg in hun kassen, en ik zuig aan het gevoelige puntje en kneed tegelijkertijd met de hand die niet tussen haar benen rust haar andere borst.

'Har-din,' zegt ze kreunend. Haar handen willen me dolgraag uit mijn jeans en boxershort bevrijden. Ik til mijn heupen een stukje op, zodat ze mijn jeans langs mijn dijen naar beneden kan trekken. Ik heb mijn vingers nog altijd in haar begraven en beweeg die in een teder tempo, net voldoende om haar helemaal gek te maken. Dan trek ik mijn vingers uit haar terug en breng ze naar haar gezwollen lippen, zodat ik ze in haar mond kan steken. Ze begint te zuigen en likt langzaam met haar tong langs mijn vingers. Ik kreun en trek ze snel terug om te voorkomen dat ik alleen al daardoor ga klaarkomen. Ik til haar bij haar heupen op en laat haar boven op me zakken.

We uiten allebei een opgeluchte kreun die voortkomt uit een wanhopig verlangen naar de ander.

'We moeten bij elkaar blijven,' zegt ze. Ze trekt aan mijn haar totdat mijn mond op gelijke hoogte is met de hare. Proeft ze soms het laffe afscheid in mijn adem?

'Het kan niet anders,' zeg ik, maar ze begint met haar heupen te draaien. Jezus.

Tessa hijst zich langzaam omhoog. 'Ik ga je niet dwingen als je me niet wilt. Dat doe ik niet meer.'

Ik raak in paniek, maar ik kan niet langer helder nadenken zodra ze zich op me laat zakken, zich even terugtrekt en diezelfde martelende beweging dan herhaalt. Ze buigt zich voorover om me te kunnen kussen en neemt de leiding. Haar tong draait rondjes rond de mijne.

'Ik wil je,' zeg ik hijgend in haar mond. 'Ik wil je verdomme altijd, dat weet je.' Een laag geluid ontsnapt aan mijn keel wanneer ze haar heupen sneller beweegt. God nog aan toe, dit wordt nog mijn ondergang.

'Je laat me in de steek.' Haar tong strijkt over mijn onderlip. Ik laat mijn hand tussen ons in glijden, naar het punt waar onze lichamen bij elkaar komen, en wrijf met mijn vingers over haar opgezwollen clitoris.

'Ik hou van je,' zeg ik. Dat is het enige wat ik kan bedenken, en ze verstijft nu ik haar op dat uiterst gevoelige plekje streel en knijp.

'O god.' Haar hoofd valt op mijn schouder en haar armen klemmen zich rond mijn nek. 'Ik hou van je,' snikt ze bijna terwijl ze klaarkomt en haar spieren om me heen samentrekken.

Ik kom meteen na haar en vul haar tot mijn laatste druppel, letterlijk en figuurlijk.

Er gaan minuten voorbij waarin we geen van beiden iets zeggen. Ik houd mijn ogen dicht en blijf met mijn armen om haar heen geslagen zitten. We zijn allebei bedekt door een laagje zweet. De verwarming blaast nog steeds warme lucht uit, maar als ik die lager wil zetten, moet ik haar loslaten, en dat wil ik niet.

'Waar denk je aan?' vraag ik ten slotte.

Ze heeft haar hoofd op mijn borst gelegd en ademt rustig en gestaag. Met haar ogen dicht antwoordt ze: 'Ik wou dat je voor altijd bij me kon blijven.'

Voor altijd. Heb ik ooit minder gewild dan dat?

'Ik ook,' zeg ik. Ik wilde dat ik haar de toekomst kan beloven die ze verdient.

Een paar minuten later begint Tessa's telefoon, die ergens op de vloer van de auto ligt, te zoemen. Instinctief grijp ik ernaar, waardoor haar lichaam samen met het mijne beweegt.

'Het is Kimberly.' Ik geef Tessa het toestel aan.

Twee uur later kloppen we op de deur van Kimberly's hotelkamer. Even denk ik dat we de verkeerde kamer hebben. Kimberly ziet er zo anders uit dan gewoonlijk: haar ogen zijn opgezwollen en haar gezicht is niet opgemaakt. Ik zie haar doorgaans liever zonder make-up, maar niet zo: zo te zien heeft ze urenlang zitten huilen en niet alleen haar eigen tranen vergoten, maar ook die van een ander.

'Kom binnen. Het was een lange ochtend.' Ze klinkt altijd zo pittig, maar daar is nu niets van over.

Tessa slaat meteen haar armen om haar heen en houdt haar bij haar middel vast, en Kimberly begint te snikken. Ik voel me ongelooflijk ongemakkelijk zoals ik hier in de deuropening sta. Kim werkt me doorgaans behoorlijk op mijn zenuwen en is niet het type dat graag publiek wil als ze op haar kwetsbaarst is. Ik laat de twee achter in de zitkamer van de grote suite en loop naar de keuken. Daar schenk ik een kop koffie in en staar naar de muur totdat het gesnik in de andere kamer in gemompel verandert. Voorlopig blijf ik op afstand.

'Komt mijn vader nog terug?' Een zachte stem laat me schrikken.

Ik kijk naar beneden en zie dat Smith met zijn groene ogen in de plastic stoel naast me is gaan zitten. Ik hoorde hem niet eens aankomen.

Schouderophalend ga ik naast hem zitten, maar ik blijf ingespannen naar de muur kijken. 'Ja, ik denk het wel.' Eigenlijk zou ik hem moeten vertellen dat het een geweldige vent is, die vader van hem... die vader van óns.

Godskolere.

Dit rare kereltje is verdomme mijn broertje. Dat kan ik gewoon niet bevatten. Ik kijk nogmaals naar Smith, en die ziet dat als een aanleiding om nog meer vragen te stellen.

'Kimberly zegt dat hij iets verkeerd heeft gedaan en dat hij moet boeten. Wat is dat?'

Ik kan niet voorkomen dat ik even schamper lach om deze opdringerige luistervink met zijn ernstige vragen. 'Dat moet hij zeker,' mompel ik. 'Ze bedoelt gewoon dat het allemaal heel snel weer goed komt. Waarom ga je niet even bij Kimberly en Tessa zitten?' Mijn borst lijkt in brand te staan nu ik haar naam uitspreek.

Hij kijkt even in de richting van hun stemmen en richt dan een wijze blik op mij. 'Ze zijn boos op je. Vooral Kimberly. Maar je hoeft niet echt bang te zijn, want ze is nog bozer op mijn papa.'

'Je zult vroeg of laat wel leren dat vrouwen altijd boos zijn.'

Hij knikt. 'Totdat ze doodgaan. Mijn mama is dood.'

Mijn mond valt open. Ik kijk naar zijn gezicht. 'Dat soort dingen moet je niet zeggen. Dat vinden mensen... raar.'

Hij haalt zijn schouders op, alsof hij duidelijk wil maken dat mensen hem toch al raar vinden. En dat is waarschijnlijk ook zo.

'Mijn papa is aardig. Hij is niet slecht.'

'Ja?' Ik kijk naar de tafel, zodat ik niet in die groene ogen hoef te kijken.

'Hij neemt me overal mee naartoe en zegt aardige dingen tegen me.' Smith zet een deel van een speelgoedtrein op de tafel. Wat heeft dat joch toch met treinen?

'En...' zeg ik. Ik slik de gevoelens weg die zijn woorden bij me oproepen. Waarom begint hij daar nu over?

'Hij zal jou ook meenemen en aardige dingen tegen je zeggen.'

Ik kijk hem aan. 'Waarom zou ik dat willen?' vraag ik, maar zijn groene ogen vertellen me dat hij veel meer weet dan ik vermoedde.

Smith houdt zijn hoofd scheef en slikt even, met zijn blik op mij gericht. De mengeling van wetenschappelijke afstandelijkheid en kwetsbaarheid is nog nooit zo sterk zichtbaar in hem geweest. 'Wil je niet mijn broer zijn?'

Verdomme. Ik vraag wanhopig af waar Tessa blijft. Ze moet me komen redden. Ze weet altijd precies wat ze moet zeggen.

Ik kijk hem aan en probeer kalm te ogen, maar het lukt me niet. 'Dat heb ik nooit gezegd.'

'Je vindt mijn papa niet aardig.'

Op dat moment komen Tessa en Kimberly aangelopen, zodat ik hem godzijdank geen antwoord hoef te geven.

'Gaat het, lieverd?' Kimberly haalt even een hand door zijn haar.

Smith zegt niets. Hij knikt, één keer, strijkt zijn haar glad en loopt met zijn treintje naar de kamer ernaast.

# 9

∞

## Tessa

'Ga hier maar even douchen. Je ziet er vreselijk uit,' zegt Kimberly op een toon die, ondanks de allerminst vleiende woorden, heel vriendelijk is.

Hardin zit nog steeds aan de tafel, met een kop koffie in zijn grote handen. Hij heeft me amper een blik waardig gekeurd sinds ik de keuken binnen ben gelopen en hem daar met Smith zag praten. Het is een hartverwarmend idee dat die twee als broers tijd samen doorbrengen.

'Al mijn kleren liggen nog in de huurauto, en die staat bij het café,' zeg ik tegen haar. Ik wil niets liever dan een douche nemen, maar ik heb geen schone kleren bij me.

'Je kunt wel iets van mij lenen,' biedt ze aan, hoewel we allebei weten dat ik haar kleren niet pas. 'Of iets van Christian. Hij heeft nog wel een korte broek en een overhemd...'

'God, nee zeg,' onderbreekt Hardin haar. Hij werpt Kimberly een ijzige blik toe. 'Ik ga je spullen wel halen. Je gaat niet in zijn kleren rondlopen.'

Kimberly opent haar mond en wil tegen hem ingaan, maar bedenkt zich voordat ze een woord heeft gezegd. Ik kijk haar dankbaar aan, blij dat er in haar hotelsuite geen oorlog zal uitbreken.

'Hoe ver is het rijden naar dat café?' vraag ik, in de hoop dat een van hen het weet.

'Tien minuten.' Hardin houdt zijn hand op voor de sleutels.

'Kun je rijden?' Ik heb van Allhallows hiernaartoe gereden omdat hij nog steeds niet nuchter was. Hij heeft nog altijd een glazige blik in zijn ogen.

'Ja,' zegt hij kortaf.

Geweldig. Kimberly's voorstel om mij een paar kleren van Christian te geven heeft Hardin binnen een minuut van nukkig in pisnijdig veranderd.

'Wil je dat ik meega? Dan rijd ik de huurauto terug en kun jij de auto van Christian...' begin ik, maar ik word snel onderbroken met een 'Nee, het gaat wel.'

Ik vind zijn ongeduldige toon niet fijn, maar ik bijt letterlijk op mijn tong om te voorkomen dat ik er iets van zeg. Ik weet niet wat ik de laatste tijd heb, maar ik vind het steeds moeilijker om mijn mond te houden. Dat is alleen maar positief, denk ik. Misschien niet voor Hardin, maar wel voor mij.

Hij loopt zonder een woord te zeggen of zelfs maar naar me te kijken de suite uit. Ik zit een paar lange, stille minuten lang naar de muur te staren voordat Kimberly's stem mijn trance onderbreekt.

'Hoe is hij eronder?' Ze leidt me naar de tafel.

'Niet al te best.' We gaan allebei zitten.

'Dat zag ik al. Een huis in de fik steken is waarschijnlijk niet de gezondste manier om met woede om te gaan,' zegt ze, maar ze klinkt absoluut niet veroordelend.

Ik staar naar het tafelblad van donker hout omdat ik haar niet in haar ogen wil kijken. 'Ik ben niet bang voor zijn woede, maar ik kan wel merken dat hij zich steeds meer in zichzelf terugtrekt. Ik weet dat het kinderachtig en egoïstisch van me is om jou hiermee lastig te vallen, want je hebt al genoeg aan je hoofd en Christian zit in de problemen...'

Het is waarschijnlijk het beste als ik mijn egoïstische gedachten voor me houd.

Kimberly legt haar hand op de mijne. 'Tessa. Er is geen regel die zegt dat maar één persoon tegelijk problemen mag hebben. Je hebt het net zo moeilijk als ik.'

'Dat weet ik, maar ik wil je niet lastigvallen met...'

'Je valt me niet lastig. Voor de draad ermee.'

Ik kijk naar haar op, vastbesloten om niets te zeggen en mijn problemen voor me te houden, maar ze schudt haar hoofd, alsof ze mijn gedachten kan lezen.

'Hij wil hier in Londen blijven en ik weet dat het over zal zijn tussen ons als ik daarmee instem.'

Ze glimlacht. 'Jullie twee lijken een heel andere opvatting te hebben over wat "over" is dan de meeste anderen.'

Ik wil mijn armen om haar heen slaan omdat ze me in al deze ellende toch zo'n warme glimlach schenkt. 'Ik weet dat dat gezien ons... verleden moeilijk te geloven is, maar dit hele gedoe met Christian en Trish zal ons of helemaal kapotmaken of onze band beter maken dan ooit tevoren. Ik zie geen andere uitkomst en ben denk ik gewoon bang voor de afloop.'

'Tessa, je hebt gewoon te veel aan je hoofd. Gooi het er maar uit. Zo vaak als je wilt. Wat je ook zegt, ik ga echt niet slechter over je denken. En ik ben gewoon zo'n egoïstische trut dat ik wil dat een ander me nu met haar problemen afleidt.'

Ik wacht niet totdat Kimberly van gedachten verandert. De sluizen gaan open en ik gooi de woorden er als een onstuitbare stroom uit. 'Hardin wil in Londen blijven. Hij wil hier blijven en mij terugsturen naar Seattle, alsof ik een blok aan zijn been ben dat hij zo snel mogelijk wil lozen. Hij trekt zich voor me terug, zoals altijd wanneer hij gekwetst is, maar nu heeft hij een grens overschreden en een huis in de fik gestoken, en hij heeft er geen greintje spijt van. Ik weet dat hij kwaad is en ik zou dit nooit tegen hem zeggen, maar hij maakt het alleen maar erger voor zichzelf. Als hij nu gewoon zijn woede zou aanpakken en zou toegeven dat hij pijn kan voelen – als hij zou toegeven dat anderen, en niet alleen hij of ik, ook belangrijk zijn – dan kan hij hier doorheen komen. Hij maakt me zo kwaad omdat hij blijft zeggen dat hij niet zonder me kan en liever doodgaat dan dat hij zonder me moet leven, maar wat doet hij als het even tegenzit? Dan keert hij zich van me af. Ik wil hem niet opgeven, daarvoor ben ik te zeer een deel van zijn leven. Maar soms ben ik die hele strijd zo zat en vraag ik me af hoe mijn leven zonder hem zou zijn.' Ik dwing mezelf om Kimberly aan te kijken. 'Maar zodra ik daaraan denk, ga ik kapot van de pijn.'

Ik pak de halflege kop koffie van de tafel en drink hem leeg. Mijn stem klinkt beter dan een paar uur geleden, maar mijn geraas en getier hebben mijn pijnlijke keel geen goed gedaan.

'Het slaat nergens op dat ik na al die maanden en na al dat gedoe liever dit doe' – ik maak een dramatisch gebaar naar de kamer om ons heen – 'dan dat ik zonder hem ga leven. De ergste momenten met hem stellen niets voor in vergelijking met de mooiste. Ik weet niet of ik mezelf voor de gek houd of misschien gewoon gek ben. Misschien wel allebei. Maar ik hou meer van hem dan van mezelf, meer dan ik voor mogelijk had gehouden, en ik wil gewoon dat hij gelukkig is. Niet voor mij, maar voor hem. Ik wil dat hij in de spiegel kijkt en een glimlach ziet in plaats van een frons. Ik wil niet dat hij zichzelf als een monster ziet. Ik wil dat hij de echte Hardin ziet, want als hij niet snel het idee loslaat dat hij slecht is, zal dat hem kapotmaken en blijf ik met lege handen achter. Zeg niet tegen hem dat ik dit heb gezegd, en ook niet tegen Christian. Ik moet het gewoon even kwijt omdat ik anders het gevoel heb dat ik verdrink, en het is al zo moeilijk om boven water te blijven, zeker wanneer ik tegen de stroom in moet zwemmen om hem te redden in plaats van mezelf.'

Bij die laatste woorden kraakt mijn stem en begin ik te kuchen. Kimberly opent glimlachend haar mond om iets te zeggen, maar ik steek een vinger op.

Ik schraap mijn keel. 'Ik was nog niet klaar. Naast dit alles ben ik ook nog bij de dokter geweest, voor... voorbehoedmiddelen.' Dat laatste woord is niet meer dan een fluistering.

Kimberly probeert haar lachen in te houden, maar slaagt daar niet in. 'Je hoeft niet zo te fluisteren. Zeg het gewoon, meid.'

'Goed dan.' Ik bloos. 'Ik ben aan de prikpil gegaan en de dokter heeft me inwendig onderzocht. Hij zei dat mijn baarmoeder niet helemaal in orde is. Ik moet nog terug voor verder onderzoek, maar het woord "onvruchtbaar" is gevallen.'

Er verschijnt een meelevende blik in haar blauwe ogen. 'Mijn zus heeft dat ook. Ik vind het altijd een beetje gek klinken, "niet helemaal in orde".'

Ik voel me nu iets beter omdat Kimberly iemand kent met hetzelfde probleem en ze met humor probeert te reageren.

'Heeft ze kinderen?' vraag ik, maar daar heb ik meteen spijt van omdat haar gezicht betrekt.

'Ik denk niet dat ik je daar nu meer over moet vertellen. Dat komt een andere keer wel.'

'Toe nou.' Ik weet dat ik het beter niet kan horen, maar ik kan er niets aan doen. 'Alsjeblieft,' zeg ik smekend.

Kimberly haalt diep adem. 'Ze heeft jaren geprobeerd om in verwachting te raken. Het was een lijdensweg. Ze hebben vruchtbaarheidsbehandelingen geprobeerd. Alles wat je maar via Google kunt vinden, hebben zij en haar man geprobeerd.'

'En?' dring ik aan. Ik moet aan Hardin denken, die haar ook zo onbeleefd zou hebben onderbroken. Ik hoop dat hij op weg terug hiernaartoe is. In deze stemming kan hij beter niet alleen zijn.

'Nou, toen eindelijk bleek dat ze zwanger was, was dat de gelukkigste dag van haar leven.' Kimberly wendt haar blik af, en ik weet dat ze liegt of omwille van mij iets verzwijgt.

'Wat gebeurde er toen? Hoe oud is de baby nu?'

Kimberly vouwt haar handen ineen en kijkt me recht aan. 'Na vier maanden kreeg ze een miskraam. Maar dat is háár overkomen, dat zegt niets over jouw situatie. Misschien lijd je niet eens aan hetzelfde. En als dat wel zo is, kan het bij jou heel anders gaan.'

Ik hoor een hol suizen in mijn oren. 'Ik heb gewoon het gevoel, diep in mijn binnenste, dat ik niet zwanger kan worden. Zodra de dokter zei dat ik misschien onvruchtbaar ben, leek dat zo vanzelfsprekend.'

Kimberly steekt haar handen uit en pakt de mijne vast. 'Dat weet je niet. En ik wil niet lullig doen, maar Hardin wil toch niet eens kinderen?'

Hoewel het voelt alsof het mes in mijn borst nog eens dieper in me wordt gestoken, voel ik ook een zekere opluchting omdat ik mijn zorgen heb kunnen delen. 'Hij wil inderdaad geen kinderen. En hij wil ook niet met me trouwen.'

'Hoopte je dat je hem van gedachten kon laten veranderen?' Ze geeft mijn hand even een kneepje.

'Ja, helaas wel. Daar was ik bijna zeker van. Niet nu, natuurlijk, maar over een aantal jaren. Ik dacht dat hij er anders over zou denken als hij ouder zou zijn en we allebei klaar zouden zijn met onze studie. Maar nu lijkt dat idee nog bezopener dan het eerder al was.' Ik voel dat ik begin te blozen van schaamte. Niet te geloven dat ik dit echt allemaal hardop zeg. 'Ik weet dat het idioot klinkt, dat ik me nu al zorgen maak over kinderen, maar ik heb altijd al moeder willen worden. Ik weet niet waarom, misschien omdat mijn eigen vader en moeder niet de beste ouders waren, maar ik heb altijd al de drang en de behoefte gevoeld om moeder te worden. Niet zomaar een moeder, maar een erg goede, een moeder die onvoorwaardelijk van haar kinderen zal houden. Ik zou hen nooit veroordelen of kleineren, ik zou hen nooit onder druk zetten of vernederen. Ik zou niet proberen om hen te veranderen in een betere versie van mezelf.'

Aanvankelijk voelde het zo raar om dit soort dingen te zeggen, maar nu ik Kimberly bij elk woord dat ik zeg zie knikken, krijg ik het gevoel dat ik niet de enige ben die er zo over denkt. 'Ik denk dat ik een goede moeder zou kunnen zijn, als ik maar de kans krijg. Het idee van een klein meisje met bruin haar en grijze ogen dat naar Hardin toe rent... Daar krijg ik een brok van in mijn keel. Soms fantaseer ik daarover. Dat is stom, ik weet het, maar dan zie ik die twee gewoon bij elkaar zitten, allebei met slordig golvend haar.' Ik moet lachen om het bespottelijke beeld dat ik schets, een beeld waaraan ik vaker heb gedacht dan je als normaal zou kunnen beschouwen. 'Dan kan hij haar voorlezen en haar op zijn schouders ronddragen, en zij kan hem helemaal naar haar pijpen laten dansen.'

Ik dwing mezelf te glimlachen en probeer het lieve plaatje uit mijn gedachten te verdrijven. 'Maar dat wil hij niet, en nu hij heeft ontdekt dat Christian zijn vader is, ben ik bang dat hij helemaal niet meer aan kinderen wil denken.'

Ik strijk mijn haar achter mijn oren en stel tot mijn verbazing en ook een tikje trots vast dat ik dit allemaal heb kunnen vertellen zonder een traan te laten.

# 10

∞

## Hardin

'Ik wou dat je voor altijd bij me kon blijven.'

Dat mompelde Tessa toen ze tegen me aan lag. Dat wilde ik horen. Dat wil ik altijd blijven horen.

Maar waarom zou zij voor altijd bij mij willen blijven? Hoe zou dat zijn? Tessa en ik, allebei in de veertig, zonder kinderen, niet getrouwd, alleen wij tweeën?

Voor mij zou dat ideaal zijn. Dat is een toekomst waarvan ik droom, maar ik weet dat het voor haar nooit genoeg zou zijn. We hebben al te vaak dezelfde discussie gevoerd, en ik weet dat zij als eerste zou inbinden omdat ik dat nooit zal doen. Ik ben nu eenmaal een lul, ik ben nu eenmaal koppig. En zij zou haar droom over trouwen en kinderen krijgen voor mij willen opgeven.

Wat voor soort vader zou ik eigenlijk zijn? Een waardeloze, dat weet ik wel. Ik kan die vraag niet eens in gedachten stellen zonder in de lach te schieten, want het idee is letterlijk te gek voor woorden. Dit hele reisje is weliswaar faliekant mislukt, maar het heeft mij ook wakker geschud. Ik heb Tessa altijd geprobeerd te waarschuwen, ik heb zo vaak gezegd dat ze uit mijn buurt moet blijven, maar ik heb blijkbaar niet genoeg mijn best gedaan. En om eerlijk te zijn had ik me meer kunnen inspannen om haar tegen mijn eigen gedrag te beschermen, maar daar was ik te egoïstisch voor. Nu ik zie hoe haar leven met mij zal zijn, heb ik geen andere keuze meer. Dankzij dit reisje is de romantische nevel in mijn hoofd opgetrokken en heeft zich als door een wonder een gemakkelijke oplossing aangediend. Ik kan haar terugsturen naar Amerika en zij kan verdergaan met haar leven.

Een toekomst met mij is voor Tessa een eenzaam, zwart gat. Ik zou alles van haar krijgen wat ik maar wil – haar voortdurende liefde en genegenheid, jaar in, jaar uit – maar zij zou onbevredigd zijn, en in de loop der jaren zou ze een steeds grotere hekel aan me krijgen omdat ik haar niet geef wat ze wil. Ik kan er net zo goed voor zorgen dat ze zich jaren aan ellende bespaart.

Bij het café gooi ik Tessa's tas snel op de achterbank en dan rijd ik terug naar Kimberly's hotel. Ik moet een plan hebben, een goed doortimmerd plan waaraan ik me kan houden. Zij is te koppig en te verliefd om het zomaar op te geven.

Dat is haar probleem: ze is zo iemand die altijd maar geeft en nooit neemt, en de harde waarheid is dat zulke mensen voor lui als ik de gemakkelijkste prooi zijn. Wij blijven nemen totdat er niets meer over is. Dat heb ik al vanaf het begin gedaan en dat zal ik blijven doen.

Ze zal me proberen over te halen, dat weet ik gewoon. Ze zal zeggen dat trouwen niet langer belangrijk is, maar dat zou een leugen zijn die ze alleen maar vertelt om mij bij haar te houden. Dat spreekt boekdelen over mij: ik heb haar zo gemanipuleerd dat ze nu onvoorwaardelijk van me houdt.

Toch begint de masochist in me tijdens dit ritje aan haar liefde te twijfelen. Houdt ze echt zo veel van me als ze beweert, of is ze verslaafd aan me? Dat is nogal een verschil, en hoe meer ze van me verdraagt, hoe meer het op een verslaving begint te lijken. Misschien is het de opwinding van het wachten op mijn volgende fout, die zij dan goed kan maken.

Dat moet het zijn. Ze ziet me vast als een of ander project. Ze ziet me als iemand die ze beter kan maken. Daar hebben we het vaker over gehad, maar ze weigerde altijd het toe te geven.

Ik graaf in mijn herinneringen naar een bepaalde ontmoeting en stuit eindelijk op iets wat diep verstopt zit in mijn chaotische, nog altijd door alcohol benevelde brein.

Het was vlak nadat mijn moeder na kerst was teruggekeerd naar Londen. Tessa had met een bezorgde blik naar me opgekeken. 'Hardin?'

'Ja?' had ik geantwoord, met een pen tussen mijn tanden geklemd.

'Wil je me, als je klaar bent met je werk, helpen de kerstboom af te tuigen?'

Ik was niet echt aan het werk. Ik zat te schrijven, maar dat wist zij niet. We hadden een lange, interessante dag achter de rug. Ik had haar betrapt toen ze terugkwam van een lunch met die godverdomde Trevor en haar daarna over haar bureau gelegd om haar helemaal suf te neuken.

'Ja, wacht even.' Ik stopte de vellen papier weg, bang dat ze die bij het schoonmaken zou vinden, en stond toen op om haar te helpen met het kleine boompje dat ze samen met mijn moeder had versierd.

'Waar zat je aan te werken? Was het goed?' Ze stak haar hand uit naar de versleten map die ik volgens haar voortdurend overal liet slingeren. De kringen van koffiekopjes en vlekken inkt op het verweerde leren omslag dreven haar tot waanzin.

'Niets.' Ik rukte de map uit haar handen voordat ze die kon openslaan.

Ze deinsde terug, duidelijk verbaasd en een tikje gekwetst vanwege mijn reactie. 'Sorry,' zei ze zacht. Toen er een diepe frons op haar knappe gezicht verscheen, smeet ik de map op de bank en pakte haar handen vast. 'Het was maar een vraag. Ik wilde me nergens mee bemoeien.'

Jezus, wat was ik toch een lul.

Dat ben ik nog steeds.

'Het geeft niet. Je moet alleen niet aan mijn werk zitten. Ik...' Ik kon geen reden bedenken waarom niet, en in het verleden had ik haar nooit tegengehouden. Wanneer ik een eerste versie tegenkwam waarvan ik wist dat ze die goed zou vinden, deelde ik die met haar. Dat vond ze altijd geweldig, maar nu deed ik rot omdat ze belangstelling toonde.

'Oké.' Ze draaide zich om en begon de ballen uit die afzichtelijke boom te halen.

Ik bleef een paar minuten lang naar haar rug staren, me afvragend waarom ik zo boos was. Wat zou ze voelen als ze kon zien wat ik had geschreven? Zou ze het mooi vinden? Of zou ze ervan walgen en kwaad worden? Ik had geen idee, en dat heb ik nog steeds niet, en tot op de dag van vandaag heeft ze er nooit iets van geweten.

'Oké? Dat is alles?' vroeg ik tartend, op zoek naar ruzie. Een ruzie was beter dan genegeerd worden. Schreeuwen was beter dan zwijgen.

'Ik zal niet meer aan jouw spullen zitten,' zei ze zonder zich om te draaien. 'Ik wist niet dat je dat zo erg vond.'

'Ik...' Ik zocht naar iets om ruzie over te maken, maar koos toen voor het meest voor de hand liggende. 'Waarom ben je eigenlijk met mij?' vroeg ik bars. 'Na alles wat er is gebeurd... Kick je soms op drama?'

'Wat?' Ze draaide zich met een ruk om, met een klein sneeuwvlokje in haar hand. 'Waarom zoek je nu ruzie? Ik zei toch dat ik niet meer aan jouw spullen zou zitten?'

'Ik zoek geen ruzie,' loog ik. 'Ik wil het gewoon weten. Het lijkt wel alsof je vooral verslaafd bent aan drama en aan al die ups en downs.' Ik wist dat dat niet eerlijk was, maar ik zei het toch. Zo'n bui had ik nu eenmaal, ik wilde haar uit haar tent lokken.

Ze liep naar me toe en liet de kerstbal in de doos naast de boom vallen. 'Je weet dat dat niet zo is. Ik hou van je, ook wanneer je ruzie loopt te zoeken. Ik heb een hekel aan drama, dat weet je. Ik hou van je om wie je bent, einde verhaal.' Ze ging op haar tenen staan, zodat ze me een kus op mijn wang kon geven, en ik sloeg mijn armen om haar heen.

'Waarom hou je dan van me? Ik doe nooit iets voor je,' zei ik zwakjes, denkend aan de scène die ik eerder die dag bij Vance had geschopt.

Ze haalde geduldig adem en vlijde haar hoofd tegen mijn borstkas. 'Dit.' Ze tikte met haar wijsvinger tegen mijn hart. 'Dit is de reden. En houd nu op met ruzie zoeken. Ik moet nog een paper schrijven en die boom kan zichzelf niet opruimen.'

Ze was zo lief voor me, zo vol begrip, ook toen ik het niet verdiende.

'Ik hou van je,' zei ik in haar haar. Ik legde mijn handen op haar heupen. Ze vlijde zich dichter tegen me aan en liet zich door me optillen. Ze sloeg haar benen om mijn middel en ik droeg haar door de woonkamer naar de bank.

'Ik zal altijd van je houden. Daar moet je nooit aan twijfelen. Ik zal altijd van je houden,' verzekerde ze, met haar mond op de mijne.

Ik kleedde haar langzaam uit, genietend van elke centimeter van haar sexy rondingen. Het was zo heerlijk om te zien dat ze grote ogen opzette toen ik het condoom omdeed. Die middag had ze zich nog afgevraagd of we wel moesten neuken nu ze ongesteld was, maar haar borst ging onrustig op en neer toen ik mezelf onder haar blik begon te strelen. Een ongeduldige ademhaling en een zacht gekreun, meer was er niet nodig om me te laten ophouden met mijn geplaag. Ik kroop tussen haar dijen en drong langzaam in haar. Ze was zo nat en strak dat ik mezelf helemaal in haar verloor, en ik kan me nog steeds niet herinneren hoe die boom uiteindelijk uit de kamer is verdwenen.

Dat doe ik de laatste tijd veel te vaak: mezelf verliezen in herinneringen aan mooie momenten met haar. Ik probeer die gedachten te verdringen en klem mijn trillende handen steviger rond het stuur. Nu ik weer in het heden ben, verdwijnt haar gekreun en gekerm naar de achtergrond.

Op een paar kilometer afstand van Tessa beland ik in een langzaam bewegende file. Ik moet mijn plan doorzetten en haar vanavond nog op het vliegtuig zetten. Het is een late vlucht, die pas om negen uur vertrekt, dus ze heeft meer dan genoeg tijd om naar Heathrow te rijden. Kimberly wil haar vast wel brengen, dat weet ik gewoon. Ik heb nog altijd hoofdpijn. De alcohol verdwijnt maar langzaam uit mijn lichaam en ik voel me nog altijd een tikje aangeschoten. Ik kan wel rijden, maar ik ben er niet helemaal bij met mijn gedachten.

'Hardin!' hoor ik opeens een bekende stem zeggen. Het geluid wordt gedempt door het raampje, dat ik snel naar beneden draai. Elke keer wanneer ik me omdraai, is er wel iemand uit mijn verleden die mijn naam roept.

'Jezus!' roep ik tegen de auto naast me. Mijn oude vriend Mark staat op de rijstrook naast de mijne. Als dat geen teken van boven is, weet ik het ook niet meer.

'Ga eens aan de kant!' roept hij breed lachend terug.

Ik parkeer de huurauto van Vance voor een ijssalon, en hij zet zijn auto ernaast. Hij heeft zijn gammele barrel eerder verlaten dan ik en rukt snel mijn portier open.

'Waarom heb je me niet laten weten dat je weer terug bent?' roept hij. Hij klopt me op mijn schouder. 'En is deze dikke Duitser een huurauto of ben je stinkend rijk geworden?'

Ik rol met mijn ogen. 'Lang verhaal, maar het is een huurauto.'

'Ben je voor altijd terug of niet?' Zijn bruine haar is nu kort, maar zijn blik is nog net zo wazig als vroeger.

'Ja, voor altijd.' En met dat antwoord is mijn besluit definitief. Ik blijf hier en zij gaat terug. Zo simpel is het.

Hij kijkt me aandachtig aan. 'Hé, waar zijn je piercings? Heb je die uitgedaan?'

'Ja, ik had er genoeg van.' Ik haal mijn schouders op, maar kijk hem op mijn beurt ook onderzoekend aan. Wanneer hij zijn hoofd een klein beetje omdraait, valt het licht op de twee kleine knopjes onder zijn lip. Jezus, die gast heeft een *snakebite* genomen.

'Godsamme, Scott, je ziet er heel anders uit. Niet te geloven. Hoe lang is het geleden, een jaar of twee?' Hij steekt zijn handen omhoog. 'Drie? Weet ik het. Ik was de afgelopen tien jaar aan een stuk door high.' Lachend vist hij een pakje sigaretten uit zijn zak.

Ik zeg nee wanneer hij me er eentje aanbiedt, wat tot een opgetrokken wenkbrauw leidt. 'Wat, ben je opeens een brave lul of zo?' zegt hij beschuldigend.

'Nee, ik heb gewoon geen trek in zo'n kutsigaret,' snauw ik.

Hij lacht, net zoals hij vroeger altijd deed wanneer ik zo reageerde. Hij is een jaar ouder dan ik en was altijd de aanvoerder van ons groepje. Ik keek tegen hem op en wilde net zo zijn als hij. Daarom deed ik ook meteen mee toen er een jongen bij ons groepje kwam die nog ouder was dan Mark. Met de komst van James begonnen die geintjes. Ik zat er helemaal niet mee dat ze zo met meisjes omgingen, zelfs niet toen ze die meiden filmden zonder dat die het wisten.

'Je bent wel een zeikerd geworden, hè?' Hij steekt glimlachend de brandende sigaret tussen zijn tanden.

'Hou je bek. Je bent nu zeker high?' Ik wist wel dat hij nooit zou veranderen en altijd zou blijven hangen in zijn glorietijd van heel veel meiden neuken en blowen.

'Nee, ik heb gewoon een lange nacht gehad.' Hij grinnikt, duidelijk trots op zichzelf bij de herinnering aan wat hij de afgelopen nacht heeft gedaan, of met wie. 'Waar ga je naartoe? Logeer je bij je moeder thuis?'

Ik krijg even geen lucht nu ik hem hoor vragen naar mijn moeder en het huis dat ik in de fik heb gestoken. Ik voel nog altijd de hete rook op mijn wangen en zie de felle vlammen het huis opslokken, precies zoals ik het zag toen ik nog even omkeek voordat ik naast Tessa in de auto stapte. 'Nee, ik heb even geen vast adres.'

'Ik snap het.' Maar dat is niet zo. 'Nou, als je een dak boven je hoofd nodig hebt, kun je wel bij mij terecht. James is nu mijn huisgenoot. Hij zal het ook te gek vinden om je weer te zien. Je bent best wel veramerikaanst, zeg.'

Ik hoor in gedachten Tessa's stem, die me smeekt om niet voor die oude, vertrouwde optie te kiezen, maar ik negeer het en knik naar Mark. 'Je kunt wel iets voor me doen, ja.'

'Zeg maar wat je nodig hebt. James dealt nu,' antwoordt Mark met een zekere trots.

Ik rol met mijn ogen. 'Dat bedoelde ik niet. Ik wilde je vragen of je achter me aan wilt rijden naar mijn hotel, zodat ik daar iets kan afgeven, en of je me daarna naar Gabriel's wilt brengen. Daar staat mijn auto.'

Als het verhuurbedrijf geen bezwaar heeft, wil ik de auto nog iets langer huren. Ik negeer even het feit dat ik een woning en auto in Washington heb. Dat komt later wel.

'En ga je daarna met mij mee naar huis?' Hij zwijgt even. 'Wacht, aan wie moet je iets afgeven?' Dat detail is hem niet ontgaan, ook al is hij high.

Ik ga Mark echt niks over Tessa vertellen. Echt niet. 'O, een of andere griet. Niks bijzonders.' Die leugen brandt in mijn keel, maar ik moet haar hiertegen beschermen.

Hij loopt naar zijn auto en blijft even staan voordat hij instapt. 'Lekker wijf? Als je nog even wilt neuken, kan ik wel buiten wachten. Of misschien laat ze mij...'

'Jezus, nee.' Het wordt rood voor mijn ogen en ik moet een paar keer diep ademhalen. 'Dacht het niet. Jij kunt in de auto wachten. Ik ga zelfs niet eens naar binnen.' Hij lijkt niet overtuigd, dus ik voeg eraan toe: 'Dat meen ik. Als je uit die kutauto van je stapt en ook maar in de buurt...'

'Jezus, gast, doe eens relaxed. Ik blijf wel in de auto zitten,' roept hij, met zijn handen omhoog alsof ik een of andere wout ben.

Hij lacht nog altijd hoofdschuddend wanneer hij na mij de parkeerplaats verlaat en de straat op draait.

# 11

∞

## Tessa

Ik kijk even op mijn telefoon die aan de lader ligt. 'Hij is al een uur weg.' Ik probeer hem opnieuw te bellen.

'Hij neemt gewoon de tijd,' zegt Kimberly, maar ondanks haar geruststellende woorden zie ik twijfel in haar blik.

'Hij neemt niet op. Als hij weer naar die kroeg is...' Ik sta op en begin te ijsberen.

'Hij zal zo wel komen.' Ze doet de deur open en kijkt de gang in, eerst naar links en naar rechts en dan naar de vloer. Dan roept ze zacht mijn naam, maar haar stem klinkt vreemd. Er is iets mis.

'Wat? Wat is er?' Zit Hardin op de gang? Ik ren naar Kimberly toe, die zich net bukt... om mijn koffer te pakken.

De angst slaat me om het hart en ik zak door mijn knieën. Het dringt amper tot me door dat Kimberly haar armen om me heen slaat wanneer ik het voorvakje van mijn koffer open.

Er zit een vliegticket in. Eentje maar. Samen met Hardins sleutelbos, met de sleutel van zijn woning en zijn auto.

Ik wist dat dit eraan zat te komen. Ik wist dat hij, zodra hij de kans kreeg, afstand tussen ons zou scheppen. Hardin kan niet met grote emoties omgaan, daartoe is hij gewoon niet in staat. Ik had me hierop kunnen – nee, moeten – voorbereiden, dus waarom voelt dat ticket dan zo zwaar aan in mijn hand en lijkt mijn borstkas in brand te staan? Ik vind het vreselijk dat hij me dit aandoet, zo snel, uit woede, en ik vind het net zo vreselijk dat ik mezelf er niet op heb voorbereid. Ik zou nu hard moeten zijn, ik zou mijn laatste restjes moed en trots bijeen moeten rapen en mijn rug recht moeten houden. Ik zou dit ticket en die stomme koffer moeten pakken en Londen meteen moeten verlaten. Dat zou iedere vrouw met een greintje zelfrespect doen. Zo simpel is het toch? Daaraan probeer ik te denken, maar mijn knieën kunnen mijn gewicht niet langer dragen en mijn handen trillen wanneer ik mijn gezicht er beschaamd in verberg. Weer stort ik in, vanwege hem.

'Wat een lul,' zegt Kimberly beledigd, alsof ik dat nog niet wist. 'Je weet dat hij wel weer terugkomt. Dat is altijd zo,' zegt ze in mijn haar. Ik kijk haar aan en zie de woede en het dreigende kom-niet-aan-mijn-vrienden in haar blik.

Voorzichtig maak ik me los uit haar armen en schud mijn hoofd. 'Het gaat wel weer. Het gaat wel,' herhaal ik, meer tegen mezelf dan tegen Kim.

'Het gaat niet,' verbetert ze me. Ze strijkt een verdwaalde haarlok achter mijn oor.

Ik denk aan Hardins handen die precies hetzelfde hebben gedaan en deins terug. 'Ik ga even douchen,' zeg ik tegen mijn goede vriendin, voordat ik helemaal instort.

Nee, niet gebroken. Ik ben niet gebroken, ik ben verslagen. Wat ik nu voel, is pure verslagenheid. Ik heb maandenlang gevochten tegen wat onvermijdelijk was, tegen een stroom in die ik niet in mijn eentje kon bedwingen, en nu ben ik er helemaal door opgeslokt. En er is nergens een reddingsboot te bekennen.

'Tessa? Tessa, gaat het?' roept Kimberly aan de andere kant van de badkamerdeur.

'Het gaat wel,' weet ik uit te brengen, maar de woorden klinken net zo zwak als ik me voel. Ik heb weliswaar geen kracht meer, maar ik kan mijn best doen om mijn zwakte te verbergen.

Het water is inmiddels koud. Dat is het al een hele tijd... misschien al een uur. Ik heb geen idee hoe lang ik hier al zit, ineengedoken op de vloer van de douche, met mijn knieën opgetrokken tegen mijn borst, onder de straal koud water. Een tijdje geleden voelde dat bijna pijnlijk aan, maar nadat Kimberly een paar keer is komen vragen of het ging, is mijn lijf gevoelloos geworden.

'Kom eens onder die douche vandaan. Ik trap de deur in, hoor, dat weet je.'

Daar twijfel ik geen moment aan. Ik heb haar dreigement al een paar keer genegeerd, maar deze keer steek ik mijn hand uit en draai ik de kraan dicht. Maar ik blijf op de vloer zitten.

Een tijdlang hoor ik niets meer van Kimberly, die blijkbaar gerustgesteld is nu ik de kraan heb dichtgedraaid. Wanneer ze weer op de deur bonkt, roep ik: 'Ik kom eraan.'

Tegen de tijd dat ik ben opgestaan, trillen mijn benen en is mijn haar bijna droog. Ik graaf in mijn koffer en trek op de automatische piloot mijn jeans aan; eerst de ene pijp, dan de andere. Dan steek ik mijn armen omhoog en trek mijn shirt over mijn buik. Ik voel me net een robot, en wanneer ik met mijn hand de spiegel schoonveeg, zie ik dat ik er ook zo uitzie.

Hoe vaak zal hij dit nog doen, vraag ik zwijgend aan mijn spiegelbeeld.

Nee, hoe vaak laat ik hem dit nog doen? Dat is de echte vraag.

'Nooit meer,' zeg ik hardop tegen de vreemde die me aankijkt. Ik ga hem zoeken, voor de laatste keer, maar dat doe ik alleen maar voor zijn familie. Ik sleur hem mee naar huis en ga doen wat ik al een hele tijd geleden had moeten doen.

# 12

∞

## Hardin

'Jezus, Scott, wat zie je eruit! Je lijkt verdomme wel een mammoet!' James staat op van de bank en loopt naar me toe. Het is waar. In vergelijking met hem en Mark ben ik een reus. 'Hoe lang ben je nou, twee meter of zo?' James' ogen zijn bloeddoorlopen en zijn blik is glazig. Het is nog niet eens één uur 's middags.

'Een meter achtentachtig,' verbeter ik hem. Ik ontvang dezelfde vriendelijke groet als van Mark, een stevige hand op mijn schouder.

'Dit is echt geweldig. We moeten iedereen laten weten dat je er weer bent. Ze zijn er allemaal nog, man.' James wrijft in zijn handen, alsof hij een of ander groots plan smeedt, maar ik wil niet eens denken aan wat dat plan zou kunnen zijn.

Heeft Tessa haar koffer al gevonden? Wat vond ze ervan? Heeft ze gehuild? Of is ze dat stadium voorbij?

Ik wil het antwoord op die vraag echt niet weten. Ik wil niet denken aan het gezicht dat ze trok toen ze de deur opende. Ik wil niet eens denken aan wat ze voelde toen ze zag dat er maar één ticket in dat voorvakje zat. Ik heb al mijn kleren uit die koffer gehaald en op de achterbank van mijn huurauto gegooid.

Ik ken haar goed genoeg om te weten dat ze verwacht dat ik afscheid van haar ga nemen. Ze zal naar me op zoek gaan en het niet meteen willen opgeven, maar ze zal niet anders kunnen. Ik ga er namelijk voor zorgen dat ze me niet kan vinden, in elk geval niet voordat haar vlucht vertrekt. Morgen zal ze heel, heel ver bij me vandaan zijn.

'Gast!' roept Mark luid. Hij beweegt zijn hand voor mijn gezicht op en neer. 'Ben je er nog?'

'Sorry,' zeg ik schouderophalend. Maar dan vraag ik me af wat ik zou doen als Tessa tijdens haar zoektocht naar mij in Londen zou verdwalen. Zou ik wel iets doen?

Mark slaat een arm om mijn schouders en betrekt me bij het gesprek van James en hem, dat draait om de vraag wie ze moeten uitnodigen. Ik hoor heel wat bekende namen, plus een paar onbekende, en ze beginnen rond te bellen om iedereen uit te nodigen en drank te regelen.

Ik loop naar de keuken om een glas water te pakken en kijk voor het eerst sinds ik hier naar binnen ben gelopen eens goed om me heen. Het is hier een teringzooi. Net zo erg als het dispuutshuis op zaterdag- en zondagochtend. Bij mij thuis heeft het er nooit zo uitgezien, of in elk geval niet toen Tessa er nog woonde. Daar was het aanrecht nooit bezaaid met oude pizzadozen en stonden de tafels niet vol met bierflesjes en waterpijpen. Ik val terug, dat weet ik verdomme gewoon.

Over waterpijpen gesproken, ik hoef niet eens naar Mark en James te kijken om te weten wat ze uitspoken. Ik hoor het water borrelen in de pijp en ruik dan de opvallende geur van hasj die de woning vult.

Omdat ik nu eenmaal een masochist ben, vis ik mijn telefoon uit mijn zak en zet hem aan. Mijn wallpaper is mijn nieuwste lievelingsfoto van Tess. Op dit moment, in elk geval. Ik heb elke week een andere lievelingsfoto, maar deze is gewoon perfect. Haar blonde haar valt over haar schouders en het licht dat op haar gezicht valt, laat haar stralen. Een oprechte lach verspreidt zich over haar hele gezicht, zodat ze haar ogen dichtknijpt en haar neus optrekt, maar het ziet er gewoon godvergeten lief uit. Ze lachte naar me, of nee, ze gaf me eigenlijk een standje omdat ik haar een pets op haar kont gaf waar Kimberly bij was. Ik drukte af op het moment dat zij in lachen uitbarstte nadat ik, voor zover dat ging in het bijzijn van die bemoeizuchtige vriendin van haar, in haar oor had gefluisterd wat ik verder nog met haar wilde doen.

Ik loop terug naar de woonkamer, waar James de telefoon uit mijn hand grist. 'Niet alles voor jezelf houden!'

Ik heb het toestel al teruggepakt voordat hij de foto heeft kunnen zien.

'O, meneer is op zijn pik getrapt,' zegt James spottend.

Ik kies snel een andere foto. Ik hoef deze klootzakken niet nog meer voer te geven.

'Ik heb Janine gevraagd of ze ook komt,' zegt Mark met een lachje tegen James.

‘Ik snap niet wat daar grappig aan is.’ Ik wijs naar Mark. ‘Ze is verdomme je zus.’ Dan wijs ik naar James. ‘En jij hebt met haar geneukt.’ Niet dat dat een verrassing is. De zus van Mark staat erom bekend dat ze zich door alle vrienden van haar jongere broer laat pakken.

‘Zeik niet, man.’ James neemt nog een hijs van de waterpijp en geeft die dan aan mij.

Tessa zou me vermoorden. Ze zou zo teleurgesteld zijn. Ze vindt het al niet prettig dat ik drink, laat staan dat ik ga zitten blowen.

‘Als je niks neemt, geef hem dan hier,’ dringt Mark aan.

‘Je kunt het wel gebruiken als Janine nog komt. Tering, wat is dat een lekker wijf,’ zegt James, wat hem op een boze blik van Mark en een lach van mij komt te staan.

Zo gaan er uren voorbij. We roken, ouwehoeren, drinken, ouwehoeren en roken, en voordat ik het weet, zit het hele huis vol, en het meisje over wie ze het eerder hadden, is er ook.

# 13

∞

## Tessa

Ik heb misschien niet veel trots over, maar ik wil per se zelf Hardin opzoeken en dit onder vier ogen met hem bespreken. Ik weet precies wat hij van plan is: hij gaat kwetsende opmerkingen maken en me vertellen dat ik te goed voor hem ben en hij slecht voor me is. Ik ga proberen om hem van het tegendeel te overtuigen.

Kimberly denkt vast dat ik gek ben omdat ik na die kille afwijzing toch achter hem aan ga, maar ik hou van hem, en dit krijg je ervan als je van iemand houdt: je vecht voor diegene, je gaat achter hem aan omdat je weet dat hij je nodig heeft. Je helpt hem de strijd tegen zichzelf te voeren en je geeft het nooit op, zelfs niet wanneer hij het zelf opgeeft.

'Het komt wel goed. Als jij met me meegaat, voelt hij zich vast in een hoek gedreven en maak ik het alleen maar erger,' zeg ik voor de tweede keer tegen Kimberly.

'Wees alsjeblieft voorzichtig. Ik wil dat joch niet hoeven wurgen, maar op dit moment sluit ik niets uit.' Ze glimlacht aarzelend. 'Wacht, er is nog iets.' Kimberly steekt een vinger op en loopt snel naar de salontafel in het midden van de kamer. Ze zoekt in haar handtas en gebaart dat ik naar haar toe moet komen.

Omdat Kimberly nu eenmaal Kimberly is, brengt ze wat glanzende, kleurloze lipgloss op mijn mond aan en geeft ze me een mascararoller aan. Ze lacht. 'Je wilt er toch op je best uitzien, of niet?'

Ondanks de pijn in mijn borst glimlach ik omdat ze me zo graag wil helpen er toonbaar uit te zien. Voor haar is dat natuurlijk vanzelfsprekend.

Tien minuten later zijn mijn wangen niet langer rood van het huilen en lijken mijn ogen dankzij een camouflagestift en wat oogschaduw iets minder opgezwollen. Mijn haar is gekamd en enigszins tot grove golven getemd. Kimberly staakte na een paar minuten haar pogingen om het te fatsoeneren, slaakte een diepe zucht en verklaarde dat 'strandhaar' nu best wel in is. Ik kan me niet herinneren dat ze me uit mijn T-shirt heeft geholpen en me in een mouwloos topje met een vestje heeft gestoken, maar ze heeft me in elk geval in een mum van tijd van mijn zombielook ontdaan.

'Bel me als je me nodig hebt,' zegt Kimberly nadrukkelijk. 'Dan kom ik naar je toe, dat weet je.'

Ik knik instemmend en weet dat ze dat zou doen. Ze omhelst me twee keer en geeft me de sleutels van Christians huurauto die Hardin op de parkeerplaats heeft laten staan.

Ik stap in, prik mijn telefoon in de lader en draai het raampje helemaal naar beneden. De auto ruikt naar Hardin en de lege koffiebekers van die ochtend staan nog altijd in de bekerhouders, waardoor ik moet denken aan het feit dat hij nog maar een paar uur geleden met me heeft gevreeën. Dat was zijn afscheid. Pas nu besef ik dat ik dat diep in mijn hart wel wist, maar dat toen niet onder ogen wilde zien. Ik wilde niet toegeven dat het einde in zicht was. Het is zo'n raar idee dat het nu bijna vijf uur is. Ik heb minder dan twee uur de tijd om Hardin te vinden en hem ervan te overtuigen dat hij met me mee naar huis moet gaan. Het vliegtuig vertrekt om half negen, maar we moeten er tegen zevenen zijn omdat we nog door de douane en langs de veiligheidscontrole moeten.

Vlieg ik straks alleen naar huis?

Ik kijk even in de achteruitkijkspiegel en zie het meisje dat ik eerder in de spiegel in de badkamer zag. Het is een vreselijk idee, maar de kans is groot dat ik straks inderdaad alleen naar huis vlieg.

Ik weet maar één plek waar ik hem kan zoeken, en als hij daar niet is, heb ik geen flauw idee wat ik moet doen. Ik start de auto, maar blijf dan even zitten, met mijn hand op de versnellingspook. Ik kan niet zomaar als een kip zonder kop door Londen gaan rijden, zonder een cent op zak en zonder te weten waar ik naartoe ga.

Ongerust en wanhopig probeer ik hem nogmaals te bellen, en ik barst bijna in tranen uit wanneer er wordt opgenomen.

'Hallooooo, met wie?' zegt een mannenstem die ik niet herken.

Ik kijk even op het schermpje om er zeker van te zijn dat ik het juiste nummer heb gekozen, maar Hardins naam is duidelijk te zien. 'Halloooooo,' zegt de man, deze keer iets luider. Hij rekt het woord opnieuw uit.

'Eh, hoi. Is Hardin er ook?' Mijn maag draait zich om. Ik voel gewoon dat deze vent foute boel is, al heb ik geen idee wie hij is.

Op de achtergrond klinkt gelach. Ik hoor allerlei stemmen, ook van vrouwen. 'Scott is... gehinderd,' zegt de man.

Gehinderd?

'Het is verhinderd, sukkel,' roept een vrouw op de achtergrond lachend.

O god. 'Waar is hij?' Ik kan horen dat ze me nu op handsfree hebben gezet.

'Hij heeft het druk,' zegt een andere man. 'Met wie spreek ik? Kom je ook feesten? Bel je daarom? Je hebt een lekker Amerikaans accent, wijffie, en als je een vriendinnetje van Scott bent...'

Feesten? Om vijf uur 's middags? Ik probeer me op dat onzinnige feit te concentreren, in plaats van op al die vrouwenstemmen die ik aan de andere kant van de lijn hoor. Ik wil niet denken aan het feit dat Hardin is 'verhinderd'.

'Ja,' zegt mijn mond voordat mijn brein beseft wat ik doe. 'Ik ben alleen het adres vergeten.'

Niemand lijkt te merken dat mijn stem beverig en onzeker klinkt.

De man die opnam, noemt een adres dat ik snel intik in de navigatie-app op mijn telefoon. De app crasht twee keer, zodat ik hem moet vragen het te herhalen. Hij doet niet alleen dat, maar zegt ook dat ik me moet haasten omdat er meer drank is dan ik ooit van mijn leven heb gezien.

Twintig minuten later sta ik op een kleine parkeerplaats naast een vervallen bakstenen gebouw. Drie van de grote ramen zijn dichtgeplakt met een materiaal dat op wit plakband lijkt, maar het kunnen net zo goed vuilniszakken zijn. De parkeerplaats staat vol auto's, maar de BMW waarin ik hiernaartoe gereden ben, valt behoorlijk uit de toon. Alleen Hardins huurauto behoort tot een vergelijkbare categorie. Die staat helemaal achteraan, ingeparkeerd door andere auto's, en dat betekent dat hij hier al langer is dan de meeste anderen.

Bij de voordeur aangekomen haal ik diep adem en verzamel ik al mijn moed. De onbekende man aan de telefoon zei dat ik op de derde verdieping moest zijn, tweede deur. Het gebouw lijkt niet groot genoeg voor drie verdiepingen, maar wanneer ik de trap op loop, blijkt dat ik ongelijk heb. Nog voordat ik op de tweede verdieping aankom, komen luide stemmen en een walm van wiet me al tegemoet.

Ik kijk omhoog en vraag me af wat Hardin hier doet. Waarom gaat hij hier met zijn problemen naartoe? Op de derde verdieping gaat mijn hart als een razende tekeer en wordt de grote knoop in mijn maag aangetrokken. In gedachten neem ik alle mogelijkheden door. Wat gebeurt er allemaal achter die tweede deur, die vol krassen en graffiti zit?

Ik schud mijn hoofd om de twijfels te verdrijven. Waarom ben ik zo achterdochtig en zenuwachtig? Het gaat om Hardin, mijn Hardin. Hij zou me nooit iets aandoen, ook al is hij nog zo kwaad en teruggetrokken. Hij zou hoogstens iets gemeens zeggen. Hij heeft al genoeg aan zijn hoofd door zijn familie, dus ik moet gewoon naar binnen lopen en hem mee naar huis nemen. Ik sta me vast druk te maken om niets.

Nog voordat ik kan aankloppen, zwaait de deur open en komt er een jongen naar buiten die volledig in het zwart is gekleed. Hij laat de deur openstaan en loopt langs zonder me een blik waardig te keuren. Er zweeft een dikke walm de gang in, en ik moet de neiging onderdrukken om een hand voor mijn neus en mond te houden. Kuchend stap ik over de drempel.

En dan blijf ik stokstijf staan, ontzet door wat ik zie. Er zit een halfnaakt meisje op de vloer.

Dan kijk ik om me heen en zie ik dat bijna iedereen hier halfnaakt is.

'Topje uit!' roept een jongeman met een baard tegen een meisje met geblondeerd haar. Ze rolt even met haar ogen, maar trekt dan haar shirtje over haar hoofd. Nu draagt ze alleen nog maar een slipje en een beha.

Ik blijf iets langer staan kijken en begrijp dan dat ze een of ander kaartspelletje aan het doen zijn waarbij kleren worden uitgetrokken. Dat is een iets betere conclusie dan wat ik aanvankelijk dacht, maar veel scheelt het niet.

Ik voel een zekere opluchting omdat ik Hardin niet tussen de steeds blotere spelers zie zitten. Ik kijk zoekend de volle woonkamer rond, maar hij is nergens te bekennen.

'Kom je nog binnen?' klinkt een stem. 'Doe die deur achter je dicht en kom verder.' Achter iemand aan mijn linkerhand duikt de jongen op die dat net zei. 'Kennen wij elkaar, Bambi?' vraagt hij grinnikend.

De blik in zijn bloeddoorlopen ogen gaat over me heen en blijft zo lang op mijn borsten rusten dat ik me er erg ongemakkelijk bij voel. Ik vind het helemaal niet prettig om Bambi te worden genoemd, maar het lukt me niet om te zeggen hoe ik wel heet. Zijn stem lijkt heel erg op die van de jongen die eerder Hardins telefoon opnam.

Ik schud mijn hoofd. Ik lijk geen woord te kunnen uitbrengen.

'Mark,' stelt hij zichzelf voor. Hij wil mijn hand schudden, maar ik deins terug. Mark... Die naam ken ik uit Hardins brief en uit de verhalen die hij me heeft verteld. Deze Mark doet wel vriendelijk, maar ik weet hoe hij echt is. Ik weet wat hij al die meisjes heeft aangedaan.

'Ik woon hier,' zegt hij. 'Wie heeft jou uitgenodigd?'

Even vraag ik me af of hij boos is, maar dan zie ik dat zijn houding vooral bravoure is. Hij heeft een zwaar Brits accent en is best knap. Een tikje angstaanjagend, maar knap. Zijn bruine haar staat rechtop en zijn gezichtsbeharing is opzettelijk nonchalant. 'Echt zo'n sukkel van een hipster,' zou Hardin zeggen, maar ik vind het wel iets hebben. Hij heeft geen tattoos op zijn armen, maar er zitten wel twee piercings vlak onder zijn onderlip.

'Ik... eh...' Ik moet mijn best doen om kalm te blijven.

Hij lacht nogmaals en pakt nu wel mijn hand vast. 'Nou, Bambi, ik zal iets te drinken voor je pakken, dan word je misschien wat minder nerveus.' Hij glimlacht. 'Ik krijg de zenuwen van je.'

Hij neemt me mee naar de keuken en ik vraag me af of Hardin hier wel is. Misschien heeft hij alleen zijn auto geparkeerd en zijn telefoon afgegeven en is hij daarna ergens anders naartoe gegaan. Misschien zit hij in zijn auto. Waarom heb ik daar niet gekeken? Misschien moet ik nu terug naar beneden gaan om te kijken, misschien was hij zo moe dat hij even een dutje...

En dan verdwijnt de lucht uit mijn longen. Als iemand me zou vragen wat ik nu voel, zou ik niet weten wat ik moet antwoorden. Ik denk niet dat ik een antwoord heb. Ik voel pijn en hartzeer en paniek en afwijzing, maar tegelijkertijd voel ik me verdoofd. Ik voel niets en alles, op hetzelfde moment, en ik heb me nog nooit zo ellendig gevoeld.

Daar, tegen het aanrecht geleund, met een joint tussen zijn lippen en een fles drank in zijn hand, staat Hardin. Maar hij is niet de reden dat mijn hart ophoudt met kloppen. Wat me de adem beneemt, is de aanblik van de vrouw die achter hem op het aanrecht zit, met haar blote benen om zijn middel geslagen en haar lichaam tegen hem aan, alsof dat de normaalste zaak van de wereld is.

'Scott! Hier met die wodka. Mijn nieuwe vriendin Bambi heeft dorst,' roept Mark.

Hardin richt zijn bloeddoorlopen ogen op Mark en glimlacht gemeen. Zo'n nare uitdrukking heb ik nog nooit op zijn gezicht gezien. Wanneer hij zijn blik van Mark naar mij laat gaan om te zien wie die Bambi eigenlijk is, zie ik zijn toch al grote pupillen nog groter worden en de ongewone uitdrukking van zijn gezicht verdwijnen.

'Wat... wat doe jij...' Hij worstelt met die woorden. Zijn blik valt op mijn arm. Zijn ogen worden nog groter wanneer hij ziet dat Mark zijn hand op de mijne heeft gelegd. Ik zie een onbeheerste woede op Hardins gezicht verschijnen en trek snel mijn hand terug.

'Kennen jullie elkaar?' vraagt mijn gastheer.

Ik geef geen antwoord, maar kijk met samengeknepen ogen naar de vrouw, die haar benen nog steeds om Hardins middel heeft geslagen. Hij maakt geen aanstalten om zich van haar los te maken. Ze draagt alleen een slipje en een effen zwart T-shirt.

Hardin draagt zijn zwarte sweater, maar daaronder zie ik niet het bekende boordje van een verwassen T-shirt. Het meisje merkt niets van de spanning en heeft alleen aandacht voor de joint die ze net uit Hardins mond heeft getrokken. Ze glimlacht zelfs even naar me. Het is een argeloos, duidelijk beneveld lachje.

Ik kan geen woord uitbrengen, ook al zou ik het willen. Ik kan niet geloven dat ik deze jongen ken. Ik weet dat Hardin het nu heel erg moeilijk heeft, maar ik kan het niet aan om hem zo te zien: high, dronken, met een andere vrouw. Dat is te veel, dat is verdomme veel te veel. Ik wil hier weg, nu.

'Ik neem aan dat dat ja betekent.' Mark trekt lachend de fles drank uit Hardins hand.

Hardin zegt nog altijd niets, maar staart me aan alsof ik een geestverschijning ben, een nu al vergeten herinnering die hij nooit meer dacht te hoeven ophalen.

Ik draai me met een ruk om en loop weg uit deze hel. Ik duw iedereen die me in de weg loopt ruw opzij en blijf pas een verdieping lager staan. Daar leun ik tegen de muur en laat ik me buiten adem op de vloer zakken. Mijn oren suizen en de gebeurtenissen van de afgelopen vijf minuten dreigen me te vermorzelen. Ik heb geen idee hoe ik hier weg moet komen.

Tevergeefs wacht ik op het geluid van zware schoenen op de metalen traptreden, en elke minuut die de stilte langer duurt, maakt de pijn erger. Hij komt me niet eens achterna. Hij weet dat ik hem in die toestand heb gezien, maar hij neemt niet eens de moeite om me te volgen en het uit te leggen.

Ik heb geen tranen meer voor hem over, in elk geval niet vandaag, maar het blijkt dat huilen zonder tranen nog pijnlijker is dan met. Toch kan ik me niet inhouden. Wil hij er na al die ruzies, al die vrolijke momenten en al die tijd samen op déze manier een streep onder zetten? Wil hij me zo aan de kant schuiven? Heeft hij zo weinig respect voor me dat hij high kan worden en zich door een vrouw laat aanraken die zijn shirt heeft aangetrokken? Nadat hij god mag weten wat met haar heeft uitgespookt?

Dat soort dingen mag ik niet denken, want die verlammen me alleen maar. Ik weet wat ik heb gezien, maar weten en accepteren zijn twee heel verschillende dingen.

Ik kan heel goed excuses bedenken voor zijn gedrag. Dat is een talent dat ik tijdens de lange maanden van onze relatie tot in de puntjes heb leren beheersen. Tot nu toe ben ik altijd hondstrouw met excuses op de proppen gekomen, maar dat is nu voorbij. Ik weet dat het verraad van zijn moeder en Christian hem pijn heeft gedaan, maar dat geeft hem niet het recht mij zo te behandelen. Ik heb niets gedaan wat dit gedrag rechtvaardigt. Mijn enige fout was dat ik er voor hem wilde zijn en zijn misplaatste woede veel te lang heb verdragen.

Hoe langer ik in dit verlaten trappenhuis blijf zitten, hoe meer de pijn en de vernedering plaatsmaken voor woede. Het is een zware, felle, allesoverheersende rotwoede. Ik ben het zat om excuses voor hem te bedenken. Ik ben het zat dat ik hem altijd maar zijn gang laat gaan en genoegen neem met een simpel excuus en de belofte dat hij zal proberen te veranderen.

Nee. Godverdomme, néé.

Ik geef me niet zonder slag of stoot gewonnen. Ik loop niet zomaar weg, niet voordat ik hem duidelijk heb gemaakt dat hij anderen niet zo kan behandelen. Hij moet leren rekening met mij te houden, en met zichzelf. De woede wordt zo overheersend dat ik me niet langer kan inhouden. Ik sta op en loop stampend die krakkemikkige trap op, terug naar dat smerige hol.

Ik smijt de deur met zo veel kracht open dat iemand erachter hem tegen zich aan krijgt. Ik been meteen naar de keuken en ontplof pas echt wanneer ik Hardin op precies dezelfde plek aantref, met diezelfde snol tegen hem aan.

'Niemand, man, gewoon een of andere meid...' hoor ik hem tegen Mark zeggen.

Ik ben zo kwaad dat ik bijna niets zie. Voordat Hardin beseft dat ik het ben, heb ik de fles wodka uit zijn handen gerukt en tegen de muur gesmeten, waar hij in scherven uit elkaar spat. Er valt een stilte. Ik lijk buiten mijn eigen lichaam te staan en kijk naar een kwade, uitzinnige versie van mezelf die helemaal door het lint gaat en die ik niet kan tegenhouden.

'Jezus, Bambi,' roept Mark.

Ik draai me naar hem om. 'Ik heet Tessa!' brul ik.

Hardin doet even zijn ogen dicht. Ik kijk naar hem en wacht totdat hij iets zal zeggen, het maakt niet uit wat.

'Nou, Téssa, je had die fles niet kapot hoeven gooien,' merkt Mark sarcastisch op. Hij is zo high dat het hem geen zak kan schelen dat ik zo tekeerga. Blijkbaar vindt hij het erger dat er drank verspild is.

'Ik heb het van de meester zelf geleerd.' Ik werp een kwade blik op Hardin.

'Je hebt helemaal niet gezegd dat je een vriendin had,' zegt de snol die aan Hardin vastgeplakt zit.

Ik kijk van Mark naar de vrouw en terug. Ze lijken duidelijk op elkaar... en ik heb die brief vaak genoeg gelezen om te weten wie ze is.

'Echt iets voor Scott om een of ander gestoord Amerikaans wijf naar mijn huis te halen dat met flessen gaat lopen gooien.' Mark klinkt geamuseerd.

'Niet doen.' Hardin zet een stap in onze richting.

Ik trek mijn beste pokerface. Mijn borstkas gaat snel op en neer omdat ik zo gejaagd ademhaal, maar mijn gezicht voelt als een masker, een façade die geen enkele emotie verraadt. Net als dat van hem.

'Wie is dat mens?' vraagt Mark aan Hardin, alsof ik er helemaal niet bij ben.

Hardin zegt niets tegen mij, maar antwoordt 'Dat heb ik je al verteld' tegen Mark. Hij durft me niet eens aan te kijken terwijl hij me ten overstaan van een volle kamer vernedert.

Maar ik heb er genoeg van. 'Wat is er met je, verdomme?' gil ik.

'Denk je echt dat je door drinken en blowen je problemen kunt vergeten?'

Ik weet dat ik gestoord klink, maar het kan me voor de verandering geen zak schelen wat anderen ervan denken. Ik geef hem niet de kans om te antwoorden, maar ga verder met: 'Je bent zo egoïstisch! Denk je echt dat het helpt als je me wegjaagt en jezelf afsluit? Je kunt geen dag zonder mij, dat weet je toch? Je wordt er alleen maar ongelukkig van, en ik ook. En toch doe je me pijn, ook al weet je dat dat geen zin heeft!'

'Je weet niet waar je het over hebt.' Hardins stem klinkt laag en dreigend.

'O nee?' Ik steek mijn handen omhoog. 'Ze heeft verdomme jouw shirt aan!' Ik wijs naar die stomme snol, die van het aanrecht springt en aan de zoom van Hardins shirt trekt om haar dijen te bedekken. Ze is veel kleiner dan ik en verzuipt bijna in dat kledingstuk. Ik weet nu al dat ik dit moment nooit zal kunnen vergeten, hoe oud ik ook word. Het voelt nu al alsof het in me wordt gebrand. Mijn hele lijf staat in brand, van pure woede, en nu, nu ik die pure, rauwe, godvergeten woede voel... valt alles op zijn plaats.

Alles is opeens volkomen logisch. Mijn eerdere gedachten, over liefde en over je geliefde steunen, waren helemaal verkeerd. Ik had het al die tijd mis. Wanneer je van iemand houdt, sta je niet toe dat diegene je samen met zichzelf kapotmaakt, dan laat je je niet meesleuren de afgrond in. Je probeert diegene te helpen en te redden, maar zodra de liefde van één kant komt of egoïstisch is, moet je ermee ophouden. Anders ben je hartstikke gek.

Als ik echt van hem houd, kan ik niet toestaan dat hij me kapotmaakt.

Ik heb mijn best gedaan met Hardin. Ik heb hem keer op keer een kans gegeven, en deze keer dacht ik dat alles in orde zou komen. Ik dacht echt dat het zou werken. Ik dacht echt dat we gelukkig konden worden, als ik maar genoeg van hem zou houden. Als ik maar mijn best zou doen.

'Wat moet je hier eigenlijk?' is de vraag waarmee hij mijn gedachten onderbreekt.

'Wat? Dacht je dat ik zou toestaan dat je de lafbek uithangt?' Achter de pijn begint de woede te sissen. Ik ben doodsbang dat die woede me zal verlaten, maar ik ben bijna blij met de berusting die over me heen komt. In de afgelopen zeven maanden hebben Hardins woorden en zijn herhaalde afwijzingen me steeds verder verzwakt, maar nu zie ik in hoe onze ontvlambare relatie echt is.

Onvermijdelijk.

Die is altijd al onvermijdelijk geweest, en ik kan gewoon niet geloven dat het zo'n tijd heeft geduurd voordat ik dat kon inzien en accepteren.

'Ik geef je nu een laatste kans om met me mee te gaan, terug naar huis, maar als ik nu alleen naar buiten loop, is het afgelopen.'

Zijn zwijgen en de arrogante blik in zijn wazige ogen drijven me nog dichter naar de rand van de afgrond.

'Dat dacht ik al.' Ik schreeuw niet langer. Dat heeft geen zin. Hij luistert toch niet. Dat heeft hij nooit gedaan. 'Weet je wat? Je mag dit allemaal hebben. Verdoe je hele leven maar met roken en drinken...' Ik loop naar hem toe en blijf op een meter afstand staan. 'Meer zal je niet hebben, nooit. Dus geniet ervan zo lang als het duurt.'

'Dat zal ik doen,' antwoordt hij. De woorden snijden door me heen. Alweer.

'Dus als zij niet jouw vriendinnetje is...' zegt Mark tegen Hardin. Zijn woorden herinneren me eraan dat we hier niet alleen zijn.

'Ik ben niemand zijn vriendinnetje,' snauw ik.

Dat ziet Mark blijkbaar als een aanmoediging. Hij lacht breed en legt zijn hand op mijn rug om me terug naar de woonkamer te leiden. 'Nou, dat is dan duidelijk.'

'Blijf van haar af!' Hardin geeft Mark een duw tegen zijn rug. Niet hard genoeg om hem omver te duwen, maar wel heftig genoeg om ervoor te zorgen dat hij mij loslaat. 'Naar buiten, nu!' snauwt Hardin. Hij beent door de woonkamer naar de voordeur. Ik loop achter hem aan het trappenhuis in en smijt de deur achter ons dicht.

Hij trekt woedend aan zijn haar. 'Wat had dat verdomme te betekenen?'

'Wat bedoel je? Dat ik je duidelijk maakte dat je een lul bent? Denk je echt dat ik zomaar verdwijn als je me een vliegticket en een sleutelbos geeft?' Ik leg mijn handen tegen zijn borst en duw hem tegen de muur. Bijna bied ik, uit een soort vanzelfsprekend schuldgevoel, mijn excuus aan voor die duw, maar elk spoor van spijt verdwijnt zodra ik recht in zijn ogen met de grote pupillen kijk. Hij stinkt naar wiet en drank. Ik zie geen spoor van de Hardin van wie ik houd.

'Het is verdomme zo'n zooitje in mijn kop dat ik niet eens kan nadenken, laat staan dat ik voor de zoveelste keer iets aan jou kan uitleggen!' roept hij. Hij slaat zo hard met zijn vuist tegen het goedkope gipsplaten wandje dat hij er dwars doorheen gaat.

Ik heb dit al te vaak meegemaakt. Dit is de allerlaatste keer. 'Je probeerde het niet eens! Ik heb niets verkeerd gedaan!'

'Wat wil je verder nog, Tessa? Moet ik het godverdomme voor je spellen? Rot op. Ga terug naar waar je vandaan komt. Je hoort hier niet, je hebt hier niks te zoeken.' Tegen het einde van die zin klinkt zijn stem toonloos, bijna zacht. Bijna ongeïnteresseerd.

Mijn vechtlust is verdwenen. 'Ben je nu blij? Jij wint, Hardin. Je wint weer. Maar is dat niet altijd zo?'

Hij draait zich om en kijkt me recht aan. 'En dat weet jij beter dan wie dan ook, hè?'

# 14

∞

## Tessa

Ik snap niet hoe het me is gelukt, maar ik ben op tijd op Heathrow.

Ik geloof dat Kimberly me hier heeft afgezet en me nog een knuffel heeft gegeven. Smith stond met een ondoorgrondelijke blik naar me te kijken, dat weet ik nog wel.

Nu zit ik hier in het vliegtuig, naast een lege stoel, met lege gedachten en een leeg hart. Ik heb me zo ontzettend in Hardin vergist. Het is nu wel duidelijk dat iemand alleen kan veranderen als diegene dat zelf wil, en niet als anderen daar hun best voor doen. Ze moeten het net zo graag willen als jij, anders lukt het nooit.

Je kunt mensen niet veranderen als ze dat niet willen. Als hun verwachtingen laag zijn, maakt het niet uit of je liefde en steun biedt. Hun zelfhaat zal altijd sterker zijn.

Het is een gevecht dat je gedoemd bent te verliezen, en na al die tijd ben ik eindelijk bereid dat toe te geven.

# 15

∞

## Hardin

De stem van James dreunt in mijn oor en zijn blote voet strijkt langs mijn wang. 'Gast, sta eens op. Carla komt zo, en jij neemt de enige badkamer in beslag.'

'Sodemieter op,' zeg ik kreunend. Ik doe opnieuw mijn ogen dicht. Het is dat ik me niet kan bewegen, want anders zou ik zijn tenen breken.

'Scott, sta godverdomme op. Je mag op de bank pitten, niet hier. Ik moet pissen en mijn tanden poetsen.' Zijn tenen duwen tegen mijn voorhoofd.

Ik probeer overeind te komen, maar mijn lijf is net een zak vol bakstenen en mijn ogen en keel prikken.

'Hij leeft nog!' roept James.

'Hou je bek.' Ik druk mijn handen tegen mijn oren en loop langs hem naar de woonkamer. Een halfnaakte Janine en een overenthousiaste Mark proppen lege bierflesjes en plastic bekertjes in vuilniszakken.

'Hoe was het op de badkamervloer?' vraag Mark. Hij lispelt vanwege de sigaret tussen zijn lippen.

'Geweldig.' Ik rol met mijn ogen en laat me op de bank vallen.

'Je was helemaal naar de klote,' zegt hij behoorlijk trots. 'Wanneer had je voor het laatst zo veel gezopen?'

'Geen idee.' Ik wrijf over mijn slapen en schud mijn hoofd wanneer Janine me een bekertje wil aangeven.

Ze houdt het onder mijn neus. 'Het is water.'

'Ik hoef niet.' Ik wil niet lullig doen, maar jezus, die griet is bloedirritant.

‘Je zat er helemaal doorheen,’ zegt Mark. ‘Ik dacht dat die Amerikaanse meid… Hoe heette ze ook alweer? Trisha?’

Mijn hart begint hevig te bonzen wanneer hij die naam noemt, ook al is het de verkeerde.

‘Ik dacht dat ze de tent zou afbreken! Lekker fel grietje, zeg.’

Ik word overvallen door herinneringen aan een schreeuwende Tessa die een fles tegen de muur gooit en daarna van me wegloopt. Bij de gedachte aan de pijn in haar ogen kruip ik verder weg in de bank. Ik geloof dat ik weer moet kotsen.

Het is op deze manier het beste.

Echt waar.

Janine rolt met haar ogen. ‘Griet-jé? Ze is niet bepaald klein, hoor.’

‘Kun je niks beters bedenken?’ vraag ik koeltjes. Ik heb zin om dat bekertje water in Janines gezicht te smijten. Als dat mens denkt dat ze net zo knap is als Tessa heeft ze meer coke gesnoven dan ik dacht.

‘Ze is niet zo slank als ik.’

*Nog een keer zo’n kutopmerking, Janine, en ik laat niets van je zelfvertrouwen over.*

‘Zus, ik wil niet lullig doen, maar die griet was veel lekkerder dan jij. Daarom is Hardin natuurlijk zo verlie-hiefd.’ Mark rekt het laatste woord uit.

‘Verliefd? Sodemieter op. Hij heeft haar gisteravond het huis uit getrapt.’ Janine schiet in de lach. Het mes in mijn buik wordt nog eens omgedraaid.

‘Ik ben niet…’ begin ik, maar ik kan die zin niet afmaken zonder dat mijn stem begint te trillen. ‘Hou op over die meid. Dat meen ik,’ zeg ik dreigend tegen die twee.

Janine mompelt iets onverstaanbaars en Mark keert grinnikend een asbak om boven de vuilniszak. Ik laat mijn hoofd tegen het kussen achter mijn rug rusten en doe mijn ogen dicht. Ik zal nooit meer nuchter kunnen worden. Als ik nuchter word, zal ik die pijn voor altijd blijven voelen. Die leegte in mijn uitgeholde borstkas.

Ik ben nerveus, onrustig, misselijk en uitgeput tegelijk, en dat is geen goede combinatie.

‘Over twintig minuten is ze hier!’ zegt James. Ik doe mijn ogen open en zie dat hij al aangekleed is. Hij loopt rondjes door de kleine woonkamer.

‘Dat weten we, dus hou nu je kop. Het is elke maand hetzelfde liedje.' Janine steekt een joint op, en op het moment dat ze de rook uitblaast, steek ik mijn hand ernaar uit.

Zelfmedicatie, dat is de oplossing. Dat is de enige optie voor een lafbek als ik, die zich in een hoekje verstopt voor die bonkende pijn die hij voelt omdat zijn hart uit zijn lijf is gerukt.

Na de eerste hijs moet ik hoesten. Mijn longen hebben dat droge, branderige gevoel van te veel wiet niet bepaald gemist. Na een derde trek wordt de pijn minder en begint de verdoving te werken. Niet zo goed als ik zou willen, maar het begint erop te lijken. Ik kom er wel weer bovenop.

'Geef eens hier.' Ik reik naar de fles in Janines hand.

'Het is nog niet eens twaalf uur.' Ze draait de dop erop.

'Ik vroeg je niet hoe laat het was, en ook niet wat voor weer het is. Ik vroeg om die wodka.' Ik ruk de fles uit haar hand. Ze slaakt een geërgerde zucht.

'Dus je bent met je studie gestopt?' vraagt Mark. Hij blaast de rook in kringetjes uit.

'Nee...' Shit. 'Ik weet het niet. Daar heb ik nog niet over nagedacht.' Ik neem een slok uit de fles en voel dat de drank zich brandend een weg door mijn lijf baant. Dat voelt goed. Ik heb geen flauw idee wat ik ga doen, qua studie. Nog een half semester, dan is het voorbij. Ik heb al mijn studiepunten al gehaald en gezegd dat ik niet naar de uitreiking kom. Ik heb trouwens ook een compleet ingerichte woning en een auto die ergens op Sea-Tac Airport staat.

'Janine, ga de afwas eens doen,' zegt Mark.

'Nee, ik moet altijd die kutafwas doen...'

'Dan haal ik iets te eten voor je. Ik weet dat je blut bent,' zegt hij. Dat werkt, want ze laat ons alleen in de woonkamer achter. Ik hoor James rondscharrelen in zijn slaapkamer. Het klinkt alsof hij die opnieuw aan het inrichten is.

'Wie is die Carla?' vraag ik aan Mark.

'Vriendinnetje van James. Ze is best oké, maar een beetje verwaand. Dit is niet echt haar ding.' Mark gebaart naar de vuile kamer. 'Ze studeert geneeskunde en haar ouders zijn best wel rijk en zo.'

Ik schiet in de lach. 'Dan moet ze iets mankeren, want waarom is ze anders met James?'

'Dat hoorde ik wel, klootzakken!' roept James vanuit zijn kamer.

Mark moet ook lachen, harder dan ik. 'Dat weet ik ook niet, maar hij zit behoorlijk onder de plak en schiet elke keer dat ze langskomt helemaal in de stress. Ze woont in Schotland, dus ze komt niet vaak, maar als dat wel zo is, slooft hij zich ontzettend uit. Daarom is hij ook gaan studeren, maar hij is al voor twee vakken gezakt.'

'En daarom neukt hij ook nog steeds met je zus?' Ik trek een wenkbrauw op. Ik weet dat James vroeger nooit aan één meid genoeg had.

James steekt zijn hoofd om de hoek van de deur en zegt bij wijze van verdediging: 'Ik zie Carla maar één keer per maand en ik heb al weken niet met Janine geneukt!' Hij verdwijnt weer uit het zicht. 'En nu bek houden, anders schop ik jullie er allebei uit!'

'Goed. Ga je ballen maar scheren of zo,' zegt Mark pesterig. Hij geeft de joint aan me door en tikt met zijn vinger op het etiket van de fles wodka die tussen ons in staat. 'Hoor eens, Scott, ik lul niet graag over relaties en zo, maar ik wil wel even zeggen dat je niemand voor de gek houdt.'

'Dat probeer ik ook niet,' snauw ik.

'Ja, vast. Je duikt na drie jaar opeens weer hier op, met een vreemde griet achter je aan.' Zijn blik gaat van mijn gezicht naar de fles en de joint. 'En je bent flink aan het innemen. En ik denk dat je hand is gebroken.'

'Het gaat je allemaal niks aan. Sinds wanneer kan het jou iets schelen of ik veel drink en rook? Dat doe jij elke dag.' Ik begin me steeds meer te ergeren aan Mark en zijn plotselinge belangstelling voor mijn leven. Ik negeer zijn opmerking over mijn hand, maar moet wel toegeven dat die bont en blauw ziet. Zo'n lullig gipswandje kan je hand toch niet breken?

'Het kan me ook geen reet schelen. Je gaat je gang maar. Je was vroeger alleen veel minder snel op je pik getrapt. Je had overal schijt aan.'

'Ik ben niet op mijn pik getrapt. Je overdrijft gewoon. Die griet ken ik toevallig van mijn studie in Amerika. Ik heb een paar keer met haar geneukt. Ze wilde graag eens naar Engeland en heeft onze tickets betaald, en dus heb ik haar in het moederland nog eens gepakt. Dat is alles.' Ik neem nog een slok wodka om al die leugens weg te spoelen.

Mark lijkt nog altijd niet overtuigd. 'Het zal wel.' Hij rolt met zijn ogen. Die irritante gewoonte heeft hij van die zus van hem.

Geërgerd draai ik me naar hem om, maar voordat ik iets kan zeggen, voel ik de gal in mijn keel opwellen. 'Hoor eens, toen ik haar leerde kennen, was ze nog maagd, en ik heb met haar geneukt vanwege een weddenschap. Ik kon wat verdienen. Meer is het niet. Ze stelt niks voor...'

Deze keer kan ik het niet langer inhouden. Ik sla mijn hand voor mijn mond en ren langs James de badkamer in. Het eindigt ermee dat hij me de huid vol scheldt omdat ik de vloer onderkots.

# 16

∞

## Tessa

'Dit is net een minilaptop.' Ik druk op een ander knopje van mijn nieuwe speeltje. Mijn nieuwe iPhone heeft meer functies dan een computer. Ik strijk met mijn vinger over het grote scherm en tik op de vierkantjes. Nadat ik het vakje met een camera heb aangeraakt, deins ik terug wanneer ik mijn eigen gezicht zie, vastgelegd vanuit een ongunstige hoek. Snel raak ik het Safari-icoontje aan. Ik tik zonder nadenken Google in. Dit is zo'n vreemde telefoon. Ik snap er bijna niks van, maar ik hoef niet meteen alle functies te kennen. Ik heb hem nog maar tien minuten en sta nog steeds in de winkel. Bij anderen lijkt het altijd zo simpel, die tikken en strijken met hun vingers over dat enorme scherm alsof het niets is, maar er zijn zo veel opties. Veel te veel, eigenlijk.

Toch is het wel fijn dat ik nu zo veel heb waarmee ik mezelf kan vermaken. Dit toestel biedt uren, misschien wel dagen vermaak. Ik blader door de lijst met muziek en verbaas me over het grote aantal liedjes waaruit ik kan kiezen.

'Moet ik je helpen om je contacten en foto's en zo op je nieuwe toestel te zetten?' vraagt het meisje achter de balie.

Ik was helemaal vergeten dat zij en Landon er zijn, zo geboeid was ik door mijn nieuwe telefoon.

'Eh, nee, bedankt,' antwoord ik.

'Zeker weten?' De blik in haar zwaar opgemaakte ogen is verbaasd. 'Het is zo gepiept, hoor.' Ze kauwt op haar kauwgum.

'Ik ken alle nummers die ik nodig heb al uit mijn hoofd.'

Ze haalt haar schouders op en kijkt naar Landon.

'Ik moet dat van jou hebben,' zeg ik tegen hem. De nummers van mijn moeder en Noah waren altijd de enige die ik echt nodig had. Ik wil een nieuwe start maken, met een schone lei beginnen. Dat zal gemakkelijker gaan als er maar een paar nummers in mijn nieuwe speeltje staan. Ik heb me altijd verzet tegen een nieuwe telefoon, maar nu ben ik blij dat ik er eentje heb.

Een nieuw begin voelt zo verfrissend aan: geen oude telefoonnummers, geen foto's, niets.

Landon laat me zien hoe ik een nieuw nummer moet opslaan en we lopen samen naar buiten.

'Ik laat je wel zien hoe je nieuwe muziek kunt downloaden. Dat gaat bij dit model sowieso een stuk simpeler,' zegt Landon even later in de auto. Hij slaat glimlachend de weg naar huis in. Ik heb net in het winkelcentrum een fortuin uitgegeven aan kleren voor een hele week.

Opnieuw beginnen, dat moet ik doen. Zonder in herinneringen te vervallen, zonder door oude foto's te bladeren. Ik weet niet waarheen mijn weg leidt of wat mijn volgende stap zal zijn, maar ik weet wel dat me vastklampen aan iets wat nooit van mij is geweest nog pijnlijker zal zijn.

'Hoe is het met mijn vader?' vraag ik Landon tijdens de lunch.

'Ken heeft zaterdag de kliniek gebeld. Ze zeiden dat Richard zijn draai begint te vinden. De eerste paar dagen zijn altijd het ergste.' Landon steekt een hand uit en pakt een frietje van mijn bord.

'Weet je al wanneer ik bij hem op bezoek mag?' Als Landon en de vader van wie ik nog geen maand geleden vervreemd was de enigen zijn die ik nog heb, dan wil ik hen allebei zo vaak mogelijk zien.

'Dat weet ik niet, maar ik zal het vragen zodra we thuis zijn.' Landon kijkt me aan. Ik heb mijn nieuwe telefoon in mijn hand en druk die zonder nadenken tegen mijn borst. In Landons ogen verschijnt een begripvolle blik. 'Ik weet dat je nog maar een dag terug bent, maar heb je al over New York nagedacht?'

'Ja, een beetje.'

Ik wil het besluit pas nemen als ik persoonlijk met Kimberly en Christian heb kunnen overleggen. Ze heeft me vanmorgen gebeld om te zeggen dat ze donderdag uit Engeland thuiskomen. Ik kan niet echt geloven dat het nog maar dinsdag is. Voor mijn gevoel heb ik Londen veel langer dan twee dagen geleden verlaten.

Dan denk ik aan hém, en aan wat hij aan het doen is... of met wie. Raakt hij nu dat meisje aan? Draagt ze weer zijn shirt? Waarom kwel ik mezelf met dat soort gedachten? Ik heb een hele tijd niet aan hem gedacht, maar nu zie ik die bloeddoorlopen groene ogen voor me en voel ik zijn vingertoppen op mijn wang.

Ik was zowel gekwetst als opgelucht toen ik op het vliegveld van Chicago op zoek naar de lader van mijn telefoon in mijn koffer rommelde en een vuil zwart T-shirt vond. Het was de laatste klap die hij kon uitdelen. Ik wilde dolgraag opstaan en het kledingstuk in de dichtstbijzijnde vuilnisbak gooien, maar het lukte me niet. Ik kon het niet. Ik propte het terug in mijn koffer en begroef het onder mijn kleren.

Tot zover een nieuw begin, maar dit is zo zwaar dat ik niet al te streng voor mezelf kan zijn. Mijn hele wereld is ingestort en ik mag de scherven bijeenrapen...

Nee. Op weg naar huis in het vliegtuig heb ik me voorgenomen dit soort dingen niet meer te denken. Het brengt me namelijk geen steek verder. Toegeven aan zelfmedelijden maakt alles alleen maar erger.

'Ik wil graag ja zeggen tegen New York, maar ik heb iets meer tijd nodig om een besluit te kunnen nemen,' zeg ik tegen Landon.

'Dat is goed.' Hij lacht aanstekelijk. 'We kunnen over een week of drie vertrekken, aan het einde van het semester.'

'Dat zou fijn zijn.' Ik slaak een zucht. Kon ik de tijd maar sneller laten gaan. Een minuut, een uur, een dag, een week, een maand – ik ben blij met elke eenheid van tijd die verstrijkt.

De tijd verstrijkt ook, en op de een of andere manier ga ik erin mee. Het probleem is alleen dat ik nog niet weet of dat positief is of niet.

# 17

∞

## Hardin

Ik doe de voordeur open en zie tot mijn verbazing dat alle lampen branden. Dat is niets voor Tessa. Ze probeert doorgaans op alle mogelijke manieren energie te besparen.

'Tessa, ik ben thuis. Waar zit je?' roep ik. Ik ruik dat er eten in de oven staat en hoor zachte muziek uit onze kleine stereo komen.

Ik gooi mijn map en sleutels op tafel en ga naar haar op zoek. Al snel zie ik dat de deur van de slaapkamer op een kier staat en ik hoor al op de gang het geluid van stemmen, die hard genoeg zijn om de muziek te overstemmen. Zodra ik zíjn stem hoor, gooi ik woedend de deur open.

'Verdomme!' roep ik. Het geluid schalt door de kleine slaapkamer.

'Hardin? Wat moet jij hier?' vraagt Tessa, op een toon alsof ik stoor. Ze trekt het dekbed omhoog om haar naakte lichaam te bedekken. Rond haar lippen speelt een zwak lachje.

'Wat ik hier doe? Wat doet hij hier?' Ik wijs beschuldigend naar Zed, die snel opstaat van het bed en zijn boxershort aantrekt.

Tessa blijft me kwaad aankijken, alsof ik degene ben die in ons bed met een ander lig te neuken. 'Je kunt hier niet voortdurend blijven binnenvallen, Hardin.' Ze klinkt zo neerbuigend, zo spottend. 'Dit is al de derde keer deze maand.' Ze slaakt een zucht en vervolgt op zachtere toon: 'Heb je soms weer gedronken?' Er spreekt zowel medeleven als ergernis uit die vraag.

Zed loopt om het bed heen en gaat in een verdedigende houding voor haar staan, met zijn arm op haar... bolle... buik.

Nee...

'Ben je...' probeer ik uit te brengen. 'Ben je... Van hem?'

Ze slaakt nogmaals een zucht en trekt het dekbed verder omhoog.

'Hardin, we hebben het hier al zo vaak over gehad. Je woont hier niet. Je bent hier al... Hoe lang is het? Een jaar of twee weg.' Ze klinkt erg zakelijk, maar het ontgaat me niet dat ze Zed vragend aankijkt.

Alle lucht wordt uit mijn longen gezogen. Ik laat me volkomen verward voor hen op mijn knieën vallen. En voel dan een hand op mijn schouder.

'Het spijt me, maar je moet nu echt gaan. Ze vindt dit niet prettig.' Zeds vriendelijke toon lijkt de spot met me te drijven.

'Dit kun je me niet aandoen,' zeg ik smekend. Ik steek mijn hand uit naar haar zwangere buik. Die kan niet echt zijn. Dat kan gewoon niet.

'Je hebt het jezelf aangedaan,' zegt ze. 'Het spijt me, Hardin, maar dat is zo.'

Zed wrijft troostend over haar armen en ontsteekt met dat gebaar een felle woede diep in mijn binnenste. Ik steek mijn hand in mijn zak en pak mijn aansteker. Dat zien ze niet, ze hebben het te druk met elkaar. Mijn duim glijdt over de knop en ik zie het vertrouwde vlammetje, dat inmiddels als een oude vriend is. Ik houd de vlam onder het gordijn. Zodra Tessa's gezicht wordt verlicht door de kwade vlammen die de kamer in bezit nemen, doe ik mijn ogen dicht.

'Hardin!' Ik doe mijn ogen open en kijk recht in het gezicht van Mark. Ik duw zijn hoofd weg, rol van de bank en val in paniek op de vloer.

Tessa was... en ik was...

'Jezus, man, wat droom jij allemaal?' Mark kijkt me hoofdschuddend aan. 'Gaat het? Je zweet je kapot.'

Ik knipper een paar keer met mijn ogen en haal mijn handen door mijn bezwete haar. Mijn hand doet zo'n pijn. Ik had gedacht dat de zwelling wel zou afzakken, maar dat is niet gebeurd.

'Gaat het?'

'Ik...' Ik moet hier weg. Ik moet ergens anders naartoe, ik moet iets doen. Het beeld van die kamer in vlammen staat op mijn netvlies gebrand.

'Neem hier maar wat van en ga slapen. Het is vier uur 's nachts.' Hij drukt een pil in mijn zweterige hand.

Ik knik, niet in staat iets te zeggen. Ik slik de pil zonder water door en ga weer op de bank liggen. Mark werpt me een laatste blik toe en loopt terug naar zijn kamer. Ik haal mijn telefoon uit mijn zak en kijk naar Tessa's foto.

Voordat ik besef wat ik doe, gaat mijn vinger naar de toets. Ik weet dat ik het niet moet doen, maar als ik heel even haar stem kan horen, slaap ik misschien rustiger.

'Het nummer dat u hebt gekozen is niet in gebruik,' zegt een computerstem op kille toon. Wat? Ik kijk naar mijn scherm en kies nogmaals haar nummer. Dezelfde boodschap. Telkens weer.

Ze kan geen ander nummer hebben genomen. Dat zou ze nooit doen...

'Het nummer dat u...' hoor ik voor de tiende keer.

Tessa heeft een ander nummer. Ze heeft haar telefoonnummer veranderd, zodat ik haar niet kan bereiken.

Wanneer ik uren later in slaap val, heb ik een andere droom. Die begint hetzelfde, ik loop die woning binnen, maar deze keer is er niemand thuis.

# 18

∞

## Hardin

'Kan ik nu eindelijk eens afmaken waar ik zondag aan ben begonnen?' Janine leunt naar me toe en legt haar hoofd op mijn schouder. Ik schuif een stukje de andere kant op, maar blijkbaar is dat voor haar een teken dat ze dichter tegen me aan kan kruipen.

'Dat hoeft niet.' In de afgelopen vier dagen heb ik wel honderd keer nee tegen haar gezegd. Waren het echt vier dagen? Meer niet?

Jezus. De tijd moet echt sneller gaan, want dit trek ik niet.

'Ontspan je toch eens, dat is goed voor je. Ik kan je er wel bij helpen.' Ze strijkt met haar vingers over mijn blote rug. Ik heb al dagen geen shirt aangetrokken en ook niet gedoucht. Nadat Janine in mijn T-shirt had rondgelopen wilde ik het niet meer aan. Het ruikt nu naar haar, niet naar mijn engel.

Klote-Tessa. Ik word helemaal gek. Ik voel gewoon dat ik op knappen sta omdat mijn laatste restjes zelfbeheersing verdwijnen.

Zo gaat het dus elke keer wanneer ik nuchter ben: dan dringt zij mijn gedachten binnen. De nachtmerrie van vannacht achtervolgt me nog steeds. Ik zou haar nooit iets aandoen, niet lichamelijk. Ik hou van haar. Hield van haar. God, ik hou nog steeds van haar en dat zal altijd zo blijven, maar er is godverdomme niks aan te doen.

Ik kan niet dag in, dag uit een strijd leveren om de perfecte man te zijn die zij wil. Ik ben niet wie ze nodig heeft, en dat zal ik ook nooit zijn.

'Ik moet wat drinken,' zeg ik tegen Janine. Ze staat sloom op van de bank en loopt naar de keuken. 'Schiet op!' roep ik haar na wanneer een volgende onwelkome gedachte aan Tessa me overvalt.

Janine komt met een fles whisky in haar hand binnen, maar blijft dan staan en kijkt me aan. 'Tegen wie denk jij dat je het hebt? Als je de klootzak wilt uithangen, zorg dan dat ik er ook nog lol aan beleef.'

In al die tijd dat ik hier zit, ben ik niet naar buiten gegaan, zelfs niet om wat schone kleren uit mijn huurauto te halen.

'Ik denk nog altijd dat je hand gebroken is.' James komt de woonkamer in. 'Carla heeft er verstand van. Je moet naar een dokter.'

'Nee, het gaat wel.' Ik bal mijn vuist en spreid mijn vingers om te laten zien dat dat best gaat, maar dan krimp ik vloekend in elkaar omdat het zo'n pijn doet. Ik weet ook wel dat ik iets heb gebroken, maar ik heb geen zin om er iets aan te doen. Ik zorg nu al vier dagen lang voor mijn eigen medicijn. Daar kunnen nog wel een paar dagen bij.

'Anders geneest het nooit goed. Ga gewoon even naar een dokter, dan mag je daarna die fles helemaal alleen leegdrinken,' dringt James aan. Ik mis James de klootzak, de James die nadat hij een griet had geneukt een uur later haar vriendje het filmpje liet zien dat hij ervan had gemaakt. Deze James, die zich zorgen maakt over mijn gezondheid, is godvergeten irritant.

'Ja, Hardin, hij heeft gelijk,' bemoeit Janine zich er ook nog eens mee. Ze verstopt de fles achter haar rug.

'Oké, jullie je zin,' zeg ik grommend. Ik pak mijn sleutels en mijn telefoon en loop naar buiten. Voordat ik naar het ziekenhuis ga, pak ik eerst nog even een shirt van de achterbank van de huurauto en trek dat aan.

In de wachtkamer wemelt het van de kleine kinderen die een takkeherrie maken, en ik eindig in de enige lege stoel, naast een kermende dakloze wiens voet blijkbaar door iemand is overreden.

'Hoe lang zit jij al te wachten?' vraag ik aan de man.

Hij stinkt verschrikkelijk, maar ik kan er moeilijk iets van zeggen omdat ik waarschijnlijk nog erger stink. Hij doet me aan Richard denken. Ik vraag me af hoe het hem in de afkickkliniek vergaat. Tessa's vader is aan het afkicken en ik zit mezelf hier te verdoven met drank, bergen wiet en af en toe een pilletje van Mark. Wat is het leven toch fantastisch.

'Twee uur,' antwoordt de man.

'Godverdomme,' mompel ik in mezelf, starend naar de muur. Ik had beter moeten weten en hier niet om acht uur 's avonds naartoe moeten gaan.

Een half uur later wordt de naam van mijn dakloze vriend omgeroepen en kan ik eindelijk weer door mijn neus ademen.

Dan komt er een man de wachtkamer in. 'Mijn verloofde heeft weeën.' Hij is gekleed in een keurig gestreken overhemd en een kaki broek en komt me bekend voor.

Achter hem staat een kleine en hoogzwangere brunette. Meteen zak ik dieper weg op de plastic stoel. Natuurlijk. Net wanneer ik, half van de wereld, toch maar besluit om naar het ziekenhuis te gaan om iemand naar mijn gebroken hand te laten kijken, moet zij zo nodig weeën krijgen.

'Kan iemand ons helpen?' De man ijsbeert zenuwachtig heen en weer. 'We hebben een rolstoel nodig. Haar vliezen zijn twintig minuten geleden gebroken en er komt elke vijf minuten een wee!'

Door zijn opwinding worden de andere patiënten in de wachtkamer nogal onrustig, maar de zwangere vrouw lacht alleen maar en pakt de hand van de man vast. Maar zo is Natalie nu eenmaal.

'Ik ga even een stukje lopen, het komt wel goed.' Natalie legt aan de verpleegkundige uit dat Elijah, haar verloofde, zenuwachtiger is dan zij. Hij blijft ijsberen, maar zij is hartstikke kalm. Ik schiet ervan in de lach, en daardoor kijkt Natalie mijn kant op.

Er verschijnt een brede lach op haar gezicht. 'Hardin! Dat is ook toevallig!' Ze zeggen dat zwangere vrouwen altijd lopen te stralen. Dat klopt dus wel.

'Hoi,' zeg ik. Ik kijk naar van alles, behalve naar haar verloofde.

'Gaat het goed met je? Ik hoop van wel.' Ze loopt naar me toe. Die vent van haar blijft met de verpleegkundige praten.

'Ik kwam je vriendin laatst nog tegen, Tessa. Is zij er ook?' Natalie kijkt om zich heen.

Moet zij niet gillen van de pijn en zo? 'Nee, ze... eh...' Ik probeer een verklaring te verzinnen, maar op dat moment stapt er een volgende verpleegkundige achter de balie vandaan die 'Komt u maar mee, mevrouw,' tegen haar zegt.

'O, hoor je dat? Het is zover.' Natalie draait zich om, maar ze kijkt nog even over haar schouder en zwaait naar me.

'Leuk je weer eens te zien, Hardin!'

Ik blijf met open mond zitten.

Dit moet een of andere misselijke grap van het lot zijn. Eigenlijk ben ik best wel een beetje blij voor haar. Ik heb haar leven dus niet helemaal verpest... Ze loopt met een brede glimlach rond, is duidelijk hartstikke verliefd en staat op het punt om haar eerste kind te krijgen. En ik zit hier moederziel alleen, stinkend en gewond in een overvolle wachtkamer.

Karma heeft me eindelijk ingehaald.

# 19

∞

## Tessa

'Bedankt dat je even mee wilde rijden. Ik wil nog wat laatste spullen pakken en de auto hier achterlaten,' zeg ik door het rechterraampje van de auto tegen Landon.

Ik heb zitten piekeren over de vraag waar ik de auto moet achterlaten. Ik wilde die niet bij Ken voor de deur neerzetten, bang voor wat Har... voor wat hij zou zeggen of doen als hij hem eindelijk een keer komt halen. Het is logischer om de auto bij zijn woning te laten staan. Dit is een rustige buurt met veel toezicht, dus ik denk niet dat iemand er rottigheid mee gaat uithalen.

'Weet je zeker dat ik niet mee naar boven hoef te lopen? Ik kan je helpen het een en ander te dragen,' biedt Landon aan.

'Nee, ik ga wel alleen. Het zijn maar een paar dingen, dus ik hoef maar één keer te lopen. Maar toch bedankt.' Dat is allemaal waar, maar de echte waarheid luidt dat ik in mijn eentje afscheid wil nemen van ons oude huis. In mijn eentje. Dat idee – in mijn eentje – voelt nu veel vertrouwder aan.

Ik loop de hal beneden in en probeer de herinneringen op afstand te houden. Ik probeer aan zo weinig mogelijk te denken: aan grote witte vlakken en witte bloemen en wit tapijt en witte muren. Niet aan hem. Alleen aan witte vlakken en bloemen en muren, niet aan mezelf.

Mijn geest heeft echter heel andere plannen met me. De witte muren raken langzaam bedekt met zwarte vegen, het tapijt raakt besmeurd met zwarte verf en de bloemen kleuren zwart van verrotting en vallen uit elkaar.

Ik wil alleen maar wat spullen ophalen. Een doos met kleren en een map voor college, dat is alles. Binnen vijf minuten kan ik weer buiten staan. Vijf minuten is te kort om de duisternis te worden ingezogen.

Het is nu vier dagen geleden en ik word alleen maar sterker. Ademhalen is na elke seconde zonder hem weer iets gemakkelijker. Terugkeren naar deze plek is moeilijk, maar ik moet dit doen als ik verder wil met mijn leven en nooit meer wil omkijken. Ik ga naar New York.

Ik laat de colleges van het zomersemester schieten, zoals ik al eerder had overwogen, en ga kennismaken met de stad die de komende jaren mijn thuis zal zijn. Eenmaal daar ga ik niet weg voordat ik ben afgestudeerd. Het zou een slechte indruk maken als ik naar weer een andere universiteit zou overstappen. Ik moet op één plek blijven, en die plek wordt New York. Die gedachte maakt me zenuwachtig en mijn moeder zal er niet blij mee zijn, maar zij heeft er niets over te zeggen. Ik wel. Ik neem eindelijk beslissingen die zijn gebaseerd op mijn behoeften en op mijn toekomst. Tegen de tijd dat ik daar mijn draai heb gevonden, zal mijn vader klaar zijn met het afkickprogramma en wil ik hem vragen of hij, als hij daartoe in staat is, Landon en mij komt opzoeken.

Ik heb me hier zo slecht op voorbereid dat de gedachte aan een verhuizing al voor paniek zorgt, maar Landon gaat me helpen om alles te regelen. We zijn de laatste twee dagen bezig geweest met het aanvragen van studiebeurzen. Ken heeft een aanbevelingsbrief voor me opgesteld en Karen heeft samen met me op internet naar parttimebaantjes gezocht. Sophia is ook elke dag even langsgekomen om me te vertellen over de hipste plekken en me te waarschuwen voor de gevaren van wonen in een miljoenenstad. Ze heeft aangeboden om haar baas te bellen en hem te vragen of hij een baantje voor me heeft in het restaurant waar ze zelf ook gaat werken.

Ken, Karen en Landon hebben me aangeraden om over te stappen naar het nieuwe filiaal dat Vance Publishing over een paar maanden zal openen. Je moet in New York een baan hebben om rond te komen, maar als je niet bent afgestudeerd, is het onmogelijk om een betaalde stage te vinden. Ik heb Kimberly nog steeds niet verteld dat ik ga verhuizen, want ze is nog maar net terug uit Londen en heeft al genoeg aan haar hoofd. Tot nu toe heb ik alleen maar een paar berichtjes van haar ontvangen, maar ze heeft me verzekerd dat ze zal bellen zodra de rust weer enigszins is weergekeerd.

Ik steek mijn sleutel in het slot van de voordeur en besef dat ik sinds mijn laatste bezoek aan deze woning alleen maar afkeer voor deze plek heb gevoeld. Niet te geloven dat ik het hier ooit zo fijn vond. Ik loop naar binnen en zie dat het licht in de woonkamer nog brandt. Echt iets voor hem om dat te laten branden voordat hij naar het buitenland vertrekt.

Dat was nog maar een week geleden. De tijd lijkt heel anders te verstrijken als je in de hel zit.

Ik loop meteen naar de slaapkamer om de map waarvoor ik ben gekomen uit de kast te pakken. Het heeft geen zin om langer te blijven dan strikt noodzakelijk is. De kartonnen map ligt echter niet op de plank waar ik hem voor het laatst heb gezien, zodat ik gedwongen ben om tussen Hardins spullen te zoeken. Hij heeft de map waarschijnlijk ergens in een kast gelegd toen hij de kamer probeerde op te ruimen.

De oude schoenendoos staat nog wel op de plank, en nu kan ik mijn nieuwsgierigheid niet langer bedwingen. Ik pak de doos van de plank, ga in kleermakerszit op de vloer zitten en maak de doos open. Die zit vol met vellen papier die aan beide zijden zijn volgekrabbeld in zijn handschrift. Het valt me op dat sommige vellen met getypte teksten zijn bedekt, en ik kies er eentje uit.

*Je raakt me in het diepst van mijn ziel. Ik zweef tussen hoop en vertwijfeling. Zeg me niet dat ik te laat ben, dat die dierbare gevoelens voorgoed verdwenen zijn. Ik bied je opnieuw mijn hart aan, dat jou nog meer toebehoort dan achtenhalf jaar geleden, toen je het bijna had gebroken. Waag het niet te beweren dat een man eerder vergeet dan een vrouw, dat zijn liefde eerder dooft. Ik heb nooit van een ander dan van jou gehouden.*

Ik herken de woorden van Austen meteen. Ik lees nog een paar vellen en herken het ene citaat na het andere, leugen na leugen, en dus pak ik een van de handgeschreven vellen.

*Op de vijfde dag was het alsof er een zwaar gewicht op mijn borstkas drukte, wat me voortdurend deed denken aan wat ik had uitgespookt en wat ik ben kwijtgeraakt. Ik had haar die dag moeten bellen toen ik haar foto's bekeek. Ik vroeg me af of ze ook naar mijn foto's staarde. Ze heeft er maar één van mij en ironisch genoeg had ik haar er nu meer toegewenst, ik vond het vreselijk als ze foto's van me wilde nemen. Die dag gooide ik uiteindelijk mijn telefoon wanhopig tegen de muur in de hoop dat hij kapot zou gaan, maar alleen het schermpje brak. Ik hoopte vurig dat ze me zou bellen. Alles zou goed komen als ze me belde. We zouden onze excuses aanbieden en naar huis gaan.*

Ik lees de alinea een tweede keer door en voel de tranen branden in mijn ogen.

Waarom kwel ik mezelf hiermee? Hij moet dit een hele tijd geleden hebben geschreven, vlak nadat hij de vorige keer uit Londen was teruggekeerd. Hij is van gedachten veranderd en wil niets meer met me te maken hebben, en eindelijk heb ik daar vrede mee. Ik kan niet anders. Ik lees nog een alinea, en dan doe ik die doos weer dicht. Nog eentje, beloof ik mezelf.

*Op de zesde dag werd ik met opgezette rode ogen wakker. Ik kon niet geloven dat ik de vorige avond totaal was ingestort. Het benauwde gevoel op mijn borst was erger geworden en ik kon niet scherp zien. Waarom bleef ik haar als een stuk vuil behandelen? Ze is de enige die mijn ware gezicht kent, de Hardin die ik aan niemand laat zien, en toch behandelde ik haar respectloos. Ik heb haar overal de schuld van gegeven terwijl ik de boosdoener was. Het lag altijd aan mij, zelfs wanneer ik niets verkeerd leek te doen. Ik was bot als ze met me probeerde te praten, ik schreeuwde tegen haar als ze me terechtwees voor de vervelende dingen die ik deed. Om nog maar te zwijgen van mijn leugens. Ik loog regelmatig tegen haar. Maar ze heeft me elke keer vergeven. Ik kon altijd op haar rekenen en misschien behandelde ik haar daarom zo slecht. Ik kwam er altijd mee weg. Op deze dag probeerde ik mijn telefoon met mijn laarzen kapot te stampen.*

Zo is het genoeg. Ik kan niet verder lezen, anders verdwijnt al die kracht die ik heb verzameld sinds ik hem in Londen achterliet. Ik gooi de vellen terug in de doos en doe het deksel er met kracht op. Uit mijn verraderlijke ogen rollen tranen die ik niet wil vergieten, en ik weet niet hoe snel ik hier weg moet komen. Ik bel liever de administratie om te vragen of ze kopieën van al mijn gegevens willen maken dan dat ik hier nog een minuut langer blijf.

Ik zet de schoenendoos weer in de kast en loop voordat ik terugga naar beneden naar de badkamer om te zien of mijn make-up is uitgelopen. Ik duw de deur open, doe het licht aan en slaak een geschrokken kreet wanneer mijn voet ergens achter blijft haken.

Achter iemand...

Het bloed stolt in mijn aderen. Ik richt mijn blik op het lichaam dat op de vloer van de badkamer ligt. Dit kan niet waar zijn.

O god, laat dit niet waar zijn...

Nu mijn blik zich scherp stelt, zie ik dat mijn gebed half is verhoord. Degene die daar op de vloer aan mijn voeten ligt, is niet de jongen die me heeft verlaten.

Het is mijn vader, met een naald in zijn arm en een krijtwit gezicht. En dat betekent dat een deel van mijn nachtmerries is uitgekomen.

# 20

∞

## Hardin

De bril van de gezette dokter rust op het puntje van zijn neus en zijn afkeuring hangt bijna tastbaar om hem heen. Ik vermoed dat hij nog steeds kwaad is omdat ik een grote bek opzette nadat hij voor de tiende keer had gevraagd: 'Zeker weten dat je een muur hebt geraakt?' Ik weet wat hij denkt, en hij kan opsodemieteren.

'Je hebt een metacarpale fractuur,' meldt hij.

'Nu graag in het Engels,' mompel ik. Ik ben redelijk gekalmeerd, maar zijn vragen en ijzige blikken werken me nog steeds op de zenuwen. Hij heeft wel erger gezien dan dit, hij werkt immers in een van de drukste ziekenhuizen van Londen. Toch laat hij geen kans voorbijgaan om me kwaad aan te kijken.

'Ge-bro-ken,' zegt hij langzaam. 'Je hand is gebroken en moet een paar weken in het gips. Ik zal je een recept voor een pijnstiller geven, maar verder moet je gewoon rustig afwachten totdat de breuk is geheeld.'

Ik weet niet wat lachwekkender is, het idee dat ik in het gips moet of dat hij denkt dat ik een pijnstiller nodig heb. Mijn pijn is niet te verzachten door iets wat een apotheek in huis heeft. Tenzij daar een blondine met blauwgrijze ogen en een groot hart op de plank ligt.

Een uur later zijn mijn hand en pols in een dikke laag gips gegoten. Ik moest me inhouden om die oude vent op de gipskamer niet recht in zijn gezicht uit te lachen toen hij vroeg of ik een voorkeur had voor een bepaalde kleur. Ik weet nog dat ik als kind soms wenste dat ik iets zou breken, zodat al mijn vrienden met een dikke stift hun naam op het gips konden zetten en er gekke tekeningen op konden maken. Jammer genoeg vond ik pas met Mark en James mijn eerste echte vrienden.

Die twee zijn nu zo anders dan toen we tieners waren. Mark is nog steeds een sukkel omdat hij zijn hersens naar de klote heeft geholpen met te veel drugs. Daar is niets meer aan te doen. Maar verder zijn ze heel erg veranderd. Ik had nooit kunnen bedenken dat James nog eens onder de plak zou zitten bij een of andere studente geneeskunde. Mark denkt nog steeds niet over de gevolgen van zijn daden na, maar hij is wel milder en rustiger geworden, tevreden met zijn leven. Ergens in de afgelopen drie jaar hebben ze allebei die hardheid verloren die hen vroeger als een deken bedekte. Of nee, als een schild. Ik weet niet waardoor ze zijn veranderd, maar ik ben er niet echt blij mee, niet nu ik er zo aan toe ben. Ik had gedacht dezelfde klootzakken als drie jaar geleden aan te treffen, maar die zijn nergens te bekennen.

Ja, ze gebruiken nog steeds meer drugs dan menselijkerwijs mogelijk lijkt te zijn, maar het zijn niet dezelfde nare jeugdcrimineeltjes die ik drie jaar geleden in Londen achterliet.

'Ga nog even langs de apotheek, en dan kun je gaan.' De man knikt snel naar me en laat me alleen achter.

'Kut.' Ik tik op dat stomme harde gips. Wat een gezeik. Kan ik nog wel autorijden? Kan ik schrijven?

God nee, ik moet helemaal niks meer schrijven. Met die onzin moet ik echt ophouden, dat heeft lang genoeg geduurd. Als ik nuchter ben, blijven mijn gedachten me lastigvallen en overvallen ze me steeds met herinneringen, zeker wanneer ik te moe ben om die op afstand te houden.

Ook karma laat me niet met rust. Dat blijkt wel wanneer ik mijn telefoon uit mijn zak vis en Landons naam op het scherm zie staan. Ik negeer het bericht en prop het toestel terug in mijn jeans.

Wat heb ik er een ongelooflijke klerezooi van gemaakt.

# 21

∞

## Tessa

'Hoe lang duurt het nog voordat ze reageert?' hoor ik Landon zeggen. Ze doen allemaal alsof ik hen niet kan horen, alsof ik er niet eens bij ben, maar dat vind ik niet erg. Ik wil hier niet zijn, maar het voelt ook goed om hier te zijn en tegelijkertijd onzichtbaar te zijn.

'Dat weet ik niet. Ze is in shock, lieverd,' antwoordt Karen op vriendelijke toon tegen haar zoon.

In shock? Welnee.

'Ik had met haar mee naar binnen moeten gaan!' Landon uit een verstikte snik.

Als ik mijn blik zou kunnen losrukken van de roomwitte muur in de eetkamer van de Scotts zou ik zien dat zijn moeder haar armen om hem heen heeft geslagen.

'Ze heeft bijna een uur lang daarboven naast zijn lichaam gezeten. Ik dacht dat ze alleen maar haar spullen aan het pakken was en misschien afscheid wilde nemen van het huis, maar ik heb haar een uur naast zijn lijk laten zitten!'

Landon huilt zo hard. Ik zou hem moeten troosten, dat weet ik, en als ik dat kon, zou ik het doen.

'O, Landon.' Nu moet Karen ook huilen.

Ze zitten allemaal te huilen, behalve ik. Wat is er mis met me?

'Jij kunt er niks aan doen. Je kon niet weten dat hij daar lag. Je wist niet dat hij de afkickkliniek had verlaten.'

Op een bepaald moment gaat de zon onder en proberen ze me met zachte fluisteringen over te halen om mijn plekje op de vloer te verlaten, en nog later, wanneer ze hun pogingen helemaal hebben gestaakt, blijf ik in mijn eentje in de grote woonkamer zitten, met mijn knieën opgetrokken tegen mijn borst en mijn blik onafgebroken op die muur gericht.

Toen ik het ambulancepersoneel en de politieagenten op gehaaste toon allerlei instructies hoorde geven, begreep ik dat mijn vader dood was. Dat wist ik al toen ik hem zag en hem aanraakte, maar zij bevestigden het. Ze maakten het officieel. Hij was verantwoordelijk voor zijn eigen dood, door middel van die naald in zijn arm. In de zak van zijn jeans vonden ze zakjes heroïne waaruit bleek wat zijn plannen voor het weekend waren geweest. Zijn gezicht was zo bleek en ingevallen dat het beeld achter mijn oogleden eerder een masker dan een menselijk gezicht lijkt. Hij was alleen toen het gebeurde. Toen ik op zijn lichaam stuitte, was hij al uren dood. Het leven is uit hem weggeglipt toen de heroïne uit die spuit sijpelde en de drug die hel, vermomd als woning, tot een plek van nog meer gruwelen maakte.

Een hel, dat is het, en dat was het al op het moment dat ik daar voor het eerst binnenstapte. De boekenplanken en bakstenen muur waren een vermomming voor het kwaad en verborgen het achter fraaie details. Ze onttrokken het aan het zicht, die verdorven plek die me zo veel ellende heeft gebracht. Als ik nooit over die drempel was gestapt, had ik nu nog steeds alles gehad.

Dan had ik mijn maagdelijkheid nog gehad. Dan zou ik die niet hebben weggegeven aan een man die niet eens genoeg van me hield om bij me te blijven.

Dan had ik mijn moeder nog gehad. Ze is misschien niet veel, maar ze is nu de enige familie die ik heb.

Dan had ik nog een dak boven mijn hoofd gehad en had ik nooit opnieuw contact gekregen met de vader wiens levenloze lichaam ik twee maanden later op de badkamervloer aantrof.

Ik ben me er terdege van bewust dat mijn gedachten me meevoeren naar een plek vol duisternis, maar ik heb niet langer de kracht om ertegen te vechten. Ik heb voor iets gevochten, voor iets waarvan ik dacht dat het alles was. Dat heb ik veel te lang gedaan, en nu kan ik dat niet meer.

'Heeft ze eigenlijk wel geslapen?' Kens stem klinkt zacht en voorzichtig.

De zon is weer op en ik kan geen antwoord op Kens vraag bedenken. Heb ik wel geslapen? Ik kan me niet herinneren dat ik in slaap ben gevallen, of wakker ben geworden, maar het lijkt me onmogelijk dat ik hier de hele nacht naar die lege muur heb zitten staren.

'Dat weet ik niet. Ze is niet echt van haar plaats gekomen.' Mijn beste vriend klinkt heel erg verdrietig.

'Haar moeder heeft een uur geleden gebeld. Heb je nog iets van Hardin gehoord?'

De naam die Ken net uitsprak, had mijn dood kunnen worden... als ik nog in leven was geweest.

'Nee, hij neemt niet op. Ik heb het nummer van Trish geprobeerd dat jij me hebt gegeven, maar zij neemt ook niet op. Ik denk dat ze nog op huwelijksreis zijn. Ik weet niet wat ik moet doen, ze is zo...'

'Dat weet ik.' Ken slaakt een zucht. 'Ze heeft gewoon wat meer tijd nodig. Het was een bijzonder traumatische gebeurtenis. Ik ben nog steeds aan het onderzoeken wat er precies is gebeurd en waarom niemand in de kliniek contact met me heeft opgenomen. Ik heb ze naast een heleboel geld ook de duidelijke instructie gegeven dat ze me moesten bellen als er iets was.'

Ik wil tegen Ken en Landon zeggen dat ze zichzelf niet de schuld mogen geven van mijn vaders fouten. Als iemand ergens schuld aan heeft, ben ik het. Ik had nooit naar Londen moeten gaan. Ik had hier moeten blijven en op hem moeten letten. Maar nee, ik zat aan de andere kant van de wereld tot over mijn oren in mijn eigen problemen en heb Richard Young hier in zijn eentje tegen zijn demonen laten vechten, totdat hij de strijd verloor.

De stem van Karen maakt me wakker, haalt me uit mijn trance. Of wat het ook is.

'Tessa, drink eens wat water. Het is nu twee dagen geleden, lieverd. Je moeder komt je ophalen, meisje. Hopelijk vind je dat goed,' zegt de vrouw die ik meer als een moeder beschouw dan mijn echte moeder. Ze doet haar best om tot me door te dringen.

Ik probeer te knikken, maar mijn lichaam werkt niet mee. Ik weet niet wat er mis met me is, maar ik schreeuw vanbinnen zo hard en niemand kan me horen.

Misschien ben ik inderdaad in shock. Maar dat is niet zo erg. Ik wil zo lang mogelijk zo blijven zitten. Dit doet minder pijn.

# 22

∞

## Hardin

Het is weer volle bak en ik zit aan mijn tweede glas en mijn eerste joint. De drank brandt op mijn tong en de rook prikt in mijn longen. Het is dat nuchter zijn zo'n pijn doet, anders zou ik die troep nooit meer aanraken.

'Dat gips zit er nog maar twee dagen omheen, maar het jeukt nu al als de ziekte,' klaag ik tegen iedereen die maar wil luisteren.

'Dat is kut, man, maar nu blijf je voortaan wel van die muur af, hè?' zegt Mark met een irritant lachje.

'Dat blijft-ie zeker,' zeggen James en Janine op hetzelfde moment.

Janine steekt haar hand naar me uit. 'Geef me nog eens zo'n pijnstiller.' Die godvergeten junk heeft in nog geen twee dagen al de helft van mijn pillen weggewerkt. Niet dat het me iets kan schelen: ik neem die dingen toch niet en het zal mij een rotzorg zijn wat zij in haar lijf stopt. Eerst dacht ik dat de pillen me misschien een betere high konden geven dan het spul van James, maar dat was niet zo. Ik werd er alleen maar moe van, en als ik moe ben, ga ik slapen, en als ik ga slapen, krijg ik nachtmerries, en die gaan altijd over háár.

Ik rol met mijn ogen en sta op. 'Je kunt ze allemaal krijgen.' Ik loop naar Marks kamer en vis de pillen onder mijn stapeltje kleren vandaan. Ik zit hier nu al een week en heb nog maar één keer schone kleren aangetrokken. Carla, dat irritante mokkel dat zo graag mensen wil redden, heeft voordat ze vertrok nog een paar afzichtelijke zwarte lapjes over de gaten in mijn jeans genaaid. Ik wilde haar helemaal verrot schelden toen ik dat ontdekte, maar ik wist dat James me dan een klap op mijn bek zou geven.

'Hardin Scott! Telefoon!' klinkt Janines hoge stem vanuit de woonkamer.

Kut! Ik heb mijn telefoon op de tafel in de woonkamer laten liggen.

Wanneer ik niet meteen antwoord geef, hoor ik Janine brutaal zeggen: 'Meneer Scott kan op dit moment niet aan de lijn komen. Kan ik een boodschap aannemen?'

'Hier dat ding, nú!' Ik ren de kamer in en gooi haar de pillen toe. Ze steekt een middelvinger naar me op, waar ik niet op wil reageren, maar ze blijft doorpraten en vangt het doosje niet eens op. Ik ben haar gezeik zo zat.

'Landon, wat een coole naam! O, je bent ook Amerikaans. Ik vind Amerikaanse mannen zó leuk...'

Allerminst subtiel ruk ik het toestel uit haar handen en druk het tegen mijn oor. 'Wat moet jij nou weer, Landon? Als ik met je had willen praten, had ik wel opgenomen toen je... Wat was het, voor de dertigste keer belde?' bijt ik hem toe.

'Weet je, Hardin,' zegt hij al net zo bars, 'wat mij betreft kun je de tering krijgen. Je bent een egoïstische klootzak en ik had je beter niet kunnen bellen. Ze komt hier ook wel zonder jou overheen. Dat zal niet de eerste keer zijn.'

Ik hoor een kiestoon.

Waar overheen? Waar heeft hij het in godsnaam over? Wil ik dat weten?

Ja, natuurlijk wil ik dat weten. Ik hoef mezelf niet voor de gek te houden. Ik bel hem meteen terug en baan me langs de anderen een weg terug naar de gang, waar ik even alleen kan zijn. Paniek welt in me op omdat mijn gestoorde geest meteen de ergste scenario's bedenkt. Wanneer Janine in de gang verschijnt, duidelijk van plan om me af te luisteren, loop ik naar buiten, naar de huurauto die ik nog steeds niet heb teruggebracht.

'Wat?' snauwt hij.

'Waar heb je het over? Wat is er gebeurd?' Er mankeert haar toch niets? Nee, dat kan niet. 'Landon, zeg alsjeblieft dat ze niets mankeert.' Ik verlies mijn geduld omdat hij niets zegt.

'Het gaat om Richard. Hij is dood.'

Ik had op van alles gerekend, maar daarop niet. Ondanks mijn roes voel ik het, de pijn van het verlies, en dat vind ik vreselijk. Ik zou me zo niet moeten voelen, ik kende hem amper, die junk... die man.

'Waar is Tessa?' Dus daarom heeft Landon me zo vaak gebeld. Niet om me een preek te geven omdat ik Tessa in de steek heb gelaten, maar om me te laten weten dat haar vader er niet meer is.

'Hier, bij ons, maar haar moeder komt haar halen. Ze is in shock, vermoed ik. Sinds ze hem heeft gevonden, heeft ze geen woord meer gezegd.'

Bij het horen van die laatste zin krimp ik in elkaar en grijp naar mijn borst. 'Wát? Zij heeft hem gevonden?'

'Ja.' Landons stem breekt. Ik weet dat hij zit te huilen, maar deze keer stoort me dat niet.

'Kut!' Waarom is dit gebeurd? Hoe heeft dit kunnen gebeuren, vlak nadat ik haar had weggestuurd? 'Waar was ze? Waar heeft ze hem gevonden?'

'Bij jou thuis. Ze wilde haar laatste spullen ophalen en jouw auto daar achterlaten.'

Natuurlijk. Zelfs na alles wat ik haar heb aangedaan was ze nog zo aardig om aan mijn auto te denken.

Ik dwing mezelf de woorden uit te spreken die ik wel en niet wil zeggen: 'Geef haar eens.' Ik wil zo graag haar stem horen, dat wil ik de hele tijd al. Daarom ben ik de afgelopen twee nachten in slaap gevallen bij het geluid van die computerstem die me vertelde dat ze haar nummer heeft gewijzigd.

'Heb je me niet gehoord, Hardin?' zegt Landon geërgerd. 'Ze heeft al twee dagen niets meer gezegd. Ze is niet eens van haar plaats gekomen, behalve om naar de wc te gaan. Hoewel, dat weet ik niet eens zeker. Ik heb haar de hele tijd niet zien bewegen. Ze wil niets drinken, ze wil niets eten.'

Al die ellende die ik de hele tijd heb onderdrukt en geprobeerd te negeren golft over me heen en trekt me mee. Het kan me niet schelen wat de gevolgen zullen zijn, het kan me niet schelen of mijn laatste restje gezond verstand zal verdwijnen, maar ik moet met haar praten. Ik kom bij de auto aan en stap in. Het is me volkomen duidelijk wat ik moet doen.

'Houd die telefoon gewoon tegen haar oor. Luister naar me en doe het,' zeg ik tegen Landon. Ik start de auto en bid uit alle macht tegen degene daarboven, wie het ook is, dat ik op weg naar het vliegveld niet zal worden aangehouden.

'Ik ben bang dat het erger wordt als ze jouw stem hoort,' zegt hij door de speaker. Ik zet het volume zo hard mogelijk en leg de telefoon op de middenconsole.

'Jezus, Landon!' Ik sla met mijn gipsverband tegen het stuur. Het is al erg genoeg dat ik moet rijden met mijn poot in het gips. 'Houd nú die telefoon tegen haar oor.' Ik probeer kalm te klinken, maar het voelt alsof ik vanbinnen door een cycloon aan stukken word gescheurd.

'Goed dan, maar je mag niets zeggen wat haar van streek maakt. Ze heeft al genoeg doorgemaakt.'

'Praat nu niet alsof je haar beter kent dan ik!' De woede die ik voor mijn betweterige stiefbroer voel, bereikt een nieuw hoogtepunt, en ik beland bijna in de middenberm omdat ik zo tegen hem zit te schreeuwen.

'Ik ken haar misschien niet zo goed als jij, maar weet je wat ik wel weet? Dat jij een achterlijke zak bent vanwege alles wat je haar deze keer hebt aangedaan! En weet je wat ik nog meer weet? Dat ze er niet zo erg aan toe was geweest als je nu hier bij haar was geweest, maar je moest weer zo verrekte egoïstisch zijn,' bijt hij me toe. 'O, en nog iets...'

'Zo is het wel genoeg!' Ik sla opnieuw met het gips tegen het stuur. 'Houd gewoon die telefoon tegen haar oor! Doe niet zo lullig, daar heeft niemand wat aan. Doe het, verdomme.'

Er valt een stilte, gevolgd door de vriendelijke stem van Landon: 'Tessa? Hoor je me? Ja, natuurlijk.' Hij lacht aarzelend. Ik hoor de pijn in de stem waarmee hij haar probeert over te halen om iets te zeggen. 'Ik heb Hardin aan de lijn, en hij...'

Er klinkt een zacht, zangerig geluid door de speaker. Ik moet me voorover buigen om het beter te kunnen horen. Wat is dat? Het gaat een paar tellen zo door, laag en verontrustend, en het duurt te lang voordat ik besef dat het Tessa's stem is die keer op keer hetzelfde woord herhaalt. 'Nee, nee, nee,' zegt ze, zonder op te houden, zonder langzamer te spreken. 'Nee, nee, nee, nee, nee...'

Wat er nog van mijn hart over was, breekt nu in ontelbare stukjes.

'Nee, alsjeblieft, nee!' roept ze aan de andere kant van de lijn.

O god.

'Het geeft niet, het geeft niet. Je hoeft niet met hem te praten...'

De lijn valt stil en ik bel terug, ook al weet ik dat er niemand zal opnemen.

# 23

∞

## Tessa

'Ik ga je nu optillen,' zegt een bekende stem die ik al veel te lang niet heb gehoord troostend. Sterke armen tillen me van de vloer en omhelzen me alsof ik een klein kind ben.

Ik druk mijn gezicht tegen Noahs massieve borstkas en doe mijn ogen dicht.

Ik hoor ook de stem van mijn moeder. Ik zie haar niet, maar ik hoor haar wel. 'Wat is er met haar aan de hand? Waarom zegt ze niets?'

'Ze is in shock,' begint Ken uit te leggen. 'Het zal straks wel beter...'

'Nou, wat moet ik beginnen als ze nooit meer iets wil zeggen?' onderbreekt mijn moeder hem snauwend.

Noah, die als geen ander weet hoe hij met mijn botte moeder moet omgaan, zegt zacht: 'Carol, ze heeft een paar dagen geleden haar vader dood aangetroffen. Wees niet te hard voor haar.'

Ik ben nog nooit van mijn leven zo blij geweest met Noah. Ik ben dol op Landon en ik ben heel dankbaar dat zijn familie me heeft opgevangen, maar ik moet hier nu weg. Ik heb nu iemand nodig zoals mijn oudste vriend. Iemand die me kende voordat dit allemaal gebeurde.

Ik word langzaam gek, dat weet ik gewoon. Mijn hersens hebben niet meer fatsoenlijk gewerkt sinds mijn voet tegen het erg massieve en erg roerloze lichaam van mijn vader stootte. Ik heb geen rationele gedachte meer kunnen vormen sinds ik zijn naam riep en hem zo hard door elkaar schudde dat zijn kaken openvielen en de naald uit zijn arm gleed en op de vloer belandde met een kletterend geluidje dat nu nog in mijn gekwetste hoofd weerklinkt. Zo'n eenvoudig geluid. Zo'n verschrikkelijk geluid.

Ik voelde dat er iets in me knapte toen de hand van mijn vader met een schokkende beweging die van mij raakte, een onwillekeurige spiertrekking waarvan ik nog steeds niet weet of die echt heeft plaatsgevonden of dat mijn gedachten me valse hoop gaven. Hoop die al snel vervloog toen ik opnieuw tevergeefs zijn pols voelde. Daarna kon ik niets anders doen dan in zijn doodse ogen staren.

We lopen door het huis, ik heen en weer wiegend op het ritme van Noahs stappen.

'Ik bel later wel op haar nummer om te vragen hoe het gaat. Neem alsjeblieft op, zodat ik weet of alles goed is,' zegt Landon zacht. Ik wil weten hoe het met Landon gaat. Ik hoop dat hij niet hetzelfde heeft gezien als ik, maar ik weet het gewoon niet meer.

Ik weet nog dat ik mijn vaders hoofd in mijn handen hield en ik denk dat ik schreeuwde, of huilde, of misschien wel allebei, toen ik Landon binnen hoorde komen. Ik weet ook nog dat hij me vastpakte toen ik de man die ik net beter had leren kennen niet los wilde laten, maar ik weet niet meer wat er daarna is gebeurd, alleen dat er op een bepaald moment een ambulance kwam. Daarna viel ik in een zwart gat, totdat ik bij de Scotts thuis op de vloer zat.

'Dat zal ik doen,' zegt Noah geruststellend. Ik hoor de hordeur opengaan. Koele regendruppels vallen op mijn gezicht en wassen dagen aan tranen en vuil weg.

'Het komt wel goed. We gaan nu naar huis, het komt allemaal wel goed,' fluistert Noah tegen me. Hij strijkt mijn haar, dat al snel doorweekt is van de regen, van mijn voorhoofd. Ik houd mijn ogen dicht en druk mijn wang tegen zijn borst. Het zware kloppen van zijn hart herinnert me aan het moment waarop ik mijn oor tegen mijn vaders borst drukte en niets hoorde. Geen hartslag, geen ademhaling.

'Het komt wel goed,' zegt Noah opnieuw. Het is net zoals vroeger, toen kwam hij me ook altijd redden wanneer mijn vaders verslaving voor ellende zorgde.

'We gaan nu naar huis,' zegt Noah opnieuw. Hij zet me in een auto.

Dat is erg lief van hem, maar weet hij niet dat ik helemaal geen huis heb?

De wijzers van de klok bewegen zo langzaam. Hoe langer ik ernaar staar, hoe meer ze de spot met me lijken te drijven en hoe langzamer ze elke keer een seconde verder lijken te springen. Mijn oude slaapkamer is zo groot. Ik had durven zweren dat het een kleine kamer was, maar nu lijkt hij reusachtig. Misschien voel ik me nu gewoon klein? Ik voel me licht, veel lichter dan de laatste keer dat ik hier sliep. Ik heb het gevoel dat niemand het zou merken als ik nu weg zou zweven. Dat zijn geen normale gedachten, dat weet ik. Noah zegt dat de hele tijd tegen me, hij probeert me terug naar de werkelijkheid te praten. Hij is er nu ook, hij is niet van mijn zijde geweken sinds ik in dit bed ben gaan liggen, god mag weten hoe lang geleden.

'Het komt wel goed, Tessa. De tijd heelt echt alle wonden. Dat zei onze dominee altijd, weet je nog?' Uit Noahs blauwe ogen spreekt bezorgdheid voor mij.

Ik knik, maar zeg niets en blijf naar die tartende klok aan de muur staren.

Noah pakt een vork van het bord met eten dat al uren onaangeroerd is. 'Je moeder komt je straks vragen waarom je niets hebt gegeten. Het is al laat en je hebt je middageten niet eens aangeraakt.'

Ik kijk naar het raam en zie dat het buiten donker is. Wanneer is de zon verdwenen? En waarom heeft die me niet met zich meegenomen?

Noahs zachte handen sluiten zich rond de mijne, me vragend om hem aan te kijken. 'Neem maar een paar hapjes, dan houdt ze hopelijk op met zeuren.'

Ik steek mijn hand uit naar het bord. Ik wil dit niet moeilijker voor hem maken, want ik weet dat hij alleen maar doet wat mijn moeder aan hem vraagt. Ik breng het oudbakken brood naar mijn mond en probeer tijdens het kauwen niet te kokhalzen. De boterhamworst doet me aan rubber denken. Ik tel hoe lang het duurt om vijf happen te nemen en spoel die weg met het glas water op kamertemperatuur, dat al sinds vanmorgen op mijn nachtkastje staat.

'Ik moet mijn ogen dichtdoen,' zeg ik tegen Noah, die me een paar druiven van het bord aanbiedt. 'Ik wil niet meer.' Voorzichtig duw ik het bord opzij. De aanblik van eten maakt me misselijk.

Ik ga liggen en trek mijn benen op tot aan mijn borst. Noah en de druiven doen me denken aan die keer toen we twaalf waren en in de problemen kwamen omdat we elkaar tijdens de zondagse kerkdienst met druiven zaten te bekogelen.

'Volgens mij was dat het meest rebelse dat we ooit hebben gedaan,' zegt hij met een zacht lachje.

Dat geluid sust me in slaap.

'Je gaat daar niet naar binnen. Het laatste wat we kunnen gebruiken, is dat jij haar overstuur maakt. Ze slaapt voor het eerst in dagen,' hoor ik mijn moeder verderop in de gang zeggen.

Tegen wie heeft ze het? Ik lig toch niet te slapen? Ik kom overeind, steunend op mijn elleboog, en voel meteen dat het bloed naar mijn hoofd stijgt. Ik ben moe, zo moe. Noah ligt hier naast me, in het bed uit mijn kindertijd. Het voelt allemaal zo vertrouwd, het slordige blonde haar dat van Noahs hoofd omhoogsteekt. Maar ik voel me anders, niet op mijn plaats en gedesoriënteerd.

'Ik ben hier niet om haar te pijn te doen, Carol. Dat moet je inmiddels toch begrijpen.'

'Je...' begint mijn moeder, maar ze wordt onderbroken.

'Je weet ook dat het me geen zak kan schelen wat jij zegt.' De deur van mijn slaapkamer gaat open, en de laatste persoon die ik hier had verwacht te zien stuift langs mijn woedende moeder naar binnen.

Noahs arm rust zwaar op me en houdt me tegen het bed gedrukt. In zijn slaap pakt hij mijn pols nog steviger vast. Mijn keel begint te branden nu ik Hardin zie. Zijn groene ogen vonken van woede zodra hij Noah ziet liggen. Hij beent naar het bed en trekt Noahs arm met kracht van me af.

'Wat is er...' Noah schrikt wakker en springt overeind. Hardin doet nog een stap in mijn richting, maar ik deins terug op het bed en stoot hard met mijn rug tegen de muur. Zo hard dat mijn adem even stokt, maar ik blijf terugdeinzen. Dan begin ik te hoesten en wordt Hardins blik milder.

Waarom is hij hier? Hij kan hier niet zijn, ik wil hem hier niet hebben. Hij heeft al genoeg schade aangericht. Hij kan hier niet zomaar opduiken en het nog erger maken.

'Mijn god, gaat het?' Hij steekt zijn getatoeëerde arm naar me uit, en ik doe het allereerste wat in mijn gekwelde gedachten opkomt: ik zet het op een gillen.

# 24

∞

## Hardin

Haar geschreeuw vult mijn oren, mijn lege borstkas en mijn longen totdat het geluid ten slotte verstomt op een plek diep in mijn binnenste waarvan ik dacht dat niets er tot kon doordringen. Die plek die alleen zij kan vinden. Dat zal altijd zo blijven.

'Wat moet jij hier?' Noah springt overeind en gaat tussen mij en dat kleine bed in staan, als een of andere redder in nood die haar wil beschermen... tegen mij?

Ze schreeuwt nog steeds. Waarom schreeuwt ze zo?

'Tessa, toe nou...' Ik weet niet zeker wat ik van haar vraag, maar haar geschreeuw verandert in gekuch, en haar gekuch verandert in gesnik, en haar gesnik verandert in verstikte geluiden die ik niet kan verdragen. Ik doe voorzichtig een stap in haar richting.

Ze komt eindelijk weer op adem, maar de gekwelde blik die ze me toewerpt, brandt een gat in me dat alleen zij kan vullen.

'Tess, wil je hem hier wel hebben?' vraagt Noah.

Ik doe heel erg mijn best om hem te negeren. Nog even, en hij gaat te ver.

'Haal wat water voor haar!' zeg ik tegen haar moeder. Carol negeert me.

Tot mijn verbijstering begint Tessa heel snel met haar hoofd te schudden, alsof ze mij wil ontkennen.

Haar spontane redder vat daardoor moed en steekt zijn hand naar me op. 'Ze wil je hier niet hebben.'

'Ze weet niet wat ze wil! Kijk haar toch eens!' Ik gooi mijn handen omhoog en voel meteen dat Carol haar gemanicuurde nagels in mijn arm zet.

Als ze denkt dat ik wegga, heeft ze het goed mis. Heeft ze inmiddels niet door dat ze me niet van Tessa kan scheiden? Alleen ik kan mezelf uit Tessa's buurt houden, maar dat gaat me dus echt nooit lukken.

Noah buigt zich naar me toe. 'Ze wil je niet zien. Je kunt maar het beste vertrekken.'

Het kan me geen reet schelen dat die knul sinds onze laatste ontmoeting nog langer en breder is geworden. Hij stelt niks voor. Het zal niet lang duren voordat hij begrijpt waarom niemand tussenbeide moet komen als het om Tessa en mij gaat.

'Ik ga nergens naartoe.' Ik wend me tot Tessa. Ze zit nog steeds te kuchen, maar dat lijkt niemand iets te kunnen schelen. 'Haal verdomme wat water voor haar!' schreeuw ik. Mijn stem echoot tegen de wanden van de kleine kamer.

Tessa trekt kermend haar benen op tot aan haar borst.

Ik weet dat ze pijn heeft en ik weet dat ik hier niet zou moeten zijn, maar ik weet ook dat haar moeder en Noah haar niet kunnen helpen. Ik ken Tessa beter dan die twee bij elkaar opgeteld, en zelfs ik heb haar nooit zo meegemaakt. Als ik al niet weet wat ik moet doen, dan weten die twee het al helemaal niet.

'Als je niet vertrekt, bel ik de politie, Hardin,' zegt Carol op lage en dreigende toon achter me. 'Ik weet niet wat je deze keer hebt uitgevreten, maar ik heb er schoon genoeg van. Je hebt hier niets te zoeken. Dat heb je nooit gehad en dat zal je nooit hebben.'

Ik negeer de twee stoorzenders en ga op de rand van Tessa's kinderbed zitten.

Tot mijn grote ontzetting kruipt ze opnieuw op haar handen voor me weg, maar dan valt ze over de rand van het bed en raakt ze met een bons de vloer. Nog geen tel later sta ik naast haar en neem haar in mijn armen, maar het geluid dat ze maakt zodra ik haar aanraak, is nog erger dan het vreselijke geschreeuw van zo-even.

Eerst weet ik niet wat ik moet doen, maar oneindig veel seconden later ontsnapt de kreet 'Blijf van me af!' aan haar gesprongen lippen. Die gaat als een mes door me heen. Haar kleine handen slaan tegen mijn borst en maken klauwende bewegingen naar mijn armen, in een poging mij te dwingen om haar los te laten. Ik durf haar niet goed te troosten omdat ik bang ben dat ik haar met mijn gipshand pijn zal doen, en dat is wel het laatste wat ik wil.

Het is vreselijk dat ze zo vecht om los te komen, maar ze reageert in elk geval, en daar ben ik blij om. Die zwijgende Tessa was het allerergste. Haar moeder, die nu tegen me staat te schreeuwen, zou dankbaar moeten zijn dat ik haar dochter uit die fase van haar verdriet heb gehaald.

'Blijf van me af!' schreeuwt Tessa nog eens, en achter me begint ook Noah zich ermee te bemoeien. Tessa's hand raakt het harde gips. 'Ik haat je!'

Die woorden doen ongelooflijk veel pijn, maar ik laat haar niet los, al stribbelt ze nog zo tegen.

Noahs lage stem overstemt Tessa's kreten. 'Je maakt het alleen maar erger!'

Dan valt ze opnieuw stil... en doet ze het allerergste wat ze me kan aandoen. Ze pakt mijn armen vast, trekt die van haar af – het is lastig om iemand met één hand vast te houden – en reikt dan naar Noah.

Tessa reikt naar Noah, vragend om hulp, omdat ze mij niet langer kan uitstaan.

Ik laat haar onmiddellijk los. Ze laat zich in zijn armen vallen. Hij slaat een arm om haar middel en legt zijn andere hand in haar nek, zodat hij haar hoofd tegen zijn borst kan drukken. Nu ik dat zie, moet ik mijn uiterste best doen om kalm te blijven. Mijn woede vecht met mijn gezonde verstand. Als ik hem nu aanraak, zal haar afkeer van me nog groter worden. Als ik het niet doe, zal de aanblik van die twee me krankzinnig maken.

Fuck, waarom ben ik hier eigenlijk naartoe gekomen? Ik had me aan mijn plan moeten houden en weg moeten blijven. Nu ik hier ben, lijk ik deze verrekte kamer niet eens te kunnen verlaten en maken haar kreten mijn verlangen om haar vast te houden alleen maar sterker. Ik kan niks doen, en dat drijft me tot waanzin.

'Stuur hem weg,' zegt Tessa snikkend tegen Noahs borstkas.

De bijtende pijn van haar afwijzing weet me een paar tellen lang te verlammen. Noah kijkt me aan en smeekt me zwijgend en zo beleefd mogelijk om de kamer te verlaten. Het is vreselijk dat hij haar nu troost en dat een van mijn grootste angsten werkelijkheid is geworden, maar ik mag nu niet aan mezelf denken. Ik moet aan haar denken. Aan wat het beste is voor haar, en aan niets anders. Ik deins onhandig achteruit en tast blindelings naar de deurklink. Eenmaal buiten op de gang leun ik even tegen de deur om op adem te komen. Hoe kon ons leven samen in zo'n korte tijd zo ontsporen?

Zonder echt na te denken bij wat ik doe, loop ik naar Carols keuken om een glas water te pakken. Het is erg moeilijk om met één hand een glas te pakken, dat vol te schenken en de kraan weer dicht te draaien, en de minachtend zuchtende vrouw achter me maakt het ook al niet gemakkelijker. Ze werkt me enorm op de zenuwen.

Ik draai me naar haar om en verwacht dat ze zal zeggen dat ze de politie heeft gebeld, maar ze kijkt me alleen maar kwaad en zwijgend aan. 'Weet je, ik heb nu echt geen zin in gezeik,' zeg ik. 'Bel de politie maar, of wat je ook wilt, maar ik blijf net zo lang in dit rotstadje hangen totdat ze met me wil praten.' Ik neem een slok en loop door de kleine, smetteloze keuken naar haar toe en blijf vlak voor haar staan.

Carols toon is ijzig. 'Hoe ben je hier gekomen? Je zat in Londen.'

'Ooit van vliegen gehoord?'

Ze rolt met haar ogen. 'Dat je toevallig de halve wereld bent rondgevlogen en hier voor dag en dauw voor de deur staat, betekent nog niet dat je een plaats in haar leven hebt verdiend,' zegt ze woedend. 'Dat heeft ze wel duidelijk gemaakt. Waarom laat je haar niet met rust? Je kwetst haar alleen maar. Dat sta ik niet toe.'

'Ik heb jouw goedkeuring niet nodig.'

'Zij heeft jou niet nodig,' kaatst Carol terug. Ze trekt het glas uit mijn hand alsof het een geladen wapen is, zet het met kracht op het aanrecht neer en kijkt me recht aan.

'Ik weet dat je me niet moet, maar ik hou van haar. Ik heb fouten gemaakt – of nee, ik heb er een klerezooi van gemaakt – maar als je denkt dat ik haar hier achterlaat, na alles wat ze heeft gezien en meegemaakt, dan ben je nog gekker dan ik dacht.' Ik pak het glas weer op, gewoon om haar dwars te zitten, en neem nog een slok.

'Ze redt zich wel,' merkt Carol koeltjes op. Ze zwijgt even, en dan lijkt er iets in haar te knappen. 'Er gaan wel vaker mensen dood, ze komt er wel overheen!'

Ze zegt het vrij luid. Te luid. Ik hoop maar dat Tessa de kille woorden van haar moeder niet heeft gehoord.

'Meen je dat? Ze is verdomme je dochter, hij was je mán...' Ik val stil wanneer ik me herinner dat die twee nooit officieel waren getrouwd. 'Ze heeft veel verdriet en jij bent een gevoelloze trut, en dat is precies de reden waarom ik haar niet hier achterlaat. Landon had haar nooit met je mee moeten laten gaan!'

Carol houdt verontwaardigd haar hoofd scheef. 'Laten gaan? Ze is mijn dochter.'

Het glas in mijn hand trilt zo dat het water over de rand gutst. 'Misschien moet je je daar maar eens naar gedragen en er voor haar zijn!'

'Er voor haar zijn? Wie is er voor mij?' Haar emotieloze stem breekt en ik stel tot mijn ontzetting vast dat de vrouw van wie ik dacht dat ze van staal was voor mijn ogen instort en het aanrecht vastgrijpt om te voorkomen dat ze op de vloer ineenzakt. De tranen rollen over haar wangen, die ondanks het feit dat het vijf uur 's morgens is al zijn opgemaakt. 'Ik had die man al jaren niet meer gezien... Hij had ons verlaten! Hij heeft me verlaten, hoewel hij me keer op keer beloofde dat we gelukkig zouden worden!' Haar handen vegen woest over het aanrecht, en potten met keukengerei vallen op de vloer. 'Hij heeft gelogen, hij heeft tegen me gelogen, en hij heeft Tessa in de steek gelaten en mijn hele leven verpest! Na zijn vertrek kon ik niet eens naar andere mannen kijken. Hij heeft ons in de steek gelaten!' schreeuwt ze.

Wanneer ze mijn schouder vastpakt en snikkend en schreeuwend haar hoofd tegen mijn borstkas drukt, lijkt ze heel even zo veel op het meisje van wie ik hou dat ik het niet over mijn hart kan verkrijgen om haar weg te duwen. Omdat ik niet goed weet wat ik moet doen, sla ik een arm om haar heen, maar ik zeg niets.

'Ik heb hierop gehoopt. Ik heb gehoopt dat hij dood zou gaan,' geeft ze huilend toe. Ik hoor de schaamte in haar stem. 'Ik bleef op hem wachten. Ik bleef tegen mezelf zeggen dat hij wel weer terug zou komen. Dat heb ik jarenlang gedaan, en nu hij dood is, kan ik niet meer doen alsof.'

We blijven een hele tijd zo staan, zij huilend tegen mijn borst, terwijl ik besef dat ze zichzelf haat omdat ze blij is dat hij er niet meer is. Ik weet niet wat ik moet zeggen om haar te troosten, maar voor het eerst sinds ik haar heb leren kennen zie ik de gebroken vrouw achter het masker.

# 25

∞

## Tessa

Nadat Noah een paar minuten bij me is blijven zitten staat hij op, rekt zich uit en zegt: 'Ik ga iets te drinken voor je halen. En je moet ook iets eten.'

Mijn vuisten grijpen zijn shirt vast. Ik schud mijn hoofd, hem smekend om me niet alleen te laten.

Hij slaakt een zucht. 'Je moet echt iets eten, anders word je ziek,' zegt hij, maar ik weet dat ik heb gewonnen. Noah kan nooit goed voet bij stuk houden.

Iets eten of drinken is wel het laatste wat ik wil. Ik wil maar één ding: dat hij weggaat en nooit meer terugkomt.

'Volgens mij staat je moeder Hardin de huid vol te schelden.' Noah probeert te glimlachen, maar het lukt hem niet.

Ik hoor haar schreeuwen, gevolgd door het geluid van voorwerpen die op de vloer vallen, maar ik wil niet dat Noah me hier alleen laat. Als ik hier alleen ben, zal hij naar binnen komen. Dat doet hij, hij zoekt zijn prooi op wanneer die het zwakst is. Dat geldt vooral voor mij, en ik was al verzwakt op de dag dat ik hem leerde kennen. Ik laat mijn hoofd op het kussen rusten en sluit me voor alles af: voor het geschreeuw van mijn moeder, voor de diepe stem met het Engelse accent die terug schreeuwt, en zelfs voor het troostende gefluister van Noah in mijn oor.

Ik doe mijn ogen dicht en zweef heen en weer tussen nachtmerries en de werkelijkheid, maar ik weet niet wat erger is.

Ik word opnieuw wakker. De zon schijnt fel door de dunne gordijnen die voor de ramen hangen. Mijn hoofd bonst en mijn mond is droog.

Ik ben alleen op mijn kamer. Noahs tennisschoenen staan op de vloer, en na een kort moment van vredige kalmte beneemt de gedachte aan de gebeurtenissen van de afgelopen twintig uur me volledig de adem en sla ik mijn handen voor mijn gezicht.

Hij was hier. Hij was hier, maar Noah en mijn moeder hebben me geholpen...

'Tessa,' zegt zijn stem, waardoor ik opschrik uit mijn gedachten.

Ik wil net doen alsof het verbeelding is, maar ik weet dat het niet zo is. Ik kan gewoon voelen dat hij er is. Ik weiger naar hem op te kijken, zelfs nu ik hem binnen hoor komen. Wat moet hij hier? Denkt hij echt dat hij me zomaar opzij kan schuiven en dan weer terug kan komen als hem dat beter uitkomt? Zo werkt het niet langer. Ik heb hem verloren, ik heb mijn vader verloren en ik hoef niet aan die verliezen te worden herinnerd.

'Ga weg,' zeg ik. De zon verdwijnt achter de wolken. Zelfs de zon wil niet bij hem in de buurt zijn.

Ik voel het bed doorzakken onder zijn gewicht, maar ik blijf zitten en onderdruk de huivering die in me opwelt.

'Drink wat water.' Er wordt een koud glas in mijn hand geduwd, maar ik sla het weg. Ik krimp niet eens ineen wanneer ik het op de vloer hoor vallen. 'Tess, kijk me eens aan.' En dan voel ik zijn handen op me – zo ijzig koud dat het een bijna vreemd gevoel is – en deins ik terug.

Ik wil op zijn schoot kruipen en me laten troosten, maar ik doe het niet. Dat zal ik nooit meer doen, echt nooit meer. Zelfs in mijn huidige mentale toestand weet ik dat ik hem nooit meer in mijn leven zal toelaten. Dat kan ik niet, dat wil ik niet.

'Hier.' Hardin geeft me nog een glas water aan. Het heeft op het nachtkastje gestaan en is minder koud dan het vorige.

Ik reik er instinctief naar. Ik weet niet waarom, maar zijn naam weerklinkt in mijn gedachten. Ik wil zijn naam niet meer horen, niet in mijn eigen hoofd, de enige plek waar ik veilig voor hem ben.

'Je moet wat water drinken,' draagt hij me op de zachte toon op.

Zonder iets te zeggen breng ik het glas naar mijn lippen. Ik heb niet de energie om het te weigeren of me te verzetten, en bovendien sterf ik van de dorst. Ik drink het hele glas binnen een paar tellen leeg, zonder mijn blik van de muur los te maken.

'Ik weet dat je kwaad op me bent, maar ik wil er gewoon voor je zijn,' liegt hij.

Alles wat hij zegt, is gelogen. Dat was altijd al zo en dat zal altijd zo blijven. Ik zeg niets, maar laat alleen een minachtend gesnuif horen.

'Zoals je reageerde toen je me gisteravond zag...' begint hij. Ik voel dat hij naar me kijkt, maar ik weiger terug te kijken. 'Je schreeuwde zo... Tessa, zo'n pijn heb ik nog nooit gevoeld...'

'Hou op,' snauw ik. Mijn stem klinkt niet als mijn stem, en ik vraag me af of ik eigenlijk wel wakker ben. Of is dit weer een nachtmerrie?

'Ik wil gewoon zeker weten dat je niet bang voor me bent. Dat ben je toch niet, hè?'

'Dit gaat niet om jou,' weet ik uit te brengen. En dat is waar, dat is echt waar. Hij probeert het zo te draaien dat het om hem gaat, om zijn pijn, maar dit gaat om de dood van mijn vader en het feit dat ik er niet nog meer pijn bij kan hebben.

'Fuck.' Hij slaat een zucht. Ik hoef niet naar hem te kijken om te weten dat hij zijn handen door zijn haar haalt. 'Dat weet ik ook wel. Zo bedoelde ik het niet. Ik maak me zorgen over je.'

Ik doe mijn ogen dicht en hoor de donder rommelen in de verte. Hij maakt zich zorgen over mij? Als dat zo is, waarom heeft hij me dan in mijn eentje terug naar huis laten gaan? Nu wens ik dat ik nooit in Amerika was aangekomen, dat er onderweg iets met me was gebeurd – dan had *híj* het verlies van *míj* kunnen verwerken.

Hoewel, dat had hem waarschijnlijk geen zak kunnen schelen. Hij had het vast te druk gehad met high worden. Hij had niet eens iets gemerkt.

'Je bent jezelf niet, schatje.'

Ik begin te beven nu ik die misselijkmakende koosnaam hoor.

'Je moet hierover praten, over alles wat er met je vader is gebeurd. Dan voel je je vast beter.' Zijn stem klinkt te luid en de regen klettert op het oude dak. Stortte dat maar gewoon in, dan kon het noodweer buiten me wegblazen van hier.

Wie is de man die hier naast me zit? Ik ken hem niet, hij weet niet waar hij het over heeft. Ik moet over mijn vader praten? Wie denkt hij wel niet dat hij is, dat hij hier kan gaan zitten en net doen alsof hij iets om me geeft en me wil helpen? Ik heb geen hulp nodig. Ik heb stilte nodig.

'Ik wil je hier niet hebben.'

'Dat wil je wel. Je bent nu gewoon kwaad op me omdat ik me als een lul heb gedragen en het heb verkloot.'

De pijn die ik zou moeten voelen, is er niet. Er is niets. Zelfs niet wanneer er allerlei beelden in mijn hoofd opduiken: dat hij in de auto tijdens het rijden een hand op mijn dij legde, dat zijn lippen teder over de mijne gleden en ik mijn vingers in zijn dikke haar begroef. Ik voel niets.

Ik voel nog steeds niets wanneer die beelden plaatsmaken voor de herinnering van zijn vuist die een gipswand raakt en van een vrouw die zijn shirt draagt. Een paar dagen geleden is hij nog met haar naar bed geweest. Niets. Ik voel niets, en het is zo lekker om eindelijk niets te voelen, om mijn gevoelens in de hand te hebben. Starend naar de muur besef ik dat ik niets hoef te voelen als ik dat niet wil. Ik hoef me niets te herinneren als ik dat niet wil. Ik kan alles vergeten en hoef die verlammende herinneringen nooit meer toe te laten.

'Dat ben ik niet.' Ik leg verder niets uit. Hij probeert me weer aan te raken. Ik verroer me niet. Ik bijt op mijn wang en wil opnieuw schreeuwen, maar dat gun ik hem niet. Hoe zwak ik ben, blijkt wel uit de kalmerende rust die ik voel nu hij zijn vingers op de mijne legt, vlak nadat ik heb besloten dat ik de voorkeur geef aan een volmaakte verdoving.

'Ik vind het zo erg van Richard, ik weet dat...'

'Nee.' Ik trek mijn hand weg. 'Nee, dit ga je niet doen. Je kunt hier niet zomaar binnenlopen en doen alsof je me wilt helpen terwijl jij degene bent die me het meeste pijn heeft gedaan. Ik zeg het niet nog eens.' Ik weet dat mijn toon vlak is. Ik klink even leeg, zonder overtuiging, als ik me vanbinnen voel. 'Ga weg.'

Mijn keel doet pijn omdat ik zo veel heb gezegd. Ik wil niet meer praten. Ik wil gewoon dat hij weggaat, ik wil alleen worden gelaten. Ik richt mijn aandacht opnieuw op de muur en sta niet toe dat mijn geheugen me tart met beelden van mijn vaders dode lichaam. Ik word door van alles belaagd, mijn geest zit me te zieken en dreigt me van mijn laatste restje gezond verstand te beroven. Ik moet nu om twee mensen rouwen, en daardoor word ik stukje bij beetje uit elkaar getrokken.

Pijn is in geen enkel opzicht vriendelijk, pijn eist zijn verdiende loon op. Pijn laat je pas met rust als er alleen nog maar een lege, afbrokkelende huls van je over is. Verraad en afwijzing zijn al goed voor een brandende en stekende pijn, maar niets is te vergelijken met de pijn die je voelt als je helemaal leeg bent. Helemaal geen pijn voelen is het pijnlijkste wat er is, en dat dat tegelijkertijd nergens op slaat en toch volkomen logisch is, bewijst wel dat ik compleet gestoord begin te worden.

En dat vind ik eigenlijk helemaal niet erg.

'Zal ik iets te eten voor je halen?'

Heeft hij me niet gehoord? Snapt hij dan niet dat ik hem hier niet wil hebben? Ik kan gewoon niet geloven dat hij niets meekrijgt van de chaos in mijn hoofd.

'Tessa,' dringt hij aan wanneer ik geen antwoord geef. Hij moet hier weg. Ik wil niet in die ogen kijken, ik wil niet nog meer beloften horen die hij toch weer zal verbreken zodra zijn zelfhaat de overhand krijgt.

Mijn keel doet pijn, zo ontzettend pijn, maar toch roep ik om de enige die echt iets om me geeft: 'Noah!'

Zodra ik dat heb gedaan, stormt hij naar binnen, even vastberaden als een natuurkracht die eindelijk de onverzettelijke Hardin uit mijn kamer en uit mijn leven zal verjagen. Noah gaat voor me staan en kijkt naar Hardin, op wie ik ook eindelijk een blik durf te werpen. 'Je weet wat ik heb gezegd: zodra ze me roept, is het over.'

Hardins stemming slaat meteen om van zachtaardig in kwaad. Hij kijkt Noah woedend aan, en ik weet dat hij moeite moet doen om zich te beheersen. Er zit iets rond zijn hand... Gips? Ik kijk nog eens, en inderdaad, zijn hand en pols zijn bedekt met zwart gips.

'Ik wil even iets duidelijk maken.' Hardin gaat staan en kijkt op Noah neer. 'De enige reden waarom ik die rotnek van jou nog niet heb gebroken, is dat ik haar niet overstuur wil maken, maar je moet niet te ver gaan.'

In mijn aangetaste, chaotische gedachten zie ik het hoofd van mijn vader naar achteren knakken en zijn mond openvallen. Ik wil gewoon stilte. Ik wil dat het stil is in mijn oren en dat het stil is in mijn hoofd.

Hun stemmen worden steeds luider, waardoor dat beeld in mijn hoofd zich steeds verder opdeelt en vermenigvuldigt, totdat ik begin te kokhalzen. Mijn lichaam smeekt me om het er allemaal uit te gooien, om mijn hele maag te legen. Het probleem is alleen dat er niets in mijn maag zit, alleen een beetje water, en dus brandt het maagzuur in mijn keel wanneer ik over mijn oude sprei kots.

'Jezus!' roept Hardin uit. 'Rot op, verdomme!' Hij duwt met een hand tegen Noahs borst, en Noah deinst wankelend achteruit en grijpt het deurkozijn vast om te voorkomen dat hij valt.

‘Rot jij maar op! Ze wil je hier niet hebben!’ roept Noah terug. Hij stormt naar voren en geeft Hardin een duw.

Ze zien geen van beiden dat ik opsta en met mijn mouw het braaksel van mijn mond veeg. Omdat ze allebei geen oog hebben voor iets anders dan het rode waas en de onuitputtelijke ‘trouw’ die ze voor me voelen, kan ik ongezien ontsnappen, de gang in, en daarna door de voordeur naar buiten lopen.

# 26

∞

## Hardin

'Val dood!' Mijn gipsverband raakt de kaak van Noah, die al bloed spugend achteruit deinst.

Hij houdt echter niet op. Hij komt opnieuw op me af en duwt me omver. 'Klootzak!' schreeuwt hij.

Ik rol boven op hem. Als ik nu niet ophoud, zal Tessa een nog grotere hekel aan me krijgen dan ze al heeft. Ik kan die lul niet uitstaan, maar zij geeft om hem, en als ik hem zwaar verwond, zal ze me dat nooit vergeven. Ik weet overeind te krabbelen en op afstand te blijven van deze menselijke bulldozer.

'Tessa...' Ik draai me om naar het bed en zie tot mijn schrik dat het leeg is. De natte sporen van haar braaksel zijn het enige bewijs dat ze hier is geweest.

Zonder Noah een blik waardig te keuren storm ik de gang in en roep haar naam. Hoe heb ik zo stom kunnen zijn? Wanneer zal ik mijn lesje leren en niet alles verkloten?

'Waar is ze?' vraagt Noah ergens achter me. Hij loopt achter me aan als een jong hondje dat opeens de weg kwijt is.

Carol ligt nog altijd op de bank te slapen, op dezelfde plek waar ik haar gisteravond heb neergelegd nadat ze in mijn armen in slaap was gevallen. Dat mens heeft weliswaar de pest aan me, maar ik wilde haar niet mijn troost onthouden toen ze die het hardst nodig had.

Tot mijn ontzetting zie ik dat de hordeur open is en aan de scharnieren heen en weer zwaait in de harde wind. Op de oprit staan twee auto's, die van Noah en die van Carol. Ik heb voor honderd dollar een taxi vanaf het vliegveld genomen omdat ik geen tijd wilde verliezen door eerst mijn auto bij Ken thuis op te halen. Gelukkig heeft Tessa de auto's laten staan.

'Daar staan haar schoenen.' Noah pakt een van Tessa's slappe schoenen op en gooit die dan weer neer.

Er zit bloed op zijn kin en de blik in zijn blauwe ogen is woest en bezorgd. Tessa loopt ergens buiten in het noodweer rond omdat ik het te druk had met mezelf.

Noah loopt weer naar haar kamer terwijl ik buiten om me heen kijk, op zoek naar een glimp van mijn meisje. Hij komt terug met haar handtas. Ze heeft geen schoenen aan en geen geld of telefoon bij zich. Ver kan ze niet zijn; we hebben hoogstens een paar minuten lang met elkaar staan ruziën. Hoe kon ik me zo door mijn woede laten afleiden?

'Ik rijd wel even een blokje om,' zegt Noah. Hij haalt zijn sleutels uit de zak van zijn jeans en loopt naar zijn auto.

Hij is hier in het voordeel. Hij is in deze straat opgegroeid en kent de buurt goed, maar ik niet. Ik loop terug naar de woonkamer en daarna naar de keuken. Pas wanneer ik daar uit het raam kijk, besef ik dat ik in het voordeel ben. Het verbaast me dat hij niet aan deze mogelijkheid heeft gedacht. Hij kent misschien dit stadje, maar ik ken mijn Tessa, en ik weet precies waar ze is.

De regen komt nog altijd met bakken naar beneden, maar ik loop met twee treden tegelijk het trapje van de veranda aan de achterkant van het huis af en steek het grasveld over naar de kleine kas in de hoek, die half schuilgaat achter een groepje heen en weer zwaaiende bomen. De metalen deur is opengeduwd. Mijn vermoeden was juist.

Ik tref Tessa ineengedoken in de hoek aan. Haar broek zit onder het stof en haar voeten zijn bedekt met een laag modder. Ze heeft haar knieën opgetrokken tegen haar borst en houdt haar handen tegen haar oren gedrukt. Het is zo hartverscheurend om mijn sterke meisje zo verloren en hulpeloos te zien zitten. De armzalige plantenkas staat vol potten met aarde en zo te zien komt er nooit meer iemand sinds Tessa het huis uit is. Door een paar barsten in het dak gutst de regen her en der de kas in.

Ik zeg niets, maar ik wil haar niet laten schrikken en hoop maar dat ze het zompige geluid van mijn schoenen in de modder op de vloer hoort. Dan kijk ik nog eens goed en zie ik dat er helemaal geen vloer is. Vandaar die modder. Ik pak haar handen vast, trek die van haar oren en buig me voorover, zodat ik haar kan dwingen om me aan te kijken. Ze probeert als een gewond dier weg te kruipen, maar hoewel ik ineenkrimp vanwege haar reactie laat ik haar handen niet los.

Ze begraaft haar handen in de modder en schopt naar me. Zodra ik haar loslaat, bedekt ze opnieuw haar oren en rolt er een vreselijk gekerm van haar lippen. 'Ik wil dat het stil is,' zegt ze smekend. Ze wiegt heen en weer.

Ik wil zo veel tegen haar zeggen, al die woorden waardoor ik hoop dat ze naar me zal willen luisteren, maar nu ik de wanhopige blik in haar ogen zie, vergeet ik die allemaal.

Als ze wil dat het stil is, zal ik daarvoor zorgen. Jezus, op dit moment wil ik alles doen wat ze vraagt en haar alles geven wat ze wil, zolang ze me maar niet dwingt om te gaan.

En dus laat ik me naast haar op de modderige bodem van de oude plantenkas zakken. De kas waarin ze zich altijd voor haar vader verstopte en waarin ze zich nu voor de wereld, en voor mij, heeft verstopt.

We blijven daar zitten terwijl de regen het glazen dak geselt. We blijven daar zitten terwijl haar gekerm in een zacht gesnik overgaat en ze naar de lege ruimte voor zich staart, en we blijven daar zitten met mijn handen op de kleine vingers die ze tegen haar oren gedrukt houdt om het geluid om ons heen niet te hoeven horen en de stilte te ervaren waaraan ze zo'n behoefte heeft.

# 27

∞

## Hardin

Terwijl ik naar de herrie van het meedogenloze noodweer zit te luisteren trek ik onwillekeurig vergelijkingen met de puinhoop die ik van mijn leven heb gemaakt. Ik ben een gore lul, de allergrootste die er is, het ergste voorbeeld van een ongelooflijke klootzak dat je maar kunt bedenken.

Een paar minuten geleden is Tessa eindelijk opgehouden met huilen. Ze stond het zichzelf toe om haar lichaam tegen me aan te vlijen, zoekend naar steun. Haar opgezwollen ogen zijn dichtgevallen, en ondanks het lawaai van de regen die luid op de bouwvallige kas neervalt, is ze in slaap gevallen.

Ik beweeg een beetje en hoop maar dat ze niet wakker wordt wanneer ik haar hoofd op mijn schoot neerleg. Ik moet haar hier weg zien te krijgen, weg van de regen en de modder, maar ik weet wat ze zal doen zodra ze haar ogen opent. Ze zal me afwijzen en tegen me zeggen dat ik hier ongewenst ben, en dat wil ik nu echt niet horen.

Dat soort uitspraken heb ik wel degelijk verdiend, en misschien nog wel erger, maar ze veranderen niets aan het feit dat ik een godvergeten lafaard ben die van de rust wil genieten zolang het kan. Alleen hier, in deze aangename stilte, kan ik doen alsof ik een ander ben. Heel even kan ik doen alsof ik Noah ben. Nou ja, een minder irritante versie van Noah, maar als ik hem was geweest, was het allemaal anders gelopen. Dan zou alles nu anders zijn. Dan had ik Tessa vanaf het begin met woorden en vriendelijkheid voor me kunnen winnen, en niet met een of ander achterlijk spelletje. Ik had haar vaker aan het lachen dan aan het huilen kunnen maken. Dan had ze me volledig vertrouwd en had ik dat vertrouwen nooit van mijn leven beschaamd.

Ik had het gewaardeerd en het zelfs misschien verdiend.

Maar ik ben Noah niet. Ik ben Hardin. En dat heeft verdomme helemaal niks te betekenen.

Als ik niet zo was afgeleid door al die dingen die door mijn hoofd spoken, had ik haar gelukkig kunnen maken. Ik had haar het licht in haar leven kunnen laten zien, net zoals ze voor mij heeft gedaan. In plaats daarvan zit ze nu hier, gebroken, er helemaal doorheen. Er zitten donkere vegen modder op haar huid, het aangekoekte vuil op haar handen is inmiddels opgedroogd, en haar gezicht is, zelfs nu ze slaapt, vertrokken tot een pijnlijke frons. Haar haar is op de ene plek vochtig, maar op andere plekken droog en pluizig. Ik zou haar nooit hebben weggestuurd uit Londen als ik had kunnen vermoeden dat ze haar dode vader bij mij thuis zou vinden.

Denkend aan Tessa's vader en zijn dood voel ik alleen maar een enorme verwarring. Mijn eerste opwelling is zijn dood als iets onbelangrijks te zien, passend bij de loser die hij nu eenmaal was, maar meteen daarna voel ik ook de pijn van het verlies. Ik heb hem niet lang gekend en moest hem niet te vaak om me heen hebben, maar hij was best redelijk gezelschap. Ik zal het niet snel toegeven, maar ergens mocht ik hem wel. Hij was lastig en vrat altijd mijn ontbijtgranen op, maar ik vond het geweldig dat hij zo dol was op Tessa en altijd positief in het leven bleef staan, ook al was zijn eigen leven behoorlijk waardeloos.

Het ironische is dat hij dat leven heeft verlaten toen hij eindelijk iets had om voor te leven. Alsof hij het goede niet kon verdragen. Mijn ogen branden, verlangend om een of andere emotie te uiten. Misschien wel verdriet. Verdriet om een man die ik amper heb gekend en die ik niet eens echt aardig vond, verdriet om het verlies van de vader die ik dacht in Ken te hebben en verdriet om het verlies van Tessa, al blijf ik een flintertje hoop koesteren dat ze zal bijdraaien en ik haar niet voor altijd heb verloren.

Mijn egoïstische tranen vermengen zich met de druppels vocht uit mijn haar, dat is doorweekt door de regen. Ik laat mijn hoofd naar voren vallen en vecht tegen de opwelling om mijn gezicht in haar nek te begraven, zoekend naar troost. Ik heb haar troost niet verdiend. Ik heb niemands troost verdiend.

Ik verdien het om hier in mijn eentje te zitten, jankend als een zielige loser, in het gezelschap van mijn twee oudste en beste vrienden, namelijk stilte en eenzaamheid.

Mijn meelijwekkende gesnik wordt overstemd door het geluid van de regen, en ik ben zo blij dat het meisje dat ik aanbid ligt te slapen en niet merkt dat ik me niet langer kan inhouden. Al die vreselijke dingen, zelfs Richards dood, zijn het gevolg van mijn daden. Als ik Tessa niet mee naar Engeland had genomen, dan was dit allemaal niet gebeurd. Dan waren we nu sterker en gelukkiger geweest dan ooit, net zoals we een week geleden waren. Jezus, is het al zo lang geleden? Het is niet te geloven dat er nog maar een paar dagen zijn verstreken sinds ik haar voor het laatst heb aangeraakt en in mijn armen heb genomen en haar hart onder mijn hand voelde kloppen. Ook nu zweeft mijn hand daar, vlak boven haar borst. Ik wil haar dolgraag aanraken, maar ik ben bang dat ik haar dan wakker maak.

Kon ik haar maar heel even aanraken, gewoon om het gestage kloppen van haar hart te voelen. Dat kan me kalmeren, dat biedt me houvast. Dat zou me een uitweg uit deze diepe put bieden, dan zouden die walgelijke tranen niet langer over mijn wangen stromen en mijn borstkas niet happend naar lucht op en neer gaan.

'Tessa!' dreunt Noahs stem buiten in de regen, gevolgd door een luide klap van de donder, als een uitroepteken. Ik veeg snel mijn wangen af en hoop dat ik in de kille voorjaarslucht kan oplossen voordat hij hier naar binnen stormt.

'Tessa!' roept hij opnieuw, maar deze keer luider, waardoor ik weet dat hij vlak voor de kas staat.

Ik zit knarsetandend te hopen dat hij haar niet opnieuw roept, want als hij haar wakker maakt, zal ik...

'Godzijdank! Ik had kunnen weten dat ze hier was!' roept hij bij binnenkomst uit. Zijn stem klinkt luid en hij kijkt opgelucht.

'Hou verdomme je bek! Ze is net in slaap gevallen,' fluister ik woest. Ik werp een snelle blik op de slapende Tessa. Hij is wel de laatste die me zo mag zien, maar ik weet dat de sporen van mijn instorting, mijn bloeddoorlopen ogen en besmeurde rode wangen, hem niet zijn ontgaan.

Jezus, juist omdat hij zo zijn best doet om me niet aan te staren en in verlegenheid te brengen kan ik die lul niet eens fatsoenlijk minachten. Daardoor krijg ik nog meer de pest aan hem. Moet hij echt zo door en door goed zijn?

'Ze...' Noah kijkt om zich heen naar de modderige kas en dan weer naar Tessa. 'Ik had kunnen weten dat ze hier was. Vroeger ging ze hier altijd...' Hij strijkt zijn blonde haar weg van zijn voorhoofd en zet tot mijn verbazing een stap in de richting van de deur. 'Ik ga weer naar binnen,' zegt hij voorzichtig. Met afhangende schouders loopt hij naar buiten. Hij neemt niet eens de moeite om de hordeur met een klap dicht te gooien.

# 28

∞

## Tessa

Hij draait al een uur lang om me heen. Ik sta me op te maken en mijn haar te krullen, en hij blijft maar in de spiegel naar me kijken en hij pakt me vast zodra hij de kans krijgt.

'Tess, schatje,' kermt Hardin voor de tweede keer, 'ik hou van je, maar je moet echt opschieten, anders komen we nog te laat op ons eigen feestje.'

'Dat weet ik, maar ik wil er gewoon goed uitzien. Iedereen komt.' Ik glimlach verontschuldigend, maar ik weet dat hij niet lang geïrriteerd zal blijven. Eigenlijk geniet ik van die verongelijkte uitdrukking op zijn gezicht. Wanneer hij zo'n schattige ontstemde frons laat zien, verschijnt er een kuiltje in zijn rechterwang.

'Er goed uitzien? Je zult in het middelpunt van de belangstelling staan,' jammert hij. Zijn jaloezie is overduidelijk.

'Waar is dat feestje ook alweer voor?' Ik breng een dun laagje lipgloss aan. Ik kan het me niet meer herinneren, ik weet alleen dat iedereen er erg veel zin in heeft en dat we te laat zullen komen als ik nog langer voor de spiegel blijf staan.

Hardin slaat zijn sterke armen om me heen, en opeens weet ik weer wat iedereen komt vieren. Het is zo'n schok dat ik de lipgloss in de wasbak laat vallen en ontzet naar adem hap, en op hetzelfde moment fluistert Hardin: 'Je vaders begrafenis.'

Ik schiet overeind en maak me van Hardin los zodra ik besef dat ik heel dicht tegen hem aan zit.

'Wat is er? Wat is er gebeurd?' roept hij uit.

Hij zit vlak naast me en mijn benen zijn verstrengeld geraakt met die van hem. Ik had niet in slaap moeten vallen... Waarom heb ik dat gedaan? Ik kan me niet eens meer herinneren dat ik in slaap ben gevallen. Het laatste wat ik nog weet, is dat ik mijn handen tegen mijn oren drukte en dat Hardin zijn handen over de mijne legde.

'Niets,' breng ik met krakende stem uit. Ik voel een branderige pijn in mijn keel en kijk om me heen. Nu pas besef ik waar ik ben. 'Ik moet water hebben.' Ik wrijf over mijn nek en probeer op te staan, maar ik verlies bijna mijn evenwicht. Ik kijk neer op Hardin.

Zijn gezicht is verstrakt en zijn ogen zijn rood. 'Heb je gedroomd?'

Het gevoel van leegte kruipt opnieuw mijn lichaam binnen en nestelt zich vlak onder mijn borstbeen, op het diepste, leegste plekje, niet van plan om snel weer te verdwijnen.

'Ga zitten.' Hij steekt een hand naar me uit, maar zijn vingers branden op mijn huid en ik deins terug.

'Niet doen, alsjeblieft,' smeek ik zacht. De knorrige, schattige Hardin uit mijn droom was niet meer dan dat, een zinloos droombeeld. Nu sta ik weer oog in oog met de echte Hardin, die nadat hij me heeft gedumpt nog eens terugkomt voor een volgende klap. Ik weet waarom hij zo reageert, maar dat betekent nog niet dat ik er mijn probleem van wil maken.

Hij laat verslagen zijn hoofd zakken en plant zijn hand op de grond, zodat hij zichzelf overeind kan duwen. Zijn knie zakt verder weg in de modder, en ik wend mijn blik af wanneer hij de wand vastgrijpt. 'Ik weet niet wat ik moet doen,' zegt hij zacht.

'Je hoeft helemaal niets te doen,' mompel ik. Ik moet al mijn kracht verzamelen om de kas uit te lopen, de stromende regen in.

Ik ben halverwege de tuin wanneer ik hem achter me hoor. Hij blijft godzijdank op een veilige afstand van me. Ik heb ruimte nodig, ik heb tijd nodig om na te denken en adem te halen, en dat gaat beter zonder hem.

Ik doe de achterdeur open, loop naar binnen en laat daarbij een spoor van modder achter. Ik krimp ineen bij de gedachte aan mijn moeders reactie op zo veel viezigheid, maar ik blijf niet op haar afkeuring wachten en kleed me tot op mijn ondergoed uit. Nadat ik mijn kleren in een modderig hoopje heb neergelegd, probeer ik mijn voeten zo goed mogelijk in de regen af te spoelen voordat ik over de schone tegelvloer loop. Bij elke stap piepen mijn voeten op de tegels. Ik krimp opnieuw ineen wanneer de achterdeur wordt geopend en

Hardin met zijn modderschoenen naar binnen loopt.

Wat een onzin om me zo'n zorgen te maken over een beetje modder. Ik heb al genoeg problemen, waarvan een vieze vloer wel het onbeduidendste is. Ik mis die tijd waarin ik me druk maakte over dat soort dingen.

Een stem onderbreekt mijn gemijmer. 'Tessa? Hoorde je wat ik zei?'

Ik knipper en kijk op. Noah staat in de gang. Zijn kleren zijn vochtig en hij draagt geen schoenen. 'Nee, sorry.'

Hij knikt meelevend. 'Dat geeft niet. Gaat het? Wil je even douchen?'

Ik knik. Hij loopt de badkamer in om de kraan open te draaien. Ik wil ernaartoe lopen, maar dan houdt Hardins barse stem me tegen.

'Hij gaat je echt niet onder de douche zetten.'

Ik geef geen antwoord. Daar heb ik de energie niet voor. Natuurlijk gaat hij dat niet doen, waarom zou hij?

Hardin loopt langs me en laat een heel modderspoor achter. 'Sorry, maar dit gaat niet door.'

Mijn geest is losgekoppeld van mijn lichaam, of misschien lijkt dat alleen maar zo. Ik lach meewarig om de bende die hij heeft gemaakt. Niet alleen in het huis van mijn moeder, maar overal. Hij laat altijd een spoor van vernieling achter. Ook bij mij. Ik ben van alles nog het meest verwoest.

Hij loopt de badkamer in en zegt tegen Noah: 'Ze staat bijna in haar blootje en jij zet de douche voor haar aan. Jij blijft er echt niet bij staan als ze een douche neemt. Dacht het niet. Dat gaat dus echt niet gebeuren.'

'Ik wil haar alleen maar helpen, en als jij denkt dat je...'

Ik stap de drempel over en baan me een weg langs de twee nukkige kerels. 'Allebei wegwezen.' Mijn stem is toonloos, vlak, als van een robot. 'Vecht dit maar ergens anders uit.'

Ik duw die twee naar buiten en doe de deur dicht. Ik hoor het slot klikken en hoop maar dat Hardin geen badkamerdeur gaat toevoegen aan de lijst met dingen die hij tot nu toe heeft vernield.

Ik trek de rest van mijn kleren uit en stap onder de douche. Het water is erg warm op mijn rug. Ik zit onder de viezigheid en vind dat vreselijk. Ik hou niet van modder onder mijn nagels en in mijn haar. En ik vind het vreselijk dat ik, hoe hard ik ook boen, maar niet schoon lijk te worden.

# 29

∞

## Hardin

'Kan ik er wat aan doen dat ze in haar ondergoed liep! Met alles wat er aan de hand is maak jij je druk over het feit dat ik haar lijf kan zien?' Noah klinkt zo beschuldigend dat ik hem met mijn gezonde hand wil wurgen.

'Het is niet alleen...' Ik haal diep adem. 'Dat is niet het probleem.' Over het echte probleem, die enorme klotezooi, ga ik hem zeker niets vertellen. Ik vouw mijn handen over elkaar en wil ze in mijn zakken steken, maar natuurlijk past mijn gipshand daar niet in. Onhandig vouw ik mijn handen opnieuw over elkaar.

'Ik weet niet wat er tussen jullie is gebeurd, maar je kunt het me niet kwalijk nemen dat ik haar wil helpen. Ik ken haar al mijn hele leven en ik heb haar nog nooit zo meegemaakt.' Noah schudt afkeurend zijn hoofd.

'Ik ga het er niet met jou over hebben. Jij en ik staan hierin niet aan dezelfde kant.'

Hij slaakt een zucht. 'Maar we hoeven ook geen tegenstanders te zijn. Ik wil het beste voor haar, en dat moet jij ook willen. Ik ben geen bedreiging voor je. Ik ben echt niet zo stom om te denken dat ze ooit voor mij zou kiezen. Ik hou nog altijd van haar en denk dat ik dat altijd wel zal blijven doen, maar niet op de manier waarop jij van haar houdt.'

Ik had zijn woorden gemakkelijker kunnen verdragen als ik de afgelopen acht maanden niet zo de pest aan hem had gehad. Ik zeg niets en blijf met mijn rug tegen de muur geleund naast de badkamerdeur staan wachten totdat de kraan wordt dichtgedraaid.

'Jullie zijn zeker weer uit elkaar?' vraagt hij nieuwsgierig. Hij weet echt niet wanneer hij zijn bek moet houden.

'Dat is wel duidelijk, hè?' Ik doe mijn ogen dicht en leg mijn hoofd achterover.

'Ik wil me nergens mee bemoeien, maar ik hoop dat je me wilt vertellen hoe het nu zat met Richard en hoe hij bij jou thuis kon belanden. Ik snap er niks van.'

'Nadat Tessa naar Seattle was verhuisd, bleef hij bij mij logeren. Hij kon nergens anders naartoe, dus ik liet hem maar blijven. Toen wij naar Londen vertrokken, ging hij naar een afkickkliniek, dus je kunt wel raden hoe verbaasd ik was toen ik hoorde dat hij morsdood op de vloer van mijn badkamer lag.'

De badkamerdeur gaat open en Tessa loopt straal langs ons heen, slechts gehuld in een handdoek. Noah heeft haar nog nooit in haar blootje gezien, dat heeft geen enkele man, en ik ben egoïstisch genoeg om dat zo te willen houden. Ik weet dat ik me daar niet druk over zou moeten maken, maar ik kan er niets aan doen.

Ik loop naar de keuken voor een glas water en sta net van de rust te genieten wanneer ik Carol zacht en bedeesd hoor vragen: 'Hardin, kan ik je even spreken?'

Haar toon brengt me nu al in verwarring, en ze heeft nog niet eens echt iets gezegd.

'Eh, ja hoor.' Ik stap naar achteren, zodat ik op veilige afstand van haar sta. De keuken is zo klein dat mijn rug de muur raakt.

Aan haar gespannen gezicht kan ik zien dat dit voor haar net zo ongemakkelijk is als voor mij. 'Ik wilde het nog even met je over gisteravond hebben.'

Ik maak mijn blik van haar los en staar naar mijn voeten. Ik weet niet hoe dit zal verlopen, maar ze heeft haar haar alweer opgestoken en de uitgelopen make-up van gisteravond van haar gezicht gewassen.

'Ik weet niet wat me bezielde,' zegt ze. 'Ik had me in jouw bijzijn nooit zo moeten laten gaan. Dat was ongelooflijk stom, en ik...'

'Het geeft niet,' zeg ik, in de hoop dat ze haar mond zal houden.

'Het geeft wel. Ik wil je duidelijk maken dat er niets is veranderd. Ik ben nog steeds van mening dat je beter uit de buurt van mijn dochter kunt blijven.'

Ik hef mijn hoofd op en kijk haar aan. Iets anders had ik echt niet van haar verwacht. 'Ik wou dat ik kon zeggen dat ik zal doen wat je zegt, maar dat gaat niet. Ik weet dat je me niet mag.' Ik zwijg even en lach onwillekeurig om die laatste zin. 'Je moet me niet, dat snap ik wel, maar je weet dat jouw mening me geen reet kan schelen. En dat bedoel ik niet rot. Zo is het nu eenmaal.'

Ze brengt me in verwarring door met me mee te lachen. Haar lach klinkt gekweld en laag, net als de mijne. 'Je bent net als hij. Zo sprak hij ook tegen mijn ouders. Het kon Richard niets schelen wat anderen van hem dachten, maar kijk eens wat hem dat heeft opgeleverd.'

'Ik ben Richard niet,' snauw ik. Ik probeer echt zo vriendelijk mogelijk te zijn, maar ze maakt het me lastig.

'Probeer het eens vanuit mijn perspectief te zien, Hardin. Ik zat in net zo'n moeilijke relatie en ik weet hoe dit soort dingen aflopen. Ik wil niet dat Tessa hetzelfde overkomt, en als je zo veel van haar houdt als je beweert, moet jij dat ook niet willen.' Ze kijkt me aan en verwacht blijkbaar een reactie, maar als ik die niet geef, vervolgt ze: 'Ik wil het beste voor haar. Je gelooft me misschien niet, maar ik heb Tessa geleerd dat ze nooit afhankelijk mag zijn van een man, niet zoals ik dat ooit was, en kijk haar nu toch eens. Ze is negentien en zit elke keer diep in de put als jij haar weer eens in de steek...'

'Ik...'

Ze steekt een hand op. 'Laat me even uitpraten.' Ze slaakt een zucht. 'Het klinkt erg zielig, maar ik was eigenlijk best wel jaloers op haar omdat je altijd weer naar haar terugkwam. Dat deed Richard nooit. Maar naarmate je haar vaker in de steek liet, besefte ik dat het voor jullie twee net zo zal eindigen als voor ons, want hoewel je telkens weer terugkomt, blijf je nooit. En als je wilt dat ze net zo wordt als ik, alleen en vervuld van haat, dan moet je hier vooral mee doorgaan. Dan weet ik al hoe het eindigt.'

Ik vind het vreselijk dat Carol zo over me denkt, maar ik vind het vooral erg dat ze gelijk heeft. Ik laat Tessa altijd in de steek, en hoewel ik telkens weer terugkom, wacht ik net zo lang totdat ze zich weer op haar gemak voelt en neem dan opnieuw de benen.

'Nu ben jij aan zet. Je bent de enige naar wie ze lijkt te luisteren en mijn dochter houdt meer van je dan goed voor haar is.'

Dat weet ik. Ze houdt van me, en omdat ze van me houdt, zullen we niet zo eindigen als haar ouders.

'Je kunt haar niet geven wat ze nodig heeft, maar je verhindert wel dat ze iemand vindt die dat wel kan,' zegt ze, maar wat ik vooral hoor, is de deur van Tessa's oude slaapkamer die dichtvalt.

‘Je zult het wel zien, Carol, je zult het wel zien...’ Ik haal een leeg glas uit het kastje en vul dat met water voor Tessa. Ondertussen zeg ik tegen mezelf dat ik een ander pad voor ons kan kiezen en aan iedereen, ook aan mezelf, kan laten zien dat ze ongelijk hebben. Dat weet ik gewoon.

# 30

∞

## Tessa

Na mijn douche kom ik een beetje tot bedaren, of misschien komt het door mijn korte dutje in de kas, of door de stilte die me eindelijk is gegund. Ik weet het niet, maar wat ik wel weet, is dat ik alles nu iets duidelijker zie. Niet veel duidelijker, maar ik zie minder spoken en koester een sprankje hoop dat het leven elke dag een beetje beter kan worden.

'Ik kom nu binnen,' zegt Hardin. Voordat ik antwoord kan geven, doet hij de deur open. Ik trek een schoon T-shirt over mijn buik en ga op het bed zitten. 'Ik heb een glas water voor je.' Hij zet het volle glas op het kleine nachtkastje en gaat op het andere uiteinde van het bed zitten.

Tijdens het douchen had ik van alles bedacht wat ik wilde zeggen, maar nu hij hier bij me in de kamer zit, kan ik me er niets meer van herinneren. 'Dank je,' is alles wat ik weet te verzinnen.

'Ben je een beetje opgeknapt?'

Hij is voorzichtig. Blijkbaar zie ik er in zijn ogen erg breekbaar en zwak uit. Zo voel ik me ook. Ik zou me verslagen en kwaad en verdrietig en in de war en verloren moeten voelen, maar de waarheid luidt dat er nog altijd niets is. Er is een diep, kloppend gevoel van niets. En met elke minuut die verstrijkt, raak ik daar meer aan gewend.

Tijdens al die lange minuten onder de douche, die steeds kouder werd, heb ik de dingen vanuit een nieuw perspectief bekeken. Ik dacht aan hoe mijn leven is veranderd in een zwart, bodemloos gat en aan hoe vreselijk ik dat gevoel vind. In de badkamer bedacht ik de perfecte oplossing, maar nu kan ik die wirwar aan woorden niet meer in samenhangende zinnen gieten. Zo voelt het dus wanneer je langzaam gek wordt.

‘Ik hoop maar van wel.’

Hij hoopt wat?

‘Dat je je beter voelt,’ voegt hij eraan toe, als antwoord op mijn gedachten. Ik vind het vreselijk dat de band tussen ons zo goed is dat hij weet wat ik voel en denk, zelfs wanneer ik dat zelf niet weet.

Schouderophalend kijk ik naar de muur. ‘Ja, hoor. Min of meer.’

Het is gemakkelijker om me op de muur te concentreren dan op het heldere groen van zijn ogen, dat groen dat ik altijd vreesde te zullen verliezen. Wanneer we vroeger samen in bed lagen hoopte ik altijd dat ik nog een uur, nog een week en misschien zelfs nog een maand langer van die ogen zou kunnen genieten. Ik hoopte hevig dat hij bij zou draaien en me voor altijd zou willen, net zoals ik hem wilde. Zo wil ik me niet langer voelen, ik wil niet langer dat ik een en al wanhoop uitstraal. Ik wil hier zitten met mijn niets en tevreden en stil zijn. Misschien kan ik dan op een dag iemand anders worden, iemand die ik dacht te zijn voordat ik ging studeren. Als ik geluk heb, word ik misschien ooit weer het meisje dat ik was voordat ik het huis uit ging.

Maar dat meisje is al lang verdwenen. Ze heeft een enkeltje naar de hel geboekt en gaat daar nu in stilte in vlammen op.

‘Je moet weten dat ik heel veel spijt van alles heb, Tessa. Ik had met je mee terug moeten gaan. Ik had het niet uit moeten maken omdat ik toevallig mijn eigen problemen heb. Ik had moeten toestaan dat je er voor me was, net zoals ik er voor jou wil zijn. Nu weet ik hoe je je moet voelen wanneer je voortdurend probeert me te helpen en ik je altijd maar afwijs.’

‘Hardin,’ fluister ik, niet goed wetend wat ik verder nog moet zeggen.

‘Nee, Tessa, laat me uitpraten. Ik beloof je dat het deze keer anders zal zijn. Zo zal ik nooit meer tegen je doen. Het spijt me dat je vader moest sterven voordat ik inzag dat ik je nodig heb, maar ik zal er niet opnieuw vandoor gaan. Ik zal me niet opnieuw voor je terugtrekken. Dat zweer ik.’ De wanhoop in zijn stem is zo vertrouwd. Ik heb diezelfde toon en diezelfde woorden al zo vaak van hem gehoord.

‘Dat kan ik niet,’ zeg ik kalm. ‘Het spijt me, Hardin, maar dat kan ik echt niet.’

Hij schuift in paniek naar me toe en laat zich voor me op zijn knieën vallen, waardoor hij het tapijt besmeurt. ‘Wat kun je niet? Ik weet dat het tijd zal kosten, maar ik ben bereid om te wachten totdat het voorbij is. Dat verdriet waar je nu in zit, bedoel ik. Ik wil alles doen wat nodig is. Echt alles, bedoel ik.'

'Het gaat niet. Het zou nooit werken.' Mijn stem klinkt opnieuw vlak. Ik denk dat de automatische piloot een blijvertje is. Ik heb niet genoeg energie om mijn woorden ook nog eens van een emotie te voorzien.

'We zouden kunnen trouwen...' flapt hij eruit. Zijn eigen woorden lijken hem te verbazen, maar hij neemt ze niet terug. Hij wikkelt zijn lange vingers rond mijn polsen. 'Tessa, we kunnen gaan trouwen. Als je ja zegt, trouw ik morgen met je. In een net pak, met alles erop en eraan.'

De woorden waarop ik zo fanatiek heb gehoopt en gewacht rollen eindelijk van zijn lippen, maar ik voel niets. Ik heb ze duidelijk verstaan, maar ik voel niets.

'Dat gaat niet.' Ik schud mijn hoofd.

Zijn wanhoop neemt toe. 'Ik heb geld, ik heb meer dan genoeg om een bruiloft te betalen, Tessa. We kunnen trouwen waar je maar wilt, en ik zal niet klagen als je de duurste jurk en bloemen wilt!' Zijn stem schalt luid door de ruimte.

'Daar gaat het niet om. Het klopt niet.' Ik wilde dat ik zijn woorden en de geestdrift, het enthousiasme, waarmee hij ze uitspreekt in mijn hart kon kerven en die mee kon nemen naar het verleden. Een verleden waarin ik niet inzag dat onze relatie me kapotmaakte, een verleden waarin ik alles zou hebben gegeven om hem dat te horen zeggen.

'Wat is het dan? Ik weet dat je dit wilt, Tessa, dat heb je me zo vaak verteld.' In zijn blik is zijn innerlijke strijd zichtbaar, en ik wens dat ik iets kan doen om zijn pijn te verzachten. Maar dat kan ik niet.

'Ik heb niets meer, Hardin. Ik kan je niets meer geven. Je hebt alles al genomen, en het spijt me, maar er is niets meer over.' De leegte in me neemt toe en slokt mijn hele wezen op. Ik ben nog nooit zo blij geweest dat ik niets voel. Als ik iets kon voelen, hoe weinig ook, dan zou dat mijn einde betekenen.

Het zou beslist mijn einde betekenen, en ik heb nog maar kortgeleden besloten dat ik wil leven. Ik ben niet trots op de duistere gedachten die me in de kas overvielen, maar ik ben wel trots omdat ze niet lang duurden en ik ze zelf heb overwonnen, op de vloer van een badkamer, onder een douche waarvan het water al koud was geworden.

'Ik wil helemaal niets van je nemen. Ik wil je juist geven wat je wilt!'

Hij hapt naar adem. Dat geluid klinkt zo gekweld dat ik bijna instem met alles wat hij zegt om het nooit meer te hoeven horen.

'Trouw met me, Tess. Trouw alsjeblieft met me, dan zal ik nooit meer zoiets doen. Ik zweer het. We kunnen voor altijd samen zijn, we kunnen man en vrouw zijn. Ik weet dat je te goed voor me bent, ik weet dat je beter verdient, maar ik weet inmiddels ook dat jij en ik niet zoals anderen zijn. We zijn niet zoals jouw ouders, en ook niet zoals mijn ouders. We zijn anders en we kunnen het verdomme samen redden, oké? Luister gewoon nog eens naar me...'

'Kijk ons toch eens.' Ik gebaar halfslachtig naar hem en naar mezelf. 'Kijk eens wat ik ben geworden. Zo'n leven als dit wil ik niet meer.'

'Nee, nee, nee.' Hij staat op en begint te ijsberen. 'Ik wil het goedmaken, geef me die kans,' smeekt hij. Met zijn ene hand trekt hij aan zijn haar.

'Hardin, doe eens rustig. Ik heb spijt van alles wat ik je heb aangedaan, en ik vind het vooral vervelend dat ik je leven zo ingewikkeld heb gemaakt en dat we altijd maar lopen te ruziën, maar je moet begrijpen dat dit niet werkt. Ik dacht...' Ik glimlach meewarig. 'Ik dacht dat we het zouden redden. Ik dacht dat onze liefde er zo eentje uit een roman was, moeilijk en snel en lastig, maar ik dacht ook dat we alles zouden overleven en het zouden kunnen navertellen.'

'Dat kunnen we ook! We kunnen het overleven!' weet hij met verstikte stem uit te brengen.

Ik kan hem niet aankijken omdat ik weet wat ik dan zou zien. 'Daar gaat het juist om, Hardin. Ik wil niet hoeven te overleven. Ik wil léven.'

Mijn woorden moeten iets in hem hebben geraakt, want hij houdt op met ijsberen en aan zijn haar trekken. 'Ik kan je niet zomaar laten gaan. Dat weet je. Ik kom altijd weer naar je terug, daar kun je op rekenen. Ik zou vroeg of laat uit Londen...'

'Ik kan niet mijn hele leven gaan zitten wachten totdat jij een keertje terugkomt. En ik wil ook niet dat jij je hele leven voor mij, voor ons, op de vlucht bent.' Maar ik ben opnieuw in de war. Ik ben in de war omdat ik me niet kan herinneren dat ik dit ooit eerder heb gedacht. Tot nu toe draaide alles altijd om Hardin, om de vraag wat ik kon doen om hem beter te maken en te laten blijven. Ik weet niet waar deze gedachten en woorden vandaan komen, maar ik voel vastberadenheid wanneer ik ze uitspreek, en dat gevoel kan ik niet negeren.

'Ik kan niet zonder je,' verklaart hij, en ook dat heeft hij al ontelbare keren tegen me gezegd. En toch doet hij telkens zijn uiterste best om me buiten te sluiten en uit zijn buurt te houden.

'Dat kun je wel. Dan zal je gelukkiger zijn en minder met jezelf overhoop liggen. Dat zal gemakkelijker zijn, dat heb je zelf gezegd.' Ik meen het. Hij zal gelukkiger zijn zonder ons voortdurende gebekvecht. Dan kan hij aan zichzelf werken en leren omgaan met de woede die hij jegens zijn beide vaders voelt, en op een dag zal hij gelukkig zijn. Ik hou zo veel van hem dat ik hem dat gun, ook al betekent het dat ik zonder hem moet leven.

Hij balt zijn vuisten en brengt die naar zijn voorhoofd. Met opeengeklemde kaken brengt hij uit: 'Nee!'

Ik hou van hem, ik zal altijd van deze man houden, maar het is op. Ik kan zijn vuur niet voortdurend blijven aanwakkeren als hij er voortdurend emmers water overheen gooit. 'We hebben zo ons best gedaan, maar ik denk dat het nu tijd is om te stoppen.'

'Nee! Nee!' Zijn blik schiet door de ruimte, en ik weet al wat hij gaat doen voordat hij het doet. Daarom verbaast het me niet dat de kleine lamp door de kamer vliegt en tegen de muur uiteenspat. Ik verroer me niet. Ik knipper niet eens met mijn ogen. Het is allemaal veel te vertrouwd, en daarom doe ik wat ik nu doe.

Ik kan hem niet troosten. Ik kan het niet. Ik kan niet eens mezelf troosten en durf het niet aan om mijn armen om zijn schouders te slaan en beloften in zijn oor te fluisteren.

'Dit is wat je wilde, weet je nog? Denk daar maar aan, Hardin. Denk gewoon aan waarom je me niet meer wilde. Denk aan de reden waarom je me alleen terug naar Amerika liet gaan.'

'Ik kan niet zonder je. Ik heb je nodig. Ik heb je nodig. Ik. Heb. Je. Nodig,' dreunt hij op.

'Ik kan er nog altijd voor je zijn. Alleen niet op deze manier.'

'Wil je nu zeggen dat we "vrienden kunnen blijven"?' bijt hij me op venijnige toon toe. Het groen is bijna geheel uit zijn ogen verdwenen en heeft plaatsgemaakt voor het zwart van zijn toenemende woede. Voordat ik antwoord kan geven, vervolgt hij: 'Na wat wij allemaal hebben meegemaakt, kunnen we niet gewoon vrienden zijn. Ik zou nooit met je in dezelfde ruimte kunnen zitten zonder iets met je te hebben. Je bent alles voor me, en je beledigt me door te suggereren dat we vrienden kunnen blijven. Dat meen je niet. Je houdt van me, Tessa.' Hij kijkt me in mijn ogen. 'Dat kan niet anders. Hou je dan niet van me?'

Het niets begint langzaam af te brokkelen, maar ik doe wanhopig mijn best om het vast te houden. Als ik het loslaat, zal het me meeslepen. 'Ja,' zeg ik ademloos.

Hij laat zich opnieuw voor me op zijn knieën vallen.

'Ik hou van je, Hardin, maar we kunnen elkaar dit niet blijven aandoen.'

Ik wil geen ruzie met hem maken en ik wil hem zeker geen pijn doen, maar de last rust nu op hem. Ik zou hem alles hebben gegeven. Ik héb hem alles gegeven, maar hij wilde het niet. Toen het tegenzat, hield hij niet genoeg van me om tegen zijn demonen te strijden. Hij gaf het op, telkens weer.

'Hoe moet ik zonder jou overleven?' Hij zit nu vlak voor me te huilen, en ik knipper tegen mijn eigen tranen en slik de zware schuldige brok in mijn keel weg. 'Dat kan ik niet. Dat wil ik niet. Je kunt het niet zomaar opgeven omdat het even tegenzit. Geef me de kans om er voor je te zijn en sluit je niet voor me af.'

Weer maakt mijn geest zich los van mijn lichaam. Ik schiet in de lach. Niet uit vreugde. Dit is een verdrietige, gekwelde lach. Ik lach omdat het allemaal zo ironisch is. Hij vraagt van me wat ik van hem heb gevraagd, en hij heeft het niet eens door.

'Sinds we elkaar hebben leren kennen, heb ik jou om hetzelfde gesmeekt,' breng ik hem op zachte toon in herinnering. Ik hou van hem en ik wil hem niet kwetsen, maar ik moet voor eens en altijd deze vicieuze cirkel doorbreken. Als ik dat niet doe, overleef ik dit niet.

'Dat weet ik.' Hij laat zijn hoofd op zijn knieën zakken. Zijn lichaam beweegt schokkend tegen me aan. 'Het spijt me! Het spijt me!'

Hij is hysterisch, en het niets glipt zo snel weg dat ik het niet kan tegenhouden. Ik wil dit niet voelen, ik wil hem niet tegen me voelen huilen nadat hij me al die dingen heeft beloofd waarop ik een eeuwigheid heb zitten wachten.

'Het komt wel goed. Wacht maar totdat je gekalmeerd bent. Het komt wel goed.' Volgens mij zegt hij zoiets, maar ik weet het niet zeker en wil hem niet vragen het te herhalen omdat ik dat niet aankan. Dat vind ik zo vreselijk aan ons. Het maakt niet uit wat hij me aandoet, ik vind altijd wel een manier om mezelf de schuld van zijn pijn te geven.

Ik zie bij de deur iets bewegen en knik even naar Noah om hem te laten weten dat alles goed met me is.

Dat is niet zo, maar het gaat al een hele tijd niet goed. Nu kan me dat echter niet veel meer schelen. Noah kijkt even met een bezorgd gezicht naar de kapotte lamp, maar ik knik opnieuw en smeek hem zonder woorden om ons met rust te laten, om mij dit moment te gunnen. Het moment waarop ik Hardins lichaam voor de allerlaatste keer tegen het mijne kan voelen, zijn hoofd op mijn schoot kan laten rusten en de zwarte versieringen op zijn armen in mijn geheugen kan prenten.

'Het spijt me dat ik je niet beter kan maken,' zeg ik, terwijl ik hem zachtjes over zijn vochtige haar streel.

'Mij ook,' zegt hij huilend tegen mijn benen.

# 31

∞

## Tessa

'Wie betaalt er nu eigenlijk voor de begrafenis?' vraag ik aan mijn moeder.

Ik wil niet ongevoelig of onbeleefd zijn, maar mijn grootouders zijn dood, mijn vader was enig kind en mijn moeder is dat ook. Ik weet zeker dat mijn moeder zich geen uitvaart kan veroorloven, zeker niet voor mijn vader, maar ik ben bang dat ze die taak op zich heeft genomen omdat ze haar vriendinnen van de kerk iets wil bewijzen.

Ik heb geen zin om de zwarte jurk aan te trekken die mijn moeder voor me heeft gekocht, en ik heb ook geen zin om de zwarte, hooggehakte schoenen te dragen die ze zich zeker niet kan veroorloven, maar ik heb vooral geen zin om mijn vader te gaan begraven.

Mijn moeder aarzelt even. De lippenstift in haar hand blijft vlak voor haar mond in de lucht hangen en haar blik kruist de mijne in de spiegel. 'Dat weet ik niet.'

Ik draai me vol ongeloof naar haar om. Dat wil zeggen, dat zou ik doen als ik genoeg energie kon verzamelen om ongeloof te voelen. Misschien is het eerder een soort verdoofde nieuwsgierigheid. 'Dat weet je niet?' Ik kijk haar aan. Aan haar opgezwollen ogen is te zien dat zijn dood haar harder raakt dan ze ooit zal toegeven.

'We hoeven het nu niet over de financiën te hebben, Theresa,' zegt ze streng. Ze maakt een einde aan het gesprek door naar de woonkamer te lopen.

Ik knik instemmend, vooral omdat ik geen ruzie met haar wil maken. Vandaag niet. Vandaag zal al moeilijk genoeg worden. Ik vind mezelf nogal egoïstisch en kil omdat ik niet wil begrijpen wat hij dacht toen hij die naald voor de laatste keer in zijn arm stak. Ik weet dat hij verslaafd was en alleen maar deed wat hij al jaren deed, maar ik kan me gewoon niet voorstellen dat je zoiets doet, niet wanneer je weet hoe slecht het voor je is.

Ik heb Hardin drie dagen geleden voor het laatst gezien en begin eindelijk weer iets van mijn gezonde verstand terug te krijgen, al ben ik diep in mijn hart bang dat ik nooit meer de oude zal worden.

De afgelopen drie nachten heeft hij bij de Porters gelogeerd. Dat was een erg grote verrassing voor me, en ongetwijfeld ook voor meneer en mevrouw Porter, want ik ben er vrij zeker van dat hun vriendenkring zich beperkt tot types als de leden van de countryclub in mijn oude woonplaats. Ik had zo graag het gezicht van mevrouw Porter willen zien toen Noah met Hardin kwam aanzetten en meldde dat hij bleef logeren. Ik kan me niet voorstellen dat Hardin en Noah vijf minuten bij elkaar kunnen zitten zonder elkaar in de haren te vliegen. Hardin moet zich dus wel heel erg gekwetst hebben gevoeld door mijn afwijzing, anders had hij nooit ingestemd met Noahs aanbod.

Mijn verdriet rust nog altijd zwaar op me, ergens achter die muur van niets. Ik voel dat het verdriet tegen die muur duwt en erdoorheen wil breken om mij te verzwelgen. Toen Hardin instortte, was ik doodsbang dat de pijn zou winnen, maar ik ben blij dat het tegenovergestelde is gebeurd.

Het is zo vreemd dat hij hier vlakbij logeert maar niet één keer heeft geprobeerd om langs te komen. Ik heb ruimte nodig, en Hardin is doorgaans niet goed in mij ruimte geven. Aan de andere kant, ik heb er nog nooit eerder behoefte aan gehad. Niet op deze manier.

Er wordt op de voordeur geklopt. Ik trek snel mijn zwarte panty recht en werp een laatste blik in de spiegel. Dan buig ik me verder voorover, zodat ik mijn ogen beter kan bekijken. Er is iets veranderd, maar ik kan niet goed omschrijven wat het is. Mijn blik is harder? Verdrietiger? Ik weet het niet zeker, maar mijn blik past bij het halfslachtige trekje rond mijn mond dat voor een glimlach moet doorgaan. Als ik niet zo van streek zou zijn, zou ik me zorgen maken over deze verandering.

'Theresa!' roept mijn moeder net geërgerd wanneer ik naar de gang loop.

Vanwege haar toon verwacht ik Hardin te zien staan. Hij heeft me de ruimte gegeven waarom ik heb gevraagd, maar ik verwacht dat hij vandaag, op de dag van mijn vaders begrafenis, wel langskomt. Maar dan sla ik de hoek van de gang om en verstijf ik. Tot mijn verbazing, tot mijn genoegen, zie ik niemand anders dan Zed in de deuropening staan.

Zijn blik kruist de mijne. Hij ziet er onzeker uit, maar wanneer ik het begin van een glimlach rond mijn lippen voel, breekt er ook een brede lach op zijn gezicht door. Het is die lach die ik zo leuk vind, waarbij het puntje van zijn tong tussen zijn tanden zichtbaar wordt en zijn ogen stralen.

Ik vraag hem binnen te komen. 'Wat doe jij hier?' vraag ik en ik sla mijn armen om zijn nek. Hij houdt me stevig vast en laat me pas los nadat ik overdreven heb gehoest.

Hij grinnikt. 'Sorry, het is zo'n tijd geleden.' Door zijn lach verbetert mijn humeur onmiddellijk. Ik heb helemaal niet meer aan hem gedacht en voel me bijna schuldig omdat ik zijn gezicht in de afgelopen weken niet eens voor me heb gezien, maar nu ben ik blij dat hij er is. Zijn aanwezigheid herinnert me eraan dat de wereld niet stil is blijven staan door mijn onvoorstelbare verlies.

Het verlies... Ik wil niet eens tegenover mezelf bekennen welk verlies het moeilijkste te verdragen is.

'Zeg dat wel,' zeg ik. Dan herinner ik me weer waarom we elkaar al een tijdje niet meer hebben gezien en werp ik een voorzichtige blik over zijn schouder naar buiten. Het laatste waaraan ik behoefte heb, is een knokpartij op mijn moeders perfect onderhouden gazon.

'Hardin is er ook. Of nou ja, niet hier in huis, maar een paar huizen verder.'

'Dat weet ik.' Ondanks het verleden van die twee lijkt Zed helemaal niet van zijn stuk gebracht.

'O ja?'

Mijn moeder kijkt me even vragend aan en verdwijnt dan naar de keuken, zodat Zed en ik met z'n tweeën zijn. Eindelijk dringt het tot me door dat hij hier echt is. Ik heb hem niet gebeld, dus hoe kan hij nu weten wat er met mijn vader is gebeurd? Misschien heeft het in de krant gestaan, of ergens op internet, maar als dat zo was, hoe groot is dan de kans dat Zed het heeft gezien?

'Hij heeft me gebeld.' Nu ik Zed dat hoor zeggen, hef ik met een ruk mijn hoofd op en kijk hem recht aan. 'Hij zei dat ik hiernaartoe moest komen, voor jou. Je hebt je nummer gewijzigd, dus ik moest maar geloven dat hij de waarheid sprak.'

Ik weet niet wat ik moet zeggen. Ik kijk Zed alleen maar zwijgend aan en probeer te begrijpen wat er aan de hand is.

'Dat is toch oké, hè?' Hij steekt een hand naar me uit, maar houdt op voordat hij me echt aanraakt. 'Je vindt het toch niet erg dat ik er ben? Als het je te veel wordt, moet je het zeggen, dan ga ik weer. Hij zei dat je wel een goede vriend kon gebruiken, en ik wist dat het wel heel erg moest zijn als hij juist mij belde.' Zed lacht even, maar ik weet dat hij serieus is.

Waarom heeft Hardin hem gebeld, en niet Landon? Wacht, Landon is al op weg hiernaartoe. Waarom heeft Hardin ook Zed nog gevraagd om te komen?

Ik kan me niet aan het gevoel onttrekken dat dit een of andere test is, dat Hardin wil weten hoe ik reageer. Ik vind het een vreselijk idee dat hij zoiets zou doen, zeker op een moment als dit, maar hij heeft wel ergere dingen gedaan. Dat mag ik niet vergeten, net zomin als ik niet mag vergeten dat er achter alles wat hij doet een of ander motief schuilgaat. Hij heeft altijd een eigen agenda, er is altijd wel iets wat hij voor me verborgen houdt.

Zijn huwelijksaanzoek heeft me meer gekwetst dan wat dan ook. Sinds het begin van onze relatie heeft hij me al duidelijk gemaakt dat trouwen er niet in zit, om me vervolgens twee keer een aanzoek te doen. En allebei die keren wilde hij iets van me. De eerste keer was hij te dronken om te beseffen wat hij deed en de tweede keer probeerde hij me te laten blijven. Als ik de volgende morgen naast hem wakker was geworden, had hij die woorden weer teruggenomen, zoals hij al eerder heeft gedaan. Dat doet hij altijd. Sinds onze allereerste kennismaking heeft hij niets anders gedaan dan beloften verbreken, en het enige wat erger is dan samen zijn met iemand die niet in het huwelijk gelooft, is samen zijn met iemand die alleen met me wil trouwen om een tijdelijke overwinning te kunnen boeken, en niet omdat hij echt mijn man wil zijn.

Dat mag ik niet vergeten, anders blijf ik dit soort belachelijke dingen denken. Anders blijf ik op de gekste momenten Hardin in een net pak voor me zien. Dat is een beeld dat me aan het lachen maakt, en Hardin in het nette pak maakt snel plaats voor Hardin in jeans en halfhoge schoenen, zelfs op zijn trouwdag, maar ik denk dat ik daar geen bezwaar tegen zou hebben.

Ik moet snel een einde maken aan dit gefantaseer, want dat is niet bepaald goed voor mijn geestelijke gezondheid. Toch dringt er een nieuw beeld mijn gedachten binnen. Deze keer van een lachende Hardin met een glas wijn in zijn hand... en ik zie dat hij een zilveren trouwring draagt. Hij lacht luid en werpt op een aanbiddelijke manier zijn hoofd in zijn nek.

Ik verdring de gedachte.

Zijn lach duikt echter weer op. Hij morst wijn op zijn witte T-shirt. Waarschijnlijk zou hij erop staan om wit te dragen in plaats van het gebruikelijke zwart, gewoon om zichzelf een plezier te doen en mijn moeder in de gordijnen te jagen. Ik zou de vlek met een servet proberen te deppen, maar hij zou zachtjes mijn handen wegduwen en iets zeggen als 'Ik had beter moeten weten en geen wit moeten aantrekken'. En dan zou hij lachend mijn hand naar zijn lippen brengen en een voor een zachtjes mijn vingertoppen kussen. Zijn blik zou op mijn trouwring blijven rusten, en een trotse glimlach zou doorbreken op zijn gezicht.

'Gaat het?' onderbreekt Zed mijn meelijwekkende gemijmer.

'Ja.' Ik schud mijn hoofd om de perfecte Hardin te verdrijven en loop glimlachend naar Zed toe. 'Het spijt me, ik ben de laatste tijd wat warrig.'

'Dat geeft niet. Ik zou me zorgen maken als je dat niet was.' Hij slaat een troostende arm rond mijn schouder.

Nu ik erover nadenk, verbaast het me niet dat Zed naar me toe is gekomen. Hij is er altijd al voor me geweest, dat weet ik nog goed, zelfs wanneer het niet nodig was. Hij was altijd ergens op de achtergrond, altijd in Hardins schaduw.

# 32

∞

## Hardin

Noah is zo godvergeten irritant. Ik snap niet dat Tessa het al die jaren met hem heeft kunnen uithouden. Inmiddels heb ik het idee dat ze zich niet voor Richard in die kas verstopte, maar voor hém.

Dat kan ik haar niet kwalijk nemen. Ik heb de neiging om hetzelfde te doen.

'Ik denk dat je er verkeerd aan hebt gedaan om die jongen te bellen,' zegt Noah vanaf de bank aan de andere kant van de grote woonkamer van zijn ouders. 'Ik mag hem niet. Jou mag ik ook niet, maar hij is nog erger.'

'Hou je mond,' zeg ik met een grom. Ik staar opnieuw naar het rare kussen op de grote fauteuil die ik een paar dagen geleden als 'mijn' stoel heb ingepikt.

'Ik zeg het alleen maar. Ik snap niet waarom je hem hebt gebeld. Je hebt toch zo de pest aan hem?'

Hij weet echt niet wanneer hij zijn bek moet houden. Wat is dit toch een vreselijk stadje. En ik kan niet anders dan hier blijven, want het dichtstbijzijnde hotel is dertig kilometer verderop.

'Omdat...' Ik laat adem ontsnappen die ik uit ergernis inhield. 'Omdat zij niet de pest aan hem heeft. Ze vertrouwt hem, hoewel ze beter zou moeten weten, en ze heeft een vriend nodig, zeker nu ze mij niet wil zien.'

'En ik dan? Of Landon?' Noah trekt aan het lipje van een blikje fris, dat met een luid gesis opengaat. Zelfs de manier waarop hij een blikje opentrekt, is irritant.

Ik heb geen zin om Noah te vertellen dat ik eigenlijk heel erg bang ben dat Tessa voor hem zal kiezen, voor een veilige relatie, en mij niet opnieuw een kans zal geven. En als het om Landon gaat... Tja, ik zal het nooit toegeven, maar eigenlijk heb ik hem als vriend nodig. Ik heb verder geen vrienden, en ik heb hem nodig. Min of meer. Een beetje.

Heel erg. Ik heb hem heel erg hard nodig, want afgezien van Tessa heb ik niemand. Ik heb haar niet eens meer, dus ik kan het me niet veroorloven hem ook nog te verliezen.

'Ik snap het nog steeds niet. Als hij haar zo leuk vindt, ben je dan niet jaloers als hij bij haar is? Je weet als geen ander hoe gemakkelijk het is iemands vriendinnetje af te pakken.'

'Ha, ha.' Ik rol met mijn ogen en kijk door de grote ramen aan de voorkant van het huis. De Porters hebben het grootste huis in deze straat, misschien wel het grootste in dit achterlijke gat. Ik wil niet dat hij de verkeerde indruk krijgt. Ik heb nog steeds een godsgruwelijke hekel aan hem en ben hier alleen maar omdat ik Tessa ruimte wil geven. 'Wat kan het jou eigenlijk schelen? Waarom doe je opeens zo aardig tegen me? Ik weet dat je de schurft aan me hebt. Ik heb ook de schurft aan jou.' Ik kijk even naar hem. Daar zit hij, in dat achterlijke vest van hem en met van die bruine instappers waaraan eigenlijk alleen de kwastjes ontbreken.

'Het gaat me niet om jou, het gaat me om Tessa. Ik wil gewoon dat zij gelukkig wordt. Het heeft een tijdje geduurd voordat ik kon accepteren wat er allemaal is gebeurd. Ik was zo aan haar gewend geraakt. Onze relatie was vertrouwd en geruststellend, en ik kon me niet voorstellen wat ze in iemand als jou zag. Dat snap ik nog steeds niet, niet echt, maar ik zie wel dat ze heel erg is veranderd sinds ze jou heeft leren kennen. Niet op een slechte manier. Het is een positieve verandering.' Hij kijkt me glimlachend aan. 'Al is deze week natuurlijk wat minder.'

Hoe kan hij zoiets nu denken? Sinds ik haar heb leren kennen, heb ik haar alleen maar pijn gedaan en haar leven tot een hel gemaakt.

'Nou...' Ik schuif ongemakkelijk heen en weer in de fauteuil. 'Zo kan het wel weer. Bedankt dat je verder niet lullig doet.'

Ik sta op en wil naar de keuken lopen, waar Noahs moeder zo te horen met de blender in de weer is. Ik geniet best wel van het effect dat ik op haar heb: ze moet elke keer naar woorden zoeken en raakt zenuwachtig haar hals aan wanneer ik toevallig met haar in dezelfde ruimte ben.

'Laat mijn moeder met rust, anders trap ik je de straat op,' waarschuwt Noah op spottende toon. Ik schiet bijna in de lach. Als ik Tessa niet zo zou missen, zou ik met hem meelachen. 'Je gaat toch ook naar de begrafenis? Je kunt wel met ons meerijden. We gaan pas over een uurtje weg,' biedt hij aan.

Ik blijf staan en peuter schouderophalend aan het rafelige randje van mijn gipsverband. 'Dat lijkt me geen goed idee.'

'Waarom niet? Jij hebt ervoor betaald. Je was zijn vriend. Zo'n beetje. Ik vind dat je moet gaan.'

'Hou er maar over op, en vergeet niet wat ik heb gezegd: bek dicht als het om de kosten van de begrafenis gaat,' zeg ik dreigend. 'Anders sla ik hem dicht.'

Noah rolt met die stomme blauwe ogen van hem, en ik loop de kamer uit, zodat ik zijn moeder kan lastigvallen en niet aan Zed hoeft te denken, die in hetzelfde huis als Tessa zit.

Wat bezielde me in vredesnaam om hem te bellen?

# 33

∞

## Hardin

Ik kan me niet herinneren wanneer ik voor het laatst een uitvaart heb bezocht. Bij nader inzien geloof ik dat dit de eerste keer is.

Toen de moeder van mijn moeder overleed, had ik gewoon geen zin om te gaan. Ik voelde niet de behoefte om afscheid te nemen van een vrouw die ik amper had gekend. Het enige wat ik van haar wist, was dat ze niets om mij gaf. Ze kon mijn moeder niet uitstaan, dus waarom zou ik in een kerkbankje gaan zitten doen alsof haar dood me heel erg aangreep, terwijl die me in werkelijkheid volslagen koud liet?

En nu zit ik jaren later achter in een klein kerkje om afscheid te nemen van Tessa's vader. Tessa, Carol, Zed en zo te zien de helft van de gemeente zitten allemaal bij elkaar in de voorste banken. Ik zit samen met een oude vrouw, die volgens mij geen idee heeft waar ze is, als enige op het bankje helemaal achterin.

Zed zit aan de ene kant van Tessa en haar moeder aan de andere.

Ik heb er geen spijt van dat ik hem heb gebeld... Of nou ja, eigenlijk wel, maar ik kan niet ontkennen dat er sinds zijn komst een sprankje leven in haar naar boven is gekomen. Ze ziet er nog altijd niet uit als mijn Tessa, maar het gaat de goede kant op, en als die lul haar kan helpen, dan moet dat maar.

Ik heb heel veel verkloot in mijn leven, echt heel veel. Dat weet ik, dat weet Tessa, en dankzij haar moeder weet waarschijnlijk de hele kerk dat ook, maar ik zal het goedmaken met mijn meisje. Het kan me geen zak schelen of ik alle problemen uit mijn heden of verleden ooit nog kan oplossen. Ik wil alleen maar beter maken wat ik in haar kapot heb gemaakt.

Ik heb haar kapotgemaakt... Ze zei dat ze me niet beter kon maken... dat ze dat nooit zal kunnen. Maar zij heeft de schade in mij niet veroorzaakt. Ze heeft me wel genezen, en terwijl ze dat deed, heb ik haar ziel in veel te veel stukjes versplinterd. In wezen ben ik degene geweest die haar eigenhandig heeft vernietigd, die haar fantastische intelligente geest heeft gebroken terwijl ik me ondertussen heel egoistisch door haar bij elkaar liet rapen. Het ergste was nog dat ik gewoon niet wilde inzien hoeveel pijn ik haar deed, hoeveel van haar licht ik heb gedoofd. Dat wist ik wel, dat wist ik de hele tijd al, maar het deed er niet toe. Het deed er pas toe toen het eindelijk tot me doordrong. Ik begreep het pas toen ze me voor eens en altijd afwees. Het was als een mokerslag waarvoor ik niet eens kon wegduiken, al had ik dat nog zo graag gewild.

Pas nu haar vader dood is, zie ik in dat mijn plan om haar van mij te redden nergens op sloeg. Als ik erover had nagedacht, als ik er echt even voor was gaan zitten, dan had ik wel ingezien hoe stom het was. Ze wilde me; Tessa heeft altijd al meer van me gehouden dan ik verdien, en hoe betaalde ik haar terug? Ik zette haar steeds verder onder druk, totdat ze er uiteindelijk genoeg van had. Nu wil ze me niet meer. Ze wil niet meer naar me verlangen, en ik moet een manier vinden om haar eraan te herinneren hoeveel ze van me houdt.

Nu zit ik hier en zie ik dat Zed een arm om haar heen slaat en haar tegen zich aan drukt. Ik kan niet eens mijn blik afwenden. Ik moet wel naar hen kijken. Misschien straf ik mezelf, misschien niet, maar ik kan niet anders. Ik zie dat ze zich naar hem toe buigt en iets in zijn oor fluistert. Zijn bedachtzame uitdrukking lijkt haar op een bepaalde manier gerust te stellen. Ze knikt even en hij glimlacht naar haar.

Er komt iemand naast me zitten, waardoor mijn zelfkwelling tijdelijk wordt onderbroken.

'We zijn laat... Hardin, waarom zit je hier?' vraagt Landon.

Mijn vader, of nee, Ken, gaat naast hem zitten. Karen loopt verder het kerkje in, zodat ze met Tessa kan praten.

'Gaan jullie maar met haar mee. De voorste banken zijn voor gasten die Tessa wel kan uitstaan,' zeg ik mismoedig, met een blik op het rijtje lui dat ik niet kan uitstaan, van Carol tot Noah.

En daar hoort Tessa ook bij. Ik hou van haar, maar ik kan er niet tegen om zo dicht in haar buurt te zijn, niet nu ze door Zed wordt getroost. Hij kent haar niet zoals ik haar ken en hij verdient het niet om nu naast haar te zitten.

'Hou daar eens mee op. Tessa kan jou best uitstaan,' zegt Landon. 'En dit is haar vaders uitvaart, vergeet dat niet.'

Ik zie dat mijn vader – nee, shit, Kén – naar me zit te kijken.

Hij is niet eens mijn vader. Dat weet ik, dat weet ik al een week, maar nu hij hier zit, voelt het alsof ik dat opnieuw ontdek. Ik zou het hem nu meteen moeten vertellen, ik zou zijn vermoedens moeten bevestigen en hem de waarheid over mijn moeder en Vance moeten vertellen. Hier, nu, zodat hij zich net zo teleurgesteld kan voelen als ik me voelde. Was ik dat? Dat weet ik niet zeker, ik was vooral kwaad. Dat ben ik nog steeds, maar veel verder ben ik niet gekomen.

'Hoe voel je je nu, jongen?' Hij steekt een arm uit, om Landon heen, en legt zijn hand op mijn schouder.

Zeg het dan. Ik moet het tegen hem zeggen. 'Het gaat wel.' Ik haal mijn schouders op en vraag me af waarom mijn mond niet gewoon meewerkt en die woorden uitspreekt. Een ongeluk komt nooit alleen, dus dit kan er ook nog wel bij.

'Ik vind het allemaal zo erg. Ik had die kliniek vaker moeten bellen. Ik heb echt gevraagd hoe het met hem ging, Hardin, en ik kreeg pas te horen dat hij weg was toen het al te laat was. Ik vind het zo erg.' Door de teleurstelling in Kens blik weet ik even niets te zeggen. 'Het spijt me dat ik je altijd teleurstel.'

Ik kijk hem recht aan en knik even. Hij hoeft het nu nog niet te weten, besluit ik. Nog niet. 'Jij kunt er niets aan doen,' zeg ik zacht.

Ik voel dat Tessa naar me kijkt en mijn aandacht trekt, al zit ze zo ver weg. Ze heeft haar gezicht naar me toe gedraaid en Zeds arm rust niet langer rond haar schouders. Ze kijkt naar me, net zoals ik naar haar zat te kijken, en ik grijp uit alle macht het houten bankje vast om te voorkomen dat ik naar haar toe ren.

'Hoe dan ook, het spijt me,' zegt Ken. Hij haalt zijn hand van mijn schouder. Zijn bruine ogen zijn vochtig, net als die van Landon.

'Het geeft niet,' mompel ik, met mijn blik nog steeds gericht op die grijze ogen die naar mij kijken.

'Ga naar haar toe, ze heeft je nodig,' stelt Landon op zachte toon voor.

Ik negeer hem en wacht op een of ander teken van haar, een spoor van een emotie, hoe klein ook, waaruit blijkt dat ze me nodig heeft. Als ze me zo'n teken geeft, zit ik binnen een paar tellen naast haar.

De dominee loopt naar voren. Ze draait haar hoofd om, zonder aan te geven dat ik naar haar toe moet komen, zonder een echt teken dat ze me heeft zien zitten.

Voordat ik medelijden met mezelf kan krijgen, kijkt Karen Zed glimlachend aan en schuift hij opzij, zodat ze naast Tessa kan gaan zitten.

# 34

∞

## Tessa

Ik glimlach opnieuw geforceerd naar iemand die ik niet ken en loop door naar de volgende vreemden om ook die te bedanken voor hun komst. De uitvaart duurde niet lang; blijkbaar wil deze kerk niet te veel woorden wijden aan het leven van een verslaafde. Wat stijve praatjes en onoprechte lovende woorden, dat was alles.

Nog maar een paar mensen, nog maar een paar gemaakte bedankjes en onechte emoties, dan zit het condoleren erop. Als ik nog een keer moet horen dat mijn vader zo'n geweldige man was, ga ik gillen. Hier, midden in de kerk, waar al die kritische vriendinnen van mijn moeder bij zijn. De meeste hebben Richard Young niet eens gekend. Waarom zijn ze hier? Mijn moeder moet hun heel wat op de mouw hebben gespeld, anders hadden ze hem nooit zo geprezen.

Het is niet dat ik denk dat mijn vader geen goed mens was. Ik heb hem niet goed genoeg gekend om een oordeel over zijn karakter te kunnen vellen. Maar ik ken de feiten, en feit is dat hij mijn moeder en mij in de steek heeft gelaten toen ik nog maar een kind was en dat hij slechts een paar maanden geleden door stom toeval in mijn leven is teruggekeerd. Als ik niet met Hardin naar die tattoozaak was gegaan, had ik hem waarschijnlijk nooit meer gezien.

Hij wilde geen rol spelen in mijn leven. Hij wilde geen vader en geen echtgenoot zijn. Hij wilde zijn eigen leven leiden en met niemand anders rekening hoeven houden. Dat is niet erg, maar ik begrijp het niet. Ik snap niet waarom hij voor zijn verantwoordelijkheden op de vlucht sloeg en koos voor het leven van een verslaafde. Ik weet nog hoe ik me voelde nadat Hardin me over mijn vaders drugsgebruik had verteld: ik kon het niet geloven. Waarom kon ik wel aanvaarden dat hij aan de drank was, maar waren andere drugs een stap te ver? Ik kon het gewoon niet begrijpen. Ik denk dat ik hem beter wilde maken, dat ik dacht dat ik dat kon. Ik begin langzaam te beseffen dat ik naïef ben, zoals Hardin altijd zegt. Ik ben naïef en dom genoeg om altijd het goede in mensen te zien, ook wanneer ze keer op keer het tegendeel bewijzen. Ik blijk het altijd mis te hebben, en daar heb ik genoeg van.

'De dames komen straks naar ons toe als we hier klaar zijn, dus ik wil je vragen om me te helpen thuis alles voor te bereiden,' zegt mijn moeder nadat we de laatste omhelzing achter de rug hebben.

'Wie zijn "de dames"? Hebben ze hem eigenlijk wel gekend?' vraag ik kortaf. Ik kan er niets aan doen dat mijn toon zo scherp is en voel me een tikje schuldig wanneer ik mijn moeder zie fronsen. Dat schuldgevoel verdwijnt echter zodra ze om zich heen kijkt om er zeker van te zijn dat geen van haar 'vriendinnen' mijn onbeleefde vragen heeft gehoord.

'Ja, Theresa, een paar van hen wel.'

'Nou, ik wil ook wel helpen,' komt Karen op weg naar buiten tussenbeide. 'Als dat goed is?' Ze glimlacht.

Ik ben zo blij dat Karen er is. Ze is altijd zo aardig en attent, en zelfs mijn moeder lijkt haar te mogen.

'Dat zou ik fijn vinden.' Mijn moeder beantwoordt Karens glimlach en loopt weg, zwaaiend naar een mij onbekende vrouw in het kleine groepje op het gazon voor de kerk.

'Vind je het goed als ik ook kom? Ik snap het best als je nee zegt. Ik weet dat Hardin er ook is en zo, maar aangezien hij degene was die me belde...' zegt Zed.

'Natuurlijk mag je komen. Je bent helemaal hiernaartoe gereden.' Nu Hardins naam is gevallen, kijk ik onwillekeurig op de parkeerplaats om me heen, zoekend naar hem. Aan de overkant van de parkeerplaats zie ik Landon en Ken in Kens auto stappen, maar zo te zien is Hardin er niet bij. Ik wou dat ik de kans had gehad om even met Ken en Landon te praten, maar ze zaten naast Hardin, en ik wilde hen niet bij hem vandaan halen.

Tijdens de uitvaart bleef ik me voortdurend bezorgd afvragen of Hardin Ken in het bijzijn van iedereen de waarheid over Christian Vance zou vertellen. Als Hardin zich rot voelt, is de kans groot dat hij iets doet waardoor anderen zich ook rot gaan voelen. Ik hoop maar dat

Hardin het fatsoen heeft om te wachten op een beter moment om de pijnlijke waarheid te onthullen. Ik weet dat hij fatsoenlijk is; Hardin is in wezen helemaal geen slecht mens. Hij is alleen slecht voor mij.

Ik wend me tot Zed, die pluisjes van zijn rode button-downoverhemd staat te plukken. 'Heb je zin om naar ons huis te lopen? Het is niet ver, een minuut of twintig.'

Hij zegt ja, en we gaan ervandoor voordat mijn moeder me in haar autootje kan duwen. Ik moet er niet aan denken om nu met haar opgesloten te zitten in zo'n kleine ruimte. Mijn geduld raakt op. Ik wil niet onbeleefd zijn, maar ik merk dat ik elke keer wanneer ze over haar perfect gekrulde haar strijkt gefrustreerder word.

Nadat we een minuut of tien door mijn oude woonplaats hebben gelopen, verbreekt Zed de stilte. 'Wil je erover praten?'

'Dat weet ik niet. Als ik al iets te zeggen heb, slaat dat waarschijnlijk nergens op.' Ik schud mijn hoofd. Ik wil niet dat Zed weet dat ik de afgelopen week zo de weg kwijt was. Ik ben blij dat hij niet naar mijn relatie met Hardin heeft gevraagd. Alles wat met mij en Hardin te maken heeft, is onbespreekbaar.

'Doe eens een poging,' zegt Zed uitdagend. Hij lacht hartelijk en raakt speels mijn schouder aan terwijl we wachten totdat er een auto is gepasseerd en we kunnen oversteken.

Ik probeer te glimlachen. 'Ik ben vooral kwaad. Is het erg dat ik kwaad op mijn vader ben omdat hij zo nodig dood moest gaan?' Dat klinkt verschrikkelijk. Ik weet dat het verkeerd van me is, maar het voelt goed toe te geven aan woede. Woede voelt beter dan het niets, woede kan me afleiden. En afleiding heb ik heel erg hard nodig.

'Nee, dat is niet erg, of nou ja, een beetje. Je zou niet kwaad op hem moeten zijn. Ik weet zeker dat hij niet besefte waar hij mee bezig was.' Zed probeert me aan te kijken, maar ik wend mijn blik af.

'Hij wist wat hij deed toen hij die drugs nam. Oké, hij kon niet weten dat hij dood zou gaan, maar hij kende de risico's. En het enige waaraan hij kon denken, was high worden. Hij dacht alleen aan zichzelf en aan zijn roes, snap je?' Ik slik het schuldgevoel weg waarmee die woorden gepaard gaan. Ik hield van mijn vader, maar ik moet eerlijk zijn. Ik moet mijn gevoelens uiten.

Zed fronst. 'Ik weet het niet, Tessa. Ik geloof niet dat het zo is gegaan. Ik geloof niet dat ik kwaad zou kunnen zijn op iemand die dood is, en zeker niet op een ouder.'

'Hij heeft me niet echt opgevoed, hoor. Hij ging ervandoor toen ik nog klein was.'

Wist Zed dat al? Ik kan het me niet herinneren. Ik ben er zo aan gewend om met Hardin te praten, die alles van me weet, dat ik soms vergeet dat anderen alleen weten wat ik hun heb verteld.

'Misschien is hij vertrokken omdat hij dacht dat dat beter was voor jou en je moeder?' vraagt Zed. Hij probeert me te troosten, maar het werkt niet. Ik heb alleen maar zin om te schreeuwen. Ik ben het zat om telkens weer hetzelfde excuus uit andere monden te horen. Ze beweren allemaal dat ze het beste met me voorhebben, maar ze blijven excuses voor mijn vaders gedrag verzinnen. Mijn vader die me in de steek heeft gelaten en deed alsof dat voor mijn eigen bestwil was. Hoe onbaatzuchtig, om je vrouw en dochter de rug toe te keren.

'Ik weet het niet.' Ik slaak een zucht. 'Laten we er maar over ophouden.'

En dat doen we, en we zeggen pas weer iets wanneer we bij het huis van mijn moeder aankomen. Ik probeer de geïrriteerde toon waarop ze vraagt waarom het zo lang duurde te negeren.

'Gelukkig had ik Karen om me een handje te helpen,' zegt ze wanneer ik langs haar naar de keuken loop.

Zed staat er wat ongemakkelijk bij, niet goed wetend hoe hij kan helpen. Mijn moeder geeft hem echter snel een doos crackers aan, trekt die aan de bovenkant open en wijst zonder iets te zeggen naar een leeg dienblad. Ken en Landon zijn al aan het werk gezet; ze staan groenten te snijden en leggen stukjes fruit op mijn moeders mooiste serveerschalen. Het zijn de schalen die ze gebruikt wanneer ze indruk op mensen wil maken.

'Ja, gelukkig maar,' mompel ik. Ik had gehoopt dat de frisse lentelucht me zou kalmeren, maar dat was niet zo. De keuken van mijn moeder is te klein en te benauwd, te vol met keurig geklede vrouwen die iets willen bewijzen.

'Ik heb frisse lucht nodig. Ik ben zo terug, blijf jij maar hier,' zeg ik tegen Zed terwijl mijn moeder door de gang snelt. Ik ben blij dat hij helemaal hiernaartoe is gekomen om me te troosten, maar ons gesprek zit me niet helemaal lekker. Ik weet zeker dat ik er anders over zal denken als ik even een frisse neus heb gehaald, maar nu wil ik gewoon even alleen zijn.

Ik vloek binnensmonds wanneer ik hoor dat de achterdeur kraakt.

Hopelijk komt mijn moeder niet naar buiten gestormd om me aan mijn haren mee terug het huis in te slepen. De zon heeft wonderen gedaan voor de bodem van de kas. Hier en daar zie ik nog steeds donkere, natte plekken, maar er is gelukkig ook een droge plek waar ik kan staan. Het laatste waar ik zin in heb, is deze schoenen met hoge hakken verpesten die mijn moeder zich niet eens kon veroorloven.

Een plotselinge beweging trekt mijn aandacht. Ik schrik, maar dan zie ik dat het Hardin is die vanachter een plank tevoorschijn komt. Zijn blik is helder, maar hij heeft wallen onder zijn ogen. Zijn huid heeft niet de bekende stralende, zongebruinde gloed, maar is bleek en kwetsbaar.

'Sorry, ik wist niet dat je hier was,' zeg ik snel. Ik wil de kleine ruimte meteen verlaten. 'Ik ga wel weer.'

'Dat hoeft niet. Dit is jouw verstopplek, weet je nog?' Hij glimlacht aarzelend, maar zelfs het kleinste, oprechte lachje van hem voelt echter dan al die gemaakte lachjes die ik vandaag heb gezien.

'Dat is waar, maar ik moet toch weer terug naar binnen.'

Ik pak de deurknop vast, maar hij steekt een hand uit om me tegen te houden. Zodra zijn vingers mijn arm raken, trek ik met een ruk mijn hand terug. Hij hapt naar adem, maar herstelt zich snel en pakt de knop vast, zodat ik niet weg kan lopen.

'Vertel me eens wat je hier kwam doen,' zegt hij zacht en dwingend.

'Ik wilde gewoon...' Ik zoek naar woorden. Na mijn gesprek met Zed wil ik niet meer over mijn gedachten over mijn vaders dood praten. 'Niets.'

'Tessa, zeg het.' Hij kent me goed genoeg om te weten dat ik lieg en ik ken hem goed genoeg om te weten dat hij me pas laat gaan als ik hem de waarheid heb verteld.

Maar kan ik hem vertrouwen?

Ik laat mijn blik over hem heen gaan. Het ontgaat me niet dat hij een nieuw overhemd draagt. Dat moet hij speciaal voor de uitvaart hebben gekocht, want ik ken al zijn overhemden, en hij past echt niet in Noahs kleren. Die zou hij trouwens niet eens willen dragen...

De zwarte mouw van het nieuwe overhemd is vanaf de manchet opengeknipt om ruimte te maken voor het gips.

'Tessa,' dringt hij aan, mijn gedachtegang onderbrekend. Het bovenste knoopje van zijn hemd is open en zijn kraag zit scheef.

Ik doe een stap achteruit. 'Ik denk niet dat we dit moeten doen.'

‘Wat niet? Praten? Ik wil gewoon weten waarom je je verstopt.’

Wat een eenvoudige en toch zo beladen vraag. Ik verstop me voor alles. Ik verstop me voor meer zaken dan ik kan opnoemen en waarvan hij de voornaamste is. Ik wil mijn gevoelens tegenover Hardin uiten, maar het is te gemakkelijk om in ons oude patroon te vervallen. Ik wil die spelletjes niet langer spelen. Nog een ronde kan ik niet aan. Hij heeft gewonnen en ik moet leren daar vrede mee te hebben.

‘Jij en ik weten allebei dat je deze kas niet zult verlaten voordat je hebt verteld wat er is, dus bespaar je tijd en moeite en zeg het gewoon.’ Hij probeert het als een grapje te laten klinken, maar ik zie de zweem van wanhoop in zijn blik.

‘Ik ben kwaad,’ geef ik ten slotte toe.

Hij knikt. ‘Dat is begrijpelijk.’

‘Echt kwaad, bedoel ik. Over de zeik.’

‘Ik had niet anders verwacht.’

Ik kijk hem aan. ‘O?’

‘Natuurlijk. Ik zou ook woedend zijn.’

Ik geloof niet dat hij begrijpt wat ik wil zeggen. ‘Ik ben kwaad op mijn vader, Hardin. Ik ben zo kwaad op hem,’ verduidelijk ik. Ik wacht totdat Hardin tegen me in zal gaan.

‘Ik ook.’

‘Ja?’

‘Jezus, ja. En je hoort ook kwaad te zijn, daar heb je het volste recht toe. Of hij nu dood is of niet.’

Ik kan de lach niet tegenhouden die van mijn lippen rolt nu ik Hardins ernstige gezicht zie. ‘Je vindt het niet verkeerd dat ik niet eens meer verdrietig kan zijn omdat ik te kwaad ben omdat hij zich van kant heeft gemaakt?’ Ik bijt op mijn onderlip en vervolg dan: ‘Dat heeft hij gedaan. Hij heeft zich van kant gemaakt en dacht niet eens aan de gevolgen voor degenen om hem heen. Ik weet dat dit egoïstisch klinkt, maar zo voel ik het.’

Mijn blik gaat naar de aarden vloer. Ik schaam me omdat ik dit soort dingen zeg en ze ook nog meen, maar ik voel me wel beter nu ik mijn gedachten heb verwoord. Ik hoop dat die woorden hier blijven, in de kas, en dat mijn vader, als hij ergens daarboven is, ze niet kan horen.

Hardin legt zijn vingers onder mijn kin en heft mijn hoofd op. ‘Hé,’ zegt hij.

Ik krimp niet ineen onder zijn aanraking, maar ben wel blij dat hij zijn hand weer laat zakken. 'Je hoeft je daar niet voor te schamen. Hij was verantwoordelijk voor zijn eigen dood. Dat is zijn schuld, en van niemand anders. Ik zag hoe fijn je het vond dat hij terug was in je leven, en het was gewoon ontzettend stom van hem dat hij alles heeft vergooid, alleen maar om high te worden.' Hardins toon is bars, maar zijn woorden zijn precies wat ik nu nodig heb.

Hij lacht zachtjes. 'Maar dat moet ik zeggen.' Hij doet zijn ogen dicht en schudt langzaam zijn hoofd.

Snel breng ik het gesprek terug op het eerdere onderwerp. 'Ik voel me schuldig omdat ik er zo over denk. Het voelt als een gebrek aan respect.'

'Gelul.' Hardin maakt een afwijzend gebaar met zijn gipshand. 'Je mag verdomme voelen wat je maar wilt, daar heeft niemand een zak mee te maken.'

'Dacht iedereen er maar zo over,' zeg ik met een zucht. Ik weet dat het onverstandig en ongezond is om mijn hart tegenover Hardin te luchten, maar ik weet ook dat hij de enige is die me echt begrijpt.

'Ik meen het, Tessa. Laat die verwaande gasten niet bepalen hoe jij je wel of niet mag voelen.'

Was het maar zo simpel. Kon ik maar iets meer zijn zoals Hardin en lak hebben aan wat anderen doen of wat ze van me denken, maar dat kan ik niet. Zo zit ik gewoon niet in elkaar. Ik denk aan anderen, ook wanneer ik dat niet zou moeten doen, en ik hoop niet dat dat trekje vroeg of laat mijn ondergang wordt. Om anderen geven is op zich een goede eigenschap, maar ik word er te vaak door gekwetst.

In die paar minuten dat ik hier met Hardin in de kas sta, is bijna al mijn kwaadheid verdwenen. Ik weet niet goed wat er voor in de plaats is gekomen, maar ik voel niet langer die brandende woede, alleen maar de brandende pijn waarvan ik weet dat ik die voorlopig nog wel even zal blijven voelen.

'Theresa!' roept mijn moeder buiten. Hardin en ik krimpen allebei in elkaar bij deze onderbreking.

'Ik wil iedereen, ook haar, best zeggen dat ze moeten oprotten. Dat weet je toch, hè?' Hij kijkt me onderzoekend aan, en ik knik. Ik weet dat hij het meent, en diep in mijn hart wil ik hem tekeer laten gaan tegen die praatzieke vrouwen die hier niets te zoeken hebben.

'Dat weet ik.' Ik knik opnieuw. 'Het spijt me dat ik me zo laat gaan. Ik...'

De hordeur gaat open en mijn moeder loopt de kas in. 'Theresa, kom eens mee naar binnen,' zegt ze streng. Ze doet haar best om haar woede jegens mij te onderdrukken, maar het masker valt af, en snel ook.

Hardin kijkt van mijn moeders kwade gezicht naar het mijne en loopt langs ons naar buiten. 'Ik wilde toch al gaan.'

Ik moet opeens denken aan al die maanden geleden, toen mijn moeder hem op mijn kamer in de studentenflat aantrof. Ze was toen zo kwaad, en Hardin zag er zo verslagen uit toen ik met haar en Noah wegliep. Die tijd lijkt nu erg lang geleden en simpel. Toen had ik geen idee wat ons te wachten stond. Dat hadden we geen van allen.

'Wat moest je trouwens hierbuiten?' vraagt ze wanneer ik achter haar aan door de tuin naar de veranda loop.

Dat gaat haar niks aan. Ze zou mijn egoïstische gevoelens niet begrijpen en ik vertrouw haar onvoldoende om mijn hart te luchten. Ze zou niet begrijpen waarom ik met Hardin stond te praten nadat ik hem drie dagen uit de weg ben gegaan. Wat ik haar ook zou vertellen, ze zou het niet snappen. Omdat ze in feite niets van mij snapt.

Dus in plaats van haar vraag te beantwoorden houd ik mijn mond en wens ik dat ik de kans had gehad om Hardin te vragen waarvoor híj zich eigenlijk in de kas verstopte.

# 35

∞

## Hardin

'Hardin, toe nou, ik wil me aankleden,' jammerde Tessa tegen mijn borst. Haar naakte lichaam lag uitgespreid op het mijne en slokte de aandacht op van alle hersencellen die ik nog overhad.

'Ik geloof er niks van, meid. Als je echt weg wilde, stond je nu al naast het bed.' Ik drukte mijn lippen op haar oorschelp en ze wriemelde. 'Dan wreef je nu niet met je lijf tegen mijn pik.'

Giechelend kroop ze dichter tegen me aan, waarbij ze met opzet mijn erectie aanraakte.

'Zie je nou wat je doet?' zei ik kermend. Ik pakte haar bij haar ronde heupen. 'Nu kom je nooit meer op tijd op college.' Mijn vingers gleden naar voren en toen in haar, waardoor ze naar adem hapte.

Jezus, ze voelde altijd zo lekker strak en warm rond mijn vingers, en nog strakker en warmer rond mijn pik.

Zonder een woord te zeggen ging ze op haar zij liggen, sloot haar hand om me heen en begon me zachtjes af te trekken. Haar duim gleed over de druppel vocht die al snel tevoorschijn kwam, al probeerde ik met een voldaan lachje de indruk te wekken dat haar aanraking me niets deed. Ze smeekte om meer.

'Meer wat?' vroeg ik plagend, hopend dat ze erop in zou gaan. Ik wist toch wel wat er zou volgen, maar ik wilde het haar gewoon horen zeggen.

Haar verlangens werden duidelijker, tastbaarder, wanneer ze ze hardop verwoordde. De manier waarop ze kermde en kreunde was meer dan een smeekbede van pure lust of een poging om mij tevreden te stellen. Haar woorden maakten duidelijk dat ze me vertrouwde, maar haar bewegingen waren een bewijs van haar trouw, en de belofte van haar liefde vulde zowel mijn lichaam als mijn ziel.

Ik werd volledig door haar verteerd en verloor me verdomme elke keer dat ik met haar vree helemaal in haar, zelfs wanneer ik niet eerlijk tegen haar was. Deze keer was geen uitzondering.

Ik had aangedrongen op de woorden die ik wilde horen. De woorden die ik nodig had. 'Zeg het dan, Tessa.'

'Meer van alles, gewoon... jij helemaal,' zei ze kreunend. Ze liet haar lippen over mijn borst gaan en ik tilde een van haar dijen op, zodat ik die rond de mijne kon wikkelen. Deze houding was lastiger, maar ik kon zo veel dieper in haar dringen en haar beter zien. Ik kon zien wat er gebeurde wanneer ik haar gaf wat alleen ik haar kon geven, en ik zou er zo van genieten als tijdens haar orgasme haar mond openviel en ze mijn naam riep.

Je hebt alles van me al, had ik moeten zeggen. In plaats daarvan stak ik mijn hand uit om een condoom van het nachtkastje te pakken en het om te doen. Ik kroop tussen haar benen en barstte bijna uit elkaar toen ik haar tevreden gekreun hoorde, maar ik wist het lang genoeg vol te houden om ook haar naar een hoogtepunt te brengen. Ze fluisterde dat ze zo veel van me hield en dat het zo lekker voelde. Ik had tegen haar moeten zeggen dat ik me net zo voelde, nog meer dan ze zich kon voorstellen, maar in plaats daarvan zei ik alleen haar naam toen ik het condoom vulde.

Er waren zo veel dingen die ik tegen haar had moeten zeggen, die ik had kunnen zeggen en die ik zeker zou hebben gezegd als ik had geweten dat mijn dagen in de hemel geteld waren.

Als ik had geweten dat ik zo snel uit het paradijs zou worden verdreven, dan had ik haar aanbeden op de manier die ze verdiende.

'Weet je zeker dat je niet nog een nachtje wilt blijven? Ik hoorde Tessa tegen Carol zeggen dat ze ook nog een nacht langer blijft,' zegt Noah, die me op zijn vertrouwde irritante manier uit mijn gedachten doet opschrikken. Nadat het brave burgermannetje me zeker een minuut lang heeft aangekeken komt de vraag: 'Gaat het wel?'

'Ja, hoor.' Ik zou tegen hem moeten zeggen waaraan ik net dacht: aan Tessa die tijdens haar orgasme haar nagels in mijn rug zette. Hoewel, ik heb liever niet dat hij dat weet.

Hij trekt een blonde wenkbrauw op. 'En, wat ga je doen?'

'Ik ga naar huis. Ik moet haar de ruimte geven.' Ik begin me af te vragen hoe ik in vredesnaam in deze situatie verzeild ben geraakt. Het komt omdat ik een idioot ben, dat is wel duidelijk. Mijn domheid is onnavolgbaar. Misschien dat alleen mijn vaders net zo dom zijn als ik, en misschien mijn moeder. Ik heb mijn stompzinnigheid vast van dat drietal geërfd. Aan hen heb ik alles te danken, de neiging om mezelf in de vingers te snijden en het enige goede in mijn leven kapot te maken.

Ik kan het die drie kwalijk nemen.

Dat kan ik doen, maar tot nu toe hebben zulke verwijten me nog nooit een steek verder gebracht. Misschien is het tijd voor een nieuwe tactiek.

'Ruimte? Ik wist niet dat je dat begrip kende.' Noah probeert een grapje te maken. Hij ziet ongetwijfeld mijn boze blik, want hij voegt er snel aan toe: 'Als je nog iets nodig hebt – ik heb geen idee wat, maar dat maakt niet uit – dan kun je me altijd bellen.' Hij kijkt ongemakkelijk om zich heen, naar die grote woonkamer van zijn ouders, en ik staar naar de muur achter hem, zodat ik niet naar hem hoef te kijken.

Na een ongemakkelijk gesprek met Noah en een paar meer dan nerveuze blikken van mevrouw Porter pak ik mijn kleine tas en loop ik naar buiten. Ik heb niet veel bij me, alleen een tasje met vuile kleren en de oplader van mijn telefoon. Sterker nog, pas nu ik buiten in de motregen sta herinner ik me tot mijn grote ergernis dat ik niet in mijn auto hiernaartoe ben gereden. Kut.

Ik kan naar het huis van Tessa's moeder lopen om te vragen of Ken er nog is, zodat ik met hem kan meerijden, maar dat lijkt me geen goed idee. Als ik bij haar in de buurt kom, als ik dezelfde lucht inadem als zij, zal niemand me bij haar weg kunnen halen. Ik heb me in de kas door Carol weg laten sturen, maar dat zal niet nog eens gebeuren. Ik was zo dicht bij een doorbraak met Tessa. Dat voelde ik, en ik weet dat zij het ook voelde. Ik zag haar glimlachen. Ik zag dat lege, verdrietige meisje glimlachen om de verdrietige jongen die met heel zijn verscheurde hart en ziel van haar houdt.

Ze houdt nog steeds genoeg van me om een glimlach aan me te verspillen, en dat betekent verdomme zo veel voor me. Ze is verdomme mijn hele wereld. En als ik haar de ruimte geef die ze nodig heeft, zal ze me heel misschien af en toe een kleinigheid toewerpen. En ik zal die kleinigheden koesteren. Een glimlachje, een berichtje van één woord – jezus, als ze niet om een straatverbod vraagt, zal ik blij zijn met alles wat ze me kan geven, totdat ik haar heb kunnen herinneren aan wat we samen hadden.

Haar eraan herinneren? Er valt niet veel te herinneren, besef ik, omdat ik haar nooit echt duidelijk heb gemaakt hoe het kon zijn. Ik was egoïstisch en bang en liet mijn angst en zelfmedelijden de hoofdrol spelen, ik gaf haar nooit de aandacht die ze verdiende. Ik had alleen maar oog voor mezelf en voor mijn walgelijke gewoonte om het laatste restje liefde en vertrouwen uit haar te zuigen en te vertrappen.

Het begint harder te regenen, maar dat geeft niet. Meestal heb ik nog meer met mezelf te doen als het regent, maar vandaag niet. Vandaag is de regen niet zo erg. Die is bijna zuiverend.

Het is dat ik zo de pest heb aan metaforen.

# 36

∞

## Tessa

Het regent weer. Deze keer valt de neerslag als een zwaar gordijn van water op het gazon. Ik sta tegen het raam geleund en staar ernaar alsof ik nog nooit zoiets boeiends heb gezien. Vroeger hield ik van regen: toen ik nog een kind was, bood regen troost. Dat bleef zo toen ik een tiener en daarna volwassen was, maar op dit moment lijkt het weer vooral een afspiegeling van de eenzaamheid in mij te zijn.

Het huis is verlaten. Zelfs Landon en zijn familie zijn terug naar huis. Ik weet niet of ik blij ben dat ze weg zijn, of dat ik me verdrietig voel omdat ik nu alleen ben.

'Hé,' zegt een stem. Er wordt zachtjes op de deur van mijn slaapkamer geklopt, waardoor ik eraan word herinnerd dat ik helemaal niet alleen ben.

Zed heeft aangeboden om vanavond in mijn moeders huis te blijven logeren, en ik kon geen nee zeggen. Ik ga naast het hoofdeinde op het bed zitten en wacht totdat hij de deur opent.

Een paar tellen later is hij nog niet binnen en roep ik: 'Kom maar binnen, hoor.'

Ik denk dat ik gewend ben aan een bepaalde jongen die altijd zonder toestemming naar binnen stormt. Niet dat ik dat ooit echt erg vond...

Zed komt de kleine kamer in, gekleed in dezelfde kleren die hij gisteren naar de uitvaart droeg, alleen zit een van de knoopjes van zijn nette overhemd nu los en ligt zijn haar door de gel plat op zijn hoofd. Daardoor ziet hij er zachter en meer ontspannen uit.

Hij gaat op de rand van het bed zitten en schuift naar me toe. 'Hoe gaat het met je?'

'Goed, hoor. Al weet ik niet hoe ik me zou moeten voelen,' antwoord ik eerlijk. Ik kan niet tegen hem zeggen dat ik vanavond treur om het verlies van twee mannen in plaats van een.

'Heb je zin om ergens naartoe te gaan? Of een film te kijken of zo? Als afleiding?'

Ik denk even over zijn vraag na. Ik heb geen zin om ergens naartoe te gaan en wil ook niets doen, al zou dat waarschijnlijk wel het beste zijn. Ik vond het wel prima om een beetje door het raam naar die naargeestige regen te staren.

'Of gewoon praten? Zo ken ik je niet, je bent niet echt jezelf.' Zed legt een hand op mijn schouder, en onwillekeurig schuif ik naar hem toe. Het was niet eerlijk van me dat ik eerder vandaag zo rot tegen hem deed. Hij wilde me alleen maar troosten en zei toevallig het tegenovergestelde van wat ik wilde horen. Zed kan er niets aan doen dat ik de laatste tijd zo idioot doe, dat is mijn eigen schuld. Ik en mijn eenzaamheid, wat een stel. Maar mijn eenzaamheid is het enige wat ik na de strijd nog over heb.

'Tessa?' Zed raakt even mijn wang aan om mijn aandacht te trekken.

Beschaamd schud ik mijn hoofd. 'Het spijt me, ik zei al dat ik niet helemaal mezelf ben.' Ik probeer te glimlachen, en hij doet mee. Hij maakt zich zorgen over me, dat zie ik aan het goudbruin van zijn ogen. Ik zie het aan de zwakke glimlach waarin hij zijn volle lippen probeert te dwingen.

'Het geeft niet. Je hebt heel wat aan je hoofd. Kom hier.' Hij klopt op het lege plekje naast hem, en ik schuif nog dichter naar hem toe. 'Ik wil je iets vragen.' Op zijn gebruinde wangen verschijnt een duidelijke blos.

Ik knik, ten teken dat hij verder kan gaan. Ik heb geen idee wat hij wil vragen, maar hij is zo'n goede vriend, die helemaal hiernaartoe is gekomen om me te troosten.

'Goed, nou...' Hij zwijgt even en slaakt een zucht. 'Ik vroeg me af hoe het tussen jou en Hardin zit.' Hij bijt op zijn onderlip.

Snel wend ik mijn blik af. 'Ik weet niet of we het over Hardin en mij moeten hebben...'

'Ik hoef geen details te horen. Ik vroeg me alleen af of het deze keer echt definitief uit is.'

Ik slik. Antwoord geven is moeilijk, maar ik zeg: 'Ja.'

'Zeker weten?'

Wat? Ik draai me om en kijk hem aan. 'Ja, maar ik snap niet wat...'

Ik word onderbroken doordat Zed zijn lippen op de mijne drukt. Hij begraaft zijn handen in mijn haar en probeert zijn tong in mijn gesloten mond te duwen. Ik hap verbaasd naar adem, wat hij opvat als een uitnodiging om me indringender te kussen. Hij drukt zijn lichaam tegen me aan en duwt me neer op de matras.

Ik ben verward en van mijn stuk gebracht, maar mijn lichaam reageert instinctief, en ik geef een duw tegen zijn borst. Hij aarzelt even, maar probeert nog steeds zijn tong met de mijne te versmelten.

'Wat doe je?' vraag ik hijgend zodra hij eindelijk ophoudt.

'Wat?' Zijn ogen zijn groot en zijn lippen zijn opgezwollen van de druk tegen de mijne.

'Waarom deed je dat?' Ik spring overeind, volledig van de kaart door zijn plotselinge toenadering, maar ik probeer niet al te overdreven te reageren.

'Wat? Je zoenen?'

'Ja!' roep ik, maar dan sla ik een hand voor mijn mond. Het laatste waaraan ik behoefte heb, is dat mijn moeder een kijkje komt nemen.

'Je zei dat het uit is tussen jou en Hardin! Dat zei je net!' Hij praat veel harder dan ik en doet geen poging om zachter te praten.

Waarom denkt hij dat dit oké is? Waarom wilde hij me zoenen?

Instinctief sla ik mijn armen over elkaar en besef dat ik mezelf probeer te bedekken. 'Dat was niet als een uitnodiging bedoeld! Ik dacht dat je me wilde troosten, gewoon als een vriend.'

Hij maakt een minachtend geluid. 'Gewoon als een vriend? Je weet wat ik voor je voel. Dat heb je altijd al geweten!'

Ik ben ontzet door zijn barse toon. Tot nu toe toonde hij altijd zo veel begrip. Wat is er veranderd?

'Zed, je was het ermee eens dat we vrienden konden zijn. Je weet wat ik voor hem voel.' Ik probeer zo kalm en onbewogen mogelijk te klinken, hoewel de paniek opwelt in mijn borstkas. Ik wil Zed niet kwetsen, maar hij gaat hiermee echt te ver.

Hij rolt met zijn ogen. 'Nee, ik weet niet wat je voor hem voelt, want het is tussen jullie twee dan weer aan en dan weer uit. Je verandert zo'n beetje elke week van gedachten, en ik zit maar te wachten.'

Ik deins terug. Deze Zed herken ik amper en ik wil de oude terug, maar de Zed die ik ken en vertrouw, is nergens te bekennen.

'Dat weet ik. Ik weet dat het zo gaat, maar ik dacht dat ik duidelijk was...'

'Als je tegen me aan kruipt, is dat niet bepaald duidelijk.' Zijn stem is vlak en kil. In de afgelopen paar minuten is zijn gedrag zo veranderd dat de rillingen over mijn rug lopen.

Zijn beschuldiging is beledigend en verwarrend. 'Dat deed ik niet.' Dat dacht hij toch niet echt? 'Toen je tijdens de uitvaart een arm om me heen sloeg, dacht ik dat je me wilde troosten. Ik vond het zo'n vriendelijk gebaar en heb nooit beseft dat je er misschien iets anders mee bedoelde. Hardin was er ook, en je denkt toch niet dat ik klef ga zitten doen waar hij bij is?'

Ergens in het kleine huis klinkt het geluid van een kastdeur die wordt gesloten, en ik ben ontzettend blij dat Zed nu wel zijn stem probeert te dempen. 'Waarom niet? Je hebt me eerder gebruikt om hem jaloers te maken,' fluistert hij bot.

Ik wil mezelf verdedigen, maar ik weet dat hij gelijk heeft. Niet helemaal, maar in dit opzicht wel. 'Ja, dat heb ik vroeger wel eens gedaan, en dat spijt me, echt waar. Dat heb ik je al vaker gezegd, en ik zeg het nu nog eens: je bent er altijd voor me geweest en dat waardeer ik heel erg, maar ik dacht dat we het allemaal hadden uitgepraat. Ik dacht dat je begreep dat jij en ik nooit meer dan vrienden kunnen zijn.'

Hij wappert met zijn handen. 'Je zit zo bij hem onder de plak dat je zelf niet eens ziet hoe erg je eraan toe bent.' De warme gloed is uit zijn blik verdwenen en heeft plaatsgemaakt voor een koel goudbruin.

'Zed.' Ik slaak een verslagen zucht. Ik wil geen ruzie met hem maken, niet na de week die ik achter de rug heb. 'Het spijt me, oké? Echt waar. Maar jij gaat nu echt te ver. Ik dacht dat we vrienden waren.'

'Dat zijn we niet,' bijt hij me toe. 'Ik dacht dat je meer tijd nodig had. Ik dacht dat dit mijn kans zou zijn om jou eindelijk te krijgen, maar je hebt me afgewezen. Alweer.'

'Ik kan je niet geven wat je wilt. Dat weet je. Dat gaat niet. Het doet er niet toe of het goed is of niet, Hardin heeft nu eenmaal zijn stempel op me gedrukt, en ik ben bang dat ik mezelf nooit meer aan jou, of aan wie dan ook, kan geven.'

Zodra ik die woorden uitspreek, heb ik er al spijt van.

Ik heb mijn meelijwekkende uitspraak nog niet gedaan of ik zie een blik in Zeds ogen die me happend naar adem terug doet deinzen. Ik zoek naar een spoor van de onschuldige maar hoopvolle meneer Collins die ik dacht te kennen, maar in plaats daarvan sta ik in mijn slaapkamer de opdringerige neppe Wickham aan te staren, die harten probeerde te veroveren door te doen alsof hij in het verleden door Darcy was gekwetst en die o zo charmant en loyaal leek, maar in werkelijkheid een leugenaar was.

Ik draai me om naar de deur. Hoe heb ik zo stom kunnen zijn? Elizabeth zou me bij mijn schouders grijpen en me door elkaar schudden. Ik heb al die tijd zo mijn best gedaan om Zed te verdedigen tegenover Hardin, wiens overdreven harde oordeel over Zed ik als jaloezie opvatte, maar nu blijkt dat Hardin al die tijd gelijk had.

'Tessa, wacht even, het spijt me!' roept hij me na, maar ik ben al bij de voordeur en ren de regen in voordat zijn stem de hele gang heeft kunnen vullen en de aandacht van mijn moeder trekt.

Maar ik ben al weg, ik ben al in de avond verdwenen.

# 37

∞

## Tessa

Mijn blote voeten raken met een spetterend geluid het plaveisel, en tegen de tijd dat ik bij het huis van Porter aankom, zijn mijn kleren drijfnat. Ik heb geen flauw idee hoe laat het is, maar ik ben blij dat er nog licht brandt. De opluchting spoelt als de koude regen over me heen wanneer Noahs moeder mijn geklop op de deur beantwoordt door open te doen.

'Tessa, lieverd, is alles goed?' Ze trekt me snel naar binnen, maar ik krimp in elkaar wanneer ik het water uit mijn kleren op hun schone hardhouten vloer hoor druppelen.

'Het spijt me, ik wilde...' Ik staar naar de grote, vrijwel smetteloze woonkamer en heb er meteen spijt van dat ik hiernaartoe ben gekomen.

Hardin wil me toch niet spreken. Waar zat ik met mijn verstand? Ik kan niet langer naar hem toe rennen, hij is niet meer van mij en hij is niet de man die ik dacht dat hij was.

Mijn Hardin is verdwenen in Engeland, in dat land van al mijn verhalen, en zijn plaats is ingenomen door een vreemde, die onze levens kapot heeft gemaakt. Mijn Hardin zou nooit high worden en aan een andere vrouw zitten, en al helemaal niet een andere vrouw zijn kleren laten dragen. Mijn Hardin zou me niet voor schut zetten waar al zijn vrienden bij zijn en me terug naar Amerika sturen, me opzijschuivend alsof ik helemaal niets ben. Ik bén ook niets, in elk geval voor hem. Hoe langer mijn lijstje wordt, hoe dommer ik me voel. De waarheid luidt dat de enige Hardin die ik ken dat soort dingen maar al te vaak heeft gedaan, en zelfs nu, nu ik alleen ben met mijn gedachten, sta ik hem nog te verdedigen.

Wat ben ik toch een zielig figuur.

'Het spijt me, mevrouw Porter. Ik had niet moeten komen. Het spijt me,' verontschuldig ik me gejaagd. 'Wilt u verder tegen niemand zeggen dat ik er was?' Voordat ze me kan tegenhouden ren ik weer net zo snel naar buiten, terug de regen in. Zo van streek ben ik.

Tegen de tijd dat ik ophoud met rennen ben ik in de buurt van het postkantoor. Als kind had ik altijd zo'n hekel aan deze straathoek. Het kleine, bakstenen postkantoor staat helemaal achter in het stadje, afgezonderd van de rest. Er staan geen andere huizen of winkels in de buurt, en op dit soort momenten, in het donker en bij regen, speelt mijn verbeelding me parten en lijkt het gebouw te versmelten met de bomen. Als kind rende ik er altijd snel langs.

De adrenaline is inmiddels weggezakt en mijn voeten doen pijn vanwege het rennen over het harde plaveisel. Ik weet niet wat me bezielde toen ik het halve stadje door rende. Waarschijnlijk dacht ik echt niet na.

Ik zette al vraagtekens bij mijn geestelijke gezondheid, maar ik begin er helemaal aan te twijfelen wanneer er opeens een schaduw onder de luifel van het postkantoor vandaan stapt. Ik deins langzaam terug voor het geval dit geen zinsbegoocheling is.

'Tessa? Jezus, wat doe jij hier?' zegt de schaduw met een stem die heel erg op die van Hardin lijkt.

Ik draai me met een ruk om en wil wegrennen, maar hij is sneller dan ik. Voordat ik ervandoor kan gaan, slaat hij zijn armen om mijn middel en trekt me tegen zijn borst. Een grote hand dwingt me naar hem op te kijken, en ondanks de dikke regendruppels die mijn zicht belemmeren probeer ik mijn ogen open te houden en me op hem te concentreren.

'Wat doe jij in vredesnaam in je eentje in de regen?' zegt Hardin streng over het geluid van de bui heen.

Ik weet niet hoe ik me moet voelen. Ik wil Hardins raad opvolgen en me simpelweg overgeven aan mijn gevoelens, maar zo simpel is het niet. Als ik nu toegeef aan de enorme opluchting die Hardins hand op mijn wang bij me opwekt, zal ik mezelf alleen maar teleurstellen.

'Geef eens antwoord. Is er iets gebeurd?'

'Nee,' lieg ik hoofdschuddend. Ik zet een stap naar achteren en probeer rustig adem te halen. 'Wat doe jij hier zo laat, op deze plek? Ik dacht dat je bij Porter logeerde.' Heel even raak ik in paniek en denk ik dat mevrouw Porter hem misschien heeft verteld dat ik bij haar heb aangeklopt.

'Nee, daar ben ik een uur geleden vertrokken. Ik sta op een taxi te wachten. Die lul had er twintig minuten geleden al moeten zijn.' Hardins kleren zijn doorweekt, en zijn haar is dat ook. Zijn hand trilt op mijn huid. 'Maar waarom ben jij hier, zonder jas en op blote voeten?'

Ik kan merken dat hij zijn best doet om kalm te blijven, maar zijn masker blijft niet zo goed zitten als hij zelf waarschijnlijk denkt. Ik zie heel duidelijk de paniek in zijn groene ogen. Zelfs in het donker zie ik dat de donderwolken zich daar samenpakken. Hij weet het. Hij lijkt gewoon altijd alles te weten.

'Niks. Het stelt niks voor.' Ik wil weglopen, maar hij tuint er niet in. Hij komt naar me toe, nog dichterbij dan zo-even. Veeleisend is hij altijd al geweest.

Het licht van koplampen priemt door het gordijn van regen heen. Mijn hart begint te bonzen achter mijn ribben wanneer er een auto in zicht komt en ik besef dat ik die auto ken.

Het voertuig blijft met draaiende motor staan. Zed stapt uit en rent naar me toe, maar Hardin gaat tussen ons in staan en maakt hem zonder woorden duidelijk dat hij niet dichterbij moet komen. Ook hieraan ben ik inmiddels gewend geraakt, en ook dit zie ik liever niet meer. Het lijkt wel alsof alles in mijn leven deel uitmaakt van een nare, niet te doorbreken cyclus die me elke keer weer iets meer kapotmaakt.

Hardins stem is zelfs in de regen luid en duidelijk: 'Wat heb je gedaan?'

'Wat heeft ze je verteld?' vraagt Zed op zijn beurt.

Hardin doet een stap in zijn richting. 'Alles,' liegt hij.

Ondanks het licht van de koplampen achter ons kan ik Zeds gezicht niet goed zien en weet ik niet wat zijn uitdrukking betekent.

'Dus ze heeft je verteld dat ze me heeft gezoend?' zegt Zed snerend, met een stem die druipt van venijn en tevredenheid.

Voordat ik mezelf tegen Zeds leugens kan verdedigen doemt er een nieuw stel koplampen op uit het donker en wordt de chaos nog groter.

'Wát?' roept Hardin.

Zijn lichaam is nog steeds naar Zed toe gedraaid, en in het licht van de koplampen van de taxi zie ik Zed zelfvoldaan grijnzen. Hoe kan hij zo tegen Hardin liegen over mij? Zal Hardin hem geloven? Maakt dat eigenlijk wel iets uit?

Geldt dat niet voor alles wat er gebeurt? Maakt het wel iets uit?

'Dit gaat om Sam, hè?' vraagt Hardin voordat Zed antwoord kan geven.

'Nee!' Zed veegt met zijn hand de regen van zijn gezicht.

Hardin wijst beschuldigend naar hem. 'Jawel! Ik wist het wel! Ik wist wel dat je vanwege die hoer achter Tessa aan zou gaan!'

'Ze was geen hoer! En dit gaat niet alleen maar om haar. Ik geef om Tessa, net zoals ik om Samantha gaf, maar jij moest het weer verkloten. Je verkloot altijd alles voor me!' roept Zed.

Hardin zet een stap in zijn richting, maar zegt tegen me: 'Stap in die taxi, Tessa.'

Ik blijf staan en negeer hem. Wie is Samantha? Die naam komt me vaag bekend voor, maar ik weet niet precies waarom.

'Tessa, stap in die taxi en blijf daar op me wachten, alsjeblieft,' zegt Hardin met opeengeklemde kaken. Zijn geduld raakt op, en aan de uitdrukking op Zeds gezicht te zien is dat bij hem al gebeurd.

'Ga niet met hem op de vuist, Hardin, niet weer,' zeg ik smekend. Ik heb er zo'n genoeg van. Ik geloof niet dat ik opnieuw een gewelddadig tafereel kan verdragen, niet nadat ik mijn vaders lichaam zo koud en levenloos heb aangetroffen.

'Tessa,' begint hij, maar ik kap hem af. Mijn laatste restje gezond verstand moet nu echt zijn verdwenen, want ik smeek Hardin om met me mee te gaan. 'Dit was al zo'n vreselijke week, en ik kan dit niet aanzien. Toe, Hardin. Ga met me mee. Haal me hier vandaan, alsjeblieft.'

# 38

∞

## Hardin

Tessa heeft sinds we in de taxi zijn gestapt geen woord meer tegen me gezegd, en ik heb het zo druk met mijn woede in te houden dat ik ook niets zeg. Toen ik haar daarbuiten zo zag, in het donker en op de vlucht voor iets – voor Zed –, kwam mijn kwaadheid in alle hevigheid naar boven. Het zou zo gemakkelijk zijn geweest om eraan toe te geven, om die woede te ontketenen.

Dat kan ik echter niet doen. Deze keer niet. Deze keer zal ik haar laten zien dat ik me kan inhouden, dat ik mijn mond kan houden en mijn vuisten niet hoef te gebruiken. Ik ben immers met haar in de taxi gestapt en heb Zed niet de hersens ingeslagen, hoewel hij dat wel had verdiend. Ik hoop dat ze dat inziet. Ik hoop dat dat in elk geval voor me pleit.

Tessa heeft nog niet geprobeerd om ervandoor te gaan, en ze hield haar mond toen ik tegen de taxichauffeur zei dat hij eerst langs het huis van haar moeder moet rijden, zodat we Tessa's spullen kunnen ophalen. Dat is een goed teken. Dat kan niet anders. Haar doorweekte kleren kleven aan haar lijf en haar haar plakt in klitten aan haar voorhoofd. Ze probeert het met haar hand naar achteren te strijken en slaakt een zucht wanneer de weerbarstige lokken niet willen meewerken. Ik moet me tot het uiterste beheersen om niet mijn hand uit te steken en het haar achter haar oren te strijken.

'Wacht hier totdat we weer terug zijn,' zeg ik tegen de chauffeur. 'Het duurt hoogstens een minuut of vijf, dus niet wegrijden.'

Hij was sowieso al veel te laat, dus hij vindt het vast niet erg om even te wachten. Niet dat ik iets te klagen heb: als hij wel op tijd was geweest, was ik nooit Tessa tegengekomen die in haar eentje door die rotregen liep.

Tessa gooit het portier open en loopt door de voortuin. Ze krimpt niet eens ineen onder de striemende regen die haar bijna onzichtbaar voor me maakt. Nadat ik de chauffeur nogmaals duidelijk heb gemaakt dat hij moet wachten, ren ik haar achterna voordat de regen ons nog verder van elkaar kan scheiden.

Ik houd mijn adem in en dwing mezelf om de rode auto te negeren die voor het huis geparkeerd staat. Zed kon blijkbaar raden dat we hiernaartoe zouden gaan en heeft dit huis eerder weten te bereiken dan wij. Ik mag mijn zelfbeheersing nu niet verliezen. Ik moet Tessa laten zien dat ik me kan beheersen en dat ik haar gevoelens, en niet die van mij, op de eerste plaats zet.

Ze verdwijnt naar binnen. Ik volg een paar tellen later, maar dan bestookt Carol haar al met vragen.

'Tessa, hoe vaak ga je dit nog doen? Je stort je opnieuw in iets waarvan je al weet dat het niet gaat werken!'

Zed staat midden in de woonkamer en druipt van de regen. Tessa knijpt met haar vingers in de brug van haar neus, een teken dat ze heel erg van streek is, en opnieuw moet ik mijn best doen om mijn mond te houden.

Ik hoef maar één verkeerd woord te zeggen of ze zal besluiten hier te blijven, uren bij mij vandaan.

Tessa steekt een hand op in een gebaar dat het midden houdt tussen smekend en bevelend. 'Mam, kun je alsjeblieft ophouden? Ik stort me helemaal nergens in, ik wil hier gewoon weg. Als ik hier blijf, wordt het echt niet beter, en ik heb nog een baan en een studie in Seattle.'

Seattle?

'Je gaat vanavond nog terug naar Seattle?' roept Carol uit tegen haar dochter.

'Niet vanavond, maar morgen wel. Ik hou van je, en ik weet dat je het goed bedoelt, maar ik wil nu gewoon bij mijn... Nou...' Tessa kijkt naar mij, met een onzekere blik in haar grijze ogen. 'Landon. Ik wil nu graag bij Landon zijn.'

O...

Zed doet die rotbek van hem open. 'Ik breng je wel.'

Ik kan er niets aan doen, ik moet me er wel mee bemoeien. 'Dacht het niet.'

Ik doe echt mijn best om mijn geduld te bewaren en zo, maar dit is te veel. Ik had naar binnen moeten stormen, Tessa's tas moeten pakken en haar terug moeten slepen naar de taxi voordat Zed ook maar een blik op haar kon werpen.

Die smoel die hij nu trekt, die ontzettend zelfvoldane lachende smoel die hij een paar minuten geleden ook al had, daar zit hij me echt mee uit te dagen. Hij probeert me gek te maken, hij probeert me zover te krijgen dat ik in het bijzijn van Tessa en haar moeder over de rooie ga. Hij wil spelletjes met me spelen, dat wil hij altijd.

Maar vanavond niet. Dat gun ik hem niet. Ik weiger zijn pion te zijn.

'Tessa, pak je spullen,' zeg ik, maar ik stel mijn woordkeuze bij zodra ik de verontwaardigde gezichten van de beide vrouwen zie. 'Tessa, zou je alsjeblieft je tas willen pakken?'

Tessa's uitdrukking verzacht. Ze loopt de gang in, naar haar oude slaapkamer.

Carol kijkt van mij naar Zed en dan weer naar mij voordat ze zegt: 'Waarom is ze de regen in gerend? Wie van jullie twee heeft dat op zijn geweten?' Die dreigende blik waarmee ze naar ons kijkt, is bijna komisch.

'Hij,' zeggen we tegelijkertijd. We wijzen als kleine kinderen naar elkaar.

Carol rolt met haar ogen en loopt haar dochter achterna, de smalle gang in.

'Tessa wilde niet dat ik wegging, ze was erg van streek. Ze smeekte me hier te blijven, bij haar,' bijt hij me toe.

Ik schud mijn hoofd, maar hij gaat verder: 'Ze wil je niet meer. Wat haar betreft is het over en uit. Dat weet jij ook wel. Je ziet toch hoe ze naar me kijkt? Je weet dat ze mij wil.'

Ik bal mijn vuisten en haal diep adem, in een poging kalm te blijven. Als Tessa niet snel met haar tas tevoorschijn komt, druipt in deze woonkamer straks het bloed van de muren. Die lul met zijn achterlijke smoelwerk.

Ze zou hem nooit zoenen. Dat zou ze nooit doen.

Beelden uit mijn nachtmerries doemen achter mijn gesloten oogleden op, waardoor het gevoel dat er elk moment iets in me kan knappen alleen maar sterker wordt. Zijn handen op haar zwangere buik, haar nagels over zijn rug. Hij probeert altijd de meiden van andere jongens te versieren...

Dat zou ze nooit doen. Ze zou hem nooit zoenen.

'Dit gaat niet werken,' weet ik uit te brengen. 'Je kunt me echt niet zover krijgen dat ik je aanvlieg waar zij bij is. Niet weer.'

Kut, ik wil zo graag die kop van hem open rammen en zijn hersens eruit zien spatten. Dat wil ik zo ontzettend graag.

Hij gaat op de armleuning van de bank zitten en glimlacht. 'Je hebt het zo gemakkelijk voor me gemaakt. Ze zei dat ze me zo graag wilde. Dat zei ze nog geen half uur geleden.' Hij kijkt even naar zijn pols, alsof hij op een horloge kijkt hoe laat het is. Een godvergeten aansteller, dat is hij altijd al geweest.

'Tessa!' Ik vraag me af hoeveel seconden ik de aanwezigheid van deze klootzak nog moet verdragen.

Er valt een stilte in huis, maar dan hoor ik de mompelende stemmen van Tessa en haar moeder. Ik doe heel even mijn ogen dicht en hoop maar dat Carol Tessa niet heeft overgehaald om nog een nacht in dit achterlijke gat te blijven.

'Je wordt er gek van, hè?' zegt Zed spottend. Hij blijft me uit mijn tent lokken. 'Hoe denk je dat ik me voelde toen je met Sam neukte? Dat was duizend keer erger dan dat beetje jaloezie waar jij nu last van hebt.'

Alsof hij ooit zal kunnen weten wat ik voor Tessa voel. Ik kijk hem verveeld aan. 'Ik zei al dat je je bek moet houden en moet oprotten. Niemand geeft ene reet om jou en Sam. Ik kon haar zo het bed in lullen. Veel te snel naar mijn smaak. Het stelde geen zak voor.' Zed zet een stap in mijn richting en ik recht mijn rug om hem eraan te herinneren dat mijn lengte een van de vele voordelen is die ik ten opzichte van hem heb. Nu is het mijn beurt om hem te kloten. 'Wat? Praat je niet graag over die lieve Samantha van je?'

Zeds ogen kleuren donker en waarschuwen me om op te houden, maar dat wil ik niet. Hij heeft het gore lef om Tessa te kussen en haar gevoelens als munitie tegen me te gebruiken? Dan weet hij blijkbaar nog niet dat ik een compleet arsenaal achter de hand heb.

'Hou je bek,' snauwt hij, waardoor hij me nog verder drijft. Ik besluit deze keer om niet mijn handen te gebruiken. Woorden kunnen veel effectiever zijn.

'Waarom?' Ik kijk even de gang in om er zeker van te zijn dat Tessa nog steeds door haar moeder wordt beziggehouden en ik Zed ongestoord met mijn woorden kan kwellen. 'Je wilt niks horen over die avond dat ik met haar heb geneukt? Ik kan het me niet zo goed herinneren, maar ik geloof dat het allemaal zo nieuw voor haar was dat ze erover in dat dagboek van haar heeft geschreven. Ze maakte niet echt veel indruk, dat weet ik nog wel, maar ze was in elk geval wel gretig.'

Ik weet dat hij helemaal gek van haar was, en dat was ook een van de redenen dat zij zo'n uitdaging voor me was, maar uiteindelijk bleek ik meer last dan plezier van haar te hebben. 'Geloof maar dat ik haar helemaal suf heb geneukt. Daarom beweerde ze later natuurlijk dat ze zwanger was. Dat weet je toch nog wel, hè?'

Ik houd heel even mijn mond en vraag me af hoe hij zich heeft gevoeld toen hij het ontdekte. Ik probeer me te herinneren wat ik dacht toen ik besloot haar te versieren. Ik wist dat ze met elkaar gingen. Ik had haar bij Vance op kantoor zijn naam horen noemen en was meteen geboeid geweest. Ik kende Zed toen nog maar een paar weken, maar het leek me leuk om hem een beetje te kloten.

'Je deed alsof we vrienden waren.' Zijn zielige woorden missen hun doel.

'Vrienden? Nee, die gestoorde gasten waren je vrienden niet. Het was niks persoonlijks, ik kende je amper.' Ik kijk de gang in om er zeker van te zijn dat Tessa er niet is, en dan doe ik een stap naar voren en grijp ik de kraag van zijn overhemd vast. 'Net zoals het niets persoonlijks was toen Stephanie Rebecca aan je voorstelde, hoewel ze wist dat ze met Noah was. Het wordt altijd persoonlijk als je besluit om Tessa te besodemieteren. Je weet wat ze voor me betekent. Veel meer dan een of ander sletje van kantoor ooit voor jou kan betekenen.'

Ik schrik wanneer hij me zo'n harde duw geeft dat ik tegen de muur val. Schilderijlijstjes vallen rammelend op de vloer. Tessa en haar moeder komen meteen aangerend.

'Klootzak! Ik had echt wel met Tessa kunnen neuken. Als jij vanavond niet was komen opdagen, had ze vast heel gemakkelijk ja gezegd!' Zijn vuist raakt mijn mond en Tessa slaakt een ontzette gil. De scherpe smaak van koper vult mijn mond, en ik slik het bloed snel door voordat ik met mijn mouw mijn lippen en kin afveeg.

'Zed!' roept Tessa beschuldigend. 'Ga weg! Nu!' Ze duwt met haar kleine vuisten tegen zijn borst. Ik pak haar vast en trek haar voorzichtig van hem af.

Ik vind het fantastisch dat Tessa hem nu eindelijk dat soort dingen over haar hoort zeggen. Hier heb ik haar al die tijd voor gewaarschuwd: hij was nooit die lieve, onschuldige jongen die zij dacht dat hij was.

Goed, ik weet dat hij echt wel iets voor haar voelt – ik ben niet helemaal stekeblind – maar zijn bedoelingen waren nooit helemaal zuiver. Dat heeft hij haar tot mijn grote vreugde net laten zien. Ik ben ook een egoïstische klootzak, maar ik heb nooit iets anders beweerd.

Zonder nog een woord te zeggen loopt Zed de voordeur uit, de regen in. Even later zie ik door het raam aan de voorkant zijn achterlichten in de avond verdwijnen.

'Hardin?' Tessa's stem klinkt zacht en erg vermoeid. We zitten al bijna een uur lang op de achterbank van de taxi, maar hebben nog geen woord tegen elkaar gezegd.

'Ja?' Mijn stem breekt. Ik schraap mijn keel.

'Wie is Samantha?'

Sinds we bij haar moeder wegreden, heb ik al op die vraag zitten wachten. Ik zou tegen haar kunnen liegen en een of ander lulverhaal over Zed kunnen verzinnen waardoor hij de grote klootzak lijkt. Of ik zou voor de verandering eens eerlijk kunnen zijn.

'Een meisje dat stage liep bij Vance. Ik heb met haar geneukt terwijl ze verkering had met Zed.' Ik besluit niet te liegen, maar ik heb spijt van mijn harde woorden wanneer ik Tessa ineen zie duiken. 'Sorry, ik wilde gewoon eerlijk zijn,' voeg ik eraan toe, in de hoop dat dat mijn uitspraak kan verzachten.

'Je wist dat ze zijn vriendin was, maar je ging toch met haar naar bed?' Ze kijkt me recht aan zoals alleen zij dat kan.

'Ja, dat wist ik. Daarom deed ik het ook.' Ik haal mijn schouders op en probeer het schuldgevoel te negeren dat de kop op dreigt te steken.

'Waarom?' Ze kijkt me onderzoekend aan, wachtend op een logisch antwoord, maar dat heb ik niet. Ik heb alleen de waarheid. De nare, compleet gestoorde waarheid.

'Ik heb geen excuus. Het was gewoon een spelletje voor me.' Ik slaak een zucht. Was ik maar niet zo'n lul. Niet vanwege Zed, maar vanwege dat mooie, lieve meisje dat me zelfs niet veroordelend aankijkt terwijl ze wacht op verdere uitleg.

'Je moet niet vergeten dat ik heel anders was voordat ik jou leerde kennen. Ik was niet de man die jij kent. Ik weet dat je denkt dat ik nu gestoord ben, maar echt, je zou een nog grotere hekel aan me hebben als je had kunnen zien hoe ik toen was.' Ik wend mijn blik van haar af en kijk uit het raampje. 'Ik weet dat het niet zo overkomt, maar je hebt me echt heel erg geholpen. Dankzij jou heb ik weer een doel, Tess.'

Ik hoor haar zuchten en krimp ineen wanneer ik besef hoe mijn woorden overkomen. Ik klink ongetwijfeld zielig en onzeker.

'En wat is je doel?' vraagt ze. In de plotselinge stilte van de taxi klinkt haar stem timide.

'Daar probeer ik nog altijd achter te komen. Maar dat lukt me wel. Wil je alsjeblieft blijven wachten totdat ik het antwoord heb gevonden?'

Ze kijkt me aan, maar zegt niets.

Daar ben ik blij om, want ik denk niet dat ik op dit moment een afwijzing zou kunnen verdragen. Ik draai mijn hoofd om en kijk naar de inktzwarte duisternis van het landschap buiten, blij dat er geen definitief en vernietigend oordeel van haar lippen is gerold.

# 39

∞

## Tessa

Ik word wakker omdat iemand zijn armen rond mijn middel slaat en me uit de auto tilt. De witte lamp boven op de taxi herinnert me aan de avond die ik achter de rug heb. Ik kijk om me heen en raak heel even in paniek, maar dan zie ik dat we op Kens oprit staan, en niet...

'Ik zou je nooit daarnaartoe hebben gebracht,' fluistert Hardin, die precies weet waarvoor ik bang ben voordat ik die gedachte zelf goed en wel heb kunnen vormen.

Ik protesteer niet wanneer Hardin me naar binnen draagt. Karen is nog wakker en zit in een stoel bij het raam, met een kookboek op haar schoot. Hardin zet me neer, maar ik sta een beetje te wankelen op mijn benen.

Karen staat op, loopt naar me toe en omhelst me. 'Wil je iets eten, lieverd? Ik heb karamelcake gebakken, dat vind je vast lekker.' Glimlachend sluit ze haar warme hand om de mijne en neemt me mee naar de keuken. Hardin protesteert niet eens.

'Ik breng je tas wel naar boven,' hoor ik hem zeggen.

'Slaapt Landon al?' vraag ik aan Landons moeder.

'Volgens mij wel, maar hij vindt het vast niet erg als je hem wakker maakt. Het is nog niet zo laat.' Voordat ik haar kan tegenhouden, legt Karen een plak cake geglazuurd met karamel op een bordje.

'Nee, dat hoeft niet. Ik spreek hem morgen wel.'

Karen kijkt me aan met een blik waarin ik de vertrouwde tederheid zie, maar haar vingers spelen nerveus met de trouwring rond haar magere vinger. 'Ik weet dat de timing heel erg slecht is, en dat spijt me, maar ik moet dringend iets met je bespreken.' Haar warme bruine ogen zijn vervuld van bezorgdheid. Ze wacht totdat ik een hapje van de zoetigheid heb genomen en schenkt twee glazen melk voor ons in.

Ik heb mijn mond vol met de heerlijke cake en knik dus dat ze verder moet gaan. Eerder vandaag kreeg ik geen hap door mijn keel, maar het is een lange dag geweest. Ik steek mijn hand uit voor nog een plak.

'Ik weet dat je al heel veel aan je hoofd hebt, dus zeg het gewoon als je er niets bij kunt hebben. Dat begrijp ik maar al te goed. Ik zou alleen graag je mening over iets willen horen.'

Ik knik nogmaals, genietend van het gebak.

'Het gaat om Hardin en Ken.'

Mijn ogen worden groot, en ik verslik me prompt in mijn cake en grijp naar het glas melk. Weet ze het? Heeft Hardin iets gezegd?

Karen geeft me een klopje op mijn rug terwijl ik de koude melk doorslik. Ze wrijft met haar hand in kringetjes en vervolgt: 'Ken is zo blij dat Hardin eindelijk iets minder vijandig tegenover hem staat. Het doet hem goed dat hij een band met zijn zoon kan opbouwen, dat heeft hij altijd al gewild. Hij heeft van niets in zijn leven zo veel spijt als van de manier waarop hij Hardin vroeger heeft behandeld, en ik vond het zo erg om hem daar al die jaren onder te zien lijden. Ik weet dat hij fouten heeft gemaakt, heel veel fouten zelfs, en ik wil die echt niet goedpraten.' Haar ogen vullen zich met tranen. Ze bet haar ooghoeken met haar vingers en zegt glimlachend: 'Sorry, ik ben een beetje van streek.'

Ze haalt een paar keer diep adem en zegt dan: 'Hij is niet meer dezelfde man als toen. Hij is al jaren nuchter, hij is in therapie geweest, en hij heeft alles op een rijtje kunnen zetten.'

Ze weet het. Karen weet het, van Trish en Christian. Mijn borst verstrakt en mijn ogen worden ook vochtig. 'Ik weet wat je gaat zeggen.' Ik heb zo met zijn familie te doen. Ik hou van hen alsof ze mijn vlees en bloed zijn, en ik heb medelijden met iedereen in deze familie vol geheimen, verslavingen en spijt.

'O ja?' Uit de beverige manier waarop ze uitademt, blijkt dat ze opgelucht durft te zijn. 'Dus Landon heeft je over de baby verteld? Dat had ik kunnen weten. Ik neem aan dat Hardin het ook weet?'

Ik begin opnieuw te kuchen. Na een ongemakkelijke hoestbui, onder de onderzoekende blik van Karen, zeg ik eindelijk: 'Wát? Een baby?'

'Dus je wist het niet.' Ze lacht zacht. 'Ik weet dat ik veel ouder ben dan je van een zwangere vrouw zou verwachten, maar ik ben begin veertig, en de dokter heeft gezegd dat ik gezond ben...'

'Een baby?' Ik ben blij dat ze niet weet dat Christian Hardins vader is, maar dit is wel een erg grote verrassing.

'Ja.' Ze glimlacht. 'Ik schrok net zoals jij nu. Ken ook. Hij is zo bezorgd. Landon was helemaal van streek: hij wist wel dat ik telkens naar de dokter moest, maar hij wist niet waarvoor, dus die arme schat dacht dat ik ziek was. Daar voelde ik me zo rot over dat ik open kaart besloot te spelen. Dit was helemaal niet gepland...' Ze kijkt me onderzoekend aan. 'Maar nu ik eenmaal gewend ben aan het idee dat ik op deze leeftijd nog moeder word, zijn we er heel blij mee.'

Ik sla mijn armen om haar heen en voel voor het eerst in dagen blijdschap. Tot nu toe was er alleen maar leegte in mijn binnenste, maar nu voel ik vreugde. Ik ben dol op Karen en vind dit zo fijn voor haar. Dit voelt zo goed. Ik begon me al af te vragen of ik me ooit nog goed zou kunnen voelen.

'Dit is geweldig! Ik ben zo blij voor jullie!' zeg ik enthousiast.

Ze pakt me stevig vast. 'Dank je wel, Tessa. Ik wist wel dat je blij zou zijn, en ik vind het steeds spannender nu ik er meer aan gewend raak.' Ze laat me los, geeft me een zoen op mijn wang en kijkt me recht aan. 'Ik vraag me alleen af wat Hardin hiervan zal vinden.'

En zo slaat mijn vreugde binnen een tel om in bezorgdheid. Hardin heeft het nieuws dat zijn hele leven een leugen was niet bepaald goed verwerkt, en nu zal de man van wie hij dacht dat het zijn vader was nog een kind krijgen en zal Hardin worden vergeten. Dat laatste is natuurlijk helemaal niet zeker, maar ik ken Hardin goed genoeg om te weten dat hij dat zal denken. En Karen weet dat ook. Dat is de reden waarom ze dit met mij wilde bespreken.

'Vind je het erg als ik het aan hem vertel?' vraag ik. 'Je mag het ook zelf doen, hoor.'

Ik wil liever niet te ver vooruitlopen. Ik weet dat ik het zo alleen maar lastiger maak, maar als ik bij Hardin wegga, wil ik geen puinhoop achterlaten.

Dat is een excuus, zegt een stemmetje in mijn binnenste waarschuwend.

'Nee, natuurlijk vind ik dat niet erg. Eerlijk gezegd hoopte ik al dat je het zou aanbieden. Ik weet dat dit je in een lastige positie brengt en ik wil niet dat je je ergens toe gedwongen voelt, maar ik ben bang dat het verkeerd zal vallen als Ken het aan Hardin vertelt. Jij weet als geen ander hoe je met hem moet omgaan.'

'Dan doe ik dat. Ik ga het hem morgen vertellen.'

Ze slaat opnieuw haar armen om me heen. 'Het was een erg zware dag voor je en het spijt me dat ik je hiermee moest lastigvallen. Ik had beter kunnen wachten, maar ik begin al een buikje te krijgen en wil voorkomen dat het nieuws hem overvalt. Hij heeft het al moeilijk genoeg en ik wil doen wat ik kan om het gemakkelijker voor hem te maken. Hij moet weten dat hij bij deze familie hoort en dat we allemaal heel veel van hem houden. Daar zal deze baby niets aan veranderen.'

'Dat weet hij wel,' zeg ik. Hij wil het misschien niet geloven, maar hij weet het wel.

We horen voetstappen op de trap en laten elkaar in een reflex los om onze wangen af te vegen. Ik neem net een hap cake wanneer Hardin de keuken binnenloopt. Hij heeft gedoucht en zijn kleren verruild voor een joggingpak waarvan de broek te kort is. Uit het WCU-logo op zijn bovenbeen blijkt dat dit Landons kleren zijn. Zelf zou hij zoiets nooit aanschaffen.

In een normale situatie zou ik hem plagen met die broek, maar nu niet. Dit is allemaal zo vreemd en verwarrend, nu het slechtste en het beste wat er kan gebeuren op hetzelfde moment plaatsvindt. Aan de andere kant is onze relatie nooit een toonbeeld van gezond evenwicht of regelmaat geweest, dus waarom zou het anders zijn nu we uit elkaar zijn?

'Ik ga naar bed. Heb je nog iets nodig?' Zijn stem klinkt bars en laag.

Ik kijk naar hem op, maar hij staart naar zijn voeten. 'Nee, maar toch bedankt.'

'Ik heb je tas op de logeerkamer gezet. Op jouw kamer.'

Ik knik. Het verwarde, onbetrouwbare deel van me wenst nu dat Karen niet bij ons in de keuken had gestaan, maar het weldenkende, bittere deel, dat veel groter is, is blij dat ze er is. Hij loopt terug de trap op, en ik wens Karen welterusten en ga dan zelf ook naar boven.

Even later sta ik voor de deur van de kamer waar ik een paar van de mooiste nachten van mijn leven heb doorgebracht. Ik wil de deurknop vastpakken, maar trek dan snel mijn hand terug, alsof ik bang ben me te branden aan het koude metaal.

Er moet een einde komen aan deze vicieuze cirkel. Als ik aan elke opwelling toegeef en luister naar elke vezel in mijn lichaam die zo graag bij hem wil zijn, dan zal ik nooit loskomen van een bestaan waarin de ene fout op de andere volgt en de ruzies zich aaneenrijgen.

Pas wanneer ik de deur van de logeerkamer achter me dichttrek, kan ik opgelucht ademhalen. Ik val in slaap met de wens dat mijn jongere ik had kunnen weten hoe gevaarlijk de liefde kan zijn. Als ik had geweten dat het zo'n pijn zou doen, dat ik erdoor zou worden verscheurd en na mijn herstel opnieuw aan stukken zou worden gereten, dan was ik zo ver mogelijk uit de buurt van Hardin Scott gebleven.

# 40

∞

## Tessa

'Tessie! Ik ben hier, kom eens!' roept mijn vader vanuit de gang. De opwinding is duidelijk hoorbaar in zijn stem.

Ik kom mijn bedje uit en ren naar hem toe, bijna struikelend over de ceintuur van mijn ochtendjas die ik niet heb vastgeknoopt. Ik probeer er een knoop in te leggen terwijl ik de woonkamer in ren... waar mijn moeder en vader naast een prachtig versierde en verlichte boom staan.

Kerstmis was altijd al een van mijn lievelingsfeestdagen.

'Kijk eens wat we voor je hebben, Tessie. Ik weet dat je nu volwassen bent, maar toen ik dit zag, wist ik gewoon dat ik het voor je moest kopen.' Mijn vader glimlacht. Mijn moeder vlijt zich tegen hem aan.

Volwassen? Ik kijk naar mijn voeten en probeer wijs uit dat woord te worden. Ik ben niet volwassen. Ik geloof althans van niet.

Er wordt een klein doosje in mijn hand gelegd. Zonder nadenken trek ik de glimmende strik eraf. Ik ben dol op cadeaus. Ik krijg niet vaak een cadeautje, dus als dat wel gebeurt, is dat heel bijzonder.

Ik scheur het papier eraf en kijk naar mijn ouders, maar de uitdrukking van mijn moeder brengt me van mijn stuk. Ik heb haar nog nooit op deze manier zien glimlachen, en mijn vader... Tja, ik heb het gevoel dat hij hier niet zou moeten zijn, al kan ik niet uitleggen waarom ik dat denk.

'Maak het dan open!' dringt mijn vader aan.

Ik til het deksel van het doosje. Ik knik enthousiast en steek mijn hand uit... maar trek die dan snel terug omdat ik me aan iets scherps prik. Het doet zo'n pijn dat ik bijna vloek, en ik laat het doosje vallen. Een naald rolt over het kleed.

Ik kijk opnieuw naar mijn ouders en zie dat mijn vader lijkbleek is geworden en dat al het leven uit zijn blik is verdwenen.

Mijn moeder glimlacht opnieuw opgewekt, stralender dan ik haar ooit eerder heb zien lachen. Net zo stralend als een oogverblindende zon. Mijn vader bukt zich om de naald op te rapen. Hij zet een stap in mijn richting, met de naald in zijn hand, en ik wil terugdeinzen, maar mijn voeten werken niet mee, hoe ik ook mijn best doe. Ik kan niets anders doen dan hulpeloos blijven staan en ik zet het op een schreeuwen wanneer hij het wapen in mijn arm steekt.

'Tessa!' roept Landon luid en angstig. Hij schudt me bij mijn schouders door elkaar.

Ik zit rechtop, al begrijp ik niet waarom. Mijn shirt is doorweekt van het zweet. Ik kijk hem aan en kijk dan naar mijn arm, als een bezetene zoekend naar de sporen van een prik.

'Gaat het?' roept hij uit.

Ik hap naar adem. Mijn borst doet pijn; ademhalen is lastig en praten gaat al helemaal niet. Ik schud mijn hoofd.

Landon pakt mijn schouders steviger vast. 'Ik hoorde je schreeuwen en...' Landon valt stil wanneer Hardin naar binnen stormt.

Hardins wangen zijn rood en de blik in zijn ogen is woest. 'Wat is er gebeurd?' Hij duwt Landon opzij en gaat naast me op het bed zitten. 'Ik hoorde je schreeuwen, wat is er gebeurd?' Hij legt zijn handen op mijn wangen en veegt met zijn duimen mijn tranen weg.

'Dat weet ik niet. Ik droomde,' weet ik uit te brengen.

'Wat droomde je?' Hardins stem is niet meer dan een fluistering. Zijn duimen strelen langzaam over de huid onder mijn ogen.

'Wat jij altijd droomt,' zeg ik op even zachte toon.

Er ontsnapt een zucht aan zijn lippen, en hij fronst. 'Sinds wanneer? Sinds wanneer droom je dat soort dingen?'

Ik denk even na. 'Sinds ik hem heb gevonden, en ik heb het nog maar twee keer gedroomd. Ik weet niet hoe het komt.'

Hij haalt bezorgd zijn hand door zijn haar, en dat vertrouwde gebaar zorgt voor een steek in mijn hart. 'Nou, ik denk dat iedereen van streek zou zijn als ze hun vader dood...' Hij houdt halverwege op. 'Sorry. Fuck, ik moet echt leren op mijn woorden te letten.' Hij slaakt een geërgerde zucht.

Zijn blik gaat van mij naar het nachtkastje. 'Heb je iets nodig? Water?' Hij probeert te glimlachen, maar het ziet er geforceerd en zelfs droevig uit. 'Ik heb het gevoel dat ik je in de afgelopen paar dagen al honderden keren water heb aangeboden.'

'Ik wil gewoon weer gaan slapen.'

'Moet ik blijven?' Het is half een vraag, half een beslissing.

'Ik denk niet...' Ik kijk naar Landon. Ik was bijna vergeten dat hij er ook nog was.

'Het geeft niet.' Hardin richt zijn blik op de muur achter mijn hoofd. 'Ik snap het al.'

Wanneer hij verslagen zijn schouders ophaalt, moet ik me tot het uiterste beheersen om niet mijn armen om hem heen te slaan en hem te smeken om bij me te blijven. Ik heb zijn troost nodig, ik wil zijn armen om mijn middel voelen en in slaap kunnen vallen met mijn hoofd op zijn borstkas. Ik wil dat hij me 's nachts de rust geeft die ik hem altijd heb gegeven, maar hij is niet langer het vangnet waarop ik altijd heb vertrouwd. Is hij dat ooit geweest? Hij was er nooit helemaal, hij is altijd net buiten mijn bereik gebleven, voortdurend op de vlucht voor mij en onze liefde. Ik heb simpelweg niet langer de kracht om iets na te jagen wat zo ongrijpbaar en onhaalbaar is.

Tegen de tijd dat ik die gedachten weet af te schudden, is Landon de enige die nog bij me in de kamer is.

'Schuif eens op,' zegt hij zacht.

Dat doe ik, en ik val in slaap met een gevoel van spijt omdat ik eerder wenste dat ik uit Hardins buurt was gebleven.

Hoewel onze relatie uitliep op een onvermijdelijke tragedie heb ik nooit een seconde over willen doen. Ik zou er niet nog eens aan beginnen, maar ik heb geen spijt van de tijd die ik met hem heb doorgebracht.

# 41

∞

## Hardin

Het weer is hier veel beter dan in Seattle. Geen spatje regen te bekennen en zelfs de zon heeft zich even laten zien. Het is inmiddels april, dus het wordt hoog tijd dat de zon eens goed gaat schijnen.

Tessa zit al de hele dag met Karen en die Sophia in de keuken. Ik wil haar duidelijk maken dat ik haar de ruimte kan geven en kan wachten totdat ze aan een gesprek toe is, maar dat kost me meer moeite dan ik had gedacht. Zeker nadat ik haar vannacht zo bang en overstuur aantrof. Ik vind het vreselijk dat zij nu ook nachtmerries heeft. Mijn ellende is besmettelijk, en als ik kon, zou ik haar ervan genezen.

Toen Tessa nog van mij was, sliep ze altijd als een roos. Ze was mijn anker, mijn troost in de nacht die de demonen wegjoeg wanneer ik daar zelf te zwak voor was of te veel werd afgeleid door zelfmedelijden. Ze was er voor me, met haar schild in de hand, vechtend tegen elk schrikbeeld dat in mijn gestoorde geest opdoemde. Ze droeg de last in haar eentje, en daar is ze uiteindelijk onder bezweken.

Dan herinner ik mezelf eraan dat ze nog steeds van mij is, maar dat ze dat nog niet kan toegeven.

Dat moet ze wel leren. Het is de enige manier.

Ik parkeer mijn auto voor het huis van mijn vader. Toen ik tegen de makelaar zei dat ik de huur wilde opzeggen, begon hij te zeiken en beweerde hij dat ik nu twee maanden langer huur moet betalen vanwege contractbreuk, maar ik heb halverwege het gesprek opgehangen. Het kan me niet schelen wat ik moet betalen, ik blijf daar niet wonen. Het is een impulsieve beslissing en ik heb nog niets nieuws gevonden, maar ik hoop dat ik een paar dagen bij Ken kan logeren, net als Tessa, en dat ik Tessa ervan kan overtuigen dat ze samen met me in Seattle moet gaan wonen.

Ik ben er klaar voor. Als zij het wil, ga ik in Seattle wonen, en ook mijn huwelijksaanzoek staat nog steeds. Dat blijft zo. Ik ga met die meid trouwen en blijf, als zij dat wil, tot mijn dood met haar in Seattle wonen. Als dat haar gelukkig kan maken, dan doe ik dat.

'Hoe lang blijft die griet nog?' vraag ik aan Landon. Ik wijs door het raampje naar de Prius die naast zijn auto geparkeerd staat. Hij was zo vriendelijk om met me mee te rijden naar mijn oude huis, zodat ik mijn auto kon ophalen, en dat terwijl ik hem eerder de huid had vol gescholden omdat hij bij Tessa op de kamer heeft geslapen. Landon wees me erop dat ik weinig had kunnen uitrichten tegen een gesloten deur, maar als ik er de energie voor had gehad, had ik de deur van haar kamer ingetrapt. Het idee dat die twee samen in hetzelfde bed lagen, dreef me tot waanzin, zeker omdat ik hun gedempte stemmen aan de andere kant van de deur kon horen. Ik heb niets gezegd over het verbaasde gezicht dat hij trok toen hij me knikkebollend op de overloop aantrof.

Ik heb geprobeerd in het lege bed in mijn eigen kamer in slaap te vallen, maar dat ging niet. Ik moest dicht bij haar zijn, voor het geval er iets zou gebeuren en zij weer zou gaan gillen. Dat maakte ik mezelf in elk geval wijs toen ik de afgelopen nacht op de overloop zat te waken.

'Dat weet ik niet. Sophia gaat later deze week terug naar New York.' Zijn stem klinkt raar en hoog.

Wat heeft dat te betekenen? 'Wat?' vraag ik. We lopen samen naar binnen.

'O, niets.'

Maar Landon begint te blozen, en ik loop achter hem aan naar de woonkamer. Tessa staat bij het raam voor zich uit te staren en Karen en mini-Karen staan om iets te giechelen.

Waarom lacht Tessa niet mee? Waarom neemt ze geen deel aan hun gesprek?

De jonge vrouw kijkt Landon glimlachend aan. 'Daar ben je dan!'

Ze is best wel knap. Niet zo mooi als Tessa, maar het is geen straf om naar haar te kijken. Wanneer ze naar ons toe loopt, zie ik dat Landon opnieuw begint te blozen... Hij heeft een gebakje in zijn hand... Ze lacht breeduit... En dan valt het kwartje.

Waarom zag ik dat niet eerder? Hij vindt haar leuk! Er komen onmiddellijk zo veel grapjes en gênante opmerkingen in me op dat ik op mijn tong moet bijten om te voorkomen dat ik hem met mijn leedvermaak ga kwellen.

Ik bemoei me niet met hun gesprek, maar loop meteen naar Tessa toe. Ze lijkt me pas te zien wanneer ik vlak voor haar sta.

'Hoe gaat het?' vraag ik.

Er loopt een dunne grens tussen ruimte geven en... nou ja, mijn normale gedrag, en ik doe mijn best om de balans ertussen te vinden, ook al zijn oude gewoonten moeilijk af te leren.

Ik weet dat ze zich van me zal terugtrekken als ik haar te veel ruimte geef, maar als ik haar verstik, slaat ze op de vlucht. Dit is zo nieuw voor me, dit is onbekend terrein. Ik wil het niet graag toegeven, maar ik was iets te veel gewend geraakt aan het feit dat zij mijn emotionele boksbal was. Ik vind het vreselijk dat ik haar zo rot heb behandeld en ik weet dat ze beter verdient, maar ik wil een laatste kans krijgen om te bewijzen dat ik een beter iemand kan zijn.

Nee, ik moet mezelf zijn. Gewoon een versie van mezelf die haar liefde wel verdient.

'We zijn wat aan het bakken. Zoals gewoonlijk. Of nou ja, nu nemen we even een pauze.' Er verschijnt een zwak lachje rond haar lippen, en ik lach terug. Zulke kleine tekens van genegenheid, die subtiele gebaren waaruit blijkt dat ze om me geeft, wakkeren mijn hoop aan. Een hoop die nieuw voor me is, volkomen onbekend, maar ik ben bereid om te ontdekken wat dit allemaal betekent.

Karen en het mokkeltje uit Landons dromen komen naar ons toe en wenken Tessa, en een paar tellen later staan de vrouwen weer in de keuken en blijven Landon en ik vergeten in de woonkamer achter.

Zodra ik er zeker van ben dat de vrouwen me niet kunnen horen kijk ik Landon met een duivelse grijns aan. 'Je vindt haar een lekker wijf.'

'Hoe vaak moet ik het nog zeggen? Tessa en ik zijn gewoon goede vrienden.' Hij slaakt een geërgerde en veel te dramatische zucht en kijkt me fronsend aan. 'Ik dacht dat je dat wel had begrepen, nadat je me vanmorgen een uur lang hebt staan uitkafferen.'

Ik trek plagend mijn wenkbrauwen op. 'O, ik had het niet over Tessa. Ik bedoel Sarah.'

'Ze heet Sophia.'

Ik haal lachend mijn schouders op. 'Dat is hetzelfde.'

'Nee.' Hij rolt met zijn ogen. 'Dat is het niet. Je doet altijd net alsof Tess' naam de enige is die je kunt onthouden.'

‘Tessa,’ verbeter ik hem fronsend. ‘En ik hoef de namen van anderen niet te onthouden.’

‘Dat is onbeleefd. Je noemt zo’n beetje elke naam die met een s begint als je Sophia bedoelt en je dreef me altijd tot waanzin wanneer je Dakota Danielle noemde.’

‘Jij drijft mij tot waanzin.’ Ik ga op de bank zitten en lach naar mijn stief... Of nee, hij is niet langer mijn stiefbroer. Dat is hij nooit geweest. Nu ik dat besef, besef ik ook dat ik niet goed weet wat ik daarvan moet vinden.

Hij probeert een glimlach te onderdrukken. ‘Dat is wederzijds.’

Zou hij het erg vinden, als hij het wist? Waarschijnlijk niet. Hij zal het ongetwijfeld een opluchting vinden dat we geen familie zijn, zelfs geen aangetrouwde.

‘Ik weet dat je haar leuk vindt, geef maar toe,’ zeg ik plagend.

‘Dat is niet zo. Ik ken haar niet eens.’ Hij wendt zijn blik af. Betrapt.

‘Maar ze woont in New York, en daar ga jij ook wonen, dus jullie kunnen samen de stad verkennen en tijdens een heftige regenbui onder een luifel schuilen. Wat romantisch!’ Ik moet op mijn lippen bijten om mijn lachen in te houden. Hij kijkt behoorlijk ontzet.

‘Wil je nu eens ophouden? Ze is veel ouder dan ik, ik maak geen schijn van kans.’

‘Ze is veel te lekker voor jou, maar je weet maar nooit. Sommige meiden geven niets om uiterlijk,’ zeg ik plagend. ‘En wie weet, misschien is ze wel op zoek naar een jonger vriendje. Hoe oud is mevrouw?’

‘Vierentwintig. En hou erover op,’ zegt hij smekend. Ik geef hem zijn zin. Ik zou hier nog veel langer over door kunnen gaan, maar ik heb wel wat anders te doen.

‘Ik ga naar Seattle verhuizen.’ Nu ik dat zo zeg, word ik bijna duizelig.

‘Wat?’ Hij buigt zich vol belangstelling naar voren.

‘Ja, ik ga Ken vragen of hij me kan helpen bij de overplaatsing en ik ga een woning voor Tessa en mij zoeken. Ik heb mijn punten al grotendeels binnen, dus het moet wel lukken.’

‘Wat?’ Landons blik schiet even de andere kant op.

Is hij doof of zo? ‘Ik zeg het niet nog eens. Je hebt me wel verstaan.’

‘Waarom nu? Het is toch uit tussen jou en Tessa...’

‘Het komt wel weer goed. Ze heeft wat tijd nodig om over alles na te denken, maar ze zal het me wel vergeven. Dat doet ze altijd. Wacht maar af.'

Die woorden hebben mijn mond nog niet verlaten of ik zie Tessa in de deuropening staan, met een diepe frons op haar mooie gezicht.

Een mooi gezicht dat meteen verdwijnt omdat ze zich met een ruk omdraait en zonder iets te zeggen terug naar de keuken loopt.

'Fuck.' Ik doe mijn ogen dicht en leg mijn hoofd tegen het kussen van de bank, mezelf vervloekend om mijn vreselijke timing.

# 42

∞

## Tessa

'New York is de leukste stad ter wereld, Tessa. Echt ongelooflijk. Ik woon er nu vijf jaar en heb nog steeds niet alles gezien. Volgens mij heb je daarvoor aan een heel leven nog niet genoeg,' zegt Sophia. Ze staat een bakblik schoon te schrobben waarin ik een lading beslag heb laten aanbranden.

Ik sta niet echt op te letten. Ik was na Hardins arrogante, harde woorden zo in gedachten verzonken dat ik niet eens merkte dat er rook uit de oven kwam. Pas toen Sophia en Karen vanuit de bijkeuken kwamen aangerend rook ik dat mijn baksel aan het verbranden was. Maar ze namen het me niet kwalijk. Sophia hield het blik onder de koude kraan, zodat het sneller zou afkoelen, en begon het daarna schoon te boenen.

'Ik ben tot nu toe nooit in een grotere stad dan Seattle geweest, maar ik ben klaar voor New York. Ik moet hier gewoon weg,' zeg ik tegen hen. Terwijl ik die woorden uitspreek, blijf ik Hardins gezicht voor me zien.

Karen glimlacht naar me en schenkt voor ons allemaal een glas melk in.

'Nou, ik woon vlak bij de universiteit, dus als je wilt, kan ik je wel de stad laten zien,' zegt Sophia. 'Het is altijd fijn als je iemand kent, zeker in zo'n grote stad.'

'Dank je,' zeg ik, en ik meen het. Landon zal er natuurlijk ook zijn, maar die zal zich net zo verloren voelen als ik, en we kunnen allebei wel een vriendin gebruiken. Het idee dat ik in New York City ga wonen is zo overweldigend dat ik er bijna bang van word, maar ik denk dat alle mensen zich zo voelen wanneer ze naar de andere kant van het land verhuizen. Als Hardin ook mee zou gaan...

Ik schud mijn hoofd om die zinloze gedachte te verdrijven. Ik kon Hardin niet eens overhalen om mee te gaan naar Seattle, dus hij zal me recht in mijn gezicht uitlachen als ik over New York begin. Bovendien denkt hij toch dat ik hem wel zal vergeven en mijn plannen voor hem zal wijzigen, simpelweg omdat ik dat in het verleden altijd heb gedaan.

'Nou,' zegt Karen glimlachend, terwijl ze haar glas melk heft, 'op New York en nieuwe avonturen!' Ze straalt. Sophia volgt haar voorbeeld, maar ik hoor zonder het te willen tijdens onze toost in gedachten Hardins woorden.

'Ze zal het me wel vergeven. Dat doet ze altijd,' zei hij tegen Landon.

Ik laat die woorden keer op keer door mijn gedachten gaan en merk dat mijn angst voor de grote verhuizing bij elke herhaling minder woord. Elke lettergreep maakt het laatste beetje eigenwaarde dat ik nog heb verder kapot.

# 43

∞

## Tessa

Ik ga Hardin uit de weg, en dat is nog zwak uitgedrukt. De twee volgende dagen – het zijn er twee, maar het lijken er wel veertig – doe ik mijn uiterste best om hem te ontlopen. Ik weet dat hij hier in dit huis zit, maar ik kan het niet opbrengen om hem te zien. Hij heeft een paar keer op mijn deur geklopt, maar ik had elke keer een zwak excuus om hem niet te hoeven spreken.

Ik was er gewoon niet aan toe.

Ik weet echter dat ik hem nog iets moet vertellen wat ik niet langer kan uitstellen, al was het maar omdat Karen steeds ongeduriger wordt. Ze barst bijna uit elkaar van geluk, en ik weet dat ze het nieuws over het nieuwste gezinslid niet langer voor zich wil houden. Dat zou ze ook niet hoeven doen, want ze heeft het volste recht om blij en trots en opgetogen te zijn. Dat mag ik niet voor haar verpesten omdat ik toevallig een lafaard ben.

Dus wanneer ik die zware schoenen voor mijn deur hoor, blijf ik stilletjes en zielig wachten, in de hoop dat hij zal aankloppen maar tegelijkertijd hopend dat hij door zal lopen. Ik wacht nog altijd op het moment waarop ik weer helder zal kunnen denken, maar naarmate de tijd verstrijkt, begin ik me af te vragen of ik daartoe ooit wel in staat was. Ben ik altijd zo in de war geweest? Zo onzeker over mezelf en mijn beslissingen?

Ik zit, met mijn ogen dicht en bijtend op mijn trillende onderlip, op mijn bed te wachten totdat hij weg zal lopen, nog voordat hij heeft kunnen aankloppen. Ik ben teleurgesteld, maar ook opgelucht, wanneer ik even later de deur van zijn kamer hoor dichtvallen.

Ik raap al mijn moed bijeen, pak mijn telefoon en werp een laatste blik in de spiegel voordat ik de overloop oversteek. Net wanneer ik mijn hand optil om aan te kloppen, gaat de deur open. Daar staat Hardin, met ontbloot bovenlijf, en kijkt me aan.

'Wat is er mis?' vraagt hij meteen.

'Niets, ik...' Ik negeer de knoop in mijn maag.

Hij trekt bezorgd zijn wenkbrauwen op. Zijn handen raken me aan en zijn duimen drukken zachtjes tegen mijn wangen. Ik blijf in de deuropening staan en kijk knipperend naar hem op, niet in staat een samenhangende gedachte te vormen.

'Ik moet iets met je bespreken,' zeg ik ten slotte. De woorden komen er wat benepen uit, en hij kijkt me aan met een verbaasde blik in zijn heldergroene ogen.

'Dat klinkt niet goed,' merkt hij op sombere toon op. Hij laat zijn handen zakken, gaat op de rand van het bed zitten en gebaart dat ik naast hem moet komen zitten. Ik vind het gebrek aan afstand tussen ons maar niets, en zelfs de bedompte lucht in de benauwde kamer lijkt de spot met me te drijven.

'En, wat is er?' Hardin spreidt zijn handen uit achter zijn hoofd en leunt achterover. Zijn sportbroek is kort en de tailleband hangt zo laag dat ik kan zien dat hij er geen boxer onder draagt.

'Hardin, het spijt me dat ik zo afstandelijk heb gedaan, maar je weet dat ik tijd nodig had om het een en ander op een rijtje te zetten,' zeg ik bij wijze van inleiding. Dit wilde ik helemaal niet met hem bespreken, maar blijkbaar heeft mijn mond andere ideeën dan mijn hoofd.

'Het geeft niet. Ik ben blij dat je bent gekomen, want we weten allebei dat ik je erg slecht ruimte kan geven. Ik word er compleet gestoord van.' Hij lijkt opgelucht nu hij dat heeft kunnen zeggen. Zijn blik rust op mij en is zo intens dat ik de mijne niet kan afwenden.

'Dat weet ik.' Ik kan niet ontkennen dat hij in de afgelopen week behoorlijk wat zelfbeheersing heeft laten zien. Ik vind het prettig dat hij iets minder onvoorspelbaar lijkt te zijn, maar ik laat mijn schild nog niet zakken. Ik verwacht nog altijd dat hij zich plotseling tegen me zal keren, zoals hij zo vaak heeft gedaan.

'Heb je Christian nog gesproken?' vraag ik. Ik moet het onderwerp dat ik wil bespreken zo snel mogelijk aansnijden, voordat ik helemaal de draad kwijtraak.

Hij verstijft meteen en zegt op schampere toon: 'Nee.' Met toegeknepen ogen kijkt hij me aan.

Dit gaat niet echt goed. 'Sorry, ik bedoelde het niet rot. Ik wilde gewoon weten hoe je er nu over denkt.'

Een paar tellen lang geeft hij geen antwoord, en de stilte lijkt zich als een diepe kloof tussen ons uit te strekken.

# 44

∞

## Hardin

Tessa's blik is op mij gericht. Ik zie er een bezorgdheid in die mij op mijn beurt ook bezorgd maakt. Ze heeft, grotendeels door mijn toedoen, al zo veel meegemaakt dat zich zorgen maken over mij wel het laatste is wat ze zou moeten doen. Ik wil dat ze zich nu op haar eigen leven concentreert, dat ze weer zichzelf wordt en geen energie verspilt aan piekeren over mij. Ik vind het fijn dat ze altijd medeleven toont, zeker als het mij betreft, maar soms vergeet ze daardoor haar eigen zorgen.

'Je bent niet afstandelijk. Ik mag blij zijn dat je nog met me praat.' Dat is waar, maar ik heb geen flauw idee waarom ze nu met me wil praten.

Tessa knikt langzaam. En zwijgt even voordat ze voorzichtig de vraag stelt die, zo weet ik zeker, de reden voor haar komst was. 'Ben je van plan om Ken te vertellen wat er allemaal in Londen is gebeurd?'

Ik ga op het bed liggen, doe mijn ogen dicht en denk over haar vraag na voordat ik antwoord geef. In de afgelopen paar dagen heb ik er heel veel over nagedacht: moet ik hem in een overhaaste bekentenis alles opbiechten of moet ik de informatie juist voor me houden? Moet Ken het wel weten? En als ik het hem vertel, kan ik het dan aan wanneer er daardoor iets verandert? Als er al iets verandert. Ik weet het niet. Het is wel erg toevallig dat juist op het moment dat ik die man leer te verdragen en misschien zelfs begin te vergeven blijkt dat hij mijn vader helemaal niet is en dat ik hem niets hoef te vergeven.

Ik doe mijn ogen open en ga rechtop zitten. 'Ik ben er nog niet uit. Eigenlijk wilde ik vragen wat jij ervan denkt.'

De blauwgrijze ogen van mijn meisje stralen minder dan ik van haar ben gewend, maar ze zijn levendiger dan tijdens ons laatste gesprek. Het was een echte marteling om met haar in hetzelfde huis te zitten zonder dat ik echt bij haar kon zijn, op de manier die ik nodig heb.

Alles lijkt door een ironische speling van het lot te zijn veranderd. Nu ben ik degene die om aandacht smeekt, die alles wil wat ze bereid is te geven. Zelfs nu is de bedachtzame blik in haar ogen voldoende om de voortdurende pijn te stillen waarmee ik niet wil leren leven, hoe groot ze de afstand tussen ons ook maakt.

'Wil je een band met Christian opbouwen?' vraagt ze zacht. Haar kleine vingers spelen met het losgeraakte stiksel van de sprei.

'Nee,' zeg ik snel. 'Jezus, ik weet het niet,' voeg ik eraan toe. 'Jij moet me maar vertellen wat ik moet doen.'

Ze knikt en kijkt me nogmaals recht aan. 'Nou, ik vind dat je het alleen aan Ken moet vertellen als je denkt dat je daardoor bepaalde nare ervaringen uit je jeugd beter kunt verwerken. Ik denk niet dat je het moet vertellen als je hem er alleen maar mee wilt kwetsen. En wat Christian betreft, ik denk dat je er nog even over moet nadenken. Afwachten hoe het gaat, snap je?' stelt ze voor, op die begrijpende toon van haar.

'Hoe doe je dat toch altijd?'

Ze heft verwonderd haar kin op. 'Wat?'

'Je weet gewoon altijd het juiste te zeggen.'

'Dat is niet waar.' Er klinkt een zachte lach. 'Dat doe ik niet.'

'Wel waar.' Ik steek mijn hand naar haar uit, maar ze trekt de hare terug. 'Je zegt altijd het juiste, dat heb je altijd al gedaan. Alleen hoorde ik het tot nu toe nooit.'

Tessa wendt haar blik af, maar dat is niet erg. Ze zal er even aan moeten wennen dat ik dit soort dingen zeg, maar dat komt wel goed. Ik heb me voorgenomen om haar te vertellen hoe ik me voel. Ik wil niet langer egoïstisch zijn en van haar verlangen dat ze elk woord en elke bedoeling van me ontcijfert.

De stilte wordt verbroken door het trillen van haar mobieltje, dat ze uit de zak van haar veel te grote sweater vist. Ik probeer mezelf wijs te maken dat ze die trui, met het logo van WCU, zelf heeft gekocht en niet van Landon heeft geleend. Ik heb zo'n beetje elk kledingstuk van hem moeten dragen waarop dat logo is geborduurd, maar ik vind het een vreselijk idee dat zijn kleren ook haar huid raken. Die bespottelijke gedachte slaat nergens op, maar nu die eenmaal heeft postgevat in mijn hoofd wil die daar niet meer weg.

Ze strijkt met haar duim over het schermpje, en het duurt even voordat ik besef wat ik zie.

Voordat ze me kan tegenhouden, gris ik het ding uit haar handen. 'Een iPhone? Jezus!' Ik kijk naar het nieuwe toestel in mijn handen. 'Is deze van jou?'

'Ja.' Ze bloost en steekt haar hand ernaar uit, maar ik houd hem boven mijn hoofd zodat ze er niet bij kan.

'O, dus nú heb je wel een iPhone, maar toen ik zei dat je er eentje moest kopen, wilde je er niks van weten,' zeg ik plagend. Ze kijkt me met grote ogen aan en haalt nerveus adem. 'Waarom ben je van gedachten veranderd?' Ik glimlach om haar op haar gemak te stellen.

'Dat weet ik niet. Het werd tijd, denk ik.' Ze haalt haar schouders op, nog steeds nerveus.

Ik vind het niet prettig dat ze zo zenuwachtig is, maar hopelijk kan ik daar met een beetje speelsheid iets aan veranderen. 'Wat is het wachtwoord?' vraag ik. Ik heb een vermoeden en toets die cijfers in.

Ha, meteen de eerste keer raak. Haar homescherm verwelkomt me.

'Hardin!' roept ze. Ze probeert de telefoon van me af te pakken. 'Je kunt niet zomaar in mijn telefoon gaan zitten snuffelen.' Ze leunt naar me toe en grijpt met haar ene hand mijn blote arm vast terwijl ze met de andere probeert de telefoon te pakken.

'O, jawel.' Ik moet lachen. Door die simpele aanraking en dat gevoel van haar huid op de mijne is elke cel in me tot leven gewekt.

Ze houdt glimlachend haar kleine hand omhoog. Wat heb ik die lach gemist. 'Goed dan. Als je me die van jou geeft.'

'Dacht het niet,' blijf ik haar plagen, terwijl ik ondertussen snel door haar berichten scrol.

'Geef terug!' jammert ze. Ze schuift dichter naar me toe, maar dan verdwijnt de lach van haar gezicht. 'Er staan waarschijnlijk heel veel berichtjes op jouw telefoon die ik niet wil zien.' En op hetzelfde moment voel ik dat ze haar schild weer voor zich houdt.

'Nee, die zijn er niet. Wel meer dan duizend foto's van jou en een heel album met die vreselijke muziek van je, en als je echt wilt weten hoe erg ik ben, moet je mijn contactenlijst oproepen en tellen hoe vaak ik je oude nummer heb gebeld, gewoon om die computerstem te horen zeggen dat het niet meer in gebruik was.'

Ze kijkt me kwaad aan. Het is duidelijk dat ze me niet gelooft. Dat kan ik haar niet kwalijk nemen. Haar blik wordt iets zachter, maar niet voor lang. 'En niks van Janine?' Haar stem klinkt zo laag dat ik de beschuldiging amper kan verstaan.

'Wat? Nee! Toe dan, kijk maar. Hij ligt op de kast.'

'Liever niet.'

Ik ga op mijn knieën zitten en druk mijn schouder tegen die van haar. 'Tessa, ze betekent niets voor me. Ze zal nooit iets voor me betekenen.'

Tessa doet heel erg haar best om net te doen alsof het haar niets kan schelen. Ze wil me dolgraag laten zien dat ze me achter zich heeft gelaten, maar ik ken haar maar al te goed. Het idee dat ik iets met een andere vrouw kan hebben gehad zit haar helemaal niet lekker.

'Ik moet gaan.' Ze wil opstaan, maar ik steek een hand naar haar uit. Mijn vingers pakken voorzichtig haar arm vast en vragen haar zachtjes om bij me terug te komen. Ze aarzelt. Ik dwing haar nergens toe, maar wacht af. Mijn vingers wrijven in kleine kringetjes over de zachte huid boven haar pols.

'Ik weet dat je denkt dat er iets is gebeurd, maar je hebt het mis,' probeer ik haar duidelijk te maken.

'Nee, ik weet wat ik zag. Ze liep in jouw shirt rond,' bijt ze me toe. Ze trekt haar arm weg, maar komt wel dichter bij me staan.

'Ik was helemaal van het padje af, Tessa, maar ik heb niet met haar geneukt.' Dat zou ik nooit doen. Het was al erg genoeg dat ze aan me zat. Heel even vraag ik me af of ik tegen Tessa moet zeggen dat ik het vreselijk vond om Janines rokerslippen op de mijne te voelen, maar dat zou haar waarschijnlijk alleen maar kwader maken.

'Dat zal wel.' Ze rolt minachtend met haar ogen.

'Ik mis jou en je gevatheid.' Ik probeer de stemming luchtiger te maken, maar ze rolt alleen maar opnieuw met haar ogen. 'Ik hou van je.'

Dat trekt haar aandacht. Ze geeft een duw tegen mijn borst om de afstand tussen ons te vergroten. 'Hou daarmee op! Je kunt niet zomaar besluiten dat je me toch wel wilt en dan verwachten dat ik bij je terugkom.'

Ik wil tegen haar zeggen dat ze bij me terug zal komen omdat ze bij me hoort en dat ik haar daarvan zal proberen te overtuigen, maar in plaats daarvan schud ik glimlachend mijn hoofd. 'Laten we het over iets anders hebben. Ik wilde je alleen maar laten weten dat ik je mis, oké?'

'Oké.' Ze slaakt een zucht. Ze brengt haar vingers naar haar lippen en knijpt er even in, waardoor ik helemaal vergeet wat ik wilde zeggen.

'Een iPhone.' Ik draai het toestel om in mijn hand. 'Ik kan gewoon niet geloven dat je er eentje hebt gekocht en niks tegen me hebt gezegd.' Ik werp haar een snelle blik toe en zie haar frons in een halve glimlach veranderen.

'Het stelt niet zo veel voor. Nu kan ik gemakkelijker mijn agenda bijhouden, en Landon gaat me laten zien hoe ik muziek en films kan downloaden.'

'Ik kan je ook wel helpen.'

'Nee, dat hoeft niet,' zegt ze afwijzend.

'Ik ga je helpen. Ik laat het je nu zien.' Ik ga naar de iTunes Store.

Zo zijn we een uur lang bezig: ik blader door de catalogus op zoek naar haar lievelingsnummers en laat haar zien hoe ze die sentimentele films met Tom Hanks kan downloaden die ze zo leuk vindt. Tessa blijft de hele tijd zwijgen, op een paar keer 'Dank je' en 'Nee, dat liedje niet' na, en ik probeer haar niet tot een gesprek te dwingen.

Ik heb haar dit aangedaan. Ik heb haar veranderd in de stille, onzekere vrouw die naast me zit, en het is mijn schuld dat ze nu niet weet hoe ze zich moet gedragen. Het is mijn schuld dat ze zich terugtrekt, elke keer wanneer ik me naar haar toe buig. En wanneer ze dat doet, neemt ze elke keer een stukje van me mee.

Het lijkt niet mogelijk dat ik haar nog iets kan geven, want ze heeft elk stukje van me al in haar bezit, maar op de een of andere manier blijkt mijn lichaam bij elke glimlach die ze me schenkt nog meer te kunnen weggeven. Alles is voor haar, en zo zal het altijd blijven.

'Moet ik je ook laten zien hoe je de beste porno downloadt?' grap ik. Het ontgaat me niet dat ze begint te blozen.

'O, daar weet je vast alles van,' antwoordt ze plagend. Dat vind ik heerlijk. Ik vind het heerlijk dat ik haar net zo kan plagen als vroeger, en ik vind het helemaal geweldig dat ze dat toestaat.

'Nee, niet echt. Ik heb hier...' Ik tik even met mijn gipsverband tegen mijn voorhoofd. 'Genoeg beelden opgeslagen.' Ze trekt een gezicht. 'Alleen van jou,' voeg ik eraan toe.

Haar frons verdwijnt niet, maar ik sta niet toe dat ze dat soort dingen denkt. Dat is waanzin, het idee dat ik belangstelling zou hebben voor iemand anders dan voor haar. Ik begin te geloven dat ze net zo gek is als ik. Misschien verklaart dat waarom ze zo lang bij me is gebleven.

'Ik meen het. Ik denk alleen aan jou. Altijd.' Mijn toon is nu ernstig, veel te ernstig, maar dat kan me geen fuck schelen. Ik heb grapjes geprobeerd, ik heb geprobeerd vriendelijk te zijn, maar ik doe haar alleen maar pijn.

Ze verbaast me door te vragen: 'Aan wat voor dingen denk je dan?'

Ik bijt op mijn onderlip en merk dat mijn gedachten worden overspoeld door beelden van haar. 'Daar wil je het antwoord niet op horen.'

Tessa die uitgestrekt op het bed ligt, met haar benen wijd en haar vingers klauwend in het laken omdat mijn tong haar laat klaarkomen.

Tessa die op mijn pik zit, haar heupen in langzame, kwellende kringetjes beweegt en met haar gekreun de kamer vult.

Tessa die voor me op haar knieën zakt en haar volle lippen opent om me in haar warme mond te nemen.

Tessa die zich naakt vooroverbuigt, met een huid die glanst in het zachte licht. Ze laat zich op me zakken en wendt haar gezicht af, ze spreekt hijgend mijn naam uit wanneer ik haar vul...

'Je hebt waarschijnlijk gelijk,' zegt ze lachend, en dan zucht ze. 'Dit doen we altijd, we komen altijd weer hierop uit.' Ze maakt een gebaar tussen ons in.

Ik weet precies wat ze bedoelt. Ik beleef de ergste week van mijn leven, maar ze weet me aan het lachen te maken met die stomme iPhone. 'Zo zijn we, schatje. Zo zijn we. We kunnen er niets aan doen.'

'Jawel. We moeten wel. Ik moet wel.' In haar oren klinkt dat misschien overtuigend, maar mij houdt ze niet voor de gek.

'Je moet niet zo veel nadenken. Je weet dat het zo moet zijn, dat ik je plaag met een opmerking over porno maar tegelijkertijd zit te denken aan al die vieze dingen die ik met je heb gedaan, en aan al die dingen die ik nog wil doen.'

'Dit is gekkenwerk. Dit kunnen we niet doen.' Ze leunt verder naar me toe.

'Wat niet?'

'Niet alles draait om seks.' Haar blik gaat even naar mijn kruis, maar ik zie dat ze probeert om niet naar de bobbel in mijn broek te kijken.

'Dat heb ik nooit beweerd, maar je kunt ons allebei een plezier doen en toegeven dat je aan hetzelfde denkt als ik.'

'We kunnen dit niet doen.'

Maar dan valt me op dat onze ademhaling gelijk loopt. En dat haar tong heel subtiel haar onderlip aanraakt.

'Ik doe toch niks?' merk ik op.

Dat doe ik inderdaad niet, maar ik zou zeker geen nee zeggen als er iets gebeurt. Ze zal het echter nooit goedvinden dat ik haar aanraak, zo veel geluk kan ik niet hebben. Voorlopig in elk geval nog niet... Of wel?

'Je zinspeelde erop.' Ze glimlacht.

'Dat doe ik toch altijd?'

'Dat is waar.' Ze onderdrukt een giechel. 'Dit is zo verwarrend. We zouden dit niet moeten doen. Ik kan mezelf in jouw nabijheid niet vertrouwen.'

Fuck, ik ben blij dat ze dat niet kan. Vaak vertrouw ik mezelf niet eens. Maar ik zeg: 'Wat is het ergste wat er kan gebeuren?' en leg een hand op haar schouder. Ze krimpt even ineen, maar met minder weerzin dan een week geleden.

'Dat ik doorga met me als een idioot gedragen,' fluistert ze. Ik laat mijn hand voorzichtig op en neer over haar arm gaan.

'Hou op met nadenken. Zet je gedachten stil en laat je lichaam bepalen wat er gebeurt. Je lijf wil mij, Tessa, dat heeft je nodig.'

Ze schudt haar hoofd om die overduidelijke waarheid te ontkennen.

'Ja. Jawel.' Ik blijf haar aanraken, nu dichter bij haar borsten, en ik verwacht dat ze me elk moment zal tegenhouden. Als ze dat doet, houd ik meteen op. Ik zal haar nooit tot iets dwingen. Ik heb in mijn leven heel veel gestoorde dingen gedaan, maar dat nooit.

'Weet je, het punt is... dat ik precies weet waar ik je moet aanraken.' Ik kijk haar recht aan, wachtend op goedkeuring, en haar ogen stralen opnieuw als neonlicht. Ze gaat me niet tegenhouden. Haar lichaam verlangt nog net zo naar me als vroeger. 'Ik weet hoe ik je zo heftig kan laten klaarkomen dat je alles om je heen vergeet.'

Als ik haar lichaam kan behagen, volgt haar geest misschien. En zodra ik haar lichaam en geest heb veroverd, wil haar hart zich misschien ook gewonnen geven.

Ik ben nooit verlegen geweest wanneer het om haar lichaam en haar genot ging. Waarom zou dat nu wel zo zijn?

Ik beschouw haar zwijgen en het feit dat ze haar ogen niet van me af kan houden als een ja en reik naar de zoom van haar sweater. Dat verrekte ding is zwaarder dan zou moeten, en het stomme koordje bij de hals zit verstrengeld in Tessa's haar. Ze duwt mijn gewonde hand weg, trekt haar sweater uit en peutert het koordje los.

'Ik dwing je toch nergens toe, hè?' Ik moet het wel vragen.

'Nee,' zegt ze hijgend. 'Het is een vreselijk idee, dat weet ik, maar ik wil niet ophouden.' Ik knik. 'Ik wil graag aan alles ontsnappen, dus leid me alsjeblieft af.'

'Denk maar helemaal nergens aan. Denk niet langer aan al die andere dingen en concentreer je hierop.' Ik beweeg mijn vingers over haar hals. Ze huivert onder mijn aanraking.

Dan brengt ze me opeens van mijn stuk door haar lippen op de mijne te drukken. Binnen een paar tellen heeft die trage, onzekere kus plaatsgemaakt voor óns. De bedeesde gebaren houden op, we zitten opeens in ons eigen wereldje. Er is geen plaats meer voor al dat andere gezeik, het gaat nu om mij en Tessa en haar lippen op die van mij, om haar tong die gehaast langs de mijne strijkt, om haar handen in mijn haar. Ze trekt aan mijn haar bij de wortels en maakt me helemaal gek.

Ik sla mijn armen om haar heen en druk mijn heupen tegen die van haar totdat ze op haar rug op de matras ligt. Ze buigt haar knie en tilt die op, op dezelfde hoogte als mijn kruis, en ik wrijf schaamteloos tegen haar aan. Ze hapt naar adem wanneer ze merkt hoe wanhopig ik ben en trekt haar hand uit mijn haar, zodat ze die naar haar borst kan brengen. Ik barst bijna uit elkaar van vreugde omdat ik haar nu weer onder me voel. Het is gewoon te veel, maar ook niet genoeg, en ik kan aan niets anders denken dan aan haar.

Ze raakt zichzelf aan, pakt een van haar grote borsten vast, en ik kijk ernaar alsof ik ben vergeten hoe ik iets anders moet doen dan naar haar volmaakte lijf staren. Ik geniet omdat ze zich eindelijk laat gaan. Ze heeft dit nog harder nodig dan ik. Ze moet worden afgeleid van de buitenwereld, en ik wil haar daar maar al te graag bij helpen.

Onze bewegingen zijn niet vooraf bedacht, we worden voortgedreven door pure passie. Ik sta in brand en zij is verdomme de benzine, en alles wijst erop dat we niet zullen ophouden totdat er iets ontploft, en dat gaat gewoon gebeuren. Ik ben er klaar voor, ik ben bereid de vlammen voor haar te bestrijden en haar te beschermen zodat ze zich niet opnieuw aan me kan branden. Haar hand gaat over haar eigen lijf naar beneden, en ze grijpt me vast, wrijft met haar hand over me heen, en ik moet me beheersen om te voorkomen dat die beweging alleen al me laat klaarkomen. Ik laat me tussen haar gespreide benen zakken en zij trekt aan de tailleband van mijn korte broek. Ik trek ook aan haar broek. En dan zijn onze onderlijven allebei bloot.

Er ontsnapt een kreun aan haar lippen, en ook een aan de mijne, wanneer ik me tegen haar aan wrijf, huid op huid. Ik schuif nogmaals een beetje op, zodat ik gedeeltelijk in haar kan dringen, en ze kreunt opnieuw. Deze keer vindt haar mond mijn blote schouder. Ze likt en zuigt aan mijn huid, ik dring verder in haar. Mijn blik wordt wazig. Ik probeer te genieten van elke seconde, van elk moment dat ze bij me wil zijn.

'Ik hou van je,' zeg ik.

Haar mond houdt op met bewegen en haar greep verslapt.

'Hardin...'

'Trouw met me, Tessa. Alsjeblieft.' Ik duw mijn pik in haar en vul haar, hopend op een onbewaakt moment van zwakte.

'Als je dat soort dingen gaat zeggen, kunnen we dit niet doen,' zegt ze zacht. Ik zie de pijn in haar ogen, het gebrek aan zelfbeheersing, en ik voel me meteen schuldig omdat ik tijdens het neuken over trouwen begon. Wat een timing, lul.

'Sorry. Ik zal het niet meer doen,' beloof ik, en ik geef haar een kus. Ik zal haar de tijd geven om na te denken, en ik zal niet over ingewikkelde dingen beginnen zolang ik in haar warme, natte...

'O god,' zegt ze kreunend.

In plaats van haar voor altijd de liefde te verklaren zeg ik alleen maar de dingen die ze zo graag hoort. 'Wat ben je lekker strak. Het is veel te lang geleden,' zeg ik tegen haar nek, en ze legt een van haar handen op mijn onderrug en duwt me verder in zich.

Ze knijpt haar ogen dicht en spant de spieren in haar benen. Ik weet dat ze bijna klaarkomt, en hoewel ze nu een hekel aan me heeft, geniet ze wel van mijn smerige praat. Ik houd het niet lang meer vol, maar zij ook niet. Ik heb dit zo gemist; niet alleen dat heerlijke, perfecte gevoel van mezelf diep in haar begraven, maar gewoon dicht bij haar zijn. Dat heb ik nodig, en zij ook.

'Toe dan, schatje, ik wil je voelen klaarkomen,' zeg ik met opeengeklemde kaken.

Ze gehoorzaamt, ze grijpt een van mijn armen vast en drukt haar hoofd achterover in de matras, mijn naam kermend. Ze spat uit elkaar, stukje bij beetje, en ik kijk naar haar. Ik zie dat haar mond openvalt wanneer ze mijn naam kreunt. Ik zie dat haar blik de mijne vindt voordat ze haar ogen dichtknijpt van genot. Het is te veel. Het is zo mooi om te zien dat ze door mij klaarkomt, het is zo fijn dat ik haar mag bezitten. Ik stoot nogmaals diep in haar, grijp haar heupen vast en kom klaar.

'Fuck.' Ik laat me op mijn ellebogen zakken en zorg ervoor dat ik haar niet verpletter.

Het kost haar te veel moeite om haar gesloten ogen te openen. 'Mmm,' zegt ze instemmend.

Ik leun op mijn ene elleboog en kijk naar haar nu ze dat niet kan zien. Ik ben bang voor wat er gaat gebeuren als ze weer bijkomt, wanneer ze spijt krijgt van wat ze heeft gedaan en haar woede opnieuw zal opvlammen.

'Gaat het?' Ik strijk met mijn vinger over de ronding van haar naakte heup.

'Ja.' Haar stem klinkt vol en tevreden.

Ik ben zo blij dat ze naar me toe is gekomen. Ik weet niet hoeveel langer ik het anders had volgehouden, zonder haar te zien, zonder haar stem te horen.

'Zeker weten?' dring ik aan. Ik moet weten wat dit voor haar heeft betekend.

'Ja.' Een oog gaat open, en ik kan de stompzinnige lach op mijn gezicht niet onderdrukken.

'Goed.' Ik knik. Ik kijk naar haar, zoals ze ligt na te genieten, en het is zo fijn om haar weer bij me te hebben, al is het maar voor even. Ze doet opnieuw haar ogen dicht, en op dat moment valt me iets in. 'Waarom kwam je hier eigenlijk naartoe?'

De tevreden, slaperige uitdrukking verdwijnt meteen van haar mooie gezicht. Heel even zet ze grote ogen op, maar dan herstelt ze zich weer.

'Wat is er?' vraag ik. Zeds gezicht duikt in mijn gestoorde gedachten op. 'Zeg het dan, alsjeblieft.'

'Het gaat over Karen.' Ze rolt op haar zij, en ik moet mijn best doen om niet naar haar volmaakte tieten te kijken die nu zo goed te zien zijn.

Waarom liggen we hier in ons nakie over Karen te praten? 'Oké... Wat is er met haar?'

'Ze is... Nou...' Tessa valt even stil.

Ik word overvallen door een gevoel van paniek, vanwege Karen, maar ook vanwege Ken. 'Wat is het?'

'Ze is zwanger.'

Wát? 'Van wie?'

Tessa schiet in de lach omdat ze dit blijkbaar heel erg grappig vindt. 'Van je vader,' zegt ze, maar dat verbetert ze snel in 'Van Ken. Van wie anders?'

Ik weet niet waarop ik had gerekend, maar een zwangere Karen stond zeker niet op mijn lijstje. 'Wat?'

'Het is best wel een verrassing, maar ze zijn er erg blij mee.'

Best wel een verrassing? Dat kun je wel zeggen, ja.

'Ken en Karen krijgen een kind?' Dat klinkt belachelijk.

'Ja.' Tessa kijkt me onderzoekend aan. 'Wat vind je daarvan?'

Wat vind ik daarvan? Ik zou het verdomme niet weten. Ik ken die vent amper, we beginnen net een beetje aan elkaar te wennen, en nu krijgt hij een kind? Een kind dat hij wél zal helpen opvoeden, dat ook nog.

'Dat doet er niet toe, of wel?' zeg ik in een vergeefse poging om een einde aan het gesprek te maken. Ik ga op mijn rug liggen en doe mijn ogen dicht.

'Het doet er wel toe. Voor hen in elk geval wel. Ze willen dat je weet dat een baby niets zal veranderen, Hardin. Ze willen dat je deel bent van de familie. Dat je opnieuw een grote broer wordt.'

Een grote broer?

Ik moet even denken aan Smith en zijn rare, volwassen manier van doen, en ik word misselijk. Dit zou voor iedereen te veel zijn, en het is zeker te veel voor zo'n gestoord type als ik.

'Hardin, ik weet dat het moeilijk te bevatten is, maar ik denk...'

'Het gaat wel. Ik ga even douchen.' Ik stap uit bed en pak mijn korte broek van de vloer.

Tessa gaat rechtop zitten, gekwetst en in de war, en ik trek mijn broek aan. 'Als je erover wilt praten, ben ik er voor je,' zegt ze. 'Ik wilde dat je het van mij zou horen.'

Het is te veel. Ze wil me niet eens.

Ze weigert met me te trouwen.

Waarom ziet ze niet wat we zijn? Wat we samen zijn? We kunnen niet gescheiden van elkaar zijn. Onze liefde is er een uit een roman, beter dan Austen of Brontë het ooit had kunnen beschrijven.

Mijn hart bonst zo hevig dat het uit mijn borst lijkt te ontsnappen. Ik krijg bijna geen lucht.

Ze heeft het gevoel dat ze niet leeft? Dat snap ik niet. Dat snap ik gewoon niet. Ik leef pas wanneer zij er is. Ze is de enige adem in me, en zonder haar ben ik niets. Dan kan ik niet overleven, dan kan ik niet eens leven.

Dan zou ik niet eens wíllen leven.

Shit, die duistere gedachten komen weer naar boven en ik moet zo mijn best doen om me vast te klampen aan het sprankje licht dat Tessa me heeft teruggegeven.

Wanneer zal dit eindelijk afgelopen zijn? Wanneer zal er eens geen nieuwe ellende over me worden uitgestort, net op het moment dat ik alles eindelijk onder controle lijk te hebben?

# 45

∞

## Tessa

Hier ben ik dan, hier zijn we dan, in deze eindeloze kringloop van geluk, lust, hartstocht, overweldigende liefde en pijn. De pijn lijkt zoals altijd te winnen en ik ben moe van het vechten.

Ik zie hem door de kamer lopen en probeer onbewogen te blijven. Zodra de deur dichtvalt, leg ik mijn handen op mijn voorhoofd en wrijf over mijn slapen. Wat is er mis met me? Waarom heb ik alleen oog voor hem? Waarom ben ik vanmorgen wakker geworden met het idee dat ik het leven zonder hem aankan om vervolgens een paar uur later in zijn bed te belanden?

Ik vind het vreselijk dat hij zo veel macht over me heeft, maar ik kan het niet tegenhouden, wat ik ook doe. Ik kan hem mijn eigen zwakheden niet verwijten, maar als ik dat wel zou doen, zou ik zeggen dat ik door zijn toedoen niet langer kan zien wat juist is en wat niet. Wanneer hij naar me glimlacht, veranderen de duidelijke grenzen tussen die twee dingen in een grijs gebied en kan ik me niet langer verzetten tegen het verlangen dat mijn hele lichaam in bezit neemt.

Hij laat me even vaak lachen als huilen en hij laat me opnieuw iets voelen, hoewel ik er zeker van was dat ik nooit meer iets anders dan leegte in mezelf zou voelen. Ik was ervan overtuigd dat ik nooit meer iets zou voelen, maar Hardin heeft me uit dat zwarte gat gehaald: hij pakte mijn hand vast toen ik dacht dat niemand anders die moeite zou nemen, en hij trok me naar boven.

Niet dat er iets verandert: we kunnen niet samen zijn. Dat gaat gewoon niet. Ik mag mezelf niet toestaan om hoop te koesteren, want die zal alleen maar worden vermorzeld wanneer hij zich terugtrekt en alles terugneemt wat hij eerder heeft gezegd. Ik sta niet toe dat ik keer op keer aan stukken word gescheurd door dezelfde hand die me helpt.

Hier zit ik dan, met mijn handen voor mijn gezicht, obsessief na te denken over de fouten die zijn gemaakt. Mijn fouten, zijn fouten, die van onze ouders. En nu lijken die van mij aan me te knagen en weigeren ze me met rust te laten.

Ik voelde een zweem van rust en kalmte toen hij me aanraakte, toen ik zijn warme mond op de mijne voelde en zijn vingers in de gevoelige huid van mijn heupen drongen, maar een paar minuten later is het vuur gedoofd en ben ik alleen. Ik ben alleen en gekwetst en vervuld van schaamte, en het is altijd weer hetzelfde verhaal, alleen nu met een nog meelijwekkender einde dan de vorige keer.

Ik sta op, maak mijn beha vast en trek Landons sweater over mijn hoofd. Ik kan hier niet zijn wanneer Hardin terugkomt. Ik wil mezelf de komende tien minuten niet voorbereiden op het moment dat Hardin zich verwaardigt terug te komen. Dat heb ik te vaak gedaan, en ik had eindelijk het punt bereikt waarop mijn verlangen naar hem niet zo allesomvattend was. Waarop hij niet al mijn gedachten beheerste en niet verantwoordelijk was voor elke ademtocht en ik eindelijk een leven na hem voor me kon zien.

Dit was een terugval. Meer niet. Dit was een grove inschattingsfout, en de stilte in de kamer herinnert me daar op een meedogenloze manier aan.

Tegen de tijd dat ik hem de badkamerdeur hoor openen, zit ik aangekleed en wel in mijn eigen kamer. Zijn voetstappen klinken luider wanneer hij langsloopt, en het duurt slechts een paar tellen voordat hij beseft dat ik niet meer in zijn kamer zit.

Hij klopt niet aan – dat had ik ook niet verwacht – maar loopt gewoon bij me naar binnen.

Ik zit op het bed, met mijn benen gekruist voor me, ter bescherming. Ik zie er in zijn ogen vast ontzettend zielig uit: mijn ogen branden van tranen van spijt en mijn huid ruikt naar hem.

'Waarom ben je weggelopen?' Zijn haar is nat, de druppels vallen op zijn voorhoofd, en hij heeft zijn handen in zijn blote zij gezet. Zijn korte broek hangt veel te laag.

'Dat heb ik niet gedaan. Maar jij wel,' wijs ik hem koppig terecht.

Hij staart me een paar tellen lang met een lege blik aan. 'Ja, dat is zo. Kom je terug?' Hij kleedt de eis in als een vraag, en ik moet me beheersen om niet van het bed op te staan.

‘Dat lijkt me geen goed idee.’ Ik wend mijn blik van hem af, maar hij loopt naar me toe en blijft naast het bed staan.

‘Waarom niet? Het spijt me als ik je heb laten schrikken, maar ik weet gewoon niet wat ik moet denken. En als ik heel eerlijk ben, vertrouwde ik mezelf niet eens. Ik was veel te bang dat ik iets verkeerds tegen je zou zeggen, dus daarom wilde ik even ergens anders mijn hoofd leegmaken.’

Waarom heeft hij zich nooit eerder zo gedragen? Waarom kon hij niet eerlijk en nuchter zijn toen ik dat zo hard nodig had? Waarom wilde hij pas veranderen toen ik me terugtrok?

‘Dan had je beter iets kunnen laten merken, in plaats van me alleen te laten.’ Ik knik en raap het kleine beetje kracht in me bij elkaar. ‘Ik denk niet dat we samen alleen moeten zijn.’

Zijn blik wordt woest. ‘Waar heb je het over?’ zegt hij grommend. Tot zover nuchter.

Ik houd mijn armen over elkaar geslagen. ‘Ik wil er voor je zijn, en dat zal ik ook zijn – als je ergens over wilt praten of je hart wilt luchten of gewoon even niet alleen wilt zijn – maar ik vind echt dat we niet samen op een van onze kamers moeten zitten. Liever in de woonkamer of de keuken.’

‘Dat meen je niet,’ zegt hij minachtend.

‘Dat meen ik wel.’

‘In de woonkamer? Zodat Landon zeg maar onze Eleanor Tilney is? Dat is belachelijk, Tess. We kunnen echt wel zonder chaperonne in een slaapkamer zitten.’

‘Ik zei niet dat we een chaperonne nodig hebben. Ik denk alleen dat zoals het nu is...’ Ik slaak een zucht. ‘Ik denk erover om voor een paar dagen terug naar Seattle te gaan.’ Tot nu toe had ik de knoop nog niet echt doorgehakt, maar nu ik die woorden hardop uitspreek, is het heel logisch. Ik moet mijn spullen bij elkaar zoeken voor de verhuizing naar New York en ik mis Kimberly. Ik heb een afspraak bij de dokter waaraan ik niet probeer te denken, en ik heb niet het idee dat vadertje-en-moedertje spelen in huize Scott ons veel verder zal helpen.

‘Dan ga ik met je mee,’ zegt hij simpel, alsof dat de oplossing is.

‘Hardin...’

Zonder iets te vragen gaat hij, nog steeds halfnaakt, op het bed zitten. ‘Ik wachtte op het juiste moment om je dit te vertellen, maar ik zeg de huur hier op en ga ook in Seattle wonen. Dat wilde je de hele tijd al, en ik ben er klaar voor. Ik snap niet waarom het zo lang duurde.' Hij haalt zijn hand door zijn haar en duwt tegen de lokken, zodat ze golvend en slordig rechtop blijven staan.

Ik kijk hem hoofdschuddend aan. 'Waar heb je het over?' Nu wil hij opeens naar Seattle verhuizen?

'Ik ga iets leuks voor ons zoeken. Het zal niet zo'n villa worden als die van Vance, maar het zal veel beter zijn dan wat je je in je eentje kunt veroorloven.'

Hoewel ik weet dat zijn woorden niet als een belediging zijn bedoeld voelt het wel zo, en ik ben meteen gespannen. 'Je snapt het niet,' zeg ik beschuldigend. Mijn armen vliegen omhoog. 'Je snapt er gewoon helemaal niets van!'

'Waarvan? Wat valt er te snappen?' Hij schuift naar me toe. 'Waarom kunnen we niet gewoon samen zijn, waarom wil je me niet de kans geven om je te laten zien wat ik voor je kan doen? We hoeven geen score bij te houden of zo, je hoeft je niet rot te voelen omdat je van me houdt maar vindt dat je niet bij me mag zijn.' Hij legt zijn handen op de mijne.

Ik trek ze weg. 'Ik wil het graag met je eens zijn, ik wil heel graag geloven in deze fantasiewereld waarin alles van een leien dakje gaat, maar dat heb ik al te vaak geprobeerd en dat kan ik niet meer. Je hebt me al eerder geprobeerd te waarschuwen en je hebt me keer op keer de kans gegeven om in te zien wat onvermijdelijk is, maar ik ontkende het. Nu zie ik het wel. Ik zie dat onze relatie vanaf het allereerste begin gedoemd was te mislukken. Hoe vaak moeten we dit gesprek nog voeren?'

Hij kijkt me met die priemende groene ogen aan. 'Zo vaak als nodig is om je van gedachten te laten veranderen.'

'Ik weet dat ik jou nooit van gedachten kan laten veranderen. Waarom denk je dat het bij mij wel lukt?'

'Dat bleek toch wel uit wat er net tussen ons is gebeurd?'

'Ik wil dat je een rol speelt in mijn leven, maar niet op die manier. Niet als mijn vriendje.'

'Hoe dan, als je man?' Zijn blik is vol humor... en hoop?

Ik staar hem aan, stomverbaasd dat hij durft te suggereren dat... 'We zijn niet samen, Hardin! En je kunt niet zomaar over trouwen beginnen in de hoop dat ik van gedachten verander! Je moet wíllen trouwen, het moet geen laatste redmiddel zijn!'

Zijn ademhaling wordt sneller, maar zijn stem klinkt kalm. 'Dat is het niet. Ik speel geen spelletjes, dat heb ik wel afgeleerd. Ik wil met je trouwen omdat ik me geen leven zonder jou kan voorstellen. Je kunt nu wel beweren dat ik ongelijk heb, maar we kunnen net zo goed meteen gaan trouwen. We zullen samen zijn, dat weet je.'

Hij klinkt zo zeker van zichzelf en van onze relatie, en weer ben ik in de war en weet ik niet of ik kwaad moet worden of blij moet zijn.

Trouwen heeft voor mij niet dezelfde betekenis als een paar maanden geleden. Mijn ouders waren niet getrouwd. Ik kon het amper geloven toen ik hoorde dat ze deden alsof om mijn moeder en mijn grootouders een plezier te doen. Trish en Ken waren wel getrouwd, maar dat boterbriefje kon het zinkende schip niet redden. Wat is dan het nut? Het werkt blijkbaar toch nooit, en ik begin in te zien dat het een belachelijke uitvinding is. Er wordt ons aangepraat dat we een ander iets moeten beloven en dat diegene ons gelukkig zal maken, maar eigenlijk is het een bezopen idee.

Gelukkig heb ik eindelijk geleerd dat ik voor mijn eigen geluk niet afhankelijk ben van anderen. 'Ik geloof niet eens dat ik ooit nog wil trouwen.'

Hardin haalt hoorbaar adem en brengt zijn hand naar mijn kin. 'Wat? Dat meen je niet.' Hij kijkt me onderzoekend aan.

'Ja, dat meen ik wel. Wat heeft het voor zin? Het werkt toch niet, en scheiden is duur.' Ik haal mijn schouders op en negeer de ontzette uitdrukking die op Hardins gezicht verschijnt.

'Waar heb je het verdomme over? Sinds wanneer ben jij zo cynisch?'

Cynisch? Ik vind niet dat ik cynisch ben. Ik moet gewoon realistisch zijn en niet hopen op een einde uit een sprookje dat ik duidelijk nooit zal meemaken. Maar ik ga ook geen genoegen nemen met de hele tijd heen-en-weren.

'Dat weet ik niet. Sinds ik besefte hoe ontzettend stom ik ben geweest. Ik neem het je niet kwalijk dat je er een punt achter wilde zetten. Ik was geobsedeerd door een leven dat ik niet kon krijgen, en je werd er vast stapelgek van.'

Hardin trekt gefrustreerd aan zijn haar, zoals zijn gewoonte is. 'Tessa, je lult ontzettend uit je nek. Je was niet geobsedeerd. Ik was gewoon een klootzak.' Hij kermt geërgerd en laat zich voor me op zijn knieën vallen. 'Kut, nou heb ik je helemaal in de war gemaakt. Dit slaat nergens op!'

Ik sta op. Ik voel me schuldig omdat ik hem eerlijk heb verteld hoe ik me voel. Ik word inwendig zo verscheurd, en het helpt ook al niet dat ik hier samen met Hardin in zo'n kleine ruimte zit. In zijn nabijheid kan ik me niet concentreren, en ik kan me niet verdedigen wanneer hij me aankijkt alsof elk woord van mij een wapen tegen hem is – dat is ook zo, maar daardoor voel ik medeleven voor hem dat ik niet zou moeten hebben.

Vroeger oordeelde ik altijd meedogenloos over vrouwen die zich zo voelden. Wanneer ik een of ander overdreven relatiedrama op tv zag, aarzelde ik niet om de vrouw het etiket 'zwakkeling' op te plakken, maar nu weet ik dat het niet zo simpel of duidelijk is.

Niet iedereen verdient dat etiket, maar ik moet toegeven dat ik voordat ik Hardin leerde kennen veel te snel met mijn oordeel klaarstond. Wie was ik om mensen vanwege hun gevoelens te veroordelen? Ik heb nooit geweten hoe sterk zulke dwaze gevoelens konden zijn, ik begreep niet dat je zo'n magnetische aantrekkingskracht kon ervaren. Ik begreep nooit dat liefde het kon winnen van gezond verstand en dat hartstocht sterker kon zijn dan logica, of hoe irritant het is dat anderen niet begrijpen hoe je je voelt. En niemand mag nu over me zeggen dat ik zwak of stom ben, niemand mag me de les lezen vanwege mijn gevoelens.

Ik zal nooit beweren dat ik perfect ben, want ik worstel voortdurend om te voorkomen dat ik kopje-onder ga, maar het is niet zo gemakkelijk als mensen denken. Het is niet zo gemakkelijk om iemand in de steek te laten die zich in elke cel van je lichaam heeft genesteld en al je gedachten beheerst en verantwoordelijk is voor het mooiste en ergste wat je ooit hebt gevoeld. Niemand, ook mijn eigen twijfelende ik niet, mag me een schuldgevoel aanpraten omdat ik zo veel van iemand heb gehouden en met heel mijn hart heb gehoopt dat ik die grote liefde zou beleven waarover ik zo vaak heb gelezen.

Tegen de tijd dat ik mijn daden voor mezelf heb verantwoord is mijn onderbewuste tot rust gekomen en ben ik opgelucht dat ik mezelf niet langer verwijten maak vanwege de gevoelens die me zo hevig parten hebben gespeeld.

'Tessa, ik ga naar Seattle. Ik zal je niet dwingen om bij me in te trekken, maar ik wil in dezelfde stad wonen als jij. Ik zal afstand bewaren totdat je klaar bent voor meer en ik zal aardig zijn tegen iedereen, ook tegen Vance.'

'Daar gaat het niet om.' Ik slaak een zucht. Zijn vastberadenheid is heel erg schattig, maar die is nooit blijvend geweest. Vroeg of laat gaat hij zich vervelen en iets anders doen. Deze keer zijn we te ver heen.

'Zoals ik al zei, zal ik op afstand blijven, maar ik kom naar Seattle. Als jij me niet wilt helpen om een huis te zoeken kies ik zelf wel iets uit, maar ik zal iets huren waarvan ik zeker weet dat jij het ook leuk vindt.'

Hij hoeft niet te weten wat mijn plannen zijn. Ik probeer zijn woorden niet tot me te laten doordringen. Als ik naar hem luister, als ik echt naar hem luister, dan zullen die woorden de muur afbreken die ik om me heen heb gebouwd. Daar zijn een uur geleden al scheuren in gekomen, toen ik mijn gevoelens de baas liet zijn over mijn lichaam, en dat kan ik niet opnieuw laten gebeuren.

Nadat ik nog een minuut of tien lang heb geprobeerd Hardins beloften te negeren loopt hij mijn kamer uit en begin ik mijn spullen te pakken voor Seattle. Ik doe de laatste tijd niets anders dan voortdurend heen en weer reizen en kijk uit naar de dag waarop ik eindelijk een plek zal hebben die mijn thuis is. Ik heb die zekerheid en die stabiliteit hard nodig.

Hoe komt het toch dat ik mijn hele leven bezig ben geweest met plannen maken om die stabiliteit te garanderen maar dat ik nu op drift ben geraakt, zonder basis, zonder reddingsboei of vangnet?

Ik loop de trap af en zie Landon tegen de wand geleund staan. Hij legt zachtjes een hand op mijn arm om me tegen te houden. 'Ik wilde je nog even spreken voordat je vertrekt.'

Ik blijf staan en wacht totdat hij iets zal zeggen. Ik hoop niet dat hij van gedachten is veranderd over New York.

'Ik wilde even weten of je nog steeds van plan bent om mee te gaan naar NYU. Als je dat niet wilt, is het ook goed. Ik moet het alleen weten, zodat ik Ken kan vertellen welke vlucht we nemen.'

'Ja, ik ga mee. Ik moet alleen even terug naar Seattle om afscheid te nemen van Kim en...' Ik wil hem over mijn afspraak vertellen, maar ik denk niet dat ik daar al aan toe ben. Er is niets zeker, maar ik denk er nu liever nog niet over na.

'Zeker weten? Ik wil niet dat je het gevoel hebt dat je moet gaan, en ik snap het als je liever bij hem blijft.' Landon klinkt zo vriendelijk en zo begrijpend dat ik niets anders kan doen dan hem omhelzen.

'Je bent geweldig. Dat weet je, hè?' Glimlachend kijk ik naar hem op. 'Ik ben niet van gedachten veranderd. Ik wil dit doen. Ik moet dit doen, voor mezelf.'

'Wanneer ga je het hem vertellen? Wat denk je dat hij gaat doen?'

Ik heb nog niet echt nagedacht over wat Hardin zal doen wanneer ik hem vertel dat ik naar de andere kant van het land ga verhuizen. Ik laat mijn plannen niet meer door Hardins mening beïnvloeden, die tijd is voorbij.

'Ik heb eerlijk gezegd geen idee hoe hij zal reageren. Vóór de begrafenis van mijn vader dacht ik echt dat het hem allemaal geen zak kon schelen.'

Landon knikt zwijgend. Dan verbreken geluiden uit de keuken de stilte tussen ons en word ik herinnerd aan het feit dat ik hem nog niet heb gefeliciteerd met het nieuws.

'Ik kan gewoon niet geloven dat je me niet hebt verteld dat je moeder in verwachting is!' roep ik uit, blij dat ik van onderwerp kan veranderen.

'Ja, sorry dat ik niets had gezegd. Ze heeft het mij nog maar net verteld, en jij had je op die kamer van je opgesloten.' Hij glimlacht plagend.

'Vind je het niet jammer dat je weggaat nu er een klein broertje of zusje onderweg is?' Ik vraag me even af of Landon het fijn vindt om enig kind te zijn. We hebben het er nog maar een paar keer over gehad, maar omdat hij niet graag over zijn vader praat, gingen die gesprekken altijd vrij snel alleen over mij.

'Een beetje. Ik maak me zorgen over mijn moeder omdat ik er niet ben om haar te helpen. En ik ga haar en Ken missen, maar ik ben hier klaar voor.' Hij glimlacht naar me. 'Dat denk ik tenminste.'

Ik knik geruststellend. 'We redden ons wel. Zeker jij, je bent al toegelaten. Ik verhuis zonder te weten of er wel een plekje voor me is. Misschien laten ze me niet toe en moet ik hele dagen door New York dwalen en vind ik nooit een baan en...'

Landon legt lachend een hand voor mijn mond. 'Ik voel net zo'n paniek wanneer ik aan al die veranderingen denk, maar ik dwing mezelf aan de goede kanten te denken.'

'En dat zijn?' mompel ik onder zijn hand.

'Nou, het is New York. Dat is tot nu toe het enige wat ik heb kunnen bedenken,' geeft hij met een diepe lach toe, en ik merk dat ik breeduit sta te lachen wanneer Karen zich bij ons in de hal voegt.

'Als jullie twee weg zijn ga ik dat geluid nog missen,' zegt ze. Haar ogen glimmen in het licht.

Ken komt achter haar staan en plant een kus op haar achterhoofd. 'Dat gaan we allemaal missen.'

# 46

∞

## Hardin

Na een klopje op de deur verberg ik mijn teleurstelling niet als Ken me ongemakkelijk begroet, in plaats van mijn meisje.

Hij blijft staan en wacht kennelijk op toestemming om binnen te komen. 'Ik wil het over de baby hebben,' zegt hij wat aarzelend.

Het moest er een keer van komen en helaas kan ik dit gezeik niet ontlopen. 'Kom dan maar binnen.' Ik ga voor hem opzij en ga in de stoel naast het bureau zitten. Ik heb geen idee wat hij me wil vertellen, of wat ik erover kan zeggen, en ook niet hoe het gesprekje afloopt. Maar het zal niet soepel verlopen, dat is zeker.

Ken blijft met zijn handen in de zakken van zijn grijze pantalon bij de ladekast staan. Zijn bijpassende gestreepte stropdas en zwarte pullover maken het plaatje compleet, alsof hij daarmee wil zeggen: *Ik ben de rector van een gerenommeerde universiteit!* Maar als ik daardoorheen kijk, zie ik een bezorgde blik in zijn bruine ogen en een frons op zijn voorhoofd. Nu friemelt hij zo zielig met zijn handen dat ik hem uit zijn lijden wil verlossen.

'Ik vind het niet erg. Je verwachtte waarschijnlijk dat ik een woedeaanval zou krijgen en de boel kort en klein zou slaan. Maar eerlijk gezegd kan het me niet zo veel schelen dat jullie een kindje krijgen,' zeg ik uiteindelijk.

Hij zucht diep, al ziet hij er niet zo opgelucht uit als ik had gehoopt. 'Ik begrijp dat het je wat van streek heeft gemaakt. Het is nogal onverwacht, en ik weet hoe je over me denkt. Ik hoop alleen dat je nu niet nog meer moeite met me hebt.' Hij staart naar de vloer en ik zou willen dat Tessa hier was en niet bij Karen. Ik moet haar zien voordat ze vertrekt. Ik heb beloofd haar ruimte te geven, maar dit gesprekje tussen vader en zoon had ik niet zien aankomen.

'Je weet helemaal niet wat ik van je vind.' Ik weet zelf niet eens wat ik voor hem voel.

Zijn geduld met mij lijkt eindeloos als hij zegt: 'Ik hoop dat dit niets verandert tussen ons en dat we nu niet terug bij af zijn. Ik heb veel goed te maken en hoop echt dat je me die kans nog steeds wilt geven.'

Na deze woorden voel ik een verwantschap tussen ons die er nog niet eerder was: we zijn allebei gestoorde eikels, die alles verpesten door verkeerde keuzes te maken en verslaafd te zijn geweest. Ik ben kwaad omdat ik dat van hem heb. Als Vance me had opgevoed, was ik nooit zo geworden. Dan had ik als kind niet altijd bang hoeven zijn dat mijn vader dronken thuiskwam. Ik had niet uren met mijn huilende moeder op de grond gezeten omdat ze in elkaar was geslagen, bloedend en vechtend om bij bewustzijn te blijven, en dit alles door toedoen van mijn vader.

Ik voel woede opkomen, die jaagt door mijn aderen, en ik sta op het punt om Tessa te bellen. Op dit soort momenten heb ik haar nodig. Ik heb haar altijd nodig, maar op dit soort momenten nog het meest. Ik moet haar lieve stem horen die me geruststellend toespreekt. Ze is mijn licht in de duisternis.

'Ik zou graag willen dat je deel uitmaakt van het leven van de baby, Hardin. Dat lijkt me goed voor ons.'

'Voor óns?' vraag ik spottend.

'Ja, voor ons allemaal. Je hoort bij dit gezin. Toen ik met Karen trouwde en de vaderrol voor Landon op me nam, dacht je dat ik jou links zou laten liggen. Ik wil niet dat je dat weer zo voelt door de baby.'

'Me links laten liggen? Je hebt me al laten barsten lang voordat je met Karen trouwde.' Maar nu ik weet hoe het zit met mijn moeder en Christian, geeft mijn verwijt me niet meer die kick. Ik heb met hem te doen om de ellende die hij heeft moeten meemaken. Tegelijkertijd ben ik kwaad op hem omdat hij zo'n slechte vader is geweest, tot vorig jaar. Ook al was hij dan niet mijn biologische vader, hij was wel degene die voor ons moest zorgen. Hij heeft die rol geaccepteerd, om ons vervolgens te laten barsten door aan de drank te gaan.

Ik kan er niets aan doen, mijn woede is te hevig en ik moet het weten. Ik moet weten waarom hij zo zijn best doet voor mij terwijl hij niet eens zeker weet of hij wel mijn vader is.

'Wanneer wist je dat mijn moeder het achter je rug om met Vance deed?' vraag ik, en mijn woorden zijn als kogels die ik op hem afvuur.

Plotseling lijkt hij het benauwd te hebben en ziet hij eruit alsof hij elk moment kan flauwvallen.

'Hoe...' Hij maakt zijn zin niet af en wrijft over de stoppels op zijn kin. 'Wie heeft je dat verteld?'

'Geen gelul. Ik weet het van die twee. Het gebeurde in Londen. Ik heb ze betrapt. Hij neukte haar tegen het aanrecht.'

'O god.' Zijn stem klinkt verstikt en zijn borst beweegt hevig op en neer. 'Voor of na de bruiloft?'

'Ervoor, maar ze is toch getrouwd. Waarom ben je bij haar gebleven terwijl je wist dat ze hém wilde?'

Hij ademt een paar keer diep in en uit terwijl hij de kamer rondkijkt. Daarna haalt hij zijn schouders op. 'Ik hield van haar.' Hij kijkt me recht aan, en door zijn eerlijkheid lijkt de afstand tussen ons te verdwijnen. 'Een andere reden is er niet. Ik hield van haar, en van jou. Ik bleef hopen dat ze hem zou opgeven. Maar dat gebeurde niet... Ik ging eraan kapot. Ik wist wat ze met hem deed, en hij – mijn béste vriend – met haar, maar ik wilde geloven dat ze uiteindelijk voor mij zou kiezen.'

'Dat heeft ze niet gedaan,' merk ik op. Ze was dan wel met hem getrouwd en deelde haar leven met hem, maar ze had niet om de juiste reden voor hem gekozen.

'Dat is duidelijk. Ik had veel eerder bij haar weg moeten gaan, voordat ik naar de drank greep.' Het berouw in zijn ogen is beschamend.

'Inderdaad.' Alles zou zo anders zijn gelopen als hij was weggegaan.

'Ik snap dat je het niet kunt begrijpen. Mijn keuzes en valse hoop hebben jouw jeugd verpest, dus ik verwacht geen begrip of vergeving.' Hij drukt zijn handen tegen elkaar alsof hij aan het bidden is en duwt zijn vingers tegen zijn mond.

Even weet ik niets te zeggen, mijn hoofd loopt over van de verschrikkelijke herinneringen en het besef hoe gestoord mijn drie... opvoeders waren. Ik weet niet eens hoe ik ze moet noemen.

'Ik hoopte dat ze zou inzien dat hij haar niet de stabiliteit kon geven die ik wel te bieden had. Ik had een goede baan en ik was niet als Christian, die er zo weer vandoor kon gaan.' Hij ademt diep in en zijn zwarte pullover spant zich strak om zijn borst. 'Ik weet zeker dat als Tessa met een andere man zou trouwen, hij zich precies zo zou voelen als ik. Hij zal altijd met jou moeten concurreren. Zelfs als je haar voor de zoveelste keer zal verlaten, moet hij concurreren met de herinnering aan jou.' Aan zijn toon hoor ik dat hij overtuigd is van wat hij zegt en ik zie het omdat hij me recht in mijn ogen kijkt.

'Ik ga niet weer bij haar weg,' sis ik tussen op elkaar geklemde kaken terwijl ik de rand van het bureau stevig vastgrijp.

'Dat zei hij ook.' Hij zucht diep en leunt tegen de ladekast.

'Ik ben niet als hij.'

'Dat weet ik. Zo bedoelde ik het niet. En Tessa is niet zoals je moeder. Gelukkig ben jij de enige man voor Tessa. Als je moeder niet tegen haar gevoelens voor hem had gevochten, zouden ze samen gelukkig zijn geweest. In plaats daarvan hebben ze met hun zieke relatie de levens van iedereen om hen heen tot een hel gemaakt.' Opnieuw wrijft Ken over de stoppels op zijn kin; het is een irritante gewoonte.

Opeens moet ik aan Catherine en Heathcliff denken, en door deze vergelijking moet ik bijna overgeven. Tessa en ik zijn net als deze hoofdpersonen niet goed voor elkaar, maar ik zal het niet zover laten komen dat ons hetzelfde noodlot treft.

Ik begrijp niets van Ken. Waarom zou hij al die rotstreken van me pikken als hij ook maar het minste vermoeden heeft dat ik zijn zoon niet ben?

'Dus het is waar? Hij is je vader?' vraagt hij, en het is alsof hij plotseling instort. De sterke, angstaanjagende kerel uit mijn jeugd heeft plaatsgemaakt voor een gebroken man die op het punt staat in tranen uit te barsten.

Ik wil hem zeggen dat hij gek is dat hij alles van me pikt en dat mijn moeder en ik nooit kunnen vergeten dat hij ons leven vroeger tot een hel heeft gemaakt. Het is zijn schuld dat ik zo slecht ben geworden en voortdurend tegen het goede vecht. Door hem heb ik een plek in de hel verdiend en ben ik niet welkom in de hemel. Het ligt aan hem dat Tessa niet met mij kan leven, het is zijn fout dat ik haar altijd weer pijn doe. En het is zijn schuld dat ik nu moet proberen alle fouten die ik in die eenentwintig jaar heb gemaakt recht te zetten.

Maar ik zwijg en Ken zucht diep. 'Vanaf het eerste moment dat ik je zag wist ik dat je van hem was.'

Het is alsof de lucht uit mijn longen wordt geslagen en daarmee lijkt mijn kwaadheid ook te zijn verdwenen.

'Ik wist het.' Hij probeert tegen zijn tranen te vechten, maar dat lukt hem niet langer. 'Ik wist het al die tijd. Het was overduidelijk. Je leek als twee druppels water op hem. Elk jaar dat voorbijging huilde je moeder iets meer en had ze vaker geheime afspraakjes met hem. Ik wíst het. Maar ik kon het niet toegeven, omdat jij de enige was die ik had. Je moeder was niet de mijne, dat was vanaf het begin van onze relatie al niet zo. Ze was van hem. Jij was de enige die ik had. Totdat ik niet langer tegen mijn woede kon vechten en ik ook daarin faalde.' Hij zwijgt om op adem te komen en in mijn verwarring weet ik niet wat ik moet zeggen. 'Je was beter af geweest met hem. Dat wist ik toen ook al. Maar ik hield van je. Ik hou nog steeds van je alsof je mijn eigen zoon bent. En ik kan alleen maar hopen dat je me in je leven toelaat.'

Hij huilt nog steeds en ik voel met hem mee. De zware last die ik met me meedraag lijkt wat lichter en ik voel een deel van mijn jarenlange wrok en woede wegvloeien. Het is een onbekend gevoel maar het is sterk en bevrijdend. En als hij weer naar me kijkt, voel ik me een ander mens. Ik ben niet mezelf, anders zou ik mijn armen nu niet troostend om hem heen slaan.

Terwijl ik hem omhels voel ik hem beven, en dan breekt hij, hij snikt en zijn schouders schokken.

# 47

∞

## Tessa

De rit was verschrikkelijk, zoals ik al had verwacht. Er leek geen einde aan te komen. In elke gele streep op de weg zag ik zijn lach of zijn frons. En elke file leek alle fouten die ik in mijn leven heb gemaakt te bespotten. In elke auto op de weg zat een onbekende met zijn eigen problemen. Ik voelde me eenzaam, zo eenzaam, in mijn kleine auto, terwijl ik verder en verder wegreed van de plek waar ik wilde zijn.

Is het stom van me om er nog voor te vechten? Kan ik het tij nog keren? En wil ik dat wel?

Hoe groot is de kans dat het nu opeens anders is? Vertelt hij me nu wel wat ik al die tijd al wilde horen, alleen uit pure wanhoop omdat hij weet dat hij me kwijtraakt?

Mijn hoofd voelt als een roman van tweeduizend pagina's, vol diepzinnige gedachten, loos geklets, en een heleboel lullige vragen waar ik het antwoord niet op weet.

Toen ik eindelijk voor het huis van Kimberly en Christian parkeerde, was de spanning in mijn schouders haast ondraaglijk. Het voelde alsof mijn spieren letterlijk zouden scheuren. En nu ik in de woonkamer sta, wachtend tot Kimberly beneden komt, neemt de spanning alleen nog maar toe.

Smith komt de trap af en trekt zijn neus afkeurend op. 'Ze zegt dat ze zo naar beneden komt, als ze klaar is met het verzorgen van mijn vaders been.'

Ik moet onwillekeurig lachen om het jongetje met de kuiltjes in zijn wangen. 'Oké. Dank je.' Hij zei niets tegen me toen hij net de voordeur voor me opendeed. Hij bekeek me alleen van top tot teen, waarna hij me met een lachje om zijn mond naar binnen wenkte. Het was een weifelend lachje, maar het was tenminste iets.

Zonder iets tegen me te zeggen gaat hij op de bank zitten. Hij heeft alleen maar aandacht voor het speeltje in zijn hand. Ik kijk naar hem en bedenk dat hij Hardins kleine broertje is. Het is bizar dat dit schattige jochie, dat me om de een of andere reden niet mag, al die tijd Hardins broertje is geweest. Het verklaart misschien waarom hij altijd zo nieuwsgierig is naar Hardin en graag bij hem is, in tegenstelling tot de meeste mensen.

Hij draait zich om en ziet dat ik naar hem kijk. 'Waar is jouw Hardin?'

*Jouw Hardin.* Het begint erop te lijken dat 'mijn Hardin' ver weg is, elke keer als Smith me dit vraagt. 'Hij is...'

Kimberly komt de kamer binnen en loopt met open armen op me af. Ze draagt hoge hakken en heeft zich opgemaakt, zoals altijd. De buitenwereld gaat kennelijk gewoon door, ook al is mijn wereld ingestort.

'Tessa!' roept ze uit, en ze omhelst me zo stevig dat ik begin te hoesten. 'Dat is lang geleden, veel te lang!' Nog één keer drukt ze me tegen zich aan, waarna ze me naar de keuken trekt.

'Hoe gaat het hier?' vraag ik terwijl ik op dezelfde kruk ga zitten waar ik altijd op zit als ik bij hen ben.

Ze blijft bij de ontbijtbar staan en bindt haar schouderlange, blonde haren op in een nonchalante knot. 'Ach, we hebben dat rampzalige uitje naar Londen overleefd.' Ze grimast en ik doe hetzelfde. 'Net op het nippertje, maar toch.'

'Hoe gaat het met het been van meneer Vance?'

'Meneer Vance?' Ze schiet in de lach. 'Nee, alsjeblieft. Je gaat hem na alle waanzin toch niet weer zo noemen, hè? Je kunt gewoon Christian of Vance zeggen. Zijn been geneest goed. Gelukkig heeft het vuur vooral zijn kleren aangetast, niet zijn huid.' Even fronst ze terwijl ze huiverend met haar schouders schudt.

'Zit hij in de problemen? Ik bedoel, juridisch gezien?' vraag ik zonder al te nieuwsgierig over te willen komen.

'Niet echt. Hij heeft een getuigenverklaring verzonnen over een stel vandalen dat had ingebroken en de boel in brand heeft gestoken. Dus nu is het een geval van brandstichting zonder een spoor van de daders.' Ze schudt haar hoofd en rolt met haar ogen. Daarna veegt ze haar handen aan haar jurk af en kijkt weer naar mij. 'Hoe gaat het met jou? Ik vind het heel rot voor je van je vader. Ik had je vaker moeten bellen, maar ik had het te druk met mezelf.' Kimberly strekt haar arm naar me uit en legt haar hand op die van mij. 'Maar dat is geen goed excuus...'

'Je hoeft je niet te verontschuldigen. Je had genoeg aan je hoofd en ik ben de laatste tijd toch geen leuk gezelschap. Als je had gebeld, zou ik waarschijnlijk niet eens hebben opgenomen. Ik ben echt de weg kwijt.' Als ik probeer te lachen hoor ik hoe gemaakt en opgelaten het klinkt.

'Dat zie ik.' Ze bekijkt me met een sceptische blik. 'Wat moet dit voorstellen?' Nu gebaart ze naar me en ik kijk naar mijn slobberige sweater en smoezelige jeans.

'Ik weet het niet. De afgelopen twee weken waren zwaar.' Ik haal mijn schouders op en strijk mijn haren, die ik al een poos niet heb geborsteld, achter mijn oren.

'Het is me duidelijk dat er iets met je aan de hand is. Heeft Hardin je weer iets geflikt of komt het nog door wat er in Londen is gebeurd?' Ze trekt een geëpileerde wenkbrauw op, waardoor ik me realiseer hoe verwilderd die van mij moeten zijn. Epileren was wel het laatste waar ik aan heb gedacht. Maar Kimberly is zo'n vrouw die je het gevoel geeft dat je altijd mooi moet zijn omdat zij er zelf ook altijd verzorgd uitziet.

'Niet echt. Nou ja, hij deed in Londen niet anders dan ik van hem gewend ben, maar ik heb hem verteld dat het definitief uit is tussen ons.' Zodra ik de wat spottende blik in haar blauwe ogen zie, voeg ik er snel aan toe: 'Ik meen het. Ik denk erover om naar New York te verhuizen.'

'New York? Echt? Met Hardin?' Verbijsterd staart ze me aan. 'O, sorry, je vertelt me net dat het uit is.' Ze slaat net iets te dramatisch een hand tegen haar voorhoofd.

'Nee, met Landon. Hij gaat in New York studeren en vroeg of ik mee wilde. Ik ben de zomer nog hier en hoop in de herfst aan de NYU te beginnen.'

'Wauw! Geef me even de tijd,' zegt ze lachend.

'Het is een grote verandering, dat weet ik. Maar ik... ik moet hier weg. En nu Landon naar New York gaat, is de stap voor mij niet zo groot.' Het is waanzin om steeds te verhuizen en Kimberly's reactie bevestigt dat.

'Je hoeft je niet te verantwoorden. Het is een goed idee, het verbaast me alleen.' Kim doet niet eens moeite om haar spottende grijns te verbergen. 'Het is niets voor jou om zo opeens weer te verhuizen, zonder een jaar te nemen om alles tot in de puntjes voor te bereiden.'

'Dat is wel dom van me, hè?' vraag ik, al weet ik niet wat ik van haar hoop te horen.

'Nee! Sinds wanneer ben je zo onzeker? Ik weet dat je veel hebt meegemaakt, maar je moet je eroverheen zetten, meid. Je bent jong, intelligent en knap. Het leven lacht je toe! Probeer maar eens de brandwonden van je verloofde te verzorgen, die plotseling een volwassen zoon blijkt te hebben die hij het zwijgen oplegt omdat hij is betrapt met zijn...' ze maakt aanhalingstekens in de lucht '"verloren liefde". Ik verzorg hem braaf maar ik kan hem wel schieten.'

Ik weet niet of ze het grappig bedoelde, maar ik moet me inhouden om niet te lachen om het beeld dat ze heeft geschetst. Zodra ze zelf een beetje begint te grinniken, lach ik met haar mee.

'Even serieus, het is prima om verdrietig te zijn, je moet er alleen voor oppassen dat het je niet gaat beheersen. Anders heb je geen leven meer.' Haar rake woorden confronteren me met mijn egocentrische zelfmedelijden en mijn zenuwen over de verhuizing naar New York zonder goede voorbereiding.

Ze heeft gelijk. Ik heb het afgelopen jaar veel meegemaakt, maar wat levert het me op om te blijven kniezen? Om me bij alles verdrietig te voelen en alleen maar aan het verlies te denken? Hoe prettig het ook was om helemaal niets meer te voelen, op die manier kan ik mezelf niet zijn. Ik raakte mezelf met elke negatieve gedachte steeds meer kwijt en ik was bang dat ik nooit meer de oude zou worden. Dat ben ik nog steeds niet, maar misschien komt dat wel weer.

'Je hebt gelijk, Kim. Ik weet alleen niet hoe ik het kan veranderen. Ik ben zo kwaad.' Ik bal mijn handen tot vuisten en Kim knikt. 'Of verdrietig. Ik voel me de hele tijd zo rot. Het vreet aan me en beheerst me totaal.'

'Het is inderdaad niet zo makkelijk als ik het net deed voorkomen. Maar je zou nu blij moeten zijn. Je gaat naar New York verhuizen, meid! Gedraag je ernaar. Als je zo somber door de straten van die bruisende stad slentert, maak je geen vrienden.' Om haar woorden wat te verzachten glimlacht ze naar me.

'En als ik dat nou niet kan? Als ik me voor altijd zo blijf voelen?'

'Dan blijft het zo. Maar op die manier moet je nu niet denken. Ik heb in mijn leven geleerd,' zegt ze grinnikend, 'en zó oud ben ik nog niet, maar ik heb geleerd dat je ondanks de problemen die je overkomen de draad weer moet oppakken. Het is ellendig en geloof me, ik weet dat het met Hardin te maken heeft. Dat is elke keer het geval. Maar je moet accepteren dat hij je niet kan geven wat je nodig hebt. Ga door met je eigen leven, of doe in ieder geval alsof. Als je hem en anderen wijs kunt maken dat je zonder hem kunt leven, ga je er zelf ook in geloven, en dan lukt het je uiteindelijk ook.'

'Denk je dat ik dat kan? Kan ik echt over hem heen komen?' Wat nerveus friemel ik met mijn vingers in mijn schoot.

'Ik kan doorgaan en tegen je liegen, omdat ik je vertel wat je wilt horen.' Kimberly loopt naar de kast en haalt er twee wijnglazen uit. 'Je hebt het nodig om een hoop onzin te horen en dingen die je bevestigen. Vroeg of laat word je toch wel geconfronteerd met de waarheid. Maar nu...' Ze rommelt in een la onder het aanrecht en vist er een kurkentrekker uit. 'Nu nemen we eerst een wijntje en zal ik je wat vertellen over relaties die uitgingen, waarbij jouw verhaal kinderspel is.'

'Kinderspel? Ik ben geen kind meer!'

'Nee, wijsneus.' Ze geeft me een klapje tegen mijn dij. 'Ik heb het over vrouwen die jarenlang getrouwd waren terwijl hun echtgenoot hun zus neukte, dat soort shit, en dan realiseer je je misschien dat het bij jou wel meevalt.'

Ze zet een glas witte wijn voor me neer en net als ik het wil afslaan duwt ze het tegen mijn lippen.

Na anderhalve fles leun ik tegen de bar voor wat steun en ik kan niet meer ophouden met lachen. Kimberly heeft me de gekste verhalen over mislukte relaties verteld en eindelijk kan ik het laten om steeds mijn mobieltje te checken. Hardin heeft mijn nieuwe nummer niet eens, houd ik mezelf voor. Maar we hebben het hier over Hardin, en als hij het wil weten zal hij er alles aan doen om het te achterhalen.

Sommige verhalen die Kimberly me het afgelopen uur heeft verteld lijken te gek voor woorden. Ik weet zeker dat de wijn ervoor heeft gezorgd dat ze er wat bij heeft verzonnen om ze nog dramatischer te maken.

Ze had het over een vrouw die haar man in bed aantrof met de buurvrouw... én de buurman.

En een nogal gedetailleerd verhaal over een vrouw die iemand inhuurde om haar man te vermoorden, maar hem de verkeerde foto gaf, waardoor hij op haar broer af ging. Uiteindelijk liep het met haar echtgenoot veel beter af dan met haarzelf.

Dan was er nog een man die zijn vrouw na twintig jaar verliet voor een veel jongere meid, om er vervolgens achter te komen dat ze zijn achternicht was. Getver! (Ze bleven nog samen ook.)

Of een studente die het met de professor deed en erover opschepte tegen de nagelstyliste, die toevallig de vrouw van de professor bleek te zijn. Het meisje zakte dan ook voor dat semester.

De man die met een sexy Française trouwde die hij in de supermarkt had ontmoet. Ze bleek helemaal niet uit Frankrijk te komen maar uit Detroit, maar ze was een overtuigende bedriegster.

Een verhaal over een vrouw die een jaar lang vreemdging met een vent die ze op internet had opgepikt. Toen ze hem bij hun eerste date zag, bleek het haar eigen man te zijn.

Nu vertelt ze me een ongeloofwaardig verhaal over een vrouw die haar man betrapte met haar zus, daarna met haar moeder en nog een keer met haar scheidingsadvocaat. Om het nog gekker te maken achtervolgde de vrouw hem naar het kantoor van de advocaat en gooide haar schoenen naar zijn hoofd, terwijl hij hijgend door de gang rende.

Ik kom niet meer bij en Kimberly houdt haar buik vast van het lachen. Ze beweert dat ze de man een paar dagen later zag met een afdruk van de hak van zijn ex op zijn voorhoofd.

'Ik maak geen grapje! Het was een gekkenhuis! En het leukste van dit verhaal is dat ze hertrouwd zijn!' Ze slaat met haar hand op de bar. Nu ze dronken is praat ze te hard en ik kijk haar hoofdschuddend aan. Gelukkig is Smith naar boven gegaan om de luidruchtige, wijn drinkende vrouwen alleen te laten, zodat ik me niet schuldig hoef te voelen omdat hij last heeft van ons dronken gelach om andermans ellende.

'Mannen zijn stuk voor stuk klootzakken.' Kimberly heft haar volle glas en ik proost met mijn lege glas. 'Toegegeven, vrouwen zijn bitches. Een relatie werkt alleen als je een klootzak vindt die je aankunt, iemand die een iets mindere bitch van je maakt.'

Uitgerekend nu komt Christian de keuken binnen. 'Ik kan jullie geklets over klootzakken en bitches in de gang horen.' Ik was helemaal vergeten dat hij thuis was. Het duurt even voordat het tot me doordringt dat hij in een rolstoel zit. Ik hap naar adem en Kimberly kijkt me met een zwak lachje om haar mond aan.

'Het komt wel goed met hem,' verzekert ze me.

Hij glimlacht naar zijn verloofde en ze huivert wat ongemakkelijk, zoals ze dat altijd doet als hij zo naar haar kijkt. Het verbaast me. Ik wist wel dat ze hem probeerde te vergeven, maar niet dat het al weer goed was tussen die twee. Hoe kan ze er zo gelukkig uitzien na alles wat er is gebeurd?

'Sorry.' Ze lacht naar hem terwijl hij haar heupen vastpakt en haar op zijn schoot trekt. Even krimpt hij ineen van de pijn als ze zijn gewonde been aanraakt, en ze gaat vlug op zijn andere been zitten.

'Het ziet er erger uit dan het is,' stelt hij me gerust zodra hij merkt dat ik van de rolstoel naar de brandwond op zijn been kijk.

'Dat klopt. Hij stelt zich aan en maakt misbruik van de situatie.' Plagend prikt Kimberly in het kuiltje in zijn linkerwang.

'Ben je alleen hier?' Vance negeert de boze blik van Kimberly wanneer hij in haar vinger bijt. Ik kan mijn ogen niet van hen afhouden, ook al weet ik dat wat zij hebben voor mij niet is weggelegd. Voorlopig in ieder geval niet, en misschien wel nooit.

'Ja. Hardin is bij zijn...' Ik corrigeer mezelf op tijd. 'Bij Ken.'

Christian lijkt teleurgesteld en Kimberly kijkt hem niet meer boos aan. Maar nu ik het over Hardin heb verdwijnt mijn vrolijke humeur en kan ik me niet langer opgewekter voordoen dan ik me voel.

'Hoe gaat het met hem? Ik wou dat ik hem kon bereiken, maar hij neemt niet op als ik hem bel, die sukkel,' mompelt Christian.

'Hij heeft veel aan zijn hoofd,' snauw ik, en ik geef de wijn de schuld. Mijn scherpe toon ontgaat hem niet en ik heb er meteen spijt van. 'Sorry. Ik wilde niet zo bot doen. Maar ik weet dat hij het niet makkelijk heeft.'

De spottende trek om Kimberly's mond omdat ik Hardin verdedig negeer ik.

Lachend schudt Christian zijn hoofd. 'Het geeft niet. Ik heb het verdiend. Ik weet dat hij het moeilijk heeft, ik wilde hem gewoon spreken. Maar dat komt wel als hij eraan toe is. Ik zal jullie verder met rust laten. Ik kwam even kijken wat al dat gelach en geschreeuw te betekenen had en of jullie over mij zaten te roddelen.'

Daarna geeft hij Kimberly een vluchtige maar tedere kus en rijdt in zijn rolstoel de keuken uit. Ik houd mijn glas op om het nog een keer bij te laten vullen.

'Wacht even! Betekent dit dat we geen collega's meer zijn als jij naar New York gaat?' vraagt Kimberly. 'Je kunt me niet alleen laten met al die bitches! Jij bent de enige met wie ik goed kan opschieten, afgezien van de nieuwe vriendin van Trevor.'

'Heeft Trevor een vriendin?' Ik neem een slokje. Kimberly had gelijk, een paar wijntjes en eens lekker lachen doen me goed. Het is alsof ik weer een beetje uit mijn cocon kruip en tot leven kom. Met elk grapje en elk absurd verhaal wordt het wat makkelijker.

'Ja! Die met dat rode haar! Je weet wel, ze doet de social media.'

Ik probeer me haar voor de geest te halen maar door de hoeveelheid wijn die ik opheb lukt me dat niet. 'Ik ken haar niet zo goed. Hoe lang zijn ze al samen?'

'Pas sinds een paar weken. Moet je horen.' Haar ogen glinsteren nu het over kantoorroddels gaat, haar favoriete onderwerp. 'Christian hoorde ze...'

In afwachting van het vervolg neem ik nog een slokje.

'Ze waren wel erg letterlijk samen. Christian hoorde ze in Trevors kantoor, ze waren nogal luidruchtig! Het werd nog absurder, want wat hij hoorde...' Ze schudt lachend haar hoofd. 'Het klonk als kinky seks. Geloof het of niet, maar Trevor is een keiharde in bed. Hij spankte haar en schold haar uit. Dat soort ruige dingen.'

Ik krijg de slappe lach, als een schoolmeisje dat te veel wijn opheeft. 'Dat méén je niet!'

Om het beeld van de nette, brave Trevor die zijn vriendin een pak slaag geeft moet ik nog harder lachen, en ik schud mijn hoofd in een poging het met een korreltje zout te nemen. Trevor is een aantrekkelijke man, heel aantrekkelijk zelfs. Maar hij is altijd heel beschaafd en attent.

'Ik zweer het! Christian was ervan overtuigd dat hij haar had vastgebonden aan het bureau of zo, want toen hij hem later zag, maakte hij vlug iets los van de hoeken!' Kimberly zwaait met haar handen en er spat wat koude wijn op mijn neus.

Na dit glas stop ik met drinken. Waar is Hardin als ik hem nodig heb? Hij houdt altijd bij hoeveel ik drink.

*Hardin.*

Mijn hart gaat tekeer en ik stop met lachen, totdat Kimberly een vunzig detail toevoegt aan het verhaal.

'Ik heb gehoord dat hij ook een zweepje heeft.'

'Wát?'

'Een rijzweep. Google er maar naar.' Ze barst weer in lachen uit.

'Niet te geloven. Hij is zo charmant en zo aardig. Het is niets voor hem om een vrouw vast te binden en haar ruig tegen het bureau te nemen!' Ik kan me er niets bij voorstellen. Plotseling slaat mijn fantasie op hol, onder invloed van de wijn, en ik denk aan Hardin die me aan een bureau vastbindt en me spankt.

'Wie heeft er nou seks in zijn kantoor? De muren zijn flinterdun.'

Mijn mond valt open bij de herinnering aan Hardin die me over mijn bureau naar voren buigt, en ik voel mijn wangen gloeien.

Nu lacht Kimberly veelbetekenend naar me terwijl ze haar hoofd wat achterover houdt. 'Waarschijnlijk dezelfde mensen die ook seks hebben in de fitnessruimte bij anderen thuis,' beschuldigt ze me, waarna ze giechelt.

Ondanks mijn schaamte negeer ik haar opmerking. 'We hadden het over Trevor,' zeg ik, terwijl ik mijn gezicht zo goed als ik kan achter mijn wijnglas probeer te verbergen.

'Ik wist wel dat hij een freak moest zijn. Mannen die elke dag een net pak dragen sporen niet.'

'Dat is alleen in vunzige romannetjes zo,' merk ik op, denkend aan een boek dat ik wilde lezen maar waar ik nog niet aan toe ben gekomen.

'Die verhalen moeten toch ergens vandaan komen, denk je niet?' Ze geeft me een knipoog. 'Ik loop de laatste tijd wat vaker langs Trevors kantoor in de hoop dat ik iets hoor, maar dat geluk heb ik niet gehad; nóg niet.'

Deze bizarre avond maakt me vrolijk. Zo heb ik me al heel lang niet meer gevoeld, en ik probeer het vast te houden. Nu ik me eindelijk wat opgewekter voel, wil ik het niet meteen weer kwijtraken.

'Wie had gedacht dat Trevor zo'n freak zou zijn, hè?' Ze beweegt haar wenkbrauwen een paar keer op en neer en ik schud mijn hoofd.

'Die klote-Trevor,' zeg ik, en ik wacht totdat Kimberly in lachen uitbarst.

'Kloten heeft hij zeker!' roept ze lachend uit, en ik lach met haar mee, denkend aan de degene die deze bijnaam heeft bedacht, terwijl we die om beurten herhalen in een poging onze beste imitatie van de bedenker te geven.

# 48

∞

## Hardin

Deze dag duurde lang, veel te lang, en ik ben blij dat ik eindelijk kan gaan slapen. Het openhartige gesprek met Ken heeft me uitgeput. Plus dat kleffe gedoe van Sarah – Sonya, of hoe ze ook heet – en Landon aan tafel, waar ik helemaal genoeg van had.

Hoewel ik had gewild dat Tessa niet was vertrokken zonder het me te vertellen kan ik dat niet hardop zeggen, omdat ze me geen enkele verklaring verschuldigd is.

Ik heb me goed gedragen, zoals ik Tessa heb beloofd, en at rustig terwijl Karen en mijn vader, of wat hij ook van me is, me steeds bezorgd aankeken. Ze verwachtten waarschijnlijk dat ik elk moment kon ontploffen of hun avondeten zou verpesten.

Maar dat deed ik niet. Ik hield mijn mond en kauwde rustig op elke hap. Ik heb zelfs niet met mijn ellebogen op het pastelkleurige tafelkleed geleund waarvan Karen beweert dat het de lente in huis haalt. Dat is onzin. Het is een lelijk ding en iemand zou het in de brand moeten steken als ze even niet kijkt.

Ik voelde me iets beter na het gesprek met mijn vader, ook al was het verdomd ongemakkelijk. Het is wel grappig dat ik Ken mijn vader blijf noemen terwijl ik als tiener zijn naam nauwelijks kon uitspreken zonder boos te worden of te hopen dat hij niet was weggegaan, zodat ik hem een opdonder kon geven. Nu ik een beetje begrijp hoe hij zich al die tijd heeft gevoeld en waarom hij die dingen gedaan heeft, is de woede die ik al zo lang in me heb wat minder, het pruttelt alleen nog wat.

Maar het was vreemd om dit ook uit mijn lichaam te voelen wegvloeien. Ik heb erover in boeken gelezen, men noemt het 'vergeving', maar ik kende het gevoel tot nog toe niet. Of ik het prettig vind weet ik niet, al moet ik toegeven dat het me een beetje afleidt van de voortdurende pijn omdat ik Tessa zo mis.

Ik voel me beter... Gelukkiger? Waarom weet ik niet, maar ik denk constant aan de toekomst. Een toekomst waarin Tessa en ik vloerbedekking en kasten uitzoeken, dingen die je doet als je getrouwd bent. Het enige echtpaar dat ik ken dat elkaar accepteert, zijn Ken en Karen. Toch heb ik geen idee wat ze samen doen, behalve een baby maken terwijl ze de veertig al zijn gepasseerd. Bij het idee krimp ik als een puber ineen, en ik doe net alsof ik helemaal niet aan hun seksleven dacht.

Eerlijk gezegd is fantaseren over de toekomst veel leuker dan ik had verwacht. Ik verwachtte niets van de toekomst, ook niet van het heden. Ik was ervan overtuigd dat ik alleen zou blijven, dus ik had geen reden om zinloze plannen te maken of een droom na te jagen. Tot acht maanden geleden wist ik niet dat ik iemand als Tessa zou ontmoeten. Ik had geen idee dat dit eigenwijze blonde meisje ergens rondliep, wachtend tot ze mijn leven op zijn kop zou zetten omdat ze me helemaal gek maakte en ik meer van haar ging houden dan van het leven zelf.

Verdomme! Als ik had geweten dat ze bestond, had ik mijn tijd niet verdaan door elke meid te neuken die ik maar kon krijgen. Ik deed maar wat, er was niets wat me voortdreef, ik had geen meisje met grijsblauwe ogen dat me door mijn verziekte leven leidde. Dus ik maakte te veel stomme fouten en nu moet ik er alles aan doen om die recht te zetten.

Als ik het over mocht doen was ik nooit met een andere meid het bed ingedoken. Als ik had geweten hoe fijn het is om Tessa aan te raken, zou ik op haar hebben gewacht en de dagen hebben afgeteld, tot ze mijn kamer in het dispuutshuis zou binnenvallen en al mijn boeken en andere spullen aanraakte, nadat ik haar duidelijk had verzocht overal af te blijven.

Het enige wat me nu een beetje op de been houdt, is de hoop dat ze uiteindelijk bij me terugkomt. Dan zal ze inzien dat ik dit keer mijn woorden niet terugneem. Ik ga met haar trouwen, zelfs als ik haar naar het altaar moet slepen.

Dit is een van onze problemen: mijn opdringerige ideeën. Hoewel ik het tegenover haar ontken, moet ik toch glimlachen als ik het beeld van Tessa in een witte trouwjurk voor me zie. Ze protesteert luidkeels met een boos gezicht terwijl ik haar letterlijk stap voor stap over de loper in het gangpad naar het altaar trek, met suffe harpmuziek op de achtergrond, of een ander instrument dat alleen op trouwerijen of bij begrafenissen wordt bespeeld.

Als ik haar telefoonnummer zou hebben, zou ik haar nu een bericht sturen om me ervan te verzekeren dat het goed gaat met haar. Maar ze wil het me niet geven. Ik moest me echt beheersen om Landons mobieltje aan tafel niet uit zijn zak te jatten.

Nu lig ik hier in bed terwijl ik eigenlijk naar Seattle wil rijden. Ik zou het moeten doen, maar ik kan het niet. Ik moet haar ruimte geven, anders jaag ik haar alleen maar nog meer weg. Ik pak mijn mobieltje en scrol door de foto's die ik van haar heb. Als ik het voorlopig alleen van haar foto's moet hebben, heb ik er meer nodig. Zevenhonderdtweeëntwintig is niet genoeg.

In plaats van me als een obsessieve stalker te gedragen stap ik uit bed en trek ik een boxershort aan. Ik denk niet dat Landon en de zwangere Karen het waarderen als ze me naakt zouden zien. Misschien ook wel. Lachend om die gedachte denk ik even na over mijn plan. Landon zal niet meteen instemmen, maar hij geeft zich vast snel gewonnen. Bij mijn tweede beschamende grapje over zijn nieuwe vlam weet hij waarschijnlijk niet hoe gauw hij me Tessa's nummer moet geven, blozend als een kleuter.

Ik klop twee keer op zijn deur om hem te waarschuwen voordat ik de deur opendoe. Hij ligt op zijn rug te slapen met een boek op zijn borst. Het is die verrekte *Harry Potter*. Ik had het kunnen weten...

Dan hoor ik een geluidje en zie ik iets oplichten. Alsof het zo had moeten zijn, is het zijn mobieltje, en ik pak het van zijn nachtkastje. Op het schermpje staat Tessa's naam en het begin van een berichtje: HOI LANDON, BEN JE NOG WAKKER? WANT...

Meer laat de preview niet zien. Maar ik moet de rest lezen. Ik doe mijn best om ervoor te zorgen dat mijn jaloezie niet de overhand krijgt. Waarom stuurt ze hem zo laat nog een berichtje?

Ik probeer zijn code uit te vogelen maar dat is moeilijker dan bij Tessa's mobieltje. Die van haar was zo voor de hand liggend en lachwekkend. Net als ik was ze bang om de code te vergeten, en daarom koos ze 1234. Dat is ons wachtwoord voor zo'n beetje alles: pincodes, on demand-tv, alles waarvoor je getallen nodig hebt.

Wat dat betreft zijn we verdomme net een getrouwd stel. We zouden kunnen trouwen terwijl een of andere hacker op hetzelfde moment onze wachtwoorden kraakt en onze identiteit steelt!

Ik sla Landon met een kussen en hij kreunt. 'Wakker worden, eikel.'

'Ga weg.'

'Ik heb Tessa's nummer nodig.' Nog een klap met het kussen.

'Nee.'

En nog één, maar nu een stuk harder.

'Hou op!' Jammerend gaat hij zitten. 'Oké, oké. Ik geef je haar nummer.'

Hij graait naar het nachtkastje en ik geef hem snel zijn mobieltje. Daarna kijk ik naar de code die hij intoetst, voor het geval dat. Nu zijn mobieltje is ontgrendeld geeft hij het aan mij. Ik bedank hem en voer Tessa's nummer in. De opluchting die ik voel als ik het opsla is echt te triest voor woorden, maar dat kan me niets schelen.

Dan sla ik Landon nog een laatste keer met het kussen en loop ik zijn kamer uit.

Volgens mij hoor ik hem vloeken en ik trek lachend de deur achter me dicht. Ik heb weer wat hoop als ik een berichtje typ om mijn meisje welterusten te wensen en haar reactie gespannen afwacht. Het lijkt uiteindelijk de goede kant op te gaan. Nu moet Tessa me alleen nog vergeven, dat is de laatste stap. Ik heb maar een klein beetje zekerheid nodig dat ze bij me terugkomt, zoals zij andersom altijd wist dat ik bij haar terug zou komen.

HARRRDIN? luidt haar antwoord.

Shit, ik was al bang dat ze niet zou reageren.

NEE, NIET HARRRDIN. GEWOON HARDIN. Ik begin het gesprekje liever met een plagerijtje, hoewel ik haar eigenlijk wil smeken om uit Seattle terug te komen, of haar wil vertellen dat ze niet moet gaan flippen als ik midden in de nacht voor haar deur sta.

SORRY, IK KAN NIET OVERWEG MET DIT TOETSENBORD. HET REAGEERT TE GEVOELIG.

Ik zie haar voor me in haar bed, turend naar het schermpje terwijl ze fronsend letter voor letter met haar wijsvinger typt.

TJA, IPHONES, HÈ? JE OUDE TOETSENBORD WAS GROTER, DUS IK SNAP DAT JE MOET WENNEN.

Nu stuurt ze me een smiley, en ik ben onder de indruk dat ze heeft uitgevonden hoe ze die kan gebruiken. Ik moet er ook een beetje om lachen, want ik haat die dingen en heb ze bewust nooit gebruikt. Maar nu weet ik niet hoe snel ik die stomme emoticons moet downloaden om haar er eentje terug te sturen.

Net als ik mijn smiley verzend ontvang ik haar antwoord: BEN JE ER NOG?

JA. WAAROM BEN JE ZO LAAT NOG OP? IK ZAG JE BERICHTJE AAN LANDON. Dat laatste had ik beter niet kunnen zeggen.

Een ogenblik later stuurt ze me een miniplaatje van een wijnglas. Ik had kunnen weten dat ze bij Kim was.

AAN DE WIJN? vraag ik, en ik doe er een verbaasde smiley bij; althans, ik denk dat het dat is. Waarom zijn er zo veel van die stomme plaatjes? Welke gek stuurt er nou in godsnaam een tijger?

Uit nieuwsgierigheid naar haar reactie, en ook omdat ik wat opgewonden ben omdat ze steeds reageert, stuur ik haar die idiote tijger. Ik moet lachen als ze een kameel stuurt. Elke keer als ze me een onzinnig plaatje stuurt, dat waarschijnlijk niemand ooit zal gebruiken, schiet ik in de lach.

Ik vind het fijn dat ze meegaat in mijn grapje, dat ze weet dat die tijger helemaal nergens op slaat. We doen wie het stomste plaatje kan sturen en ik lig hier in het donker in mijn eentje zo hard te lachen dat ik er buikpijn van krijg.

IK HEB NIETS MEER, zegt ze na ongeveer vijf minuten aan berichtjes over en weer.

IK OOK NIET. BEN JE MOE?

JA, IK HEB TE VEEL WIJN OP.

WAS HET GEZELLIG? Het verbaast me dat ik hoop dat ze een leuke avond heeft gehad zonder mij.

JA. HOE IS HET MET JOU? HOPELIJK GING HET GOED MET JE VADER.

JA. MISSCHIEN KUNNEN WE HET EROVER HEBBEN ALS IK NAAR SEATTLE KOM? Ik voeg een hartje en iets wat op een wolkenkrabber lijkt toe aan mijn wat opdringerige berichtje.

MISSCHIEN.

SORRY DAT IK ZO'N SLECHTE VRIEND VOOR JE WAS. JE VERDIENT BETER, MAAR IK HOU VAN JE. Voor ik me kan bedenken verstuur ik het. Ik heb de fout gemaakt om mijn gevoelens voor haar niet te uiten, daarom twijfelt ze nu aan mijn beloften.

IK HEB TE VEEL GEDRONKEN VOOR DIT GESPREKJE. CHRISTIAN HOORDE DAT TREVOR SEKS HAD OP KANTOOR.

Als ik zijn naam op het schermpje zie rol ik met mijn ogen. Klote-Trevor! KLOTE-TREVOR, stuur ik terug.

DAT ZEI IK OKO AL TEGEN KI,M.

TE VEEL TIKFOUTEN. GA MAAR SLAPEN. LAAT MORGEN IETS VAN JE HOREN. Daarna typ ik een nieuw berichtje. LAAT MORGEN IETS VAN JE HOREN, ALSJEBLIEFT. ALSJEBLIEFT...

Er glijdt een lach over mijn gezicht als ze me het plaatje van een mobieltje, een slaperig gezichtje en die stomme tijger stuurt.

# 49

∞

## Hardin

De vertrouwde stem van Nate klinkt door de smalle gang: 'Scott!'

*Shit!* Ik wist dat ik hier niet kon komen zonder een bekende tegen het lijf te lopen. Ik ging naar de campus om met mijn docenten te praten om er zeker van te zijn dat mijn vader mijn laatste opdrachten kan laten vervallen. Soms loont het om vrienden of ouders te hebben met een hoge functie, want ik heb toestemming gekregen om de laatste colleges van dit semester over te slaan. Ik heb sowieso al veel gemist, dus het maakt niet zo veel uit.

Nates blonde haar is langer en hij heeft het in een soort punt aan de voorkant omhoogstaan. 'Hé, man, ik heb het gevoel dat je me net probeerde te ontlopen,' zegt hij, en hij kijkt me recht aan.

'Wat opmerkzaam van je.' Ik haal mijn schouders op. Ik zie niet in waarom ik zou liegen.

'Ik had altijd al een hekel aan je grote mond.' Hij lacht.

Als het aan mij had gelegen had ik hem nooit meer gezien. Niet dat ik iets tegen hem heb. Ik mocht hem meer dan mijn andere vrienden, maar ik heb die periode achter me gelaten.

Ik reageer niet, wat hij opvat als een uitnodiging om door te gaan met praten. 'Ik heb je al een hele poos niet op de campus gezien. Je zou toch bijna afstuderen?'

'Ja, halverwege volgende maand.'

Met langzame stappen komt hij naast me lopen. 'Logan studeert ook af. Je gaat toch wel naar de ceremonie om je bul in ontvangst te nemen, hè?'

'Echt niet!' Ik schiet in de lach. 'Dat je míj dat vraagt!'

Opeens zie ik Tessa's boze blik voor me en ik bijt op mijn onderlip om een lach te verbergen. Ik weet dat ze het leuk vindt als ik naar de ceremonie ga, maar ik zie het echt niet zitten.

Misschien moet ik er nog eens over nadenken?

'Oké...' zegt hij, waarna hij naar mijn hand wijst. 'Hoe kom je aan dat gips?'

Ik houd mijn arm omhoog en kijk ernaar. 'Dat is een lang verhaal.' En dat ga ik je niet vertellen.

Zie je, Tessa, ik heb mezelf wat zelfbeheersing bijgebracht. Ook al praat ik tegen je terwijl je er niet bent.

Goed, misschien ben ik nog steeds gestoord, maar ik doe wel aardiger tegen mensen... Je zou trots op me zijn.

Verdomme! Ik heb het zwaar te pakken.

Hoofdschuddend houdt Nate de deur voor me open en we verlaten de studentenadministratie. 'Hoe is het verder?' vraagt hij. Hij was altijd de makkelijkste prater van het stel.

'Goed.'

'En je meisje?'

Plotseling blijf ik op het trottoir staan en hij doet een stap naar achteren, met zijn handen verdedigend omhoog.

'Hé, ik vraag het je als vriend. Ik heb jullie al een tijd niet gezien en als we bellen, neem je niet op. Zed is de enige die nog contact heeft met Tessa.'

Probeert hij me nou op stang te jagen? 'Zed ziet haar niet meer,' bijt ik hem toe, geërgerd bij het horen van Zeds naam.

Nate wrijft met een nerveus gebaar over zijn voorhoofd. 'Zo bedoelde ik het niet, maar hij vertelde ons over haar vader en dat hij naar de begrafenis was geweest, dus...'

'Dus niets. Hij betekent niets voor haar. Hou erover op.' Dit gesprekje gaat nergens over en ik weet weer waarom ik niet meer met hen optrek.

'Oké.' Als ik hem aan zou kijken weet ik zeker dat hij met zijn ogen gaat rollen. Maar tot mijn verbazing zegt hij een tikje emotioneel: 'Ik heb je niets misdaan.' En als ik me naar hem omdraai, zie ik de emoties ook op zijn gezicht.

'Ik wil niet lullig doen,' zeg ik, en ik voel me een beetje schuldig. Hij is een goeie gozer, aardiger dan ikzelf of de rest van onze vrienden. Zíjn vrienden, bedoel ik.

Dan kijkt hij langs me heen. 'Daar lijkt het anders wel op.'

'Nee, echt niet. Ik ben klaar met die shit. Weet je?' Ik kijk hem recht aan. 'Ik heb er genoeg van; van de feesten, het zuipen, het blowen, de sletten. Dus je moet het je niet persoonlijk aantrekken. Maar ik zei het al: die tijd is wat mij betreft voorbij.'

Nate zegt niets en haalt een sigaret uit zijn zak. Het klikje van zijn aansteker is het enige geluid. Het lijkt zo lang geleden dat we met de vriendengroep over de campus liepen en ik mijn tijd verdeed met anderen afzeiken en elke ochtend van mijn kater af probeerde te komen. Het lijkt zo lang geleden dat Tessa het middelpunt van mijn leven werd.

'Ik snap je wel,' zegt hij nadat hij een trekje van zijn sigaret heeft genomen. 'Niet dat ik kan geloven dat jíj zoiets zegt, maar ik snap het. Ik hoop dat je weet dat ik spijt heb van mijn aandeel in het gedoe met Steph en Dan. Ik wist dat ze iets van plan waren, maar niet wat.'

Het laatste waar ik aan herinnerd wil worden is de rotstreek van Steph en Dan. 'Tja, we kunnen het er eindeloos over hebben, maar dat verandert niets aan wat er is gebeurd. Ze moeten het niet wagen om ooit nog in de buurt van Tessa te komen.'

'Steph is vertrokken.'

'Waar naartoe?'

'Naar Louisiana.'

Mooi zo. Hoe verder weg van Tessa, hoe beter.

Ik hoop dat Tessa me snel een berichtje stuurt. Ze heeft het me min of meer beloofd en ik zal haar eraan houden. Als het niet gauw gebeurt, bezwijk ik en laat ik als eerste iets van me horen. Ik doe mijn best om haar ruimte te geven, maar ik had veel lol om ons emoticonspelletje gisteravond, en zo veel plezier heb ik niet meer gehad sinds... sinds ik uren daarvoor nog diep in haar was. Het is onvoorstelbaar en ik mag van geluk spreken dat ze me dat toestond.

Daarna was ik een eikel, maar daar gaat het niet om.

'Tristan is met haar meegegaan,' vertelt Nate me.

Het begint harder te waaien, maar de campus lijkt een betere plek nu ik weet dat Steph er niet meer rondloopt.

'Wat een sukkel.'

'Nee, dat is hij niet.' Nate verdedigt zijn vriend. 'Hij vindt haar echt aardig. Ik denk zelfs dat hij van haar houdt.'

Ik snuif. 'Dus is hij een sukkel.'

'Misschien kent hij een andere kant van haar die wij niet kennen.'

Wat geërgerd lach ik zacht om zijn opmerking. 'Wat valt er nog meer te weten? Ze is een gestoorde bitch.' Onbegrijpelijk dat hij voor Steph opkomt – of eigenlijk verdedigt hij Tristan, die weer bij haar terug is ondanks wat die bitch Tessa heeft geflikt.

'Ik zou het niet weten, man. Maar Tristan is mijn vriend en ik veroordeel hem niet,' zegt Nate terwijl hij me met een kille blik aankijkt. 'Dat kunnen de meeste mensen ook over jou en Tessa zeggen.'

'Je kunt mij beter met Steph vergelijken, niet Tessa.'

'Dat is duidelijk, ja.' Hij rolt met zijn ogen en tikt de as van zijn sigaret af. 'Waarom ga je niet met me mee? Gewoon om de goeie ouwe tijd. Er zullen niet veel mensen thuis zijn.'

'Is Dan er?' Mijn mobieltje trilt in mijn broekzak en ik haal het eruit. Op het schermpje staat Tessa's naam.

'Dat weet ik niet. Maar ik kan ervoor zorgen dat hij wegblijft als jij er bent.'

We zijn nu op het parkeerterrein. Mijn auto staat een eindje verderop geparkeerd en zijn motor heeft hij in de eerste rij gezet. Ik kan niet geloven dat hij het verrekte ding niet al in de prak heeft gereden. Op de dag dat hij zijn rijbewijs haalde heeft hij hem minstens vijf keer laten omvallen, en hij draagt geen helm als hij door de stad scheurt.

'Dat hoeft niet. Ik moet nog wat dingen doen,' lieg ik terwijl ik Tessa een berichtje stuur. Ik hoop dat een van die dingen is dat ik uren met Tessa kan praten. Ik was bijna met Nate meegegaan, maar dat mijn oude 'vrienden' nog steeds met Dan omgaan herinnert me weer aan de reden waarom ik niet meer met ze optrek.

'Weet je het zeker? We kunnen nog een laatste keer chillen voor je afstudeert en je je vriendin zwanger maakt. Je weet hoe het gaat, hè?' zegt hij om me te plagen. Als hij lacht, zie ik iets op zijn tong in de zon glinsteren, en ik duw zijn arm weg.

'Heb je een tongpiercing?' vraag ik, afwezig met mijn vinger over het littekentje naast mijn wenkbrauw wrijvend.

'Ja, sinds een maand of zo. Ik snap nog steeds niet dat jij je piercings hebt uitgedaan. Maar je hebt mijn laatste opmerking handig ontweken.' Hij lacht en ik probeer me te herinneren wat hij heeft gezegd.

Iets over mijn meisje en zwanger maken...

'O! Nee! Doe normaal, man! Er raakt helemaal niemand zwanger, eikel. Hoe kun je zoiets zeggen?' Ik geef hem een duwtje met mijn schouder en hij lacht nog harder.

Trouwen is één ding, maar een baby is nog iets heel anders.

Ik kijk naar mijn mobieltje. Hoewel het best leuk is om bij te kletsen met Nate, wil ik liever met Tessa berichten uitwisselen. Helemaal omdat ze net iets zei over naar de dokter gaan. Dus ik typ snel een reactie.

'Daar hebben we Logan.' Nate trekt mijn aandacht en ik kijk van mijn mobieltje op. Dan volg ik zijn blik. Logan loopt op ons af. 'Shit!' voegt Nate eraan toe. Opeens zie ik het meisje naast Logan, dat me vaag bekend voorkomt.

Molly! Het is Molly, maar ze heeft nu zwart haar in plaats van roze. Ik kan mijn geluk vandaag niet op, maar niet heus.

'Nou, een goede reden om er nu echt vandoor te gaan. Ik moet nog wat dingen doen,' zeg ik vlug, in een poging een mogelijke ramp te voorkomen. Maar net als ik me omdraai om weg te lopen slaat Logan zijn arm om Molly heen.

*Wát?* 'Zijn die samen?' Ik staar ze aan. 'Díé twee?'

Ik kijk naar Nate, die niet eens probeert zijn lach in te houden. 'Ja, al een tijdje. Ze hebben het pas drie weken geleden aan iedereen verteld. Maar ik had het al eerder in de gaten, toen Molly opeens anders deed en niet meer zo sletterig was.'

Lachend naar Logan zwiept Molly haar zwarte haren naar achteren. Ik kan me haar niet lachend herinneren. Ik kan haar nog steeds niet uitstaan, maar ik haat haar niet zoals vroeger. Ze heeft tenslotte Tessa geholpen...

'Je gaat niet weg voordat je me hebt verteld waarom je ons ontloopt!' Logans stem galmt over het parkeerterrein.

'Ik had iets beters te doen!' roep ik terug terwijl ik mijn mobieltje opnieuw op berichtjes check. Ik wil weten waarom Tessa weer naar de dokter gaat. In haar laatste berichtje reageerde ze niet op mijn vraag en ik moet het echt weten. Ik ga ervan uit dat er niets ernstigs is, maar ik ben nieuwsgierig.

Er verschijnt een zelfvoldane grijns op Molly's gezicht. '"Iets beters"? Bedoel je Tessa neuken in Seattle?'

Net als vroeger steek ik mijn middelvinger naar haar op. Er is blijkbaar niets veranderd. 'Sodemieter op.'

'Doe nou maar niet zo schijnheilig. We weten allemaal dat jullie niet kunnen ophouden met seksen sinds jullie elkaar kennen,' zegt ze treiterend.

Nu kijk ik naar Logan met een blik die zegt: zeg dat ze haar mond moet houden of anders... Maar hij haalt alleen zijn schouders op.

'Jullie passen goed bij elkaar.' Dan trek ik een wenkbrauw naar mijn oude vriend op, die op zijn beurt zijn middelvinger naar me opsteekt.

'Ze laat je nu in ieder geval met rust, toch?' merkt Logan op, en ik schiet in de lach. Hij heeft een punt.

'Waar is ze eigenlijk?' vraagt Molly. 'Niet dat het me iets kan schelen, want ik mag haar niet.'

'Alsof we dat nog niet wisten,' zegt Nate. Molly slaakt een diepe zucht.

'Ze mag jou ook niet. Niemand mag jou.' Spottend kijk ik haar aan.

'Die zit.' Grinnikend kruipt ze tegen Logan aan.

Misschien heeft Nate gelijk. Ze is wel veranderd; een beetje.

'Nou, het was echt leuk om jullie weer te zien,' zeg ik sarcastisch, en ik draai me om om weg te lopen. 'Ik heb wat beters te doen. Veel plezier, wat jullie ook gaan doen. En Logan, je moet haar vooral blijven neuken. Het lijkt haar goed te doen.' Na een knikje loop ik naar mijn auto.

Net als ik het portier dicht wil doen vang ik flarden van hun gesprekje op: 'Hij is een stuk vrolijker...' en 'Hij zit echt bij haar onder de plak' en 'Ik ben blij voor hem'.

Het meest bizarre is dat die laatste opmerking uit de mond van die achterlijke bitch komt.

# 50

∞

## Tessa

Ik voel me nogal ongemakkelijk en gespannen, en ik heb het een beetje koud in alleen een dun ziekenhuisschort in de kleine onderzoekskamer, die precies hetzelfde is als de andere kamers in de gang. Ze zouden er wel wat kleur in kunnen aanbrengen. Wat verf zou genoeg zijn, of een foto in een lijst, zoals in elke andere onderzoekskamer die ik ooit vanbinnen heb gezien. Maar hier is alles wit. Witte muren, een wit bureau, een witte vloer.

Ik had Kimberly's aanbod om met me mee te gaan niet moeten afslaan. Natuurlijk red ik me wel alleen, maar Kimberly's humor had ik wel kunnen gebruiken om me op mijn gemak te stellen. Toen ik vanochtend wakker werd voelde ik me beter dan ik verdiende. Ik had helemaal geen kater en voelde me best goed. Ik ben in slaap gevallen met een glimlach op mijn gezicht, veroorzaakt door de wijn en de gedachte aan Hardin, en ik sliep rustiger dan ik in weken heb gedaan.

Als het om Hardin gaat blijf ik maar in kringetjes nadenken, zoals altijd. Ik heb onze grappige berichtjes van gisteravond telkens herlezen en elke keer moest ik weer lachen, hoe vaak ik ze ook bekeek.

Deze aardige, geduldige, speelse Hardin vind ik leuk, en ik zou deze nieuwe kant van hem graag beter leren kennen. Maar ik vrees dat hij dit niet lang genoeg kan volhouden. Bovendien ben ik er zelf ook niet lang genoeg. Ik ga met Landon naar New York en naarmate het vertrek nadert, krijg ik steeds meer de kriebels. Ik weet niet of dat een goed teken is of niet, maar vandaag heb ik mijn zenuwen niet onder controle, zeker niet op dit moment.

Mijn benen bungelen over de rand van de harde onderzoeksbank en ik kan niet besluiten of ik ze over elkaar zal slaan of niet. Het is iets onbelangrijks, maar het leidt me in ieder geval af van de kou en de vreemde kriebels in mijn buik.

Dan haal ik mijn mobieltje uit mijn tasje en stuur Hardin een berichtje, zodat ik iets te doen heb terwijl ik op de dokter wacht.

Ik stuur hem alleen: HOI en laat mijn benen heen en weer zwaaien; de ene keer over elkaar geslagen, en dan weer niet.

Hij antwoordt: IK BEN BLIJ DAT JE IETS VAN JE LAAT HOREN, WANT IK ZOU NOG MAAR EEN UUR HEBBEN GEWACHT.

Ondanks de dwingende toon die in zijn woorden doorklinkt glimlach ik om zijn berichtje. De laatste tijd is hij open over zichzelf en dat vind ik fijn.

IK BEN BIJ DE DOKTER EN ZIT AL EEN POOSJE TE WACHTEN. HOE IS HET MET JOU?

In no time ontvang ik zijn antwoord: DOE NIET ZO STIJFJES. WAAROM BEN JE BIJ DE DOKTER? ALLES GOED? JE HEBT ME NIETS VERTELD. MET MIJ GAAT HET GOED, MAAK JE OM MIJ GEEN ZORGEN, AL ZIT IK HIER MET NATE DIE ME PROBEERT OVER TE HALEN OM TE GAAN CHILLEN. ALSOF IK DAT ZOU DOEN!

Er trekt een steek door mijn borst bij het idee dat hij met zijn oude vrienden zou chillen. Het gaat me niets aan wat hij doet of met wie, maar de nare herinneringen die ik aan die jongens heb geven me een rotgevoel.

Enkele seconden later meldt hij: NIET DAT JE HET ME HAD MOETEN VERTELLEN, MAAR HET HAD GEKUND. DAN HAD IK MEE KUNNEN GAAN.

DAT HOEFT NIET, IK RED ME WEL. Toch schiet het even door me heen dat ik hem die kans had moeten geven.

JE BENT AL TE VAAK ALLEEN GEWEEST SINDS IK JE HEB ONTMOET.

DAT VALT WEL MEE. Iets anders weet ik niet te zeggen want ik ben wat suf, en ik voel me op een vreemde manier gelukkig, omdat hij begaan is met me en opener is over zijn gevoelens.

Hij antwoordt: LIEGBEEST, met een plaatje van een of ander gek dier. Ik sla een hand voor mijn mond om mijn lach te smoren als de dokter binnenkomt.

DE DOKTER IS ER, TOT LATER.

LAAT ME WETEN OF HIJ ZIJN HANDEN THUISHOUDT.

Vlug stop ik mijn mobieltje weg. Ik zorg dat de spontane lach van mijn gezicht is verdwenen als dokter West de latex handschoenen aantrekt.

'Hoe is het ermee?'

Dat wil hij niet weten, en bovendien heeft hij niet de tijd om te luisteren. Hij is een arts, geen psychiater.

'Goed,' antwoord ik, ineenkrimpend bij de gedachte aan een praatje terwijl hij zich vooroverbuigt om me te onderzoeken.

'Het bloedonderzoek was geen reden tot bezorgdheid.'

Ik zucht opgelucht.

'Maar,' zegt hij, en hij zwijgt een moment. Zijn toon belooft niet veel goeds.

Ik had kunnen weten dat er een 'maar' was.

'Toen ik de foto's bekeek zag ik dat je baarmoederhals erg smal is, en voor zover ik dat kon zien ook erg kort. Ik wil het je laten zien, als je dat goedvindt.'

Dokter West duwt tegen zijn bril en ik knik instemmend naar hem. Een te korte en te smalle baarmoederhals... Ik heb er genoeg over gelezen op internet om te weten wat dat betekent.

Tien lange minuten later heeft hij me tot in alle details laten zien wat ik al wist. Ook zijn conclusie was niet nieuw voor mij. Ik wist het vanaf het moment dat ik twee weken geleden bij hem wegging. Terwijl ik me weer aankleed, blijven zijn woorden door mijn hoofd spoken.

'Het is niet onmogelijk, maar zeer onwaarschijnlijk.'

'Er zijn nog andere wegen. Veel mensen kiezen voor adoptie.'

'Je bent nog jong. Als de tijd daar is kunnen jij en je partner de verschillende opties onderzoeken.'

'Het spijt me.'

Onderweg naar mijn auto typ ik zonder na te denken Hardins telefoonnummer in. Nadat ik drie keer achter elkaar meteen zijn voicemail krijg dwing ik mezelf mijn mobieltje weg te stoppen.

Ik heb hem niet nodig, of wie dan ook, op dit moment. Dit kan ik wel alleen, ik wist het tenslotte al. Ik heb erover nagedacht en het vervolgens diep weggestopt.

Het is niet erg dat Hardin niet opnam, ik voel me niet rot. Wat kan het een ander schelen dat ik nooit zwanger zal worden? Ik ben pas negentien en van al mijn plannen is tot nu toe toch niets terechtgekomen. Het is niet vreemd dat ook het laatste deel van mijn ultieme plan in rook opgaat.

De rit naar Kimberly duurt lang vanwege de files. Wat haat ik dit! En al die opgefokte mensen achter het stuur. Ik haat de eindeloze regen hier en ik haat die jonge meiden die met het raampje open hun muziek keihard hebben aanstaan. Doe dan je raampje dicht!

En ik haat mezelf omdat ik me zo groot houd, om niet zo dramatisch te reageren als de vorige keer. Maar ik kan echt nergens anders aan denken dan aan de definitieve en intieme manier waarop mijn lichaam me in de steek laat, me verraadt.

Het is aangeboren, beweert dokter West. Natuurlijk is dat zo. Natuurlijk. Net als mijn moeder zal ik nooit perfect zijn. Maar het voordeel hiervan is, hoe ironisch ook, dat ik de dingen die ik van mijn moeder heb geërfd nooit kan doorgeven aan de volgende generatie. Ik kan mijn moeder niet de schuld geven van mijn onvolmaakte baarmoeder, al zou ik dat nog zo graag willen. Ik moet iets of iemand de schuld geven, maar dat kan ik niet.

Zo gaat het in het leven: als je iets heel graag wilt, wordt het voor je neus weggegrist zodat je er niet meer bij kunt. Net als Hardin. Geen Hardin en geen kinderen. Die twee zouden sowieso geen goede combi zijn geweest. Toch was het fijn om te denken dat de luxe van beide voor me was weggelegd.

Wanneer ik het huis van Christian binnen ga ben ik opgelucht omdat er niemand thuis is. Niet 'thuis' maar 'hier', verbeter ik mezelf. Zonder mijn mobieltje te checken kleed ik me uit om te gaan douchen. Ik heb geen idee hoe lang ik eronder sta, starend naar het water dat in het putje verdwijnt. Als ik eindelijk onder de douche vandaan kom, is het water koud. Ik trek een T-shirt van Hardin aan, dat hij voor mij in mijn koffer heeft gestopt toen hij me wegstuurde uit Londen.

Hier lig ik dan, alleen in dit lege bed, en als ik na een poosje hoop dat Kimberly thuiskomt, krijg ik net op dat moment een berichtje van haar met de mededeling dat Christian en zij in de stad overnachten en Smith bij de oppas logeert. Ik heb het hele huis voor mezelf, maar ik heb niets te doen en niemand om mee te praten. Op dit moment heb ik niemand, en later zal ik ook geen kindje hebben om voor te zorgen en van te houden.

Ik weet dat het belachelijk is, maar ik zwelg in zelfmedelijden en kan me er niet overheen zetten.

NEEM LEKKER EEN WIJNTJE EN GA EEN FILM KIJKEN, WIJ TRAKTEREN! luidt Kimberly's antwoord nadat ik die twee een gezellige avond heb toegewenst.

Terwijl ik haar een bedankje stuur, gaat mijn mobieltje over en verschijnt Hardins naam op het schermpje. Ik twijfel even of ik op zal nemen.

Maar tegen de tijd dat ik een fles wijn uit de koelkast haal, wordt hij doorgeschakeld naar mijn voicemail. Het belooft een eenzaam avondje te worden. Welkom op het feestje voor Sneue Gevallen.

Na een hele fles wijn lig ik languit op de bank een verschrikkelijke actiefilm te kijken over een marinier die verandert in een nanny die verandert in iemand die jacht maakt op aliens. Het was de enige film die ik kon vinden die niet over gelukkige liefde, schattige baby's of iets anders romantisch gaat.

Sinds wanneer ben ik zo depri? Ik neem een slok wijn uit de fles; mijn wijnglas heb ik vijf ontplofte ruimteschepen geleden al afgedankt.

Opnieuw gaat mijn mobieltje en dit keer druk ik met mijn dronken hoofd per ongeluk op het groene telefoontje.

# 51

∞

## Hardin

'Tess?' zeg ik in mijn mobieltje, en ik doe mijn best om mijn paniek te verbergen. Ze heeft mijn telefoontjes de hele avond genegeerd en ik werd gek terwijl ik me afvroeg wat ik verkeerd heb gedaan, wat ik nog méér verkeerd heb kunnen doen.

'Ja.' Haar stem klinkt onduidelijk, langzaam en somber. Aan dat ene woord kan ik al horen dat ze heeft gedronken.

'Alweer aan de wijn?' Ik grinnik. 'Moet ik je nu streng toespreken?' vraag ik haar plagend, maar ze blijft stil aan de andere kant van de lijn. 'Tess?'

'Ja?'

'Wat is er met je?'

'Niks. Ik zit een film te kijken.'

'Met Kimberly?' Mijn maag krimpt ineen bij de gedachte dat er iemand anders bij haar is.

'Nee, met mezelf. Ik ben alleen in dit gróóóte huis.' Ze klinkt mat, zelfs als ze haar woorden overdreven uitspreekt.

'Waar zijn Kimberly en Vance?' Ik zou me geen zorgen moeten maken, maar haar toon alarmeert me.

'Die zijn de stad in. Smith logeert bij zijn oppas. Ik ben alleen en zit een film te kijken. Zo gaat het altijd in mijn leven, toch?' Ze lacht vreugdeloos, zonder enige emotie.

'Wat is er met je, Tessa? Hoeveel heb je gedronken?'

Ze zucht diep aan de andere kant van de lijn en ik kan letterlijk horen dat ze nog een slok wijn neemt.

'Geef antwoord, Tessa.'

'Er is niets. Ik mag toch wel wat drinken, pápa?' Het is een grapje, maar toch krijg ik de rillingen van de manier waarop ze dat laatste woord uitspreekt.

'Wettelijk gezien mag je niet drinken.' Ik ben wel de laatste die haar erop zal aanspreken, want het ligt immers aan mij dat ze regelmatig naar de fles grijpt. Mijn achterdocht vreet aan me. Ze bezat zich in haar eentje en ze klinkt zo verdrietig dat ik overeind spring.

'Dat klopt.'

'Hoeveel heb je gedronken?' Ik stuur Vance een berichtje in de hoop dat hij reageert.

'Niet zo veel. Ik voel me goed. Weet je wwwat vvreemd is?' vraagt Tessa met dubbele tong.

Nu pak ik mijn sleutels. Waarom is Seattle zo verdomd ver weg? 'Wat?' Ik trek mijn Vans aan, want mijn andere schoenen kosten te veel tijd en ik heb haast.

'Het is vvreemd dat je nietss verkeerd doet en toch steedss allerlei ellende over je heen krijgt.'

*Fuck!* Opnieuw waarschuw ik Vance en laat hem weten dat hij meteen naar huis moet gaan.

'Ja, ik weet het. Het is niet eerlijk.' Ik vind het vreselijk dat ze zich zo rot voelt. Ze is zo'n goed mens, beter dan iedereen die ik ken, en toch heeft ze een stel mafkezen om zich heen, mij inbegrepen. Sterker nog, ík ben de grootste boosdoener.

'Misschien kan ik beter niet meer zzzo mijn best doen. Het maakt toch niets uit.'

*Wát?! Nee! Nee!* Zo mag ze niet denken en praten.

'Nee, zo moet je niet denken.' Ongeduldig zwaai ik naar Karen, die in de deuropening van de keuken verschijnt. Ze vraagt zich natuurlijk af waar ik zo laat nog naartoe ga.

'Dat wil ik ook niet, maar het gaat vanzelf. Ik weet niet hoe ik het kan stoppen.'

'Wat is er vandaag gebeurd?' Onvoorstelbaar dat ik zo tegen mijn Tessa moet praten, tegen het meisje dat altijd zo optimistisch is, zo opgewekt. Maar nu is ze verre van dat.

Ze klinkt wanhopig en verslagen.

Ze klinkt hetzelfde als ik.

Er loopt een koude rilling over mijn rug. Ik wist dat dit vroeg of laat zou gebeuren, dat ze zou veranderen vanaf het moment dat ik haar in mijn greep hield.

Ik hoopte dat het niet waar zou zijn, maar vanavond lijkt het er wel verdomd veel op.

'Niets bijzonders,' liegt ze.

Vance heeft nog niet geantwoord. Ik mag hopen voor hem dat hij onderweg is naar huis.

'Vertel me alsjeblieft wat er aan de hand is, Tessa.'

'Niks. Het is mijn karma, denk ik,' mompelt ze, en ik hoor dat ze een fles ontkurkt.

'Hoezo, je karma? Ben je gek geworden? Je hebt niets gedaan waaraan je deze shit verdient.'

Ze blijft stil.

'Tessa, je moet nu stoppen met drinken. Ik kom nú naar Seattle. Je hebt ruimte nodig, dat weet ik. Maar ik maak me zorgen om je en ik... nou ja, ik moet bij je zijn. Ik kan je niet alleen laten. Dat was altijd al zo.'

'Ja...' Ze hoort me niet eens meer.

'Ik vind het maar niks dat je zo veel drinkt,' zeg ik, al weet ik dat ze het niet hoort.

'Ja...'

'Ik kom eraan. Neem een fles water, goed?'

'Ja... Een klein flesje...'

De rit naar Seattle leek nog nooit zo lang te duren, en door de afstand tussen ons begrijp ik eindelijk de vicieuze cirkel waar Tessa altijd over klaagt. Die moet nu eindelijk stoppen. Dit is de laatste keer dat ik naar een andere stad rijd om bij haar te zijn. Deze eindeloze bullshit moet ophouden. Ik wil niet langer voor mijn problemen weglopen, geen verrekte excuses meer, en geen gejakker meer over de snelwegen van Washington omdat ik weer eens op de vlucht ben geslagen.

# 52

∞

## Hardin

Ik heb negenenveertig keer gebeld.

Negenenveertig keer!

Weet je hoe vaak een mobieltje dan overgaat?

Godvergeten vaak.

Dat kun je niet eens tellen, maar ik kan nu niet helder nadenken, daar ligt het vast aan. Zou ik het wel kunnen tellen, dan weet ik zeker dat het een gigantisch aantal is.

Als ze de deur niet snel opendoet trap ik hem verdomme in en smijt ik haar mobieltje tegen de muur kapot, aangezien ze kennelijk niet meer weet hoe ze moet opnemen.

Goed, misschien kan ik hem beter niet kapot smijten, maar er per ongeluk een paar keer op gaan staan zodat het schermpje breekt.

Misschien.

Maar ik zal haar wel ongezouten de waarheid vertellen, dat is zeker. De afgelopen uren heb ik niets meer van haar gehoord en ze heeft geen idee wat voor kwelling de rit naar Seattle is geweest. Ik heb veel te hard gereden om er zo snel mogelijk te zijn.

Wanneer ik de stad nader is het drie uur in de ochtend en ben ik zo opgefokt dat ik Tessa, Vance en Kimberly wel wat kan aandoen. Misschien moet ik alle drie de mobieltjes kapot smijten, want ze zijn blijkbaar alle drie vergeten hoe ze moeten opnemen.

Als ik naar het hek loop raak ik nog meer in paniek. Wat moet ik doen als ze het hek op slot hebben gedaan? Of de code hebben veranderd?

Herinner ik me die verdomde code nog? Natuurlijk niet. Nemen ze op als ik bel om de code te vragen? Natuurlijk niet.

Misschien nemen ze niet op omdat er iets met Tessa is gebeurd en ze met haar naar het ziekenhuis zijn gegaan, waar ze geen bereik hebben en...

Maar dan zie ik dat het hek openstaat, wat me een beetje ergert. Waarom doet Tessa het hek niet op slot als ze alleen is?

Zodra ik over de slingerende oprit rijd, zie ik alleen Tessa's auto voor het gigantische huis staan. Goed om te weten dat Vance er is als je hem nodig hebt... Wat is hij in godsnaam voor vriend? Vader, bedoel ik. Maar het maakt niet uit, want op dit moment is hij geen van beiden.

Als ik uitstap en naar de voordeur loop, word ik nog bozer en nog bezorgder. Zoals ze aan de telefoon klonk, de dingen die ze zei... Het was of ze zichzelf niet onder controle had.

De voordeur zit ook al niet op slot – natuurlijk niet – en ik loop door de woonkamer en de gang. Met een bevende hand doe ik de deur van haar slaapkamer open, en als ik zie dat ze niet in bed ligt, krijg ik het benauwd. Het bed is niet alleen leeg, maar ook nog netjes opgemaakt – zoals alleen Tessa dat kan, met de hoeken keurig omgeslagen. Ik heb het wel eens geprobeerd, maar het is onmogelijk om het zo te doen als Tessa.

'Tessa!' roep ik terwijl ik naar de badkamer aan de overkant van de gang loop. Als ik de lamp aandoe, knijp ik mijn ogen even dicht. Ik hoor niets en doe mijn ogen weer open.

Niets.

Ik zucht diep en ga naar de volgende kamer. Waar is ze in godsnaam?!

'Tess!' Dit keer roep ik harder.

Tegen de tijd dat ik bijna het hele huis heb doorzocht krijg ik haast geen lucht meer. Waar is ze toch? De enige plek waar ik nog niet heb gekeken is de slaapkamer van Vance en Kimberly, en een kamer boven, die op slot zit. Ik weet niet zeker of ik die deur wel open wil doen...

Dan ga ik in de tuin en op het terras kijken, en als ze daar niet is, weet ik het echt niet meer.

'Theresa! Waar ben je, verdomme? Dit is echt niet leuk, ik zweer het...' Plotseling hou ik op met schreeuwen. Op het terras zie ik iemand in elkaar gekropen op een ligstoel liggen.

Als ik ernaartoe loop zie ik Tessa met opgetrokken benen en haar armen om zich heen geslagen slapen, alsof ze zichzelf probeerde te troosten.

Meteen is mijn boosheid verdwenen en hurk ik bij haar neer. Ik strijk haar blonde haren uit haar gezicht en houd me in om niet hysterisch te gaan gillen nu ik haar heb gevonden. Ik was zó verschrikkelijk bezorgd om haar.

Mijn hart gaat wild tekeer terwijl ik me naar haar toe buig en met mijn duim langs haar onderlip strijk. Waarom ik dit deed, weet ik niet. Het gebeurde gewoon, maar ik heb er geen spijt van als ze haar ogen opendoet en zachtjes kreunt.

'Waarom ben je buiten gaan liggen?' vraag ik met gespannen stem en iets te hard.

Ze krimpt ineen, duidelijk vanwege mijn harde stem.

Waarom ben je niet binnen gebleven? Ik was vreselijk ongerust en heb de afgelopen uren de rampzaligste scenario's bedacht, wil ik tegen haar zeggen.

'Godzijdank lag je te slapen,' is wat ik uiteindelijk zeg. 'Ik heb je gebeld, ik maakte me zorgen.'

Ze gaat zitten en legt haar handen om haar nek alsof haar hoofd eraf kan vallen. 'Hardin?'

'Ja, ik ben het, Hardin.'

Dan tuurt ze het donker in en wrijft over haar nek. Wanneer ze opstaat, valt er een lege wijnfles op de betonnen tegels, die in tweeën breekt.

'Sorry.' Ze bukt zich om de glasscherven op te rapen.

Maar voordat ze dat kan doen, duw ik haar hand rustig weg en verstrengel mijn vingers met die van haar. 'Niet aankomen, ik ruim het straks wel op. Kom, we gaan naar binnen.' Ik help haar overeind.

'Hoe... ben je... hier gekomen?' Ze kan niet normaal praten en ik wil niet weten hoeveel ze nog heeft gedronken nadat ze niet meer op mijn berichtjes en telefoontjes reageerde. In de keuken zag ik ten minste vier lege flessen.

'Met mijn auto, hoe anders?'

'Helemaal hierheen? Hoe laat is het?'

Ik bekijk haar van top tot teen en zie dat ze alleen een T-shirt aanheeft. Míjn T-shirt.

Als ze ziet dat ik naar haar kijk, trekt ze de onderkant van het T-shirt over haar blote dijen. 'Ik draag h-het alleen...' Ze maakt haar zin niet af, te dronken om nog iets te zeggen. 'Ik draag het alleen nu, voor deze keer,' zegt ze uiteindelijk, al snap ik haar niet.

'Dat is goed. Ik vind het fijn dat je het draagt. Laten we naar binnen gaan.'

'Ik vind het hier prettiger,' mompelt ze, en ze staart opnieuw het donker in.

'Het is te koud. We gaan naar binnen.' Wanneer ik mijn hand naar haar uitsteek, deinst ze naar achteren. 'Oké, oké, als je hier wilt blijven, doen we dat. Maar ik laat je niet alleen,' verzeker ik haar nogmaals.

Met een knikje leunt ze tegen het hek. Ze staat te trillen en ze ziet bleek.

'Wat is er gisteren gebeurd?'

Ze blijft stil voor zich uit staren.

Na een poosje draait ze zich naar me toe. 'Heb jij nooit het gevoel dat je leven één grote grap is?'

'Dagelijks.' Ik haal mijn schouders op, niet wetend waar ze naartoe wil. Het raakt me diep om het verdriet in haar ogen te zien. Zelfs in het donker zie ik de pijn, de gepijnigde blik in haar anders zo stralende ogen, waar ik zo van hou.

'Nou, ik ook.'

'Nee, jij bent de optimist van ons tweeën, de gelukkige. Ik ben hier de cynische klootzak, jij niet.'

'Het is heel vermoeiend om gelukkig te zijn. Snap je wat ik bedoel?'

'Nee, niet echt.' Ik doe een stap naar haar toe. 'Ik ben niet bepaald het schoolvoorbeeld van zorgeloos gelukkig zijn, voor het geval je dat nog niet wist,' grap ik om de sfeer wat luchtiger te maken, en ze lacht dronken en wat geamuseerd naar me.

Vertelde ze me nou maar wat er aan de hand is. Ik weet niet wat ik voor haar kan doen, maar het is mijn schuld. Ik moet de last van haar verdriet op me nemen, dat is niet aan haar.

Ze tilt haar arm op om die op een houten plank te laten rusten, maar ze mist en haar arm bungelt omlaag terwijl ze wankelend naar houvast zoekt omdat ze bijna languit tegen de parasol in het midden van de tafel valt.

Vlug pak ik haar elleboog vast om haar te ondersteunen, waarna ze zich naar me toe buigt. 'Kunnen we nu naar binnen gaan? Je moet je roes uitslapen.'

'Ik kan me niet herinneren dat ik in slaap ben gevallen.'

'Dat komt waarschijnlijk doordat je min of meer knock-out ging.' Ik wijs naar de gebroken wijnfles een eindje verderop.

'Waag het niet om me de les te lezen,' snauwt ze, en ze doet een stap bij me vandaan.

'Dat doe ik niet.' Ik steek mijn handen onschuldig omhoog. Het liefst zou ik het willen uitschreeuwen omdat de situatie zo ironisch is, met een dronken Tessa terwijl ik dit keer nuchter ben en de verstandige van ons beiden.

'Het spijt me.' Ze zucht diep. 'Ik kan echt niet helder denken.' Dan laat ze zich op de grond zakken en trekt haar knieën op tegen haar borst. Ze houdt haar hoofd wat naar achteren en kijkt naar me op. 'Kan ik je iets vertellen?'

'Natuurlijk.'

'Beloof je me dat je eerlijk zult zijn?'

'Ik doe mijn best.'

Daar lijkt ze tevreden mee en ik ga op de armleuning van een stoel zitten, vlak bij waar ze op de grond zit. Ik ben een beetje huiverig voor wat ze me wil vertellen, maar ik wil graag weten wat er met haar aan de hand is, dus wacht ik rustig tot ze begint te vertellen.

'Soms heb ik het gevoel dat iedereen om me heen datgene krijgt wat ik ook wil,' mompelt ze wat beschaamd.

Tessa zou zich normaal gesproken schuldig voelen als ze vertelt hoe ze zich voelt...

Ik kan de woorden bijna niet onderscheiden wanneer ze vervolgt: 'Niet dat ik niet blij ben voor ze...' Maar ik kan de tranen in haar ogen zien.

Hoe ik het ook probeer te begrijpen, ik zou niet weten waar ze het over heeft, hoewel de verloving van Kimberly en Vance me te binnen schiet. 'Bedoel je Kimberly en Vance? Als dat zo is, zou je echt niet willen wat zij hebben. Hij is een leugenaar en belazert haar met een ander en...' Voordat ik iets verschrikkelijks zeg, houd ik snel mijn mond.

'Maar hij houdt veel van haar,' mompelt Tessa, terwijl ze met haar vinger het patroon in de betonnen tegels volgt.

'Ik hou meer van jou,' flap ik eruit.

Mijn woorden hebben echter een averechtse uitwerking en jammerend slaat ze haar armen om haar benen.

'Het is waar.'

'Jij houdt maar af en toe van me.' Ze klinkt stellig, alsof dit het enige in haar leven is waar ze zeker van is.

'Gelul. Je weet dat dat niet zo is.'

'Het vóélt wel zo,' fluistert ze, turend naar de zee. Was het maar overdag, dan zou het uitzicht haar misschien een beetje troosten, aangezien dat mij niet goed lukt.

'Dat snap ik. Zo kan het voelen.' Ik kan toegeven dat ze het op dit moment waarschijnlijk zo ervaart.

'Je zult altijd van iemand houden. Later...'

*Wát?* 'Waar heb je het over?'

'De volgende keer zal je altijd van haar houden.'

Plotseling verschijnt er een vreemd beeld voor mijn geestesoog: ik zie mezelf over vijftig jaar, terugdenkend aan dit moment, en ik voel opnieuw de scherpe pijn die in haar woorden doorklinkt. Het is overweldigend, en zo duidelijk. Het is nog nooit zo duidelijk geweest.

Ze heeft me opgegeven. Ze heeft ons opgegeven.

'Er is geen volgende keer!' Ik kan er niets aan doen, maar ik verhef mijn stem. Het is alsof mijn bloed kokend door mijn aderen kolkt, en ik elk moment dreig te ontploffen.

'Wel waar. Ik ben jouw Trish.'

Wat wil ze me in godsnaam duidelijk maken? Ik weet dat ze dronken is en wartaal uitkraamt. Maar wat heeft mijn moeder ermee te maken?

'Jouw Trish. Dat ben ik. Maar jij krijgt ook een Karen, en zij kan je een baby geven.' Tessa wrijft de tranen uit haar ogen weg en ik hurk bij haar neer.

'Ik weet niet wat je bedoelt, ik weet alleen dat het niet waar is.' Als ik mijn armen om haar heen sla, begint ze te snikken.

Wat ze precies zegt, kan ik niet verstaan. Het enige wat ik hoor is: '... baby... Karen... Trish... Ken...'

Ik vervloek Kimberly omdat ze zo veel wijn in huis heeft.

'Wat hebben Karen, Trish of wie je nog meer noemde met óns te maken?'

Ze duwt tegen mijn schouders, maar ik houd haar steviger vast. Ze wil me misschien niet, maar ze heeft me nu nodig. 'Jij bent Tessa en ik ben Hardin. Einde van...'

'Karen is zwanger.' Ze snikt tegen mijn borst. 'Ze krijgt een kindje.'

'Nou en?' Ik wrijf met mijn gipshand over haar rug, wat onzeker omdat ik me geen raad weet met Tessa zoals ze nu doet.

'Ik ging toch naar de dokter,' zegt ze huilend, en ik verstijf.

Godverdomme!

'Wat zei hij?' Ik doe mijn best om niet in paniek te raken.

Haar reactie bestaat uit een dronken gesnik en gesnotter en ik maak van het moment gebruik om alles snel op een rijtje te zetten. Het is me duidelijk dat ze niet zwanger is, want als dat wel zo was had ze niet zo veel gedronken. Ik ken Tessa, zoiets zou ze nooit doen. Ze is geobsedeerd door de gedachte dat ze in de toekomst moeder zal worden, ze zou haar ongeboren kindje nooit in gevaar brengen.

Ze staat me toe haar te troosten en wordt weer wat rustiger.

'Zou jij het willen?' vraagt ze me een paar minuten later. Haar lichaam schokt nog na van het huilen, maar de tranen zijn opgedroogd.

'Wat?'

'Kinderen?' Ze wrijft in haar ogen en ik krimp ineen.

'Eh, nee.' Ik schud mijn hoofd. 'Ik wil geen kinderen met jou.'

Dan knijpt ze haar ogen dicht en begint weer te jammeren. Ik herhaal in mijn hoofd wat ik net heb gezegd en realiseer me hoe bot het klonk. 'Zo bedoelde ik het niet. Ik wil alleen geen kinderen, dat weet je.'

Ze snuift en knikt naar me, nog steeds rustig. 'Jouw Karen kan je wel een kind geven,' zegt ze met gesloten ogen, en ze laat haar hoofd tegen mijn borst rusten.

Ik snap nog steeds niet wat ze me wil vertellen. Ik leg een link tussen Karen en mijn vader, maar ik wil niet dat Tessa denkt dat ik niet verder wil met haar.

Nu sla ik mijn armen om haar middel om haar van de grond te tillen en zeg: 'Goed, het is tijd om naar bed te gaan.'

Dit keer stribbelt ze niet tegen. 'Het is waar. Je hebt het zelf een keer gezegd,' mompelt ze, terwijl ze haar benen om me heen slaat zodat ik haar door de schuifdeur naar binnen kan dragen, de gang door.

'Wat heb ik gezegd?'

'Dat het niet goed kan aflopen,' brengt ze me in herinnering.

Het is de invloed van die verrekte Hemingway en zijn cynische kijk op het leven. 'Dat was stom van me. Ik meende het niet,' verzeker ik haar.

'"Nu hou ik genoeg van je. Wat wil je? Me kapotmaken?"' haalt ze die eikel aan. Echt iets voor Tessa om schrijvers foutloos te citeren terwijl ze zo dronken is dat ze niet eens op haar benen kan blijven staan.

'Shhh... We kunnen Hemingway altijd nog citeren als je nuchter bent.'

'"Zelfs alles wat door en door verdorven is komt uit onschuld voort."' Haar warme adem strijkt langs mijn hals en ze klemt haar armen stevig om mijn nek als ik de deur van de slaapkamer openduw.

Dat laatste citaat vond ik altijd geweldig, al begreep ik er niets van. Ik dacht het te vatten, maar nu ik het zelf ervaar, begrijp ik pas echt wat het betekent.

Ik word overvallen door schuldgevoel. Voorzichtig leg ik Tessa op het bed en ik gooi de kussens op de grond, op een hoofdkussen na. 'Schuif een beetje op,' gebied ik haar zacht.

Haar ogen zijn dicht en ik zie dat ze bijna slaapt. Ik doe het licht uit en hoop dat ze de rest van de nacht doorslaapt.

'Bllijfff jje?' vraagt ze me, de woorden rekkend.

'Wil je dat? Ik kan in een andere kamer gaan slapen,' bied ik haar aan, al wil ik graag bij haar blijven. Ze is zo in de war en absoluut niet zichzelf dat ik een beetje huiverig ben om haar alleen te laten.

'Mmm...' Ze trekt aan een punt van de deken, en als ze die niet los krijgt om eronder te kruipen kreunt ze gefrustreerd.

Nadat ik haar heb toegedekt, trek ik mijn schoenen uit en ga ik naast haar liggen. Terwijl ik afweeg hoeveel ruimte ik tussen ons in moet laten, legt ze een blote dij over mijn heupen en trekt me tegen zich aan.

Eindelijk! Ik kan weer opgelucht ademhalen.

'Ik was bang dat je er niet bovenop zou komen,' beken ik in de stille donkere kamer.

'Ik ook,' bevestigt ze, en haar stem breekt.

Ik duw mijn arm onder haar hoofd en ze verschuift haar heupen, naar me toe draaiend, en ze klemt haar been steviger om me heen.

Ik weet niet hoe dit verdergaat. En ook niet wat ik heb gedaan, waardoor ze er zo beroerd aan toe is.

Ach, natuurlijk snap ik het wel. Ik heb haar als een stuk vuil behandeld en misbruik gemaakt van haar goedheid. Ik heb kans na kans verknald, alsof ze onuitputtelijk waren. Ik heb haar vertrouwen beschaamd alsof het niets waard was en het tegen haar gebruikt, elke keer dat ik het gevoel had niet goed genoeg te zijn voor haar.

Als ik vanaf het begin haar liefde en vertrouwen had geaccepteerd en had gewaardeerd dat ze me mijn leven teruggaf, of het in ieder geval probeerde, dan was ze er nu nooit zo aan toe geweest. Dan zou ze nu niet dronken en overstuur naast me liggen, totaal verslagen en geknakt door mijn toedoen.

Ze heeft mijn beschadigde ziel geheeld, ze plakte de kleine stukjes met lijm aan elkaar tot ik een normale persoon werd, een aangenaam mens zelfs, al hield ik dat voor onmogelijk. Maar met elke druppel lijm die ze voor mij gebruikte, verloor ze er een voor zichzelf. En omdat ik een klootzak ben, had ik haar niets te bieden.

Alles waar ik al die tijd bang voor ben geweest, is gebeurd. En hoe ik mijn best ook deed om het te voorkomen, ik maakte het alleen maar erger, dat zie ik nu pas in. Door mij is ze veranderd, ik heb de grond onder haar voeten weggeslagen, waarvoor ik haar maanden geleden al heb gewaarschuwd.

Het lijkt gestoord.

'Het spijt me zo dat ik je kapot heb gemaakt,' fluister ik bij haar haren terwijl haar ademhaling me vertelt dat ze bijna slaapt.

'Mij ook,' verzucht ze, en berouw kruipt tussen ons in als ze in slaap valt.

# 53

∞

## Tessa

Gezoem. Het enige wat ik kan horen is een constant gezoem, en mijn hoofd lijkt elk moment te kunnen ontploffen. Het is warm, veel te warm. Hardin ligt op me, hij is zwaar. Zijn gips drukt op mijn buik en ik moet plassen.

*Hardin.*

Ik til zijn arm op en schuif kronkelend onder hem vandaan. Vlug gris ik zijn mobieltje van het nachtkastje om het uit te zetten. Op het schermpje zie ik een paar gemiste oproepen en berichtjes van Christian, en ik antwoord: ALLES GOED. Dan zet ik het geluid uit en ga naar de badkamer.

Ik voel me niet zo goed en het lijkt of de alcohol van gisteravond nog door mijn aderen stroomt. Ik had niet zo veel moeten drinken en na de eerste fles wijn moeten stoppen. Of na de tweede. Of de derde.

Ik kan me niet meer herinneren wanneer ik in slaap ben gevallen, en ook niet wanneer Hardin kwam. Opeens komt er een vage herinnering aan zijn stem aan de telefoon naar boven borrelen, maar ik kan er niets van maken en ik weet ook niet zeker of het echt is gebeurd. Maar hij is nu hier, slapend in mijn bed, dus de details doen er niet toe.

Ik leun tegen de wastafel, doe de koudwaterkraan aan en gooi met mijn handen wat water in mijn gezicht, zoals ze dat in films doen, maar het helpt niet. Ik word er niet echt wakker van en mijn hoofd wordt niet helderder. Het enige wat er gebeurt, is dat de mascara van gisteren nog verder uitloopt.

'Tessa?' roept Hardin.

Snel doe ik de kraan weer dicht, en ik tref Hardin in de gang aan.

‘Hoi,’ zeg ik, zijn blik ontwijkend.

‘Waarom ben je al op? Je hebt pas twee uur geslapen.’

‘Ik kon niet meer slapen.’ Ik haal mijn schouders op. Ik haat de ongemakkelijke spanning die zijn aanwezigheid teweegbrengt.

‘Hoe is het met je? Je hebt gisteravond te veel gedronken.’

Als hij naar de slaapkamer loopt, ga ik hem achterna en doe de deur achter me dicht. Hij gaat op de rand van het bed zitten en ik kruip weer onder de dekens. Het is me nog te veel om aan de dag te beginnen. Maar het geeft niet, aangezien de zon nog niet weet of ze wel gaat schijnen.

‘Ik heb koppijn,’ beken ik.

‘Dat geloof ik graag. Je hebt de halve nacht overgegeven, schat.’

Ik krimp ineen bij de herinnering aan Hardin die mijn haren naar achteren hield, met zijn hand over mijn rug wrijvend om me te troosten, terwijl ik de inhoud van mijn maag in het toilet spuugde.

Nu dringt de stem van dokter West door mijn hoofdpijn heen met het slechte nieuws, het ergste nieuws dat ik ooit heb gekregen. Heb ik het in mijn dronken bui aan Hardin verteld? Ik hoop van niet.

‘Wat... wat heb ik allemaal gezegd gisteravond?’ vraag ik hem voorzichtig.

Met een diepe zucht haalt hij zijn hand door zijn haar. ‘Je had het steeds over Karen en mijn moeder. Ik vrees dat ik niet wil weten wat je ermee bedoelde.’ Hij grimast en ik neem aan dat dat overeenkomt met mijn eigen gezichtsuitdrukking.

‘Meer niet?’ Hopelijk niet.

‘Dat was het zo’n beetje. O, en je citeerde Hemingway.’ Hij lacht zwakjes, wat me eraan herinnert hoe charmant hij kan zijn.

‘Niet waar!’ Beschaamd sla ik mijn handen voor mijn gezicht.

‘Jawel.’ Weer lacht hij zacht, en ik kijk tussen mijn vingers door naar hem als hij vervolgt: ‘Je hebt ook gezegd dat je mijn excuses aanvaardt en dat je me nog een kans wilt geven.’

Tussen mijn vingers door kruist mijn blik die van hem. Hij is hier echt goed in!

‘Leugenaar.’ Ik weet niet of ik moet lachen of huilen. We zijn weer terug bij af met het bekende spelletje van aantrekken en afstoten. Hoewel het dit keer anders voelt, kan ik niet op mijn oordeel vertrouwen. Toch voelde elke keer dat hij een belofte deed die hij niet na kon komen anders dan nu.

'Wil je me nog vertellen wat er gisteravond met je aan de hand was? Ik vond het verschrikkelijk om je zo te zien. Je was jezelf niet. Toen ik je aan de telefoon had, heb je me de stuipen op het lijf gejaagd.'

'Maak je maar geen zorgen om mij.'

'Je was stomdronken en bent out gegaan op het terras. Door het hele huis liggen lege flessen.'

'Het is geen lolletje om iemand zo aan te treffen, hè?' Maar ik heb het nog niet gezegd of ik heb er spijt van.

Hij laat zijn schouders hangen. 'Nee, niet echt.'

Natuurlijk moet ik denken aan de avonden (en soms ook overdag) dat ik Hardin dronken aantrof. Als hij dronken was, sneuvelden er altijd lampen of sloeg hij gaten in de muren, om nog maar te zwijgen over de gemene dingen die hij zei, alleen maar om te kwetsen.

'Het zal nooit meer gebeuren,' verzekert hij me, wetend waar ik aan denk.

'Dat wilde ik niet...' begin ik, maar dan zou ik liegen, en hij kent me te goed.

'Wel waar. Het geeft niet, ik heb het er zelf naar gemaakt.'

'Hoe dan ook, het was niet eerlijk van me om het je nu te verwijten.' Ik moet leren om Hardin te vergeven, anders zullen we geen van beiden rust vinden in ons leven.

Zijn mobieltje trilt. Hij pakt het van het nachtkastje en houdt het bij zijn oor. Terwijl hij vloekend en tierend tegen Christian tekeergaat, doe ik mijn ogen dicht vanwege het gebonk in mijn hoofd. Dan zwaai ik naar hem in een poging hem te laten stoppen met schreeuwen, maar hij negeert me en vertelt Christian wat een eikel hij is.

'Je had verdomme moeten opnemen. Als haar iets was overkomen had ik jou verantwoordelijk gehouden,' gromt Hardin in zijn mobieltje, en ik probeer me af te sluiten voor zijn stem.

Ik voel me goed, ik heb alleen te veel gedronken omdat ik een rotdag had, maar nu gaat het wel weer. Is dat nou zo erg?

Wanneer hij ophangt, voel ik de matras omlaag veren en trekt hij mijn hand van mijn ogen. 'Hij zei dat hij spijt heeft dat hij niet naar huis is gegaan om te kijken hoe het met je ging,' vertelt Hardin me vlak bij mijn gezicht.

Opeens vallen de stoppels op zijn kaak en kin me op. Of het nou komt doordat ik nog een beetje onder invloed ben of doordat ik hartstikke gek ben, maar ik strijk er met mijn vingertoppen overheen. Dat verbaast hem. Er verschijnt een wazige, haast loensende blik in zijn ogen terwijl ik hem streel.

'Wat bezielt ons?' Hij komt dichterbij.

'Geen idee,' antwoord ik, en het is de enige waarheid die ik ken. Als het om Hardin gaat, heb ik geen idee wat ik doe. Dat is altijd al zo geweest.

Vanbinnen ben ik verdrietig en gekwetst, en ik voel me verraden door mijn eigen lichaam, en door mijn karma, en door het leven in het algemeen. Maar ik weet dat Hardin dit gevoel kan wegnemen. Ook al is het maar tijdelijk, hij kan me mijn zorgen even doen vergeten en de chaos in mijn hoofd tot rust brengen, zoals ik dat altijd voor hem deed.

Nu pas begrijp ik waarom hij al die keren zei dat hij me nodig had. Ik begrijp waarom hij me op die manier gebruikte.

'Ik wil niet dat je je gebruikt voelt.'

'Wát?' vraagt hij in verwarring.

'Ik wil dat je me alles laat vergeten, maar ik wil je niet gebruiken. Ik wil nu dicht bij je zijn, maar ik ben niet van gedachten veranderd over ons,' ratel ik, in de hoop dat hij snapt wat ik hem probeer duidelijk te maken, al weet ik niet zo goed hoe.

Hij steunt op een elleboog en kijkt naar me. 'Het kan me niet schelen hoe of waarom, maar als je me wilt – op welke manier dan ook – hoef je niets uit te leggen. Ik ben van jou.'

Zijn lippen zijn zo dichtbij, en als ik mijn hoofd maar een beetje zou optillen, kan ik ze zacht aanraken.

'Sorry.' Ik draai mijn hoofd van hem weg. Ik kan hem niet op die manier gebruiken. Maar ik vind het nog lastiger om te doen alsof het me alleen daarom gaat. Het is niet alleen een lichamelijke afleiding van mijn problemen, het is veel meer dan dat. Ik hou nog steeds van hem, al zou ik soms willen dat dat niet zo was en dat ik sterker was. Dat ik het kon afdoen als afleiding, zonder gevoelens, zonder meer te willen, als seks om de seks.

Maar ik kan het niet over mijn hart verkrijgen en mijn geweten protesteert. Hoe rot ik me ook voel omdat mijn ideale toekomstbeeld me is ontnomen, ik kan hem niet op deze manier gebruiken, zeker niet nu hij zo zijn best doet. Dat zou hem verschrikkelijk kwetsen.

Terwijl ik in tweestrijd verkeer, komt hij op me liggen en neemt mijn polsen in één hand. 'Waar denk je aan?'

Hij brengt mijn handen boven mijn hoofd. 'Ik weet wel waar je aan denkt.' Als hij een kusje in mijn hals drukt, reageert mijn lijf meteen en ben ik verloren. Ik draai mijn hoofd opzij zodat hij beter bij de gevoelige huid van mijn hals kan.

'Het is niet eerlijk tegenover jou,' verzucht ik buiten adem, terwijl hij zachtjes in mijn oorlel bijt. Hij laat mijn polsen even los om mijn T-shirt uit te trekken en het op de grond te gooien.

'Het is inderdaad niet eerlijk. Na wat ik je heb aangedaan sta je me toch toe je aan te raken. Dat is niet eerlijk tegenover jou, maar ik wil het graag. Ik verlang naar je, ik wil je altijd en ik weet dat je ertegen vecht, maar ik wil je die afleiding geven, dus laat me mijn gang gaan.' Hij gaat met zijn volle gewicht op me liggen en duwt zijn heupen dominant tegen me aan, zo dwingend dat ik licht word in mijn hoofd, en dat komt niet door de wijn van gisteravond.

Met zijn knie duwt hij mijn dijen uit elkaar. 'Denk niet aan mij, alleen aan jezelf en wat jij wilt.'

'Oké.' Ik knik en kreun zacht wanneer hij met zijn knie tussen mijn dijen wrijft.

'Ik hou van je. Voel je nooit bezwaard als ik je dat laat zien.' Hoewel zijn stem zacht klinkt, houdt hij mijn polsen in een onverbiddelijke greep tegen de matras geduwd. Zijn andere hand laat hij in mijn slipje verdwijnen. 'Je bent zo geil,' kreunt hij terwijl hij zijn vinger over mijn vochtige plekje heen en weer beweegt. Ik probeer stil te blijven liggen als hij zijn vinger voor mijn mond houdt en tussen mijn lippen duwt. 'Lekker, vind je niet?'

Voordat ik kan antwoorden laat hij mijn polsen los en brengt zijn hoofd tussen mijn dijen. Hij likt me met krachtige halen en ik haal mijn handen door zijn haar. Met elke beweging van zijn tong over mijn klit verlies ik mezelf. Ik ben niet langer omhuld door duisternis, ik ben niet langer boos en ik denk niet aan berouw en misstappen.

Ik heb alleen nog maar aandacht voor onze lijven en zijn gekreun als ik aan zijn haren trek. Ik heb alleen aandacht voor mijn nagels die striemen op zijn schouderbladen achterlaten wanneer hij twee vingers bij me naar binnen duwt. Ik heb alleen maar aandacht voor zijn aanraking nu hij elk plekje, vanbinnen en vanbuiten, liefkoost zoals niemand anders dat kan.

Ik concentreer me op zijn scherpe inademing als ik hem smeek om zich om te draaien zodat ik hem kan verwennen zoals hij dat bij mij doet; op de manier waarop hij zijn jeans op de grond gooit en zijn

T-shirt uitrukt om me zo snel mogelijk weer te verwennen. Ik concentreer me op de manier waarop hij me omdraait zodat zijn stijve lid bij mijn gezicht komt. Zo hebben we nog nooit gevreeën, maar ik geniet ervan als hij geil mijn naam kreunt als ik zijn stijve pik in mijn mond neem. Hij houdt mijn heupen stevig vast terwijl hij me likt en ik hem. Ik concentreer me op de spanning die zich in me opbouwt en op de schunnige dingen die hij zegt om me te laten klaarkomen.

Ik kom als eerste klaar en voel algauw zijn zaad in mijn keel lopen. Dan word ik helemaal slap en zwaar van het bevrijdende gevoel na mijn orgasme. Ik probeer niet te denken aan het feit dat ik me niet schuldig voel omdat ik hem toestond me te verwennen als afleiding van mijn verdriet.

'Dank je,' verzucht ik bij zijn borst wanneer hij me omhoogtrekt zodat ik weer gewoon bij hem kan liggen.

'Nee, jíj bedankt.' Hij lacht naar me en drukt een kus op mijn blote schouder. 'Ga je me nog vertellen wat je dwarszit?'

'Nee.' Met mijn wijsvinger volg ik de omtrek van de zwarte inkt in de vorm van een boom op zijn borst.

'Ook goed. Wil je met me trouwen?' Zijn borst beweegt onder mijn hoofd als ik hem zacht hoor lachen.

'Nee.' Ik geef hem een klapje, in de hoop dat hij me alleen maar plaagt.

'Oké. Wil je dan wel samenwonen?'

'Nee.' Nu volgt mijn wijsvinger de tattoo van het hartvormige symbool van oneindigheid.

'Dat vat ik op als misschien.' Grinnikend slaat hij zijn arm om me heen. 'Wil je dan met me uit eten vanavond?'

'Nee,' antwoord ik, iets te snel.

Hij schiet in de lach. 'Dat vat ik op als ja.' Zodra we de voordeur horen opengaan en er stemmen in de gang en door het huis klinken, houdt hij op met lachen.

'Shit,' zeggen we op hetzelfde moment.

Verbaasd over mijn woordgebruik kijkt hij naar me op, en ik haal mijn schouders op, waarna ik in mijn laden rommel om me vlug aan te kleden.

# 54

∞

## Tessa

De spanning is om te snijden en ik durf te wedden dat Kimberly alleen daarom het raam opendoet. We wisselen een blik van verstandhouding vanaf de andere kant van de woonkamer.

'Zo moeilijk is het niet om op te nemen of een berichtje terug te sturen. Ik ben het héle eind hiernaartoe gereden en je liet pas een uur geleden iets van je horen,' zegt Hardin woedend, terwijl hij boos naar Christian kijkt.

Ik slaak een zucht en Kimberly doet hetzelfde. Ze vraagt zich net als ik waarschijnlijk af hoe vaak Hardin nog gaat zeggen dat hij 'het héle eind hiernaartoe is gereden'.

'Ik heb al gezegd dat het me spijt. We waren in de stad en blijkbaar had ik geen bereik.' Christian rijdt in zijn rolstoel langs Hardin. 'Dat kan gebeuren, Hardin. Zelfs de beste plannen kunnen mislukken, je kent dat wel.'

Hardin kijkt Christian met zijn bekende vernietigende blik aan, waarna hij om het kookeiland heen loopt en bij me komt staan.

'Ik denk dat hij het nu wel heeft begrepen,' fluister ik hem toe.

'Dat is 'm geraden ook.' Hardin blijft hem boos aankijken, waarop zijn biologische vader geërgerd naar hem grimast.

'Je bent wel in een slechte bui als je bedenkt wat we net hebben gedaan,' plaag ik Hardin, in de hoop dat zijn boosheid zakt.

Dan gaat hij tegen me aan staan en maakt zijn boze blik plaats voor een hoopvolle. 'Hoe laat zullen we uit eten gaan?'

'Uit eten?' vraagt Kimberly.

Ik wend me tot haar en weet precies wat ze nu denkt. 'Nee, dat is het niet.'

‘Dat is het wel,’ zegt Hardin.

Ik wil ze allebei het liefst een klap geven, Kimberly vanwege haar bemoeizucht en Hardin vanwege zijn zelfvoldane grijns. Natuurlijk wil ik met Hardin uit eten. Vanaf de dag dat ik hem ontmoette, wil ik bij hem zijn.

Maar ik geef me dit keer niet gewonnen. Ik wil me niet weer in deze destructieve relatie storten. We moeten eerst echt praten over alles wat er is gebeurd en over mijn toekomstplannen, om te beginnen met New York, want over drie weken is het al zover.

Er zijn te veel geheimen geweest, te veel uitbarstingen die voorkomen hadden kunnen worden als de geheimen niet op de ergste manier aan het licht waren gekomen. Ik wil niet dat New York ook zo’n geheim wordt. Het is de hoogste tijd om me volwassen te gedragen en ruggengraat te tonen door Hardin mijn plannen te vertellen.

Het is mijn leven, mijn besluit. Hij hoeft het niet goed te keuren, dat hoeft niemand. Maar ik ben het hem verplicht om het hem te vertellen, voordat hij het van een ander hoort.

‘Zeg jij maar waar je naartoe wilt,’ antwoord ik zacht, Kimberly’s wat zelfvoldane grijns negerend.

Lachend kijkt hij naar mijn gekreukelde T-shirt en joggingbroek. ‘Hou je dat aan?’

Ik had geen tijd om mijn kleding met aandacht uit te zoeken omdat ik bang was dat Kimberly elk moment op mijn deur kon kloppen en ons zonder kleren zou betrappen.

‘Rustig maar.’ Met een diepe zucht loop ik bij hem weg. Ik hoor dat hij achter me aan komt, maar ik doe de badkamerdeur vlug achter me op slot. Hij probeert de deurknop, en ik hoor hem lachen. Vervolgens hoor ik een zachte bons tegen het hout, en het beeld van Hardin die met zijn hoofd tegen de deur bonkt maakt me aan het lachen.

Zonder op hem te reageren draai ik de douchekraan open, ik trek mijn kleren uit en stap onder de douche nog voordat het water echt warm is.

# 55

∞

## Hardin

Kimberly staat in de keuken met haar hand in haar zij. Heel charmant. 'Uit eten, hè?'

'Hè?' doe ik haar spottend na, terwijl ik langs haar heen loop met een houding alsof dit mijn eigen huis is. 'Kijk me niet zo aan.'

Haar hakken klikken op de vloer achter me. 'Ik had er geld op moeten inzetten hoe snel je hier zou zijn.' Ze doet de koelkast open. 'Op de terugweg zei ik al tegen Christian dat je auto op de oprit zou staan.'

'Oké, oké, ik snap het.' In de hoop dat Tessa gauw klaar is met douchen kijk ik de gang in. Was ik maar samen met haar gaan douchen. Verdomme, ik was al blij geweest als ik bij haar had mogen zitten, desnoods op de grond, om naar haar geklets te luisteren terwijl ze onder de douche staat. Ik mis het om samen te douchen, ik mis het zoals ze haar ogen stijf dichtknijpt als ze haar haren wast, 'voor het geval dat' ze shampoo in haar ogen krijgt.

Ik plaagde haar er een keer mee, en toen ze haar ogen opendeed, kwam er een dot schuim in. Ze bleef er uren over zeuren totdat ze eindelijk geen last meer had van rode ogen.

'Wat is er zo grappig?' Kimberly zet een doos eieren op het kookeiland.

Omdat ik zo opging in de herinnering van Tessa die me met haar rode ogen boos aankeek, had ik niet in de gaten dat ik erom stond te lachen.

'Niets,' wuif ik Kimberly's vraag weg.

Het kookeiland ligt vol met allerlei etenswaren en Kimberly schuift zowaar een kop zwarte koffie naar me toe.

'Wat heb jij opeens? Probeer je aardig te doen, zodat ik je verloofde niet telkens vertel dat hij een klootzak is?' Ik houd de verdachte kop koffie omhoog.

Ze schiet in de lach. 'Nee. Ik ben altijd aardig tegen je. Ik pik alleen niet alles van je, maar ik ben wel aardig.'

Omdat ik niet weet wat ik daarop moet zeggen knik ik alleen maar. Gebeurt dit echt? Heb ik een gesprekje met Tessa's onuitstaanbaarste vriendin? Dezelfde vrouw die met mijn gestoorde zaaddonor gaat trouwen?

Dan breekt ze een ei op de rand van een glazen kom. 'Ik val best mee als je je ik-haat-de-hele-wereldhouding een keer achterwege laat.'

Ik kijk naar haar. Ze is dan wel irritant, maar ze is ook heel trouw, dat moet ik haar nageven. Trouw is iets zeldzaams, zeker de laatste tijd, en vreemd genoeg moet ik aan Landon denken, die naast Tessa de enige is die me trouw blijft. Hij was er voor me op een manier die ik niet had verwacht, en ik had ook niet van mezelf verwacht dat ik het fijn zou vinden en er zelfs op rekende.

Met al mijn problemen en mijn gevecht om niet weer van het pad af te raken, maar op de weg te blijven die me naar een leven samen met Tessa leidt, met godverdomde regenbogen en bloemetjes, is het fijn om te weten dat Landon er voor me is als ik hem nodig heb. Ik baal er gigantisch van dat hij binnenkort vertrekt, maar ik weet dat hij in New York ook loyaal zal blijven. Meestal kiest hij partij voor Tessa, maar toch is hij altijd eerlijk tegen me. Hij houdt niets voor me achter, in tegenstelling tot de meeste mensen die ik ken.

'Bovendien,' begint Kimberly, maar ze bijt vlug op haar onderlip om haar lachen in te houden, 'zijn we familie!'

En daarmee werkt ze me meteen weer op mijn zenuwen.

'Heel grappig.' Ik rol met mijn ogen. Als ik het zelf had gezegd, was het wel grappig geweest. Maar zij moest zo nodig de stilte verpesten.

Ze wendt zich af om de geklutste eieren in een koekenpan op het fornuis te gieten. 'Ik sta bekend om mijn grapjes.'

Eigenlijk sta je bekend om je grote mond, maar als je wilt denken dat je grappig bent, prima.

'Even serieus.' Ze kijkt me over haar schouder aan. 'Ik hoop wel dat je met Christian wilt praten voordat je weggaat. Hij is echt bang en bezorgd dat jullie contact definitief voorbij is. Ik zou het je niet kwalijk nemen, ik vertel het je alleen.' Ze kijkt van me weg en gaat door met koken, zodat ik even de tijd heb om na te denken over een reactie.

Moet ik nu antwoord geven? 'Ik ben er nog niet aan toe om met hem te praten,' zeg ik uiteindelijk. Even lijkt het of ze me niet heeft gehoord, maar dan knikt ze, en ik zie een zwak lachje om haar mond verschijnen wanneer ze zich omdraait en een ander ingrediënt pakt.

Er lijken minstens drie uur voorbij te zijn gegaan als Tessa eindelijk uit de badkamer komt. Haar haar is al droog en ze heeft een smal haarbandje om dat haar haren uit haar gezicht houdt. Ze heeft zich licht opgemaakt. Zonder make-up is ze ook mooi, maar ik beschouw het als een goed teken dat ze weer wat meer zichzelf is.

Ik kijk net iets te lang naar haar en ze schuifelt wat heen en weer onder mijn blik. Ze ziet er vandaag geweldig uit met haar ballerina's, een roze top en een rokje met bloemenprint. Ze is zo verdomd aantrekkelijk.

'Zullen we dan gaan lunchen?' vraag ik omdat ik de hele dag bij haar wil zijn.

'Kimberly heeft ontbijt gemaakt,' fluistert ze.

'Nou en? Het smaakt vast nergens naar.' Ik gebaar naar het eten op het aanrecht. Het ziet er niet slecht uit, maar ze is niet zo'n goede kok als Karen.

'Zeg dat nou niet.' Tessa glimlacht naar me, en ik zou het bijna herhalen om haar nog eens te zien lachen.

'Oké. Dan nemen we ons ontbijt mee en gooien het buiten in een vuilnisbak,' opper ik.

Ze negeert me en ik hoor dat ze Kimberly vraagt om iets voor ons te bewaren voor later.

Eén-nul voor Hardin tegen Kimberly, met haar smakeloze omelet en irritante vragen.

De rit door het centrum van Seattle is dit keer minder vervelend dan anders. Tessa is stilletjes, zoals ik had verwacht. Ze kijkt telkens naar me, maar elke keer als ik naar haar kijk, wendt ze zich vlug af.

Voor de lunch kies ik een kleine moderne lunchroom uit. Wanneer ik het parkeerterrein op rijd is het praktisch leeg. Dat kan twee dingen betekenen: de lunchroom is nog maar net open en de gasten moeten nog komen, of het eten is er zo slecht dat er niemand komt. Ik hoop op het eerste als we de glazen deur opendoen en Tessa om zich heen kijkt. Het ziet er gezellig uit, met een fantasierijke inrichting, en ik zie dat Tessa het leuk vindt, wat me eraan herinnert hoezeer ik het waardeer dat ze zo blij kan zijn met de kleinste dingen.

Twee-nul voor Hardin.

Niet dat ik een score bijhoud, maar als ik dat wel zou doen zou ik winnen.

Zwijgend gaan we zitten en we wachten tot er iemand komt om onze bestelling op te nemen. De ober is een student die een nerveuze indruk wekt en geen oogcontact maakt. Hij lijkt me niet aan te willen kijken. Wat een eikel!

Tessa bestelt iets waar ik nog nooit van heb gehoord, en ik neem het eerste gerecht dat op de menukaart staat. Aan het tafeltje naast dat van ons zit een zwangere vrouw naar wie ik Tessa net iets te lang zie kijken.

'Hé.' Ik schraap mijn keel om haar aandacht te trekken. 'Ik weet niet of je je nog kunt herinneren wat ik gisteravond heb gezegd, maar als dat zo is: het spijt me. Toen ik zei dat ik geen kind met je wilde, bedoelde ik dat ik helemaal geen kinderen wil. Maar dat zeg ik nu. Misschien...' Mijn hart gaat opeens wild tekeer. '... later wel.'

Niet te geloven dat ik dat heb gezegd! En aan Tessa's gezicht te zien is zij net zo verbaasd. Ze gaapt me met open mond aan en houdt haar glas water halverwege haar mond stil.

'Wát?' Ze knippert met haar ogen. 'Wat zei je?'

Waarom heb ik dat gezegd? Ik meende het wel, althans, dat denk ik. Ik zou er op zijn minst over na kunnen denken. Ik heb een hekel aan kinderen, baby'tjes of pubers. Maar ik heb ook een hekel aan volwassenen. De enige die ik echt graag mag, is Tessa, dus misschien is een kleine versie van haar zo gek nog niet.

'Ik zei dat het misschien niet zo erg zou zijn.' Om mijn paniek te verbergen haal ik mijn schouders op.

Ze houdt haar mond nog steeds open en ik buig me bijna voorover om hem dicht te duwen.

'Natuurlijk pas over een paar jaar of zo. Ik ben niet achterlijk en snap ook wel dat je eerst je studie af wilt maken en zo.'

'Maar jij...' Blijkbaar is ze zo geschokt dat ze sprakeloos is.

'Ik weet wat ik heb gezegd. Maar ik heb nog nooit zo veel van iemand gehouden, zo veel om iemand gegeven als om jou. Dus misschien zou het kunnen dat ik een keer van gedachten verander. Als je me die kans tenminste wilt geven.'

Nu geef ik haar een ogenblik om de schok te verwerken, maar ze blijft me met grote ogen en open mond aanstaren.

'Ik weet dat ik moet veranderen, je vertrouwt me nog steeds niet, dat snap ik. We moeten onze studie afmaken en ik moet je nog steeds overhalen om met me te trouwen,' ratel ik door, in de hoop dat ze ergens op reageert. 'Niet dat ik per se eerst moet trouwen. Ik ben geen gentleman.' Er ontsnapt me een nerveus lachje, dat Tessa uiteindelijk terugbrengt naar de werkelijkheid.

'Het kan niet,' zegt ze met een wit weggetrokken gezicht.

'Het zou kunnen.'

'Nee...'

Met een handgebaar leg ik haar het zwijgen op. 'Jawel. Ik hou van je en ik wil mijn leven met je delen. Het kan me geen fuck schelen of we te jong zijn of dat ik niet goed genoeg ben voor jou en jij te goed voor mij. Ik hou verdomme van je. Ik weet dat ik stomme dingen heb gedaan...' Ik haal een hand door mijn haar.

Dan kijk ik om me heen en ik zie dat de zwangere vrouw me aanstaart. Heeft ze geen babydingen te doen? Eten voor twee? Melk afkolven? Vraag me niet waarom, maar ik krijg de zenuwen van haar. Het is alsof ze me veroordeelt, en ze is zwanger en het is gewoon absurd. Waarom moest ik uitgerekend een openbare gelegenheid uitkiezen om dit aan Tessa te vertellen?

'Ik weet dat ik dit al zo vaak heb gezegd, waarschijnlijk al... dertig keer, maar je moet weten dat ik niet meer loop te rotzooien met andere vrouwen. De ruzies en het weer bijleggen... je kunt elke week bij me weggaan. Als je me maar belooft dat je weer terugkomt, hoor je me er niet over klagen.' Dan adem ik een paar keer diep in en uit terwijl ik naar haar kijk. 'Oké, ik zal er niet zo váák over klagen.'

'Hardin, ik kan niet geloven dat je dit allemaal zegt.' Ze buigt zich naar me toe en fluistert: 'Ik... ik wilde niets liever.' Ik zie tranen in haar ogen, tranen van blijdschap, hoop ik. 'Maar we kunnen samen geen kinderen krijgen. We zijn niet eens...'

'Dat weet ik,' onderbreek ik haar. 'Ik weet dat je me niet hebt vergeven. Ik kan wachten. Ik zal je echt niet pushen. Ik wil alleen dat je weet dat ik je kan geven wat je nodig hebt, niet alleen omdat jij het wilt, maar ook omdat ik het wil.'

Net als ze wil reageren komt de ober onze lunch brengen. Hij zet een dampend bord voor Tessa neer, en nadat hij mijn hamburger op tafel heeft neergezet blijft hij wat ongemakkelijk bij ons tafeltje staan.

'Wat moet je?' snauw ik tegen hem, hoewel hij er niets aan kan doen dat ik net nu mijn hoop op een toekomst met mijn meisje uitspreek en hij me stoort. Maar hij blijft staan en verdoet mijn tijd.

'Niets, meneer. Hebt u nog wat nodig?' vraagt hij, met rood aangelopen wangen.

'Nee, hoor. Bedankt.' Tessa lacht naar hem en maakt zo mijn lompe gedrag goed. Hij beantwoordt haar lach, waarna hij eindelijk wegloopt.

'Goed, wat ik net allemaal zei, had ik je al veel eerder moeten vertellen. Soms vergeet ik dat je geen gedachten kunt lezen, je weet niet wat ik allemaal over je denk. Was dat maar wel zo, dan zou je meer van me houden.'

'Ik kan niet meer van je houden dan ik al doe.' Ze friemelt met haar vingers.

'Echt?' vraag ik haar lachend, en ze knikt.

'Maar ik moet jou ook iets vertellen en ik weet niet hoe je het zult opnemen.' Haar stem hapert even en ik raak in paniek. Ik weet dat ze het niet meer ziet zitten met mij, maar ik kan haar op andere gedachten brengen. Dat weet ik zeker. Ik ben nog nooit zo vastbesloten over iets geweest en wist niet eens dat het kon.

'Ga door,' dwing ik mezelf zo neutraal als ik kan te zeggen, waarna ik een hap van mijn hamburger neem. Dat is de enige manier om mijn mond te houden.

'Je weet dat ik naar de dokter ben geweest.'

Opeens zie ik het beeld voor me van Tessa die huilend wat over de dokter mompelt.

'Alles naar wens?' vraagt die verrekte ober als hij langs ons tafeltje loopt. 'Smaakt het? Wilt u nog wat water, mevrouw?'

Dit kan hij toch niet menen, hè?

'Nee, bedankt,' grom ik naar hem – letterlijk, als een hondsdolle hond. Hij druipt af, maar Tessa wijst naar haar lege glas.

'Shit! Hier.' Ik schuif mijn glas naar haar toe en ze drinkt het water op. Dan lacht ze naar me. 'Waar was je gebleven?'

'We hebben het er later nog wel over.' Ze neemt een hap van haar eten, nu het voor haar staat.

'O nee. Ik ken die smoes, ik heb hem nota bene zelf bedacht. Als je wat hebt gegeten, vertel je me hoe het bij de dokter was. Alsjeblieft.'

Vlug neemt ze nog een hap als afleidingsmanoeuvre, maar ik trap er niet in. Ik wil weten wat de dokter heeft gezegd en waarom ze zich zo vreemd gedraagt. Als we niet in een openbare gelegenheid waren geweest was het veel gemakkelijker om haar aan het praten te krijgen. Mij kan het niets schelen als we een scène zouden maken, maar Tessa zou zich rot schamen, dus gedraag ik me. Dat lukt me wel. Ik kan de balans vinden tussen aardig zijn en meewerken zonder me een domme marionet voelen.

Ik gun haar nog vijf minuten van stilzwijgen, en algauw prikt ze doelloos met haar vork in haar eten.

'Ben je klaar?'

'Het is...' Ze tuurt naar het volle bord.

'Wat?'

'Ik vind het niet zo lekker,' fluistert ze, om zich heen kijkend om er zeker van te zijn dat niemand haar heeft gehoord.

Nu schiet ik in de lach. 'Is dat de reden waarom je zo bloost en fluistert?'

'Ssst.' Ze geeft me een klapje in de lucht. 'Ik heb wel trek, maar ik vind het niet lekker. Ik weet niet eens wat ik heb besteld, ik wees zomaar iets aan omdat ik nerveus was.'

'Ik zal tegen de ober zeggen dat je iets anders wilt.'

Als ik opsta, pakt ze mijn arm vast. 'Nee, dat hoeft niet. Ik wil hier weg.'

'Mooi zo. We halen wel iets te eten bij een drive-in en dan vertel je me eindelijk wat er in godsnaam in dat koppie van je omgaat. Ik word er gek van om ernaar te moeten gissen.'

Ze knikt en ziet er zelf ook een beetje gek uit.

# 56

∞

## Hardin

Nadat Tessa een taco heeft besteld bij een drive-in zwijgt ze nog steeds en begint mijn geduld op te raken.

‘Ik heb je de stuipen op het lijf gejaagd toen ik net over kinderen begon, hè? Ik heb er te veel in één keer uitgegooid, maar ik heb de afgelopen maanden alles opgekropt en dat wil ik niet meer.’

Het liefst zou ik haar alle gekke dingen die door mijn hoofd gaan vertellen, zoals dat haar mooie haren in de zon glanzen en ik ernaar moet kijken als ik achter het stuur zit, tot ik niets anders meer kan zien. Ik wil naar haar luisteren als ze kreunend en met haar ogen dicht een hap van haar taco neemt – ik weet zeker dat die naar karton smaakt, maar zij vindt hem lekker – totdat ik niets anders meer kan horen. Ik wil haar plagen met de moedervlek net boven haar knie, waar ze altijd omheen gaat als ze haar benen scheert, tot ik mijn stem kwijt ben.

‘Dat is het niet,’ onderbreekt ze me, en ik kijk van haar benen naar haar gezicht.

‘Wat dan wel? Laat me raden: je weet niet of je met me wilt trouwen en je weet nu ook niet of je kinderen met me wilt?’

‘Nee, dat is het niet.’

‘Ik mag hopen van niet, want je zult een goede moeder zijn, de beste.’

Ze begint te jammeren en drukt haar handen tegen haar buik. ‘Ik kan het niet.’

‘We kunnen het wel.’

‘Nee, Hardin. Ik kan het niet.’

Ik vind de manier waarop ze naar haar buik en handen kijkt verontrustend en ben blij dat we geparkeerd staan, anders was ik van de weg geraakt.

De dokter, haar gehuil, de wijn, hoe ze flipte over Karen en haar baby, en de zoveelste keer vandaag dat ze 'ik kan het niet' zegt...

'Je kunt het niet...' Plotseling snap ik wat ze bedoelt. 'Het komt door mij, hè? Ik heb iets gedaan, of niet?' Geen idee wat het zou moeten zijn, maar zo werkt het: er overkomt Tessa iets vervelends door iets wat ik heb gedaan.

'Nee, nee. Het ligt niet aan jou. Er is iets bij mij vanbinnen niet goed.' Haar lippen beginnen te trillen.

'O.' Kon ik maar iets anders zeggen, iets beters.

'Ja.' Ze wrijft met haar hand over haar buik en opeens krijg ik het benauwd, alsof alle lucht uit de kleine auto is verdwenen.

Ik ben over mijn toeren en voel een steek in mijn borst als ik aan kleine meisjes met bruin haar en grijsblauwe ogen denk, aan kleine blonde jongetjes met groene ogen, aan mutsjes en babysokjes met beestjes erop, aan alles waarvan ik altijd walgde. Ik word overvallen door een duizeling nu al die dingen plotseling niet voor ons zijn weggelegd, als een toekomst die is gesneuveld en aan flarden gerukt, die op de wind meegevoerd wordt naar de plek waar toekomstbeelden doodgaan, waar dat ook mag zijn.

'Er is een kleine kans, een heel kleine kans. Maar de kans op een miskraam is groot en mijn hormoonspiegels zijn verstoord, dus ik denk dat ik mezelf beter niet kan kwellen door het te proberen. Ik zou het niet aankunnen om een miskraam te krijgen, of om jarenlang vergeefs te proberen zwanger te raken. Het moederschap is helaas niet voor me weggelegd, vrees ik.' Ze gooit het eruit, in een poging me gerust te stellen, maar het overtuigt me niet. Ze wekt niet de indruk dat ze er rustig en beheerst onder is, dat is duidelijk niet het geval.

Dan kijkt ze naar mij, in de verwachting dat ik reageer, maar ik kan de juiste woorden niet vinden. Ik kan het niet helpen, maar ik ben boos op haar. Het is belachelijk en egoïstisch, en absoluut verkeerd, maar zo voelt het voor mij, en ik ben doodsbang dat ik iets ga zeggen waar ik spijt van krijg als ik mijn mond opendoe.

Als ik niet zo'n klootzak was, had ik haar getroost. Ik zou haar hebben omhelsd en haar hebben gezegd dat het goed komt, dat we niet per se zelf kinderen hoeven te hebben maar ze kunnen adopteren.

Maar dit is de werkelijkheid: mannen zijn geen helden, ze veranderen niet van de ene op de andere dag, want in de echte wereld is niemand perfect. Ik ben geen Darcy en zij is geen Elizabeth.

Ze staat op het punt om in tranen uit te barsten wanneer ze me met een piepstemmetje smeekt: 'Zeg alsjeblieft iets.'

'Ik weet niet wat.' Mijn stem is haast onhoorbaar, mijn keel wordt dichtgesnoerd en voelt aan als schuurpapier.

'Je wilde toch geen kinderen? Dan maakt het niet zo uit...' Als ik naar haar zou kijken weet ik zeker dat ze huilt.

'Ik dacht van niet. Maar nu het me ontnomen is...'

'O.'

Daar ben ik dankbaar voor, want wie weet wat ik er nog meer had uitgekraamd?

'Kun je me terugbrengen naar...'

Met een knikje start ik de auto. Het is bizar dat iets wat je nooit wilde zo veel pijn kan doen.

'Sorry, ik...' Ik houd opnieuw mijn mond. Het lijkt alsof we geen van beiden in staat zijn onze zinnen af te maken.

'Geeft niet, ik snap het.' Ze leunt tegen het zijraampje en ik vermoed dat ze zo ver mogelijk van me vandaan wil zitten.

Mijn gevoel zegt me dat ik haar moet troosten, me in haar moet verplaatsen en moet snappen wat dit voor haar betekent en hoe ze zich voelt.

Maar mijn verstand overheerst, het is verdomde sterk en dat maakt me pislink. Ik ben nu niet kwaad op haar, maar op haar lichaam en op haar moeder, omdat Tessa met een afwijking is geboren. Ik ben kwaad op de hele wereld omdat ik geconfronteerd word met deze tegenslag. En ik ben kwaad omdat ik niets tegen haar weet te zeggen terwijl we door de stad rijden.

Na een poosje is de stilte zo oorverdovend dat het pijn doet. Tessa doet haar best om rustig te blijven aan haar kant van de auto, maar ik kan aan haar ademhaling horen dat ze die probeert te beheersen, net als haar emoties.

Ik heb het benauwd terwijl ze stil blijft en mijn woorden probeert te verwerken. Waarom doe ik haar altijd dit soort dingen aan? Waarom zeg ik altijd het verkeerde tegen haar, hoe vaak ik ook heb beloofd het niet meer te doen? Toch doe ik het telkens weer. Ik trek me terug in mezelf en laat haar alleen met de problemen worstelen.

Dat mag ik niet opnieuw doen. Ze heeft me nu meer dan ooit nodig en dit is het moment waarop ik haar kan laten zien dat ik er voor haar ben.

Tessa blijft voor zich uit staren als ik de auto op de vluchtstrook stilzet en de knipperlichten aandoe. Hopelijk komt er geen politie die moeilijk gaat doen.

'Tess.' Ik probeer haar aandacht te trekken terwijl ik mijn gedachten op een rij probeer te zetten. Maar ze kijkt niet op van haar handen in haar schoot. 'Tessa, kijk me alsjeblieft aan.' Ik reik met mijn hand over de middenconsole om haar aan te raken, maar ze deinst achteruit, waarbij ze haar hand hard tegen het portier stoot.

'Hé...' Nu maak ik de gordel los en draai me naar haar toe. Ik pak haar beide polsen met één hand vast, zoals ik dat zo vaak doe.

'Het gaat wel weer.' Ze heft haar kin wat omhoog om haar woorden kracht bij te zetten, maar de tranen in haar ogen vertellen me iets anders. 'Je mag hier niet parkeren, dit is een drukke snelweg.'

'Het kan me geen moer schelen waar ik parkeer. Ik ben helemaal de weg kwijt.' Ik kan amper uit mijn woorden komen. 'Het spijt me zo. Ik had niet op die manier moeten reageren.'

Na een paar tellen staart ze naar mijn gezicht, maar ze kijkt me niet recht in mijn ogen.

'Tess, sluit je alsjeblieft niet weer voor me af. Het spijt me echt heel erg. Ik weet niet wat me bezielde. Ik heb nooit overwogen om kinderen te nemen en toch geef ik je er een rotgevoel over.' Mijn bekentenis klinkt nog pijnlijker nu die in de lucht blijft hangen.

'Jij hebt ook redenen om van streek te zijn,' zegt ze zacht. 'Ik wilde alleen dat je íéts zou zeggen, het maakte me niet uit wat...' Haar laatste woorden klinken zo zacht dat ik haar haast niet kan verstaan.

'Mij maakt het niet uit dat je geen kinderen kunt krijgen,' flap ik eruit. *Verdomme!* 'Ik bedoel dat het me niet uitmaakt dat wíj geen kinderen kunnen krijgen.'

Ik probeer de wond die ik heb veroorzaakt te verzachten, maar aan haar gezicht zie ik dat ik het tegenovergestelde bereik.

'Wat ik probeer te zeggen – en wat me duidelijk niet goed afgaat – is dat ik van je hou en dat ik een ongevoelige eikel ben omdat ik je nu niet steunde. Ik denk altijd eerst aan mezelf en dat spijt me.' Dit keer lijken mijn woorden haar wel te bereiken en kijkt ze me aan.

'Bedankt.' Ze trekt een van haar polsen terug uit mijn hand en ik aarzel even of ik haar los zal laten. Maar het is een opluchting als ze met haar hand in haar ogen wrijft. 'Het spijt me dat ik je het gevoel geef dat ik je iets heb ontnomen.'

Maar ik weet dat ze me meer wil vertellen. 'Hou niets voor me achter. Ik ken je langer dan vandaag. Zeg wat je wilt zeggen.'

'Ik vond het echt heel lullig hoe je reageerde,' zegt ze verongelijkt.

'Dat weet ik. Ik ben...'

Dan steekt ze haar hand omhoog. 'Ik was nog niet klaar.' Tessa schraapt haar keel. 'Ik heb altijd moeder willen worden. Ik speelde vroeger met mijn poppen alsof het mijn kinderen waren, net als ieder meisje, of misschien zelfs nog meer. Het was zo belangrijk voor me, ik heb me nooit afgevraagd of ik al dan niet kinderen zou kunnen krijgen, laat staan dat ik me er zorgen om heb gemaakt.'

'Dat begrijp ik, ik...'

'Laat me alsjeblieft uitpraten.' Ze klemt haar kiezen op elkaar.

Ik moet mijn mond houden, en in plaats van te reageren knik alleen.

'Het voelt op dit moment als een groot verlies en ik heb niet de energie om me ook nog eens zorgen te maken over het feit dat jij het me kwalijk neemt. Natuurlijk voel jij je ook rot over dit verlies en ik wil dat je open bent over je gevoelens, maar het is niet jóúw droom die in rook opgaat. Tot tien minuten geleden wilde je helemaal geen kinderen, dus ik vind het niet eerlijk van je om zo te reageren.'

Nu wacht ik een ogenblik en kijk haar vragend om toestemming aan. Als ze naar me knikt, toetert er opeens iemand hard en schrikt ze zo dat ze bijna uit de auto springt.

'Ik breng je naar Vance,' zeg ik. 'Maar ik ga graag met je mee naar binnen.'

Tessa kijkt uit het raampje en knikt kort.

'Om je te troosten, bedoel ik. Dat had ik al veel eerder moeten doen.'

Ik zie dat ze met haar ogen rolt, een gebaar dat net zo klein is als haar knikje.

# 57

∞

## Tessa

Zodra we Vance in de gang passeren kijkt Hardin hem wat ongemakkelijk aan. Het is vreemd om Hardin mee naar binnen te nemen na alles wat er is gebeurd. Maar ik kan niet voorbijgaan aan het feit dat hij die moeite doet en zichzelf wegcijfert, want dit is tenslotte het huis van Vance.

Het is moeilijk om me op een van de vele problemen te concentreren die zich de afgelopen tijd hebben opgestapeld: Hardins gedrag in Londen, Vance en Trish, de dood van mijn vader, mijn onvruchtbaarheid...

Het is te veel en er lijkt maar geen eind aan te komen.

Toch is het een enorme opluchting dat ik Hardin heb verteld dat ik onvruchtbaar ben.

Maar er is altijd wel weer wat anders dat onthuld moet worden, of ons overkomt.

En New York is het volgende.

Ik weet niet of ik het hem nu moet vertellen, aangezien er al een probleem tussen ons in staat. Hardins reactie vond ik pijnlijk, maar gelukkig had hij spijt van zijn gevoelloze ontkenning van mijn gevoelens. Als hij de auto niet had geparkeerd om zijn excuses aan te bieden, had ik hem waarschijnlijk nooit meer willen zien.

Dit heb ik sinds ik hem ken al ontelbaar vaak gezegd, gedacht en gezworen. Maar ik ben het aan mezelf verplicht om te denken dat ik het dit keer meen.

'Waar denk je aan?' vraagt hij nadat hij mijn slaapkamerdeur achter zich heeft dichtgedaan.

Zonder aarzeling antwoord ik eerlijk: 'Dat ik je nooit meer had willen zien.'

‘Wát?’ Hij loopt naar me toe en ik doe een stap naar achteren.

‘Als je je excuses niet had aangeboden, had ik je niets meer te zeggen.’

Hij zucht diep en haalt een hand door zijn haar. ‘Dat weet ik.’

Zijn opmerking blijft maar door mijn hoofd spoken: ‘Ik dacht van niet, maar nu de mogelijkheid me is ontnomen...’

Ik ben er nog steeds ondersteboven van. Ik had nooit van hem verwacht dat hij zoiets zou zeggen. Het leek uitgesloten dat hij van gedachten was veranderd. Maar zoals het telkens gaat in onze slechte relatie, verandert hij pas van gedachten nadat we er een drama van gemaakt hebben.

‘Kom eens bij me.’ Hardin houdt zijn armen open en ik aarzel even. ‘Laat me je alsjeblieft troosten zoals ik dat had moeten doen. Laat me tegen je praten en naar je luisteren. Het spijt me.’

Zoals altijd zwicht ik en loop ik in zijn armen. Zijn omhelzing voelt anders, steviger en intenser dan hiervoor. Hij drukt me dicht tegen zich aan en duwt zijn wang tegen de bovenkant van mijn hoofd. Zijn haren, die nu een stuk langer zijn, kriebelen in mijn gezicht en hij drukt een kus op mijn haar.

‘Vertel me hoe je je voelt, vertel me alles wat je nog niet hebt gezegd,’ zegt hij terwijl hij me naast zich op het bed trekt. Ik ga zitten en sla mijn benen over elkaar terwijl Hardin tegen het houten hoofdeind leunt.

Dan brand ik los. Ik vertel hem over mijn eerste afspraak bij de dokter in verband met anticonceptie, en dat ik al rekening hield met de mogelijkheid van complicaties vlak voor we naar Londen gingen. Hij spant zijn kaakspieren als ik hem vertel dat ik niet wilde dat hij het wist, en als ik hem beken dat ik bang was voor zijn reactie, dat hij blij zou zijn, balt hij zijn handen tot vuisten. Gelukkig luistert hij zonder me te onderbreken en knikt hij af en toe, totdat ik hem vertel dat ik van plan was het hem nooit te vertellen.

Steunend op zijn ellebogen schuift hij dichter naar me toe. ‘Waarom? Waarom zou je het voor je houden?’

‘Omdat ik dacht dat je er blij mee zou zijn, en dat wilde ik niet horen.’ Ik haal mijn schouders op. ‘Ik had het liever voor me gehouden dan van jou te moeten horen hoe opgelucht je erover was.’

‘Als je het me vóór Londen had verteld, was alles misschien anders gelopen.’

Met een boze blik kijk ik hem aan. 'Ja, nog slechter, dat is zeker.' Ik hoop dat hij het niet zo opvat als ik denk. Hij moet niet proberen om mij de schuld te geven van de toestand in Londen.

Hij lijkt even na te denken voordat hij reageert. Weer een verbetering van zijn kant. 'Ja, je hebt gelijk. Ik weet dat je gelijk hebt.'

'Ik ben blij dat ik het voor me heb gehouden tot ik het zeker wist.'

'En ik ben blij dat je het als eerste aan mij hebt verteld.' Hij kijkt me recht in de ogen.

'Ik heb het aan Kim verteld.' Nu voel ik me een beetje schuldig omdat hij dacht dat hij de eerste was die het hoorde, maar hij was er niet toen ik iemand nodig had.

Fronsend kijkt hij me aan. 'Wat bedoel je? Wanneer heb je het Kim verteld?'

'Ik heb haar een tijdje geleden verteld dat de kans bestond.'

'Dus Kim wist het wel en ik niet?'

'Ja.' Ik knik.

'En Landon? Weet hij het ook? Karen? Vance?'

'Waarom zou ik het aan Vance vertellen?' snauw ik. Hij doet weer moeilijk om niets.

'Kimberly heeft het hem waarschijnlijk verteld. Weet Landon het ook?'

'Nee, Hardin. Alleen Kimberly. Ik moest het aan iemand kwijt en ik kon niet voldoende op jou rekenen om het aan jou te vertellen.'

'Au!' Zijn toon is bot en zijn frons verpletterend.

'Het is de waarheid,' zeg ik zacht. 'Ik weet dat je het niet wilt horen, maar het is wel waar. Je lijkt te zijn vergeten dat je niets met me te maken wilde hebben totdat mijn vader overleed.'

# 58

∞

## Hardin

Wilde ik niets met haar te maken hebben? Ik hou met hart en ziel van haar, al zo lang. Ik vind het verschrikkelijk dat ze dat denkt en is vergeten hoe diep mijn liefde voor haar gaat, en dat ze dit beperkt tot die ene blunder van mij. Niet dat ik het haar kwalijk kan nemen. Het ligt aan mij dat ze zich zo rot voelt. 'Ik wilde je al die tijd, dat weet je. Ik kon mezelf alleen geen halt toeroepen en bleef het enige mooie in mijn leven kapotmaken, en daar heb ik spijt van. Ik weet dat het belachelijk is dat het zo lang heeft geduurd. Ik vind het vreselijk dat je vader moest overlijden om me wakker te schudden, maar ik ben er nu en ik hou meer dan ooit van je. En het kan me niet schelen dat we geen kinderen zullen hebben.' Wanhopig omdat ik de verslagen blik in haar ogen zie, voeg ik eraan toe: 'Trouw met me.'

Nu kijkt ze me weer boos aan. 'Hardin, dat kun je niet te pas en te onpas tegen me zeggen. Hou ermee op!' Ze slaat haar armen voor haar borst alsof ze zich tegen mijn woorden wil beschermen.

'Goed, dan koop ik eerst een ring...'

'Hardin,' waarschuwt ze me, en ze perst haar lippen opeen tot een dunne lijn.

'Oké.' Ik rol met mijn ogen en vrees dat ze me wel kan aanvliegen. 'Ik hou zo veel van je.' Ik steek mijn hand naar haar uit.

'Ja, nu wel.' Uitdagend loopt ze bij me weg.

'Ik hou al heel lang van je.'

'Dat zal best,' mompelt Tessa. Hoe is het mogelijk dat ze zo schattig en tegelijkertijd zo tegendraads kan zijn?

'Zelfs in Londen, toen ik zo'n eikel was.'

'Daar heb ik anders niets van gemerkt. En het maakt niet uit hoe vaak je het zegt als je het me niet laat voelen, al is het maar een beetje.'

'Dat weet ik, ik was niet goed bij mijn hoofd.' Ik pluk aan het irritante rafelige verband om mijn gips. Hoe lang nog voordat het er eindelijk af kan?

'Ze droeg je T-shirt nadat jullie seks hadden gehad.' Tessa kijkt langs me heen naar de muur achter me.

*Wát?* 'Waar heb je het over?' Dan duw ik met mijn duim zachtjes haar kin wat omhoog zodat ze me wel moet aankijken.

'Die meid, de zus van Mark. Janine, hoorde ik iemand zeggen.'

Nu hap ik naar adem. 'Denk je dat ik met haar naar bed ben geweest? Ik heb je toch gezegd dat dat niet zo is. Ik heb geen meid aangeraakt in Londen.'

'Dat kun je wel zeggen, maar je zwaaide met het condoom zo ongeveer voor mijn gezicht.'

'Ik heb haar niet geneukt, Tessa. Kijk me aan.' Ik probeer haar te overtuigen, maar ze wendt zich weer af. 'Ik snap dat het er alles van weg had...'

'Het had er alles van weg dat ze jouw T-shirt aanhad!'

Het was absoluut niet leuk om Janine in mijn T-shirt te zien, maar ze bleef net zo lang zeuren tot ik het haar gaf.

'Dat klopt. Maar ik ben niet met haar naar bed geweest. Geloof je nou echt dat ik zoiets zou doen?' Mijn hart gaat wild tekeer als ik bedenk dat ik haar de afgelopen weken met dat belachelijke idee heb laten zitten. Ik had moeten weten dat ons vorige gesprek het niet uit de wereld had geholpen.

'Ze hing over je heen, Hardin, ik zag het met mijn eigen ogen!'

'Ze probeerde me te zoenen en te pijpen, maar meer was het niet.'

Tessa maakt een geluidje en knijpt haar ogen dicht.

'Ik kreeg niet eens een erectie. Die krijg ik alleen van jou,' probeer ik haar uit te leggen, maar ze schudt haar hoofd en houdt haar hand omhoog om me de mond te snoeren.

'Als ik nog meer over haar hoor, ga ik over mijn nek,' zegt ze, en ik weet dat ze het meent.

'Ik werd er ook niet goed van. Ik moest overgeven nadat ze aan me had gezeten.'

'Wát?'

'Ik moest letterlijk overgeven omdat ze me had aangeraakt; anders gezegd, ik moest naar de badkamer rennen. Ik kon het niet verdragen.'

'Echt waar?' Ik vraag me af of ik me zorgen moet maken om het zwakke lachje dat om haar mond verschijnt wanneer ik haar vertel dat ik moest overgeven.

'Ja.' Ik lach naar haar om de sfeer wat luchtiger te maken. 'En lach er maar niet om,' zeg ik, maar als ze zich hierdoor beter voelt, heb ik daar alles voor over.

'Mooi. Ik hoop dat je je heel beroerd hebt gevoeld.' Nu grijnst ze van oor tot oor.

We zijn het gekste stel op de wereld.

Gek maar perfect.

'Dat was zeker zo!' Ik rek het moment nog wat. 'Zo godvergeten beroerd. Maar ik vind het wel rot voor je dat je al die tijd dacht dat ik was vreemdgegaan. Geen wonder dat je zo boos op me was.' Ik begrijp het nu beter, maar ze is de laatste tijd sowieso steeds boos op me. 'Nu je weet dat ik niet met haar heb geneukt,' zeg ik terwijl ik sarcastisch een wenkbrauw naar haar optrek, 'neem je me dan terug en wil je mijn vrouw worden?'

Ze houdt haar hoofd een beetje scheef. 'Je hebt beloofd me dat niet steeds te vragen.'

'Dat is niet zo. Ik heb het woord "beloven" niet gebruikt.'

Nu kan ze me elk moment een klap verkopen.

'Ga je nog meer mensen vertellen over het babygedoe?' vraag ik om ergens anders over te beginnen.

'Nee.' Ze bijt op haar onderlip. 'Ik denk het niet. Voorlopig in ieder geval niet.'

'Niemand hoeft het te weten, totdat we over een paar jaar een kindje adopteren. Ik weet zeker dat er een heleboel verrekte baby's zijn die liggen te wachten op ouders die hen willen kopen. Dus dat komt wel goed.'

Ik weet dat ze mijn huwelijksaanzoek nog niet heeft geaccepteerd, of zelfs onze relatie niet, maar ik hoop niet dat ze nu van de gelegenheid gebruikmaakt om me daaraan te herinneren.

Ze lacht zachtjes. '"Verrekte baby's"? Je gaat me toch niet vertellen dat je denkt dat er in de stad een winkel is waar je baby's kunt kopen, hè?' Ze slaat haar hand voor haar mond om haar lach te verbergen.

'Is die er dan niet?' grap ik. 'Wat is Babies 'R' Us dan?'

'O mijn god!' Ze gooit haar hoofd in haar nek en barst in lachen uit.

Ik strek mijn arm naar haar uit en pak haar hand. 'Als de schappen in die winkel niet vol met baby's liggen, klaar voor de verkoop, dan klaag ik de eigenaar aan voor misleidende reclame.'

Met een voldane grijns kijk ik haar aan, en ze slaakt een zucht van verlichting omdat ze weer kan lachen. Ik weet het gewoon. Ik weet precies wat ze denkt.

'Je moet echt hulp gaan zoeken.' Ze trekt haar hand terug en staat op.

'Ja.' Ik zie dat de lach van haar gezicht langzaam verdwijnt. 'Je hebt gelijk.'

# 59

∞

## Hardin

'Jullie reizen vaker heen en weer door de staat Washington dan wie dan ook,' zegt Landon, en hij kijkt op van de bank in de woonkamer van mijn vader.

Nadat ons gelach was verstomd heb ik Tessa ervan overtuigd dat we weer eens terug moesten naar het oosten om bij Landon langs te gaan voordat hij voorgoed vertrekt. Ik had verwacht dat ze meteen zou instemmen – ze vindt het altijd leuk om bij Landon rond te hangen – maar er viel even een ongemakkelijke stilte, waarna ze uiteindelijk instemde. Ik zat op haar bed op haar te wachten terwijl ze om de een of andere reden al haar spullen inpakte. Daarna wachtte ik in de auto op haar terwijl ze er veel te lang over deed om afscheid van Kimberly en Vance te nemen.

Ik kijk Landon met een lege blik aan. 'Jij kent niet zo veel mensen, dus dat zegt nog niks,' plaag ik hem.

Hij kijkt naar zijn moeder, die op een stoel zit, en ik weet dat hij me wil terugpakken met een gevatte opmerking. Als zij hier niet zou zitten had hij dat zeker gedaan. De laatste tijd is hij heel ad rem.

In plaats daarvan rolt hij met zijn ogen en zegt: 'Haha.' Vervolgens richt hij zijn aandacht weer op het boek op zijn schoot.

'Ik ben blij dat jullie veilig zijn aangekomen. Het regent zo hard en het wordt tegen het einde van de avond waarschijnlijk nog erger.' De stem van Karen klinkt zacht, en als ze naar me glimlacht kijk ik weg. 'Het eten staat al in de oven, het is zo klaar.'

'Ik ga me even omkleden,' zegt Tessa achter me. 'Bedankt dat ik hier kan logeren.' En ze verdwijnt naar boven.

Een ogenblik blijf ik onder aan de trap staan, waarna ik als een schoothondje achter haar aan loop. Wanneer ik haar deur opendoe, heeft ze alleen haar slipje en haar beha aan.

'Goede timing, jongen,' mompel ik vanuit de deuropening, en ze kijkt naar me op.

Ze bedekt haar borsten met haar handen, maar daarna zet ze haar handen in haar zij, en ik moet om haar lachen. 'Dat is een beetje te laat, denk je niet?' vraag ik.

'Hou je mond, jij,' berispt ze me, en ze trekt een droog T-shirt over haar klamme haren.

'Je weet dat het niet mijn sterkste punt is om mijn mond te houden.'

'Wat is wél je sterkste punt?' vraagt ze plagerig, terwijl ze met haar heupen heen en weer beweegt als ze haar broek optrekt. Díé broek.

'Die yogabroek heb je al een tijd niet gedragen...' Wrijvend over mijn stoppels staar ik naar de strakke zwarte stof om haar benen en billen.

'Kijk niet zo!' Uitdagend zwaait ze met haar wijsvinger. 'Jij had hem verstopt, daarom kon ik hem niet aantrekken.' Ze lacht naar me en lijkt wat verbaasd omdat we het zo leuk hebben. Maar dan maakt haar lach plaats voor een harde blik en recht ze haar rug.

'Dat is niet waar,' lieg ik, en ik vraag me af wanneer ze haar yogabroek in de kast in ons appartementje heeft gevonden. Nu ik haar lekkere kont zie, weet ik weer waarom ik hem heb verstopt. 'Hij lag gewoon in de kast.'

Opeens zie ik een beeld voor me van Tessa die de kast overhoop haalt, op zoek naar haar broek, en ik schiet in de lach. Totdat ik me iets anders herinner wat ook in de kast lag, maar waarvan ik niet wilde dat ze het zou vinden.

Ik kijk haar onderzoekend aan om te zien of ze zich door mijn opmerking over de kast herinnert dat ze die verrekte doos heeft gevonden.

'Wat?' vraagt ze terwijl ze roze sokken aantrekt. Ze zijn echt afzichtelijk, met witte stippen op de bovenkant.

'Nee, niks,' lieg ik, en ik zet mijn achterdochtige gedachten van me af.

'Oké...' Ze loopt weg.

Opnieuw loop ik haar als een schoothondje achterna naar beneden en ga ik naast haar aan de grote eettafel zitten. Het meisje van wie de naam begint met een S is er ook. Ze kijkt de hele tijd naar Landon, alsof hij een of andere bijzondere diamant is of zo, waardoor het me duidelijk is dat ze niet spoort.

Tessa lacht stralend naar haar. 'Hallo, Sophia.'

Nu kijkt Sophia net lang genoeg weg van Landon om naar Tessa te lachen en naar mij te zwaaien.

'Sophia heeft me met het vlees geholpen,' vertelt Karen trots. De enorme eettafel staat vol met de heerlijkste gerechten, en er staan brandende kaarsen en bloemen op tafel. We kletsen wat terwijl Karen en Sophia het vlees snijden.

'Mmm, het is heerlijk. De saus is ook lekker,' zegt Tessa met de vork bij haar mond.

Vrouwen en eten... 'Je zou bijna denken dat jullie het over porno hebben,' zeg ik veel te hard.

Tessa geeft me onder de tafel een schop en Karen verslikt zich en slaat snel een hand voor haar mond. Iedereen kijkt verbaasd als Sophia in de lach schiet. Landon ziet er wat ongemakkelijk uit, maar zijn gezicht ontspant wanneer hij ziet hoe hard ze moet lachen.

'Wie zegt er nou zoiets?' vraagt ze giechelend.

Landon staart haar als een idioot aan, en Tessa begint nu ook te lachen.

'Hardin, natuurlijk. Die zegt dat soort dingen.' Karen glimlacht en haar ogen glinsteren vrolijk.

*Het moet niet gekker worden.*

'Je raakt wel aan hem gewend.' Landon kijkt een ogenblik naar mij en daarna weer naar zijn nieuwe vlam. 'Ik bedoel, als je hier vaker komt. Niet dat jij hier vaker zal komen.' Zijn wangen worden rood. 'Als je dat wilt, bedoel ik. Niet dat je het zou willen.'

'Ze heeft het wel begrepen,' zeg ik om hem uit de brand te helpen, en hij ziet eruit alsof hij het elk moment in zijn broek kan doen.

'Inderdaad.' Ze lacht naar Landon en zijn rode wangen worden paars. Arme jongen.

'Hoe lang blijf je hier, Sophia?' vraagt Tessa, om over iets anders te beginnen en haar vriend te helpen.

'Nog een paar dagen. Maandag ga ik terug naar New York. Mijn huisgenoten kunnen me niet missen.'

'Hoeveel huisgenoten heb je?' vraagt Tessa.

'Drie, alle drie danseressen.'

Ik schiet in de lach.

Tessa lacht gemaakt. 'O, wauw!'

'Mijn god! Het zijn ballerina's, we zijn geen stripteasedanseressen.' Het meisje met de s-naam barst in lachen uit en ik lach mee, maar dan wel om Tessa's beschaamde gezicht en de opluchting daarna.

Tessa stelt haar allerlei vragen maar mijn gedachten dwalen af en ik focus op Tessa's mond als ze praat. Ik vind het grappig dat ze na een paar happen haar mond keurig afveegt met het servet.

Het gesprek kabbelt zo een beetje voort, maar na verloop van tijd begin ik me te vervelen en Landons gezicht is inmiddels nog maar een beetje rood.

'Heb je al een besluit genomen over je buluitreiking, Hardin? Ik weet dat je niet mee wilt doen aan de ceremonie, maar heb je er nog over nagedacht?' vraagt Ken me terwijl Karen, Tessa en Landons vlam de tafel afruimen.

'Nee, ik ben niet van gedachten veranderd.' Met mijn nagel haal ik iets tussen mijn tanden weg. Ken brengt het onderwerp steeds weer ter sprake waar Tessa bij is, om me over te halen door het stoffige auditorium te lopen en mezelf voor schut te zetten voor honderden op elkaar gepropte, zwetende mensen die veranderen in wilde beesten.

'Nee?' vraagt Tessa me. Ik kijk van haar naar mijn vader. 'Ik dacht dat je het misschien toch zou doen.' Ze weet precies wat ze doet.

Landon zit er grinnikend bij, die klootzak, en Karen en het meisje met de s-naam staan in de keuken te kletsen.

'Ik...' begin ik, maar verder kom ik niet. *Verdomme!* In Tessa's ogen zie ik hoop en tegelijkertijd spanning, alsof ze me uitdaagt. 'Ja, tuurlijk, prima. Ik ga wel over dat achterlijke podium lopen om mijn bul in ontvangst te nemen,' geef ik me geërgerd gewonnen. Ik vind het zo'n onzin.

'Bedankt,' zegt Ken. Als ik 'Geen dank' tegen hem wil zeggen, realiseer ik me dat hij Tessa bedankte, niet mij.

'Jullie zijn allebei zo...' begin ik, maar ik houd mijn mond omdat Tessa me met een waarschuwende blik aankijkt. 'Jullie zijn allebei geweldig,' zeg ik, in plaats van wat ik werkelijk denk.

Jullie zijn verrekte doordrammers! herhaal ik keer op keer in mijn hoofd terwijl zij een voldane grijns uitwisselen.

# 60

∞

## Tessa

Elke keer dat Sophia over New York praatte tijdens het eten raakte ik in paniek, ook al was ik degene die erover begon. Maar ik wilde er alleen maar voor zorgen dat de aandacht niet op Landon gericht was. Ik weet dat hij zich beschaamd voelde en ik zei het eerste wat in me opkwam. Helaas was dat nou net het enige onderwerp waar ik zelf niet over wilde praten waar Hardin bij was.

Ik moet het hem vanavond echt vertellen, anders ben ik een belachelijke lafaard. De verbetering van zijn gedrag zal hem helpen om goed met het nieuws om te gaan, maar het kan ook zijn dat hij ontploft. Ik weet nooit wat ik van hem kan verwachten, het kan beide kanten opgaan. Hoe hij ook reageert, ik ben niet verantwoordelijk voor zijn emotionele reacties en ik weet dat ik het aan hem verplicht ben het hem zelf te vertellen.

Ik leun tegen de deurpost van de eetkamer en kijk naar Karen die het fornuis met een vochtig doekje afneemt. Ken is naar de woonkamer gegaan en in zijn stoel in slaap gevallen, en Landon en Sophia zitten zonder een woord te zeggen aan de tafel in de eetkamer. Landon zit stiekem naar haar te kijken, en zodra ze dat merkt, lacht ze charmant naar hem.

Ik weet niet zo goed wat ik ervan moet vinden. Hij heeft net een vaste relatie achter de rug, en nu meteen weer een ander? Maar wie ben ik om de relaties van anderen te bekritiseren? Ik heb zelf geen idee hoe ik mijn eigen relatie op een normale manier in stand kan houden.

Vanaf mijn plek kan ik de woonkamer, de eetkamer en de keuken overzien, met daarin de mensen die me het dierbaarst zijn. Inclusief de belangrijkste persoon voor mij, Hardin, die op de bank in de woonkamer zit en wezenloos naar de muur staart.

Bij de gedachte aan zijn buluitreiking in juni schiet ik in de lach. Ik kan me hem niet voorstellen met een baret op en in een toga, maar ik kijk er erg naar uit. Het betekent veel voor Ken dat hij uiteindelijk toch heeft ingestemd bij de ceremonie te zijn. Ken heeft bij verschillende gelegenheden laten weten dat hij nooit had verwacht dat Hardin zou afstuderen, en nu de waarheid over hun verleden bekend is, had Ken waarschijnlijk ook nooit verwacht dat Hardin overstag zou gaan en toch zou meedoen aan deze traditie. Hardin Scott is allesbehalve traditioneel.

Ik druk mijn vingertoppen tegen mijn voorhoofd om goed na te kunnen denken. Hoe moet ik het nu aankaarten? Wat moet ik zeggen als hij aanbiedt om met me mee te gaan naar New York? Zou hij dat doen? En als hij dat oppert, zal ik dan instemmen?

Plotseling voel ik zijn blik vanuit de woonkamer. Wanneer ik naar hem kijk, zie ik dat hij me met zijn groene ogen nieuwsgierig opneemt. Zijn zachte lippen zijn ontspannen. Ik schenk hem mijn beste 'alles is goed, ik denk alleen wat na'-lach. Dan staat hij fronsend op, loopt met een paar grote passen door de kamer en buigt zich naar me toe, met een hand tegen de muur.

'Wat is er?' vraagt hij.

In de eetkamer draait Landon zijn hoofd om, weg van Sophia, als hij de harde stem van Hardin hoort.

'Ik moet je iets vertellen,' beken ik zacht. Hij ziet er niet bezorgd uit, niet zo bezorgd als hij zou moeten zijn.

'Oké. Wat is er dan?' Nu komt hij net iets te dichtbij staan en probeer ik naar achteren stappen, maar ik besef dat hij me heeft ingesloten. Als Hardin ook zijn andere hand tegen de muur zet, kan ik geen kant meer op, en wanneer onze blikken elkaar kruisen, verschijnt er een zelfvoldane grijns op zijn gezicht. 'Nou?' dringt hij aan.

Zonder iets te zeggen kijk ik hem aan. Mijn mond is droog, en nu ik antwoord wil geven begin ik te hoesten. Zo gaat het altijd: mensen hoesten in de stille bioscoop, in de kerk of als ze een moeilijk gesprek voeren met een dierbare persoon. Eigenlijk altijd op momenten dat hoesten niet gepast is. Zoals nu bijvoorbeeld, terwijl ik hoestend mijn gedachten op een dwaalspoor breng over wanneer en waarom mensen hoesten en Hardin me aankijkt alsof ik doodga.

Opeens draait hij zich om en beent doelgericht naar de keuken. Hij loopt om Karen heen naar de kraan en pakt een glas water voor me, iets wat hij voor mijn gevoel in de afgelopen twee weken al dertig keer voor me heeft gedaan. Ik neem het glas aan en het koude water is een weldaad voor mijn brandende keel.

Ik ben me ervan bewust dat zelfs mijn lichaam het nieuws niet aan Hardin wil vertellen. Ik wil mezelf op mijn rug kloppen, maar tegelijkertijd kan ik mezelf wel voor mijn hoofd slaan. Maar als ik dat allebei echt zou doen, denk ik dat Hardin medelijden met me zou hebben omdat ik zo idioot doe en begint hij waarschijnlijk over een ander onderwerp.

'Wat is er met je? Je bent aan het tobben.' Hij kijkt me aan en houdt zijn hand op om het lege glas aan te pakken. Ontkennend schud ik mijn hoofd, maar hij blijft erbij en zegt: 'Ik zie het aan je.'

'Kunnen we naar buiten gaan?' Ik draai me om naar de tuindeur om hem duidelijk te maken dat ik niet wil dat anderen meeluisteren. Shit, we kunnen waarschijnlijk beter naar Seattle rijden om deze toestand te bespreken, of nog verder weg. Hoe verder, hoe beter.

'Naar buiten? Hoezo?'

'Ik wil iets onder vier ogen met je bespreken.'

'Oké, prima.'

Ik ga doelbewust voor hem staan. Als ik hem meeneem naar buiten is mijn kans om het gesprek te leiden groter en is de kans kleiner dat Hardin over me heen walst. Misschien.

Wanneer Hardin mijn hand vastpakt, trek ik die niet terug. Buiten is het stil, op de zachte stemmen van de misdaadserie na, die Ken zat te kijken voor hij in slaap viel, en het rommelende geluid van de vaatwasser in de keuken.

Zodra we op het houten terras stappen verdwijnen de geluiden en hoor ik niets anders dan mijn chaotische gedachten en Hardins zachte geneurie. Aan de ene kant ben ik blij dat hij zachtjes neuriet, al komt de melodie me niet bekend voor, maar het leidt me ook af en helpt me mijn aandacht op iets anders te richten dan de uitbarsting die onherroepelijk gaat komen. Als ik geluk heb, geeft hij me even de tijd om mijn besluit uit te leggen voordat hij uit zijn dak gaat.

'Vertel, wat is er?' vraagt hij terwijl hij een van de tuinstoelen over de houten planken van het terras sleept.

Mijn kans om het rustig te vertellen lijkt verkeken. Hij is in een ongeduldige bui. Hij gaat zitten en laat zijn ellebogen op de tafel rusten. Vlug ga ik tegenover hem zitten, maar ik weet me geen raad met mijn handen. Ik trek ze over de tafel naar mijn schoot, dan leg ik ze op mijn knieën en weer op de tafel. Hij steekt zijn arm naar me uit en legt zijn hand op mijn nerveus bewegende vingers.

'Relax,' zegt hij zacht. Zijn hand is warm en bedekt die van mij helemaal, wat me een moment van helderheid geeft.

'Ik hou al een hele poos iets voor je achter en het maakt me gek. Ik moet het je nu vertellen. Het is geen goed moment, dat weet ik, maar je moet het weten voordat je het op een andere manier ontdekt.'

Nu trekt hij zijn hand terug en leunt achterover in zijn stoel. 'Wat heb je gedaan?' Ik hoor bezorgdheid in zijn stem, en achterdocht in zijn beheerste ademhaling.

'Niets,' zeg ik snel. 'Het is niet wat je denkt.'

'Je bent niet...' Hij knippert een paar keer. 'Je was toch niet met... een ander?'

'Nee!' roep ik met een piepstemmetje uit. Ik schud mijn hoofd om mijn woorden kracht bij te zetten. 'Nee, dat is het niet. Ik heb een besluit genomen en het voor je verzwegen. Maar er is geen ander in het spel.'

Ik weet niet of ik beledigd of opgelucht moet zijn omdat hij als eerste aan een andere man denkt. Het lucht me op, want mijn verhuizing naar New York kan nooit zo pijnlijk zijn als vreemdgaan. Maar ik ben ook een beetje beledigd omdat hij me inmiddels goed genoeg zou moeten kennen. Ik heb hem vaak gekwetst met mijn onverantwoordelijke gedrag, meestal met Zed, maar ik zou nooit met een ander naar bed gaan.

'Oké.' Hij wrijft met een hand over zijn haren en legt die daarna om zijn nek om zijn spieren te masseren. 'Dan zal het toch wel meevallen?'

Nu adem ik diep in en ik zoek naar de juiste woorden. Ik kan er niet nog langer omheen draaien. 'Nou...'

Maar hij steekt een hand op en ik houd mijn mond. 'Wacht. Voordat je me vertelt wat er is, wil ik graag weten waarom.'

'Waarom wat?' Niet-begrijpend kijk ik hem aan.

Hij trekt een wenkbrauw op. 'Waarom je dat besluit hebt genomen waar je je zo druk over maakt.'

'Goed.' Ik knik en denk even na terwijl hij geduldig naar me blijft kijken. Waar moet ik beginnen? Dit is nog veel lastiger dan hem gewoon vertellen dat ik ga verhuizen. Maar het is waarschijnlijk wel een betere manier om hem het nieuws te brengen.

Nu ik er bij stilsta, realiseer ik me dat we het nog nooit zo hebben aangepakt. Elke keer dat er een of ander drama was, moesten we het altijd op een al even dramatische manier ontdekken.

Ik kijk nog één keer naar hem voordat ik van wal steek. Ik wil elk detail van zijn gezicht in me opnemen, zijn groene ogen en de geduldige blik die hij soms kan hebben. Het valt me nu op dat zijn zachte roze lippen uitnodigend lijken, maar ik herinner me ook de keren dat zijn lip kapot was en het bloed eruit liep omdat hij had gevochten. En ik herinner me zijn piercing, die ik eerst niet mooi vond maar waar ik algauw aan gewend was geraakt.

Opeens herinner ik me hoe het voelde wanneer het koude metaal langs mijn lippen streek, en hoe verleidelijk het eruitzag wanneer hij in gedachten verzonken het ding tussen zijn lippen klemde.

Dan denk ik terug aan die avond dat we gingen schaatsen, die date om me te laten zien dat hij een 'normale' vriend kon zijn. Hij was zenuwachtig en maakte grapjes met me. Hij had beide piercings uitgedaan en beweerde dat hij dat zelf graag wilde, maar ik denk nog steeds dat hij ze uitdeed om mij en zichzelf iets te bewijzen. In het begin miste ik ze wel – nu ook nog af en toe – maar ik bewonderde hem om de reden waarom hij ze had uitgedaan, hoe sexy ze hem ook stonden.

'Hallo, hallo, hier Hardin aan Tessa: zeg het maar,' plaagt hij me terwijl hij zijn kin in zijn hand steunt.

'Ja.' Ik lach nerveus. 'Nou, ik heb dit besluit genomen omdat we elkaar beter een tijdje niet kunnen zien en dit leek me de enige manier waarop dat mogelijk is.'

'Een pauze, hè? Na al die tijd?' Hij kijkt me indringend aan, waardoor ik ineenkrimp.

'Ja, een pauze. Onze relatie is een puinhoop en ik heb er behoefte aan om even afstand te nemen, letterlijk dit keer. Ik weet dat we dit voortdurend zeggen. We maken van alles een probleem en we rijden heen en weer naar Seattle. Toen kwam Londen er nog bij... We nemen onze relatieproblemen overal mee naartoe.' Ik houd mijn mond in afwachting van zijn reactie, maar ik zie alleen een onpeilbare gezichtsuitdrukking. Uiteindelijk kijk ik van hem weg.

'Is het echt zo'n puinhoop?' vraagt Hardin zacht.

'We hebben vaker ruzie dan dat we gewoon met elkaar omgaan.'

'Dat is niet waar.' Hij trekt aan het boordje van zijn zwarte T-shirt. 'Feitelijk is het niet zo, Tess. Misschien voelt het wel zo, maar als je bedenkt wat voor bullshit we hebben meegemaakt, hebben we vaker gelachen en gepraat, gelezen en elkaar geplaagd, en gevreeën, natuurlijk; heel vaak.' Er verschijnt een zwak lachje om zijn mond en ik voel dat ik begin te twijfelen.

'We lossen alles op met seks, dat is niet gezond,' zeg ik om mijn volgende punt aan te kaarten.

'Is seks niet gezond?' Hij lacht spottend. 'We hebben seks uit liefde en vertrouwen.' Nu kijkt hij me met een intense blik aan. 'Ja, en het is ook nog eens waanzinnig lekker, maar vergeet niet waarom we vrijen. Ik neuk je niet alleen om onze problemen te vergeten, maar omdat ik van je hou en ik ben blij dat je me vertrouwt en me toestaat om intiem met je te zijn.'

Ik snap precies wat hij bedoelt, al zou het me beter uitkomen als het niet zo was.

Omdat ik New York langzaamaan voel wegglippen, besluit ik de knuppel in het hoenderhok te gooien: 'Heb je ooit iets over de kenmerken van een gewelddadige relatie gelezen?'

'Gewelddadig?' Hij klinkt alsof hij naar lucht hapt. 'Vind je mij gewelddadig? Ik heb je nooit met een vinger aangeraakt en zal dat ook nooit doen!'

Starend naar mijn handen besluit ik eerlijk te zijn. 'Nee, zo bedoelde ik het niet. Ik heb het over ons allebei en dat we elkaar bewust kwetsen. Ik beschuldig je echt niet van fysiek geweld.'

Hij zucht diep en haalt zijn handen door zijn haar, een duidelijk teken dat hij in paniek is. 'Dus er is meer aan de hand dan een stom besluit om niet samen te wonen in Seattle.' Hij kijkt me met een ernstig gezicht aan. 'Tessa, ik moet je wat vragen en ik wil een eerlijk antwoord, geen onzin of zeggen dat je erover na moet denken. Zeg me het eerste wat bij je opkomt, goed?'

Ik knik wat onzeker omdat ik niet weet waar hij op doelt.

'Wat is het ergste wat ik je heb aangedaan? Het walgelijkste, verschrikkelijkste wat ik je heb geflikt?'

Ik denk terug aan de acht maanden dat we samen zijn, maar hij schraapt zijn keel om me duidelijk te maken dat hij wil dat ik het eerste zeg wat in me opkomt.

Ik ga nerveus in mijn stoel verzitten. Die beerput wil ik nu niet opentrekken, nooit meer. Maar uiteindelijk gooi ik het eruit. 'De weddenschap en het feit dat je me totaal voor schut hebt gezet terwijl ik smoorverliefd op je was.'

Hardin lijkt een ogenblik diep in gedachten. 'Zou je het willen terugdraaien? Zou je mijn rotstreek ongedaan willen maken als dat kon?'

Voordat ik hem hierop antwoord geef, denk ik eerst heel goed na. Deze vraag heb ik al zo vaak beantwoord, en ik ben ook vaak genoeg van gedachten veranderd, maar nu voelt het zo... definitief, alsof het doorslaggevend is, belangrijker dan de voorgaande keren.

De zon verdwijnt achter de hoge bomen langs het huis en de tuin van de Scotts en de terrasverlichting gaat automatisch aan.

'Nee, ik zou het niet terug willen draaien,' mompel ik, meer tegen mezelf.

Hardin knikt, alsof hij wist wat ik zou zeggen. 'Oké, en wat is het één na ergste wat ik heb gedaan?'

'Toen je de kans op die woning in Seattle voor me verknalde,' antwoord ik meteen.

'Echt?' Nu lijkt hij verbaasd.

'Ja.'

'Hoezo? Waar was je toen zo kwaad over?'

'Je besloot zomaar iets voor mij en je hield het voor me achter.'

Hij knikt, waarna hij zijn schouders ophaalt. 'Ik ga het niet goedpraten, ik weet dat het stom van me was.'

'En?' Hopelijk heeft hij me er nog wat meer over te vertellen.

'Ik begrijp waarom je dit noemt. Ik had dat nooit mogen doen. Ik had met je moeten praten in plaats van te voorkomen dat je naar Seattle zou verhuizen. Ik was echt gestoord in die tijd. Dat is nog steeds zo, maar nu doe ik mijn best. Het is anders dan toen.'

Ik weet niet wat ik daarop kan zeggen. Natuurlijk had hij dat nooit moeten doen, maar ik zie ook dat hij nu zijn best doet. Ik kijk hem recht in zijn ernstige groene ogen en ik zou haast vergeten waarom ik dit gesprek ben begonnen.

'Je hebt een bepaald beeld in je hoofd, schatje. Misschien dat iemand je dat heeft aangepraat of dat je het bij een of andere stomme tv-show hebt gehoord, of in een roman hebt gelezen, ik weet het niet. Maar het echte leven is hard. Geen relatie is perfect, en er is geen man die zijn vrouw altijd zo behandelt als hij zou moeten.' Hij steekt een hand op om te voorkomen dat ik hem in de rede val. 'Ik beweer niet dat het goed is, dus laat me even uitpraten. Ik wil alleen maar zeggen dat je de dingen anders zou zien als je kijkt naar wat er achter de schermen gebeurt. We zijn niet perfect, Tessa. Ik ben niet de ideale partner, maar ik hou veel van je, ook al ben jij ook niet perfect.' Na zijn laatste woorden krimpt hij ineen om me duidelijk te maken dat hij dit niet vervelend bedoelde. 'Ik heb je veel rottigheid aangedaan en ik heb dit allemaal verdomme al tig keer gezegd, maar er is vanbinnen iets veranderd en je weet dat het waar is.'

Wanneer Hardin is uitgesproken staar ik even naar de lucht achter hem. De zon zakt achter de bomen en ik wacht met mijn reactie tot die is verdwenen. 'Ik vrees dat het te laat is. We hebben allebei zo veel fouten gemaakt.'

'Het zou echt zonde zijn om het op te geven in plaats van het goed te maken, dat weet jij ook wel.'

'Zonde waarvan? Van de tijd? Er is nu niet veel tijd meer te verliezen,' zeg ik, en de onvermijdelijke ramp komt steeds dichterbij.

'We hebben alle tijd van de wereld. We zijn nog jong! Ik studeer bijna af en we gaan samenwonen in Seattle. Ik snap dat je helemaal klaar bent met mijn rare kuren, maar ik reken heel egocentrisch op jouw liefde, om je ervan te kunnen overtuigen dat ik nog een laatste kans verdien.'

'Maar hoe zit het dan met alles wat ik jou heb aangedaan? Ik heb je vaak uitgescholden en met Zed gerotzooid.' Ik bijt op mijn onderlip en kijk weg als ik Zed noem.

Hardin trommelt met zijn vingers op het glazen tafelblad. 'Om te beginnen heeft Zed niets te maken met dit gesprek. Ook jij hebt stomme dingen gedaan, net als ik. We wisten geen van beiden hoe een relatie werkt. Je dacht misschien dat je het wist omdat je een relatie met Noah had gehad, maar wees eerlijk: jullie kwamen niet verder dan zoenen. Het stelde niets voor.'

Nu kijk ik hem kwaad aan, wachtend tot hij doorgaat met het graven van zijn eigen valkuil.

'En wat het uitschelden betreft, dat heb je maar zelden gedaan.' Hij lacht naar me en ik begin me af te vragen wie de jongen tegenover me eigenlijk is. 'Iedereen scheldt elkaar wel eens uit. Sorry hoor, maar zelfs de vrouw van de dominee van je moeder noemt hem wel eens een klootzak. Ze zegt het misschien niet recht in zijn gezicht, maar het komt op hetzelfde neer.' Hij haalt zijn schouders op. 'Ik heb liever dat je het recht in mijn gezicht zegt.'

'Je hebt echt overal een antwoord op, hè?'

'Nee, niet op alles. Eigenlijk op bijna niets. Maar ik weet wel dat je tegenover me zit, zoekend naar een uitweg, en ik doe er alles aan om ervoor te zorgen dat je weet wat je zegt.'

'Sinds wanneer praten we op deze manier?' Ik kan er niets aan doen, maar ik ben verbijsterd dat we niet tegen elkaar schreeuwen.

Hardin slaat zijn armen over elkaar, plukt aan de gerafelde rand van zijn gips en haalt zijn schouders op. 'Sinds nu. Ik weet niet, sinds het moment waarop dat geschreeuw niet werkte. Dus waarom proberen we het niet op deze manier?'

Mijn mond valt open van verbazing over de nonchalante manier waarop hij dit zegt. 'Waarom doe je alsof het zo makkelijk is? Als dat zo was, hadden we het al veel eerder zo kunnen doen.'

'Nee. Ik was toen anders, en jij ook.' Hij kijkt me aan, wachtend op een reactie.

'Zo eenvoudig is het niet. Het heeft ons veel tijd gekost voor we zover waren, en dat maakt wel degelijk uit, Hardin. We moesten allebei iets leren, daar hadden we tijd voor nodig, en nu heb ik tijd voor mezelf nodig. Ik moet uitzoeken wie ik ben, wat ik met mijn leven wil en hoe ik dat kan bereiken. Dat moet ik alleen doen.' Mijn woorden klinken heel moedig, maar hebben een bittere nasmaak.

'Dus je hebt een besluit genomen? Je wilt niet met me samenwonen in Seattle. Ben je daarom zo gesloten? Wil je daarom niet luisteren naar wat ik te zeggen heb?'

'Ik luister wel, maar ik heb inderdaad een knoop doorgehakt... Ik kan niet doorgaan met het aantrekken en afstoten, aantrekken en afstoten. Voor jou niet, maar ook niet voor mezelf.'

'Ik geloof je niet, zeker omdat het lijkt alsof je jezelf niet gelooft.' Hij leunt achterover tegen het kussen in de stoel en legt zijn voeten op de tafel. 'Waar ga je dan wonen? In welke wijk van Seattle?'

'Niet in Seattle,' zeg ik kortaf. Plotseling lijkt mijn tong loodzwaar en ik kan geen woord meer uitbrengen.

'O, waar dan? Welke buitenwijk?' vraagt hij gemeen.

'Ik ga naar New York, Hardin. Ik wil...' Nu zal hij me wel moeten geloven.

'New York?' Hij haalt zijn benen van de tafel en staat op. 'Je bedoelt de stad New York? Of is het een of andere hipsterbuurt in Seattle die ik niet ken?'

'De stad New York,' antwoord ik terwijl hij onrustig over het terras heen en weer begint te lopen. 'Over een week.'

Hardin blijft zwijgen. Het enige geluid komt van zijn schoenen op het terras. 'Wanneer heb je dat besloten?' vraagt hij me uiteindelijk.

'Na Londen en na de dood van mijn vader.' Ik sta op.

'Dus omdat ik zo lullig tegen je heb gedaan pak jij je spullen en vertrek je naar New York? Je bent de staat Washington nog nooit uit geweest, dus waarom denk je dat je in zo'n grote stad kunt wonen?'

Door zijn reactie wil ik voor mezelf opkomen. 'Ik kan wonen waar ik wil! Je hoeft me niet zo te kleineren.'

'Kleineren? Tessa, jij bent in alles veel beter dan ik, ik kleineer je helemaal niet. Ik vraag je gewoon waarom je denkt dat je in New York kunt wonen. Heb je überhaupt al woonruimte?'

'Bij Landon.'

Nu kijkt Hardin me met grote ogen aan. 'Landon?!'

Op deze blik zat ik te wachten, al hoopte ik dat die zou uitblijven. Maar nu ik hem zo zie kijken stelt het me triest genoeg een beetje gerust. Hardin nam het tot nu toe zo goed op. Hij was begripvol en rustig, hij koos zijn woorden zorgvuldiger dan ooit. Dat bracht me in de war.

De bekende blik vertelt me dat Hardin zijn best doet om zich te beheersen.

'Landon... Dus jij en Landon gaan naar New York verhuizen?'

'Ja, hij was het al van plan en ik...'

'Wiens idee was het, van jou of van hem?' Zijn stem klinkt laag en ik realiseer me dat hij minder kwaad is dan ik had verwacht. Dit is erger dan woede, dit is pijn. Hardin is gekwetst. Mijn maag krimpt ineen en ik krijg het benauwd als ik zijn verbijstering zie, als ik zie hoe belazerd hij zich voelt en zijn best doet om zich te beheersen.

Ik wil Hardin niet vertellen dat Landon me heeft gevraagd om naar New York te verhuizen. Ik wil hem ook niet vertellen dat Landon en Ken me hebben geholpen met de aanbevelingsbrieven, de overstapformulieren, de toelatingspapieren en de sollicitatiebrieven.

'Ik neem een semester vrij als ik daar ben,' vertel ik hem om de aandacht af te leiden van zijn vraag.

Dan draait hij zich naar me toe. Zijn wangen zijn rood in het schijnsel van de terrasverlichting en hij heeft een verwilderde blik in zijn ogen. Zijn handen houdt hij tot vuisten gebald naast zijn lichaam. 'Het was zijn idee, hè? Hij wist het al die tijd en terwijl ik dacht dat we... vrienden waren... of zelfs broers, deed hij dit achter mijn rug om.'

'Zo is het niet gegaan, Hardin,' zeg ik snel om Landon te verdedigen.

'Dat mag ik hopen! Jullie zijn verdomme een stel huichelaars!' schreeuwt hij, woest met zijn armen zwaaiend. 'Je wist het al die tijd en je liet me gewoon praten toen ik je vroeg met me te trouwen en toen ik over adoptie begon en al die andere shit! Je wist verdomme toen al dat je zou vertrekken.' Hij trekt aan zijn haren en draait zich met een ruk om. Hij loopt naar de deur en ik probeer hem tegen te houden.

'Ga alsjeblieft niet naar binnen. Blijf hier, dan kunnen we dit gesprek afmaken. We hebben nog zo veel te bespreken.'

'Hou op! Hou verdomme je mond!' Hij schudt mijn hand van zijn schouder als ik hem probeer aan te raken.

Hardin ramt op de knop van de hordeur en ik weet zeker dat het geluid dat ik hoor de scharnieren zijn die losraken. Ik volg hem op de voet in de hoop dat hij dit keer niet zal doen wat ik denk, wat hij altijd doet als er iets in zijn leven gebeurt, in óns leven.

'Landon!' roept hij hard zodra hij de keuken binnenkomt. Gelukkig zijn Karen en Ken al naar boven.

'Wat?' roept Landon terug.

Ik loop Hardin achterna naar de eetkamer, waar Landon en Sophia nog steeds aan de tafel zitten, met een bijna lege dessertschaal tussen hen in.

Wanneer Hardin met opeengeklemde kaken en gebalde vuisten de kamer binnenstormt, verandert Landons gelaatsuitdrukking. 'Wat is er aan de hand?' vraagt hij, terwijl hij bezorgd van zijn stiefbroer naar mij kijkt.

'Kijk niet naar haar, kijk naar míj,' bijt Hardin hem toe.

Sophia gaat geschrokken rechtop zitten, maar herstelt zich snel en richt haar blik op mij als ik achter Hardin blijf staan.

'Hij heeft niets verkeerd gedaan, Hardin. Hij is mijn beste vriend en wilde alleen maar helpen,' zeg ik. Ik weet waar Hardin toe in staat is, en alleen al het idee dat Landon het slachtoffer zal zijn maakt me misselijk.

Zonder zich naar mij toe te draaien zegt hij: 'Hou je erbuiten, Tessa.'

'Waar heb je het over?' vraagt Landon, al ben ik ervan overtuigd dat hij heel goed weet waarom Hardin zo kwaad is. 'Wacht, dit gaat over New York, hè?'

'Natuurlijk gaat het over New York, verdomme!' schreeuwt Hardin tegen hem.

Nu staat Landon op en kijkt Sophia Hardin met een vernietigende, waarschuwende blik aan. Op dat moment besluit ik dat ik blij kan zijn met Landon en Sophia als mijn bijna-buren.

'Het leek me het beste voor Tessa toen ik haar voorstelde om met me mee te gaan! Jij had het uitgemaakt met haar en ze was er helemaal kapot van. Verhuizen naar New York is het beste voor haar,' legt Landon rustig uit.

'Weet je hoe gestoord je bent? Je deed alsof je mijn vriend was terwijl je dít regelde.' Hardin begint weer heen en weer te lopen, maar nu in een kleiner rondje in de eetkamer.

'Ik deed niet alsof! Jij had er zelf weer een puinhoop van gemaakt en ik wilde haar helpen!' schreeuwt Landon tegen Hardin. 'Ik ben met jullie állebei bevriend!'

Opeens stormt Hardin op Landon af en grijpt zijn T-shirt vast. Mijn hart gaat wild tekeer.

'Noem je dat helpen? Haar bij me wegjagen?' Hardin duwt Landon tegen de muur.

'Jij was te stoned om je ook maar om haar te bekommeren!' schreeuwt Landon in Hardins gezicht.

Verstijfd van schrik kijken Sophia en ik toe. Ik ken Hardin en Landon veel beter dan zij, maar zelfs ik weet niet wat ik nu moet zeggen of doen. Het is één grote chaos: de twee mannen die tegen elkaar staan te schreeuwen, het lawaai van Ken en Karen die de trap af stormen, de glazen en borden die zijn gebroken toen Hardin Landon vastgreep en tegen de muur duwde.

'Je wist verdomme wat je deed! Ik vertrouwde je, klootzak!'

'Toe dan! Sla me maar!' roept Landon.

Hardin brengt een vuist omhoog, maar Landon vertrekt geen spier. Ik roep Hardin en geloof dat ik ook Ken hoor roepen. Vanuit mijn ooghoek zie ik dat Karen Ken aan zijn overhemd trekt om hem ervan te weerhouden tussenbeide te komen.

'Sla me dan, Hardin! Je bent zo stoer en agressief! Kom op, sla me verdomme!' daagt Landon hem opnieuw uit.

'Dat doe ik zeker. Ik...' Hardin laat zijn vuist zakken, maar brengt hem weer omhoog.

Landons gezicht is rood van kwaadheid en zijn borst beweegt snel op en neer, maar hij wekt absoluut niet de indruk dat hij bang is voor Hardin. Hoewel hij pislink is, blijft hij heel kalm. Ik ben daarentegen niet kalm nu de twee mensen van wie ik het meest hou aan het vechten zijn. Ik weet me geen raad.

Ik kijk weer naar Karen en Ken. Ze lijken zich geen zorgen te maken om Landon. Ze zijn akelig rustig terwijl Landon en Hardin tegen elkaar staan te schreeuwen.

'Dat doe je niet,' zegt Landon.

'Zeker weten! Ik ram je met mijn verrekte gips...' Maar hij maakt zijn zin niet af. Hij staart Landon aan, kijkt dan naar mij en daarna weer naar Landon. 'Fuck you!' roept hij.

Dan laat hij zijn arm zakken, draait zich om en loopt de kamer uit. Landon leunt nog tegen de muur en ziet eruit alsof hij zelf ook iets kapot wil maken. Sophia staat op en loopt naar hem toe om hem te troosten. Karen en Ken praten zacht met elkaar terwijl ze naar Landon toe lopen. En ik... ik sta in het midden van de eetkamer en probeer te begrijpen wat er is gebeurd.

Landon dwong Hardin om hem te slaan, en hoewel Hardin woedend was omdat hij zich belazerd voelde, heeft hij Landon niet geslagen. Hardin Scott gebruikte geen geweld, zelfs niet toen zijn woede het overnam.

# 61

∞

## Hardin

Ik blijf lopen tot ik buiten ben. Dan pas besef ik dat Ken en Karen ook in de kamer waren. Waarom hebben ze me niet geprobeerd tegen te houden? Wisten ze op de een of andere manier dat ik hem niet zou slaan?

Ik weet niet zo goed wat ik daarvan moet vinden.

Buiten is de lentelucht niet fris of zwaar van de bloesems, of iets anders wat me zou kunnen helpen om mijn woede af te schudden. Als ik terugga, zou ik meteen weer een rood waas voor ogen zien, en dat wil ik niet. Ik wil mijn zelfbeheersing en alles waarvoor ik zo hard mijn best heb gedaan niet verliezen. Ik wil mijn nieuwe, betere zelf niet kwijtraken. Als ik Landons tanden uit zijn bek had geslagen zou ik hebben verloren. Dan zou ik alles zijn kwijtgeraakt, inclusief Tessa.

Maar ik heb haar nu ook niet. Dat is al zo vanaf het moment dat ik haar uit Londen wegstuurde. Ze plande al die tijd haar vertrek, samen met Landon. Ze hebben dit achter mijn rug geregeld, om mij in het verrekte Washington achter te laten terwijl zij samen zouden verhuizen. Ze hoorde me zwijgend aan toen ik mijn hart bij haar luchtte en mezelf voor schut zette.

Ook Landon heeft me al die tijd voor de gek gehouden terwijl ik dacht dat hij om me gaf. Iedereen om me heen neemt een loopje met me, en ik ben er helemaal klaar mee. Hardin, die idioot, de jongen om wie niemand geeft, en die altijd alles als laatste hoort. Dat is wie ik ben, dat is altijd zo geweest en dat zal altijd zo blijven.

Tessa is de enige in mijn leven die de tijd heeft genomen om me echt te leren kennen en van me te houden. Ze gaf me het gevoel dat ik de moeite waard was.

Ik geef toe dat we geen makkelijke relatie hadden. Ik maakte de ene na de andere fout en ik had het anders moeten doen, maar ik zou haar nooit mishandelen. Als ze mij of onze relatie als gewelddadig beschouwt, is er geen hoop meer voor ons.

Het is moeilijk uit te leggen dat er een groot verschil bestaat tussen een ongezonde relatie en een gewelddadige relatie. Ik denk dat mensen te snel oordelen, zonder zich te verplaatsen in de mensen die er ervaring mee hebben.

Mijn schoenen laten een spoor achter in het gras wanneer ik naar de rij bomen loop die om het huis en de tuin staan. Ik weet niet waar ik naartoe ga of wat ik hier te zoeken heb, maar ik moet mijn ademhaling kalmeren en me concentreren, anders breek ik.

Die verdomde Landon ook. Hij daagde me uit om hem te slaan. Maar ik voelde de adrenaline dit keer niet door mijn lijf jagen, waardoor ik niet de allesoverheersende drang voelde om te vechten.

Waarom wilde hij zo graag dat ik hem een optater zou geven? Omdat hij een idioot is.

Hij is godverdomme een klootzak!

Eikel!

Hufter!

Een hufterige eikel van een klootzak.

'Hardin?' klinkt Tessa's stem in het donker. Ik vraag me snel af of ik met haar wil praten. Ik ben te kwaad om haar aan te horen of om een uitbrander te krijgen omdat ik Landon bijna te lijf ben gegaan.

'Híj is begonnen,' zeg ik terwijl ik naar een open plek tussen twee grote bomen loop.

Nu kan ik me niet meer voor haar verstoppen. Zelfs dat kan ik niet!

'Gaat het een beetje?' vraagt ze zacht en gespannen.

'Wat denk je zelf?' snauw ik, langs haar heen in het donker starend.

'Ik ben...'

'Laat maar. Je gaat toch zeggen dat jij gelijk hebt en ik niet, en dat ik Landon niet tegen de muur had moeten duwen.'

Ze loopt naar me toe. Ik kan het niet helpen, ik loop op haar af. Hoe kwaad ik ook ben, ik word altijd weer naar haar toe getrokken.

'Eigenlijk wilde ik sorry zeggen. Het was heel lullig om het voor je te verzwijgen. Ik geef toe dat ik een fout heb gemaakt en ik wil jou helemaal niet de schuld geven,' zegt ze zacht.

Wát? 'Dat is dan voor het eerst.'

Ik ben nog steeds kwaad maar het is moeilijk om boos te blijven terwijl ik het liefst wil dat ze me omhelst, zodat ik kan voelen dat ik niet zo'n eikel ben als ik denk.

'Kunnen we praten? Zoals we op het terras deden?' In haar grote ogen zie ik een sprankje hoop, zelfs in het donker, zelfs na mijn woedeuitbarsting.

Het liefst zeg ik dat ik niet wil praten. Ze had verdomme elke dag de gelegenheid om me te vertellen dat ze naar New York ging verhuizen om 'afstand te scheppen tussen ons'. In plaats daarvan snuif ik alleen en knik ik instemmend. De voldoening van een antwoord geef ik haar niet, maar ik knik opnieuw en leun tegen de boom achter me.

Aan haar gezicht zie ik dat ze versteld staat van het feit dat ik zo snel weer tot mezelf ben gekomen. De kinderachtige etterbak in me lacht er triomfantelijk om.

Ze gaat in kleermakerszit op het gras zitten en legt haar handen op haar blote voeten. 'Ik ben trots op je,' zegt ze, terwijl ze naar me opkijkt. Er is net genoeg licht van het terras om een lachje om haar mond en de waardering in haar ogen te zien.

'Waarom?' vraag ik, pulkend aan de boomschors in afwachting van haar antwoord.

'Omdat je bent weggelopen. Landon bleef je uitdagen, maar je liep weg, Hardin. Dat is een grote stap in de goede richting. Ik hoop dat je snapt hoeveel het voor hem betekent dat je hem niet hebt geslagen.'

Alsof hem dat iets kan schelen. Hij is de laatste drie weken zo schijnheilig geweest.

'Het betekent helemaal niets.'

'Dat is niet waar. Het betekent veel voor hem.'

Ik trek een groot stuk schors los en gooi het bij mijn voeten op de grond. 'En wat betekent het voor jou?' vraag ik haar terwijl ik naar de boom tuur.

'Nog meer zelfs.' Ze strijkt met haar handen over het gras. 'Veel meer.'

'Genoeg om je ervan te weerhouden naar New York te verhuizen? Of bedoel je dat je trots op me bent omdat ik een brave jongen ben geweest, maar dat je toch weggaat?' Ik kan mijn zielige toontje niet verhullen.

'Hardin...' Ze schudt haar hoofd en ik weet dat ze een excuus probeert te bedenken.

'Landon weet als geen ander wat je voor me betekent. Hij weet dat je alles voor me bent, dat ik niet zonder je kan, maar dat maakte hem niet uit. Hij neemt je mee naar New York en zet daarmee onze relatie op het spel. Dat doet pijn. Dat snap je toch wel?'

Ze zucht diep en bijt op haar onderlip. 'Als je dit soort dingen zegt, vergeet ik waarom ik zo moeilijk doe over ons.'

'Wat?' Ik strijk mijn haren naar achteren en ga op de grond zitten, met mijn rug tegen de boom.

'Als je zegt dat ik alles voor je ben en toegeeft dat iets pijn doet, dan weet ik weer hoeveel ik van je hou.'

Het valt me op hoe overtuigend ze klinkt, ondanks haar stellige bewering dat ze niet zeker is van onze relatie.

'Je weet verdomd goed dat je van me houdt en dat ik zonder jou nergens ben.' Misschien had ik iets moeten zeggen als: *Ik hou van je, zonder jou ben ik nergens*. Maar ik heb al iets anders gezegd.

'Dat is niet zo.' Ze lacht wat weifelend. 'Zonder mij ben je ook een goede vent, zelfs in je slechtste bui. Het is een stomme gewoonte van me om je op je fouten te wijzen terwijl ik net zo slecht ben in deze relatie als jij. Mijn aandeel in deze mislukking is net zo groot.'

'Mislukking?' Dit heb ik al te vaak gehoord.

'Ik bedoel dat we onze relatie verwoesten. Dat was net zo goed mijn fout als die van jou.'

'Waarom is het mislukt? Waarom kunnen we de problemen niet gewoon overwinnen?'

Nu ademt ze diep in en kijkt ze op naar de avondhemel. 'Ik weet het niet.' Ze lijkt net zo verbaasd als ik.

'Je weet het niet?' herhaal ik met een lach om mijn mond. Fuck! We zijn gek!

'Ik weet het echt niet. Ik was vastbesloten, maar nu ben ik in de war omdat ik zie dat je echt oprecht je best doet.'

'Merk je het?' Ik probeer mijn nieuwsgierigheid te bedwingen maar mijn stem breekt en ik piep als een verdomde muis.

'Ja, Hardin. Ik merk het. Maar ik weet niet zo goed wat ik ermee moet.'

'New York zal ons geen goed doen. Het zal geen nieuwe start zijn, of wat je denkt dat het is. We weten allebei dat je die stad als een makkelijke uitweg ziet om dit te ontvluchten,' zeg ik, met mijn hand heen en weer gebarend tussen ons.

'Dat weet ik.' Ze trekt een handvol gras los en ik geniet van het feit dat ik haar al zo lang ken dat ik weet ze dit altijd doet als ze ergens op het gras zit.

'Hoeveel tijd heb je nodig?'

'Ik weet het niet. Ik wil heel graag naar New York. Washington heeft me tot nog toe niet veel goeds gebracht.' Fronsend staart ze voor zich uit, en ik weet dat ze zich voor me afsluit en opgaat in haar eigen gedachten.

'Je woont er al je hele leven.'

Ze knippert, ademt diep in en gooit de grassprietjes over haar voet. 'Daarom juist.'

# 62

∞

## Tessa

'Ben je klaar om naar binnen te gaan?' Mijn stem is niet meer dan een gefluister dat de stilte doorbreekt. Hardin heeft niets meer gezegd en ik kon de afgelopen twintig minuten ook niets zinnigs bedenken.

'Jij?' Hij trekt zich omhoog aan de boom en veegt de viezigheid van zijn zwarte jeans.

'Ja, als jij er ook klaar voor bent.'

'Ik wel.' Dan lacht hij wat sarcastisch. 'Maar als je wilt praten over wel of niet naar binnen gaan, vind ik dat ook goed.'

'Haha.' Ik rol met mijn ogen, en hij reikt me zijn hand om me overeind te helpen. Hij pakt mijn pols losjes beet en trekt me omhoog. Maar hij laat me niet los en neemt mijn hand in de zijne. Ik zeg niets over zijn tedere aanraking of over de vertrouwde manier waarop hij naar me kijkt, nu zijn liefde voor mij het heeft gewonnen van zijn boosheid. Door deze pure, oprechte blik besef ik weer dat ik meer van hem hou dan ik wil toegeven, en dat ik hem nodig heb.

Zijn aanraking is niet berekenend. Hij heeft geen bijbedoelingen wanneer hij zijn arm om mijn middel legt en me naar zich toe trekt terwijl we over het gras naar het terras lopen.

Als we binnenkomen, blijft het stil. Alleen Karen kijkt ons bezorgd aan. Ze houdt haar hand op Kens arm, die voorovergebogen bij Landon staat en zacht tegen hem praat. Landon zit weer aan de eettafel maar Sophia is er niet meer. Ze zal na de ruzie wel zijn weggegaan. Wie kan haar dat kwalijk nemen?

'Gaat het weer?' vraagt Karen aan Hardin als hij dichterbij komt.

Landon en Ken kijken op hetzelfde moment op en ik geef Hardin een zacht duwtje.

'Bedoel je mij?' Hij kijkt wat verward. Plotseling blijft hij onder aan de trap staan, en ik bots tegen hem op.

'Ja, lieverd. Gaat het weer?' herhaalt Karen, en ze strijkt haar bruine lokken achter haar oren terwijl ze met een hand op haar buik naar ons toe loopt.

'Je bedoelt...' Hardin schraapt zijn keel, 'of ik Landon in elkaar kom slaan? Nee, dat ben ik niet van plan,' zegt hij verontwaardigd.

Karen schudt haar hoofd, haar vriendelijke gezicht geduldig. 'Nee, ik bedoelde of het weer een beetje gaat met jóú. Kan ik iets voor je doen? Dát bedoelde ik.'

Hij knippert en beheerst zich. 'Ja, alles is goed, hoor.'

'Mocht het antwoord op die vraag veranderen, laat het me dan weten, oké?'

Dan knikt hij en leidt me bij de arm naar boven. Ik kijk over mijn schouder naar Landon of hij mee naar boven komt, maar hij doet zijn ogen dicht en wendt zijn gezicht af.

'Ik moet met Landon praten,' zeg ik tegen Hardin als hij zijn kamerdeur opendoet.

Hij doet het licht aan en laat mijn arm los. 'Moet dat nu?'

'Ja.'

'Nu meteen?'

'Ja.'

Op het moment dat ik dat zeg, duwt Hardin me tegen de muur. 'Nu?' Hij gaat tegen me aan staan en ik voel zijn warme adem langs mijn hals strijken. 'Weet je het zeker?'

Eerlijk gezegd ben ik nergens meer zeker van.

'Wat?' vraag ik met hese stem, en ik kan niet helder denken.

'Volgens mij ging je me nu zoenen.' Hij drukt zijn lippen op die van mij, en ondanks alles moet ik lachen om deze waanzin, om de opluchting die ik voel bij zijn blijk van liefde. Zijn lippen zijn niet zacht, ze zijn droog en gebarsten, maar perfect. Ik geniet van zijn tong die om de mijne draait en mijn mond verovert zonder dat hij me de mogelijkheid biedt om me te bedenken of me terug te trekken.

Zijn handen houdt hij om mijn middel, hij drukt zijn vingers heerlijk in mijn huid terwijl hij een knie tussen mijn dijen duwt om ze te spreiden.

'Ik kan niet geloven dat je zo ver van me vandaan gaat wonen.' Zijn lippen vinden hun weg langs mijn kaak naar de huid vlak onder mijn oor. 'Zo ver van me vandaan.'

'Het spijt me,' verzucht ik, niet in staat om nog iets uit te brengen nu hij met zijn handen van mijn heupen naar mijn buik beweegt en zo mijn T-shirt omhoogschuift.

'Eigenlijk blijven we vluchten.' Zijn stem klinkt rustig terwijl hij snel zijn handen om mijn borsten legt. Ik sta met mijn rug tegen de muur en mijn T-shirt ligt op de grond.

'Dat is waar.'

'Eén citaat van Hemingway, daarna heeft mijn mond iets anders te doen.' Hij lacht bij mijn wang terwijl hij me plagend boven de rand van mijn broek streelt.

Ik knik en hoop dat hij zich aan die belofte houdt.

'"Je kunt jezelf niet ontvluchten door van de ene naar de andere plek te verhuizen."' Hij duwt zijn hand in mijn broek.

Ik kreun, overweldigd door zijn woorden en zijn aanraking. Terwijl hij me streelt, blijft het citaat eindeloos door mijn hoofd gaan en strek ik mijn hand naar hem uit. Het is me duidelijk dat zijn kruis knelt, en als ik de knopen van zijn jeans losmaak, brengt hij kreunend mijn naam uit.

'Ga alsjeblieft niet met Landon naar New York, blijf bij mij in Seattle.'

*Landon.* Ik draai mijn gezicht weg en haal mijn hand weg bij zijn gulp. 'Ik moet met Landon praten, het is belangrijk. Hij zag er zo verslagen uit.'

'Nou en? Zo voel ik me ook.'

'Dat weet ik.' Ik zucht diep. 'Maar jij bent niet zó ontdaan.' En ik kijk naar zijn stijve lid dat nog maar net bedekt wordt door zijn boxershort.

'Tja, dat komt doordat ik word afgeleid van mijn boosheid,' zegt hij zwakjes.

'Ik ben zo terug.' Ik loop bij hem weg, raap mijn T-shirt van de grond op en trek het aan.

'Oké. Ik heb zelf ook een paar minuten nodig.' Hardin strijkt zijn haren naar achteren en laat de warrige bos in zijn nek los. Zijn haar is langer dan ik ooit bij hem heb gezien. Het staat hem goed, maar ik vind het jammer dat de tattoo die net boven de hals van zijn T-shirt uitkomt nu niet meer zichtbaar is.

'Heb je een paar minuten zonder mij nodig?' vraag ik, waarna het tot me doordringt hoe wanhopig dat klinkt.

'Ja. Jij hebt me net verteld dat je gaat verhuizen en ik ben tegen Landon uitgevallen. Ik heb een paar minuten nodig om de chaos in mijn hoofd te ordenen.'

'Oké, ik begrijp het.' Dat snap ik als geen ander. Ik moet bekennen dat hij het veel beter incasseert dan ik had verwacht. Het laatste wat ik moet doen is bij Hardin in bed kruipen en Landon aan zijn lot overlaten.

'Ik ga douchen,' zegt hij wanneer ik de gang in loop.

Terwijl ik de trap af loop, ben ik in gedachten nog in de slaapkamer met Hardin, die me tegen de muur geduwd houdt. Bij elke stap neemt het nagloeien van mijn huid af. Zodra ik de eetkamer binnenkom, loopt Karen bij Landon weg en gebaart Ken haar de kamer met hem te verlaten. Ze lacht zwakjes naar me en geeft me in het voorbijgaan een zacht kneepje in mijn hand.

'Hoi.' Ik schuif een stoel naar achteren en ga naast Landon zitten, maar hij staat op.

'Niet nu, Tessa,' bijt hij me toe, en hij gaat naar de woonkamer.

Zijn scherpe toon verwart me en mijn hart slaat over. Blijkbaar heb ik iets gemist.

'Landon...' Vlug sta ik op en ik loop achter hem aan. 'Wacht!' roep ik.

Hij blijft staan. 'Sorry, maar het werkt niet meer.'

'Wat werkt niet meer?' Ik trek aan zijn T-shirt met lange mouwen om te verhinderen dat hij wegloopt.

'Dat gedoe tussen jou en Hardin. Het ging nog wel toen jullie er alleen zelf bij betrokken waren, maar nu slepen jullie iedereen erin mee. Dat is niet goed.'

De kwaadheid in zijn stem maakt me van streek en het duurt even voordat ik besef dat hij het tegen mij heeft. Landon is altijd aardig tegen me. Hij is een grote steun voor me geweest en ik had dan ook nooit verwacht dat hij dit tegen me zou zeggen.

'Het spijt me, Tessa, maar je weet dat ik gelijk heb. Jullie kunnen niet telkens je problemen hier uitvechten. Mijn moeder is zwanger en die ruzie van daarnet bezorgt haar veel te veel stress. Jullie maken overal ruzie: hier, in Seattle, en overal ertussenin.'

*Au!*

Ik zoek naarstig naar de juiste woorden maar ik kan niets bedenken. 'Je hebt gelijk en het spijt me van daarnet. Het was niet de bedoeling dat het zo zou gaan, Landon. Maar ik moest hem toch een keer over

New York vertellen. Ik kon het niet langer voor me houden. Ik dacht dat hij er goed op reageerde.' Mijn stem breekt en ik ben in de war en in paniek omdat Landon zo boos op me is. Natuurlijk is hij kwaad omdat Hardin hem aanvloog, maar dít had ik niet verwacht.

Nu draait Landon zich om en kijkt me aan. 'Vond je dat hij er goed op reageerde? Hij duwde me keihard tegen de muur...' Landon slaakt een zucht en schuift zijn mouwen op tot zijn ellebogen terwijl hij een paar keer diep ademhaalt. 'Misschien reageerde hij wel goed, maar dat betekent nog niet dat het probleem niet steeds groter wordt. Jullie kunnen niet zo doorgaan, heen en weer reizend tussen twee steden. Dan is het weer uit, dan is het weer aan. Als het in de ene stad niet werkt, waarom zou het ergens anders dan wel lukken?'

'Dat is waar. Daarom ga ik met je mee naar New York. Ik moet erover nadenken en mezelf terugvinden, in m'n eentje. Nou ja, zonder Hardin. Dat was de belangrijkste reden voor mijn vertrek.'

Landon schudt zijn hoofd. 'Zonder Hardin? Denk je echt dat hij je alleen naar New York laat gaan? Hij gaat met je mee, of jij blijft hier. In beide gevallen blijven jullie ruziemaken.'

De moed zinkt me in de schoenen door wat hij zegt.

Iedereen zegt altijd hetzelfde over mijn relatie met Hardin. Zelfs ik zeg steeds hetzelfde. Ik heb het al zo vaak gehoord. Maar nu Landon het me naar mijn hoofd slingert is het anders. Het is anders, het betekent meer, het kwetst me meer en het brengt me nog meer aan het twijfelen over alles.

'Het spijt me echt, Landon.' Ik kan wel huilen. 'Ik weet dat ik iedereen meesleep in mijn ellende, nogmaals sorry. Het is niet mijn bedoeling dat het zo gaat, zeker niet voor jou. Je bent mijn beste vriend. Ik wil niet dat je eronder lijdt.'

'Maar dat is wel zo. En ik ben niet de enige die er last van heeft, Tessa.' Zijn scherpe woorden raken me op die ene plek die nog niet is aangetast en die ik voor Landon en zijn onvoorwaardelijke vriendschap heb bewaard. Dat bijzondere plekje in mijn hart is het enige wat ik nog heb als het om de mensen om me heen gaat. Daar voelde ik me veilig. Maar nu is het daar net zo donker geworden als alles eromheen.

'Het spijt me.' Mijn stem breekt. De betekenis van het feit dat juist Landon dit allemaal tegen me heeft gezegd dringt nog niet echt tot me door.

'Ik dacht... Je stond toch aan onze kant?' vraag ik hem, omdat ik het moet weten. Ik moet weten of het zo hopeloos is als het nu lijkt.

Hij ademt diep in en laat de lucht tussen zijn lippen door ontsnappen. 'Het spijt mij ook, maar wat er vanavond is gebeurd, was me te veel. Mijn moeder is zwanger, Ken probeert de relatie met Hardin te herstellen en ik sta op het punt om te verhuizen… Het is me te veel. Dit is ons gezin en we moeten bij elkaar blijven. Jij draagt daar niet aan bij.'

'Het spijt me,' herhaal ik omdat ik niets anders weet te zeggen. Ik wil geen ruziemaken met hem en kan er niets tegen inbrengen, want hij heeft gelijk. Dit is hun gezin, niet dat van mij. Hoe ik mijn best ook doe om erbij te horen, ik hoor hier niet thuis. Vanaf het moment dat ik uit huis ben gegaan ben ik nergens thuis.

Landon staart naar zijn voeten en ik kan mijn blik niet van zijn gezicht afhouden als hij zegt: 'Dat weet ik. Sorry dat ik zo rot deed, maar ik moest het je vertellen.'

'Dat snap ik.' Hij kijkt me nog steeds niet aan. 'Ik beloof je dat het in New York anders is. Ik heb alleen tijd nodig. Ik ben zo in de war door alles wat er is gebeurd, ik kan het niet bevatten.'

Het gevoel niet welkom te zijn terwijl je niet weet hoe je weg kunt gaan is verschrikkelijk. Het is zo ongemakkelijk. Je probeert de situatie te beoordelen om je ervan te verzekeren dat je niet te achterdochtig bent. Maar als mijn beste vriend me nog steeds niet aankijkt nadat hij me heeft verteld dat ik problemen veroorzaak in zijn familie, de enige familie waar ik me thuis voelde, weet ik dat mijn gevoel klopt. Landon wil nu niet met me praten, hij is alleen te aardig om me dat te zeggen.

'New York.' Moeizaam slik ik de brok in mijn keel weg. 'Je wilt niet meer dat ik meega, is dat het?'

'Nee, dat is het niet. Maar ik dacht dat New York voor ons allebei een nieuw begin zou zijn, Tessa. Niet de volgende stad waar Hardin en jij doorgaan met ruziemaken.'

'Ik snap het.' Dan haal ik mijn schouders op en druk mijn nagels in mijn handen om niet in tranen uit te barsten. Ik begrijp het helemaal.

Landon wil niet dat ik meega naar New York. Ik had sowieso nog geen degelijk plan en ik heb ook niet zo veel geld, noch een toelatingsbrief voor de NYU, als ik die ooit nog krijg. Pas nu realiseer ik me hoezeer ik eraan toe ben om naar New York te verhuizen. Ik had het nodig om voor één keer iets spontaan te ondernemen en iets heel anders te doen. Ik had het nodig om de sprong in het diepe te wagen en zelf mijn weg te vinden.

‘Het spijt me,’ zegt hij terwijl hij zacht met zijn schoen tegen de stoelpoot schopt om de aandacht van zijn woorden af te leiden.

‘Ik begrijp het, het geeft niet.’ Ik dwing mezelf te glimlachen en loop snel de trap op voordat de tranen over mijn wangen rollen.

In de logeerkamer voelt het bed stevig aan als ik erop ga zitten, wat me een beetje houvast biedt nu al mijn fouten me zijn voorgehouden.

Ik ben al die tijd erg egocentrisch geweest, dat besef ik nu pas. In de afgelopen acht maanden heb ik zo veel relaties verknald. Toen ik aan mijn studie begon had ik nog iets met Noah, mijn jeugdvriend. Maar ik had hem algauw met Hardin bedrogen.

Ik raakte bevriend met Steph, die me verraadde en me kapot probeerde te maken. Ik veroordeelde Molly terwijl zij niet degene was om wie ik me zorgen moest maken. Ik dwong mezelf te geloven dat ik aan de universiteit thuishoorde, dat de vrienden die ik had échte vrienden waren, terwijl ze me in werkelijkheid achter mijn rug om uitlachten.

Ik heb geknokt voor Hardin. Ik heb vanaf het begin gevochten voor zijn goedkeuring. Als hij me niet wilde, wilde ik hem alleen maar meer. Ik heb met mijn moeder geknokt om Hardin in bescherming te nemen. Ik knokte met mezelf om Hardin te verdedigen. En ik knokte met Hardin om Hardin te beschermen.

Ik gaf hem mijn maagdelijkheid als onderdeel van een weddenschap. Ik hield van hem en koesterde dat moment, terwijl hij zijn ware motieven voor me verzweeg. Maar zelfs na wat hij me had geflikt bleef ik bij hem. En hij kwam altijd bij me terug, elke keer met nog meer excuses. Maar het lag niet altijd alleen aan hem. Hoewel zijn fouten pijnlijker waren dan die van mij, kwetste ik hem vaker, maar minder erg.

Uit puur eigenbelang gebruikte ik Zed om de leegte op te vullen elke keer nadat Hardin me had verlaten. Ik heb met hem gezoend, ik ging bij hem chillen en ik heb hem verleid. Mijn vriendschap met Zed ging ten koste van Hardin en ik deed het bewust om het smerige spelletje dat die twee maanden geleden hadden bedacht voort te zetten.

Ik heb Hardin zo vaak vergeven, om hem vervolgens al zijn fouten opnieuw te verwijten. Ik verwachtte altijd te veel van hem en ging te vaak de confrontatie aan. Maar Hardin is een goeie vent, ondanks zijn tekortkomingen, hij verdient het om gelukkig te zijn. Hij verdient het beste. Ik gun hem een rustig leven met een liefhebbende vrouw die hem kinderen kan geven. Hij verdient geen stomme spelletjes en slechte herinneringen. Het was niet eerlijk van me om zulke onmogelijk hoge verwachtingen te hebben waar hij nauwelijks aan kon voldoen.

In de afgelopen acht maanden ben ik door een hel gegaan, en nu zit ik hier, alleen op dit bed. Ik heb mijn hele leven niets anders gedaan dan plannen en organiseren, schema's maken om op alles voorbereid te zijn en niets aan het toeval over te laten. En moet je me nu zien: het enige wat ik heb, is uitgelopen mascara door het huilen en plannen die aan flarden zijn gerukt. Ze stelden sowieso al zo weinig voor dat er niet veel aan flarden gerukt kan worden. Ik heb geen idee welke kant mijn leven opgaat. Ik ben niet ingeschreven aan een universiteit, ik heb geen plek waar ik me thuis voel en zelfs geen romantisch beeld meer van de liefde, zoals die in mijn favoriete romans voorkomt en waarin ik graag wilde geloven. Kortom, ik weet werkelijk niet wat ik met mijn leven aan moet.

We zijn zo vaak uit elkaar gegaan en ik ben zo veel kwijtgeraakt. Opeens dook mijn vader op in mijn leven om vervolgens door zijn eigen demonen de dood te vinden. Ik moest meemaken dat Hardins leven één grote leugen bleek te zijn omdat zijn mentor zijn biologische vader bleek te zijn, wiens jarenlange affaire met zijn moeder leidde tot het drankmisbruik van de man die hem opvoedde. Dat maakte zijn jeugd tot een hel. Hij moest jarenlang leven met een alcoholist als vader en was als kind getuige van verschrikkelijke dingen. Ik heb vanaf het begin meegemaakt dat Hardin het contact met Ken probeerde te herstellen, vanaf het moment dat ik Ken voor het eerst zag in die zaak waar ze yoghurtijs verkochten tot het moment waarop ik deel werd van dat gezin en Hardin zag worstelen om zijn vader te vergeven. Dat lukt hem inmiddels steeds beter. Hij accepteert het verleden en kan Ken vergeven, dat is mooi om te zien. Hardin is altijd zo kwaad geweest, en nu hij eindelijk wat rust in zijn leven heeft, zie ik dat het hem goeddoet. Hardin heeft het nodig om dingen los te laten en er vrede mee te hebben. Ik weet dat terugblikken en constante chaos niet goed voor hem zijn. Hij heeft niets aan twijfels en ruzie, hij heeft zijn familie nodig.

Hij heeft de vriendschap met Landon nodig, net als het contact met zijn vader. Hij moet zijn plekje in het gezin aanvaarden en blij zijn met de uitbreiding ervan. Hij heeft recht op kerstdiners met een warme, liefdevolle familie, waar vrolijk wordt gelachen in plaats van gehuild en waar geen spanning heerst. Ik heb hem zien veranderen vanaf de dag dat ik deze ruige tattoojongen met zijn piercings en de warrigste haren die ik ooit had gezien leerde kennen. Die jongen is hij niet meer. Nu is hij een volwassen man, een man die aan het genezen is. Hij drinkt niet meer zoals hij dat gewend was te doen, hij vernielt niet zo vaak meer dingen, en hij beheerste zich toen hij Landon wilde slaan.

Het is hem gelukt zijn leven op te bouwen met mensen die van hem houden en hem koesteren, terwijl ik elke relatie die ik had heb verwoest. We hebben ruziegemaakt, gevochten als kat en hond, we hebben gewonnen en verloren. En nu is mijn vriendschap met Landon het volgende dat sneuvelt, dankzij Hardin en Tessa.

Net als ik aan zijn naam denk, doet Hardin de deur open, alsof hij een geest is die ik kan oproepen. Hij loopt rustig naar binnen terwijl hij zijn natte haren met een handdoek afdroogt.

'Wat is er?' vraagt hij. Maar als hij me ziet, laat hij de handdoek meteen vallen en hurkt hij bij me neer.

Ik doe geen moeite om mijn tranen te verbergen, ik zie het nut er niet van in. 'Wij zijn net als Catherine en Heathcliff,' zeg ik, totaal verslagen door deze waarheid.

Nu fronst Hardin zijn wenkbrauwen. 'Wat bedoel je? Wat is er in godsnaam gebeurd?'

'We hebben iedereen meegesleurd in onze ellende. Ik weet niet of het ligt aan het feit dat ik het niet heb gemerkt of aan het feit dat ik zo egocentrisch was dat het me niets kon schelen, maar het is wel gebeurd. Zelfs Landon voelt zich rot door ons.'

'Hoe kom je daarbij?' Hardin staat op. 'Heeft hij dat gezegd?'

'Nee.' Ik trek aan zijn arm, hem smekend om niet naar beneden te gaan. 'Hij heeft me alleen de waarheid verteld. Nu zie ik in hoe het werkt. Ik probeerde het te begrijpen, maar nu pas begrijp ik het echt.' Ik veeg de tranen weg en adem diep in om te vervolgen: 'Jij was niet degene die mijn leven heeft geruïneerd. Ik heb het zelf gedaan. Ik ben veranderd, net als jij. Alleen ben jij in positieve zin veranderd, en ik niet.'

Nu ik dit hardop zeg, kan ik het iets makkelijker accepteren. Ik ben niet perfect, en ik zal nooit perfect zijn. Dat geeft niet, maar ik kan Hardin niet meeslepen in mijn problemen. Ik zal aan mezelf moeten werken. Het is niet redelijk van me om dat van Hardin te verwachten en het zelf niet te doen.

Hoofdschuddend kijkt hij me met zijn mooie groene ogen aan. 'Je kraamt wartaal uit. Het is allemaal onzin.'

‘Niet waar.’ Ik sta op en strijk mijn haar achter mijn oren. ‘Ik begrijp het heel goed.’

Ik probeer zo rustig mogelijk te blijven, maar dat valt niet mee omdat hij het niet snapt terwijl het zo duidelijk is. Hoe is het in godsnaam mogelijk dat hij het niet ziet?

‘Wil je iets voor me doen? Wil je me iets beloven? Nu?’ vraag ik hem smekend.

‘Wat? Nee, Tessa, ik kan je niets beloven. Waar gaat dit verdomme over?’ Met zijn ene hand duwt hij mijn kin wat omhoog terwijl hij met zijn andere hand de tranen van mijn wangen veegt.

‘Beloof me alsjeblieft één ding. Als we ooit nog een kans op een toekomst samen hebben, moet je iets voor me doen.’

‘Oké, oké,’ stemt hij in.

‘Ik meen het. Als je van me houdt, luister je naar me en doe je het voor mij. Als je het niet kunt, heeft onze relatie geen toekomst meer, Hardin.’

Dit is geen dreigement, maar een smeekbede. Ik wil dat hij het begrijpt, dat hij zichzelf moet helen en zijn eigen leven moet leiden, en dat dit voor mij ook geldt.

Hij slikt moeizaam, en als onze blikken elkaar kruisen, zie ik dat hij eigenlijk niet wil instemmen. Toch zegt hij: ‘Oké, ik beloof het.’

‘Kom me dit keer niet achterna, Hardin. Blijf hier bij je familie en...’

‘Tessa.’ Hij legt zijn handen om mijn wangen. ‘Hou hiermee op. We vinden wel een oplossing voor New York, maak het nou maar niet erger dan het is.’

Nu schud ik mijn hoofd. ‘Ik ga niet naar New York, ik ga naar mijn moeder. En ik beloof je het niet erger te maken dan het is. Het klinkt misschien dramatisch en impulsief, maar zo is het niet. We hebben het afgelopen jaar allebei zo veel meegemaakt, en als we niet een pauze inlassen om uit te zoeken of we dit echt willen, zullen we iedereen meeslepen in onze ellende, nog erger dan we al hebben gedaan,’ leg ik hem uit in de hoop dat hij me snapt. Hij móét het begrijpen.

‘Hoe lang?’ Hij laat zijn schouders hangen en strijkt zijn haar naar achteren.

‘Tot we zeker weten dat we eraan toe zijn.’ Ik voel me zekerder van mijn zaak dan de voorgaande acht maanden.

‘Wat weten? Ik weet al wat ik met je wil.’

‘Maar ik heb dit nodig, Hardin. Als ik nu niet eerst aan mezelf ga werken zal ik het mezelf en jou later kwalijk nemen. Ik heb dit nodig.'

'Oké. Niet omdat ik het wil, maar omdat het de laatste keer is dat ik je twijfels toesta. Als je daarna bij me terugkomt, blijf je voorgoed. Je gaat nooit meer bij me weg en trouwt met me. Dat is wat ik wil in ruil voor de tijd die je nodig hebt.'

'Afgesproken.' Als we dit overleven, trouw ik met deze man.

# 63

∞

## Tessa

Hardin drukt een kus op mijn voorhoofd en doet het rechterportier van mijn auto dicht. Ik heb voor de zoveelste – en laatste – keer mijn spullen gepakt. Hardin leunt tegen mijn auto en trekt me tegen zich aan.

'Ik hou van je, onthoud dat alsjeblieft,' zegt hij. 'Bel me als je er bent.'

Hij is niet gelukkig met de situatie, maar dat komt wel. Ik weet zeker dat dit goed is. We zijn nog zo jong en in de war, we hebben de tijd nodig om de schade die we anderen in onze naaste omgeving hebben aangedaan te herstellen.

'Doe ik. Zeg iedereen dag namens mij.' Ik kruip tegen zijn borst en doe mijn ogen dicht. Ik weet niet hoe het afloopt, ik weet alleen dat het noodzakelijk is.

'Zal ik doen. Stap nou maar in, alsjeblieft. Ik kan dit niet langer rekken en net doen alsof ik het leuk vind. Ik ben veranderd en kan meewerken, maar nog even en ik sleep je mee terug naar de slaapkamer, voor altijd.'

Ik sla mijn armen om zijn bovenlijf terwijl hij die van hem op mijn schouders laat rusten. 'Ik weet dat je bent veranderd. Dank je.'

'Ik hou van je, Tessa, zo verdomd veel. Niet vergeten, hè?' zegt hij zacht tegen mijn haren. Zijn stem breekt en ik voel de behoefte om hem te beschermen weer opkomen.

'En ik van jou, Hardin. Voor altijd.' Ik leg mijn handen tegen zijn borst en ga op mijn tenen staan om hem een kus te geven. In de hoop dat dit niet de laatste kus zal zijn doe ik mijn ogen dicht. Ik wens met heel mijn hart dat dit niet de allerlaatste keer is. Zelfs nu ik verdrietig ben en het rot vind om bij hem weg te gaan is de aantrekkingskracht tussen ons sterk. Als ik zijn zachte lippen en het brandende verlangen voel, wil ik het liefst van gedachten veranderen en doorgaan in de cyclus van onze relatie. Onze liefde houdt ons in een onontkoombare greep.

Dan doe ik als eerste een stap naar achteren, en ik prent me zijn gekreun in terwijl ik hem een kus op zijn wang geef. ‘Ik bel je zodra ik er ben.’ Ik geef hem nog een laatste afscheidskus, waarna hij zijn hand door zijn haren haalt, en hij stapt bij mijn auto vandaan.

‘Goede reis, Tess,’ zegt Hardin terwijl ik instap en het portier dichttrek.

Ik kan niet op mijn stem vertrouwen, maar wanneer ik uiteindelijk van het huis wegrijd, fluister ik: ‘Dag, Hardin.’

# 64

∞

## Tessa

*Juni*

'Zie ik er goed uit?' Ik draai een rondje voor de passpiegel en trek aan het jurkje dat tot mijn knieën reikt. De donkerbruine zijde voelt soepel aan en roept herinneringen op. Toen ik het paste, was ik meteen verkocht. De stof en de kleur deden me aan een jurk van vroeger denken, toen ik heel anders was dan nu. 'Zie ik er goed uit?'

Dit jurkje is anders dan die andere, die wijd viel en een hoge hals en driekwart mouwen had. Deze is nauwsluitend en mouwloos en heeft een wat dieper decolleté met kant langs de rand. Mijn oude jurk vind ik nog steeds mooi, maar ik ben blij met dit nieuwe exemplaar omdat het me goed staat en nu beter bij me past.

'Natuurlijk, Theresa.' Mijn moeder leunt tegen de deurpost en lacht naar me.

Ik heb geprobeerd mijn zenuwen voor deze dag in bedwang te houden, maar ik heb vier koppen koffie gedronken, een halve zak popcorn gegeten en als een idioot heen en weer gelopen door het huis van mijn moeder.

Hardins buluitreiking. Ik ben een beetje bang dat ik niet welkom ben en dat de uitnodiging alleen een vorm van beleefdheid was om me fijntjes te herinneren aan de twee maanden dat we elkaar niet hebben gezien. De uren zijn op de een of andere manier voorbijgegaan, zoals dat altijd gaat, maar dit keer doe ik niet mijn best om hem te vergeten. Integendeel, ik denk juist vaak met een glimlach aan mijn tijd met Hardin, ik herinner me veel en dat werkt helend.

Die avond in april reed ik naar mijn moeder nadat Landon me met de harde werkelijkheid had geconfronteerd. Ik belde Kimberly en kon alleen maar huilen, tot ze tegen me zei dat ik moest ophouden en dat ik mijn leven op orde moest krijgen.

Ik realiseerde me niet hoe diep ik in de put zat totdat ik weer wat lichtpuntjes zag. De eerste week bleef ik op mijn oude slaapkamer zonder iemand te zien. Ik moest mezelf dwingen af en toe iets te eten. Elke gedachte draaide om Hardin en hoe ik hem miste, hoe ik hem nodig had en hoeveel ik van hem hield.

De week daarna was minder pijnlijk, net als de vorige keren dat we uit elkaar gingen, maar nu voelde het anders. Ik moest mezelf helpen herinneren aan het feit dat Hardin bij zijn familie was en dat ik hem niet aan zijn lot had overgelaten. Als hij wilde, kon hij terugvallen op zijn familie. Karens dagelijkse telefoontjes waren het enige wat me ervan weerhield om terug te rijden om te zien hoe het met Hardin ging. Ik moest mijn leven op orde krijgen, maar ik wilde niet dat dit ten koste zou gaan van Hardin of van anderen.

Helaas was ik zo'n meisje geworden dat zonder het te beseffen iedereen had belast met haar problemen, omdat ik alleen maar oog voor Hardin had. Het enige wat ertoe deed, was wat hij van me vond. Ik was dag en nacht bezig met hem en onze relatie te redden terwijl ik alles om me heen de vernieling in hielp, inclusief mezelf.

De eerste drie weken belde Hardin me elke dag, maar net als de telefoontjes van Karen werd dat algauw minder, tot ze me nog maar een keer per week belden. Karen verzekert me dat het goed gaat met Hardin, dus ik hoef niet van slag te zijn omdat hij niet zo vaak belt als ik had gehoopt.

Met Landon heb ik het meeste contact. Hij voelde zich de volgende ochtend heel rot nadat hij me alles had verteld. Hij kwam naar Hardins kamer om zijn excuses aan te bieden, om vervolgens te ontdekken dat Hardin alleen was en nogal kwaad. Landon belde me meteen en smeekte me om terug te komen zodat hij het me kon uitleggen. Maar ik zei dat hij gelijk had en dat ik beter een tijdje weg kon blijven. Hoe graag ik ook met hem naar New York wilde, ik moest eerst terug naar de plek waar ik beschadigd ben geraakt, om daar opnieuw te beginnen, alleen en op eigen kracht.

Landons opmerking dat ik niet bij hun familie hoor doet nog het meest pijn. Dat gaf me het gevoel dat ik niet welkom was, niet geliefd en met niemand of niets verbonden. Het was alsof ik in m'n eentje ronddobberde op een eindeloze oceaan zonder anker of boei om me aan vast te houden. Ik had niemand meer. Toen pas besefte ik dat ik me te afhankelijk had gemaakt van anderen en mezelf was kwijtgeraakt omdat ik wilde dat iedereen me aardig vond. Het was verschrikkelijk, ook al weet ik dat Landon die opmerking alleen maakte omdat hij boos op me was. Toch had hij gelijk. Soms zorgt boosheid ervoor dat onze werkelijke gevoelens naar boven komen.

'Met dagdromen kom je niet sneller de deur uit.' Mijn moeder loopt naar me toe en trekt het bovenste laatje van mijn sieradenkistje open. Ze drukt een paar diamanten oorknopjes in mijn hand en houdt me even vast. 'Doe die maar in. Ze zijn mooi, al vind je misschien van niet. Blijf kalm en toon geen zwakte.'

Ik schiet in de lach om haar poging me gerust te stellen en doe het tweede oorknopje in. 'Dank je.' Dan glimlach ik naar haar spiegelbeeld in de passpiegel.

Omdat ze nu eenmaal Carol Young is, adviseert ze me mijn haar naar achteren te dragen, uit mijn gezicht; meer lippenstift op te doen en hogere hakken aan te trekken. Ik bedank haar vriendelijk voor de tips, maar doe er niets mee, en als ze niet aandringt, bedank ik haar daar in stilte voor.

De band tussen mijn moeder en mij is eindelijk zoals ik die altijd had gewild. Ze ziet in dat ik een jonge vrouw ben, goed in staat mijn eigen besluiten te nemen. En ik begrijp nu beter dat ze er niet zelf voor heeft gekozen om zo te worden als ze is. Mijn vader heeft haar jaren geleden kapotgemaakt en ze is nooit meer de oude geworden. Maar ze probeert te veranderen, ongeveer zoals ik dat momenteel zelf ook doe.

Ik was verbaasd toen ze me vertelde dat ze iemand heeft ontmoet en dat ze al een paar weken daten. Mijn verbazing was nog groter toen bleek dat David (zo heet hij) geen advocaat of arts is en niet in een dure auto rijdt, maar de eigenaar is van een bakkerij in de stad. Hij is vrolijker dan wie dan ook. Hij heeft een dochtertje van tien, dat het geweldig vindt om mijn kleren te passen, al zijn die natuurlijk veel te groot voor haar. Ze vindt het leuk als ik haar opmaak en haar haren doe, zodat ik kan oefenen, want mijn 'opmaaktechniek' moet ik nog verder ontwikkelen. Ze is een lieve meid, ze heet Heather; haar moeder overleed toen ze zeven was. Maar ik ben het meest verbaasd over mijn moeder, die heel lief voor haar is. David haalt het beste in haar naar boven, en zo heb ik haar nog nooit meegemaakt. Het is fijn om te zien hoe gelukkig ze met hem is.

‘Hoe lang heb ik nog?’ Ik trek mijn schoenen aan en draai me om naar mijn moeder, die met haar ogen rolt omdat ik de schoenen met de laagste hakken uit mijn kast heb gehaald. Ik ben al zo zenuwachtig en op hoge hakken lopen maakt het alleen nog maar erger, en dat is wel het laatste wat ik nu kan gebruiken.

‘Vijf minuten als je ruim op tijd wilt zijn, en dat wil je natuurlijk.’ Hoofdschuddend kijkt ze me aan, waarna ze haar lange blonde lokken over een schouder naar voren trekt. Het is heel fijn en ook wat emotioneel om te zien dat mijn moeder is veranderd en dat ze niet meer de harde vrouw is die ik kende. Ik ben blij met haar hulp vandaag, zeker vandaag, en dankbaar omdat ze haar mening over het feit dat ik naar Hardins buluitreiking ga voor zich heeft gehouden.

‘Hopelijk is het niet te druk op de weg. Wat als er een ongeluk is gebeurd? Het is twee uur rijden, maar als ik in de file kom, doe ik er misschien wel vier uur over. Dan is mijn jurkje helemaal gekreukeld en mijn haar uitgezakt en...’

Met haar hoofd een beetje scheef kijkt mijn moeder naar me. ‘Maak je geen zorgen. Je denkt veel te veel na. Doe nog wat extra lippenstift op en wegwezen.’

Ik zucht en doe wat ze me heeft gezegd, in de hoop dat alles voor deze ene keer volgens plan verloopt.

# 65

∞

## Hardin

Ik kijk in de spiegel naar de afzichtelijke zwarte toga en kreun. Ik heb nooit begrepen waarom je zo'n lelijk ding aan moet. Wat is er mis met gewone kleren tijdens de ceremonie? Ik draag sowieso altijd zwart, dus ik had goed tussen de zwarte massa gepast.

'Dit is zeker weten het belachelijkste wat ik ooit heb gedragen.'

Karen rolt met haar ogen. 'Kom op, Hardin, trek het nou maar gewoon aan.'

'Je zwangerschap maakt je heel wat minder tolerant,' zeg ik plagend tegen haar, en ik stap vlug bij haar vandaan voordat ze me een tik tegen mijn arm kan geven.

'Ken is al vanaf negen uur in het Coliseum. Hij zal enorm trots op je zijn als hij je in de toga over het podium ziet lopen.' Ze glimlacht naar me, maar ik zie haar ogen glinsteren. Als ze gaat huilen ben ik weg. Langzaam loop ik de kamer uit in de hoop dat ze door de tranen heen niet scherp genoeg kan zien om achter me aan te komen.

'Je doet alsof ik naar het eindexamengala ga,' grom ik terwijl ik die verdomde toga rechttrek waarin ik helemaal verdwijn.

Mijn schouders zijn gespannen, mijn hoofd bonkt en ik heb het benauwd. Niet vanwege de ceremonie of mijn bul, want die kunnen me gestolen worden. Mijn spanning is het gevolg van het feit dat Tessa waarschijnlijk komt. Ik doe alleen mee aan deze poppenkast omdat zij dat zo graag wilde. Zij heeft me immers overgehaald om het te doen, of beter gezegd, ze heeft me gechanteerd. Ik ken haar goed genoeg om te weten dat ze komt, om getuige te zijn van haar triomf.

Hoewel ze me steeds minder vaak belt en me eigenlijk nauwelijks nog berichten stuurt, weet ik zeker dat ze komt.

Een uur later rijden we het parkeerterrein op bij het Coliseum, waar de ceremonie plaatsvindt. Nadat Karen het me negentig keer had gevraagd gaf ik mezelf gewonnen en ben ik met haar meegereden. Ik was liever met mijn eigen auto gegaan, maar ze is de laatste tijd nogal aanhankelijk. Ik weet dat ze Tessa's afwezigheid probeert te compenseren, maar niemand kan die leegte opvullen.

Niets en niemand kan Tessa vervangen, en ik zal haar altijd nodig hebben. Sinds ze bij me weg is, is alles wat ik doe, elke dag opnieuw, erop gericht dat ik beter voor haar ben dan ik was. Ik heb een paar nieuwe vrienden gemaakt – twee, om precies te zijn. Luke en zijn vriendin Kaci zijn goed gezelschap. Ze drinken geen van beiden en ze verdoen hun tijd niet met domme feesten of weddenschappen. Ik kwam Luke, die twee jaar ouder is, voor het eerst tegen toen hij net klaar was met een sessie relatietherapie, waar hij één keer in de week naartoe wordt gesleept. Ik had net een uur bij dokter Tran, mijn buitengewoon geweldige psycholoog, achter de rug.

Nou ja, hij is niet echt geweldig. Het is een afzetter die me honderd dollar per uur rekent om twee keer in de week mijn gezeur over Tessa te moeten aanhoren... Maar het doet me goed om iemand te hebben aan wie ik over alle kronkels in mijn hoofd kan vertellen, en hij is zo beleefd om naar me te luisteren.

'Landon liet me weten dat hij het heel jammer vindt dat hij niet kan komen. Hij heeft het zo druk in New York,' vertelt Karen me terwijl ze de auto parkeert. 'Ik heb hem beloofd dat ik vandaag veel foto's zal maken.'

'Hoera, maar niet heus.' Ik lach naar haar en stap uit.

De zaal zit helemaal vol. De zitplaatsen zijn opgesteld als de tribune in een stadion. Overal zitten trotse ouders, familieleden en vrienden. Ik knik naar Karen die vanaf de voorste rij naar me zwaait. Als vrouw van de rector heb je kennelijk het voordeel van een goede plek tijdens een o zo grappige buluitreiking.

Ik kijk of ik Tessa ergens in het publiek zie zitten, maar de lampen schijnen zo fel in mijn gezicht dat ik niets kan zien. Ik denk er maar niet aan hoeveel deze overdreven ceremonie de universiteit kost. Als ik mijn naambordje op een stoel zie lach ik naar de chagrijnige vrouw die iedereen zijn plaats wijst. Ze ergert zich vermoedelijk aan me omdat ik niet bij de generale repetitie was. Maar hoe moeilijk kan deze shit zijn? Je gaat zitten, je naam wordt afgeroepen, je loopt over het podium, je haalt het waardeloze papiertje op, je loopt terug en gaat weer zitten. Dat is alles.

Wanneer ik op het plastic klapstoeltje ga zitten zie ik dat de jongen naast me enorm zweet. Hij beweegt zenuwachtig, bromt in zichzelf en wiebelt met zijn knie. Ik had hem er bijna op aangesproken, tot ik me realiseer dat ik hetzelfde doe, op het walgelijke zweten na.

Het leek uren te duren voordat ik eindelijk mijn naam hoorde. Het is nogal gênant en misselijkmakend omdat iedereen naar me kijkt, en als ik zie dat er tranen in Kens ogen opwellen, haast ik me het podium af.

Nu is het wachten op de rest van het alfabet tot ik Tessa kan gaan zoeken. Bij de letter v is mijn geduld op en overweeg ik de ceremonie te onderbreken en weg te lopen. Hoeveel mensen hebben er verdomme een achternaam beginnend met een v?

Blijkbaar een heleboel.

Eindelijk, nadat ik verschillende stadia van verveling heb doorstaan, sterft het enthousiaste applaus weg en mogen we onze zitplaatsen verlaten. Ik vlieg overeind, maar Karen komt meteen naar me toe om me te omhelzen. Nadat ik lang genoeg beleefd ben geweest, verontschuldig ik me bij Karen, die me geëmotioneerd feliciteert, en ga ik op zoek naar háár.

Ik weet zeker dat ze er is, ik voel het.

We hebben elkaar twee maanden niet gezien, twee godvergeten lange maanden niet, en de adrenaline giert door mijn lijf zodra ik haar bij de uitgang zie staan. Op de een of ander manier had ik verwacht dat ze zou komen en weer weg zou glippen voordat ik haar had gevonden, maar dat laat ik niet gebeuren. Als het moet ren ik haar auto achterna.

'Tessa!' Ik baan me een weg tussen de mensen door, en net als ik een jongetje opzij duw, draait ze zich om.

Het is zo lang geleden dat ik haar zag dat de opluchting overweldigend is. Ze ziet er geweldig uit, haar huid is licht gebruind en haar ogen glanzen helderder, vrolijker dan hiervoor. De schim die ze was heeft plaatsgemaakt voor een levendige jonge vrouw. Dat zie ik in één oogopslag.

'Hoi.' Lachend strijkt ze een losse lok achter haar oor. Dat doet ze altijd als ze gespannen is.

'Hoi,' herhaal ik terwijl ik haar van top tot teen bekijk. Ze is nog veel mooier en liever dan ik me herinner. Ook zij bekijkt mij van top tot teen en ik vervloek de lelijke toga die ik aanheb. Als ik die nu niet zou dragen kon ze zien hoe hard ik heb getraind en hoe gespierd ik ben geworden.

'Wat is je haar lang,' zegt ze als eerste.

Ik lach zacht en haal mijn vingers door mijn warrige haren, die waarschijnlijk nog meer in de war zijn geraakt door die stomme baret die ik moest opzetten. Opeens realiseer ik me dat ik niet weet waar ik dat ding heb gelaten. Maar wat kan mij dat schelen?

'Ja, dat van jou ook,' zeg ik zonder nadenken. Ze lacht en slaat een hand voor haar mond. 'Ik bedoel dat je haar lang is, maar het is altijd lang geweest,' zeg ik snel, in een poging me eruit te redden, maar ik maak het alleen nog maar erger en ze lacht opnieuw.

Dat gaat lekker, Scott.

'En? Was de ceremonie zo vervelend als je had verwacht?' vraagt ze.

Ze staat een stukje van me vandaan en ik zou willen dat we ergens konden zitten. Ik heb het gevoel dat ik moet zitten. Waarom ben ik zo bang en bezorgd?

'Vervelender. Het duurde veel te lang. Die vent die de namen voorlas was hoogbejaard.' Ik hoop dat ze weer moet lachen.

Dat doet ze, en ik lach terug terwijl ik mijn haar uit mijn gezicht strijk. Ik moet naar de kapper, hoewel ik het waarschijnlijk nog even zo wil houden.

'Ik ben trots op je. En ik weet zeker dat Ken heel gelukkig is.'

'Ben jij gelukkig?'

Nu fronst ze. 'Voor jou? Ja, natuurlijk. Ik ben blij dat je bij de ceremonie aanwezig was. Het is toch niet erg dat ik ben gekomen?' Ze tuurt heel even naar de vloer, waarna ze me weer aankijkt.

Er is iets aan haar veranderd, ze is zelfverzekerder en... Ik kan het niet goed verwoorden, ze is... sterker. Haar houding is recht, haar ogen staan helder en alert, en zelfs nu ze zenuwachtig is, laat ze zich niet intimideren, zoals ze dat eerst wel deed.

'Natuurlijk ben je welkom. Ik zou boos zijn geworden als ik dit allemaal voor niks had gedaan.' Ik lach weer naar haar en daarna om ons, omdat we nerveus met onze handen friemelen en alleen wat naar elkaar lachen. 'Hoe gaat het met je? Sorry dat ik niet vaker heb gebeld. Ik heb het nogal druk gehad...'

Ze schudt haar hoofd. 'Het geeft niet. Ik weet dat je veel aan je hoofd hebt. Je afstuderen, nadenken over je toekomst en zo.' Ze lacht zwakjes. 'Met mij gaat het goed. Ik heb me ingeschreven bij elke universiteit in de omgeving van New York.'

'Wil je daar nog steeds gaan wonen? Landon zei gisteren dat je het niet zeker wist.'

'Dat klopt. Ik wil eerst aan een universiteit aangenomen zijn voordat ik ga verhuizen. De overstap naar de universiteit in Seattle heeft mijn cv geen goed gedaan. De toelatingscommissie van de NYU zei dat ik te wispelturig was en niet goed voorbereid. Dus ik hoop dat ten minste een van de andere universiteiten daar anders over denkt. Maar als ik nergens word aangenomen ga ik naar een *community college*, totdat ik kan instromen aan de universiteit.' Ze ademt diep in. 'Wauw, dat was een lang antwoord op een korte vraag.' Lachend gaat ze opzij voor een snotterende moeder die hand in hand loopt met haar in toga geklede dochter. 'Weet je al wat je hierna gaat doen?'

'Ik heb de komende weken een paar sollicitatiegesprekken.'

'Wat goed! Ik ben zo blij voor je.'

'Maar de banen zijn niet hier.' Aandachtig kijk ik naar haar gezicht terwijl ze mijn woorden tot zich laat doordringen.

'Bedoel je met "hier" deze stad?'

'Nee, niet in Washington.'

'Waar dan wel? Als je het niet vervelend vindt dat ik het vraag?' Ze is kalm en beleefd, haar stem klinkt zo zacht en lief dat ik dichter bij haar ga staan.

'Eén in Chicago en drie in Londen.'

'Londen?' Ze probeert haar verbazing te verbergen en ik knik.

Ik was niet van plan dit vandaag aan haar te vertellen, maar ik moet elke kans grijpen die ik krijg. Waarschijnlijk ga ik toch niet terug naar Engeland, ik verken alleen mijn mogelijkheden. 'Ik wist niet hoe het met ons zou gaan, vandaar,' leg ik haar uit.

'Ja, dat begrijp ik. Ik ben verbaasd, meer niet.'

Ik hoef alleen maar naar haar te kijken om te weten wat ze denkt. Sterker nog, ik kan haar gedachten bijna woordelijk horen.

'Ik heb de afgelopen tijd een paar keer met mijn moeder gepraat.' Dit klinkt vreemd uit mijn mond, en het was nog vreemder dat ik uiteindelijk opnam toen ze me een tijd geleden belde. Tot twee weken geleden heb ik haar ontlopen. Ik heb haar nog niet vergeven maar ik probeer niet meer zo kwaad te zijn over de hele toestand. Het levert me niets op.

'Echt? Dat is fijn om te horen, Hardin.' Haar frons is verdwenen en ze lacht stralend naar me. Ze is zo mooi dat er letterlijk een pijnscheut door mijn borst trekt.

'Ja.' Ik haal mijn schouders op.

Ze lacht nog steeds vrolijk, alsof ik haar net heb verteld dat ze de loterij heeft gewonnen. 'Fijn dat alles goed gaat. Je verdient alle goeds in je leven.'

Ik weet niet wat ik daarop kan zeggen, maar ik heb haar zo gemist dat ik me niet kan inhouden en ik omhels haar. Ze laat haar armen op mijn schouders rusten en drukt haar hoofd tegen mijn borst. Ik zou zweren dat ze een zucht slaakt. Is dat niet zo, dan wil ik graag geloven dat het wel zo is.

'Hardin!' roept iemand, en Tessa maakt zich los uit mijn omhelzing. Met rode wangen gaat ze naast me staan, en ze ziet er weer gespannen uit. Luke loopt naar me toe met een bos bloemen in zijn hand. Naast hem loopt Kaci.

'Ik weet dat jíj me geen bos bloemen geeft,' zeg ik, wetend dat het een idee van zijn vriendin was.

Met grote ogen kijkt Tessa van Luke naar de kleine vrouw met het bruine haar naast hem.

'Dat doe ik wel. Ik weet dat je van lelies houdt,' zegt Luke terwijl Kaci naar Tessa zwaait.

Dan draait Tessa zich beduusd naar mij toe, maar ze glimlacht en het is het mooiste wat ik in twee maanden heb gezien.

'Wat leuk om je eindelijk te ontmoeten.' Kaci omhelst Tessa terwijl Luke de lelijke bos bloemen tegen mijn borst probeert te drukken. Maar ik laat het boeket op de grond vallen en hij vloekt tegen me als een paar overdreven trotse ouders ze in het voorbijgaan vertrappen.

'Ik ben Kaci, een vriendin van Hardin. Ik heb veel over je gehoord, Tessa.' Ze laat Tessa los en geeft haar een arm. Eerlijk gezegd verbaast het me een beetje dat Tessa me niet met een hulpeloze blik aankijkt, maar een gesprekje begint over de vertrapte bloemen.

'Hardin is echt een man die bloemen kan waarderen, hè?' zegt Kaci lachend, en Tessa giechelt. 'Daarom heeft hij die belachelijke blaadjes laten tatoeëren.'

Vragend trekt Tessa haar wenkbrauwen op. 'Blaadjes?'

'Het zijn geen blaadjes, ze kletst maar wat. Maar ik heb wel een paar nieuwe tattoos laten zetten sinds ik je voor het laatst heb gezien.' Ik weet niet waarom, maar ik voel me er wat schuldig over.

'O.' Tessa lacht, en ik zie dat het niet gemeend is. 'Wat leuk.'

Plotseling slaat de sfeer om en ontstaat er een wat ongemakkelijke situatie. Als Luke Tessa over de nieuwe tattoos op mijn onderbuik vertelt, begaat hij een grote vergissing. 'Ik zei dat hij het niet moest doen. We waren met z'n vieren in de stad en Kaci was nieuwsgierig naar Hardins tattoos. Ze besloot er ook een te nemen,' vertelt Luke aan Tessa.

'Met z'n vieren?' flapt ze eruit, en ik kan zien dat ze er meteen spijt van heeft.

Terwijl ik Luke boos aankijk, geeft Kaci hem een por met haar elleboog.

'Kaci's zus,' legt Luke uit in een poging zijn verspreking goed te maken. Maar hij maakt het alleen maar erger.

De eerste keer dat Luke en ik samen gingen chillen kwam Kaci later en gingen we ergens wat eten. Het weekend daarna gingen we naar de bioscoop en nam Kaci haar zus mee. Na een paar keer merkte ik dat ze meer voor me voelde en ik zei tegen Luke en Kaci dat ze haar niet meer mee moesten nemen. Ik had, en heb nog steeds geen behoefte aan dat soort dingen. Ik wacht immers totdat Tessa bij me terugkomt.

'O.' Tessa lacht gemaakt naar Luke en staart dan naar de menigte.

*Verdomme! Wat haat ik die blik in haar ogen!*

Voordat ik Luke en Kaci kan zeggen dat ze ons met rust moeten laten, zodat ik Tessa kan uitleggen hoe het zit, komt Ken op ons af lopen. 'Hardin, er is iemand die ik aan je wil voorstellen.'

Luke en Kaci verontschuldigen zich en Tessa stapt opzij. Als ik mijn hand naar haar uitsteek, duwt ze die weg.

'Ik ga even naar het toilet.' Ze lacht, en nadat ze mijn vader vluchtig heeft begroet loopt ze weg.

'Dit is Chris, over wie ik het had. Hij is de directeur van uitgeverij Gabber in Chicago. Hij is helemaal hiernaartoe gekomen om kennis met je te maken.' Ken grijnst van oor tot oor en legt een hand op de schouder van Chris. Maar ik kan het niet helpen en zoek tussen de mensen naar Tessa.

'Ja, dank je.' Ik schud zijn hand en hij begint te praten. Terwijl ik me afvraag wat Ken heeft moeten doen om deze man hierheen te krijgen hoor ik nog niet eens de helft van zijn aanbod omdat ik bang ben dat Tessa de toiletten misschien niet kan vinden.

Daarna loop ik rond en kijk ik in elk toilet dat er is. Ik bel haar twee keer, maar ze neemt niet op en dan pas realiseer ik me dat Tessa is weggegaan zonder afscheid te nemen.

# 66

∞

## Tessa

*September*

Landons appartement in New York is klein en er is nauwelijks kastruimte, maar hij is er blij mee. En ik ook. Elke keer dat ik hem eraan herinner dat het van hem is en niet van mij, vertelt hij me dat ik er nu ook woon, hier in New York.

'Weet je zeker dat het oké is? Sophia heeft aangeboden dat je dit weekend bij haar kan logeren als je je hier niet op je gemak voelt,' zegt Landon terwijl hij een stapel opgevouwen schone handdoeken in het hokje legt dat hij een kast noemt.

Ik knik naar hem, mijn bezorgdheid over het komend weekend verbergend. 'Ja, hoor. Ik moet toch het hele weekend werken.'

Het is de tweede vrijdag van september en Hardins vliegtuig kan elk moment landen. Ik heb niet gevraagd waarom hij kwam, ik kon me er niet toe zetten. En toen Landon me wat onhandig vertelde dat Hardin bij ons wilde logeren, knikte ik alleen en dwong ik mezelf te glimlachen.

'Hij neemt een taxi vanuit Newark, dus hij is hier over ongeveer een uur, afhankelijk van het verkeer.' Landon wrijft over zijn kin, waarna hij zijn gezicht in zijn handen verbergt. 'Ik heb het gevoel dat het niet goed gaat. Ik had er niet mee moeten instemmen.'

Ik trek zijn handen weg van zijn gezicht. 'Het komt wel goed. Ik ben een grote meid en kan Hardin Scott echt wel aan,' grap ik. Ik ben enorm gespannen, maar gelukkig moet ik werken en woont Sophia hier in de buurt. Zo kan ik me wel door het weekend heen slaan.

'Is je-weet-wel-wie er ook dit weekend? Ik weet niet of dat wel zo slim is...' Landon ziet eruit alsof hij in paniek is en elk moment in tranen kan uitbarsten of kan gaan schreeuwen.

'Nee, hij moet ook werken.' Ik loop naar de bank om mijn schort van de stapel met schone kleren te pakken. Het samenwonen met Landon verloopt soepel, ondanks zijn relatieproblemen. En hij vindt het prettig om schoon te maken, dus op dat vlak loopt het ook gesmeerd.

Onze vriendschap herstelde zich snel, en nadat ik vier weken geleden arriveerde, is er geen ongemakkelijk moment meer geweest. Ik heb de zomer bij mijn moeder doorgebracht, met haar vriend David en zijn dochtertje Heather. Ik heb zelfs leren skypen met Landon. Verder heb ik mijn verhuizing voorbereid. Het was zo'n zomer waarbij je op een avond in juni in slaap valt en op een ochtend in augustus wakker wordt. Hij ging te snel voorbij, en ik heb vaak aan Hardin moeten denken. In juli had David voor een week een blokhut gehuurd die maar tien kilometer van het vakantiehuis van de Scotts vandaan bleek te liggen, en toen we een eindje gingen rijden zag ik de kleine bar waar Hardin en ik ons een keer hadden bezat.

Ik liep door dezelfde straatjes, maar nu met Davids dochtertje, en overal waar ze bloemen zag, bleef ze staan om er eentje voor me te plukken. We gingen in hetzelfde restaurant eten waar ik met Hardin een van de meest gespannen avonden van mijn leven heb meegemaakt, en we werden zelfs bediend door dezelfde ober, Robert. Ik was verbaasd toen hij me vertelde dat hij ook naar New York gaat verhuizen om geneeskunde te studeren. Bij de NYU kreeg hij een veel hogere beurs dan bij zijn eerste keus, de universiteit in Seattle, dus zijn besluit was snel genomen. We wisselden telefoonnummers uit en hebben elkaar de rest van de zomer berichtjes gestuurd. We zijn allebei ongeveer op hetzelfde moment naar New York verhuisd. Hij was er een week eerder dan ik en we zijn inmiddels collega's van elkaar. Hij werkt de komende twee weken bijna net zo veel als ik, tot zijn studie begint. Ik was hetzelfde van plan, maar helaas was ik te laat met inschrijven voor het eerste semester aan de NYU.

Ken adviseerde me om tenminste tot het tweede semester te wachten voordat ik naar een andere universiteit zou gaan. Het was volgens hem niet slim om steeds over te stappen omdat het niet goed is voor mijn cv en de NYU daar nogal pietluttig in is. Ik vind het wel fijn om even niet te studeren, ondanks het feit dat ik straks harder moet werken om mijn achterstand in te halen, want ik gebruik die tijd om in een restaurant te werken en deze bizarre wereldstad te leren kennen.

Hardin en ik hebben elkaar maar een enkele keer gesproken nadat hij bij zijn buluitreiking was weggegaan zonder afscheid van me te nemen. Hij heeft me af en toe een berichtje gestuurd en een paar keer gemaild. Zijn toon was afstandelijk en formeel, wat ongemakkelijk, dus ik heb maar op een enkele e-mail gereageerd.

'Gaan jullie nog iets leuks doen vanavond?' vraag ik Landon terwijl ik mijn schort om mijn middel vastknoop.

'Niet dat ik weet. Ik denk dat hij het halve weekend ligt te slapen en maandagmiddag weer vertrekt.'

'Oké. Ik heb vandaag een dubbele dienst, dus blijf maar niet op voor mij. Ik ben op z'n vroegst om twee uur thuis.'

Landon zucht diep. 'Ik zou willen dat je wat minder werkte. Je hoeft echt niet mee te betalen, ik heb een beurs en je weet dat Ken me niet alles zelf laat betalen.'

Ik schenk hem mijn liefste glimlach en bind mijn haar in een lage paardenstaart, net boven de kraag van mijn zwarte overhemd. 'We hebben het er niet meer over, goed?' Hoofdschuddend stop ik het overhemd in mijn werkbroek.

Mijn werkkleding is best aardig: een zwart overhemd, een zwarte broek en zwarte schoenen. Het enige waaraan ik een hekel heb, is de limegroene stropdas. Het kostte me twee weken om aan mijn outfit te wennen, maar ik was zo blij dat Sophia een baan als serveerster voor me had geregeld bij een chic restaurant dat de stropdas me niets kon schelen. Ze is de chef bij Lookout, het pas geopende, belachelijk dure moderne restaurant in Manhattan. Ik bemoei me niet met de... 'vriendschap' tussen Landon en haar. Zeker niet nadat ik haar huisgenoten heb ontmoet, van wie ik er een al uit Washington kende. Landon en ik lijken hetzelfde geluk te hebben als het om het spreekwoordelijke 'kleine wereldje' gaat.

'Laat het even weten als je klaar bent, oké?' Landon pakt mijn sleutels van het haakje en geeft ze aan mij. Ik antwoord bevestigend en verzeker hem dat Hardins komst me echt niet van mijn stuk zal brengen. Daarna ga ik de deur uit.

Ik vind het niet erg om elke dag twintig minuten naar mijn werk te moeten lopen. Ik ben nog steeds mijn weg aan het zoeken in deze gigantische stad. Elke keer wanneer ik in de mensenmenigte verdwaal, voel ik me wat meer thuis in de bedrijvigheid die er heerst. Het constante lawaai in de straten van sirenes, stemmen en toeterende auto's hield me alleen de eerste week uit mijn slaap. Maar nu is het haast rustgevend om op te gaan in het drukke geheel.

Mensen kijken in New York is een heel nieuwe ervaring. Iedereen lijkt zo belangrijk, zo geslaagd in het leven. Ik vind het leuk om te gissen naar de levensverhalen van mensen, waar ze vandaan komen en waarom ze hier zijn. Ik weet nog niet hoe lang ik blijf. In ieder geval niet voor altijd, maar voorlopig vind ik het hier geweldig. Ik mis hem alleen zo.

*Hou hiermee op.* Ik moet niet steeds op die manier denken. Ik ben nu gelukkig met wat ik heb en hij heeft blijkbaar een nieuw leven opgebouwd waar ik niet toe behoor. Ik vind het niet erg, zolang hij maar gelukkig is. Het was goed om hem bij zijn buluitreiking met zijn vrienden te zien. Hij leek zo rustig en... blij.

Ik baalde er wel van dat hij is weggegaan toen ik er te lang over deed om van het toilet terug te komen. Ik had mijn mobieltje bij de wastafels laten liggen. Toen ik dat ontdekte, ben ik teruggegaan, maar het was al verdwenen. Daarna deed ik er ongeveer een half uur over om de gevonden voorwerpen of iemand van de bewaking te vinden. Uiteindelijk vond ik mijn mobieltje op een vuilnisbak, alsof de persoon zich had gerealiseerd dat het van iemand anders was, maar niet de moeite had genomen om het terug te brengen naar het damestoilet. De batterij was inmiddels leeg. Ik zocht naar Hardin op de plek waar ik hem het laatst had gezien, maar daar was hij niet meer. Van Ken hoorde ik dat hij met zijn vrienden was weggegaan, en toen drong het opeens tot me door: het was echt voorbij tussen ons.

Had ik gewild dat hij was teruggekomen voor mij? Natuurlijk. Maar dat deed hij niet, en ik kan er niet de rest van mijn leven over blijven kniezen.

Dit weekend draai ik extra diensten om zo veel mogelijk te werken, zodat ik maar weinig thuis ben. Door de spanning tussen Sophia en haar huisgenoten ga ik liever niet bij haar logeren, maar als het te ongemakkelijk is om Hardin te zien zal ik zeker gebruikmaken van haar aanbod. Sophia en ik zijn goede vriendinnen geworden, maar ik probeer me er niet te veel mee te bemoeien. Ik ben te bevooroordeeld vanwege mijn vriendschap met Landon en ik hoef de details niet zo nodig te horen. En al helemaal niet als ze over haar seksleven begint. Huiverend denk ik terug aan die keer dat Kimberly een boekje opendeed over de attente, gereserveerde Trevor en wat hij in zijn kantoor uitspookte.

Twee straten van Lookout vandaan kijk ik op mijn mobieltje om te zien hoe laat het is, waarbij ik bijna tegen Robert op bots. Hij strekt zijn armen naar me uit om te voorkomen dat ik tegen hem aan val.

'*Lookout!*' zegt hij op een gek toontje, en hij grinnikt als ik kreun. 'Dit is echt hilarisch, omdat we allebei bij Lookout werken en, en...' Op een grappige manier trekt hij zijn limegroene stropdas recht.

Die staat hem veel beter dan mij, door zijn blonde haren die hier en daar warrig en plakkerig overeind staan. Ik vraag me af of ik hem eraan moet herinneren dat Hardin komt, maar besluit niets te zeggen. Wanneer we tegelijk met een groepje pubermeisjes de straat oversteken, kijken ze giechelend naar hem op. Ik kan ze geen ongelijk geven; hij is knap.

'Ik ben een beetje in de war,' beken ik na een poosje terwijl we de hoek omgaan.

'Hij komt toch vandaag?' Robert houdt de deur voor me open en ik ga het donkere restaurant binnen. Het duurt even voordat mijn ogen aan het donker gewend zijn omdat de overgang tussen het middagzonnetje en het interieur elke keer weer groot is. Zelfs nu, terwijl het nog geen twaalf uur is. Ik loop achter hem aan naar de personeelskamer, waar ik mijn tasje in een kluisje opberg en hij zijn mobieltje vlug op het bovenste plankje legt.

'Ja.' Ik doe het kluisje op slot en leun er met mijn rug tegenaan.

Robert legt zijn hand om mijn elleboog. 'Ik vind het niet vervelend als je over hem wilt praten. Ik mag hem niet, maar je kunt met mij overal over praten.'

'Dat weet ik.' Ik slaak een zucht. 'Dat vind ik heel fijn. Maar het lijkt me beter om het niet op te rakelen. Ik heb dat hoofdstuk afgesloten.' Ik lach naar hem in de hoop dat mijn woorden geloofwaardig genoeg klinken. Dan loop ik de personeelskamer uit en komt Robert achter me aan.

Hij lacht en kijkt op de klok aan de muur. Als die geen rood licht met donkerblauwe cijfers verspreidde, had ik vanuit de gang waarschijnlijk niet kunnen zien hoe laat het is. De gangen zijn het donkerst, de keuken en de personeelskamer zijn de enige ruimtes die gewoon verlicht zijn.

Mijn dienst begint zoals altijd en de tijd gaat snel voorbij. Degenen die hebben geluncht vertrekken, de gasten voor het diner druppelen binnen. Ik heb het zo druk dat ik zowaar vijf minuten lang vergeet dat Hardin komt, totdat Robert met een bezorgd gezicht naar me toe loopt.

'Ze zijn hier. Landon en Hardin.' Met de onderkant van zijn sloof veegt hij het zweet van zijn voorhoofd. 'Ze willen door jou worden bediend.'

Ik raak gelukkig niet zo in paniek als ik had verwacht. Ik knik rustig en loop naar de ingang, zoekend naar Landon. Ik dwing mezelf om me alleen op Landon in zijn geblokte overhemd te concentreren, en niet op Hardin. Nerveus kijk ik om me heen naar de gezichten, maar Landon zie ik niet.

'Tess.' Als iemand mijn arm aanraakt, deins ik geschrokken achteruit.

Het is de aangenaam zware stem met het onmiskenbare accent, die ik maandenlang in mijn hoofd heb gehoord.

'Tessa?' Opnieuw raakt Hardin me aan maar nu pakt hij mijn pols, zoals hij dat altijd deed.

Ik wil hem niet aankijken, nou ja, dat ik wil ik wel, maar ik ben doodsbang. Ik ben bang om hem te zien, om zijn gezicht te zien, dat voor altijd op mijn netvlies gebrand staat. Dat beeld zal nooit veranderen of door de tijd vertekend raken zoals ik had gedacht. Hoe chagrijnig zijn gezicht ook staat met zijn frons, het zal me altijd zo levendig voor de geest staan als de eerste keer dat ik hem zag.

Vlug zet ik deze gedachten van me af en draai me om. In de paar seconden dat ik iets moet bedenken probeer ik Landons blik op te vangen voordat ik Hardin aankijk, maar wat heeft dat voor zin?

Het is gewoonweg onmogelijk om zijn mooie groene ogen, waarvan er maar één paar bestaat, over het hoofd te zien.

Hardin glimlacht naar me en ik blijf staan zonder iets uit te kunnen brengen. Ik moet me snel vermannen. 'Hoi,' zegt hij.

'Hoi.'

'Hardin wilde hier wat gaan eten.' Ik hoor Landons stem, maar ik zie hem niet, mijn ogen lijken niet samen te werken met mijn hersenen. Hardin blijft me aankijken, met zijn hand nog steeds om mijn pols. Eigenlijk zou ik mijn hand terug moeten trekken, anders verraadt mijn snelle hartslag hoe ik op hem reageer.

'Maar als je het te druk hebt, gaan we ergens anders naartoe,' voegt Landon eraan toe.

'Nee, blijf gerust,' verzeker ik mijn beste vriend. Ik weet wat hij denkt. Hij voelt zich schuldig en is bang dat Hardin de Tessa die ik nu ben ook kapot zal maken. De Tessa die lacht en grapjes maakt, die onafhankelijk is en zichzelf is geworden, en daardoor nog eigenwijzer. Maar dat laat ik niet nog eens gebeuren. Ik heb mezelf helemaal onder controle, op elk gebied. Totaal.

Rustig trek ik mijn pols uit Hardins zachte greep om twee menukaarten te pakken. Ik knik naar Kelsey, de gastvrouw, die me bezorgd aankijkt, en vertel haar dat ik de twee mannen naar hun tafeltje breng.

'Hoe lang werk je hier al?' vraagt Hardin terwijl hij naast me loopt. Hij ziet er nog steeds hetzelfde uit, in een zwart T-shirt, zwarte laarzen en strakke zwarte jeans, hoewel deze een scheur bij de knie heeft. Ik bedenk dat het pas een paar maanden geleden is dat ik naar mijn moeder ging. Het lijkt veel langer geleden, jaren zelfs.

'Pas drie weken,' antwoord ik.

'Landon vertelde me dat je hier vanmiddag al was.'

Ik knik en gebaar naar een tafeltje tegen de muur, en Hardin en Landon gaan zitten.

'Wanneer ben je klaar?'

Klaar? Is dat een hint? Een toenadering? Na al die tijd dat we elkaar niet hebben gezien weet ik het niet. Wil ik dat hij toenadering zoekt? Ook dat weet ik niet.

'We gaan om één uur dicht. Als ik moet afsluiten, ben ik meestal rond twee uur thuis.'

'Twee uur?' Verbijsterd en met open mond kijkt hij me aan.

Ik leg de menukaarten voor ze op tafel neer. Hardin wil opnieuw mijn pols vastpakken, maar dit keer trek ik mijn hand weg alsof zijn bedoeling me ontgaat.

'Ja. Ze werkt bijna elke avond,' vertelt Landon hem.

Nu kijk ik hem boos aan. Dat had hij beter niet kunnen zeggen. Maar meteen daarna vraag ik me af waarom ik dat niet wil. Het zou Hardin niets moeten uitmaken hoe lang of hoe vaak ik werk.

Hardin zegt daarna niet zo veel meer en tuurt naar de kaart, wijst naar de ravioli met lamsvlees en bestelt een glaasje water. Vervolgens bestelt Landon zijn gebruikelijke gerecht, vraagt me of Sophia het druk heeft in de keuken en lacht net iets te vaak verontschuldigend naar me.

Ik heb mijn handen vol aan het volgende tafeltje. De vrouw die er zit is nu al dronken en kan niet besluiten wat ze wil eten en haar man heeft geen aandacht voor haar omdat hij zit te telefoneren. Het komt me op dit moment wel goed uit dat de vrouw haar eten tot drie keer toe terugstuurt, want zo heb ik een goed excuus om maar twee keer bij Landon en Hardin te blijven staan, één keer om hun drankjes bij te schenken en één keer om af te ruimen.

Sophia zou zichzelf niet zijn als ze geen flinke korting had gegeven, maar Hardin zou zichzelf niet zijn als hij me geen belachelijk hoge fooi had gegeven. En ik zou mezelf niet zijn als ik de fooi niet aan Landon had gegeven, zodat hij het geld weer aan Hardin kon teruggeven zodra ze thuis waren.

# 67

∞

## Hardin

Ik ga per ongeluk op iets van plastic staan en vloek, maar niet te hard omdat ik er niet aan twijfel dat je in dit appartementje alles kunt horen. Er zijn maar weinig ramen en het is zo donker dat je niets kunt zien. Ik probeer me de weg terug naar de bank vanuit het piepkleine badkamertje te herinneren. Dat komt er nou van: ik heb in het restaurant veel water gedronken in de hoop dat Tessa vaker bij ons tafeltje zou komen. Maar dat was niet zo, een andere serveerster kwam mijn glas een paar keer bijschenken. Het gevolg is dat ik de hele nacht moet pissen.

Ik word helemaal gek omdat ik op de bank slaap terwijl ik weet dat Tessa's kamer leeg is. Het idee dat ze midden in de nacht alleen door de stad loopt, staat me absoluut niet aan. Ik werd kwaad op Landon omdat hij haar de kleinste kamer had gegeven, maar hij zwoer dat Tessa niet van kamer wilde ruilen.

Logisch. Het verbaast me niet dat ze nog net zo koppig is als altijd. Een ander voorbeeld daarvan is dat ze tot twee uur 's nachts werkt en alleen naar huis loopt.

Ik had het eerder moeten bedenken, dan had ik buiten bij dat stomme restaurant op haar gewacht om samen naar huis te lopen. Ik gris mijn mobieltje van de bank om te zien hoe laat het is. Het is pas één uur. Ik zou een taxi kunnen nemen, dan ben ik er over vijf minuten.

Pas na een kwartier kom ik bij het restaurant aan. Het was moeilijk om op vrijdagavond een taxi te krijgen. Eigenlijk moet ik haar even een berichtje sturen, maar ik wil haar niet de gelegenheid geven om me af te wimpelen nu ik er al ben.

Er lopen voornamelijk mannen op straat, waardoor ik nog bezorgder word. Terwijl ik over haar veiligheid pieker, hoor ik iemand lachen. Het is Tessa.

De deuren van het restaurant gaan open en ze loopt lachend naar buiten, met een hand voor haar mond. Die man die de deur voor haar openhoudt, komt me bekend voor, verdacht bekend... Wie is die vent in godsnaam? Ik zweer dat ik hem eerder heb gezien maar ik weet niet meer waar...

Het is de ober! De ober van het restaurant in Sand Point.

Hoe kan dat? Wat doet hij in New York?

Nog steeds lachend gaat Tessa tegen hem aan staan en als ik uit het donker naar voren stap, kruisen onze blikken elkaar vrijwel direct.

'Hardin? Wat kom je doen?' roept ze uit. 'Je jaagt me de stuipen op het lijf!'

Ik kijk van hem naar haar. Maanden van aan mezelf werken om mijn kwaadheid los te laten, maanden van gesprekken met dokter Tran om te leren omgaan met mijn emoties hebben me niet kunnen voorbereiden op wat er nu gebeurt. Natuurlijk dacht ik er wel eens over na hoe het zou zijn als Tessa een nieuwe vriend zou hebben, maar ik had niet verwacht dat het ooit echt zou gebeuren.

Zo onverschillig als ik kan haal ik mijn schouders op en ik zeg: 'Ik kwam je ophalen om er zeker van te zijn dat je veilig thuiskomt.'

Tessa en de jongen wisselen een blik en hij geeft haar een knikje. 'Stuur me maar een berichtje als je thuis bent,' zegt hij. Dan raakt hij haar hand even aan voordat hij wegloopt.

Ze kijkt hem na en draait zich glimlachend naar me toe.

'Ik hou een taxi aan,' zeg ik, terwijl ik probeer rustig te blijven. Wat had ik dan gedacht? Dat ze nog steeds bezig was met nadenken over haar leven?

Dat dacht ik inderdaad.

'Ik loop altijd naar huis.'

'Echt? Alleen?' Ik heb dat laatste nog niet gevraagd of ik heb er spijt van. Ongeveer op hetzelfde moment dringt het tot me door. 'Hij brengt je thuis.'

Ze krimpt ineen. 'Alleen als we dezelfde dienst hebben.'

'Hoe lang hebben jullie al iets?'

'Wát?' Voordat we de hoek om zijn, blijft ze staan. 'We hebben niets.' Fronsend kijkt ze me aan.

'Het lijkt er anders wel op.' Ik zucht geërgerd en doe mijn best om me niet als een hufter te gedragen.

'Het is niet zo. We trekken met elkaar op, meer niet. Ik date met niemand.'

Ik kijk haar recht aan en probeer te ontdekken of ze me de waarheid vertelt. 'Hij wil wel. Dat zag ik aan de manier waarop hij je hand aanraakte.'

'Maar ik niet, nog niet.' Ze tuurt naar de grond als we de straat oversteken. Er lopen niet zo veel mensen meer als eerder op de avond, maar de straten zijn niet verlaten.

'Nog niet? Je hebt met niemand gedatet?' Ik kijk naar een fruithandelaar die zijn kraam afsluit en hoop dat Tessa me het antwoord geeft dat ik wil horen.

'Nee, en dat ben ik voorlopig ook niet van plan.' Ik voel haar blik priemen als ze eraan toevoegt: 'En jij? Heb jij een ander?'

Ik kan niet zeggen hoe opgelucht ik ben en ik lach naar haar. 'Nee, ik doe niet aan daten.' Ik hoop dat ze mijn grapje begrijpt.

Nu lacht ze met me mee. 'Dat heb ik eerder gehoord.'

'Ik ben ouderwets, weet je nog?'

Zonder iets te zeggen lacht ze erom en zo lopen we door de straten. Ik moet haar echt duidelijk maken dat ze niet zo laat alleen naar huis moet lopen. Ik heb dag en nacht, week na week, geprobeerd me voor te stellen hoe haar leven er in New York zou uitzien. Maar het was niet in me opgekomen dat ze tot diep in de nacht als serveerster zou werken om vervolgens alleen naar huis te lopen.

'Waarom werk je in een restaurant?'

'Sophia heeft deze baan voor me geregeld. Het is een leuke werkplek en ik verdien er meer mee dan je denkt.'

'Meer dan bij Vance?' vraag ik haar, al weet ik het antwoord al.

'Ik vind het niet erg. Het houdt me van de straat.'

'Vance vertelde me dat je niet eens om een aanbevelingsbrief hebt gevraagd, en je weet dat hij hier ook een kantoor wil openen.'

Nu staart ze gedachteloos naar het verkeer. 'Ja, dat weet ik. Maar ik wil zelf iets bereiken, op eigen kracht. Ik vind mijn baan leuk en blijf er werken tot ik aan de NYU kan beginnen.'

'Begin je nog niet aan de NYU?' roep ik uit, en ik kan mijn verbazing niet verbergen. Waarom heeft niemand me dit verteld? Ik heb Landon op zijn hart gedrukt me op de hoogte te houden over Tessa. Maar blijkbaar laat hij de belangrijke dingen achterwege.

'Nee, maar ik heb me voor het tweede semester aangemeld.' Ze haalt een sleutelbos uit haar tasje. 'Ik was te laat met inschrijven voor het eerste semester.'

'Vind je dat niet vervelend?' Ik ben verbaasd dat ze er zo laconiek onder is.

'Nee. Ik ben pas negentien. Het komt wel goed.' Ze haalt haar schouders op en ik ben perplex. 'Het is niet ideaal, maar ik heb tijd genoeg om alles in te halen. Ik kan dubbele vakken volgen en vervroegd afstuderen, net als jij.'

Sprakeloos van verbazing weet ik niets te zeggen tegen deze rustige, zelfverzekerde Tessa. Een nieuwe Tessa zonder dichtgespijkerd plan... Maar ik ben heel blij haar te leren kennen en bij haar te zijn.

'Dat zou kunnen, vermoed ik...'

Voordat ik mijn zin kan afmaken blijft er een man vlak voor ons staan. Zijn gezicht is bedekt met viezigheid en lange stoppels. Instinctief ga ik voor Tessa staan.

'Hé, meid,' zegt de man.

Ik recht mijn rug en mijn achterdochtige houding verandert in een beschermende, voorbereid op alles wat die klootzak ook van plan mag zijn.

'Hallo, Joe. Hoe is het vanavond met je?' Tessa duwt me zachtjes opzij en haalt een zak uit haar tas.

'Prima, lieverd.' Glimlachend houdt de man zijn hand op. 'Wat heb je dit keer bij je?'

Ik dwing mezelf op de achtergrond te blijven, maar wel vlak bij Tessa.

'Friet en twee van je favoriete hamburgers.' Ze glimlacht naar hem en hij grijnst. Dan maakt hij de papieren zak open en snuift de geur van het eten op.

'Je bent te goed voor me.' Met een vieze hand graait hij naar de friet en stopt zijn mond vol. 'Willen jullie ook wat?' Hij kijkt ons aan, met een frietje tussen zijn lippen.

'Nee.' Tessa begint te giechelen en wuift met haar hand. 'Geniet er zelf maar van, Joe. Tot morgen.' Ze wenkt me en we lopen de hoek om, waar ze de toegangscode van het appartementencomplex intypt.

'Waar ken je die vent van?'

In de hal blijft ze voor een rij brievenbussen staan en maakt er een open met een sleuteltje terwijl ik op haar antwoord wacht.

'Hij woont hier buiten, op de hoek. Hij staat er elke avond. Ik neem de restjes uit de keuken voor hem mee.'

'Is dat wel veilig?' Vlug kijk ik over mijn schouder de lege hal in.

'Iemand wat eten geven? Natuurlijk!' Ze schiet in de lach. 'Ik ben niet meer zo kwetsbaar als ik was.' Haar lach is echt en helemaal niet verontwaardigd en ik weet niet wat ik moet zeggen.

In het appartementje trekt Tessa haar schoenen uit en doet ze haar stropdas af. Ik heb bewust niet te vaak naar haar lichaam gekeken en me vooral op haar gezicht gericht, op haar haren, haar ogen en zelfs op haar oren. Maar nu ze haar zwarte overhemd losknoopt en ik haar in een topje zie, ben ik afgeleid en kan ik me opeens niet voorstellen waarom ik vermeed haar mooie lichaam te bewonderen. Haar lijf is perfect, net als de ronding van haar heupen, waar ik dagelijks over fantaseer.

Ze loopt naar de keuken en roept over haar schouder: 'Ik ga naar bed, morgen heb ik een vroege dienst.'

Ik loop achter haar aan en wacht tot ze haar glas water leeg heeft gedronken. 'Moet je morgen ook werken?'

'Ja, de hele dag.'

'Hoezo?'

Ze slaakt een zucht. 'Nou, om de rekeningen te betalen.'

Ik zie dat ze liegt. 'En waarom nog meer?' dring ik aan.

Nu veegt ze met haar hand over het aanrecht. 'En misschien om jou te ontlopen.'

'Dat heb je nu wel lang genoeg gedaan, vind je niet?' Ik trek een wenkbrauw naar haar op.

Ze slikt moeizaam. 'Ik heb je niet ontlopen. Jij zoekt zelf nauwelijks nog contact met mij.'

'Dat komt doordat jij me ontloopt.'

Ze loopt langs me heen terwijl ze haar paardenstaart loshaalt. 'Ik wist niet wat ik tegen je kon zeggen. Ik was behoorlijk van slag toen je weg was gegaan bij je buluitreiking...'

'Jíj bent weggegaan, niet ik.'

'Wát?' Ze blijft staan en draait zich om.

'Jij bent na mijn buluitreiking weggegaan. Ik ben pas weggegaan nadat ik een half uur naar je heb gezocht.'

Ze ziet er verontwaardigd uit. 'Ik heb naar jóú gezocht. Ik zou nooit zomaar zijn weggegaan.'

'Oké. Ik herinner het me kennelijk anders dan jij, maar het heeft geen zin om er ruzie over te maken.'

Ze slaat haar ogen neer en lijkt het met me eens te zijn. 'Je hebt gelijk.' Ze vult haar glas nog een keer en neemt een slokje water.

'Moet je ons nou zien! We maken géén ruzie en andere shit!' plaag ik haar.

Ze steunt met een elleboog op het aanrecht terwijl ze de kraan dichtdraait. 'En andere shit,' herhaalt ze lachend.

'En andere shit.'

Nu schieten we allebei in de lach, en we kijken elkaar indringend aan.

'Het is niet zo ongemakkelijk als ik had verwacht,' zegt Tessa. Als ze haar schort losmaakt, raken haar vingers verstrikt in de knoop.

'Heb je hulp nodig?'

'Nee,' antwoordt ze te snel, en ze trekt opnieuw aan de bandjes van het schort.

'Weet je het zeker?'

Nadat ze zelf nog even met de knoop worstelt, kijkt ze uiteindelijk gefrustreerd naar me op en draait haar rug naar me toe. Ik krijg de knoop vrijwel meteen los terwijl Tessa haar fooiengeld op het aanrecht telt.

'Waarom ga je niet ergens stage lopen? Je kunt veel meer dan als serveerster werken.'

'Daar is niks mis mee. Bovendien is het niet mijn einddoel. Ik vind het leuk werk en...'

'En omdat je Vance niet om hulp wilt vragen.'

Ze kijkt me met grote ogen aan.

Hoofdschuddend strijk ik mijn haar naar achteren 'Je gedraagt je als een vreemde, Tess.'

'Dat is het niet alleen. Ik vind het gewoon fijn dat het míjn werk is. Vance zou heel wat in het werk moeten stellen om me hier aan een stage te helpen, en dat wil ik niet. Bovendien ben ik de komende maanden niet eens officieel ingeschreven aan een universiteit.'

'Maar Sophia heeft je aan dit baantje geholpen,' laat ik haar fijntjes weten. Niet om het haar in te wrijven, maar ik wil dat ze me de waarheid vertelt. 'Wat je waarschijnlijk wilde, is iets nieuws wat je niet met mij associeert. Is dat het?'

Diep inademend kijkt ze om zich heen om mijn blik te ontwijken. 'Ja, dat is waar.'

We blijven zwijgend staan, te dicht bij elkaar en toch ook zo ver van elkaar vandaan in de kleine keuken. Dan recht ze haar rug en pakt haar schort en het glas water. ‘Ik ga naar bed. Ik moet morgen de hele dag werken en het is al laat.’

‘Zeg het dan af,’ mompel ik achteloos, hoewel ik het haar eigenlijk had willen bevelen.

‘Dat kan niet zomaar,’ liegt ze.

‘Wel waar.’

‘Ik heb nog nooit een dag gemist.’

‘Je werkt er pas drie weken. Je hebt nog niet de tijd gehad voor een snipperdag. Mensen in New York doen dat vaak op zaterdag. Ze melden zich ziek om de dag in beter gezelschap door te brengen.’

Er verschijnt een geamuseerd lachje om haar volle lippen. ‘En jij bent zeker “beter gezelschap”?’

‘Natuurlijk.’ Ik gebaar met mijn handen naar mijn bovenlichaam om dat te bewijzen.

Even kijkt ze me aan en zie ik aan haar gezicht dat ze overweegt om een dagje vrij te nemen. Maar uiteindelijk zegt ze: ‘Nee, het kan niet. Het spijt me, maar het kan echt niet. Ik weet niet wie er voor me kan invallen. Ik zou een slechte beurt maken en ik heb deze baan nodig.’ Ze fronst en opeens maken de luchtige grapjes plaats voor gepeins.

Ik moet op mijn tong bijten om niet tegen haar te zeggen dat ze die baan niet nodig heeft en dat ze haar spullen moet pakken en met mij mee terug moet gaan naar Seattle. Volgens dokter Tran ben ik te bepalend en te dwingend in onze relatie. Hij zegt dat ik ‘de balans moet vinden tussen leiden en geleid worden’.

Ik erger me dood aan dokter Tran!

‘Oké, ik snap het.’ Ik haal mijn schouders op en vervloek dokter Tran in stilte, waarna ik naar Tessa glimlach. ‘Ga dan maar naar bed.’

Nu draait ze zich om en gaat naar haar minislaapkamer, mij alleen in de keuken achterlatend, daarna alleen op de bank en tot slot alleen in mijn dromen.

# 68

∞

## Tessa

In mijn droom hoor ik Hardin me met luide stem smeken op te houden.

*Op te houden? Wat is dat...*

Ik doe mijn ogen open en ga rechtop zitten.

'Hou op,' zegt hij nogmaals, gespannen.

Het duurt even voordat tot me doordringt dat het geen droom is, maar echt de stem van Hardin.

Ik haast me mijn kamer uit naar de woonkamer, waar Hardin op de bank ligt te slapen. Hij ligt niet te schreeuwen en te woelen zoals hij meestal doet, maar zijn stem klinkt smekend, en als hij 'Hou alsjeblieft op' zegt, voel ik de wanhoop.

'Hardin, word wakker. Alsjeblieft, word wakker,' zeg ik rustig terwijl ik mijn hand op de klamme huid van zijn schouder leg.

Zijn ogen schieten open en hij reikt met zijn hand naar mijn gezicht om het aan te raken. Hij lijkt niet te weten waar hij is als hij gaat zitten en mij op zijn schoot trekt. Ik stribbel niet tegen. Ik zou niet kunnen.

Stille seconden tikken weg voordat hij zijn hoofd tegen mijn borst laat rusten.

'Hoe vaak?' Ik heb zo'n medelijden met hem.

'Eens in de week of zo. Ik heb er nu pillen voor gekregen, maar vannacht was het te laat om er een in te nemen.'

'Het spijt me.' Ik probeer er niet aan te denken dat we elkaar maanden niet hebben gezien. En ik denk ook niet aan de vanzelfsprekendheid waarmee we elkaar weer hebben aangeraakt. Het kan me niet schelen. Ik zou het nooit nalaten hem te troosten, ongeacht de omstandigheden.

'Dat is niet nodig. Het gaat wel weer.' Hij kruipt dichter tegen me aan en legt zijn handen om mijn middel. 'Het spijt me dat ik je wakker heb gemaakt.'

'Dat is niet erg.' Nu laat ik me tegen de bank zakken.

'Ik heb je gemist.' Hij gaapt en trekt me tegen zijn borst, waarna hij gaat liggen en mij met zich meetrekt. Ik protesteer niet.

'Ik jou ook.'

Wanneer hij zijn lippen zacht tegen mijn voorhoofd drukt huiver ik en geef me over aan de warmte en het vertrouwde gevoel van zijn lippen op mijn huid. Ik begrijp niet dat het zo makkelijk en zo vanzelfsprekend is om weer in zijn armen te liggen.

'Dit voelt zo goed,' fluistert hij. 'Dit gevoel gaat nooit over. Dat weet je toch wel?'

Met het beetje gezond verstand dat ik kan opbrengen antwoord ik: 'We hebben nu allebei een ander leven.'

'Ik blijf wachten tot je het inziet, meer niet.'

'Wat moet ik inzien?' Maar als hij geen antwoord geeft, kijk ik naar hem op en zie ik dat hij weer in slaap is gevallen, met zijn lippen wat van elkaar.

Ik word wakker van het gepruttel van het koffiezetapparaat in de keuken. Het eerste wat ik zie is Hardins gezicht en ik weet niet goed hoe ik me daarbij voel.

Voorzichtig haal ik zijn armen van mijn middel. Ik kruip bij hem weg en sta op. Landon komt de keuken uit met een kop koffie in zijn handen en de lach op zijn gezicht spreekt boekdelen.

'Wat?' vraag ik terwijl ik me uitrek. Ik heb met niemand het bed of de bank gedeeld sinds ik met Hardin ben. Robert is één keer blijven slapen omdat hij zichzelf had buitengesloten en zijn huis niet in kon. Maar hij sliep op de bank en ik in mijn bed.

'Neeee, niets.' Landon grijnst van oor tot oor, wat hij probeert te verbergen door een slok koffie uit zijn dampende kop te nemen.

Ik rol met mijn ogen en doe mijn best niet met hem mee te lachen als ik naar mijn kamer ga om mijn mobieltje te pakken. Zodra ik zie dat het al half elf is, schrik ik. Het is lang geleden dat ik zo laat opstond sinds ik hier woon, en nu heb ik geen tijd meer om te douchen voordat ik naar mijn werk ga.

Vlug schenk ik een kop koffie in en zet die in de vriezer om af te koelen terwijl ik mijn tanden poets, mijn gezicht was en me aankleed.

Ik ben een groot fan van ijskoffie, maar ik vind het veel te duur als ik het bij een espressobar bestel, omdat ze alleen maar een paar ijsklontjes in de koffie gooien. Als ik het zelf maak, smaakt het precies hetzelfde, dat vindt Landon ook.

Wanneer ik wegga ligt Hardin nog te slapen. Ik wil me vooroverbuigen om hem een kus te geven. Maar gelukkig komt Landon op het goede moment de kamer binnen, en ik realiseer me hoe stom ik was. Wat is er mis met mij?

Tijdens de wandeling naar mijn werk denk ik de hele tijd aan Hardin: hoe goed het voelde om in zijn armen te slapen en hoe vertrouwd het was om wakker te worden met mijn hoofd op zijn borst. Ik ben in de war, zoals altijd wanneer ik hem zie, en ik moet me haasten om op tijd op mijn werk te komen.

Zodra ik de personeelskamer binnenkom zie ik Robert, die mijn kluisje alvast voor me openmaakt.

'Ik ben te laat, hebben ze het gemerkt?' Gehaast gooi ik mijn tasje in het kluisje en ik doe het op slot.

'Nee. Je bent maar vijf minuten te laat. Hoe was je avond?' In zijn blauwe ogen glinstert nauwelijks verholen nieuwsgierigheid.

Ik haal mijn schouders op. 'Prima.' Ik weet wat Robert voor me voelt en het is niet eerlijk van me om met hem over Hardin te praten, of hij dat nou aanmoedigt of niet.

'Prima, hm?' Hij lacht.

'Beter dan ik had verwacht.' Ik beperk me tot korte antwoorden.

'Het geeft niet, Tessa. Ik weet dat je nog iets voor hem voelt.' Even raakt hij mijn schouder met zijn hand aan. 'Dat weet ik al vanaf het moment dat we elkaar voor het eerst ontmoetten.'

Zijn woorden maken me emotioneel. Was hij maar niet zo aardig en was Hardin nou maar niet dit weekend in New York. Nee, dat laatste neem ik terug, ik zou willen dat hij langer bleef. Robert stelt geen vragen meer en we hebben het zo druk dat ik nergens anders aan kan denken dan aan het serveren van gerechten en drankjes tot het één uur 's nachts is. Zelfs mijn pauzes zijn voorbij voor ik het weet, en ik heb maar net genoeg tijd om een bord met gehaktballetjes met kaas naar binnen te werken.

Na sluitingstijd ben ik de laatste die het restaurant verlaat. Ik verzekerde Robert dat ik het niet erg vond als hij eerder wegging om met een paar collega's wat te gaan drinken. Bovendien vermoed ik dat Hardin buiten op me staat te wachten.

# 69

∞

## Tessa

Mijn vermoeden klopt. Daar staat Hardin, tegen de muur met nep-Banksy graffiti geleund.

'Je had me niet verteld dat Delilah en Samantha huisgenoten zijn,' is het eerste wat hij zegt. Hij lacht, waarbij het puntje van zijn neus wat omhoogkomt.

'Ja, het is best lastig.' Ik schud mijn hoofd en rol met mijn ogen. 'Vooral omdat ze niet zo heten, dat weet je best.'

Hardin lacht opnieuw. 'Maar het was echt lachen. Wie had ooit kunnen denken dat die twee huisgenoten zouden worden?' Dan schudt hij van de lach en legt een hand op zijn borst. 'Het is net een soap.'

'Vertel mij wat. Ik zit ermiddenin. Arme Landon; je had zijn gezicht moeten zien toen we die avond met Sophia en haar vriendinnen wat gingen drinken en hij het ontdekte. Hij viel bijna van zijn stoel.'

'Het is te gek voor woorden.' Hardin grinnikt.

'Je moet er geen grapjes over maken waar Landon bij is, hij heeft heel wat te stellen met die twee.'

'Ja, ja, dat weet ik.' Hardin rolt met zijn ogen.

Een windvlaag waait Hardins lange haren voor zijn gezicht en ik kan het niet helpen, maar ik wijs er lachend naar. Dat is veiliger dan hem te vragen waarom hij eigenlijk naar New York is gekomen.

'Lang haar staat me beter en het geeft de vrouwen meer houvast,' plaagt hij me, maar zijn grapje brengt me toch van streek.

'O,' zeg ik, en ik lach met hem mee omdat ik hem niet wil laten merken dat mijn hoofd tolt en er een steek door mijn borst schiet bij de gedachte dat een andere vrouw hem zou aanraken.

'Hé.' Hij pakt mijn arm vast en draait me naar zich toe zodat ik hem wel moet aankijken. 'Ik maakte maar een grapje, een slecht grapje, een verrekt slecht grapje.'

'Geeft niet.' Ik lach naar hem terwijl ik mijn verwaaide haren achter mijn oren strijk.

'Je bent misschien wel onafhankelijk en je deinst er niet voor terug om met zwervers om te gaan, maar je kunt nog steeds niet liegen,' zegt hij om me uit de tent te lokken.

Ik probeer de sfeer luchtig te houden. 'Hé, waag het niet om over Joe te praten, hij is een vriend.' Ik steek mijn tong naar Hardin uit terwijl we een bankje passeren waarop een stelletje zit te zoenen.

Hard genoeg voor hen om het te kunnen horen, zegt Hardin: 'Wedden om vijf dollar dat hij in no time zijn hand onder haar rok stopt?'

Ik geef hem een speels duwtje tegen zijn schouder en hij legt een arm om mijn middel. 'Word maar niet te handtastelijk, anders krijg je met Joe te maken!' Ik beweeg mijn wenkbrauwen insinuerend op en neer naar hem en hij barst in lachen uit.

'Wat heb jij met zwervers?'

Onwillekeurig denk ik aan mijn vader en heel even houd ik op met lachen.

'Shit! Zo bedoelde ik het niet.'

Lachend houd ik mijn hand omhoog. 'Maakt niet uit. Laten we dan maar hopen dat Joe niet mijn oom blijkt te zijn.'

Hardin staart me aan alsof ik een buitenaards wezen ben en ik moet nog harder lachen. 'Het is oké. Ik kan nu wel tegen een grapje. Ik heb geleerd mezelf niet zo serieus te nemen.'

Dat lijkt hem te bevallen, en hij lacht zelfs even naar Joe als ik de zwerver de zak met gebakken vis en hush puppies geef.

Wanneer we thuiskomen is het binnen overal donker. Landon ligt waarschijnlijk al uren te slapen.

'Heb je wel wat gegeten?' vraag ik Hardin, die achter me aan naar de keuken loopt.

Hij gaat aan het tweepersoonstafeltje zitten en laat zijn armen erop rusten. 'Nee, nog niet. Ik wilde de zak met eten pikken, maar Joe was me te snel af.'

'Ik maak wel wat. Ik heb ook trek.'

Twintig minuten later proef ik met mijn vinger van de wodkasaus.

'Krijg ik ook wat?' vraagt Hardin achter me. 'Het zou niet de eerste keer zijn dat ik je vinger aflik,' zegt hij met een plagende grijns. 'Het glazuur was een van mijn favoriete smaken van Tessa.'

'Weet je dat nog?' Ik bied hem een lepeltje met wat saus aan.

'Ik weet alles nog, Tessa. Nou ja, als ik niet te dronken of te stoned was.' Zijn plagende grijns maakt plaats voor een frons en ik doop mijn vinger in de saus op het lepeltje. Het werkt, want hij lacht weer.

Zijn tong voelt warm aan als hij met een indringende blik mijn vinger aflikt en die tussen zijn lippen zuigt, hoewel de saus al lang is verdwenen.

Met mijn vinger nog in zijn mond zegt hij: 'Ik wilde ergens met je over praten. Het heeft te maken met wat je net zei over wat ik me allemaal nog herinner.'

Maar ik ben afgeleid door de aanraking van zijn zachte lippen. 'Moet dat nu?'

'Binnenkort, het hoeft niet vanavond,' fluistert hij terwijl hij met zijn tong nu ook aan mijn middelvinger sabbelt.

'Wat bezielt ons?'

'Dat heb je me al te vaak gevraagd.' Lachend staat hij op.

'We hebben elkaar zo lang niet gezien. Dit is geen goed idee,' zeg ik, maar ik meen er niets van.

'Ik heb je gemist, en ik wacht op het moment dat jij mij ook mist.' Hij legt zijn hand om mijn heup en duwt mijn werkoverhemd omhoog. 'Ik vind het maar niets om je in het zwart te zien. Het staat je niet.' Hij buigt zijn hoofd naar me toe en strijkt met zijn neus langs mijn kaak.

Onhandig friemel ik aan de gladde plastic knoopjes van mijn overhemd. 'Ik ben blij dat jíj niet opeens een andere kleur draagt.'

Hij lacht naast mijn wang. 'Ik ben niet zo veel veranderd, Tess. Ik heb alleen wat meer dokters en ik ga vaker fitnessen.'

'Hou je het vol om niet te drinken?' Ik laat mijn overhemd op de grond vallen en hij duwt me tegen het aanrecht.

'Zo'n beetje. Alleen een wijntje of een light biertje af en toe. Maar nee, ik zal nooit meer een hele fles wodka achteroverslaan.'

Mijn huid gloeit van verlangen en ik probeer te bedenken hoe het zo is gekomen dat we elkaar na al die maanden weer intiem aanraken, met mijn handen wachtend op toestemming om zijn T-shirt uit te trekken. Hij lijkt mijn gedachten te raden en brengt mijn handen omhoog om ze tegen de dunne stof te drukken.

'Het is onze jubileummaand,' zegt hij terwijl ik zijn T-shirt over zijn hoofd trek en bewonderend naar zijn blote borst kijk.

Ik zoek naar nieuwe tattoos en zie de blaadjes. Hij zei geloof ik dat het een varen was. Het zijn vreemd gevormde blaadjes die uit een lange dunne stengel komen. 'Die hebben we niet, gekkie.' Dan probeer ik iets van zijn rug te zien, en als hij zich omdraait ben ik even in verlegenheid.

'Wel waar,' brengt hij ertegen in. 'Nog steeds alleen die tattoo voor jou op mijn rug,' legt hij uit, en ik bewonder zijn sterke rugspieren en brede schouders.

'Gelukkig maar,' beken ik met een droge mond.

Hij draait zich om en kijkt me geamuseerd aan. 'Heb jij in een wilde bui nog een tattoo laten zetten?'

'Nee.' Ik geef hem een speels tikje en hij strekt zijn armen naar me uit.

'Vind je het goed als ik je zo aanraak?'

'Ja,' beken ik, voordat ik erover na kan denken en mijn hersens de tijd hebben om in te stemmen.

Hij streelt met zijn vingertoppen langs de hals van mijn topje. 'Vind je dit fijn?'

Ik knik.

Mijn hart gaat wild tekeer in mijn borst en ik weet zeker dat Hardin het kan horen bonken. Ik voel me zo goed, bruisend van leven en hunkerend naar zijn aanraking. Het is lang geleden en nu staat hij hier voor me, zegt en doet de lieve dingen waar ik altijd zo van genoot, maar dit keer is hij wat voorzichtiger en geduldiger.

'Ik heb zo naar je verlangd, Tess.' Zijn mond is nu heel dicht bij mijn gezicht en hij beweegt zijn vingers langzaam in rondjes over mijn blote schouders. Het lijkt of ik dronken ben, ik kan niet meer helder nadenken.

Wanneer hij met zijn lippen mijn mond aanraakt, laat ik me meeslepen naar de plek waar alleen Hardin bestaat, alleen zijn vingers op mijn huid, de liefkozing van zijn mond, alleen zijn tanden die zachtjes in mijn lippen bijten, zijn gekreun als ik zijn jeans openmaak.

'Probeer je me weer te gebruiken voor een potje seks?' Hij lacht tegen mijn mond, waarna hij zijn tong naar binnen duwt zodat ik niets kan zeggen. 'Grapje,' mompelt hij terwijl hij zijn lijf tegen me aandrukt. Ik sla mijn armen om zijn nek en kroel met mijn vingers door zijn haar.

'Als ik geen gentleman zou zijn, had ik je hier tegen het aanrecht genomen.' Met zijn handen omvat hij mijn borsten, en hij duwt zijn vingers onder de bandjes van mijn beha en mijn topje. 'Ik zou je optillen, die lelijke broek van je benen rukken, je dijen spreiden en je hier neuken.'

'Je zei altijd dat je geen gentleman was,' breng ik hem buiten adem in herinnering.

'Ik ben van gedachten veranderd, nu ben ik een halve gentleman,' plaagt hij.

Inmiddels ben ik zo opgewonden dat het lijkt of de vlammen me elk moment kunnen uitslaan en ik de keuken in brand zal zetten. Ik schuif mijn hand onder zijn boxershort, en wanneer hij 'Fuck, Tess,' zegt, ben ik niet meer te houden.

'Wat houdt dat in, een halve gentleman?' kreun ik terwijl hij zijn hand onder de wijde bovenkant van mijn broek schuift.

'Dat betekent dat hoe graag ik je ook tegen het aanrecht wil neuken en je mijn naam wil laten uitschreeuwen, zodat de buren weten wie je laat klaarkomen,' hij zuigt aan de huid onder in mijn hals, 'ik dit niet zal doen tot de dag waarop je met me trouwt.'

Onmiddellijk houd ik mijn handen stil, de een in zijn boxershort en de ander tegen zijn rug. 'Wát?' vraag ik met schorre stem. Ik schraap mijn keel.

'Je hebt me wel gehoord. Ik ga niet met je naar bed tot we zijn getrouwd.'

'Dat meen je toch niet, hè?' Zeg alsjeblieft dat je het niet meent. Dat kan toch niet? We hebben elkaar al die maanden nauwelijks gesproken. Hij probeert me op stang te jagen, dat is het. Toch?

'Ik maak geen grapje, ik meen het, zonder gekheid.' In zijn ogen zie ik een geamuseerde blik, en ik stampvoet letterlijk op de plavuizenvloer.

'Maar we zijn al zo lang niet... we hebben zelfs niet...' Ik neem mijn lange lokken in mijn hand en probeer te bevatten wat hij zegt.

'Je dacht toch niet dat ik het zo makkelijk zou opgeven?' Hij drukt zijn mond op mijn gloeiende wang. 'Ken je me dan nog steeds niet?' Hij grijnst en ik wil hem een klap geven en hem tegelijkertijd zoenen.

'Maar je hébt het opgegeven.'

'Nee, ik geef je de tijd, daar heb je me toe gedwongen. Ik vertrouw erop dat jouw liefde voor mij je uiteindelijk bij me terugbrengt.' Hij trekt een wenkbrauw op en lacht, waarbij de verleidelijke kuiltjes in zijn wangen verschijnen. 'Maar je neemt wel verdomd veel tijd.'

Wát? 'Maar...' Ik ben letterlijk sprakeloos.

'Daar heb je jezelf alleen mee.' Lachend legt hij zijn handen om mijn gezicht. 'Kom je weer bij me op de bank slapen? Of is dat te verleidelijk voor je?'

Dan rol ik met mijn ogen en loop ik achter hem aan naar de woonkamer. Hoe ik ook probeer te begrijpen wat het voor hem betekent, of voor mij, het lukt me niet. We moeten nog zo veel bespreken en ik heb zo veel vragen, zo veel antwoorden.

Maar nu wil ik bij Hardin op de bank slapen en doen alsof alles in mijn leven voor één keer goed is.

# 70

∞

## Tessa

'Goeiemorgen, schatje,' hoor ik iemand van dichtbij zeggen.

Wanneer ik mijn ogen opendoe, is een zwarte tattoo in de vorm van een zwaluw het eerste wat ik zie. Hardins huid is bruiner dan ik van hem gewend ben en zijn borstspieren zijn groter en sterker dan de laatste keer dat ik hem zag. Hij zag er altijd al ongelooflijk lekker uit, maar nu ziet hij er beter uit dan ooit, en het is de heerlijkste vorm van marteling om tegen zijn blote borst te liggen, met zijn ene arm om mijn middel terwijl hij met zijn andere hand de haren uit mijn gezicht strijkt.

'Van hetzelfde.' Ik steun met mijn kin op zijn borst, want zo kan ik zijn gezicht goed bewonderen.

'Lekker geslapen?' Hij haalt zijn vingers door mijn haren en glimlacht lief.

'Ja.' Even doe ik mijn ogen weer dicht om mijn hoofd erbij te houden, want zijn schorre slaapstem leidt me verschrikkelijk af. Zelfs zijn accent lijkt zwaarder en ik geniet ervan. Verrekte Hardin!

Zonder iets te zeggen duwt hij zijn duim tegen mijn lippen.

Zodra ik de deur van Landons slaapkamer hoor, doe ik mijn ogen weer open en als ik wil gaan zitten, trekt Hardin me vlug in zijn armen. 'Nee, blijf hier.' Hij lacht en gaat rechtop zitten, mij met zich meetrekkend.

Landon komt met ontbloot bovenlijf de woonkamer in, gevolgd door Sophia. Ze heeft haar werkkleding van gisteravond aan; de zwarte outfit staat haar goed, vooral als ze stralend lacht.

'Hallo.' Landons wangen kleuren rood als Sophia zijn hand vastpakt en naar me lacht. Volgens mij geeft ze me een knipoog, maar mijn hoofd is nog wat daas omdat ik in Hardins armen wakker werd.

Ze gaat op haar tenen staan en geeft Landon een kus op zijn wang. 'Ik bel je na mijn dienst.'

Landon heeft een baardje laten staan. Ik moet er nog altijd aan wennen, maar het staat hem goed. Hij lacht naar Sophia en doet de voordeur voor haar open.

'Nu weten we waarom Landon gisteravond niet zijn kamer uitkwam,' fluistert Hardin bij mijn oor, en ik voel zijn warme adem langs mijn huid strijken.

Ik ben overgevoelig en opgewonden en probeer uit Hardins omhelzing weg te komen. 'Ik wil koffie,' protesteer ik.

Blijkbaar zijn het magische woorden, want hij knikt en laat me los zodat ik van zijn schoot op kan staan. Onmiddellijk mis ik zijn aanraking, maar ik dwing mezelf naar het koffiezetapparaat te lopen.

Landon schudt lachend zijn hoofd, maar ik negeer hem en loop naar de keuken. Het steelpannetje met de wodkasaus van gisteravond, waar we niets van hebben gegeten, staat nog op het fornuis, en als ik de oven opendoe, zie ik de schaal met kipfilets staan.

Ik kan me niet herinneren dat ik het fornuis en de oven uit heb gedaan, maar ik was er met mijn hoofd niet bij omdat ik alleen maar aan Hardin kon denken en aan zijn lippen op de mijne na maanden zonder zijn aanraking. Bij de gedachte eraan begint mijn lijf alweer te gloeien, hij raakte me zo teder aan terwijl hij mijn lichaam aanbad.

'Maar goed dat ik de oven uit heb gedaan, hè?' Hardin komt de keuken binnen met zijn sportbroekje op zijn heupen. Zijn nieuwe tattoos accentueren zijn bovenlijf en mijn blik wordt naar de onderkant van zijn gespierde buik getrokken.

'Eh... Ja.' Ik schraap mijn keel, me afvragend waarom mijn hormonen plotseling zo hevig op hem reageren. Ik voel me net als toen ik hem voor het eerst ontmoette, en dat baart me zorgen. Het is heel verleidelijk om terug te vallen in ons verstoorde patroon, 'Hessa', maar dit keer moet ik mijn hoofd helder houden.

'Hoe laat moet je werken?' Hardin leunt tegen het aanrecht tegenover me en kijkt toe als ik de rommel in de keuken opruim.

'Om twaalf uur.' Ik giet de saus in de gootsteen. 'Ik heb maar één dienst en ben rond vijf uur thuis.'

'Ik neem je mee uit eten.' Hij lacht naar me en slaat zijn armen over elkaar, waarop ik een wenkbrauw naar hem optrek. Daarna zet ik de afvalvernietiger aan. 'Je was zeker van plan mijn hand erin te stoppen, hè?' Hij wijst naar het luidruchtige apparaat onder de gootsteen en lacht charmant, wat me een licht gevoel in mijn hoofd bezorgt.

'Misschien.' Ik lach terug. 'Maar je moet het me eerst fatsoenlijk vragen.'

'Daar is de brutale Theresa, die ik ken en van wie ik hou,' zegt hij plagend, terwijl hij met zijn handen over het aanrecht wrijft.

'Is het nu weer Theresa?' Ik probeer hem boos aan te kijken maar er verschijnt een lach om mijn mond.

'Inderdaad, "weer".' Hij knikt en doet dan iets wat niet à la Hardin is. Hij haalt het kleine afvalreservoir onder de afvoer van de gootsteen weg en leegt het. Daarna helpt hij me met het opruimen van het aanrecht. 'Zou je me alsjeblieft een kléín beetje van je tijd willen gunnen om vanavond samen ergens een hapje te gaan eten?'

Ik moet lachen om zijn speelse sarcasme. Als Landon de keuken binnenkomt kijkt hij even naar ons en gaat dan tegen het aanrecht staan.

'Alles goed?' vraag ik hem.

Verbijsterd staart hij naar Hardin die zich heeft ontpopt tot schoonmaker, waarna hij mij aankijkt. 'Ja, alleen een beetje moe.' Hij wrijft met zijn knokkels in zijn ogen.

'Dat kan ik me voorstellen.' Hardin beweegt zijn wenkbrauwen insinuerend op en neer en Landon geeft hem een duwtje tegen zijn schouder.

Ik kijk naar ze en heb het gevoel dat ik in een ander universum beland ben, waarin Landon Hardin een duwtje tegen zijn schouder geeft en Hardin hem lachend een klootzak noemt, in plaats van boos te worden of hem te bedreigen. Dit universum bevalt me wel en ik zou er graag nog wat langer willen blijven.

'Hou op. Dat is het niet.' Landon haalt drie kopjes uit een kastje en zet ze op het aanrecht.

'Tuurlijk. Dat zal best.' Hardin rolt met zijn ogen.

Spottend herhaalt Landon Hardins woorden met een overdreven Engels accent.

Ik geniet van hun plagerijtjes over en weer en hun vriendschappelijke geduw en gesjor terwijl ik op mijn tenen sta om een doos muesli van de hoogste plank uit een kastje te pakken. Opeens voel ik dat Hardin aan mijn korte broek trekt om meer bloot te kunnen zien.

Aan de ene kant zou ik het omlaag willen trekken of zelfs uit willen trekken, alleen om te zien hoe Hardin reageert. Maar omdat Landon erbij is, doe ik het niet.

In plaats daarvan zie ik de lol in van Hardins plagerij en ik rol met mijn ogen terwijl ik de zak muesli uit de doos haal.

'Hebben jullie Frosted Flakes?' vraagt Hardin.

'Ook in het kastje,' antwoordt Landon.

Opeens moet ik terugdenken aan die keer dat Hardin en mijn vader aan het kibbelen waren over de Frosted Flakes. Hardin was kwaad omdat mijn vader alles had opgegeten. Ik lach bij de herinnering. Als ik aan mijn vader denk trekt er geen steek meer door mijn borst. Ik heb geleerd om zijn humor te waarderen en hem te bewonderen om de positieve invloed die hij in de korte tijd dat ik hem heb meegemaakt op me heeft gehad.

Dan ga ik naar de badkamer om te douchen voordat ik naar mijn werk ga. Landon vertelt Hardin over zijn favoriete hockeyspeler, die door een concurrerende club is weggekocht, en het verbaast me dat Hardin aan de keukentafel blijft zitten in plaats van mij achterna te lopen.

Een uur later ben ik klaar voor de wandeling naar het restaurant. Wanneer ik de woonkamer binnenkom, doet Hardin net zijn schoenen aan.

Hij kijkt lachend naar me op. 'Klaar?'

'Waarvoor?' Ik pak mijn schort van de stoelleuning en stop mijn mobieltje in mijn zak.

'Voor de wandeling, natuurlijk,' zegt hij, alsof dit het enige logische antwoord is.

Ik vind het aardig dat hij me dat vraagt en ik knik, grinnikend als een malloot, terwijl ik achter hem aan de voordeur uit loop.

In het straatbeeld van New York valt Hardin een beetje uit de toon. Hij past er goed qua stijl en kleding, maar met zijn harde stem en zijn levendige manier van doen lijkt hij de straat te vullen, waardoor de grijze dag opklaart.

'Het... nee, een van de problemen die ik met deze stad heb...' Hij zwaait met zijn armen om zich heen en ik wacht op het vervolg. '... is dat de zon niet schijnt.'

Ik hoor zijn zware schoenen stampen op het trottoir en ik hou van dat geluid. Ik heb het gemist. Dit is een van die kleine dingen waarvan ik niet had verwacht dat ik ze zou missen, tot ik bij hem wegging. Toen ik alleen door de lawaaiige straten van de stad liep, ontdekte ik dat ik Hardins luidruchtige gestamp miste.

'Jij woont in het regenachtige Washington, dan kun je niet over New York gaan klagen als de zon even niet schijnt,' breng ik ertegen in.

Hij schiet in de lach en begint ergens anders over door me allerlei dingen te vragen over mijn werk als serveerster. De rest van de wandeling is gezellig. Hij stelt me de ene na de andere vraag over de afgelopen vijf maanden en ik vertel hem over mijn moeder en David en zijn dochtertje, en dat ze me meenamen naar het dorp waar ik al eerder met Hardins familie was geweest. Ook vertel ik hem dat Noah nu in het voetbalteam van zijn universiteit in Californië speelt.

Daarna vertel ik hem over mijn eerste twee nachten in deze rumoerige stad en dat ik geen oog heb dichtgedaan. De derde nacht ben ik uit bed gestapt om een blokje om te lopen en toen kwam ik Joe voor het eerst tegen. Ik leg hem uit dat de vriendelijke zwerver me aan mijn vader doet denken. Ik wil graag geloven dat ik met het eten dat ik hem elke avond breng, iets voor hem kan betekenen wat ik voor mijn eigen vader niet kon.

Na deze bekentenis pakt Hardin mijn hand, en ik stribbel niet tegen.

Ik biecht hem op hoe bezorgd ik was over de verhuizing naar New York en dat ik blij ben dat hij is gekomen. Hij komt niet meer terug op het feit dat hij weigerde seks met me te hebben en me vervolgens plaagde totdat ik in zijn armen in slaap viel. Hij begint ook niet weer over zijn huwelijksaanzoek en ik vind het prima, want ik ben er zelf nog niet uit. Ik moet eerst achterhalen wat hij voor me betekent nadat hij een jaar geleden mijn leven binnenstormde, en wat ik voor hem voel.

Als we Robert zien, die altijd op de hoek op me wacht als we dezelfde dienst hebben, gaat Hardin dichter naast me lopen en houdt mijn hand steviger vast. Ze zeggen niet veel en bekijken elkaar van top tot teen. Ik rol met mijn ogen om de manier waarop mannen zich gedragen in het gezelschap van een vrouw.

'Ik kom je ophalen als je klaar bent.' Hardin geeft me een kus op mijn wang en strijkt een losse lok achter mijn oor. 'Werk vooral niet te hard,' fluistert hij bij mijn wang. Zijn stem klinkt vrolijk, maar de ernstige ondertoon ontgaat me niet.

Natuurlijk blijken Hardins woorden een ware vloek op mijn dienst, want het restaurant zit stampvol, tafel na tafel met mannen en vrouwen die te veel wijn of sterkedrank drinken en veel te veel betalen voor de kleine porties op de gedecoreerde borden. Een kind vindt dat mijn outfit een make-over nodig heeft, bestaande uit een bord spaghetti. Ik heb geen tijd voor een pauze en als mijn dienst er vijf uur later opzit, doen mijn voeten pijn.

Zoals beloofd wacht Hardin in het halletje op me. Sophia staat naast het bankje waar hij op zit. Haar donkere haar is in een hoge knot opgestoken, wat haar knappe gezicht benadrukt. Ze heeft een exotisch uiterlijk met hoge jukbeenderen en volle lippen. Ik bekijk mijn besmeurde kleren en krimp ineen wanneer ik de geur van knoflook en tomatensaus op mijn overhemd ruik. Hardin lijkt het niet eens te zien, maar hij haalt een stukje eten uit mijn paardenstaart als we naar buiten gaan.

'Ik wil niet weten wat het is.' Ik lach zacht. Dan haalt hij een servet – nee, een tissue – uit zijn zak en geeft die aan mij.

Ik veeg met de tissue onder mijn ogen; uitgelopen eyeliner van het zweten tijdens mijn werk is absoluut niet aantrekkelijk. Onderweg vraagt Hardin me naar mijn dienst en voor ik het weet zijn we bij het appartement.

'Mijn voeten doen pijn,' kreun ik en ik trek mijn schoenen uit, die ik op de grond gooi. Ik zie Hardin kijken en kan de sarcastische opmerking die zich in zijn hoofd vormt over de rommel die ik maak bijna zien. 'Ik zet ze zo meteen netjes weg, hoor.'

'Dat is je geraden.' Lachend komt hij naast me op mijn bed zitten. 'Kom hier.' Hij pakt mijn enkels vast, laat mijn pijnlijke voeten op zijn schoot rusten en begint ze te masseren. Ik ga liggen en negeer de gedachte aan het feit dat ik uren op dichte schoenen heb gelopen.

'Dank je,' kreun ik zacht. Ik ontspan meteen van Hardins massage en mijn ogen zakken bijna dicht, maar ik wil naar hem blijven kijken. Dat heb ik al die maanden niet kunnen doen en nu kan ik mijn blik niet van hem afhouden.

'Niets te danken. De ontspannen, dromerige blik in je ogen compenseert de zweetvoetenlucht.' Ik geef hem een klapje in de lucht en lachend gaat hij door met de heerlijke massage.

Dan beweegt zijn hand naar mijn kuit en mijn dij. Ik trek me niets aan van de geluidjes die me ontsnappen. Zijn aanraking is zo ontspannend en rustgevend en doet mijn pijnlijke spieren goed.

'Kom voor me zitten,' instrueert hij me. Hij duwt voorzichtig mijn voeten van zijn schoot. Ik ga tussen zijn benen zitten en hij pakt mijn schouders vast om met zijn vingertoppen in de gespannen spieren te drukken. Zo masseert hij alle spanning weg.

'Dit voelt veel beter als je geen overhemd aanhebt,' zegt Hardin.

Ik schiet even in de lach, totdat ik aan zijn geplaag van gisteravond in de keuken denk. Iets naar voren gebogen trek ik mijn wijde werkoverhemd uit mijn broek, en als ik het met mijn topje over mijn hoofd uittrek, hoor ik Hardin naar adem happen.

'Wat is er? Het was je eigen idee,' breng ik hem in herinnering. Ik laat me tegen hem aan zakken. Zijn handen kneden mijn spieren steviger en ik laat mijn hoofd achterover tegen zijn borst leunen.

Hij mompelt iets wat ik niet kan verstaan, en ik geef mezelf mentaal een schouderklopje omdat ik een degelijke beha heb aangetrokken. Toegegeven, ik heb maar twee degelijke beha's, maar gelukkig ziet niemand ze behalve Landon, want ze zijn verkleurd in de was.

'Deze is nieuw.' Hardin schuift een vinger onder een van de behabandjes en trekt het omhoog om het daarna los te laten.

Ik zeg niets en schuif wat naar achteren, zijn benen uit elkaar duwend. Met een kreun legt hij zijn hand om de onderkant van mijn hals. Zijn vingers bewegen langs mijn kaak naar de gevoelige huid onder mijn oor.

'Lekker?' vraagt hij, hoewel hij het antwoord wel weet.

'Mmm,' is het enige wat ik kan uitbrengen. Als hij lacht, kruip ik dichter tegen hem aan en duw ik mijn billen tegen zijn kruis. Dan schuif ik mijn behabandje van mijn schouder.

Hij klemt zijn hand zacht om mijn keel. 'Niet plagen,' waarschuwt hij me en hij schuift het behabandje terug met de hand waarmee hij mijn schouders masseerde. 'Moet je horen wie het zegt,' breng ik ertegen in terwijl ik mijn behabandje weer van mijn schouder laat glijden. Nu ik zonder T-shirt voor hem zit en mijn beha uittrek terwijl hij me vasthoudt, word ik gek van verlangen. Inmiddels ben ik onvoorstelbaar opgewonden en Hardin maakt het alleen maar erger als hij zich hijgend tegen me aan duwt.

'Niet plagen,' herhaal ik spottend, maar ik krijg niet de kans om hem uit te lachen, omdat hij met zijn handen op mijn schouders mijn hoofd naar zich toe draait.

'Ik heb vijf maanden niet geneukt, Theresa. Je stelt mijn zelfbeheersing erg op de proef,' fluistert hij met hese stem vlak boven mijn mond. Ik neem het initiatief en druk mijn lippen op die van hem, wat me aan onze eerste zoen doet denken in zijn kamertje in dat verrekte studentenhuis.

'Echt niet?' Ik hap naar lucht. Godzijdank is hij met niemand anders naar bed geweest in de periode dat we elkaar niet hebben gezien. Eigenlijk wist ik wel dat hij zoiets niet zou doen, of ik wilde het mezelf graag wijsmaken.

Hij is niet meer de Hardin die ik een jaar geleden leerde kennen. Het draait niet alleen maar om lust en dreigementen en hij heeft al lang niet meer elke nacht een andere meid. Nu is hij sterker. Hij is dezelfde Hardin van wie ik hou, maar dan veel sterker.

'Het was me niet opgevallen hoe grijs je ogen zijn,' had hij tegen me gezegd, en ik was meteen verkocht. Hoewel hij had gedronken deed hij plotseling heel aardig en kon ik me niet inhouden, ik zoende hem en zijn mond smaakte naar munt – natuurlijk – en zijn lippiercing voelde koud aan tegen mijn mond. Het voelde onbekend en gevaarlijk, maar ik vond het heerlijk.

Nu ik weer op zijn schoot zit, op dezelfde manier als toen, pakt hij mijn middel vast en trekt me met zich mee als hij op het bed gaat liggen. 'Tess,' kreunt hij, precies als in mijn herinnering. Het windt me nog meer op en de hartstocht is overweldigend. Ik geef me eraan over en ben verloren, er is geen ontkomen meer aan. Gelukkig niet.

Met mijn dijen om zijn bovenlijf geklemd haal ik mijn handen door zijn haren. Ik hunker naar hem, en het maakt me wild en ongeduldig. Het enige waar ik aan kan denken zijn zijn vingers die teder langs mijn ruggengraat strelen.

# 71

∞

## Hardin

Mijn hele plan is totaal aan flarden. Er is geen enkele manier waarop ik haar nu zou kunnen stoppen. Ik had moeten weten dat ik geen schijn van kans had. Ik hou van haar, het is of ik mijn hele leven al van haar heb gehouden. Ik heb het gemist om zo met haar samen te zijn.

Ik heb de geile geluidjes gemist die van haar heerlijke lippen komen. De manier waarop ze haar heupen tegen me aandrukt en ik een erectie krijg, zodat ik nog maar aan één ding kan denken: haar beminnen, om haar te laten zien hoe goed ik me door haar voel, zowel emotioneel als lichamelijk.

'Ik heb elke seconde van elke verrekte dag naar je gesmacht,' verzucht ik bij haar open mond. Ze draait haar tong om die van mij en ik sluit mijn lippen eromheen om er speels aan te zuigen. Ze houdt haar adem in. Dan schuift ze mijn T-shirt omhoog tot mijn armen. Ik ga zitten en trek haar met me mee zodat ze mijn T-shirt uit kan trekken.

'Je weet niet hoe vaak ik aan je gedacht heb, hoe vaak ik mezelf heb bevredigd, denkend aan jouw handen om mijn stijve pik en je heerlijke lippen op mijn huid.'

'O god.'

Haar gekreun spoort me aan om door te gaan. 'Jij hebt dit toch ook gemist? Dat je opgewonden raakt van mijn geile praatjes, en zo vochtig?'

Ze knikt en kreunt opnieuw als ik langzaam met mijn tong langs haar hals omlaag beweeg, kussend en zachtjes aan haar zoute huid zuigend. Dit heb ik zo gemist. Ik kan mezelf helemaal in haar verliezen en met haar aanraking neemt ze me mee de diepte in en brengt me weer naar de oppervlakte.

Ik pak haar bij haar middel vast en draai ons om zodat ze onder me komt te liggen. Vervolgens maak ik de knoop van haar broek los en schuif hem naar haar enkels. Ongeduldig trappelt Tessa met haar voeten en gooit de broek op de grond.

'Doe je broek uit,' beveelt ze me. Haar wangen zijn rood, haar handen beven als ze die op mijn onderrug laat rusten. Ik hou verdomme van haar en van de manier waarop zij na al die tijd nog van mij houdt.

We horen bij elkaar, zelfs de tijd kan ons niet uit elkaar drijven.

Ik doe wat ze zegt en kruip weer op haar, en terwijl ze haar rug kromt, doe ik haar slipje uit.

'Fuck!' Bewonderend kijk ik naar de ronding van haar heupen, die om mijn stevige greep smeken, en ik pak ze vast. Dan staart ze me met grote grijsblauwe ogen aan, die prachtige ogen die me door de moeizame gesprekken met dokter Tran hebben gesleept. Ze hebben me er zelfs toe aangezet om Vance een paar keer te bellen in de afgelopen maanden.

'Alsjeblieft, Hardin...' jammert Tessa terwijl ze haar billen van de matras omhoogduwt.

'Ik weet het, schatje.' Nu laat ik mijn vingers tussen haar dijen glijden en wrijf met mijn wijsvinger over haar lekkerste plekje om te voelen hoe vochtig ze is. Er trekt een steek door mijn pik als ze zucht, verlangend naar meer. Ik laat een vinger bij haar naar binnen gaan en met mijn duim wrijf ik over haar klit, waardoor ze onder me begint te kronkelen en de geilste geluidjes maakt.

*Fuck!*

'O... Je bent zo lekker,' brengt ze hijgend uit, en ze grijpt het afzichtelijke gebloemde laken op haar kleine bed krampachtig vast.

'Ja?' Ik beweeg mijn duim sneller over haar klit en het maakt haar gek. Ze knikt wild en haar hand beweegt langzaam maar krachtig om mijn pik op en neer.

'Ik wilde je proeven, maar het is zo lang geleden, ik hou het niet meer. Als ik niet snel diep in je kan zijn, kom ik klaar en maak ik je lakens vies.'

Haar ogen worden groter als ik nog een paar keer met mijn vingers in haar op en neer beweeg om daarna op haar te gaan liggen. Ze leidt mijn pik bij haar naar binnen en als ik diep in haar stoot, doet ze haar ogen dicht.

'Ik hou van je, zo verdomd veel,' verzucht ik terwijl ik op mijn ellebogen steun en keer op keer in haar stoot, op en neer, op en neer. Ze zet haar nagels in mijn rug en haalt haar andere hand door mijn haren, waar ze even aan trekt als ik ga verliggen en haar dijen verder spreid.

Na al die maanden waarin ik aan mezelf heb gewerkt en positiever in het leven ben gaan staan voelt het zo verdomd goed om bij haar te zijn. Mijn hele leven draait om deze vrouw en misschien vinden sommige mensen dat ongezond of obsessief, of zelfs ziek, maar dat kan me geen zak schelen. Ik hou van haar en ze betekent alles voor me. Als mensen dat veroordelen, moeten ze niet bij mij zijn. Niemand is perfect, maar Tessa haalt het beste in me naar boven en volmaakter zal ik nooit zijn.

'Ik hou van jou, Hardin. Dat is altijd zo geweest.' Door deze woorden stop ik een ogenblik met bewegen, en het is of ik weer een stukje van mezelf terug heb. Tessa betekent alles voor me. Dat ze dit zegt terwijl ik naar haar mooie gezicht kijk, betekent alles voor me.

'Je moet weten dat ik altijd van je zal houden. Je hebt me gemaakt tot... wie ik ben, Tessa. Dat zal ik nooit vergeten.' Daarna stoot ik weer in haar en hoop maar dat ik niet als een meisje moet huilen als ik haar laat klaarkomen.

'En jij hebt mij gemaakt tot wie ik ben,' zegt ze, en ze lacht zo lief naar me dat ik haast denk dat we de personages uit een of ander romantisch boek zijn: twee geliefden die na maanden van elkaar gescheiden te zijn geweest elkaar terugzien in de grote stad en niet van elkaar af kunnen blijven, eindeloos naar elkaar glimlachend. Iedereen kent de verhalen.

'Echt iets voor ons om op dit soort momenten een sentimenteel gesprekje te beginnen,' zeg ik plagend, en ik druk een kus op haar voorhoofd. 'Maar aan de andere kant, is er een beter moment dan dit om onze gevoelens te uiten?' Ik geef haar nog een kus en ze klemt haar dijen om mijn middel.

Nu kom ik bijna klaar, de tintelingen lopen langs mijn ruggengraat en als ik haar borsten sneller op en neer zie gaan en ze haar dijen stevig om me heen klemt hou ik het niet meer.

'Kom maar,' hijg ik bij haar oor. Ze trekt aan mijn haren, wat me het laatste duwtje geeft. 'Kom, schat. Kom tegelijk met mij, ik wil mijn zaad diep in je,' beloof ik haar. Ik weet dat ze van mijn geile woorden houdt. Ik ben misschien niet zo'n klootzak meer, maar ik zal mijn ruige kant nooit kwijtraken.

Tessa roept mijn naam uit en even later kom ik ook klaar. Het is het meest bevrijdende, magische gevoel dat er bestaat. Ik heb nog nooit zo lang niet geneukt, maar als het moest had ik nog een jaar op haar gewacht.

'Weet je,' begin ik, en ik ga naast haar liggen, 'door met me te vrijen heb je ingestemd om met me te trouwen.'

'Stil...' Ze trekt haar neus op. 'Je verpest het moment.'

Ik schiet in de lach. 'Je kwam zo hevig klaar dat ik betwijfel of iets jouw moment nog kan verpesten.'

'Ons moment,' zegt ze, grijnzend als een waanzinnige, met haar ogen dichtgeknepen.

'Even serieus, je hebt net ingestemd. Wanneer ga je de bruidsjurk kopen?'

Ze draait zich op haar zij en haar borsten zijn nu pal voor mijn gezicht. Het kost me veel moeite om me er niet naartoe te buigen en ze te likken. Ze kan het me niet kwalijk nemen, ik heb maandenlang geen seks gehad.

'Je bent nog steeds net zo gek, je denkt toch niet dat ik met je ga trouwen?'

'In therapie leer ik omgaan met mijn agressie, niet met mijn obsessie om je voor altijd in mijn leven te hebben.'

Ze rolt met haar ogen en legt een arm over haar gezicht.

'Het is waar.' Lachend trek ik haar overeind.

'Wat doe je?' roept ze uit als ik haar over mijn schouder neem. 'Kijk maar uit dat je niet door je rug gaat!' Ze probeert zich kronkelend los te maken uit mijn greep maar ik klem mijn arm stevig om haar benen.

Ik weet niet of Landon thuis is, maar voor het geval hij er is waarschuw ik hem. Hij hoeft echt niet te zien dat ik een naakte Tessa over mijn schouder heb en met haar door de gang van dit piepkleine appartementje loop. 'Landon! Als je thuis bent, blijf op je kamer!'

'Zet me neer!' Tessa trappelt met haar benen.

'Je moet eerst douchen.' Ik geef haar een klap op haar kont en ze gilt, waarna ze mij ook een tik op mijn billen verkoopt.

'Ik loop zelf wel naar de badkamer!' Nu lacht ze weer, ze giechelt en gilt als een schoolmeisje en ik geniet ervan. Ik vind het fijn dat ik haar nog steeds aan het lachen kan maken en dat ze zulke heerlijke geluiden maakt.

Dan zet ik haar in de badkamer voorzichtig op de grond en draai ik de douchekraan open.

'Ik heb je gemist.' Ze kijkt naar me op vanaf de grond.

Er trekt een steek door mijn borst. Ik moet en zal mijn leven met haar delen. Ik moet haar alles vertellen, alles wat ik heb gedaan vanaf het moment dat ze bij me is weggegaan. Maar dit is niet het geschikte moment. Morgen vertel ik het haar.

Vanavond wil ik genieten van haar brutale woorden, van haar lach en haar liefde, die ze me hopelijk op allerlei manieren zal tonen.

# 72

∞

## Tessa

Als ik op maandagochtend wakker word, ligt Hardin niet naast me in bed. Ik weet dat hij een sollicitatiegesprek heeft, of een vergadering, maar hij heeft me niet verteld waarvoor en in welk deel van de stad hij moet zijn. Ik heb dan ook geen idee of hij terug is voordat ik naar mijn werk ga.

Ik draai me om en trek het laken over me heen, dat nog naar hem ruikt, en ik druk mijn gezicht tegen de matras. Gisteravond was onbeschrijflijk. Hardin was geweldig, *wíj* waren geweldig. De chemie, de explosieve hartstocht is nog even sterk als altijd. Nu zijn we eindelijk op een punt gekomen waarop we onze fouten kunnen inzien en die van elkaar accepteren. Zo kunnen we echt iets veranderen, wat ons in het verleden niet lukte.

We hadden deze pauze nodig om op onze eigen benen te staan voordat we samen verder konden. Ik ben zo blij dat we de donkere tijd vol ruzie en pijn hebben doorstaan en er hand in hand zijn uitgekomen, sterker dan ooit.

Ik hou van hem, God weet hoeveel ik van hem hou. Alle keren dat we van elkaar gescheiden waren, door alle chaos heen, heb ik hem in mijn hart gesloten en heeft hij mijn ziel veroverd, zodat ik hem nooit kan vergeten. Zelfs als ik het zou proberen, zou ik hem niet kunnen vergeten, en geloof me, ik heb het geprobeerd. Maandenlang heb ik geprobeerd dag in dag uit door te gaan met mijn eigen leven, ik hield mezelf druk bezig om maar niet aan hem te hoeven denken.

Natuurlijk werkte het niet en was hij nooit weg uit mijn gedachten. Nu ik ermee heb ingestemd om onze problemen op onze eigen manier op te lossen heb ik eindelijk het vertrouwen dat het goed komt tussen ons. We zullen ooit kunnen samenleven zoals ik dat altijd wilde.

*Je weet dat ik altijd van je zal houden. Jij hebt me gemaakt tot wie ik ben, Tessa. Dat zal ik nooit vergeten*, zei hij terwijl hij diep in me kwam.

Hij was buiten adem, lief en hartstochtelijk. Ik heb me volledig in hem verloren, in zijn liefkozing, de manier waarop zijn vingers langs mijn ruggengraat omlaag bewogen.

Het geluid van de voordeur haalt me uit mijn dagdroom over gisteravond. Ik stap uit bed, raap mijn korte broek van de grond en trek die aan. Mijn haar is een warboel omdat ik het na het douchen met Hardin niet heb geföhnd, dat was niet slim. Er zitten allemaal klitten in en het pluist. Ik fatsoeneer het zo goed en zo kwaad als dat gaat met mijn vingers, waarna ik het in een paardenstaart bind.

Ik zie Hardin in de woonkamer staan met zijn mobieltje bij zijn oor. Zoals gewoonlijk is hij in het zwart gekleed en staat zijn lange haar alle kanten op, net als dat van mij, maar het staat hem heel goed.

'Ja, dat weet ik. Je hoort wel van Ben wat ik besluit,' zegt hij, en dan ziet hij me bij de bank staan. 'Ik bel je terug.' Hij klinkt kortaf en wat ongeduldig en hangt op. De ergernis verdwijnt van zijn gezicht wanneer hij naar me toe loopt.

'Alles goed?'

'Ja, hoor.' Hij knikt terwijl hij naar zijn mobieltje kijkt. Dan haalt hij een hand door zijn haar en pak ik zijn pols vast.

'Weet je het zeker?' Ik wil niet aandringen, maar hij lijkt uit zijn doen. Opnieuw klinkt de beltoon van zijn mobieltje en hij kijkt naar het schermpje.

'Ik moet even opnemen,' verzucht hij. 'Ik ben zo terug.' Nadat hij me een kus op mijn voorhoofd heeft gegeven loopt hij naar de gang en doet de voordeur achter zich dicht.

Opeens valt mijn oog op de map op de tafel. Hij is open en er steekt een stapel papier uit. Het is de map die ik hem cadeau heb gedaan, en ik glimlach omdat hij die nog steeds gebruikt.

Mijn nieuwsgierigheid krijgt de overhand en ik sla hem open. Op de eerste bladzijde staat:

*AFTER*
*door Hardin Scott*

Ik sla de bladzijde om.

*Het was herfst toen hij haar ontmoette. De meeste mensen hielden zich bezig met de blaadjes die verkleurden en de geur van houtvuur die de lucht altijd vult in deze tijd van het jaar. Maar hij niet, hij maakte zich maar over één ding zorgen: over zichzelf.*

Wát? Ik lees de bladzijden door, op zoek naar een verklaring die mijn chaotische gedachten en verwarring tot bedaren kan brengen. Dit is toch niet wat ik denk...?

*Haar kritiek was hem te veel, hij wilde niet geconfronteerd worden met zijn slechte kant. Hij wilde dat ze hem perfect vond, zoals hij haar perfect vond.*

De tranen prikken in mijn ogen en ik krimp ineen als er een paar bladzijden op de grond vallen.

*Geïnspireerd door Darcy betaalde hij de begrafenis van haar vader, hoewel Darcy Lydia's bruiloft betaalde. In dit geval probeerde hij de familie te behoeden voor de schande die een drugsverslaafde veroorzaakte, en niet de schande van een minderjarige zus die gaat trouwen, maar het resultaat was hetzelfde. Als hij een personage uit een roman was geweest, had hij met zijn gulle gebaar zijn Elizabeth voor zich teruggewonnen.*

Nu begint alles voor mijn ogen te draaien. Ik wist niet dat Hardin de begrafenis van mijn vader heeft betaald. Het was toen wel even door mijn hoofd geschoten, maar ik was ervan uitgegaan dat de kerk van mijn moeder financieel was bijgesprongen.

*Hoewel ze zelf geen kinderen kon krijgen, kon ze die droom niet loslaten. Dat wist hij, en hij hield toch van haar. Hij deed zijn uiterste best om niet egocentrisch te reageren, maar hij kon het niet helpen dat hij aan de kleine Hardins moest denken die ze hem niet kon geven. Hoewel hij meer met haar te doen had dan met zichzelf, huilde hij avond na avond om dit verlies.*

Net op het moment dat ik het niet meer aankan gaat de deur open en komt Hardin binnen. Hij kijkt onmiddellijk naar de chaos van witte papieren met weerzinwekkende zwarte woorden op de grond, en hij laat zijn mobieltje vallen.

# 73

∞

## Hardin

Problemen...

Het leven barst ervan. Mijn leven lijkt verdomme uit louter problemen te bestaan, die me voortdurend als een enorme vloedgolf overspoelen. De ene na de andere golf komt net op de belangrijkste momenten in mijn leven aanrollen, en dit moment is er een waarop ik me niet mag laten overspoelen.

Als ik rustig blijf en het haar kan uitleggen kan ik de huizenhoge golf die deze kleine woonkamer dreigt te verwoesten misschien tegenhouden.

Ik zie hem in haar grijsblauwe ogen aanzwellen. Ik zie verwarring en kwaadheid als loodgrijze donderwolken die boven de zee hangen vlak voordat de bliksem losbarst. Het water is rustig en rimpelt alleen een beetje, maar ik zie de verwoestende golf aankomen.

Tessa houdt een vel papier in haar bevende hand en ze heeft een onheilspellende uitdrukking op haar gezicht, die me waarschuwt voor het naderende gevaar.

Ik weet absoluut niet wat ik tegen haar moet zeggen, waar te beginnen. Het is een ingewikkeld verhaal en ik ben zo slecht in het oplossen van problemen. Ik moet de controle behouden en meer dan mijn best doen om de juiste woorden te vinden, zodat ik het haar kan uitleggen en ze niet weer bij me weggaat.

'Wat is dit?' Ze laat haar blik over de bladzijde gaan voordat ze die weggooit. Ze verkreukelt het stukje papier dat ze nog in haar hand heeft.

'Tessa.' Ik doe voorzichtig een stap in haar richting.

Ze staart voor zich uit. Haar gezicht staat hard en ze is op haar hoede. Zo heb ik haar nooit eerder gezien. Dan doet ze een stap naar achteren.

'Luister alsjeblieft naar me,' smeek ik terwijl ik onderzoekend naar haar sombere gezicht kijk. Ik voel me echt heel erg lullig. We waren eindelijk weer samen en dan gebeurt er meteen weer iets.

'Ik luister.' Haar stem klinkt hard en haar toon is sarcastisch.

'Ik weet niet hoe ik moet beginnen. Geef me een momentje, dan leg ik het uit.'

In paniek haal ik mijn vingers door mijn haren en trek eraan. Kon ik haar pijn maar verruilen voor die van mij en mijn haren uit mijn hoofd trekken. Een bizar beeld, dat weet ik.

Tessa blijft geduldig maar ongedurig staan. Haar blik gaat over de bladzijden terwijl haar wenkbrauwen op en neer bewegen en haar pupillen groter en kleiner worden. Dan begin ik.

'Hou op met lezen.' Ik loop naar haar toe en graai het manuscript uit haar handen. De bladzijden vallen op de grond, bij de andere die al rondom haar voeten liggen.

'Leg het me uit, nu meteen,' beveelt ze me met een kille, onheilspellende blik in haar ogen die me de stuipen op het lijf jaagt.

'Oké, oké.' Nerveus verschuif ik mijn voeten. 'Ik schrijf, oké.'

'Hoe lang al?' Nu loopt ze op me af, en ik ben verbaasd over de manier waarop mijn lichaam ineenkrimpt, alsof ik bang ben voor haar.

'Al een hele tijd.' Ik draai om de waarheid heen.

'Vertel me alles en wel nu meteen.'

'Tess...'

'Noem me geen Tess, klootzak. Ik ben niet het kleine meisje dat je een jaar geleden leerde kennen. Je vertelt het me nu meteen of anders sodemieter je op.' Ze gaat expres op een bladzijde staan en ik kan het haar niet kwalijk nemen. 'Ik kan je er niet uit gooien omdat dit het huis van Landon is, maar als je me geen uitleg geeft, ben ik weg. Nu,' voegt ze eraan toe. Hoewel ze ontzettend kwaad is, vind ik haar nog altijd lief.

'Ik schrijf al een hele tijd, eigenlijk al vanaf het begin, maar ik was niet van plan er iets mee te doen. Het was een uitlaatklep voor me, ik gebruikte het om mijn gedachten te ordenen. Totdat ik een idee kreeg.'

'Wanneer?' Ze prikt met een vinger in mijn borst. Blijkbaar denkt ze dat ze dit met veel kracht doet, maar dat is niet zo. Dat wil ik haar nu echter niet zeggen.

'Ik ben begonnen nadat we hadden gezoend.'

‘Na de eerste keer?’ Ze duwt met haar handen tegen mijn borst en dit keer leg ik mijn vingers eroverheen. ‘Je speelde een vuil spelletje met me.’ Ze bevrijdt haar handen uit mijn greep en haalt haar vingers door haar lange haar.

‘Nee, dat is niet zo. Zo was het niet!’ zeg ik, en ik doe mijn best om mijn stem niet te verheffen. Dat is moeilijk, maar het lukt me om op gedempte toon te praten.

Kokend van woede loopt ze heen en weer in de kleine woonkamer. ‘Er zijn te veel geheimen, ik ben er klaar mee!’ roept ze, met haar armen zwaaiend.

‘Echt?’ Ik gaap haar aan terwijl ze nog steeds onrustig heen en weer loopt. ‘Praat met me. Vertel me alsjeblieft hoe je je voelt.’

‘Hoe ik me voel?’ Met een verwilderde blik in haar ogen schudt ze haar hoofd. ‘Ik heb het gevoel dat ik wakker ben geschud, dat ik met een harde dreun terug ben gekomen in de werkelijkheid, en dat mijn naïeve hoop van de afgelopen dagen in rook is opgegaan. Dit is hoe we zijn.’ Ze gebaart van mij naar zichzelf. ‘Er ligt altijd een tijdbom te tikken die elk moment kan ontploffen, en ik ben niet zo gek dat ik ga wachten tot ik er weer aan onderdoor ga. Dat doe ik niet meer.’

‘Dit is geen tijdbom, Tessa. Je doet alsof ik dit heb geschreven om jou bewust te kwetsen!’

Ze doet haar mond open maar zegt niets. Ik vermoed omdat ze de juiste woorden niet kan vinden. Als ze weer wat rustiger is, zegt ze: ‘Hoe had je dan gedacht dat ik me zou voelen als ik het zou lezen? Je wist dat ik het ooit onder ogen zou krijgen. Waarom heb je het me niet meteen verteld? Ik haat het, hoe dit voelt.’

‘Hoe wat voelt?’ vraag ik voorzichtig.

‘Dit gevoel. Ik heb een brandend gevoel in mijn borst als je me zoiets flikt. Ik heb me lang niet meer zo gevoeld en dat wilde ik graag zo houden. Maar we zijn weer terug bij af.’ Haar stem klinkt zacht en verslagen en wanneer ze zich van me afwendt krijg ik kippenvel.

‘Kom eens hier.’ Ik strek mijn arm naar haar uit om haar naar me toe te trekken als ze me dat tenminste toestaat. Maar ze kruist haar armen voor zich als ik haar tegen mijn borst druk. Ze stribbelt niet tegen maar ze omhelst me ook niet. Ze verroert zich niet en ik weet niet zeker of het ergste voorbij is.

‘Vertel me wat je voelt.’ Mijn stem klinkt vreemd en afgemeten. ‘Wat denk je?’

Opnieuw duwt ze tegen mijn borst, minder hard dit keer, en ik laat haar los. Ze bukt zich en raapt een van de bladzijden op.

Ik was aanvankelijk met schrijven begonnen om me te uiten, en eerlijk gezegd ook omdat ik niets te lezen had. Ik had net een boek uit en was nog niet in een nieuw boek begonnen. In die tijd raakte ik gefascineerd door Tessa, toen nog Theresa Young voor mij. Ik ergerde me aan haar, ze maakte me kwaad maar ik dacht steeds vaker aan haar.

Ik kon aan niets anders meer denken. Ze werd een obsessie en ik maakte mezelf wijs dat het bij de weddenschap hoorde. Maar ik wist wel beter, ik wilde het alleen nog niet toegeven. Ik weet nog precies wat ik van haar vond toen ik haar voor het eerst zag. Ze had pruillippen en droeg vreselijke kleding.

Die rok die ze droeg, reikte tot aan haar enkels en viel heel vreemd op haar voeten omdat ze van die rare platte schoenen droeg. Toen ze zich voorstelde, keek ze verlegen naar de grond. 'Eh, ja... ik ben Tessa,' had ze gestameld en ik kan me herinneren dat ik het een vreemde naam vond. Daarna had ik niet zo veel aandacht meer aan haar geschonken. Nate deed aardig tegen haar, maar ik was geërgerd omdat ze me altijd met die grote grijze ogen veroordelend aanstaarde.

Ze zeurde elke dag tegen me, zelfs als ze niet met me praatte, of juist dan.

'Luister je wel naar me?' Haar vraag schrikt me op uit mijn herinnering en als ik naar haar kijk, zie ik dat ze opnieuw woest op me is.

'Ik was...' begin ik aarzelend.

'Je hebt niet eens gehoord wat ik zei,' beschuldigt ze me, en ze heeft gelijk. 'Niet te geloven dat je dit hebt gedaan. Al die tijd was je aan het schrijven als ik er niet was. Daarom legde je je map vlug weg als ik thuiskwam. Dit is wat ik in de kast vond voordat ik mijn vader vond...'

'Het is geen excuus, maar de helft van deze rotzooi heb ik onder invloed geschreven.'

'"Rotzooi"?' Ze leest de bladzijde in haar hand vluchtig door. '"Ze kon niet tegen alcohol en zwalkte door de kamer, zoals ordinaire meiden zich bewegen als ze te veel hebben gedronken om indruk te maken op anderen."'

'Hou op met lezen! Dat deel gaat niet over jou, ik zweer het. Dat weet je best.' Ik trek het vel papier uit haar hand, maar ze pakt het meteen weer van me af.

'Nee! Je kunt me niet verbieden om dit te lezen. Het gaat over mij!

En je hebt me nog steeds niets uitgelegd.' Ze loopt door de woonkamer, pakt haar schoenen van het kleedje bij de voordeur en trekt ze aan, waarna ze haar korte broek goed trekt.

'Waar ga je naartoe?' Als het moet ga ik haar achterna.

'Ik ga een eindje lopen. Ik heb frisse lucht nodig, ik moet er even uit.' Ik zie aan haar gezicht dat ze zichzelf vervloekt omdat ze me dit beetje informatie heeft gegeven.

'Ik ga met je mee.'

'Nee.' Met de sleutels in haar hand haalt ze haar warrige lokken bij elkaar en bindt ze op haar hoofd op.

'Je hebt nauwelijks iets aan,' merk ik op.

Nu kijkt ze me met een vernietigende blik aan, waarna ze zonder een woord het appartement verlaat en de voordeur achter zich dichtsmijt.

Ik heb niets bereikt, het is niet opgelost. Het plan dat ik had om onze problemen aan te pakken is uitgelopen op een regelrechte ramp en nu is alles alleen nog maar ingewikkelder geworden. Ik beheers me en loop haar niet achterna om haar over mijn schouder te tillen, terwijl ze schreeuwend en trappelend tegenstribbelt, om haar op haar kamer op te sluiten totdat ze bereid is met me te praten.

Nee. Als ik dat zou doen, doe ik alle 'vooruitgang' die ik heb geboekt teniet. Ik buk me om de bladzijden op te rapen en lees hier en daar wat om mezelf te helpen herinneren waarom ik iets met mijn stomme schrijfsels wilde doen.

*'Wat probeer je daar te verbergen?' Nate boog zich voorover, nieuwsgierig als altijd.*

*'Niets, man. Bemoei je met je eigen zaken.' Met een boze blik tuurde Hardin over het plein. Hij wist niet waarom hij elke dag weer op dit tijdstip hier ging zitten. Het had niets met Tessa te maken, die elke ochtend bij het koffietentje afsprak met die irritante Landon. Nee, daar had het helemaal niets mee te maken.*

*Hij wilde die stomme meid echt niet zien, echt niet.*

*'Ik hoorde jou en Molly vannacht in de gang tekeergaan, eikel.' Nate tipte de as van zijn sigaret en trok een gezicht.*

*'Tja, ik wilde haar niet meenemen naar mijn kamer maar ze bleef aandringen.' Hardin schoot in de lach, trots omdat ze zo gretig was dat ze hem maar al te graag wilde pijpen, zelfs in de gang naast zijn kamer.*

*Wat hij Nate niet vertelde, was dat hij haar had afgewezen en zichzelf uiteindelijk in zijn kamer moest bevredigen omdat hij een bepaald meisje met blonde haren maar niet uit zijn hoofd kon zetten.*
*'Je bent echt een klootzak.' Nate schudde zijn hoofd. 'Vind je niet?' vroeg hij aan Logan, die op hen afliep.*
*'Ja.' Logan hield zijn hand op voor een sigaret van Nate en Hardin keek bewust niet naar het meisje in de lange rok, die iets weghad van een aardappelzak, aan de overkant van de straat.*
*'Het duurt niet lang meer of je bent verliefd. Dan zal ik keihard lachen als jij degene bent die een pijpbeurt in de gang krijgt, omdat die meid je niet meeneemt naar haar kamer.' Nate vond het te gek om hem voor schut te zetten, maar hij hoorde hem nauwelijks.*
*Waarom kleedt ze zich zo? vroeg hij zich af terwijl ze haar lange mouwen oprolde. Met een pen in zijn hand keek Hardin naar haar toen ze dichterbij kwam. Ze hield haar blik op het trottoir voor zich gericht en bood net iets te vaak haar excuses aan toen ze tegen een sullige jongen op botste, waardoor hij zijn boek liet vallen. Onmiddellijk hurkte ze neer om hem te helpen en lachte verontschuldigend. Hardin dacht onwillekeurig aan haar zachte lippen, aan die keer dat ze zich aan hem had opgedrongen. Het had hem verbaasd, want hij vond haar niet het type om het initiatief te nemen. Hij wist bijna zeker dat ze met haar sullige vriend niet meer deed dan alleen zoenen. Haar gehijg en gretige handen die hem aanraakten waren voor hem het bewijs daarvan.*
*'En, hoe staat het met de weddenschap?' Logan knikte naar Tessa, die stralend begon te lachen toen ze Landon de nerd zag met zijn nerderige rugzak.*
*'Niets nieuws,' antwoordde Hardin snel en hij bedekte het papier met zijn hand. Hoe kon hij weten hoe het met dat arrogante, slecht geklede meisje ging? Ze had hem nauwelijks meer gesproken sinds haar gestoorde moeder en haar sullige vriend zaterdagochtend bij haar op de deur hadden gebonkt.*
*Waarom had hij haar naam op het papier geschreven? En waarom had hij het gevoel dat het zweet hem zou uitbreken als Logan niet snel ophield met zijn gestaar, alsof hij iets wist?*
*'Ze is irritant, maar het lijkt erop dat ze mij leuker vindt dan Zed.'*
*'Ze ziet er lekker uit,' zeiden beide jongens op hetzelfde moment.*
*'Als ik een eikel was, zou ik het tegen jou en Zed opnemen. Ik ben so-*

*wieso knapper dan jullie,' plaagde Nate, en hij lachte naar Logan, die met hem meelachte.*

*'Ik wil er niets mee te maken hebben. Het is zo kinderachtig, echt... je had zijn vriendin niet moeten neuken,' zei Logan, en hij keek Hardin fronsend aan. Maar Hardin lachte er alleen maar om.*

*'Dat was het wel waard,' zei hij, en hij keek weer naar het trottoir en het plein. Ze was verdwenen en hij begon over het feest van komend weekend.*

*Terwijl de twee vrienden ruzieden over het aantal kratjes bier dat ze moesten kopen schreef Hardin op hoe bang ze vrijdag was geweest toen ze zijn deur bijna kapot had gebonkt om voor die enge Neil te vluchten, die haar probeerde te versieren. Neil was een klootzak en hij zou zeker kwaad blijven op Hardin omdat hij zondagavond een fles bleekmiddel over zijn bed had leeggegoten. Dat had hij niet gedaan omdat hij om haar gaf, hij had uit principe gehandeld.*

Daarna waren de woorden als vanzelf uit mijn pen gevloeid. Ik had er geen controle over en elke keer dat ik haar had gezien, had ik meer te schrijven. Over hoe ze haar neus vol afkeer optrok toen ze me vertelde dat ze niet van ketchup hield. Wie houdt er nu níét van ketchup?

Met elk detail leerde ik haar beter kennen en ging ik meer voor haar voelen. Ik negeerde het, maar ik had wel degelijk gevoelens voor haar.

Toen we samenwoonden werd het lastiger om te schrijven. Ik schreef veel minder vaak, maar als ik iets had geschreven verstopte ik het in een schoenendoos in de kast. Ik had tot vandaag geen idee dat Tessa dat manuscript had gevonden. Ik vraag me af wanneer ik er een keer mee ophoud mijn leven te verzieken.

Ik word overspoeld door herinneringen en ik zou willen dat ik Tessa met een stekkertje in mijn hoofd kon pluggen, zodat ze mijn gedachten kon lezen en mijn bedoelingen kon begrijpen.

Dan zou ze ook van het gesprek weten dat de aanleiding was om naar New York te gaan en een aantal uitgevers te spreken. Dat was nooit mijn intentie, het gebeurde gewoon. Ik had al veel over onze gedenkwaardige momenten samen geschreven; over de eerste keer dat ik zei dat ik van haar hield en de tweede keer, toen ik het niet terugnam. Deze herinneringen zijn overweldigend terwijl ik de puinhoop die ik ervan gemaakt heb probeer op te ruimen. Ik kan het niet helpen dat mijn herinneringen zich productief willen maken.

*Hij leunde tegen de doelpaal, kwaad en onder de blauwe plekken. Waarom was hij in godsnaam gaan vechten tijdens het stomme kampvuur? O ja, omdat Tessa was vertrokken met Zed, die ophing nadat hij Hardin op een sarcastisch toontje had laten weten dat Tessa bij hem zat.*
*Het maakte hem veel kwader dan hij had verwacht. Hij wilde het vergeten, negeren. Hij voelde nog liever lichamelijke pijn dan deze stekende jaloezie. Zou ze met hem naar bed gaan? Die vraag bleef maar door zijn hoofd spoken. Zou hij de weddenschap winnen? Ging het hem nog wel om winnen? Hij wist het niet. De dingen waren door elkaar gaan lopen en Hardin kon niet achterhalen wanneer dat was begonnen, maar hij was zich er wel vaag van bewust.*
*Hij zat op het gras en veegde het bloed van zijn mond toen Tessa naar hem toe kwam lopen. Hoewel hij niet scherp zag kon hij haar goed zien, dat herinnerde hij zich nog. Tijdens de rit naar Kens huis was ze zenuwachtig, onzeker en ze deed alsof hij een of ander wild beest was.*
*Met haar blik op de weg gericht vroeg ze hem: 'Hou je van me?' Hardin was heel verbaasd, op die vraag was hij niet voorbereid. Hij had haar al verteld dat hij gevoelens voor haar had, maar had het weer teruggenomen. En nu zat ze naast hem, gek als altijd, en vroeg ze hem of hij van haar hield terwijl zijn gezicht opgezet en bont en blauw was.*
*Natuurlijk hield hij van haar, wie hield hij in godsnaam voor de gek? Hardin negeerde haar vraag een tijdje tot hij het niet langer voor zich kon houden en eruit flapte: 'Jij bent de ware. Je bent de enige persoon van wie ik hou.' Het was waar, hoe verwarrend en ongemakkelijk het ook was om toe te geven. Hij hield van haar en hij wist dat zijn leven vanaf dat moment nooit meer hetzelfde zou zijn. Ook als ze bij hem weg zou gaan en haar leven met een ander zou delen, zou hij nooit meer dezelfde zijn. Door haar was hij veranderd. Hier was hij, met bebloede knokkels, en hij wilde niets liever dan goed voor haar zijn, en beter.*

De volgende dag gaf ik de stapel verkreukelde bladzijden vol koffievlekken een titel: *After*.

Ik overwoog toen nog niet om het te publiceren, tot ik het een paar maanden geleden meenam naar mijn groepstherapie. Luke had mijn map onder mijn plastic stoel vandaan gepakt toen ik het verhaal vertelde over het huis van mijn moeder, dat ik in de brand had gestoken. Mijn woorden kwamen maar moeizaam – ik haat het om erover te praten – maar ik keek over de nieuwsgierige gezichten heen en deed alsof Tessa in het vertrek was, lachend en trots omdat ik deze moeilijke periode met een groep onbekenden deelde die net zo gestoord waren als ik... was.

Toen dokter Tran de sessie afsloot en de groep wegging wilde ik mijn map van de vloer pakken, maar die kon ik niet vinden. Mijn paniek duurde gelukkig niet lang, want ik zag Luke algauw met de map in zijn handen.

'Wat is dit?' vroeg hij terwijl hij zijn blik over een bladzijde liet gaan.

'Als je me dit een maand geleden had geflikt, had ik je tanden uit je mond geslagen.' Met een boze blik pakte ik de map van hem af.

'Sorry, man, op sociaal gebied ben ik een kluns.' Hij lachte wat ongemakkelijk naar me en om de een of andere reden gaf me dat het gevoel dat ik hem kon vertrouwen.

'Dat blijkt.' Ik rolde met mijn ogen en schoof de stapel losse bladzijden terug in een vak van de map.

Hij schoot in de lach. 'Als ik je hiernaast op een alcoholvrij biertje trakteer, vertel je me dan wat het is?'

'Hoe triest zijn we? Een stel alcoholisten die aan het afkicken zijn en onderhandelen over een levensverhaal.' Hoofdschuddend vroeg ik me af hoe ik het op mijn leeftijd zover had laten komen, maar ik was Tessa dankbaar. Als zij er niet was geweest, zou ik me nu nog steeds in de duisternis verbergen, eenzaam en aan mijn lot overgeleverd.

'Ach, met een paar alcoholvrije biertjes op zul je geen huizen in brand steken en zal ik geen pijnlijke dingen tegen Kaci zeggen.'

'Oké, alcoholvrij is prima.' Ik wist dat hij niet alleen voor relatietherapie bij dokter Tran kwam, maar ik besloot me niet lullig te gedragen en hem er niet naar te vragen.

We gingen naar het eetcafé ernaast, waar ik op zijn kosten een berg eten bestelde en ik hem een paar bladzijden van mijn bekentenissen liet lezen.

Na ongeveer twintig minuten pakte ik mijn map van hem af, anders had hij alles gelezen. 'Dit is echt te gek, man. Het is wel... gestoord hier en daar, maar ik snap het. Het waren je demonen, niet jijzelf.'

'Demonen, hm?' Ik nam een grote slok bier en dronk het glas leeg.

'Ja. Als je dronken bent, nemen je demonen het over.' Hij lachte. 'Sommige dingen die ik net heb gelezen heb jij niet geschreven, maar je demonen.'

Ik schudde mijn hoofd. Natuurlijk had hij gelijk, maar het woord riep beelden op van een creepy rood draakje op mijn schouder dat aan het schrijven was.

'Je laat het haar wel lezen als het af is, toch?'

Ik knabbelde aan een kaasstengel die ik in een of ander sausje had gedoopt en beheerste me om hem niet uit te schelden omdat hij mijn grappige gedachten aan kleine demonische draakjes had verjaagd. 'Nee, dit laat ik haar echt niet lezen.' Met mijn vinger tikte ik op de leren map die ik van Tessa heb gekregen. Ze was zo blij toen ik hem in gebruik nam nadat ze hem voor me had gekocht. Ik verzette me er eerst tegen, maar nu ben ik weg van het ding.

'Dat zou je wel moeten doen. Misschien niet alles, je kunt de kwetsende delen ertussenuit halen, met name het stuk waar je over haar onvruchtbaarheid schrijft. Dat was echt verkeerd.'

'Dat weet ik.' Ik keek hem niet aan, maar tuurde naar de tafel en kromp ineen, me afvragend wat me bezielde toen ik dat schreef.

'Je moet er iets mee doen. Ik weet niets van literatuur of van Heningsway, maar ik weet wel dat het echt goed is wat je hebt geschreven.'

Ik slikte en besloot zijn verkeerde uitspraak van de schrijver te negeren. 'Bedoel je publiceren?' Ik grinnikte. 'Echt niet!' En daarmee beëindigde ik het gesprek.

Maar na al mijn sollicitatiegesprekken was ik helemaal leeg. De ene baan was nog minder uitdagend dan de andere en ik kon me niet voorstellen dat ik dag in dag uit op zo'n saai kantoor zou moeten werken. Ik wilde wel bij een uitgeverij werken, maar toen ik mijn eigen idiote schrijfsels ging lezen en er steeds meer herinneringen naar boven kwamen, raakte ik ervan overtuigd dat ik er iets mee wilde doen – nee, iets mee móést doen.

Ik zou het op z'n minst moeten proberen. Ik dacht dat Tessa het geweldig zou vinden, als ik eerst sommige kwetsende stukken zou schrappen. Het werd een obsessie en ik was verbaasd dat er zo veel mensen geïnteresseerd waren in het lezen van een autobiografie over de moeizame weg naar geestelijk herstel.

Hoe ziek en gestoord het ook was, ze verslonden het. Via een agent die ik nog van mijn werk bij Vance kende, e-mailde ik potentiële uitgevers het manuscript. De tijd dat je een stapel geschreven of getypte pagina's kwam afgeven is voorbij.

Daarmee zou het klaar zijn, dacht ik. Ik dacht dat mijn boek het ultieme gebaar zou zijn dat Tessa nodig had om me weer in haar leven toe te staan. Toegegeven, ik dacht dat ze het pas maanden later zou lezen, zodra het was verschenen, zodat ze in ieder geval nog de tijd zou hebben om haar ding te doen in New York, wat dat ook mocht zijn.

Ik kan hier niet langer blijven zitten. Er is een grens aan mijn pas verworven geduld en die heb ik nu bereikt. Ik vind het echt verschrikkelijk dat Tessa alleen door deze grote stad dwaalt, kwaad op mij. Ze is lang genoeg weg geweest en ik moet haar het nodige uitleggen.

Ik pak de laatste bladzijde van het boek en stop die in mijn zak zonder de moeite te nemen het papier op te vouwen. Daarna stuur ik Landon een berichtje waarin ik hem vraag om de voordeur niet op slot te doen als hij thuiskomt of weggaat, en dan ga ik naar buiten, op zoek naar haar.

Lang hoef ik niet te zoeken. Zodra ik naar buiten kom zie ik haar op de stenen trap voor de ingang zitten. Ze staart met een harde blik in het niets. Als ik op haar af loop, ziet ze me niet. Pas als ik naast haar ga zitten kijkt ze naar me op, maar haar ogen lijken nog in de verte te staren. Ik kijk aandachtig hoe haar blik langzaamaan zachter wordt.

'We moeten praten.'

Ze knikt en kijkt van me weg, wachtend op mijn uitleg.

# 74

∞

## Hardin

'We moeten praten,' herhaal ik. Ik kijk haar aan en dwing mezelf mijn handen in mijn schoot te houden.

'Dat lijkt me duidelijk.' Ze dwingt zichzelf te glimlachen. Dan zie ik dat haar knieën vies zijn en vol met rode schrammen zitten.

'Wat is er gebeurd? Gaat het wel?' Mijn voornemen om haar niet aan te raken gaat in rook op en ik reik naar haar knieën om de wondjes te onderzoeken.

Met rode wangen en rode ogen draait ze zich van me weg. 'Ik ben gestruikeld, het is niets.'

'Dit alles was helemaal niet mijn bedoeling.'

'Je hebt een boek over ons geschreven en hebt het manuscript naar uitgevers gestuurd. Hoe kun je beweren dat het niet je bedoeling was?'

'Nee, ik bedoel alles, jij en ik, alles.' Het is vochtig buiten en het valt me zwaarder dan ik had verwacht om de juiste woorden te vinden. 'Dit afgelopen jaar voelt als een heel leven voor mij. Ik heb zo veel over mezelf en het leven geleerd, en hoe het zou moeten zijn. Ik had zo'n verziekt beeld van alles. Ik had een gruwelijke hekel aan mezelf en anderen.'

Ze blijft zwijgen, maar ik zie haar onderlip trillen en weet dat ze haar best doet om haar gezicht in de plooi te houden.

'Ik weet dat je het niet begrijpt. Er zijn maar weinig mensen die het snappen. Maar jezelf haten is het ergste wat er is, en daar heb ik mee moeten dealen, elke dag weer. Dat was geen excuus voor de verschrikkelijke dingen die ik heb gedaan. Ik had je nooit zo slecht mogen behandelen en je had alle reden om bij me weg te gaan. Ik hoop alleen dat je het hele boek wilt lezen voordat je een besluit neemt. Je kunt een boek niet beoordelen als je het niet helemaal hebt gelezen.'

'Ik probeer niet te oordelen, Hardin, echt niet. Maar dit is me te veel. Ik was net uit dit patroon van ons gestapt en zag het niet aankomen. Ik kan het nog steeds niet bevatten.' Ze schudt haar hoofd, alsof ze de razende gedachten die in haar mooie ogen doorschemeren probeert kwijt te raken.

'Dat snap ik, schat. Ik snap het heel goed.' Zodra ik naar haar hand reik en die vastpak krimpt ze ineen. Ik bekijk de schaafwond op haar handpalm. 'Gaat het wel?'

Ze knikt en trekt haar hand niet terug wanneer ik de kapotte huid voorzichtig met mijn vingertop aanraak.

'Wie wil zoiets nou lezen? Ik kan niet geloven dat zo veel uitgevers het willen uitgeven.' Tessa wendt haar blik af en kijkt naar de stad die om ons heen voortdurend in beweging is, druk als altijd.

'Heel veel mensen.' Ik haal mijn schouders op, het is de waarheid.

'Maar waarom? Het is niet bepaald een... romantisch verhaal. Ik heb maar een deel gelezen, maar ik zag meteen hoe somber en duister het is.'

'Zelfs de hopeloze gevallen moeten hun verhalen kwijt, Tess.'

'Jij bent geen hopeloos geval, Hardin,' zegt ze ondanks het verraad dat ze nog steeds moet voelen.

Toegeeflijk, althans een beetje, slaak ik een zucht. 'Misschien hopen ze op verlossing? Misschien ook niet. Sommige mensen willen clichés over de liefde lezen, maar er zijn miljoenen mensen die niet perfect zijn, die veel hebben meegemaakt in hun leven. Misschien herkennen ze zich in het verhaal? Misschien identificeren ze zich met mij, en verdomme...' Ik wrijf met mijn bevende hand over mijn nek. 'Misschien kan iemand iets van mijn fouten leren, en die van jou.'

Nu ik dit eruit gooi, kijkt ze me onzeker aan, waardoor ik verderga met mijn monoloog. 'Misschien is het niet zo zwart-wit. Niet iedereen is perfect. Ik heb veel uitgespookt en rot gedaan tegen jou en anderen. Daar heb ik spijt van en ik wil nooit meer terugvallen in dat gedrag. Maar het boek is begonnen als een uitlaatklep voor mijn verwarrende gevoelens. Het was een vorm van therapie en het bood me de mogelijkheid om te schrijven wat ik wilde en over hoe ik me voelde. Het gaat over mij, over mijn leven, en ik ben echt niet de enige die fouten heeft gemaakt – een heel boek vol. Als mensen me veroordelen vanwege de zware, duistere inhoud ervan, is dat hun zaak. Ik kan niet iedereen tevredenstellen. Ik weet zeker dat er meer mensen zijn als wij, Tessa. Ze zullen zich kunnen herkennen in het verhaal. Ze willen dat iemand hun problemen erkent en er op een goede manier mee omgaat.'

Heel even zie ik een vluchtig lachje om haar mond, waarna ze zucht en haar hoofd zachtjes schudt. 'En als mensen het nou niet goed vinden? Of als ze het niet eens lezen en het bij voorbaat afkeuren, en ons haten om wat erin staat? Ik ben niet opgewassen tegen dat soort aandacht. Ik zie het niet zitten als mensen over mijn leven praten en me veroordelen.'

'Laat ze hun gang maar gaan. Wat kan het ons schelen wat ze vinden? Die mensen gaan het toch niet lezen.'

'Ik weet het niet... Ik weet niet wat ik ervan moet vinden. Wat voor soort liefdesverhaal is het?' Haar stem is onvast en klinkt onzeker.

'Dit is een liefdesverhaal dat over echte problemen gaat, over vergeving en onvoorwaardelijke liefde. Het laat zien hoe iemand kan veranderen, écht vanbinnen kan veranderen als je er maar genoeg moeite voor doet. Het is een verhaal dat bewijst dat alles mogelijk is als het gaat om zelfoverwinning. Het maakt duidelijk dat je uit de diepste put kunt komen als je iemand hebt op wie je kunt bouwen, iemand die van je houdt en die je niet in de steek laat. Het laat zien dat het niet uitmaakt wat voor ouders je hebt of met welke verslavingen je te maken krijgt: je kunt alles wat op je pad komt overwinnen en een beter mens worden. Dát is het soort verhaal dat ik heb geschreven met *After*.'

'*After*?' Ze kijkt met haar kin wat omhoog naar me op, haar ogen met een hand tegen de zon beschermend.

'Dat is de titel.' Ik kijk van haar weg, plotseling wat ongemakkelijk over deze keuze. 'Het gaat over mijn reis nadat ik jou heb leren kennen.'

'Hoeveel ervan gaat over onze problemen? Verdomme, Hardin, waarom heb je het me niet verteld?'

'Dat weet ik niet,' antwoord ik eerlijk. 'Niet zo veel als je denkt. Jij hebt de ergste passages gelezen, maar het belangrijkste, de essentie van het boek, niet. Dat gaat over mijn liefde voor jou, hoe je mijn leven een doel gaf en dat jij het beste bent wat me is overkomen. Dat zijn de delen waarin we samen lachen naast onze worsteling, mijn worsteling.'

Gefrustreerd slaat ze haar handen voor haar gezicht. 'Je had me moeten vertellen dat je dit aan het schrijven was. Er waren zo veel aanwijzingen, hoe kon ik zo blind zijn?'

Ik leun achterover tegen de traptrede. 'Ik had het je moeten vertellen. Maar toen ik inzag dat ik moest veranderen wat ik verkeerd deed, wilde ik dat het perfect was voordat ik het je zou laten zien. Daar heb ik oprecht spijt van, Tessa. Ik hou van je en ik vind het vervelend dat je het op deze manier moest ontdekken. Het was niet mijn bedoeling om je te kwetsen of te misleiden. Sorry dat ik je toch dat gevoel heb gegeven. Ik ben niet dezelfde als toen je bij me wegging, Tessa. En dat weet jij ook.'

'Ik weet niet wat ik moet zeggen.' Haar stem is niet meer dan een gefluister.

'Lees het boek, alsjeblieft. Lees het helemaal voordat je iets besluit. Dat is het enige wat ik van je vraag. Lees het, alsjeblieft.'

Nu doet ze haar ogen dicht en gaat verzitten, waardoor haar knie mijn schouder aanraakt. 'Oké, ik zal het lezen.'

Ik krijg weer lucht en de druk op mijn borst neemt een beetje af. Ik heb er geen woorden voor, zo groot is mijn opluchting.

Ze komt overeind en veegt haar geschaafde knieën schoon.

'Ik haal wel iets om erop te doen.'

'Dat hoeft niet, dank je.'

'Wanneer hou je er een keer mee op om tegen me in te gaan?' vraag ik lachend, in een poging de sfeer wat luchtiger te maken.

Het werkt en ze onderdrukt een lach. 'Nooit.' Dan loopt ze de trap op en ik sta op om achter haar aan te gaan. Het liefst zou ik mee naar binnen gaan en naast haar op de bank gaan zitten terwijl ze mijn boek leest, maar dat kan ik beter niet doen. Met het beetje gezonde verstand dat ik nog heb besluit ik dan maar wat door deze smerige stad te gaan slenteren.

'Wacht!' roep ik haar na en ze blijft bij de ingang staan. Ik haal het verkreukelde papier uit mijn zak. 'Hier. Dit is de laatste bladzijde.'

Ze houdt haar hand op.

Met twee treden tegelijk ren ik de trap op om de pagina aan haar te geven. 'Niet stiekem eerst dit lezen,' smeek ik haar.

'Dat zal ik niet doen.' Tessa draait zich om, en ik zie hoe ze over haar schouder naar me lacht.

Een van mijn grootste wensen is dat ze begrijpt hoe bijzonder ze is. Ze is een van de weinigen op deze wereld die een ander kunnen vergeven. Hoewel veel mensen haar misschien zwak zouden vinden, is ze juist heel sterk. Zo sterk dat ze het volhield met iemand samen te leven die zichzelf verachtte. Sterk, omdat ze me liet zien dat ik geen hopeloos geval ben en dat ik recht heb op liefde, al ben ik opgegroeid met het idee dat dat niet zo is. Sterk genoeg om bij me weg te gaan en sterk genoeg om onvoorwaardelijk van me te houden. Tessa is sterker dan de meeste mensen en ik hoop dat ze dat beseft.

# 75

∞

## Tessa

Als ik het appartementje binnenkom, neem ik even de tijd om mijn gedachten, die alle kanten op gaan, op een rijtje te zetten. Ik pak de map van de tafel en zie dat de losse bladzijden niet op volgorde liggen.

Ik haal de eerste eruit en met ingehouden adem bereid ik me voor op het lezen. Zullen zijn woorden me van gedachten doen veranderen? Zullen ze me kwetsen? Ik weet niet eens zeker of ik eraan toe ben om alles te lezen, maar ik moet het voor mezelf doen. Ik moet weten welke gevoelens hij had en wat er in hem omging, elke keer dat ik hem niet kon peilen.

*Toen wist hij het. Op dat moment wist hij dat hij zijn leven met haar wilde delen, dat het zonder het licht dat Tessa in zijn leven bracht geen zin had en leeg zou zijn. Ze gaf hem hoop en het gevoel dat hij misschien, heel misschien meer kon zijn dan zijn verleden.*

Ik laat het vel papier op de grond vallen en pak een nieuwe bladzijde.

*Hij leefde voor zichzelf, maar vanaf toen veranderde dat, het hield veel meer in dan alleen wakker worden en weer gaan slapen. Ze gaf hem alles waarvan hij niet eens wist dat hij het nodig had.*
*Hij kon niet geloven wat hij eruit kraamde, hij was weerzinwekkend. Hij deed de mensen van wie hij hield pijn en kon dat niet veranderen. Waarom houden ze in godsnaam van me? vroeg hij zich voortdurend af. Ik heb het niet verdiend. Die gedachten achtervolgden hem, en hoe hij ook probeerde eraan te ontkomen, ze kwamen altijd terug.*

*Hij wilde haar tranen weg kussen en haar vertellen dat hij spijt had, dat hij een geknakte ziel was, maar hij kon het niet. Hij was laf en voor altijd beschadigd. Maar hij vond het verschrikkelijk hoe hij haar behandelde, hij ging zichzelf er nog meer om haten.*
*Haar lach, haar lach bracht hem vanuit de duisternis naar het licht, sleepte hem door de verziekte shit die door zijn hoofd spookte, de destructieve gedachten. Hij was niet zoals zijn vader en toen ze bij hem wegging, wist hij dat de fouten van zijn ouders niet opnieuw zijn leven zouden beheersen, hij zou het niet laten gebeuren. Deze vrouw verdiende meer dan een beschadigde man haar kon bieden, en daarom deed hij alles wat hij kon om het goed te maken.*

Bladzijde na bladzijde lees ik de ene na de andere pijnlijke bekentenis, en de tranen rollen over mijn wangen en vallen op de bladzijden van zijn ontroerende maar verziekte verhaal.

*Hij moest haar vertellen hoeveel spijt hij ervan had dat hij het lef had gehad om zo bot tegen haar over kinderen te praten. Hij was egocentrisch en dacht alleen maar aan een manier om haar te kwetsen terwijl hij er nog niet aan toe was te bekennen wat hij werkelijk met zijn leven met haar wilde. Hij was er nog niet aan toe om haar te vertellen dat ze een goede moeder zou zijn en in niets zou lijken op de vrouw die haar had opgevoed. Hij was er nog niet aan toe haar te laten weten dat hij zijn uiterste best zou doen om samen met haar een kind op te voeden, maar dat hij doodsbang was om dezelfde fouten te maken als zijn vader. Hij was er nog niet aan toe om te bekennen dat hij bang was om te falen. Hij kende de woorden niet om duidelijk te maken dat hij niet dronken thuis wilde komen, en dat hij niet wilde dat zijn kinderen op de vlucht zouden gaan voor hem, zoals hij dat vroeger deed wanneer zijn vader thuiskwam.*
*Hij wilde met haar trouwen, zijn leven met haar delen om zich te koesteren in haar hartelijke, opgewekte persoonlijkheid. Hij kon zich geen leven zonder haar voostellen en hij probeerde een manier te vinden om haar dit te vertellen, haar te laten zien dat hij echt kon veranderen, zodat hij haar waard zou zijn.*

De tijd verstrijkt en voor ik het weet liggen er honderden bladzijden op de grond. Ik weet niet hoe lang ik heb gelezen en ik zou de tranen die over mijn wangen rolden of de keren dat ik zat te snikken niet kunnen tellen.

Toch lees ik verder, ik lees elke bladzijde ondanks het feit dat alles door elkaar ligt. Ik wil elke bekentenis van de man van wie ik hou, de enige man naast mijn vader van wie ik heb gehouden, in me opnemen. Tegen de tijd dat ik de hele stapel heb gelezen wordt het donker en gaat de zon onder.

Ik kijk naar de chaos die ik ervan heb gemaakt. Mijn blik gaat over de bladzijden op de grond, tot mijn oog op een prop papier op de tafel valt. Hardin zei dat het de laatste bladzijde was, de allerlaatste van dit verhaal, van ons verhaal. Ik probeer te kalmeren voordat ik de prop pak.

Met bevende handen vouw ik het gekreukelde papier uit en ik begin te lezen.

*Hij hoopt dat ze dit eens zal lezen zodat ze begrijpt hoe beschadigd hij was. Hij vraagt niet om medelijden of vergeving, het enige wat hij wil is haar laten inzien hoeveel invloed ze op ze op hem had. Dat zij, de mooie vrouw met het hart op de juiste plek, zijn rots in de branding werd en hem heeft gemaakt tot de man die hij nu is. Hij hoopt met deze woorden, hoe hard ze soms ook zijn, dat ze trots is op zichzelf omdat ze een verdorven ziel uit de hel heeft weggesleept en hem in haar hemel heeft toegelaten, trots omdat ze hem verlost en bevrijd heeft van de demonen uit zijn verleden.*
*Hij hoopt dat ze elk woord ter harte neemt en dat ze nog steeds van hem houdt na alles wat ze hebben meegemaakt. Hij hoopt dat ze zich herinnert waarom ze van hem is gaan houden en waarom ze zo hard voor hem heeft gevochten.*
*Tot slot hoopt hij dat, waar ze ook mag zijn als ze dit boek leest, dat hij voor haar schreef, ze er opgewekt onder blijft en hem de hand reikt, zelfs als ze het pas jaren later leest. Ze moet weten dat ze zijn reddende engel was en dat hij haar eeuwig dankbaar is voor alles wat ze heeft gedaan. Dat hij met hart en ziel van haar houdt en dat dit nooit zal veranderen.*
*Hij wil haar eraan herinneren dat haar ziel en zijn ziel hetzelfde zijn, waar ze ook van gemaakt zijn. Hun favoriete roman formuleert dit het best.*

Ik verzamel alle kracht die ik kan opbrengen en laat de bladzijden op de grond liggen, de laatste houd ik nog in mijn hand.

# 76

∞

## Tessa

*Twee jaar later*

'Je bent echt adembenemend, wat een mooie bruid,' roept Karen uitbundig uit.

Ik knik instemmend. Daarna schuif ik de bandjes van mijn eigen jurk recht en bekijk mezelf in de spiegel. 'Ik denk dat zijn mond openvalt. Ik kan niet geloven dat deze dag zo snel is gekomen.' Glimlachend stop ik de laatste haarspeld in haar lange haar dat in golvende lokken is opgestoken en glinstert in het licht van de achterkamer in de kerk.

Misschien heb ik er te veel glitters op gesprayd.

'Stel dat als ik struikel? Of hij me voor het altaar laat staan?' De stem van Landons prachtige bruid is zacht en zo gespannen dat ze elk moment kan breken.

'Hij komt heus wel. Ken heeft hem vanochtend met de auto naar de kerk gebracht.' Karen lacht geruststellend naar ons. 'Anders had mijn man ons allang gewaarschuwd.'

'Landon wil dit absoluut niet missen,' verzeker ik haar. Dat weet ik omdat ik zijn gezicht zag en de tranen onder zijn ogen heb weggeveegd toen hij me de trouwring liet zien die hij voor haar heeft uitgezocht.

'Ik hoop van niet, anders word ik echt kwaad.' Ze lacht nerveus. Haar lach is zo mooi, zelfs nu ze bezorgd is. Ze houdt zich heel goed.

Ik haal mijn vingers door haar donkere krullen en schuif de doorzichtige sluier recht. Dan kijk ik naar haar knappe gezicht in de spiegel en raak haar blote schouder even aan. In haar bruine ogen glinsteren tranen, en ze bijt nerveus op haar onderlip.

'Het komt heus goed,' beloof ik haar. Mijn zilverkleurige jurk glanst in het licht en ik bewonder de schoonheid van elk detail van deze bruiloft.

'Is het niet te vroeg? We zijn pas weer een paar maanden bij elkaar. Denk je dat het te vroeg is, Tessa?' vraagt ze me.

In de afgelopen twee jaar zijn we zulke goede vriendinnen geworden dat ik haar ongerustheid kon voelen toen ze me met bevende vingers hielp mijn jurk dicht te ritsen.

Ik lach. 'Nee, het is niet te vroeg. Jullie hebben samen zo veel meegemaakt de afgelopen jaren. Je denkt te veel na, daar weet ik zelf ook alles van.'

'Zie je ertegen op om hem weer te zien?' vraagt ze me met een peilende blik.

Ik ben doodsbang en misschien een beetje in paniek. 'Nee, het is maar een paar maanden geleden dat ik hem zag.'

'Te lang geleden,' verzucht de moeder van Landon.

Opeens word ik verdrietig, maar ik negeer de pijn die ik voel elke keer als ik aan hem denk. Ik slik mijn woorden in, al had ik misschien beter kunnen zeggen wat ik wilde. 'Kun je je voorstellen dat je zoon vandaag gaat trouwen?' vraag ik, om snel over iets anders te beginnen.

Mijn afleidingsmanoeuvre werkt en Karen lacht. Ze slaakt een gilletje en schiet op hetzelfde moment vol. 'O nee, nu loopt mijn make-up uit!' Ze klopt met haar vingertoppen onder haar ogen en haar lichtbruine haren bewegen mee als ze haar hoofd schudt.

Er wordt op de deur geklopt en we zijn meteen stil. 'Lieverd?' De stem van Ken klinkt zacht en wat aarzelend. Waarschijnlijk ligt het aan het feit dat hij als man de bruidskamer met emotionele vrouwen nadert. 'Abby is net wakker geworden,' vertelt Ken zijn vrouw als hij de deur opendoet, met zijn dochtertje op zijn heup. Haar donkerbruine haar en bruine ogen zijn prachtig, en waar het kleine meisje ook binnenkomt, ze steelt alle harten. 'Ik kan de luiertas niet vinden.'

'Die staat daar, naast die stoel.' Karen wijst. 'Kun jij haar haar hapje geven? Ik ben bang dat ze de gepureerde doperwten over mijn jurk smeert.' Lachend strekt Karen haar armen naar Abby uit. 'Je bent te vroeg wakker geworden, klein boefje van me.'

Het meisje lacht, waarbij een rij halve tandjes zichtbaar wordt. 'Mama,' roept de mollige peuter, en ze steekt haar handjes uit naar de strik van Karens jurk.

Elke keer dat ik Abby hoor praten ben ik vertederd. 'Hallo, Abby.' Ik prik zacht in haar wang en ze giechelt. Het klinkt zo lief. Ik negeer de meelevende blikken van Karen en Landons aanstaande vrouw.

'Hallo.' Abby duwt haar gezichtje tegen de schouder van haar moeder.

'Zijn jullie bijna klaar? Over tien minuten begint de muziek en Landon wordt met de minuut nerveuzer,' waarschuwt Ken.

'Het gaat toch wel goed met hem? Wil hij nog steeds met me trouwen?' vraagt de bezorgde bruid aan haar toekomstige schoonvader.

Ken lacht en lachrimpeltjes sieren zijn ooghoeken. 'Natuurlijk, lieverd. Landon is erg zenuwachtig, maar Hardin staat hem bij.' We lachen alle drie om dat laatste.

Vrolijk rolt de bruid met haar ogen, en ze schudt haar hoofd. 'Als Hardin hem "bijstaat" kan ik de trouwerij beter nu afblazen.'

'We moeten gaan. Ik geef Abby wel iets te knabbelen zodat ze het uitzingt tot de receptie.' Voordat hij zijn dochtertje van zijn vrouw overneemt geeft Ken haar een kus op haar mond, waarna hij de kamer verlaat.

'Ja. Maak je alsjeblieft geen zorgen om mij, ik voel me goed,' zeg ik tegen beide vrouwen, en dat is waar, ik voel me goed. Ik ben tevreden over de latrelatie met Hardin, ook al mis ik hem constant, maar de afstand is goed voor ons.

De keerzijde van 'goed' is echter dat het niet betekent dat je gelukkig bent. 'Goed' is het grijze gebied, waarbij je elke dag je bed uitkomt en doorgaat met je leven, waarbij je lacht zonder blijdschap te voelen. In het grijze gebied kijk je niet uit naar elke seconde van de dag en je haalt niet het beste uit het leven. We doen alsof 'goed' genoeg is, iets waar de meeste mensen, inclusief ikzelf, genoegen mee nemen, terwijl we het eigenlijk vreselijk vinden en voortdurend wachten op het moment om eruit los te breken.

Hardin liet me voelen hoe groots het leven kan zijn als je het grijze gebied verlaat en dat mis ik elke dag.

Het gaat al een hele tijd 'goed' met me en ik weet niet hoe ik nu los kan breken, maar ik kijk reikhalzend uit naar de dag waarop ik kan zeggen dat het geweldig met me gaat in plaats van gewoon goed.

'Ben je zover, mevrouw Gibson?' Ik lach naar de gelukkige vrouw voor me.

'Nee,' zegt ze, 'maar als ik hem zie wel.'

# 77

∞

## Hardin

'Dit is je laatste kans om eronderuit te komen,' zeg ik tegen Landon terwijl ik hem met zijn stropdas help.

'Dank je, wat ben je toch een eikel.' Hij duwt mijn handen weg om de gekreukelde stropdas recht te trekken. 'Ik heb honderden stropdassen gedragen maar deze wil niet rechtzitten.'

Hij is nerveus en ik heb met hem te doen. Althans, een beetje. 'Draag hem dan niet.'

'Ik moet wel, ik ga trouwen.' Hij rolt met zijn ogen.

'Daarom juist. Dit is jóúw dag, jij hebt alles betaald, en als jij geen stropdas wilt dragen, dan doe je het verdomme niet. Jezus, man, als ik degene was die vandaag ging trouwen, mochten jullie blij zijn dat ik een broek aan had getrokken.'

Mijn beste vriend schiet in de lach en hij friemelt en trekt aan de stropdas. 'Dan is het maar goed dat jij niet gaat trouwen. Ik zou echt niet naar je spektakel komen.'

'We weten allebei dat ik nooit zal trouwen.' Ik kijk naar mijn spiegelbeeld.

'Misschien.' Landon kijkt me aan in de spiegel. 'Het gaat wel goed met je, toch? Zij is er ook, mijn vader zag haar.'

Nee, ik voel me rot. 'Ja, hoor, prima. Je doet alsof ik niet wist dat ze zou komen of alsof ik haar de afgelopen twee jaar niet heb gezien.' Ik heb haar niet vaak genoeg gezien, ze had afstand nodig. 'Ze is je beste vriendin en je getuige. Het is geen verrassing voor me dat ze er is.' Ik maak mijn eigen stropdas los en geef die aan hem. 'Neem deze maar, met die van jou wordt het niks.'

'Nee, je moet hem zelf houden, hij hoort bij je smoking.'

'Je weet heel goed dat je blij mag zijn dat ik zoiets überhaupt draag.' Ik trek aan de stugge stof van het pak.

Landon doet zijn ogen even dicht, en hij zucht opgelucht en tegelijkertijd gefrustreerd. 'Ik vrees dat je gelijk hebt.' Dan lacht hij. 'Dank je.'

'Omdat ik kleren heb aangetrokken naar je bruiloft?'

'Hou je mond.' Hij rolt weer met zijn ogen en strijkt met zijn handen langs de mouwen van zijn smoking. 'Straks verschijnt ze niet voor het altaar... Wat moet ik dan?'

'Ze komt echt wel.'

'Maar als het niet zo is? Ben ik gek dat ik zo snel in het huwelijksbootje stap?'

'Ja.'

'Oké, bedankt.'

Ik haal mijn schouders op. 'Gek is niet altijd verkeerd.'

Nu neemt hij me op, en het is alsof hij naar een hint op mijn gezicht zoekt, naar iets wat ik elk moment uit de doeken kan doen. 'Ga je met haar praten?'

'Ja, natuurlijk.' Tijdens het oefendiner heb ik geprobeerd met haar te praten, maar Karen en Landons bruid weken niet van haar zijde. Dat Tessa mee heeft geholpen bij de voorbereiding van de bruiloft verbaasde me, ik wist niet dat ze zoiets leuk vond, maar blijkbaar is ze er verdomd goed in.

'Ze is gelukkig. Niet helemaal, maar het gaat goed met haar.'

Haar geluk is voor mij het belangrijkste, en niet alleen voor mij; de wereld is niet hetzelfde als Tessa Young niet gelukkig is. Ik kan het weten, want ik heb haar een heel jaar laten stralen van geluk terwijl ik tegelijkertijd al haar energie opslokte. Het is belachelijk, en de buitenwereld snapt er niets van. Maar als het om Tessa gaat, kan het me geen moer schelen wat anderen vinden.

'Nog vijf minuten, jongens,' klinkt de stem van Ken aan de andere kant van de deur. De kamer is klein en het ruikt er naar oud leer en mottenballen, maar het is Landons trouwdag en ik bewaar mijn klachten tot na de receptie.

Misschien kan ik me beter bij Ken beklagen, hij zal alles wel hebben betaald, gezien de toestand van de ouders van de bruid.

'Ben je zover, eikel?' vraag ik Landon voor de laatste keer.

'Nee, maar als ik haar zie wel.'

# 78

∞

## Tessa

'Waar is Robert?' vraagt Karen terwijl ze om zich heen kijkt naar de kleine groep mensen. 'Tessa? Weet jij waar hij naartoe is gegaan?' Er klinkt paniek door in haar stem.

Robert paste op Abby toen de vrouwen hun haar en make-up lieten doen. Nu de bruiloft is begonnen zou hij dat weer doen, maar Karen ziet hem nergens. Ze kan Abby niet vasthouden als ze bij het eerste deel van de trouwerij moet helpen.

'Ik bel hem nog wel een keer.' Op zoek naar Robert laat ik mijn blik over de menigte gaan. De peuter begint tegen te stribbelen in Karens armen en opnieuw lijkt ze in paniek.

'O, wacht! Daar is hij...'

Maar ik hoor de rest van wat ze zegt niet omdat ik volledig word afgeleid door de stem van Hardin. Hij komt uit de lange gang links van mij en beweegt zijn mond langzaam, wat hij altijd doet als hij tegen Landon praat.

Zijn haar is langer dan op de recente foto's die ik van hem heb gezien. Ik heb elk interview met hem gelezen, elk artikel over hem, of het nou waar was of niet, en misschien, heel misschien heb ik een enkele blogger die verschrikkelijke dingen publiceerde over hem en zijn verhaal – ons verhaal – een verhitte e-mail gestuurd.

Nu ik zijn lippiercing zie ben ik verbaasd, al wist ik dat hij die weer draagt. Ik was vergeten hoe goed die hem staat. Ik ben overdonderd door zijn aanblik en word terug geslingerd naar een wereld waarin ik heb gevochten en bijna elke strijd die op mijn pad kwam heb verloren, om uiteindelijk weg te gaan zonder degene voor wie ik heb gevochten: Hardin.

'We hebben iemand nodig die Tessa begeleidt, haar vriend is niet komen opdagen,' zegt iemand. Bij het horen van mijn naam kijkt Hardin onmiddellijk om zich heen en na een ogenblik heeft hij me gevonden. Ik kijk als eerste weg en tuur omlaag naar mijn hoge hakken die nauwelijks te zien zijn onder mijn lange jurk die tot de grond reikt.

'Wie begeleidt de getuige?' vraagt de zus van de bruid aan iedereen die bij haar staat. 'Er gaat te veel mis,' verzucht ze geërgerd als ze langs me loopt. Ik heb meer gedaan voor de bruiloft dan zij, maar ze is zo gestrest dat je zou denken dat het niet zo is.

'Ik,' antwoordt Hardin, en hij steekt een hand omhoog.

Hij ziet er kalm en gevaarlijk aantrekkelijk uit in de zwarte smoking zonder stropdas. Een deel van zijn tattoo is zichtbaar bij zijn witte kraag en ik voel een zacht klopje op mijn arm. Ik knipper een paar keer en probeer niet te denken aan het feit dat we elkaar gisteravond tijdens het oefendiner nauwelijks hebben gesproken en ook niet hebben geoefend met samen naar het altaar lopen, wat wel had gemoeten. Dan knik ik en schraap mijn keel terwijl ik mijn blik van Hardin losruk.

'Oké, laten we gaan,' zegt de zus van de bruid dwingend. 'Bruidegom, naar het altaar, alsjeblieft.' Ze klapt in haar handen en Landon loopt naar voren. In het voorbijgaan geeft hij me een kneepje in mijn hand.

Adem in, adem uit. Het duurt maar een paar minuten, nog niet eens. Zo moeilijk is het niet. We zijn vrienden, ik kan dit.

Ik doe het natuurlijk voor Landon. Op dit moment vecht ik tegen de gedachte aan Hardin die mij naar het altaar brengt op onze eigen bruiloft.

Hij komt zonder iets te zeggen naast me staan en de muziek begint. Ik voel zijn starende blik, maar ik kan het niet opbrengen hem aan te kijken. Op mijn hoge hakken ben ik bijna net zo groot als hij en hij staat zo dicht naast me dat ik zijn aftershave kan ruiken.

De kleine kerk is omgetoverd in een schitterend decor. Inmiddels zijn de gasten binnengekomen en zijn bijna alle banken bezet. Overal staan kleurige bloemen bij de rijen oude houten banken, zo fel dat ze haast fluorescerend lijken, en aan weerskanten is een wit lint van rij naar rij gedrapeerd.

'Het is een beetje te druk met al die kleuren, vind je niet? Rode en witte lelies waren mooi genoeg geweest,' zegt Hardin, wat me verbaast.

Hij biedt me zijn arm aan en als de arrogante zus ons wenkt, schrijden we plechtig naar het altaar.

'Ja, lelies zijn prachtig. Maar dit is ook mooi, voor hen,' mompel ik wat stuntelig.

'Je doktersvriendje ziet er goed uit,' mompelt Hardin spottend, en nu kijk ik van opzij naar hem. Hij lacht en in zijn groene ogen glinstert een plagende blik. Zijn kaaklijn is krachtiger dan eerst en zijn ogen staan rustiger, niet meer zo opgejaagd.

'Hij studeert geneeskunde, hij is nog geen dokter. En inderdaad, hij ziet er goed uit. Maar je weet best dat hij niet mijn vriend is, dus stil maar.' Dit gesprek heb ik al vaker met hem gevoerd. Robert is een goede vriend, meer niet. We hebben wel eens gedatet, een jaar nadat ik Hardins manuscript in mijn appartementje in New York vond, maar het werkte niet. Je kunt niet daten met iemand terwijl je van een ander houdt. Het werkt niet, geloof me.

'Hoe is het met jullie? Het is nu een jaar, toch?' Zijn stem verraadt de emoties die hij probeert te verbergen.

'Hoe is het met jou en die blonde meid? Hoe heet ze ook al weer?' Het gangpad is langer dan ik had verwacht toen ik er vanuit de gang naar keek. 'Eliza, of zo?'

'Heel grappig.' Hij grinnikt.

Ik vind het leuk om hem te plagen met haar; ze is een groot fan die hem begon te stalken. Ze heet Eliza. Ik weet dat hij niet met haar naar bed is geweest, maar het is grappig om hem ermee te plagen als ik hem zie.

'Schatje, de laatste blonde meid die ik in mijn bed had was jij.' Hij glimlacht naar me. Ik struikel en Hardin grijpt mijn elleboog vast voordat ik voorover op de grond val, die met een witzijden loper is bedekt.

'O ja?'

'Ja.' Hij kijkt voor zich uit naar de plek waar Landon staat.

'Je hebt je lippiercing weer in.' Ik begin snel ergens anders over voordat ik mezelf nog meer voor schut zet. We lopen langs mijn moeder, die naast haar man David zit. Ze ziet er een beetje bezorgd uit maar ik moet haar nageven dat ze naar Hardin en mij lacht zodra we langslopen. Als David haar iets toefluistert knikt ze lachend naar hem.

'Ze ziet er veel gelukkiger uit,' fluistert Hardin.

Waarschijnlijk mogen we niet praten terwijl we naar het altaar lopen, maar Hardin en ik staan er bekend om dingen te doen die niet mogen.

Ik heb hem meer gemist dan ik laat merken. In de afgelopen twee jaar heb ik hem maar zes keer gezien en elke keer verlangde ik meer naar hem.

'Dat is ze ook. David heeft een heel goede invloed op haar.'

'Dat weet ik, dat heeft ze me verteld.'

Ik blijf weer staan. Maar dit keer blijft Hardin glimlachend door het eindeloze gangpad schrijden. 'Wat bedoel je?'

'Ik heb je moeder af en toe gesproken. Dat weet je toch wel?'

Maar ik heb geen idee wat hij bedoelt.

'Ze kwam laatst langs in de boekhandel waar ik signeerde nadat mijn tweede boek was verschenen.'

*Wát?* 'Wat zei ze tegen je?' Mijn stem klinkt te hard en een paar gasten kijken net iets te lang naar ons.

'Dat vertel ik je nog wel. Ik heb Landon beloofd zijn bruiloft niet te verpesten.'

Als we het altaar bereiken lacht Hardin naar me en ik doe mijn uiterste best om me te concentreren op de bruiloft van mijn beste vriend.

Maar ik kan mijn ogen niet van zijn getuige afhouden, en kan alleen aan hem denken.

# 79

∞

## Hardin

De receptie is het deel van de bruiloft dat ik het best kan verdragen. Iedereen is wat minder gespannen na een paar gratis drankjes en een veel te dure maar gratis maaltijd.

De ceremonie verliep vlekkeloos: de bruidegom huilde meer dan de bruid en ik ben trots op mezelf omdat ik maar negenennegentig procent van de tijd naar Tessa heb gekeken. Ik heb iets van de geloften en het jawoord gehoord. Dat was het wel zo'n beetje. Te oordelen naar de manier waarop Landon zijn armen om het middel van zijn vrouw houdt en zij om iets lacht wat hij zegt terwijl ze voor de ogen van alle gasten over de dansvloer zwieren, zou ik zeggen dat de bruiloft goed is verlopen.

'Een glas prikwater, als je hebt,' bestel ik bij de vrouw achter de bar.

'Met wodka of gin?' Ze wijst naar de rij flessen met sterkedrank.

'Geen van beide, alleen prik. Geen sterkedrank.'

Even kijkt ze me verbaasd aan, waarna ze knikt, een glas volschenkt en er ijsklontjes in doet.

'Dáár ben je,' klinkt een bekende stem, en ik voel een hand op mijn schouder. Vance komt bij me staan, met zijn zwangere vrouw naast zich.

'Je hebt me zeker gezocht, hè?' merk ik sarcastisch op.

'Nee, hoor.' Kimberly lacht, met een hand op haar dikke buik.

'Alles goed? Je ziet eruit alsof je zo voorover kunt vallen met dat ding.' Ik kijk van haar opgezette voeten naar haar zure gezicht.

'Dat "ding" is mijn baby. Ik ben negen maanden zwanger, maar ik kan je nog steeds een tik verkopen.'

Haar grote mond is nog intact.

'Als je zover kunt komen met die buik van je,' plaag ik haar.

Maar ze bewijst me dat ik ongelijk heb en geeft me een tik. Ik word op een bruiloft geslagen door een hoogzwangere vrouw.

Ik wrijf over mijn arm alsof ze me echt pijn heeft gedaan en ze schiet in de lach wanneer Vance me een klootzak noemt omdat ik zijn vrouw heb uitgedaagd.

'Je zag er goed uit toen je Tessa naar het altaar leidde,' zegt hij. Hij trekt veelbetekenend een wenkbrauw op.

Mijn adem stokt en ik schraap mijn keel. Dan kijk ik om me heen op zoek naar haar lange blonde haren en die verleidelijke satijnen jurk. 'Ja, eigenlijk was ik alleen Landons getuige, meer wilde ik niet voor de bruiloft doen, maar het viel me mee.'

'Die andere jongen is er ook,' zegt Kim. 'Maar hij is niet haar vriend. Die onzin geloofde je toch niet, hè? Ze zijn vaak samen, maar je ziet zo dat het niets is tussen die twee, niet zoals het met jullie is.'

'Wás.'

Kim grijnst met een schrandere blik naar me en knikt naar een tafel dicht bij de bar. Daar zit Tessa, in een satijnen jurk die glanst in het licht van de bewegende lampen. Ze kijkt naar mij, of naar Kimberly. Nee, haar blik is op mij gericht en ze kijkt snel weg.

'Zie je nou: zoals het met jullie ís.' Ze is nog even gevat als altijd en ze lacht om me. Ik drink mijn prikwater op, zet het glas op tafel en bestel een glaasje water. Mijn maag is van streek en ik gedraag me als een klein kind. Ik doe mijn best om niet naar het mooie meisje te staren dat jaren geleden mijn hart heeft gestolen.

Ze heeft het niet gestolen, ze vond het. Zij was degene die ontdekte dat ik überhaupt een hart had. Ondanks alle problemen gaf ze niet op. Ze vond mijn hart en heeft het veilig bewaard, verborgen voor de grote boze buitenwereld. Belangrijker nog, ze hield het voor mij verborgen tot ik zover was dat ik er zelf voor kon zorgen. Twee jaar geleden wilde ze het me teruggeven, maar mijn hart weigerde haar te verlaten. Het zal haar nooit verlaten.

'Jullie twee zijn de koppigste mensen die ik ken,' zegt Vance terwijl hij een glas water voor Kimberly en een wijntje voor zichzelf bestelt. 'Heb je je broertje gezien?'

Als ik om me heen kijk op zoek naar Smith zie ik hem alleen aan een tafeltje zitten, een eindje van Tessa vandaan. Ik wijs naar het jongetje en Vance verzoekt me hem te vragen of hij iets wil drinken. Het jochie is oud genoeg om zijn eigen drankje te bestellen, maar ik ga liever niet bij meneer en mevrouw Wijsneus zitten. Ik loop naar de tafel en ga bij mijn kleine broertje zitten.

'Je had gelijk,' zegt Smith, naar me opkijkend.

'Waarover dit keer?' Ik laat me tegen de versierde rugleuning zakken, me afvragend hoe Landon en Tessa deze bruiloft 'klein en eenvoudig' kunnen noemen terwijl elke verdomde stoel bedekt is met een gordijnachtige versiering.

'Dat bruiloften saai zijn.' Smith lacht en ik zie dat hij aan het wisselen is. Hij mist een paar tanden, waaronder een voortand. Hij is best schattig voor een kleine nerd die niet zo van mensen houdt.

'We hadden om geld moeten wedden.' Ook ik lach en ik laat mijn blik weer op Tessa rusten.

Smith doet hetzelfde. 'Ze ziet er mooi uit vandaag.'

'Ik waarschuw je al jaren, jongen. Waag het niet dat ik een begrafenis veroorzaak op een bruiloft.' Ik geef hem een vriendschappelijk klapje en er verschijnt een scheef lachje om zijn mond dat zijn fietsenrek laat zien.

Het liefst zou ik naar haar toe lopen en die dokter in spe van zijn stoel duwen zodat ik bij haar kan zitten. Ik wil haar vertellen hoe mooi ze is en hoe trots ik op haar ben omdat ze een uitmuntende student aan de NYU is. Ik wil zien dat ze zich ontspant, ik wil haar horen lachen en ik wil zien hoe haar lach de hele zaal doet oplichten.

Ik buig me naar Smith toe. 'Wil je iets voor me doen?'

'Wat?'

'Ik wil dat je een praatje maakt met Tessa.'

Blozend schudt hij zijn hoofd. 'Echt niet.'

'Alsjeblieft. Doe het nou even.'

'Nee.'

Koppig kereltje.

'Weet je nog, die modeltrein die je zo graag wilde hebben en die je vader niet wilde kopen?'

'Ja?' Nu heb ik opeens zijn aandacht.

'Die krijg je van mij.'

'Koop je me om?'

'Dat heb je goed.'

Het jochie kijkt me van opzij aan. 'Wanneer ga je die kopen?'

'Als je het voor elkaar krijgt dat ze met je gaat dansen, koop ik hem volgende week.'

'Nee, voor dansen moet je hem morgen kopen,' onderhandelt hij.

'Oké.' Shit, hij is hier goed in.

Hij kijkt van Tessa weer naar mij. 'Deal,' zegt hij, en hij staat op. Dat was makkelijk.

Ik kijk hem na als hij naar Tessa loopt. Haar glimlach beneemt me de adem, zelfs nu ik twee tafeltjes van haar vandaan zit. Ik geef hem dertig seconden voordat ik ook naar haar tafeltje loop. De jongen naast haar negeer ik en ik geniet ervan dat haar gezicht opklaart zodra ze mij naast Smith ziet staan.

'Ah. Daar ben je.' Ik leg mijn handen op Smiths schouders.

'Wil je met me dansen, Tessa?' vraagt mijn broertje.

Verbaasd kijkt ze hem aan en haar wangen kleuren verlegen in het licht. Maar ik ken haar en weet dat ze hem niet teleur zal stellen.

'Ja, natuurlijk.' Ze glimlacht naar Smith en... hoe-heet-hij-ook-alweer staat op om haar overeind te helpen. Wat een beleefde sukkel!

Ik kijk Tessa en Smith na als ze naar de dansvloer gaan en ik ben Landon en zijn vrouw dankbaar voor de langzame sentimentele muziek. Smith ziet er ongelukkig uit als ze dansen en Tessa lacht nerveus.

'Hoe gaat het met je?' vraagt de dokter terwijl we allebei naar dezelfde vrouw kijken.

'Goed, met jou?' Ik kan maar beter aardig tegen hem zijn, hij is immers aan het daten met de vrouw van wie ik mijn hele leven zal houden.

'Prima. Ik zit nu in mijn tweede jaar geneeskunde.'

'Dus ongeveer nog tien jaar te gaan?' Ik lach in een poging zo vriendelijk mogelijk te doen tegen de jongen van wie ik weet dat hij gevoelens voor Tessa heeft.

Daarna verontschuldig ik me en loop ik naar Tessa en Smith. Zodra ze me ziet verstart ze.

'Mag ik het overnemen?' vraag ik, terwijl ik een rukje aan het nette overhemd van Smith geef voordat ze het me kunnen weigeren. Vlug leg ik mijn handen om haar heupen en ik volg haar. Maar de aanraking overweldigt me en ik verstijf.

Het is zo lang geleden dat ik haar in mijn armen hield, veel te lang. Een paar maanden geleden kwam ze naar Chicago voor de bruiloft van een vriendin, maar ze nodigde me niet uit als haar date. Ze ging er alleen naartoe, en daarna gingen we uit eten. Het was gezellig. Ze dronk een wijntje en we deelden een enorme berg ijs met stukjes chocolade en te veel warme chocoladesaus. Vervolgens vroeg ze of ik nog wat kwam drinken in het hotel. Ze nam nog een wijntje en ik dronk prikwater en we vielen in slaap nadat we op de grond van haar hotelkamer hadden gevreeën.

'Ik dacht: laat ik je verlossen, hij is te klein om mee te dansen, een slechte danspartner,' zeg ik uiteindelijk als ik weer enigszins helder kan denken.

'Hij vertelde me dat je hem heb omgekocht.' Lachend schudt ze haar hoofd.

'Die kleine etterbak.' Ik kijk de verrader boos aan terwijl hij weer in z'n eentje aan een tafeltje gaat zitten.

'Jullie kunnen het beter met elkaar vinden dan de laatste keer dat ik jullie zag,' zegt ze vol bewondering, en ik voel mijn wangen gloeien.

'Dat zal wel.' Ik haal mijn schouders op en ze pakt ze steviger vast. Nu slaak ik een zucht en ik weet dat ze het kan horen.

'Je ziet er geweldig uit.' Ze staart naar mijn piercing. Die heb ik een paar dagen nadat ik haar in Chicago had ontmoet weer in gedaan.

'En? Is dat een compliment?' Ik trek haar dichter tegen me aan en ze stribbelt niet tegen.

'Dat is het zeker, lekker ding. Heel sexy.' Dat laatste flapt ze er per ongeluk uit, ik zie het aan haar ogen en omdat ze op haar onderlip bijt.

'En jij bent de sexyste vrouw die hier is, dat ben je altijd en overal.'

Ze buigt haar hoofd om haar gezicht achter de bos blonde krullen te verbergen.

'Verstop jezelf niet, niet voor mij,' zeg ik zacht. Door deze bekende woorden word ik overspoeld door nostalgische gevoelens en aan haar gezicht kan ik zien dat ze hetzelfde voelt.

Vlug begint ze over iets anders. 'Wanneer verschijnt je volgende boek?'

'Volgende maand. Heb je de eerste versie van het manuscript gelezen dat ik je heb gemaild?'

'Ja.'

Ik maak van de gelegenheid gebruik om haar tegen me aan te drukken.

'Ik heb elk deel gelezen, weet je nog?'

'Wat vond je ervan?' Het liedje is afgelopen en er begint een nieuw nummer. Zodra de vrouwenstem door het vertrek klinkt kijken we elkaar diep in de ogen.

'Dit nummer...' Tessa lacht zachtjes. 'Natuurlijk draaien ze dit.'

Ik strijk een losse krul die voor haar ogen hangt weg en ze slikt terwijl ze langzaam knippert. 'Ik ben zo blij voor je, Hardin. Je bent een geweldige schrijver, je laat zien dat mensen kunnen afkicken van een alcoholverslaving en hun leven kunnen beteren. Ik heb het interview in de *Times* gelezen over opgroeien met een ouder die alcoholist is.' Er glinsteren tranen in haar ogen en ik weet zeker dat ik me niet langer kan beheersen als ze gaat huilen.

'Zo veel stelt het niet voor.' Ik haal mijn schouders op. Het is fijn dat ze trots op me is, maar ik voel me schuldig over wat het met haar heeft gedaan. 'Ik had dit nooit verwacht, ik wil dat je dat weet. Het was niet mijn bedoeling om je in het openbaar in verlegenheid te brengen met wat ik heb geschreven.' Dit heb ik haar al zo vaak gezegd en ze reageert altijd weer positief.

'Maak je daar maar geen zorgen om.' Ze lacht naar me. 'Zo erg was het nou ook weer niet. Je hebt veel mensen geholpen, ze zijn weg van je boeken, net als ik.' Tessa bloost en ook ik voel mijn wangen gloeien.

'Dit had ónze bruiloft moeten zijn,' flap ik eruit.

Ze houdt op met dansen en heel even verdwijnt de glans van haar gezicht. 'Hardin.' Ze kijkt me boos aan.

'Theresa,' zeg ik om haar te plagen. Ik maak geen grapje en dat weet ze. 'Ik dacht dat de laatste bladzijde je van gedachten zou doen veranderen. Dat dacht ik echt.'

'Mag ik jullie aandacht, alsjeblieft?' zegt de zus van de bruid in de microfoon. Ik erger me dood aan haar. Ze staat op het podium in het midden van de zaal, maar ik kan haar nauwelijks zien omdat ze achter het spreekgestoelte verdwijnt, zo klein is ze.

'Ik moet me klaarmaken voor mijn speech,' kreun ik, en ik haal een hand door mijn haar.

'Ga je speechen?' Tessa loopt met me mee naar de tafel van het bruidspaar. Ze lijkt de dokter in spe te zijn vergeten, wat ik niet erg vind. Sterker nog, ik ben er blij om.

'Ja, ik ben toch getuige, weet je nog?'

'Dat weet ik.' Ze geeft me een zacht duwtje tegen mijn schouder en ik reik naar haar pols. Ik wilde een kus op haar huid drukken maar plotseling zie ik een kleine ronde tattoo op haar pols.

'Wat is dit in godsnaam?' Ik breng haar pols naar mijn gezicht.

'Ik heb een weddenschap verloren toen ik eenentwintig werd.' Ze schiet in de lach.

‘Onvoorstelbaar, heb je een smiley laten tatoeëren?’ Ik moet er ook om lachen. De tattoo van het kleine lachebekje is zo belachelijk en zo slecht uitgevoerd dat het gewoonweg hilarisch is. Maar ik had er wel graag bij willen zijn toen ze zich liet tatoeëren, én ik had op haar verjaardag willen zijn.

‘Ja.’ Ze knikt trots terwijl ze met haar wijsvinger rondjes om de tattoo draait.

‘Heb je er nog meer?’ Ik hoop van niet.

‘Nee, ik kijk wel uit. Eentje is genoeg.’

‘Hardin!’ roept de kleine vrouw, en ik stel mijn kus op Tessa’s pols nog even uit. Ze trekt haar hand opeens weg en terwijl ik naar het podium loop, hoop ik dat het geen afkeer maar schrik was.

Landon en zijn vrouw zitten aan het hoofd van de tafel. Hij heeft zijn arm om haar rug geslagen en haar beide handen rusten op zijn hand. Pfff! Pasgetrouwde stelletjes! Ik kan niet wachten tot ze elkaar in de haren vliegen, volgend jaar rond deze tijd.

Maar misschien zijn zij anders.

Ik neem de microfoon van de chagrijnige vrouw aan en schraap mijn keel. ‘Hallo.’ Mijn stem klinkt vreemd en aan Landons gezicht zie ik dat hij zich verkneukelt. ‘Ik hou er niet van om voor een groep mensen te praten. Wat zeg ik, ik hou er niet eens van om me in een groep te begeven, dus ik hou het kort,’ beloof ik de bruiloftsgasten. ‘Het merendeel van jullie is inmiddels waarschijnlijk dronken of verveelt zich dood, dus voel je niet verplicht om te luisteren.’

‘Kom op, Hardin, to the point.’ Landons bruid lacht en heft een glas champagne naar me. Landon knikt instemmend en ik steek in het bijzijn van iedereen mijn middelvinger naar ze op. Onmiddellijk schiet Tessa op de voorste rij in de lach en slaat een hand voor haar mond. ‘Ik heb het opgeschreven zodat ik niet zou vergeten wat ik wil zeggen.’

Ik haal een verkreukeld servet uit mijn zak en vouw het open. ‘Toen ik Landon voor het eerst ontmoette had ik meteen een hekel aan hem.’ Iedereen lacht alsof ik een grapje maak, maar ik meen het. Ik had een hekel aan hem omdat ik mezelf verachtte.

‘Hij had alles wat ik in mijn leven wilde: een familie, een vriendin, een goede toekomst.’ Wanneer ik naar Landon kijk zie ik hem lachen, een lichte blos op zijn wangen, die ik aan de champagne wijt.

‘Hoe dan ook, door de jaren heen zijn we vrienden geworden, en zelfs familie. Ik heb veel van hem geleerd, vooral hoe je als een echte man te gedragen, zeker in de afgelopen twee jaar met de problemen die ze hadden.' Ik lach naar Landon en zijn bruid, niet van plan om daarover uit te weiden.

'Ik zal er een einde aan breien. Wat ik wil zeggen is: bedankt Landon, je bent een eerlijke vent. Je maakte het me moeilijk als ik erom vroeg. Eigenlijk kijk ik tegen je op, al is dat belachelijk. Ik wens je alle geluk van de wereld, je verdient het. En je verdient het dat je de liefde van je leven hebt getrouwd, hoe snel jullie dit ook hebben geregeld.'

De gasten lachen opnieuw.

'Je weet niet hoeveel geluk je hebt dat je je leven mag delen met je soulmate, dat weet je pas als je zonder haar moet leven.' Ik leg de microfoon neer en opeens zie ik een glimp van de zilverkleurige jurk tussen de gasten door schieten. Vlug spring ik van het podium af om mijn meisje achterna te lopen terwijl de gasten een toost uitbrengen.

Zodra ik Tessa heb ingehaald duwt ze net de deur van het damestoilet open en ze verdwijnt naar binnen. Ik neem niet de moeite om te kijken of iemand me ziet en ga achter haar aan. Als ik haar zie staat ze tegen de wastafel aan met haar handen op het marmer gesteund.

Met betraande ogen en natte wangen kijkt ze in de spiegel. Als ze mij ziet draait ze zich om.

'Je kunt niet zo over ons praten voor al die mensen. Over soulmates.' Dat laatste zegt ze snikkend.

'Waarom niet?'

'Omdat...' Maar ze kan geen reden vinden.

'Omdat je weet dat ik gelijk heb?' spoor ik haar aan.

'Omdat je dat soort intieme dingen niet in het openbaar zegt. Je doet het in je interviews ook steeds.' Ze zet haar handen in haar zij.

'Ik probeerde je aandacht te trekken.' Ik doe een stap in haar richting.

Dan trekt ze een verongelijkt gezicht en even denk ik dat ze gaat stampvoeten.

'Ik ben kwaad.' Haar stem klinkt nu zachter en ze kan niet ontkennen dat ze me lief aankijkt.

'Dat snap ik.' Ik strek mijn armen naar haar uit. 'Kom eens hier,' smeek ik haar.

Ze gehoorzaamt en loopt naar me toe, waarna ik haar in mijn armen neem om haar te omhelzen. Dit voelt zo goed! Veel beter nog dan welke seks ook. Om hier zo bij elkaar te staan, naar elkaar toe getrokken op een manier die alleen wij begrijpen, maakt me de gelukkigste man die hier rondloopt.

'Ik heb je zo gemist,' fluister ik tussen haar haren.

Ze strijkt met haar handen over mijn schouders en trekt mijn zware colbertje uit. Het dure kledingstuk valt op de vloer.

'Weet je het zeker?' Ik leg mijn handen om haar mooie gezicht.

'Ja, met jou altijd.' Dan drukt ze haar lippen op mijn mond en ik voel de kwetsbaarheid en de opluchting; haar lippen trillen en haar ademhaling is langzaam.

Plotseling – en te snel – trek ik me terug en laat ze mijn riem los. 'Ik blokkeer de deur even.' Gelukkig staan er altijd stoelen in het damestoilet en ik trek er twee naar de deur om ervoor te zorgen dat er niemand binnen kan komen.

'Doen we dit echt?' vraagt Tessa terwijl ik haar lange jurk tot haar middel optil.

'Verbaast het je?' Lachend begin ik haar te zoenen. Haar mond smaakt vertrouwd en het is alsof ik thuiskom nadat ik zo lang alleen in Chicago heb gewoond. De afgelopen jaren heb ik alleen maar kleine beetjes van haar gekregen.

'Nee.' Gehaast maakt ze mijn broek open en ik hou mijn adem in als ze haar hand om mijn pik in mijn boxershort legt.

Het is zo verdomd lang geleden, te lang.

'Wanneer was jouw laatste keer?'

'Met jou in Chicago,' verzeker ik haar. 'En jij?'

'Ook toen.'

Ik trek me terug om in haar ogen te kijken om te zien of ze de waarheid spreekt. 'Echt?' vraag ik, al is haar gezicht een open boek voor mij.

'Ja, met niemand anders, alleen met jou.' Ze trekt mijn boxershort omlaag en ik duw haar tegen de wastafel, waarna ik haar volslanke dijen met mijn handen spreid.

'Fuck!' Ik moet op mijn tong bijten als ik ontdek dat ze geen slipje aanheeft.

In verlegenheid gebracht kijkt ze omlaag. 'Je kon de naden door de jurk zien.'

'Je maakt me helemaal gek, schatje.' Terwijl ze met beide handen op en neer beweegt wordt mijn erectie nog harder.

'We moeten opschieten,' jammert ze wanhopig en ik voel hoe vochtig ze is als ik met mijn vinger over haar klit wrijf. Ze kreunt en laat haar hoofd wellustig naar achteren tegen de spiegel vallen terwijl ze haar benen verder spreidt.

'Het condoom?' vraag ik, haast niet meer in staat helder te denken.

Wanneer ze niet reageert duw ik mijn vinger bij haar naar binnen en liefkoos haar tong met de mijne. Elke kus is een bekentenis: *Ik hou van je, ik heb je nodig.* Ik zuig op haar onderlip: *Ik wil je niet nog eens kwijtraken,* en ik stoot in haar. We kreunen allebei nu ik diep in haar ben.

'Je bent zo heerlijk nauw,' verzucht ik. Ik kan mezelf elk moment in verlegenheid brengen door klaar te komen. Maar dit gaat niet om bevrediging, ik wil haar laten inzien dat we voor elkaar bestemd zijn, onvermijdelijk tot elkaar gedoemd. Samen zijn we sterk, we hebben een ongekende kracht, hoezeer wij en anderen ook proberen ertegen te vechten.

We horen bij elkaar, dat valt niet te ontkennen.

'O god...' Ze zet haar nagels in mijn rug terwijl ik me even terugtrek om vervolgens nog dieper in haar te stoten. Ze verschuift haar lichaam, iets wat ze altijd doet om me helemaal te kunnen voelen.

'Hardin,' kreunt ze bij mijn hals, en ze bijt zachtjes in mijn huid. Ik voel een tinteling langs mijn ruggengraat trekken en kom bijna klaar. Met mijn ene hand duw ik haar dichter tegen me aan, waarbij ik haar een beetje optil om nog dieper in haar te kunnen komen. Met mijn andere hand omvat ik haar volle borsten, waarop ze de jurk openmaakt en haar borsten ontbloot. Ik zuig aan haar huid en trek met mijn lippen zachtjes aan haar harde tepels. Dan breng ik haar naam grommend en kreunend uit als ik klaarkom.

Hijgend roept ze nu ook mijn naam uit terwijl ik over haar klit wrijf en in haar stoot. Het geluid van haar dijen als ik tegen haar aan ram maakt me alweer geil en ik krijg opnieuw een stijve. Het is zo lang geleden en ze is de enige perfecte vrouw voor mij. Haar lichaam eist dat van mij op, ze bezit me volledig.

'Ik hou van je,' zegt ze, en haar stem klinkt gespannen als ze zich in mij verliest en me toestaat haar te vinden. Tessa's orgasme lijkt eindeloos en ik geniet ervan. Dan ontspant haar lichaam zich helemaal en ze leunt tegen me aan, haar hoofd tegen mijn borst, terwijl ze op adem komt.

'Dat heb ik gehoord.' Ik druk een kus op haar bezwete voorhoofd en ze lacht loom naar me.

'We zijn een raar stel,' fluistert ze en ze houdt haar hoofd omhoog om me recht aan te kunnen kijken.

'Een onmiskenbaar, perfect chaotisch stel.'

'Hang nou niet de schrijver uit,' zegt ze plagend en buiten adem.

'Trek je niet weer terug. Ik weet dat je mij ook hebt gemist.'

'Ja, ja.' Ze slaat haar armen om me heen en ik strijk de haren van haar voorhoofd.

Ik ben zo blij dat ze na al die tijd weer hier is met mij, in mijn armen, lachend en plagend, en ik wil het niet verpesten. Het was een harde leerschool om te ervaren dat het leven geen gevecht hoeft te zijn. Soms heb je vanaf het begin al problemen en soms veroorzaak je die in de loop van je leven zelf, maar er is altijd hoop.

Er komt altijd een nieuwe dag, er is altijd een manier waarop je de dingen die je verkeerd hebt gedaan kunt rechtzetten en het kunt goedmaken met de mensen die je hebt gekwetst. Er is altijd iemand die van je houdt, zelfs wanneer je eenzaam ronddoolt, wachtend op de volgende teleurstelling. Er komt altijd een betere tijd.

Het is moeilijk om dat in te zien, maar het is zo. Te midden van alle ellende en zelfverachting was Tessa er voor mij. Ze was er voor me tijdens mijn verslaving, mijn zelfmedelijden en de verkeerde keuzes die ik heb gemaakt. Ze was er terwijl ik me erdoorheen worstelde, ze hield mijn hand de hele weg vast; zelfs nadat ze bij me was weggegaan was ze er voor me en hielp ze me erdoorheen.

Ik heb de hoop nooit verloren, want Tessa is mijn hoop.

Dat is altijd zo geweest en zal altijd zo blijven.

'Blijf je vannacht bij mij? We kunnen nu weggaan. Blijf bij me,' smeek ik haar.

Ze gaat rechtop zitten en trekt de jurk over haar borsten terwijl ze me aankijkt. Haar oogmake-up is uitgelopen en haar wangen zijn rood. 'Mag ik iets zeggen?'

'Sinds wanneer vraag je me dat?' Ik raak met mijn wijsvinger het puntje van haar neus aan.

'Je hebt gelijk.' Ze lacht. 'Ik vind het heel erg dat je niet beter je best hebt gedaan.'

'Dat deed ik wel, maar...'

Ze steekt een vinger omhoog om me het zwijgen op te leggen. 'Ik vind het heel erg dat je niet beter je best hebt gedaan, maar het is niet eerlijk van me om dat te zeggen, aangezien ik bij je ben weggegaan.

Ik bleef je maar onder druk zetten en verwachtte te veel van je. Ik was zo kwaad over het boek en alle aandacht die ik niet wilde dat het me totaal beheerste. Ik had het gevoel dat ik je niet kon vergeven vanwege de mening van anderen. Maar nu ben ik boos op mezelf omdat ik ernaar heb geluisterd. Het kan me niets schelen wat mensen van ons vinden, of van mij. Ik geef alleen om de mening van mensen van wie ik hou, en die van mij houden en me steunen. Ik wil je laten weten dat het me spijt dat ik me de mening van anderen zo heb aangetrokken en heb geluisterd naar stemmetjes die niet in mijn hoofd thuishoorden.'

Ik sta voor de wastafel en Tessa zit er nog steeds op, ik ben er stil van. Deze wending had ik niet verwacht. Ik ging naar de bruiloft in de hoop op iets kleins als een glimlach van haar, meer niet.

'Ik weet niet wat ik moet zeggen.'

'Dat je het me vergeeft?' fluistert ze nerveus.

'Natuurlijk vergeef ik je.' Ik lach naar haar. Is ze soms gek geworden? Natuurlijk vergeef ik haar. 'En vergeef jij mij? Voor alles? Of nou ja, bijna alles?'

'Ja.' Ze knikt en reikt naar mijn hand.

'Nu weet ik echt niet wat ik moet zeggen.' Ik haal een hand door mijn haar.

'Dat je misschien nog steeds met me wilt trouwen?' Met grote ogen kijkt ze me aan, en die van mij lijken van verbazing bijna uit hun kassen te vallen.

'Wát?'

Ze begint te blozen. 'Je hebt me wel gehoord.'

'Trouwen? Tien minuten geleden had je nog een hekel aan me.' Ze drijft me echt tot waanzin.

'Nee, tien minuten geleden hadden we seks in het damestoilet.'

'Meen je het? Wil je met me trouwen?' Ik kan niet geloven dat ze dit zegt. Het is uitgesloten. 'Heb je soms te veel gedronken?' Ik probeer me te herinneren of ik iets van drank proefde toen we zoenden.

'Nee, ik heb een uur geleden alleen een glaasje champagne gedronken. Ik ben niet dronken, maar ik heb er genoeg van om tegen mijn gevoelens te vechten. We zijn tot elkaar gedoemd, weet je nog?' zegt ze spottend en voor de grap met een verschrikkelijk Engels accent.

Vlug druk ik een kus op haar mond om haar tot zwijgen te brengen.

'We zijn het minst romantische stelletje dat er is, weet je dat?' Mijn tong beweegt langs haar zachte lippen.

‘Romantiek wordt overgewaardeerd, realisme is in,’ citeert ze uit mijn laatste roman.

Ik hou van haar. Verdomme, wat hou ik fucking veel van deze vrouw! ‘Trouwen? Wil je dat echt?’

‘Niet vandaag of morgen, maar ik zal het zeker overwegen.’ Ze laat zich van de wastafel zakken en trekt haar jurk recht.

Ik lach. ‘Dat weet ik.’ Ook ik trek mijn kleren recht terwijl ik probeer te begrijpen wat er net is gebeurd. Tessa stemt er min of meer mee in om met me te trouwen... Krijg nou wat!

Speels haalt ze haar schouders op.

‘Las Vegas! Laten we naar Las Vegas gaan, nu meteen.’ Ik haal mijn sleutels uit mijn broekzak.

‘Echt niet! Ik ga niet in Las Vegas trouwen. Je bent gek, jij.’

‘We zijn allebei hartstikke gek, maar wat kan ons het schelen?’

‘Nee, Hardin, dat gaat niet gebeuren.’

‘Waarom niet?’ vraag ik smekend, en ik leg mijn handen om haar gezicht.

‘Las Vegas is vijftien uur rijden hiervandaan.’ Ze kijkt van mij naar haar spiegelbeeld.

‘Is vijftien uur bedenktijd niet lang genoeg?’ grap ik, en ik trek de stoelen bij de deur weg.

Maar dan ben ik geschokt als Tessa haar hoofd wat schuin houdt en zegt: ‘Ja, dat denk ik wel.’

# Epiloog

∞

## Hardin

De rit naar Las Vegas was een uitdaging. De eerste twee uur fantaseerden we over de perfecte Las Vegas-bruiloft. Tessa speelde met haar krullende lokken en keek me met rode wangen aan terwijl ze stralend van geluk naar me lachte, iets wat ik zo lang niet had gezien.

'Ik vraag me af hoe makkelijk het in werkelijkheid is om in Las Vegas te trouwen, last minute, à la Ross en Rachel,' zei ze met haar blik op haar mobieltje gericht.

'Je bent er zeker naar aan het googelen, hè?' vroeg ik. Ik bracht mijn hand naar haar schoot en deed het raampje van de huurauto op een kiertje open.

Net buiten Boise, Idaho, stopten we om te tanken en wat te eten te kopen. Tessa was moe geworden en liet haar hoofd hangen. Haar oogleden zakten dicht. Toen ik een plekje had gevonden om te parkeren, schudde ik haar zachtjes bij haar schouder wakker.

'Zijn we er al?' vroeg ze voor de grap, wetend dat we nog maar halverwege waren.

We stapten uit en liepen naar de toiletten. Ik vind dit soort benzinestations altijd prettig omdat ze doorgaans goed verlicht zijn en het er druk is. Dat verkleint de kans om te worden vermoord of iets dergelijks.

Toen ik uit het toilet kwam, zag ik Tessa in de shop bij de afdeling met snacks staan, haar handen al vol junkfood: zakken chips, chocolade en zo veel energydrankjes dat ze die bijna niet met haar kleine handen kon vasthouden.

Even bleef ik staan om naar de vrouw te kijken die over een paar uur mijn echtgenote zou zijn. Mijn wederhelft! Na alles wat we hebben meegemaakt, het geharrewar over wel of niet trouwen, had geen van ons gedacht dat het er echt van zou komen, en dat we op weg zouden gaan naar Las Vegas om in een klein kerkje te trouwen. Op mijn drieëntwintigste zou ik iemands echtgenoot worden – Tessa's echtgenoot – en er was niets wat me gelukkiger kon maken.

Ondanks de klootzak die ik was, zou het toch goed aflopen. Ze zou me door haar tranen heen lachend aankijken en ik zou iets stoms zeggen over een Elvis lookalike die tijdens onze trouwerij langsliep.

'Moet je kijken, Hardin.' Tessa wees met haar elleboog naar de hoeveelheid snacks. Ze droeg die broek – je weet welke ik bedoel. Ze droeg onderweg naar haar eigen bruiloft een yogabroek en een NYU-hoodie met een rits. Maar ze was van plan om zich om te kleden in het hotel – welk hotel wisten we nog niet. Ze zou geen trouwjurk dragen, zoals ik me altijd had voorgesteld.

'Vind je het niet jammer dat je geen trouwjurk hebt?' vroeg ik.

Lachend schudde ze haar hoofd en ze keek me met grote ogen aan. 'Waarom vraag je me dat opeens?'

'Ik vroeg het me af. Het schoot door me heen dat je niet de bruiloft krijgt waarvan vrouwen altijd dromen. Je krijgt geen bloemen en zo.'

Ze gaf me een zak met een soort oranje kaasknabbels aan. Er liep een oudere man langs die naar haar lachte, maar toen zijn blik die van mij kruiste, keek hij snel weg.

'Bloemen? Dat meen je toch niet, hè?' Ze rolde met haar ogen naar me terwijl ze langs me liep en negeerde dat ik in reactie daarop ook met mijn ogen rolde. Vlug liep ik achter haar aan en botste net niet tegen een kind met lichtgevende schoenen op, dat wiebelig aan de hand van zijn moeder meeliep.

'Wat dacht je van Landon? Je moeder en David? Wil je niet dat ze erbij zijn?' vroeg ik.

Ze draaide zich om en keek me aan. Opeens drong het tot haar door. Gedurende de rit waren we allebei zo opgewonden over ons besluit om in Las Vegas te gaan trouwen dat we de werkelijkheid uit het oog waren verloren.

'O,' verzuchtte ze, en ze staarde naar me terwijl ik naar haar toe liep.

We liepen naar de kassa en ik kon wel raden wat ze dacht: Landon en haar moeder moeten bij de bruiloft zijn, dat moet echt. En Karen, Karen zou heel teleurgesteld zijn als ze er niet bij kon zijn wanneer Tessa mijn vrouw werd.

We betaalden voor het junkfood en de energydrankjes. Beter gezegd, Tessa weigerde mij te laten betalen en ik protesteerde niet.

'Wil je nog steeds naar Las Vegas? Je weet dat je het gewoon kan zeggen, schatje. We kunnen wachten,' zei ik terwijl ik de veiligheidsgordel vastklikte. Ze trok de zak met kaasknabbels open en stopte er een in haar mond.

'Ja,' hield ze vol.

Toch voelde het niet goed. Ik wist dat ze met me wilde trouwen en dat ik mijn leven met haar wilde delen, maar ik wilde niet dat we dit overhaast zouden doen. Ik wilde graag dat onze families erbij konden zijn. Ik wilde dat mijn broertje en de kleine Abby door het gangpad naar het altaar zouden lopen, strooiend met bloemen en rijst en wat de jongste telgen van een familie verder nog doen tijdens een bruiloft. Ik had gezien hoe haar ogen glinsterden toen ze me trots vertelde hoeveel ze had gedaan voor de bruiloft van Landon.

Ik wilde dat alles zo zou gaan als Tessa wilde. Dus toen ze een half uurtje later in slaap viel, keerde ik de auto en reed terug naar Kens huis. Eenmaal weer wakker was ze verbaasd maar ze schold me niet uit. Ze maakte haar gordel los, kroop op mijn schoot en kuste me terwijl de tranen over haar wangen liepen.

'Mijn god, wat hou ik veel van je, Hardin,' zei ze bij mijn hals. We bleven nog een uur zo in de auto zitten. En toen ik haar vertelde dat ik het leuk zou vinden als Smith rijst zou strooien op onze bruiloft, lachte ze en zei ze dat hij dat waarschijnlijk heel precies zou doen, korrel voor korrel.

## Tessa

### *Twee jaar later*

Op de dag van mijn afstuderen was ik zo trots op mezelf. Ik was gelukkig met mijn leven, behalve dan dat ik niet meer bij een uitgever wilde werken. Inderdaad, Theresa Young, het meisje dat obsessief elk detail van haar toekomst plande, was halverwege haar studie van gedachten veranderd.

Het begon toen Landons bruid geen geld wilde uitgeven aan een *weddingplanner*. Ze was niet op andere gedachten te brengen, ondanks het feit dat ze zelf geen idee had hoe ze haar bruiloft moest organiseren. Landon hielp haar. Hij was de ideale verloofde die tot laat op de avond met ons door tijdschriften bladerde of zijn colleges miste omdat hij tot twee keer toe verschillende taarten moest proeven. Ik vond het geweldig om me bezig te houden met de planning van zo'n belangrijke dag voor zo veel mensen. Het was immers wat ik goed kon: organiseren en iets voor anderen doen.

Tijdens de bruiloft bedacht ik dat het me heel leuk leek om zoiets vaker te doen, bij wijze van hobby. De maanden gingen voorbij en ik ging naar bruidsbeurzen, en voor ik het wist was ik ook de bruiloft van Kimberly en Vance aan het organiseren.

Ik hield mijn baan bij Vance in New York aan omdat ik het geld nodig had. Toen Hardin in New York bij me introk, weigerde ik hem alle rekeningen te laten betalen terwijl ik probeerde te ontdekken wat ik in godsnaam wilde. Ik was trots op het behalen van mijn bul, maar ik wilde niet langer in die richting werken. Ik zal altijd van lezen houden – veel boeken heb ik in mijn hart gesloten – maar ik was van gedachten veranderd, spontaan en onverwacht.

Hardin heeft me hierover eindeloos aan mijn hoofd gezeurd, omdat ik altijd zo zeker was geweest van mijn carrièrekeuze. Maar toen ik volwassener werd, realiseerde ik me dat ik niet wist wie ik was toen ik me inschreef aan WCU. Hoe kun je verwachten dat mensen voor de rest van hun leven een bepaalde richting kiezen terwijl ze nog maar aan het begin staan?

Landon had al een baan in het vooruitzicht: leerkracht van groep vijf op een openbare school in Brooklyn. Hardin had vier bestsellers gepubliceerd toen hij nog maar vijfentwintig was. En ik? Ik was nog steeds aan het nadenken over mijn eigen weg, maar dat vond ik niet erg. Ik voelde me niet opgejaagd zoals ik me eerder altijd had gevoeld. Ik wilde de tijd nemen om er zeker van te zijn dat elk besluit me gelukkig zou maken. Voor het eerst in mijn leven stelde ik mijn eigen geluk boven dat van anderen en dat gaf me een heel goed gevoel.

Ik staarde naar mijn spiegelbeeld. In de afgelopen vier jaar heb ik zo vaak getwijfeld aan mijn studie en of ik die zou afmaken. En nu was het dan zover: ik was afgestudeerd. Hardin had geapplaudisseerd en mijn moeder had gehuild. Ze zaten zelfs naast elkaar.

Mijn moeder kwam het damestoilet binnen en ging naast me staan. 'Ik ben zo trots op je, Tessa.'

Ze droeg een avondjurk die te overdreven was voor een buluitreiking, maar ze wilde indruk maken, zoals altijd. Haar blonde haar had ze gekruld en met haarspray perfect in model gebracht en haar nagels had ze in de kleur van mijn toga en baret gelakt. Dat was ook wat overdreven, maar ze was trots op me en dat wilde ik haar niet ontnemen. Ze had me opgevoed om te slagen in het leven en alles te bereiken wat zij niet had kunnen bereiken. En nu, als volwassene, begreep ik dat.

'Dank je,' zei ik, terwijl ze mij haar lipgloss gaf die ik dankbaar aannam, hoewel ik mijn make-up niet wilde en niet hoefde bij te werken. Ze zag er tevreden uit toen ik niet protesteerde.

'Is Hardin er nog?' vroeg ik. De lipgloss was plakkerig en te donker naar mijn smaak, maar ik lachte toch naar haar.

'Hij houdt David bezig.' Ze lachte met me mee en ik voelde me nog gelukkiger. Mijn moeder haalde haar vingers door de onderkant van haar krullen. 'Hij nodigde hem uit voor het benefietbal waar hij een praatje houdt.'

'Dat is leuk.' Mijn moeder en Hardin konden beter met elkaar opschieten dan vroeger. Hij zou nooit haar favoriet zijn, maar in de afgelopen jaren had ze meer respect voor hem gekregen en dat had ik nooit voor mogelijk gehouden.

Ook ik heb meer respect voor Hardin Scott gekregen. Het is pijnlijk om aan de laatste vier jaar terug te denken en me te herinneren hoe hij was. Ik was ook niet perfect, maar hij hield zo vast aan zijn verleden dat het me opbrak. Hij heeft fouten gemaakt, destructieve fouten, maar hij heeft het goedgemaakt. Hij zal nooit de geduldigste, beminnelijkste en vriendelijkste man zijn, maar hij is de mijne. Dat is altijd zo geweest.

Toch had ik afstand nodig nadat ik met Landon naar New York verhuisde. We zagen elkaar zo nu en dan, voor zover ons dat lukte. Hij zette me niet onder druk om naar Chicago te verhuizen en ik smeekte hem niet om naar New York te komen. Uiteindelijk verhuisde hij ongeveer een jaar na de bruiloft van Landon, maar het werkte goed voor ons als we bij elkaar langsgingen, hoewel Hardin vaker bij mij kwam dan ik bij hem. Zijn plotselinge 'werkbezoekjes' in de stad vond ik verdacht, maar ik was altijd blij om hem te zien en wilde dat hij zou blijven als hij vertrok.

Ons appartement in Brooklyn was oké. Hoewel hij goed verdiende was Hardin bereid om naar een woning te verhuizen waar ik aan kon meebetalen. Tussen het organiseren van bruiloften en mijn colleges door werkte ik in het restaurant en hij klaagde daar nauwelijks over.

We waren nog steeds niet getrouwd en dat vond hij verschrikkelijk. Ik kon maar geen besluit nemen en bleef twijfelen. Ik wilde zijn echtgenote worden, maar ik had er genoeg van om alles in een hokje te moeten stoppen. Dat had ik niet meer nodig, hoewel ik opgegroeid was in de overtuiging dat het wel zo was.

Alsof mijn moeder mijn gedachten kon lezen boog ze zich naar me toe en verschoof mijn halsketting zodat die recht hing. 'Heb je al een datum geprikt?' vroeg ze voor de derde keer deze week. Ik vond het fijn dat mijn moeder, David en zijn dochtertje op bezoek waren, maar ze maakte me gek met haar nieuwe obsessie: mijn bruiloft, of beter gezegd, het ontbreken ervan.

'Mam,' waarschuwde ik haar. Ik zou me erbij neerleggen als ze me zou uitdossen voor mijn bruiloft, ik heb haar vanochtend zelfs mijn sieraden laten uitkiezen, maar daar blijft het bij als ik ga trouwen.

Ze stak haar handen omhoog en lachte. 'Oké, prima.'

Omdat ze me een kus op mijn wang gaf en zich vrij makkelijk gewonnen gaf, wist ik dat ze iets van plan was. Ik liep achter haar aan het toilet uit en mijn ergernis verdween meteen toen ik Hardin tegen de muur geleund zag staan. Hij hield zijn lange haar omhoog en bond er een elastiek omheen. Ik vond het lange haar hem goed staan. Maar mijn moeder trok haar neus op toen hij zijn haar in een knot bond, waarop ik nogal onvolwassen in de lach schoot om haar zichtbare afkeuring.

'Ik vroeg Tessa net of jullie al een datum hebben geprikt voor de mogelijke bruiloft,' zei mijn moeder terwijl Hardin een arm om mijn middel legde en zijn gezicht tegen mijn hals drukte. Toen hij grinnikte voelde ik zijn adem langs mijn hals strijken.

'Kon ik je die maar vertellen,' verzuchtte hij en hij draaide zijn hoofd naar haar toe. 'Maar je weet hoe koppig ze is.'

Mijn moeder knikte bevestigend en ik was zowel geërgerd als trots omdat ze met z'n tweeën tegen me hadden samengespannen.

'Dat weet ik. Dat heeft ze van jou,' zei mijn moeder op verwijtende toon.

David pakte haar hand vast en bracht die naar zijn mond om er een kus op te drukken. 'Rustig aan, jullie. Ze is net afgestudeerd, gun haar een beetje tijd.'

Ik lachte dankbaar naar David en hij gaf me een knipoog, waarna hij nog een kus op mijn moeders hand drukte. Hij was zo lief voor haar en dat waardeerde ik zeer.

## Hardin

### *Weer twee jaar later*

We probeerden nu ruim een jaar zwanger te raken. Tessa wist hoe haar kansen lagen. Ik wist dat het ons niet zou meezitten, zoals nooit het geval was geweest, toch bleven we hopen. We hielden hoop tijdens de vruchtbaarheidsonderzoeken en ovulatiekalenders. We neukten en bedreven de liefde als we maar even de gelegenheid kregen. Ze probeerde de gekste middeltjes uit grootmoeders tijd en ik dronk een bitterzoet brouwsel met klonten, waarvan Tessa stellig beweerde dat het bij de man van een vriendin had gewerkt.

Landon en zijn vrouw verwachtten over drie maanden een meisje en wij waren de peetouders van de kleine Addelyn Rose. Ik veegde de tranen van Tessa's wangen nadat ze had beloofd te helpen bij de organisatie van het kraamfeest en deed alsof ik niet verdrietig was toen we Addy's kamertje hielpen schilderen.

Het was een heel gewone ochtend en ik had Christian net aan de telefoon gehad. We moesten de reis van Smith bespreken, die een paar weken bij ons kwam logeren in de zomer. Maar hij had dat als voorwendsel gebruikt om in werkelijkheid iets aan me voor te leggen. Hij wilde graag dat ik een boek bij Vance zou laten uitgeven. Ik vond het een goed idee, al liet ik dat niet merken. Ik wilde me niet laten kennen en deed alsof ik op een beter aanbod wachtte.

Plotseling kwam Tessa binnengestormd, met haar joggingbroek nog aan. Haar wangen waren rood van de koude buitenlucht van maart en haar haar zat in de war door de wind. Ze kwam terug van haar vaste wandeling naar Landons appartement, maar ze wekte de indruk dat ze haast had en zelfs een beetje in paniek was, waardoor ik het benauwd kreeg.

'Hardin!' riep ze uit terwijl ze door de woonkamer naar de keuken liep. Haar ogen waren rood en de moed zakte me in de schoenen.

Ik stond op en ze hield een hand omhoog om aan te geven dat ik even moest wachten.

'Kijk,' zei ze, en ze haalde iets uit haar zak.

Geduldig wachtte ik tot ze haar hand zou opendoen.

Er lag een kort stickje in. Ik had in het afgelopen jaar te veel negatieve testen gezien om te denken dat het nu anders zou zijn, maar haar bevende hand en haar stem die brak toen ze probeerde te praten, vertelden me onmiddellijk hoe het zat.

'Ja?' was het enige wat ik kon uitbrengen.

'Ja.' Ze knikte en haar stem klonk zacht maar levendig. Ik keek haar aan en ze legde haar handen om mijn gezicht. Pas toen ze mijn tranen wegveegde wist ik dat ik huilde.

'Weet je het zeker?' vroeg ik.

'Ja, heel zeker.' Nu probeerde ze te lachen maar ze barstte uit in tranen van geluk, net als ik. Ik nam haar in mijn armen en tilde haar op het aanrecht. Daarna drukte ik mijn hoofd tegen haar buik en beloofde de baby dat ik een betere vader zou zijn dan mijn beide vaders ooit waren geweest. Sterker nog, ik zou de beste vader zijn.

Tessa maakte zich klaar voor onze afspraak met Landon en zijn vrouw terwijl ik een van de vele bruidsmagazines doorbladerde die Tessa overal in het appartement liet rondslingeren. Tot ik iets hoorde, een haast onmenselijk geluid.

Het kwam uit de badkamer naast onze slaapkamer en ik sprong meteen op om me naar de deur te haasten.

'Hardin!' zei Tessa opnieuw. Dit keer stond ik bij de deur en haar stem klonk angstiger dan de eerste keer dat ze me had geroepen.

Ik duwde de deur open en zag haar naast het toilet op de grond zitten.

'Er is iets mis!' riep ze uit terwijl ze haar tengere handen tegen haar buik drukte. Haar slipje lag op de grond en ik zag dat het onder het bloed zat. Ik kokhalsde, niet in staat om iets te zeggen.

Meteen ging ik bij haar zitten en nam haar gezicht tussen mijn handen.

'Het komt goed,' loog ik terwijl ik mijn mobieltje uit mijn broekzak haalde.

De toon van de dokter aan de andere kant van de lijn en de blik in Tessa's ogen bevestigden mijn ergste nachtmerrie.

Ik droeg mijn verloofde naar de auto. Bij elke snik die ik tijdens de lange, lange rit naar het ziekenhuis hoorde, ging ik een beetje dood vanbinnen.

Een half uur later hadden we een antwoord. Ze waren heel erg vriendelijk toen ze ons vertelden dat Tessa de baby had verloren, maar dat deed niets af aan de scherpe pijn die door me heen schoot elke keer dat ik de totale verslagenheid in Tessa's ogen zag.

'Het spijt me zo, het spijt me,' bracht ze snikkend tegen mijn borst uit nadat de verpleegster ons alleen had gelaten in de kamer.

Met mijn hand onder haar kin duwde ik haar hoofd omhoog zodat ze me zou aankijken. 'Nee, lieverd. Je hoeft je niet te verontschuldigen,' vertelde ik haar telkens weer. Ik streek haar haren teder uit haar gezicht en deed mijn best om niet aan het verlies te denken van het belangrijkste in ons leven.

Toen we die avond thuiskwamen, liet ik Tessa weten hoeveel ik van haar hield en wat voor geweldige moeder ze op een goede dag zou zijn. Ik hield haar in mijn armen tot ze zichzelf in slaap had gehuild.

Zodra ik wist dat ze voorlopig niet wakker zou worden liep ik door de gang naar de babykamer. Ik deed de kast open en viel op mijn knieën. Het was nog te vroeg geweest om te weten of de baby een jongetje of een meisje was, maar in de afgelopen weken had ik wat kleine dingetjes gekocht. Ze zaten in tasjes en doosjes en ik wilde ze nog één keer bekijken voordat ik alles zou wegdoen. Ik wilde niet dat Tessa de spulletjes zou zien. Ik wilde haar beschermen tegen het zien van de kleine gele schoentjes die Karen ons had gestuurd. Ik zou alles wegdoen en de wieg uit elkaar halen voordat ze wakker werd.

De volgende ochtend werd ik wakker van Tessa, die haar armen om me heen sloeg. Ik lag op de vloer van de lege babykamer. Ze zei niets over de verwijderde wieg of de lege kast. Ze zat naast me met haar hoofd tegen mijn schouder terwijl ze met haar vingers de lijnen van de tattoo op mijn arm volgde.

Tien minuten later trilde mijn mobieltje in mijn broekzak. Ik las het berichtje en wist niet hoe Tessa op het nieuws zou reageren. Ze tuurde naar de tekst op het schermpje.

'Addy komt,' las ze hardop. Ik hield haar steviger vast en ze lachte droevig, waarna ze zich losmaakte uit mijn omhelzing en rechtop ging zitten.

Ik keek haar lange tijd aan, althans, zo voelde het, en we dachten hetzelfde. We kwamen overeind van de vloer van de babykamer die geen babykamer zou worden en toverden een lach op ons gezicht, zodat we er voor onze beste vrienden konden zijn.

'Ooit zullen wij ook vader en moeder zijn,' beloofde ik mijn meisje terwijl we naar het ziekenhuis reden om onze peetdochter welkom te heten in de wereld.

## Hardin

### *Weer een jaar later*

We hadden net besloten om een poosje te stoppen met onze pogingen om zwanger te raken. Het was winter, dat herinner ik me nog goed, toen Tessa de keuken binnenstoof. Haar haar was in een elegante knot opgestoken en ze droeg een lichtroze kanten jurkje. Haar make-up was die dag anders, al wist ik niet precies wat er anders was. Met een stralende blik liep ze naar me toe. Ik zakte onderuit in mijn stoel en gebaarde haar op mijn schoot te gaan zitten. Ze boog zich naar me toe, haar haar rook naar vanille en munt en haar lichaam voelde zacht aan tegen dat van mij. Ik drukte een kusje in haar hals, waarop ze zuchtte, met haar handen op mijn gespreide knieën gesteund.

'Hallo, schatje,' zei ik vlak bij haar huid.

'Hallo, papa,' fluisterde ze terug.

Ik trok een wenkbrauw naar haar op. De manier waarop ze 'papa' had gezegd wond me op en ze bewoog haar handen langzaam over mijn dijen omhoog.

'Papa, hm?' Mijn stem was schor en ze begon te giechelen, wat kinderlijk en misplaatst klonk.

'Niet de papa waar jij aan denkt, pervers mannetje.' Speels sloeg ze zachtjes tegen de erectie in mijn broek en ik pakte haar bij de schouders om haar naar me toe te draaien zodat ze me kon aankijken.

Opnieuw grinnikte ze, en vervolgens glimlachte ze van oor tot oor. Maar ik begreep niet goed wat ze me wilde vertellen.

'Wil je het zien?' Ze haalde iets uit het zakje voor op haar jurk. Het was een papiertje. Ik begreep er nog steeds niets van, maar ik heb altijd bekend gestaan om het feit dat ik belangrijke dingen niet meteen doorheb. Ze vouwde het open en gaf het aan mij.

'Wat is dit?' Ik tuurde naar de onduidelijke woorden op het papier.

'Je verpest dit moment echt gigantisch,' mopperde ze.

Lachend hield ik het papier voor mijn gezicht.

URINETEST POSITIEF stond erop.

‘Shit.’ Ik staarde haar aan en hield het papier steviger in mijn hand.

‘Shit?’ Ze lachte terug. De opwinding was zichtbaar in haar grijsblauwe ogen. ‘Ik ben bang om te blij te zijn,’ gaf ze toe. Ik reikte naar haar hand en maakte een prop van het papier.

‘Wees niet bang.’ Ik gaf haar een kus op haar voorhoofd. ‘We weten niet hoe het zal lopen, dus we moeten zo blij zijn als we kunnen.’ Ik drukte nogmaals mijn lippen tegen haar voorhoofd.

‘Er moet een wonder gebeuren.’ Ze knikte, en hoewel ze het als grapje had bedoeld, klonk het ernstig.

Zeven maanden later hadden we een klein blond wondertje, Emery genaamd.

## Tessa

### *Zes jaar later*

Ik zat aan de keukentafel in ons appartement op mijn laptop te typen. Ik was bezig met de voorbereiding van drie bruiloften en zwanger van ons tweede kind, een jongetje. We hadden al een naam voor hem: Auden.

Auden zou een grote jongen worden; mijn buik was dik en de huid rekte steeds verder op. Tegen het einde van de zwangerschap was ik erg moe, maar vastbesloten mijn werk af te ronden. De eerste bruiloft van de drie vond over een week plaats, dus dat ik het druk had was een understatement. Mijn voeten waren opgezet en Hardin mopperde op me omdat ik zo hard werkte, maar hij wist wel beter dan me te veel te pushen. Eindelijk had ik een aardig inkomen en een goede reputatie opgebouwd. Het was niet makkelijk om in dit wereldje in New York een plek te veroveren, maar het was me toch gelukt. Met de hulp van een vriendin had ik een goedlopende zaak opgebouwd en ik kreeg veel verzoeken, zowel telefonisch als via e-mail.

Een van de bruiden was lichtelijk in paniek geraakt: haar moeder had op het laatste moment besloten om haar nieuwe echtgenoot mee te nemen naar de bruiloft en nu moesten we de tafelschikking veranderen. Dat was geen probleem.

De voordeur ging open en Emery stormde langs me heen de gang in. Ze was nu zes. Haar haar was iets lichter dan dat van mij en zat in een nonchalante knot. Hardin had vanochtend voordat ze naar school ging haar haar gedaan omdat ik bij de verloskundige was.

'Emery?' riep ik toen ze haar slaapkamerdeur achter zich dichtsloeg. Het feit dat Landon lesgeeft op de school van Addy en Emery maakt het me heel wat gemakkelijker, zeker nu ik zo veel werk heb.

'Laat me met rust!' riep ze terug. Ik stond op en mijn dikke buik raakte de rand van het aanrecht toen ik me omdraaide. Hardin kwam zonder T-shirt de slaapkamer uit, met zijn strakke zwarte jeans op zijn heupen.

'Wat is er met haar?' vroeg hij.

Ik haalde mijn schouders op. Onze kleine Emery zag er net zo lief uit als haar moeder, maar ze had de kuren van haar vader. Dat was een combinatie die ons leven erg boeiend maakte.

'Ik kan jullie horen!' schreeuwde het meisje en Hardin schoot in de lach. Ze was pas zes en nu al een woeste wervelwind.

'Ik praat wel met haar,' bood hij aan terwijl hij naar de slaapkamer liep en met een zwart T-shirt in zijn handen weer naar buiten kwam. Ik keek naar hem toen hij het aantrok en opeens kreeg ik een flashback van de jongen die ik in de eerste week van mijn studie had ontmoet. Hij klopte op Emery's deur en ze protesteerde en snoof boos, maar hij ging toch naar binnen. Zodra hij de deur achter zich had dichtgedaan liep ik ernaartoe en drukte mijn oor tegen het hout.

'Wat is er aan de hand, kleintje?' Hardins stem galmde door de kamer. Emery was een vechtertje maar ze bewonderde Hardin en ik genoot van de manier waarop ze met elkaar omgingen. Hij was zo'n geduldige en grappige vader.

Ik wreef over mijn buik en zei tegen het babyjongetje daarbinnen: 'Je zult mij aardiger vinden dan je vader.'

Hardin had Emery, Auden was van mij. Dat zei ik vaak tegen Hardin, maar hij lachte erom en vertelde me dat ik te meegaand was voor Emery en dat ze hem daarom meer mocht.

'Addy is een rotkind,' zei de mini-Hardin verongelijkt. Ik zag haar voor me, heen en weer lopend door haar kamer terwijl ze haar blonde haren van haar voorhoofd streek, zoals haar vader dat ook altijd deed.

'Is dat zo? Waarom?' Er klonk sarcasme door in Hardins toon, maar ik betwijfelde of Emery het merkte.

'Gewoon, omdat ze een rotkind is. Ik ben niet meer haar vriendin.'

'Tja, ze is familie, lieverd. Je komt er niet onderuit.' Waarschijnlijk lachte Hardin, genietend van de drama's in het leven van een zesjarige.

'Kan ik niet bij een andere familie?'

'Nee, dat kan niet.' Hij grinnikte en ik sloeg een hand voor mijn mond om mijn lach te smoren. 'Ik wilde zelf ook heel lang een nieuwe familie toen ik nog jong was, maar zo werkt het niet. Je moet proberen blij te zijn met de familie die je hebt. Als je een nieuwe familie zou hebben, krijg je ook een andere papa en mama...'

'Nee!' Emery vond dat zo'n vreselijk idee dat ze haar vader niet liet uitpraten.

'Zie je nou?' zei Hardin. 'Je moet accepteren dat Addy af en toe een rotkind is, net zoals mama accepteert dat papa af en toe een rotkind is.'

'Ben jij dat?' vroeg ze met haar kinderstemmetje.

Ik was vertederd door hun gesprekje. *Verdomd als hij dat niet is*, wilde ik zeggen.

'Verdomd als ik dat niet ben,' zei hij in mijn plaats. Ik rolde met mijn ogen en bedacht dat ik hem moest waarschuwen om niet te vloeken in haar bijzijn. Hij deed het al veel minder dan eerst, maar toch.

Toen begon Emery te vertellen over Addy, die had gezegd dat ze geen beste vriendinnen meer waren. En Hardin, de beste vader die er is, luisterde naar elk woord en reageerde op alles. Tegen de tijd dat ze klaar waren, was ik weer tot over mijn oren verliefd op mijn bad boy.

Ik leunde tegen de muur toen hij uit haar slaapkamer kwam en de deur achter zich dichtdeed. Toen hij me zag verscheen er een glimlach op zijn gezicht.

'Het leven in groep drie is zwaar,' zei hij gniffelend en ik sloeg mijn armen om hem heen.

'Je doet het zo goed met haar.' Ik wilde me tegen hem aandrukken, maar mijn buik zat me in de weg.

Toen draaide hij me naar opzij en zoende me wild.

## Hardin

### *Tien jaar later*

'Echt, papa?' Emery keek me vanaf de andere kant van het kookeiland boos aan. Ze tikte met haar gelakte nagels op het graniet en rolde met haar ogen, precies als haar moeder.

'Ja, echt. Ik heb het je al eerder gezegd, je bent te jong om zoiets te doen.' Ik plukte aan het verband om mijn arm. De avond ervoor had ik een paar tattoos laten bijwerken. Het was verbazingwekkend hoe vaal sommige in de loop van de jaren waren geworden.

'Ik ben zeventien! Het is een reis voor examenleerlingen. Oom Landon liet Addy vorig jaar wel gaan!' riep mijn knappe dochter uit. Haar blonde haar was steil en hing over haar schouders. Ze zwiepte ermee terwijl ze praatte en in haar groene ogen schitterde een vervaarlijk dramatische blik terwijl ze me probeerde te overtuigen van het feit dat ik de slechtste vader was, bladibladibla.

'Dit is zó oneerlijk. Ik sta gemiddeld een zeven en je hebt gezegd dat...'

'Genoeg, lieverd.' Ik schoof haar ontbijt over het kookeiland naar haar toe en ze staarde naar de eieren alsof die haar leven net zo zuur maakten als ik. 'Sorry, maar je gaat niet. Tenzij je er nog eens over nadenkt of je mij mee wilt als begeleider.'

'Nee, écht niet!' Hooghartig schudde ze haar hoofd. 'Dat zie ik niet zitten.'

'Dan gaat de reis niet door.'

Ze stormde de gang in en binnen enkele seconden liep Tessa naar me toe, op de voet gevold door Emery.

*Verdomme!*

'Hardin, dit hebben we al besproken. Ze gaat mee met die reis. Die is zelfs al betaald,' bracht Tessa me in herinnering waar Emery bij was.

Ik wist dat dit haar manier was om me te laten voelen wie hier de baas was. We hadden maar één regel in dit huis: geen gekibbel waar de kinderen bij zijn. Ik zou mijn stem in hun bijzijn nooit verheffen tegen hun moeder. Nooit.

Desondanks kon Tessa me soms het bloed onder de nagels vandaan halen. Ze was koppig en ze had pit, twee goede eigenschappen die met de jaren sterker werden.

Auden kwam de kamer binnen met zijn rugzak om zijn schouders en zijn oortjes in. Hij was gek op muziek en kunst, wat ik heel leuk vond.

'Daar hebben we mijn favoriet,' zei ik. Tessa en Emery snoven en keken me boos aan. Ik schoot in de lach en Auden knikte, de geijkte begroeting van een tienerjongen. Wat kan ik zeggen? Voor zijn leeftijd was hij behoorlijk sarcastisch, net als ik vroeger.

Auden gaf zijn moeder een kus op haar wang en pakte een appel van het aanrecht. Tessa glimlachte en in haar ogen verscheen een zachte blik. Auden liet ons zien dat hij van ons hield, maar Emery was vooral brutaal. Auden was geduldig en vriendelijk, terwijl Emery eigenwijs en koppig was. De een was niet beter dan de ander, ze verschilden van elkaar in de beste zin. Verbazingwekkend genoeg konden ze het heel goed met elkaar vinden. Emery bracht veel vrije tijd met haar broertje door, ze bracht hem met de auto naar de repetitie van zijn band en ging met hem mee naar zijn tentoonstellingen.

'Dan is het geregeld. Het wordt een geweldige vakantie!' Emery klapte in haar handen en paradeerde naar de voordeur. Auden zei ons gedag en liep achter zijn zus aan naar buiten om naar school te gaan.

'Hoe kan het dat we de ouders zijn van twee van zulke kinderen?' vroeg Tessa me hoofdschuddend.

'Al sla je me dood.' Lachend strekte ik mijn armen naar haar uit. 'Kom eens hier.' Mijn mooie meisje liep naar me toe en ik omhelsde haar.

'Het was een lange weg.' Ze zuchtte diep en ik bracht mijn handen naar haar schouders om die te masseren.

Ze ontspande meteen in mijn armen en in haar grijsblauwe ogen zag ik dat ze na al die jaren nog steeds evenveel van me houdt.

Ondanks alles zijn we er gekomen. Waar onze zielen ook van gemaakt zijn, ze zijn aan elkaar gelijk.

# Dankwoord

Wauw! Dit is het dan! Het EINDE! Het einde van de waanzinnige reis die *After* is geweest. Dit dankwoord zal het kortst zijn, want ik heb alles al in de voorgaande delen gezegd.

Dank aan mijn lezers. Jullie zijn me door alles heen trouw gebleven en onze band is zelfs nog hechter geworden. Ik beschouw jullie als vrienden en ik vind het fantastisch dat jullie mij en de boeken zo steunen. We zijn een echte familie geworden. Wat als een bevlieging begon is dankzij jullie uitgegroeid tot een vierdelige serie. Dat is echt te gek! Ik hou van jullie en ik kan jullie niet vaak genoeg zeggen hoeveel waardering ik voor iedereen heb en hoeveel ik om jullie geef.

Adam Wilson, je bent de beste redacteur in het hele universum (ik weet dat ik in elk boek iets dergelijks heb gezegd). Je hebt er mede voor gezorgd dat elk boek is geworden wat het is, en je bent een geweldige leermeester en een goede vriend. Ik heb je te vaak berichtjes gestuurd en te veel opmerkingen in de kantlijn geplaatst, maar je reageerde altijd en klaagde nooit! (Je verdient hier een award voor, wel dertig awards.) Ik verheug me erop om weer met je samen te werken!

Het productieteam en de bureauredacteuren, met name Steve Breslin en Steven Boldt, en het S&S marketingteam, heel erg bedankt! Jullie hebben hard aan deze serie gewerkt, jullie zijn fantastisch!

Kristin Dwyer, je bent te gek, gast! Bedankt voor alles, ik verheug me op een samenwerking voor het leven, ha! (Dit bedoel ik niet heel erg creepy, een beetje maar.)

Bedankt, iedereen van Wattpad, dat jullie me altijd een thuis bieden waar ik terug kan komen.

Mijn echtgenoot, omdat je mijn wederhelft bent en me altijd hebt aangemoedigd bij alles wat ik doe. Veel dank daarvoor. En Asher, jij ook bedankt omdat je het mooiste bent wat me ooit is overkomen.

∞

# Lees ook

ISBN 978-90-225-8669-3

ISBN 978-90-225-7296-2

ISBN 978-90-225-7297-9